U0026352

毛詩注疏

四部備要

經部

上海中華書局據阮刻本校刊

桐鄉　陸費逵總勘
杭縣　高時顯
　　　吳汝霖輯校
杭縣　丁輔之監造

節南山之什詁訓傳第十九 陸曰從此至何草不黃凡四十四篇前儒申毛皆以為幽王之變小雅鄭以十月之交以下四篇是厲王之變小雅漢興之初師移其篇次毛為詁訓因改其第焉

毛詩小雅　鄭氏箋　孔穎達疏

節南山家父刺幽王也 家父字周大夫也○節在切反又如字又音截下及注同高峻貌韓詩云視也父音甫注及下同

疏 節南山十章上六章章八句下四章章四句至幽王○正義曰家父吉甫詩辭自有名字其餘有名者他書傳記有之左傳引桑柔謂之周芮良夫之詩是也故敘得據之而言其不言者皆不知也或云大夫者止知是大夫所作不得姓名故不言也頌及風頌正經唯公劉等三篇言召康公以外皆不言作者姓名外傳謂棠棣為周文公之詩思文為周文公之頌則二篇周公作也外傳尚得言之敘者不容不知蓋以正詩天下同心歌詠故例不言耳公劉三篇言戒成王戒須有主不得天下共戒故特見召康公耳又諸言姓名爵謚者皆是王朝公卿大夫緜蠻謂士為微臣不言姓名蓋以士位卑微名不足錄也推此則太子之傅及寺人譚大夫不言姓名亦為微也又變風唯七月鴟鴞言周公所作其餘皆無作者姓名亦以諸侯之大夫位比天子之士官位亦微故皆無見姓名者也唯魯人作頌非常特詳其事言行父請周史克作頌耳不然豈變風十有二國其詩百有餘篇作者不知一人也○箋家父字周大夫○正義曰卒章傳曰云家父周大夫但不言家父是字此辨其字因言其官所以國傳重也知字是大夫者以春秋之例天子大夫則稱字桓八年天王使家父來求車以字見經文與此同故知此字亦是大夫也桓十五年上距幽王之卒七十五歲此詩不知作之早晚若幽王之初則八十五年矣韋昭以為平王時作此言不廢作在

平桓之世而上刺幽王但古人以父爲字或累世同之宋大夫有孔父者其父正考父其子木金父此家氏或父子同字父未必是一人也雲漢序云仍叔箋引桓五年仍叔之子來聘春秋時趙氏世稱孟智氏世稱伯仍氏或亦世字叔也自桓五年上距宣王之卒七十六歲若當初年則百二十年矣引之以證仍叔是周大夫耳未必是一人也瞻卬箋亦引隱七年天王使凡伯來聘自隱七年上距幽王之卒五十六歲凡國伯爵爲君皆然亦不知其人之同異也但知板與瞻卬俱是凡伯所作二者必是別人何則板已言老夫灌灌匪我言耄則不得下及幽王時矣瞻仰作之箋引春秋亦證凡伯爲天子大夫耳此三文皆年月長遠並應別人故箋不言是也其意不以爲一人矣故板不引春秋至瞻仰而引之及此不引春秋皆注有詳略無義例也

節彼南山維石巖巖。興也節高峻貌巖巖積石貌箋云興者喻三公之位人所尊嚴○巖巖如字本或作嚴音同 赫赫師尹民具爾瞻憂心如惔。不敢戲談赫赫顯盛貌師大師周之三公也尹尹氏爲大師具俱瞻視惔燔也箋云此言尹氏女居三公之位天下之民俱視女之所爲皆憂心如火灼爛之矣又畏女之威不敢相戲而。言語疾其貪暴脅下以刑辟也○赫許百反惔徒藍反又音炎韓詩作炎字書作焱說文作灵字才廉反小。熱也大音泰下皆同燔音煩脅許業反本又作脇 國既卒斬何用不監卒盡斬。斷監視也箋云天下之諸侯日相侵伐其國已盡絕滅女何用爲職不監察之○卒子律反監古銜反注同韓詩云領也斲都緩反

疏 節彼至不監○正義曰節然高峻者彼南山也山既高峻維石巖巖然故四方皆遠望而見之以興赫赫然顯盛者彼太師之尹氏也尹氏爲太師既顯盛處位尊貴故下民俱仰汝而瞻之汝既爲天下所瞻宜當行德以副之今天下見汝之所爲皆憂心如被火之燔灼然畏汝之威不敢相戲而談語是失於具瞻矣又天下諸侯之國日相侵伐其國已盡絕滅矣汝何用爲職而不監察之國見絕滅罪汝之由也然節與巖巖一也言節先舉形之高大乃言維石巖巖見其視之貌狀言民具爾瞻雖與維石巖巖相對而巖巖無視汝之文具瞻少。酋

嚴之狀互相發見故箋云喻三公之位人所尊嚴則嚴嚴然有瞻之狀因赫赫已有尊之義而具瞻爲下視所以便而互集注及定本皆作高嚴○傳師太師○正義曰尙書周官云太師太傅太保玆惟三公故知太師周之三公也下云尹氏太師是尹氏爲太師也孝經注以爲冢宰之屬者以此刺其專恣是三公用事者明兼冢宰以統羣職○箋此言至刑辟○正義曰此民具爾瞻一句上與維石巖巖相對爲興又與憂心如惔爲發端由瞻見其惡所以憂心故知視汝之所爲皆憂心也如惔之字說文作炎訓爲小。熱也灼炙燒也爛火熱也皆火燒之之事故云如火灼爛之矣不敢者畏辭既憂復畏故言又畏汝之威不敢相戲而談語也疾其貪暴脅下以刑辟者言其有二事也疾其貪暴所以憂心脅下以刑辟故不敢戲談所以不敢者畏其威耳故知不敢明是脅下以刑辟之罪也不敢戲爲刑罪明所憂者刑罰之。成貪暴可知○箋天下至察之○正義曰國者諸侯之辭卒斬盡滅之稱故云天下諸侯日相侵伐其國已盡絶滅矣汝何用爲職者責之言汝爲三公更何所主唯諸侯耳何以不監察之而今相伐也如是則尹氏又爲王官之伯分主東西得專征專殺故言何用爲職也兩無正云斬伐四國箋云天下諸侯於是更相侵伐謂厲王時也沔水箋云諸侯出兵妄相侵伐謂宣王時也則諸侯征伐久矣而論語注以爲平王東遷諸侯始專征伐者幽厲雖殘虐無道倘能治諸侯但明不燭下致使擅相伐滅故詩人舉以爲刺至於平王微弱不能禁制諸侯專行征伐無所顧忌故論語之注以征伐自諸侯出從平王爲始也言卒斬者甚言之耳若實盡滅則誰滅之乎

節彼南山有實其猗

實滿猗長也箋云猗倚也言南山既能高峻。又以草木平滿其旁倚之。畎谷使之齊均也○猗於宜反倚於綺反下同畎本亦作甽古犬反

赫赫師尹不平謂何

箋云責三公之不均平不如山之爲也謂何猶云何也

天方薦瘥喪亂弘多

薦。重瘥病弘大也箋云天氣方今又重以疫病長幼相亂而死喪甚大多也○薦徂殿反注及下篇注同瘥才何反重直用反下同疫音役本又作疢勑觀反長張丈反

民言無嘉憯莫懲嗟

憯曾也箋

云懲止也天下之民皆以災害相弔唁無一嘉慶之言曾無以恩德止之者嗟乎柰何○懵本或作憯士感反唁音彥服虔云弔生曰唁

疏節彼。事懲嗟○毛以爲節然而高峻者彼南山也既高峻矣而又滿之使平均者以其草木之長茂也以與赫赫然而威者彼太師之官也太師既尊威矣而有益之使平均者以用衆士之智能也刺尹氏專己不肯用人以至於不平故又責師尹汝居位爲政不平欲云何乎以汝不平天應以灾下民非直長汝刑辟天氣方今又重下以疫病使民之死喪禍亂甚大多也由此喪凶下民之言無一嘉慶者皆是相弔之辭汝尹氏及時在位曾無以恩德止此喪亂者嗟乎可柰何既無止之禍災未歇故嗟而閔之赫赫師尹一句上與節彼南山相對爲與又與下不平謂何爲發端言山之能均平反刺尹氏之不平○鄭唯有實其猗爲異言山既高峻有以草木平滿其傍倚之畎谷使之齊均以興尹氏既爲尊顯亦當以政教養育其天下民庶使之齊均當如山之所爲爲異餘同○傳猗長○正義曰以蒹葭猗猗是草木長茂之貌故爲長也王肅云南山高峻而有實之使平均者以其草木之長茂也師尹尊顯而有益之使平均者以用衆士之智能刺今專己不肯用人以至於不平也傳意或然○箋猗倚至齊均○正義曰箋以言有實其猗是猗爲山之所實之處故以爲倚言山傍而倚近山者也山傍近山唯畎谷耳能實。畎唯草木也故知以草木平滿其傍之畎谷使之齊均也山高以比三公畎谷以比下民言山能以草木實畎谷反喻三公不能以政教均下民也草木之生而云山者山出雲雨能生草木故也言平滿者謂山俱以雨露潤之均平而生皆徧滿其中故言齊均也匠人注云甽中曰畎說文云畎小流也言水小不能自通須人畎引之則畎是甽中小水之名因此而山谷通水之處亦名爲畎禹貢曰羽畎夏翟鄭注云羽山之谷是也定本云又以草土平滿其傍倚之山以木爲土恐非○傳薦重瘥病○正義曰薦與荐文異義同釋言云荐再也再是重之義也瘥病釋詁文○箋天氣至大多○正義曰此喪亂連文喪者死亡之名云亂則爲未死是疫病也故云天氣方今又重以疫病長幼相亂言長之與幼皆得疫病相交亂不少因此以致死故云死喪甚大多也喪與亂相將由亂以致喪故鄭分解之言重者尹氏既脅下以刑辟上天又加之災禍是重也○箋天下至柰何○正義曰文承死喪之下而云無嘉故知以災害相弔唁無一嘉慶之言弔謂弔死唁謂唁生故服虔云弔生曰唁皆是相痛傷之名也死而相弔自是其常而以刺尹氏者以災害死喪皆政教所致焉以政失而致則政善亦消但在位之臣無行善者故責之曾無恩德止之者曾無者廣辭言在位皆然非獨尹氏也嗟乎者歎辭民皆死亡非徒嗟歎故爲作者嗟之無可柰何

尹氏大師維周之氐秉國之均四方是維天子是毗俾民不迷氐本均平毗厚也箋云氐當作桎鎋之桎毗輔也言尹氏作大師之官爲周之桎鎋持國政之平維制四方上輔天子下教化天下使民無迷惑之憂言任至重○氐丁禮反徐云鄭音都履反毗婢尸反王作埤埤厚也卑本又作裨同必爾反後皆放此桎之實反又丁履反礙也本有作手旁至者誤也鎋字又作轄胡瞎反

不弔昊天不宜空我師弔至空窮也箋云至猶善也不善乎昊天愬之也不宜使此人居尊官困窮我之衆民也○弔如字又丁歷反下同昊胡老反空苦貢反注同愬蘇路反本亦作訴下同

疏尹氏至我師○毛以爲見天災及民故歸咎執政責之云尹氏汝今爲大師之官維是周之根本之臣秉持國之正平居權衡之任四方之事是汝之所維制天子之身是汝之所崇厚言汝職維持四方尊崇天子其尊重如此施行教化當使下民無迷惑之憂何爲專行虐政以脅下也尹氏政既不善訴之於天言尹氏爲政實不善乎昊天不宜使此人居位以窮困我天下之衆民○鄭唯氐爲桎鎋毗爲輔爲異餘同○傳氐本至毗厚○正義曰毛讀從邸若四圭爲邸故爲本言是根本之臣也以毗爲毗益故爲厚亦由輔弼使之厚義與鄭同但言輔天子於辭爲便故易之○箋氐當至之桎○正義曰孝經鉤命決云孝道者萬世之桎鎋說文云桎車鎋也則桎是鎋之別名耳以鎋能制車喻大臣能制國故以大師之官爲周之桎鎋也易傳者以天子爲周之本謂臣爲本則於義不允故易之

弗躬弗親庶民弗信弗問弗仕勿罔君

子 庶民之言不可信勿罔上而行也箋云仕察也勿當作。末此言王之政不躬而親之則恩澤不信於衆民矣不問而察之則下民末罔其上矣○勿毛如字鄭音末

式夷式已。無小人殆 式用夷平也用平則已無以小人之言至於危殆也箋云殆近也爲政當用平正之人用能紀理其事。也

無小人近○已毛音以鄭音紀近附近之近又如字下同 瑣。瑣。姻亞則無膴仕 瑣瑣小貌兩壻相謂曰亞膴厚也箋云壻之父曰姻瑣瑣昏姻妻黨之小人無厚任用之置之大位重其祿也○瑣素火反本或作璅非也璅音早亞於嫁反膴音武

疏 弗躬至膴仕○毛以爲尹氏不可任欲令王親爲政故責王言王爲政由不躬爲之不親行之故天下庶民之言不可信也又責下民言王爲政雖不監問之不察理之。必天下之民勿得欺罔其上之君子也又教王息此民之欺罔言王但用平正之人爲官則下民欺罔之心自消止矣王必須用賢人無用小人之言以至於危殆言小人不可任用也又用戒之云非但疏外小人不可用雖瑣瑣然昏姻親亞之小人則當無得厚任以事置之大位重其祿食言不親而不賢亦不可任也疾時親黨亂政故戒之躬與親一也問與察一也但累文以丁寧之言躬親明有施爲言問察明亦躬親直以彼不可信由於不親雖不察問不得欺罔各隨事而爲文耳○鄭以爲尹氏既不可委任王若政教不躬親行之則庶民不信於王之恩澤以尹氏之虐謂王所爲故不信也若民俗不問不察觀之則民皆末罔其上之君子王非直親須問察又當用平正之人用己身親理政事之人無得用小人而親問之餘同○傳庶民至而行○正義曰君民之所以相信者由君親行政民親受教故得相信也今王不親爲政委任小人施政於民不以實告故庶民之言亦不可信也勿者禁人之辭既言民不可信因責民之欺罔故云勿得罔上而行上不即經之君子也○箋勿當至上矣○正義曰箋以此篇主刺仕上非責民之辭故知勿當爲末也知躬親爲恩澤者以王身所爲而行於衆民唯恩澤耳且上章疾尹氏貪暴以致災故知躬親爲恩澤也易傳者以疾尹氏使王親之明欲令王施政教以及下不宜言其不可信也且言庶民不信於王其文自明不當橫

加不可故易之言末罔其上者謂若不問察則明不燭下下之善惡上所不知下民知上不知則末略欺罔其上而不畏之言躬親施其恩澤問察亦須躬親互相明也○箋殆近至人近○正義曰易傳者以上文欲王躬親為政則宜為己身之己不宜為已止也下文戒王勿厚任親戚欲令用賢去惡宜為勿近小人不當遠言小人之行終至危殆故易之也無小人之近猶言無近小人○傳瑣瑣至曰亞○正義曰釋訓云瑣瑣小也舍人曰瑣瑣計謀褊淺之貌是小貌也兩壻相謂為亞釋親文劉熙釋名云兩壻相謂曰亞者言每一人取姊一人取妹相亞次也又並來女氏則姊夫在前妹夫在後亦相亞也○箋壻之至其祿○正義曰女子子之夫為壻壻之父為姻釋親文幽王前取申后而黜之未必用其親戚褒姒褒人所獻未必為親戚可任幽王耽淫女色寵之者蓋多女寵必私多謁請小人則婦言是用姻亞者或其餘嬪妾之家不必專是二后之親也但據夫而言妻為正稱故鄭總言妻黨之小人其中亦容妾黨也言無厚任之即置之大位重其祿是也如此則幽王厚於昏姻矣而角弓云兄弟昏姻無胥遠矣者以王者志不及遠唯同類相愛昏姻諂佞者進用故此戒之賢德者疏遠故彼刺之詩者志也各有以發

昊天不傭降此鞫訩昊天不惠降此大戾

傭均鞫盈訩訟也箋云盈猶多也戾乖也昊天乎師氏為政不均乃下此多訟之俗又為不和順之行乃下此乖爭之化病時民傚為之愬之於天○傭敕龍反韓詩作庸庸易也鞫九六反訩音凶戾音麗行下孟反爭爭鬭之爭下皆同傚下教反

君子如屆俾民心闋君子如夷惡怒是違

屆極闋息夷易違去也箋云屆至也君子斥在位者如行至誠之道則民鞫訩之心息如行平易之政則民乖爭之情去言民之失由於上可反復也○屆音戒闋苦穴反易以豉反下同復音服本又作覆芳服反

〔疏〕昊天至是違○正義曰此又本尹氏之惡訴之云昊天乎即由尹氏為政不均乃下此多訟之俗昊天乎尹氏。之行又不和順乃下此大乖爭之化無民之所不為皆化於上也民既化上。上為。惡。亦。當。效。上為惡亦當化上為善汝在位君子如行至誠之道使民多訟之心息汝在位君子如行平易之政使民惡怒之情去言易可反復何不行化以反之○傳傭均鞫盈箋盈猶至於天○正義曰傭均訩訟釋言文鞫盈釋詁文盈者必多故箋轉之云盈猶多也由不惠而降戾乖故知非疾也在上不均故下亦不均至於多獄訟也在上不順故下亦不和至於乖爭也此皆民效爲之自上而下故言降也獄訟至於公乖爭出於私二者亦相類訟則貴無訟偏惡其多爭則小猶可恕唯恨其大故經言鞫訩大戾○箋屆至至反覆○正義曰釋詁云屆極至也俱得爲至故箋幷訓之不言極猶至也此詩雖主疾尹氏爲惡而在位亦然既言尹氏傷化敗俗明其欲令在位者反之故知君子斥在位者知鞫訩心息者以文承上經事相充配下云惡怒是乖爭故知心息是鞫訩也言民心不言鞫訩言惡怒不言民心互相明也爲惡乖則已成可息而去之是可反復也

不弔昊天亂靡有定式月斯生俾民不寧憂心如酲誰秉國成

病酒曰酲成平也箋云弔至也至猶善也定止式用也不善乎昊天天下之亂無肯止之者用月此生言月月益甚也使民不得安我今憂之如病酒之酲矣觀此君臣誰能持國之平乎言無有也○酲音呈

不自爲政卒勞百姓

箋云卒終也昊天不自出政教則終窮苦百姓欲使昊天出圖書有所授命民乃得安

疏不弔至百姓○正義曰此章箋具而下二句毛氏無傳則不必如鄭欲天出圖書授命也蓋言王身不自爲政教終勞苦我百姓王肅云言政不由王出也○傳病酒曰酲○正義曰說文云酲病酒也醉而覺言既醉得覺而以酒爲病故云病酒也○箋昊天至得安○正義曰知責昊天而不自出政教者四章五章以君臣之惡訴之天也又曰亂靡有定言君臣不能定亂也又曰誰秉國成言君臣不能持國平也君臣已言並不能乃云不自爲政是今昊天之辭且此章發首云不弔昊天末言不自爲政明是欲使天自下爲政也故云欲使昊天出圖書有所授命也以王者將興天必命之若湯武也圖書者即中候說堯舜及周公所授河圖洛書是也彼所授者非既受乃王皆先王乃受之與此不同者此所受若湯得黑鳥文王得丹書之類皆先有名籙故舉圖書

以言之王肅以爲禮人臣不顯諫諫猶不顯況欲使天更授命詩皆獻之於君以爲箴規包藏禍心臣子大罪況公言之乎王基理之曰臣子不顯諫者謂君父失德尙微先將順風喻若乃暴亂將至危殆當披露下情伏死而諫焉待風議而已哉是以西伯戡黎祖伊奔告於王曰天已訖我殷命古之賢者切諫如此幽王無道將滅京周百姓怨王欲天有授命此文陳下民疾怨之言曲以感寤此正與祖伊諫。皆。同義忠臣殷勤之何謂非人臣宜言哉肅不譏尙書祖伊之言而怪家父邪

駕彼四牡四牡項領項大也箋云四牡者人君所乘駕今但養大其領不肯爲用喻大臣自恣王不能使也○爲于僞反又如字

我瞻四方蹙蹙靡所騁騁極也箋云蹙蹙縮小之貌我視四方土地日見侵削於夷狄蹙蹙然雖欲馳騁無所之也○蹙子六反王七歷反騁勑領反日而乙反縮所六反

疏駕彼至所騁○正義曰言當所乘駕者彼四牡也今四牡但養大其領不肯爲用以與王所任使者彼大臣也今大臣專己自恣不爲王使也臣既自恣莫肯憂國故夷狄侵削日更益甚云我視四方土地蹙蹙然至使令我無所馳騁之地以臣不任職致土地侵削故責之也○傳項大箋養大至能使○正義曰以領已是項文不宜重故以項爲大箋以爲養大其領申傳說也馬雖大項由人駕馭言不肯爲用者以馬當用之今養而不駕是爲自恣也○傳騁極箋馳騁無所之○正義曰箋言馳騁無所極至是與傳同但傳文略耳

方茂爾惡相爾矛矣茂勉也箋云相視也方爭訟自勉於惡之時則視女矛矣言欲戰鬬相殺傷矣○相息亮反注同矛亡侯反戈矛也

既夷既懌如相醻矣懌服也箋云夷說也言大臣之乖爭本無大讎其已相和順而說懌則如賓主飲酒相醻酢也○懌音亦酬市由反又作醻說音悅下同已音以酢音昨

疏方茂至醻矣○正義曰此說大臣無常言大臣方爭訟勉力成汝相與爲惡之時則各自視汝之戈矛欲用此矛矣以相殺傷也既已和悅既以懌服則如賓主之飲酒者相醻酢矣言相惡既深和解又疾皆是無常小人故使政教亂也箋本無大讎集。本云大。辨是爭義亦得通也

昊天不平我

王不寧不懲其心覆怨其正正長也箋云昊天乎師尹為政不平使我王不得安寧女不懲止女之邪心而反怨憎其正也○覆芳服反長張丈反邪似嗟反【疏】昊天至其正毛以為尹氏為惡訴之於天言昊天乎師尹為政不平致使我王不得安寧汝師尹不懲止其心乃反邪僻妄行故下民皆怨其君長由師尹行惡而致民怨也○鄭唯下句為異餘同○傳正長○正義曰釋詁文此傳甚略王肅述之曰覆猶背也師尹不定其心邪僻妄行故下民皆怨其長今據為毛說

家父作誦以究王訩家父大夫也箋云究窮也大夫家父作此詩而為王誦也以窮極王之政所以致多訟之本意○為于偽反父音甫

式訛爾心以畜萬邦箋云訛化畜養也○訛五戈反畜許六反【疏】家父至萬邦○正義曰作詩刺王而自稱字者詩人之情其道不一或微加諷諭或指斥愆咎或隱匿姓名或自顯官字期於申寫下情冀上改悞而已此家父盡忠竭誠不憚誅罰故自載字焉寺人孟子亦此類也

節南山十章六章章八句四章章四句

正月大夫刺幽王也○正音政

正月繁霜我心憂傷正月夏之四月繁多也箋云夏之四月建巳之月純陽用事而霜多急恆寒若之異傷害萬物故心為之憂傷○繁扶袁反夏胡雅反下同巳音似為于偽反

民之訛言亦孔之將將大也箋云訛偽也人以偽言相陷入使王行酷暴之刑致此災異故言亦甚大也○酷苦毒反

念我獨兮憂心京京哀我小心癙憂以痒京京憂不去也癙痒皆病也箋云念我獨兮者言我獨憂此政也○癙音鼠字林癙音恕痒音羊【疏】正月十三章上八章章八句下五章章六句○正月至以痒○正義曰時大夫賢者覩天災以傷政教故言正陽之月而有繁多之霜是由王急酷之異以致傷害萬物故我心為之憂傷也有霜由於王急

王急由於訛言則此民之訛言爲害亦甚大矣害既如此念我獨憂此政令憂在於心京京然不能去哀憐我之小心所遇痛憂此事以至於身病也此憂之者以王信訛言百姓遭害故所以憂也○傳正月夏之四月○正義曰以大夫所憂則非常霜之月若建寅正月則固有霜矣不足憂也昭十七年夏六月甲戌朔日有食之左傳曰祝史請所用幣平子禦之曰止也唯正月朔慝未作日有食之於是乎有伐鼓用幣其餘則否太史曰在此月也經書六月傳言正月太史謂之在此月是周之六月爲正月也周六月是夏之四月故知正月夏之四月也謂之正月者以乾用事正純陽之月傳稱慝未作謂未有陰氣故此箋云純陽用事也若然易稽覽圖云正陽者從二月至四月陽氣用事時也獨以爲四月者彼以卦之六爻至二月大壯用事陽爻過半故謂之正陽與此異也○箋憂之至憂傷○正義曰急恆寒若洪範咎徵文也彼注云急促也若順也五事不得則咎氣而順之言由君急促太酷致常寒之氣來順之故多霜也反常謂之異時不當有霜而有霜是異也四月之時草木已大故言傷害萬物也鄭駁異義與洪範五行傳皆云非常曰異害物曰災則此傷害萬物宜爲災而云異者災異對則別散則通故莊二十五年左傳曰凡天災有幣無牲彼爲日食之異而言災也此以非時而降謂之異據其害物又謂之災下箋云致此災異是義通故言之異○箋人以至甚大○正義曰此承繁霜之下故知甚大謂以訛言致霜爲大也小人以訛言相陷王不能察其眞僞因發大怒而行此酷暴之刑由此急酷故天順以寒氣而使盛夏多霜是霜由訛言所致也

父母生我胡俾我瘉不自我先不自我後

父母謂文武也我我天下瘉病也箋云自從也天使父母生我何故不長遂我而使我遭此暴虐之政而病此何不出我之前居我之後窮苦之情苟欲免身○瘉音庾長張文反下正長伯長長者皆同

好言自口莠言自口

莠醜也箋云自從也此疾訛言之人善言從女口出惡言亦從女口出女口一爾善也惡也同出其中謂其可賤○莠餘九反

憂心愈愈是以有侮

愈愈憂懼也箋云我心憂政如是是與訛言者殊塗故用是見

侵侮也疏父母至有侮○毛以爲文武爲民之父母而令天生我天下之民今何爲不令天長育我而使我遭此暴虐之政以致病也又此。病我之先不從我之後而今適當我身乎訴之文武也此暴虐之政由訛言所致故疾此訛言之人云有美好之言從汝口出有醜惡之言亦從汝口出汝口一耳而善惡固出其口甚可憎賤也大夫既見王政酷暴憂心愈愈然與此訛言者殊塗爲訛言者所疾是以有此見侵侮於己也○鄭唯以爲訴天使父母生我我謂大夫作詩者爲異餘同○傳父母至天下○正義曰以文武受命爲明王作萬民父母故尙書曰天將有立民父母謂天子作民父母民窮則宜告之又以父母爲文武也文武爲天下父母故我我天下作者舉天下之心爲之怨刺不專爲己故謂天下爲我也○箋天使至免身○正義曰上言念我獨兮因此而告天是先訴己身未及論天下也文。王雖受命之王年世已久遇今時之虐政訴上世之哲。民非人情也故知訴天使父母生我也上章言王急酷故此。病遭。暴之政而病也以所願不宜願免之而已乃云不自我先不自我後忠恕者己所不欲勿施於人況以虐政推於先後非父祖則子孫是窮苦之情苟欲免身

憂心惸惸念我無祿惸惸憂意也箋云無祿者言不得天祿自傷値今生也○惸本又作煢其營反一云獨也篇末同民之無辜并其臣僕古者有罪不入於刑則役之。圜土以爲臣僕箋云辜罪也人之尊卑有十等僕第九臺第十言王既刑殺無罪并及其家之賤者不止於所罪而已書曰越玆麗刑并制○并必正反注并制同圜土音圓圜土獄也哀我人斯于何從祿箋云斯此于於也哀乎今我民人見遇如此當於何從得天祿免於是難○難乃旦反下之難同瞻烏爰止于誰之屋富人之屋烏所集也箋云視烏集於富人之。室以言今民亦當求明君而歸之疏憂心至之屋○毛以爲詩人言我憂在於心惸惸然我所以憂者念我天下之人無天祿謂不得明君遭此虐政也又言無祿之事民之無罪辜者亦并罪之以其身爲臣僕言動掛網羅民不聊生也哀乎可哀憐者今我民人見遇如此於何所從而得天祿乎是無祿。世此視烏於所

止當止於誰之屋乎以與視我民人所歸亦當歸於誰之君乎烏集於富人之屋以求食喻民當歸於明德之君以求天祿也言民無所歸以見惡之甚也〇鄭以爲作者言憂心惸惸然念我身之無天祿自傷值今生也又言無祿之事民之無辜罪者身既得罪幷其家之臣僕亦罪之哀乎今我天下之民見遇於此於何從而得天祿乎餘同上章毛以我爲天下則皆爲天下怨辭也鄭以我爲己身念我無祿自念無祿也於何從祿乃言天下皆無祿耳祿名本出於居官食廩得祿者是福慶之事故謂福祐爲祿雖民無福亦謂之無祿也〇傳古者至臣僕〇正義曰此解名罪人爲臣僕之意也古者據時而道前代之言正謂作詩時也古有肉刑而罪有等級重者入於肉刑輕者役於圜土謂晝則役之夜是入圜土以圜土表罪之輕者也非在圜土而役當役之時爲臣僕之事故號之爲臣僕以表其罪名非謂恆名臣僕也此有罪者當然今無罪亦令與有罪同役故言幷也王肅云今之王者好陷入人罪無辜下至於臣僕言用刑趣重傳意當然也役之圜土周禮有其事大司寇職曰以圜土聚教罷民凡害人者置之圜土而施職事焉以明刑恥之其能改者反於中國不齒三年司圜職曰凡害人者弗。受冠飾而加明刑焉任之以事而收教之能改者上罪三年而舍中罪二年而舍下罪一年而舍其不能改而出圜土者殺雖出三年不齒是不入於刑役圜土之事也雖不入於刑而罪有輕重周禮分爲二等其已害人者則如此未害人者則役諸司空重罪唯一朞而已其坐作之數具在司寇此圜土罪人罪未定之時縛於外朝而與公卿議之議定乃從其罪故易坎卦上六係用徽纆寘于叢棘三歲不得凶鄭云上乘陽有邪惡之罪故縛以徽纆置於叢棘而使公卿以下議之是也〇箋人之至幷制〇正義曰箋以言幷其臣僕是身既得罪復罪及臣僕之故云幷也言人之尊卑有十等者昭七年左傳曰人有十等故王臣公公臣大夫大夫臣士士臣皁皁臣輿輿臣隸隸臣僚僚臣僕僕臣臺是十等僕第九臺等十連言臺者以顯僕爲賤也臣亦賤稱僖十七年左傳晉惠公卜男爲人臣女爲人妾孝經曰不敢失於臣妾妾是賤者之定名臣則事人之稱無定名也故十等以相次臣謂得役使者爲臣也幷其臣

僕謂其私家之臣故云王既刑殺無罪乃并及其家之賤者不止於所罪而已
無罪知彼刑殺者尚及其家之賤者明以重罪加之故知刑殺也引書曰呂刑
文也彼注云越於也茲此也麗施也於此施刑并制無罪者則彼苗民淫虐
殺戮無辜不但刑有罪亦并制無罪與此并義同故引之以為證也易傳者以
臣僕非罪人之名經言并其臣僕不言以為臣僕其幽王
暴虐乃殺戮無辜豈但不至於罪以為臣僕而已故易之瞻彼中林侯薪侯蒸
中林林中也薪蒸言似而非箋云侯維也林中大木之處而維有薪蒸爾喻朝
廷宜有賢者而但聚小人○蒸之丞反處昌慮反下之處同朝直遙反下皆同
民今方殆視天夢夢王者為亂夢夢然箋云方且也民今且危亡視王者所為
反夢夢然而亂無統理安人之意○夢莫紅反亂也沈莫
勝反韓詩云惡貌也既克有定靡人弗勝勝乘也箋云王既能有所定尚復事之小者爾
無人而不勝言凡人所定皆勝王也○勝毛音
升鄭尸證反復扶又反篇末同有皇上帝伊誰云憎皇君也箋云伊讀當為繄繄猶是也有君
上帝者以情告天也使王暴虐如是是憎
惡誰乎欲天指害其所憎而已○繄烏兮反惡烏路反
疏瞻彼至云憎○毛以為視彼林中謂其當有大
木而維有薪維有蒸在林則似大木而非大木
也以與視彼朝上謂其當有賢者而唯有小人此小人之在朝則似賢人而非
賢也由朝聚小人而無善政令方且危亡矣民將危亡王當安撫之今視王之
所為反夢夢然而昏亂無統理安民之意也王非徒昏亂又志在殘虐既謂能
有所定者無事於人而不欲乘陵之言所定者皆是陵人之事為殘虐也王暴
如此以情訴天云有君上帝使王暴虐如此維誰憎惡乎欲天指害之○鄭以
上二句小別具說在箋又以靡人不勝謂人皆勝王又以伊為是為異餘同○
傳薪蒸言似而非○正義曰無羊云爾牧來思以薪以蒸則薪蒸柴樵之名言
視林中生長之木而言侯薪侯蒸者言於中有為薪蒸之木見其小也林者大
木所處今小木在焉似大木而非喻小人在朝似賢人而非故云言似而非也
○傳王者至夢然○正義曰釋訓云夢夢亂也上天無昏亂之事故知天斥王

也○傳勝乘○正義曰此傳甚略。王。述之云王既有所定皆乘陵人之事言殘虐也今據爲毛說孫毓云小人好爲小善矜能自臧以爲大功其所成就細碎小事凡人所勝而過者反以驕人是詩所刺幽王也若乘陵殘虐之事動則有惡豈得名之爲克有定乎箋義爲長謂山蓋卑爲岡爲陵在位非君子乃小人也箋云此喻爲君子賢者之道人尚謂之卑況爲凡庸小人之行○卑本又作痺同音婢又必支反行下孟反民之訛言寧莫之懲箋云小人在位曾無欲止衆民之爲僞言相陷害也召彼故老訊之占夢故老。召。之訊問也箋云君臣在朝侮慢元老召之不問政事但問占夢不尚道德而信徵祥之甚○訊本又作訊音信具曰予聖誰知烏之雌雄君臣俱自謂聖也箋云時君臣賢愚適同如烏雌雄相似誰能猶以別異之乎○別彼列反【疏】謂山至雌雄○正義曰謂之爲山者人意。蓋爲卑況爲岡爲陵乎今所見非高山乃岡陵也以興行君子之道者人意尚謂之爲淺況爲小人之行乎今在位非君子乃小人也王既任小人今民之訛僞之言相陷害者在位之臣曾無欲以德止之者既不能施德以止訛言而愛好鄙碎而共信徵祥召彼。無老宿舊有德者但問之占夢之事言其不尚道德侮慢長老也又君臣並不自知俱曰我身大聖唯各自矜而賢愚無別譬之於烏誰能知其雌雄者謂天蓋高不敢不局。謂地蓋厚不敢不蹐維號斯言有倫有脊局曲也蹐累足也倫道脊理也箋云局蹐者天高而有雷霆地厚而有陷淪也此民疾苦王政上下皆可畏怖之言也維民號呼而發此言皆有道理所以至然者非徒苟妄爲誣辭○局本又作跼其欲反脊井亦反徐音積說文小步也維號音豪注同霆音庭又音挺淪音倫又倫峻反怖普故反號呼好路反誣音無哀今之人胡爲虺蜴。蜴螈也箋云虺蜴之性見人則走哀哉今之人何爲如是傷時政也○虺暉鬼反蜴星歷反字又作蜥螈音元【疏】謂天至虺蜴○正義曰時人疾苦王政歌詠其事作者以其有理故取而善之時有人言謂此上天蓋實高矣而有雷霆擊人不敢不曲其脊以敬之以喻己恐觸王之忌諱也謂此下地蓋實厚矣而有陷溺殺人不敢不累其足以畏之以喻己恐陷在位之羅網也言上下可畏如天地然此人心疾王政不敢指斥假天地以比之作者善其言故云維我號呼而發此言實有道理言王政實可畏此辭非虛也既上下可畏民皆避之故言哀哉今此之人。可故而爲虺蜴也虺蜴之性見人則走民聞王政莫不逃避故言爲虺蜴也○傳局曲蹐累足○正義曰天在上身戴天而曲者曲身也足所以履地故知蹐累足說文云蹐小步也王述之曰言天高己不敢不曲身危行恐上觸忌諱也地厚己不敢不累足懼陷於在位之羅網也○箋局蹐至陷淪○正義曰箋以不敢者畏辭明有可畏故言天高而有雷霆地厚而有陷淪也淪没也謂地震則有陷没者○傳蜴螈○正義曰釋魚云蠑螈蜥蜴蜥蜴蝘蜓蝘蜓守宮也李巡曰蠑螈一名蜥蜴蜥蜴名蝘蜓蝘蜓名守宮孫炎曰别四名也陸機疏云虺蜴一名蠑螈。蜴也或謂之蛇醫如蜥蜴青綠色大如指形狀可惡如陸意蜥蜴與螈形狀相類水陸異名耳

瞻彼阪田有菀其特。言朝廷曾無桀臣箋云阪田崎嶇墝埆之處而有菀然茂特之苗喻賢者在間辟隱居之時○阪音反又扶版反菀音鬱徐又於阮反崎起宜反嶇丘俱反墝苦交反埆戶角反又苦角反又音角間音閑辟婢亦反

天之扤我如不我克扤動也箋云我我特苗也天以風雨動搖我如將不勝我謂其迅疾也○扤五忽反徐又音月迅音峻

彼求我則如不我得箋云彼彼王也王之始徵求我如恐不得我言其禮命之繁多

執我仇仇亦不我力仇仇猶謷謷也箋云王既得我執留我其禮待我謷謷然亦不問我在位之功力言其有貪賢之名無用賢之實○謷本又作慠五報反沈五刀反

[疏]瞻彼至我力○正義曰王政所以爲民疾苦由不能用賢視彼阪田墝埆之地有菀然其茂特之苗以興視彼空谷仄陋之處有傑然其秀異之賢然天之以風雨動搖我特苗如將不我特苗之能勝言風雨之迅疾也以喻被王之以禮命以徵召我賢者如恐不我賢者之能得言禮命之繁多也及其得我則空執留我其禮待我謷謷然亦不問我在位之功力

言小人貴名賤實不能用賢故政教所以亂也○傳言朝至桀臣○正義曰毛以詩意取菀苗此賢者不舉原隰之苗而言阪田者反明朝廷曾無英傑之臣○傳仇仇猶謷謷○正義曰以釋訓云仇仇敖敖傲也義同故猶之郭璞曰皆傲慢賢者定本無猶字

心之憂矣如或結之今茲之正胡然厲矣厲惡也箋云茲此正長也心憂如有結之者憂今此之君臣何一然為惡如是燎之方揚寧或滅之滅之以水也箋云火田為燎燎之方盛之時炎熾熛怒寧有能滅息之者言無有也以無有喻有之者為甚也○燎力詔反徐力燒反熾尺志反熛必遙反赫赫宗周褒姒威之宗周鎬京也褒國也姒姓也威滅也有褒國之女幽王惑焉而以為后詩人知其必滅周也○褒補毛反姒音似鄭云字也威呼說反齊人語也字林武劣反說文云從火戌聲火死於戌陽氣至戌而盡本或作滅鎬胡老反

疏心之至威之○正義曰詩人見朝無賢者言我心之憂矣如有結之者言憂不離心如物之纏結也所以憂者今此之君臣為人之長何一然為惡如是矣言君臣俱惡無所差別也君臣惡極國將滅亡言燎火方奮揚之時炎熾熛怒寧有能滅息之者以喻宗周方隆盛之時王業深固寧有能滅亡之者言此二者皆盛不可滅亡也然此燎雖熾盛而水能滅之則水為甚矣以與周國雖盛終將褒姒滅之則褒姒惡甚矣此二文互相發明見難之而能所以為甚也故傳曰滅之者以水以反之於時宗周未滅詩人明得失之迹見微知著以褒姒淫妒知其必滅周也

終其永懷又窘陰雨窘困也箋云窘仍也終王之所行其長可憂傷矣又將仍憂於陰雨陰雨喻君有泥陷之難○窘求殞反字林巨畏反泥乃計反其車既載乃棄爾輔大車重載又棄其輔箋云以車之載物喻王之任國事也棄輔喻遠賢也○遠于萬反載輸爾載將伯助予將請伯長也箋云輸墮也棄女車輔則墮女之載乃請長者見助以言國危而求賢者已晚矣○爾載才再反注及下同將七羊反注皆同墮許規反本又作墮待果反

疏終其永至助予○毛以為此及下章皆以商人之載大車

展轉爲喻言王之爲惡無心變改若終王之所行其長可哀傷矣王行既可哀傷又將至於傾危猶商人涉路既有疲勞又將困於陰雨商人之遇陰雨則有泥陷之難王行之至傾危必有滅亡之憂故以譬之商人慮有陰雨宜用輔以佐車今其車既載重矣乃棄爾之車輔反令車載溺也以喻王政慮有傾危宜用賢以治國今其既有大政矣乃棄汝之賢人反令國政亂也車既棄輔又遇陰雨則隳敗汝之車載既隳敗然後請長者助我則晚矣以喻國既棄賢又遇傾危則滅亡汝之國國家既滅矣然後求賢人佐己則亦晚矣王何不及其未敗用賢自輔乎○之鄭唯以窘爲仍憂於陰雨爲異餘同○傳大車至其輔○正義曰考工記車人爲車有大車鄭以爲平地載任之車駕牛車也尚書云肇牽車牛遠服賈用是大車駕牛車也此以商事爲喻而云既載故知是大車也又爲車不言作輔此云乃棄爾輔則輔是可解脫之物蓋如今人縛杖於輻以防輔事也○箋輸墮○正義曰隱六年鄭人來輸平公羊傳曰輸平猶隳成何言隳成敗其成昭四年左傳曰寡君將隳幣焉服虔云隳輸也是訓輸爲隳壞之義子路將隳三都是也定本隳作墮

無棄爾輔員于爾輻員益也○員音云輻方六反屢顧爾僕不輸爾載箋云屢數也僕將車者也顧猶視也念也○婁力注反又作屢數音朔下同終踰絕險曾是不意箋云女不棄車之輔數顧女僕終是用踰度陷絕之險女不曾以是爲意乎以商事喻治國也

疏無棄至不意○正義曰此連上章以商事爲喻但反之教王求賢耳言此商人載大車當無棄爾之車輔益於爾之輪轉以喻王之治天下當無棄爾之賢佐益於爾之國事也商人既不棄輔又數顧念爾將車之僕汝能若是則輔車輻僕能勤御則得不隳敗爾之車載以喻王既不棄賢又善禮遇爾執政之相王能如此用賢益於國家相能幹職則得不傾覆爾之王業商人留輔顧僕之故終用踰度陷絕之險汝商人何得曾不以是輔僕爲意乎喻王用賢禮相之故終用是得濟免禍害之難汝何得曾不以是賢相爲意乎教王之用賢敬臣也箋雖不言以僕喻相但輔益輻以賢益國則僕將車自然似相執政也終踰絕險報上又窘陰雨以

陰雨爲終久及難之事故鄭以窘爲仍 魚在于沼亦匪克樂潛雖伏矣亦孔之炤 沼池也箋云池魚之所樂而非能樂其潛伏於淵又不足以逃甚炤炤易見以喻時賢者在朝廷道不行無所樂退而窮處又無所止也○沼之紹反樂音洛注同炤音灼之若反易見夷豉反下如字又賢遍反 憂心慘慘念國之爲虐 慘慘猶戚戚也○慘七感反戚千歷反 疏 魚在至爲虐○正義曰上章教王求賢而王不能用故此章言賢者不得其所魚在於沼池之中爲人所驚駭不得逸遊亦非能有樂退而潛處雖伏於深淵之下亦甚於炤炤然易見不足以避網罟之害莫知所逃也以與賢者在於朝廷之上爲時所陷害不得行道意非能有樂退而隱居雖遁於山林之中又其姓名聞徹不足以遇苛虐之政莫知所於己爲之憂而心中慘慘然念國之爲虐也言王政暴虐賢人困厄己所以憂也 彼有旨酒又有嘉殽 言禮物備也箋云彼彼尹氏大師也○肴本又作殽戶交反 洽比其鄰昏姻孔云 洽合鄰近云旋也是言王者不能親親以及遠箋云云猶友也言尹氏富與兄弟相親友爲朋黨也○比毗志反云本又作員音同 念我獨兮憂心慇慇 慇慇然痛也箋云此賢者孤特自傷也○慇音殷又於謹反 疏 彼有至慇慇○毛以爲言幽王彼有旨酒矣又有嘉善之殽矣禮物甚備足矣唯知以此禮物協和親比其鄰近之左右與妻黨之昏姻甚相與周旋而已不能及遠人也王既不能及遠人國家將有危亡故念我獨憂王此政令憂心慇慇然痛也○鄭以爲時權臣奢富親戚相黨故言彼尹氏有旨酒又有嘉殽會比其鄰近兄弟及昏姻甚相與親友爲朋黨也彼小人如此念我無祿而孤獨兮憂心慇慇然孤特自傷耳○箋彼彼尹氏大師○正義曰此與上篇非一人所作而以彼爲尹氏者以尹氏官爲太師上篇刺其專政則幽王之臣奢富朋黨者唯尹氏耳故知彼彼尹氏也○傳言王至及遠○正義曰傳解昏姻相親乃是美事而以爲刺者言幽王唯知親比鄰近昏姻而已不能以此親親之情而及於遠人故王肅云言王但以和比其鄰近左右與昏姻其親友而已不能親親

以遠及佌佌彼有屋蔌蔌方有穀。佌佌小也蔌蔌陋也箋云穀祿也此言小人富而窶陋將貴也○佌音此說文作囟音徙蔌音速方穀本或作方有穀非也窶其矩反一音廬民今之無祿天夭是椓。君夭之在位椓之箋云民於今而無祿者天以薦瘥夭殺之是王者之政又復椓破之言遇害甚也○夭於兆反又於遙反災也椓陟角反○哿矣富人哀此惸獨哿可獨單也箋云此言王政如是富人。已可惸獨將困也○哿哥我反

【疏】佌佌至惸獨○毛以為佌佌然之小人彼已有室屋之富矣其蔌蔌窶陋者方有爵祿之貴矣王者厚斂重賦寵貴小人故使得如此也哀此下民今日之無天祿而王夭害之在位又椓譖之是其困之甚也王政如此雖天下普遭其害可矣富人猶有財貨以供之哀哉此單獨之民窮而無告為上夭椓將致困病故甚可哀也○鄭唯天夭是椓為異餘同○傳君夭之在位椓之○正義曰毛以夭斥王者故為君夭之夭既為君故椓為在位也○箋民。以至害甚○正義曰箋以夭是蒙殺之辭宜天之所為故云天以薦瘥夭殺之夭既為天則椓為王者故云王者又椓破之謂農時而役厚斂其財人以財盡猶椓使破壞然椓如椓杙之椓謂打之也

正月十三章八章章八句五章章六句

附釋音毛詩注疏卷第十二(十二之一)

毛詩注疏校勘記（十二之一）　阮元撰盧宣旬摘錄

○節南山

頌及風頌正經　閩本明監本毛本同案下頌字浦鏜云當雅誤是也

爲周文公之頌則二篇字　閩本明監本毛本同案十行本公至篇剜添者一

所以國傳重也　閩本明監本毛本同案當作箋

桓七年天王使家父來求車　閩本明監本毛本同案浦鏜云十五誤七是也正義下文可證

此言不廢作在平桓之世　閩本明監本毛本同案言當作詩

維石巖巖　唐石經小字本相臺本同案釋文云巖巖如字本或作嚴音同正義本是巖字考巖字是也傳云巖巖積石貌箋云喻三公之位人所尊嚴箋以嚴說巖者詁訓之法也經義雜記以爲經本作嚴不得箋意又以爲正義本釋文本皆作嚴尤失其實又引羣經音辨不知賈昌朝所載即釋文或作本耳

憂心如惔　唐石經小字本相臺本同案正義云如惔之字說文作㶣釋文云惔徒藍反又音炎燔也韓詩作炎字書作𤇾說文作㶣字五經文字心部云惔見小雅考釋文云字書作𤇾故轉寫而爲惔詩經小學云毛詩本作如㶣或同韓詩作如炎不知何人始作如惔惔憂也豈憂心如憂乎又於說文惔下妄加詩曰憂心如惔今考說文惔下當是引詩曰憂心如炎以解惔字從炎之意不知者誤改爲惔耳

不敢相戲而言語　小字本相臺本同閩本明監本毛本亦同案正義云不敢相戲而談語又云故言又畏汝之威不敢相戲而談語也是言當作談考文古本作談采諸正義也

斬斷監視也　小字本相臺本同案釋文以斷也作音是其本斷下有也字考文古本有

小熱也　【補】釋文校勘記通志堂本同盧本熱作爇云爇舊作熱據說文改案所改是也

具瞻少酋嚴之狀　【補】毛本酋作尊案尊字是也

訓爲小熱也　閩本明監本毛本同案浦鏜云爇誤熱是也

明所憂者刑罰之成　閩本明監本毛本同案浦鏜云成疑威字譌是也

又以草木平滿其旁倚之畎谷　小字本相臺本同案此正義本也正義云有以草木平滿其傍倚之甽谷又云故知以草木平滿其傍之甽谷正義中餘甽字同甽畎一字也釋文云山畎本亦作甽是甽谷釋文本作山畎也正義又云定本云又以草土平滿其傍倚之山以木爲土恐非考定本山下當是亦有畎字與釋文本同正義不備引耳

薦重瘥病　小字本相臺本同案釋文以重也作音是其本重下有也字考文古本有

節彼事懲嗟　【補】毛本事作至案所改是也

能實甽唯草木也　閩本明監本毛本同案浦鏜云甽下當脫谷字是也

故責之曾無恩德止之者 閩本明監本毛本同案責下之字當作云

俾民不迷 唐石經小字本相臺本同案釋文云卑本又作俾同後皆放此正義本今無可考

氐當作桎鎋之桎 小字本相臺本同案釋文云桎之實反又丁履反礙也本或手旁至者誤也段玉裁云當是抵字誤桎是也別體字抵作㧊與桎字形近

秉持國之正平 閩本明監本毛本之正誤政之

若四圭爲邸 閩本明監本毛本同案浦鏜云有誤爲是也

說文云桎車鎋也 閩本明監本毛本同案浦鏜云今說文無是也考正義所引說文如第⿰月閒摻滄等字皆與說文不合當是正義自誤以他書爲說文耳非字有譌也

勿當作末 小字本相臺本同考文古本同閩本明監本毛本末作未下及正義中同案末字是也此箋末罔卽漢書谷永傳之末殺正義云末略欺罔也

式夷式已 唐石經小字本相臺本同案釋文云式已毛音以鄭音紀正義云易傳者以上文欲王躬親爲政則宜爲己身之己不宜爲已止也段玉裁云傳云用平則已無以小人之言至於危殆也作一句讀未必毛音以也

用能紀理其事也 閩本明監本毛本同小字本相臺本也作者考文古本同案者字是也考此箋以紀說己乃詁訓之法考文古本改

紀爲己者不得箋意盧文弨從之非也

瑣瑣姻亞唐石經小字本相臺本同案釋文云瑣瑣素火反小也本或作璅非也璅音早考文古本作璅采釋文而誤也㢋丘釋文云璅今依字作瑣亦其證

必天下之民補閩本明監本毛本同案必當作汝形近之譌

夷易違去也小字本相臺本同案釋文以易也作音是其本易下有也字考文古本有

無民之所不爲皆化於上也閩本明監本毛本無字在之下案皆誤也當云民之所爲無不皆化於上也

民既化上上爲惡亦當效上爲惡亦當化上爲善閩本明監本毛本下亦字上有上爲善三字案所補非也此當云民既化上爲惡亦當化上爲善複衍上爲惡亦當效上七字寫者之誤也

是今昊天之辭閩本明監本同毛本今作令案所改是也

此正與祖伊諫皆同義忠臣殷勤之閩本明監本毛本作此正與祖伊諫皆同忠臣殷勤之義案皆同當作同皆

蹙蹙然至俠閩本明監本毛本俠作狹案所改是也

集本云大辯是爭閩本明監本毛本同案浦鏜云大辯下疑脫辯字是也本當作注見前

箕上改悞而已　閩本明監本毛本悞作悟案所改是也

○正月

是由王急酷之異　閩本明監本毛本異誤刑

則非常霜之月　閩本明監本毛本常誤當

夏七月甲戌朔　閩本明監本毛本同案浦鏜云六誤七是也

正純陽之月傳稱慝未作　閩本明監本毛本同案十行本之至稱剜添者一字

致常寒之氣來順之　閩本明監本毛本常誤恆

女口一爾　小字本相臺本同閩本明監本毛本亦同案爾當作耳正義云女口一耳是其證

憂心愈愈　毛本心誤憂明監本以上皆不誤

又此病我之先　閩本明監本毛本病下有不從二字案所補是也

文王雖受命之王　閩本明監本毛本同案文下王字當作武與下互換

訴上世之哲氏　閩本明監本毛本氏作民案皆誤也民當作王與上武字互換而又有譌也

故此病遭暴之政而病也　閩本明監本毛本暴下有虐字案所補是也上病字衍

則役之圜土小字本相臺本同閩本明監本毛本亦同案六經正誤云作圜誤與國建本皆作圜周禮作圜是也釋文云圜音圓

視烏集於富人之室閩本明監本毛本同小字本相臺本室作屋考文古本同案室字誤也

是無祿世閩本明監本毛本世作由案所改非也世當作也形近之譌

輕者役於圓土閩本明監本毛本圓作圜下同案所改非也注作圜正義作圓圜圓古今字易而說之也例見前

弗受冠飾也閩本明監本毛本同案浦鏜云使誤受以周禮注考之浦校是

無罪知彼刑殺者閩本明監本毛本同案浦鏜云彼疑被字譌是也

伊讀當爲緊小字本相臺本同案釋文以作緊作音是其本爲字作作也正義本今無可考

王迷之云王旣有所定也閩本明監本毛本脫王字迷之作述之案述字是

故老召之閩本明監本毛本同小字本相臺本召之作元老考文古本同案召之誤也

人意盡猶以爲卑閩毛本盡作蓋

召彼無老宿舊有德者閩本明監本毛本無作故案皆誤也無當作元因別體字無作无而譌也

不敢不局唐石經小字本相臺本同案釋文云局本又作跼正義標起止云傳局曲又云篓局蹐是其本作局考文古本作跼采釋文

胡爲虺蜴唐石經小字本相臺本同案釋文云蜴星歷反字又作蜥段玉裁云說文無蜴字蓋蜴卽蜴之或體也詳詩經小學

故言今之人可故而爲虺蜴也〔補〕毛本可作何案何字是也

一名蠑螈蜴也閩本明監本毛本同案盧文弨於蜴上補水字是也下文云水陸異名耳可證

以喻被王之以禮命〔補〕毛本被作彼

毛以詩意取菀苗此賢者閩本明監本毛本同案浦鏜云比誤此是也

褒姒威之唐石經小字本相臺本同案釋文云威本或作滅考傳云威滅也說文威下同引此詩是字本作威或作本非也他書多引作滅非毛氏詩正字

終是用踰度陷絕之險小字本同閩本明監本毛本同相臺本是用作用是考文古本同案相臺本是也此誤倒

女不曾以是爲意乎閩本明監本毛本同小字本相臺本不曾作曾不案曾不是也

汝能若是則輔車輻閩本明監本毛本同案車當作益

但輔益輻以賢益國閩本明監本毛本同案以當作似

莫知所於閩本明監本毛本於作逃案於字是也此承上於朝廷於山林而言

言尹氏富與兄弟相親友閩本明監本毛本同小字本相臺本與上有獨字考文引古本亦同案有者是也

會比其鄰近兄弟及昏姻毛本同閩本明監本會誤合

蔌蔌方有穀唐石經小字本相臺本同案釋文云方穀本或作方有穀非也正義云方有爵祿之貴矣是其本與或作同戴震毛鄭詩考正云當從釋文爲正

夭夭是椓唐石經小字本相臺本同案後漢書蔡邕傳夭夭作夭夭夭夭是譌字蜀石經亦誤夭爲夭見詩經小學中

富人已可小字本相臺本同考文古本同閩本明監本毛本已誤猶

箋民以至害甚閩本明監本毛本以作於案所改是也

附釋音毛詩注疏卷第十二（十二之二）

〔三九〕

毛詩小雅　鄭氏箋　孔穎達疏

十月之交大夫刺幽王也當爲刺厲王作詁訓傳時移其篇第因改之耳。節刺師尹不平亂靡有定此篇譏皇父擅恣日月告凶正月惡褒姒滅周此篇疾豔妻煽方處又幽王時司徒乃鄭桓公友非此篇之所云番也是以知然○刺幽王毛如字鄭改爲刺厲王從此至小宛四篇皆然節在結反父音甫後皇父皆同惡烏路反番方袁反徐甫言反本或作潘音同韓詩作繁下同

【疏】十月八章章八句○正義曰毛以爲刺幽王鄭以爲刺厲王經八章皆刺王之辭此下及小宛序皆刺幽王鄭以爲本刺厲王毛氏移之事既久遠不審實然以否縱其實然毛既移其篇第改厲爲幽卽以爲幽王說之故下傳曰豔妻褒姒是爲幽王之事則四篇皆如之今各從其家而爲之義不復强爲與奪○箋當爲刺厲王至是以知然○正義曰鄭以此篇本六月之上爲刺厲王詩毛氏移之於此改厲爲幽今本其舊而爲之說故云當爲刺厲王也作詁訓傳者毛公也毛公漢初時人故譜云漢興之初師移其第作詁訓傳時是漢初也其改之意已具於譜鄭既言當爲厲王又自檢其證節刺師尹不平亂靡有定此篇譏皇父擅恣日月告凶。事國家之權任天下之責不得並時而有二人彼是幽王知此非幽王也正月惡褒姒滅周此篇疾豔妻煽方處敵夫曰妻王無二后褒姒是幽王所嬖豔妻非幽王之后鄭語云幽王八年桓公爲司徒此篇云番維司徒一官不得二人爲之故又云幽王時司徒乃鄭桓公友爲之非此篇之所云番是以知之言由此知幽當爲厲也毛以豔妻爲褒姒美色曰豔則褒姒豔妻爲一鄭必爲別人者以詩論天子之后非如曲說邪淫不當以色名之中候曰剡者配姬以放賢剡豔古今字耳以剡對姬剡爲其姓以此知非褒姒也鄭桓公幽王八年始爲司徒知非代番爲之者以番爲司徒在豔妻方盛之時則豔既爲后番始爲司徒也鄭語說桓公既爲司徒方

問史伯史伯乃說褒姒之事其末云竟以爲后則桓公初爲司徒褒姒仍未爲后以此知桓公不得與番相代也凡例別嫌明疑以本文爲主故鄭先以詩上下校之後乃言鄭桓公也中候擿雒貳曰昌受符厲倡嬖期十之世權在相又曰剡者配姬以放賢山崩水潰納小人家伯罔主異載震既言昌受符爲王命之始卽云期十之世自文數之至厲王除文王爲十世也剡與家伯與此篇事同山崩水潰卽此篇百川沸騰山冢崒崩是也如此中候之文亦可以明此爲厲王但緯候之書人或不信故鄭不引之鄭檢此篇爲厲王其理欲明而知下三篇亦當爲刺厲王者以序皆言大夫其文大體相類十月之交雨無正卒章說己留彼去念友之意全同小旻小宛卒章說怖畏罪辜恐懼之心如一似一人之作故以爲當刺厲王也王肅皇甫謐以爲四篇正刺幽王孫毓疑而不能決其評曰毛公大儒明於詁訓篇義誠自刺厲王無緣橫移其第改爲幽王鄭君之言亦不虛耳是以惑疑無以斷焉竊以褒姒龍漦之妖所生褒人養而獻之無有私黨皇父以下七子之親而令在位若此之盛也又尙書緯說豔妻謂厲王之婦不斥褒姒又雨無正有周宗既滅靡所止戾之言若是幽王既爲犬戎所殺則無所刺若王尙存不得謂之既滅下句言正大夫離居莫之我勤莫肯夙夜莫肯朝夕庶曰式臧覆出爲惡之言鄭箋皆謂厲王流于彘之後於義爲安是其言雖不能決而其意謂鄭爲長也若如鄭言毛詩爲毛公所移四篇容可在此今韓詩亦在此者詩體本是歌誦口相傳授遭秦滅學之後衆儒不知其次齊韓之徒以詩經而爲章句與毛異耳非有壁中舊本可得憑據或見毛次於此故同之焉不然韓詩次第不知誰爲之

十月之交朔月辛卯日有食之亦孔之醜之交日月之交會醜惡也箋云周之十月夏之八月也八月朔日日月交會而日食陰侵陽臣侵君之象日辰之義日爲君辰爲臣辛金也卯木也又以卯侵辛故甚惡也○夏戶雅反彼月而微此日而微月臣道日君道箋云微謂不明也彼月則有微今此日反微非其常爲異尤大也今此下民亦孔之哀箋云君臣失道災害將起故下民亦甚可哀

疏十月至之

哀○毛以爲幽王之時正在周之十月夏之八月日月之交會朔月辛卯之日以此時而日有食之此其爲異亦甚之惡也何則日食者月掩之也月食日爲陰侵陽臣侵君之象其日又是辛卯辛是金卯是木金常勝木今木反侵金亦臣侵君之象臣侵君逆之大者一食而有二象故爲亦甚惡也所以爲甚惡者日君道也月臣道也君當制臣似月應食臣不當侵君似日不應食故言彼月而容有被食不明今此日而反被食不明以日被月食似君被臣侵非其常事故爲異尤大也異既如此災害將生災害一起天下蒙毒故今此下民亦甚可哀傷矣○鄭唯厲王時爲異○傳之交日月之交會○正義曰交者日月行相逮及交而會聚故云交會也日月交會謂朔日也此言十月之交卽云朔月辛卯朔月卽是之交爲。事也古曆緯及周髀皆言周天三百六十五度四分度之一日月皆右行於天日日行一度月日行十三度十九分度之七是月行疾日行遲二十九日有餘而月行天一周追及於日而與之會是會之交也每月皆交會而月或在日道表或在日道裏故不食其食要於交會又月與日同道乃食也○箋周之至甚惡正義曰詩之言月皆據夏時而知此周十月夏八月者推度災。曰十月之交氣之相交周十月夏之八月緯雖不可盡信其言主以釋此故據之以爲周十月焉日月交會而日食陰侵陽臣侵君之象以日食者月食之也故何休曰不言月食之者其形不可得而覩故疑言日有食之月食日是陰侵陽也下傳曰月臣道日君道是臣侵君之象日辰之義者月令其日甲乙是從甲至癸爲日也左傳曰辰在子卯又曰辰在申是從子至亥爲辰也雖十日甲剛乙柔其中有五剛五柔要十日皆爲幹故日爲君也而十二辰亦子陽丑陰其中有六陽六陰以對十日皆爲支故辰爲臣言此者解詩本言辛卯日食之意日食陰侵陽而以辛卯日卯比臣辛比君是爲卯侵辛也辛日以辰侵日而日爲金辰爲木金應勝。木反侵金是五行相逆猶君臣顚倒故言亦甚惡也案此朔月辛卯自是所食之。月知取金木爲義者推度災曰及其食也君弱臣强故天垂象以見徵辛者正秋之王氣卯者正春之臣位日爲君辰爲臣八月之日交卯食辛矣辛之爲君幼弱而不明卯之爲臣秉權而爲政故辛之言新陰氣盛而陽微。生其君幼弱而任卯臣也以此緯文故知取卯侵辛爲義如緯之意以辛王在秋八月用事卯位在春秋當休廢思臣以休廢之時能侵當王之君是陰盛陽微之象緯意又取剛柔爲義以辛是柔日又辛之言新言微陽新用事也卯位正春强臣之象故云君幼弱臣秉權以權臣陵弱君故爲醜也此箋直言卯侵辛不言君弱臣强者陰陽之事容有多塗故舉金木爲正餘略之也昭二十一年秋。正月壬午朔日有食之以午食壬似卯侵辛傳言不爲災者彼爲夏之五月午當用事壬應休廢又壬爲剛日非是弱君故與此不同也若然此八月卽秋分之時也左傳曰二至二分日有食之不爲災日月之行分同道也至相過也其他月卽爲災此亦分月而云孔醜者然日者太陽之精至尊之物不宜有所侵侵之則爲異但聖賢因事設教以爲等級耳左傳曰唯正月朔慝未作日有食之於是乎有用幣於社伐鼓於朝其餘則否是以日食之中分爲差降也以正月爲夏之四月純陽用事而日又爲陽於時最盛尤不宜爲陰所侵故爲最重而特用鼓幣也其他月則非正陽故爲差輕也至於二至二分固有分至之名宜若同道相過有可食之理故爲尤輕也計古今之天度數一也日月之食本無常時故曆象爲日月交會之術大率以百七十三日有奇爲限而日月行天各自有道雖至朔相逢而道有表裏若月先在裏依限而食者多若月先在表雖依限而食者少杜預見其參差乃云日月動物雖行度有大量不能不少有盈縮故有雖交會而不食者或有頻交而食者唯正陽之月君子忌之是日月食無常時非分至之月必相食也正以二分晝夜等有類同道二至長短極似若相過因名示義非實然也以日體一也食之輕重假理示義其實日食皆爲異矣故鄭駮異義引此詩云彼月而食則維其常此日而食于何不臧則非常爲異明謂此爲非常明春秋爲示義也若人君改過修善雖正陽之月禍亦可消若長惡遂非雖分至之月亦將有咎安得二至二分獨不爲災也昭七年四月甲辰朔日有食之是春分之月傳稱魯衞惡之衞大魯小。云衞地如魯地於是有災魯實受之大咎其衞君乎魯將上卿其年八月衞侯惡卒十一月季孫宿卒此分月日食有災之驗也且日之有食象臣之侵君若云日有可食之時則君有可殺之節理豈然乎以此知雖在分至非無災咎故此食在夏之八月云為異尤大也然日月之食於算可推而知則是雖數自當然而云為異者人君者位貴居尊恐其志移心易聖人假之靈神作為鑒戒耳夫以昭昭大明照臨下土忽爾殲亡俾晝作夜其為怪異莫斯之甚故有伐鼓用幣之儀貶膳去樂之數皆所以重天變警人君者也而天道深遠有時而驗或亦人之禍釁偶與相逢故聖人得因其變常假為勸戒使智達之士識先聖之深情中下之主信妖祥以自懼但神道可以助教而不可以為教神之則惑衆去之則害宜故其言若有若無其事若信若不信期於大通而已矣經典之文不明言咎惡而公家董仲舒何休及劉歆等以為發無不應是知言徵祥之義未悟勸沮之方杜預論之當矣日月之食大率可推步而知亦有不依交限而食者襄二十四年秋七月甲子朔日有食之既八月癸巳朔月有食之於法算前月之日食既則後月不得食而春秋有之又此經云日月告凶不用其行箋云行道度也不用之者謂相干犯則此依交限以否未可知也古之曆書亡矣今世有周曆魯曆者蓋漢初為之其交無遲疾盈縮考日食之法而其上年月已往參差是以漢世通儒未有以曆考此辛卯日食者而王基獨云以曆考此辛卯日食者而王基獨云以曆校之自共和以來當幽王世無周十月夏八月辛卯交會欲以此會為共和之前其在共和之前則信矣而校之則無術說者或據世以定義矣〇箋微謂至其常〇正義曰下章云彼月而食此日而食與此微同則不明謂日月被食而不明也謂之微者取君微弱之義下云彼月而食則維其常月食為常則日食為非常故云此日反微非其常也周禮春官大司樂云日月食令去樂秋官庭氏有救日月之弓矢昏義云陰事不修謫見於天月為之食漢書天文志曰凡日食修德月食脩刑如此則月食相類而云常者義取君可無理殺臣臣不有犯君故以日食為重耳不謂月食非異也

以日月告凶不用其行四國無政不用其良箋云告凶告天下以凶亡之徵也行道度也不用之者謂相干犯也四方之國無政治者由天子不用善人也〇治直吏反彼月而

食則維其常此日而食于何不臧箋云臧善也

疏日月至不臧○毛以爲幽王時所以日有食之者日月告天下以王有凶亡之徵故不用其常道度所以橫相干犯也又所以有凶亡之徵者以今四方之國無政者由天子不用其善人故也由王不用善凶亡將至故告之也又言日食爲大惡之事彼月而食雖象非理殺臣猶則是其常道今此日而反食於何不善乎猶言一何不善爲不善之大是凶亡之徵也招七年左傳晉侯問於士文伯曰詩所謂此日而食于何不臧何也對曰不善政之謂也國無政不用善則自取謫於日月之災故政不可不慎是也○鄭唯厲王時爲異

爗爗震電不寧不令爗爗震電貌震雷也箋云雷電過常天下不安政教不善之徵○爗于輒反

百川沸騰山冢崒崩沸出騰乘也山頂曰冢箋云崒者崔嵬百川沸出相乘陵者由貴小人也山頂崔嵬者崩君道壞也○沸甫味反崒舊子恤反徐子綏反宜依爾雅音徂恤反本亦作卒頂丁冷反崔徂回反爾雅作厜才規反嵬五回反爾雅作㕒五規反

高岸爲谷深谷爲陵言易位也箋云易位者君子居下小人處上之謂也○處昌呂反

哀今之人胡憯莫懲箋云憯曾懲止也變異如此禍亂方至哀哉今在位之人何曾無以道德止之○憯七感反亦作慘

疏爗爗至莫懲○毛以爲幽王時不但日食又爗爗然有震雷之電其聲駭駛過常令使天下不安止由王政教不善之徵所致也又當時天下有百川之水皆溢出而相乘水流趨下小人之象今溢出由貴小人在上也又時山之冢頂高崒之上崒然崔嵬者皆崩落山高在上君之象今崩落是君道壞也於時又高大之岸陷爲深谷岸應處上今陷而在下由君子居下故也又深下之谷進出爲陵谷應處下今進而上由小人處上故也變異如此禍亂方至哀哉今在位之人何曾無肯行道德消止此異者但尙德省刑退不肖進君子則此異止矣此所陳皆當時實事震電既言不寧不令由所致有象在下致皆有象矣故箋皆以象解之推度災曰百川沸騰衆陰進山冢崒崩人無仰高岸爲谷賢者退深谷爲陵小臨。即是也○鄭唯厲王時爲異○傳山頂曰冢至箋乘陵○正義曰釋山云山頂冢孫炎曰謂山巔也又云崒者厜子規反㕒語規反郭璞曰謂山峯頭巉岩者意或作嵯峨此經作崒箋作崔嵬者雖字則爾雅小異義實同也徐邈以崒子恤反則當訓為盡於時雖大變異不應天下山頂盡皆崩也故鄭依爾雅為說百川沸出相乘陵者謂衆陰盛也水泉溢時衆川多然故舉百成數也周語曰幽王三年西周三川皆震伯陽父曰周將亡矣昔伊洛竭而夏亡河竭而商亡今周若二代之季其川源必塞必竭夫國必依山川山崩川竭亡國之徵是歲三川竭此言百川沸騰與彼三川震不同也何者此有沸出相乘水盛漫溢而已非震之類也彼幽王之時云若二代之季若厲王時已百川皆震不當遠比二代之末以此知沸騰非震也彼云三川震此云百川沸又知此詩非幽王時也鄭以為當刺厲王於義實安

皇父卿士番維司徒家伯維宰仲允膳夫棸子內史蹶維趣馬楀。維師氏豔妻煽方處。

豔妻褒姒美色曰豔煽熾也箋云皇父家伯仲允皆字番棸蹶楀皆氏厲王淫於色七子皆用后嬖寵方熾之時並處位言妻黨盛女謁行之甚也敵夫曰妻司徒之職掌天下土地之圖人民之數冢宰掌建邦之六典皆卿也膳夫上士也掌王之飲食膳羞內史中大夫也掌爵祿廢置殺生予奪之法趣馬中士也掌王馬之政師氏亦中大夫也掌司朝得失之事六人之中雖官有尊卑權寵相連朋黨於朝是以疾焉皇父則為之端首兼擅羣職故但目以卿士云○棸側留反蹶俱衞反趣七走反注同趣馬官一名楀音矩弓禹反豔餘贍反鄭云豔妻厲王后煽音扇說文作傓云熾盛也處一本作熾熾尺志反盛也嬖必計反朝直遙反下同擅市戰反

疏 皇父至方處○毛以為當刺幽王時皇父為卿士之官謂卿之有事兼擅羣職也其番氏維為司徒之卿家伯維為冢宰之卿仲允為膳夫棸氏之子為內史蹶氏維為趣馬楀氏維為師氏之官此七人於豔妻有寵熾盛方甚之時並處於位由褒姒有寵私請於王使此七人朋黨於朝言王政所以亂也褒姒有親黨者以褒國所養以為本親故有此族黨又此文不言是其婚戚或可諂佞於事為之朋黨不必盡是甥舅之親○鄭以

爲厲王時豔爲后爲異○箋皇父至士云○正義曰皇父及伯仲是字之義故知皇父家伯仲允皆字蓋與后同姓剡也其番聚蹶楀單言人聚子以子配之若曾子閔子然故知皆氏蓋后氏之外親也春秋緯說湯遭大旱以六事謝過其一云女謁行與謁請也謂婦人有寵。謂用親戚而使其言得行今七人並處大位言妻黨強盛女謁行之甚也曲禮云天子之妻曰后此不言后而言妻以其敵夫故言妻也妻之言齊齊於夫也雖天子之尊其妻亦與夫敵也自司徒以之職至得失之事其言皆出於周禮知是卿大夫士者皆序官之文所掌皆在其職之文因此以寵相連故詳其官之尊卑及所掌之事焉序官大司徒卿一人家宰卿一人故云皆卿也六典者謂治典教典禮典政典刑典事典也序官趣馬下士一人此言中士者誤也定本亦誤彼言掌贊正良馬即正馬之政也師氏云掌國中失之事雖中爲中禮亦是得義故杜子春云中當爲得以義引之故爲得也司朝即是國也此云家伯維宰周禮有太宰卿小宰。卿大夫宰夫下大夫鄭司農宰夫注云詩人曰家伯維宰謂此宰夫也王肅以此宰爲小宰鄭以爲冢宰者以宰夫等經傳之中未有單稱宰處冢宰。之單稱宰猶宰猶司徒以下不稱大故序官云太宰小宰不言冢是冢者大處以對小故天官注云百官總焉謂之冢列職於王則稱大以小司徒小宗伯不得單稱司徒宗伯要以小配之是小宰亦不得單稱宰也今此宰夫既是其佐對司徒內史等六官是列職之事五者皆是一官之長宰不當獨爲太宰之佐以此知家伯維宰是家宰也趣馬下士膳夫上士耳得與司徒冢宰同列於詩者鄭解其意六人之中雖官有尊卑而此六人權寵相連共朋黨於朝是以疾焉然官高者勢大勢大者黨甚故此大率以官高爲先而有不次者便文以取韻也又解發首先言皇父不言官名之意皇父則爲此六子之端首兼擅。曰。宰職故。但以卿士云言兼擅者於六卿之外更爲之都官總統六官之事兼雜爲名故謂之卿士

抑此皇父豈曰不時胡爲我作不即我謀

徹我牆屋田卒汙萊

時是也下則汙高則萊箋云抑之言噫噫是皇父疾而呼之女豈曰我所爲不是乎言其不自知惡也女何爲役作

我不先就與我謀使我得還徙乃反徹毀我牆屋令我不得趨農田卒爲汙萊乎此皇父所築邑人之怨辭○抑如字辭也徐音噫韓詩云意也汙音烏注同萊音來噫於其反下同令力呈反趣七住反本又作趨七俱反

曰予不戕。禮則然矣。箋云戕殘也言皇父既不自知不是反云我不殘敗女田業禮下供上役其道當然言文過也○戕在良反王作臧臧善也孫毓評以鄭爲改字共音恭本亦作供

疏 抑此至然矣○毛以爲小人自矜謂舉無不當皇父以親寵封於畿內既封卽築都邑令邑人居之先毀牆屋而後令還邑人廢其家業故述其情以責之言噫是皇父汝所舉事豈肯曰我所爲不是乎言其不自知皆謂己爲是也汝何爲使我役作築邑之日不先就與我謀告我遷期使豫治田事徑卽徹毀我牆屋令我築邑廢我農業使我田之高下知爲汙萊乎而皇父非但不自知耳反曰我不殘敗汝田業也今汝徹牆廢田供事我者於禮則當然矣言禮法下供上役故也皇父奢殘自恣反云禮法當然歌而惡之鄭以厲王時爲異○傳下則汙高則萊○正義曰汙者池停水之名故禮記曰汙其宮而豬焉是也萊者草穢之名楚茨云田萊多荒是也下田可以種稻無稻則爲池高田可以種禾無禾則生草故下則汙高則萊

皇父孔聖。作都于向。擇三有事。亶侯多藏。皇父甚自謂聖向邑也擇三有事有司國之三卿信維貪淫多藏之人也箋云專權足己自比聖人作都立三卿皆取聚斂之臣言不知厭也禮畿內諸侯二卿○向式亮反下及注同亶都但反信也藏才浪反注同厭於豔反

不憖遺一老。俾守我王。箋云憖者心不欲。自。彊之辭也言盡將舊在位之人與之皆去無留衛王○憖魚覲反爾雅云願也強也且也韓詩云暫也強其丈反

擇有車馬。以居徂向。箋云又擇民之富有車馬者以往居于向也

疏 皇父至徂向○毛以爲皇父非徒困苦邑人又矜貪無厭言皇父不自知甚自謂己聖而作都于向之時則擇立三有事之卿信維是貪淫多藏之人擇此貪人爲卿欲使聚斂歸己其發向邑之時盡將舊在位之人與之俱去不肯憖然強欲遺留一老使之守衛我王又擇民之富有車馬

者令往居向邑上章言其築邑此章言其往時○鄭唯厲王時爲異○箋專權
至二卿○正義曰箋解自謂聖意以由專權而爲知足於己自以高官厚祿謂
己智能得之以爲天下莫若己自比聖人是自謂聖人也以三有事文承作都
故爲立三卿多藏者言其多藏財貨故言皆取聚斂之臣用使之聚斂是不知
厭也禮畿內諸侯二卿者太宰云乃施則於都鄙而建其長立其兩設其伍注
云兩謂兩卿伍謂伍大夫言都鄙是畿內故王制注云見畿內之國二卿是也
其伍大夫與畿外同言此者明皇父當二卿今立三有事是自同畿外增一卿
以比列國也又取多藏者是不知厭也則不知厭亦兼解三卿意也知皇父封
不在畿外者以刺之云擇三有事明其不應三而三故知是畿內也左傳說桓
王與鄭十二邑向在其中杜預云河內軹縣西有地名向上則向在東都之畿
內也○箋憖者至衞王○正義曰說文云憖肯從心也言初時心所不欲後始
勉強而肯從故云心不欲自強之辭一老是舊在位故言盡將舊在位之人與
去皇父所屬之臣自然當從言舊在位蓋王官列職皇父欲矜刑勢盡將往向
故言無留衞王其至向亦當反但去時盡將之耳定本及集本云憖者心不欲
強之辭也○箋又擇至于向○正義曰知擇民者以朝臣不遺一老則盡行矣
且朝臣皆有車馬無所可。擇民之富有者以往居於向民有定屬何得擇而往
者皇父擅恣強偪將
之所以刺其貪也

黽勉從事不敢告勞箋云詩人賢者見時如是自勉以從王事雖勞不敢自謂勞畏刑罰也○

黽民允反本又作僶同

無罪無辜讒口囂囂箋云囂囂衆多貌時人非有辜罪其被讒口見椓譖囂囂然○囂五刀反韓詩作嗸嗸

下民之孽匪降自天噂沓背憎職競由人噂猶噂噂沓猶沓沓職主也箋云孽妖孽謂相爲災害也下民有此言非從天。墮也噂噂沓沓相對談語背則相憎逐爲此者。由主人也○孽魚列反噂子損反說文作僔云聚也沓本又作沓同徒答反背蒲妹反注同墮徒火反

疏黽勉至由人○毛以爲幽王之臣擅恣若此故詩人言黽勉然自勉以從王事雖勞不敢告勞苦於上也所以然者以時無罪無辜尙彼讒口所譖囂囂

然己畏刑罰故不敢告也在上既信讒言下民競相讒。匿言使下民之有妖孽相與爲災害者非降從天墮也今下民皆噂噂沓沓相對談語背去則相憎疾衆人皆主意競逐爲此行者主由人耳由在位信讒故民皆競爲此以相災害非從天墮也○鄭以屬王時爲異○箋孽妖至由人○正義曰妖孽者上天降災之名。天以讒佞相害亦如天之妖災謂民之災害爲妖孽故云孽謂相爲災害也尚書云天作孽猶可違自作孽不可逭亦謂人自害爲孽與此同也天孽從天而來此則人自爲之故云下民有此言非從天墮也憎言背者則噂沓爲未背時故云噂噂沓沓相對談語也則背憎爲相椓譖矣逐者猶人走相追逐唯恐不先言其競爲之甚也

悠悠我里亦孔之痗悠悠憂也。里。居也痗病也箋云里居也悠悠乎我居今之世亦甚困病○里如字本或作瘇後人改也痗莫背反又音悔本又作悔四方有羨我獨居憂羨餘也箋云四方之人盡有饒餘我獨居此而憂○羨徐箭反民莫不逸我獨不敢休箋云逸逸豫也天命不徹我不敢傚我友自逸徹道也親屬之臣心不能已箋云不道者言王不循天之政教○傚戶教反

疏悠悠至自逸○毛以爲詩人見王政之惡如此故言悠悠乎可憂也爲此而病亦甚困病矣今四方之民盡有饒餘我獨居此而憂又民莫不得優遊自逸我獨不敢休息以王之教命不循昊天之道臣有離散去者我不敢傚我友自放逸而去也其友與王無親故舍王而去己則王之親屬故不敢傚之○鄭以爲屬王時言悠悠乎我居今之世亦甚困病爲異餘同

○十月八章章八句

雨無正大夫刺幽王也雨自上下者也衆多如雨而非所以爲政也亦當爲刺厲王王之所下教令甚多而無正也○正音政

疏雨無正七章上二章章十句次二章章八句下三章章六句至爲政○正義曰經無此雨無正之字作者爲之立名

敘又說名篇及所刺之意雨是自上下者也雨從上而下於地猶教令從王而下於民而王之教令衆多如雨然事皆苛虐情不恤民而非所以爲政教之道故作此詩以刺之既成而名之曰雨無正也經七章皆刺王之辭鄭以爲刺厲王爲異

浩浩昊天不駿其德降喪饑饉斬伐四國駿長也穀不熟曰饑蔬不熟曰饉箋云此言王不能繼長昊天之德至使昊天下此死喪饑饉之災而天下諸侯於是更相侵伐○浩古老反又胡老反昊胡老反駿音峻饉其靳反更古衡反

昊天疾威弗慮弗圖箋云慮圖皆謀也王既不駿昊天之德今昊天又疾其政以刑罰威恐天下而不慮不圖○旻密巾反本有作昊天者非也恐起勇反

舍彼有罪既伏其辜若此無罪淪胥以鋪舍除淪率也箋云胥相鋪徧也言王使此無罪者見牽率相引而徧得罪也○舍音赦一音捨淪胥上音倫下息魚反鋪普烏反福也王云病也徧音遍下同

疏浩浩至以鋪○毛以爲詩人告幽王言浩浩然廣大之昊天以王不能繼長其德承順行之故下死喪饑饉之災由此致斬伐絕滅四方之國也王既不長能繼長昊天之德而昊天又疾王以刑罰之政威恐天下其災又將重於死喪饑饉欲害及王身王不慮謀之弗曾圖計之若圖謀之當正刑罰以禦天變反舍彼有罪既伏其辜者而不戮若此無罪之人王枉濫之使牽率相引而徧得罪由王酷暴天所以疾王何以不改之乎○鄭唯刺厲王爲異○傳穀不至曰饉○正義曰釋天文李巡曰五穀不熟曰饑可食之菜皆不熟爲饉郭璞曰凡草木可食者通名爲蔬○三十四年穀梁傳曰一穀不升謂之嗛二穀不升謂之饑三穀不升謂之饉四穀不升謂之康五穀不升謂之大饑又謂之大侵彼以五穀熟之多少立差等之名其實五者皆是饑也三穀不升於民之困蓋與蔬不熟同故俱名爲饉也○箋此言至侵伐○正義曰王者繼天理物當奉天施化是長天德也政不順天殘害下民是不能繼長昊天之德尚書稱政之動天有如影響王既不能繼長天德故昊天震怒下此死喪饑饉之災謂害萬民也饑饉既至則人懷苟且故天下諸侯於是更相侵伐由災而使然故云於是○

箋慮圖至不圖○正義曰再言不謀者丁寧欲王深思之也上有昊天明此亦昊天定本皆作昊天俗本作旻天誤也○傳舍除○正義曰欲故舍其人即除其罪過故以舍爲除也

周宗既滅靡所止戾

戾定也箋云周宗鎬京也是時諸侯不朝王民不堪命王流于彘無所安定也○彘直例反

正大夫離居莫知我勩

勩勞也箋云正長也長官之大夫於王流于彘而皆散處無復知我民之見罷勞也○勩夷世反又音曳長張丈反下同復符富反罷音皮

三事大夫莫肯夙夜邦君諸侯莫肯朝夕

箋云王流在外三公及諸侯隨王而行者皆無君臣之禮不肯晨夜朝暮省王也○朝直遙反舊張遙反

庶曰式臧覆出爲惡

覆反也箋云人見王之失所庶幾其自改悔而用善人反出教令復爲惡也○覆芳服反

疏周宗至爲惡○毛以爲周室爲天下所宗今可宗之道謂先王之法既以滅亡矣其道既滅國亦將亡無所止而安定也以此無法故我之賢友長官大夫奔散而去與我離居我雖勞無知我之勞者也又以三事大夫無肯早起夜臥以勩國事者國君之諸侯無肯朝夕在公而敬事王者法度既滅君臣解體以將滅亡我庶幾曰王今國危如此當改用善人而事王反出爲惡政以害天下言其惡所以當亡也○鄭以爲厲王既爲昊天所疾故今宗周鎬京既已破滅王出京師無所止而安定也餘箋備○傳戾定○正義曰此傳質略王述之曰周室爲天下所宗其道已滅將無所止定毛以刺幽王理必異於鄭當如王說○箋周宗至于彘○正義曰周宗宗周也皆言周爲天下所宗文雖異而義同故言周宗鎬京也本紀稱暴虐國人謗王召公諫曰民不堪命王怒殺謗者諸侯不朝於是國人莫敢出言三十七年乃相與叛襲厲王王出奔彘是王流于彘之事也本紀又云召公周公二相行政號曰共和則鎬京滅者以王不在焉故韋昭云彘地漢時爲縣屬河東今永安是也杜預云平陽永安縣東北有彘城晉時郡分而縣移故。安漢時不同○傳勩勞○正義曰。詁文王述之曰長官大夫我之賢友奔走竄伏與我離居我勞病莫之知也故下章思之欲遷還於王都○箋長官至罷勞○正義曰大夫而言長官者大夫是公卿之總名皆佐王治民者也王既弃亡臣亦散處無復知民人之勞者王流之後二公行政民有勞苦不由於王而以刺厲王者此言大夫離居及莫肯夙夜是王即弃時民有勞苦皆是王之過故刺王也○箋王流至省王○正義曰鄭言三公者以經三事大夫為三公也卿則當有六人孤則無主事故知三事大夫唯三公耳公雖無職而地官云二卿則公一人鄭亦云外與六卿之事職所不說三皆有事故云三事也謂之大夫者大夫丈夫之成名可以上通公卿春秋傳曰王命委於三吏謂三公也三公尙謂之吏況大夫乎王見以三事為三公大夫謂其屬案上文正大夫為一人三事大夫不得分為二也且其文對邦君諸侯若三公下私屬大夫則不得特通於王不宜責其莫肯夙夜也其意亦謂此為三公也

如何昊天辟言不信如彼行邁則靡所臻 辟法也箋云如何乎昊天痛而愬之也為陳法度之言不信之也我之言不見信如行而無所至也

凡百君子各敬爾身胡不相畏不畏于天 箋云凡百君子謂衆在位者各敬慎女之身正君臣之禮何為上下不相畏乎上下不相畏是不畏于天

疏 箋上下至于天正義曰天道設教以卑承尊若下不事上是不畏天道

戎成不退飢成不遂曾我暬御憯憯日瘁 戎兵遂安也暬御侍御也瘁病也箋云兵成而不退謂王見流于彘無御止之者飢成而不安謂王在彘乏於飲食之蓄無輸粟歸餼者此二者曾但侍御左右小臣憯憯憂之大臣無念之者○退徐音退本又作退暬思列反憯千感反瘁徂醉反餼許氣反曾在登反畜勑六反

凡百君子莫肯用訊聽言則荅譖言則退 以言進退人也箋云訊告也衆在位者無肯用此相告語言不憂王之事也荅猶距也有可聽用之言則共以辭距而違之有譖毀之言則共為排退之羣臣並為不忠惡直醜正○訊音信徐息悴反又音碎排步皆反惡烏路反

疏 戎成至則退○毛以為幽王政亂朝危將致兵寇言兵寇已成而不能禦而退之天下之衆飢困已成而不能禦而退之天下之衆飢困已成而不能恤而安之曾我侍

御之小臣知天下之危殆憯憯然日以憂病其凡衆在位之君子雖知其危無肯用此事以告王者而王又好信淺近受用讒佞若有道聽非法之言聞則應答而受之若有譖毀之言云此人不可任則用其言而罪退之言以讒言進退人也王政如是所以將危亡也○鄭以厲王在鎬民叛襲王兵害已成而不肯爲王禦止而敗退之者故令王流於彘矣王既在彘乏於飲食之蓄飢困已成而天下無肯輸粟歸王而安飽之者故令王困於食矣此二者曾我侍御左右之小臣憯憯然憂之而日瘁耳王困於兵戎乏於飲食此乃臣所急憂而汝凡衆在位之君子無肯用此以相告語者唯共聚爲不忠惡直醜正有可聽用之言則以爲非各進來共以辭距而違之令其言不得用也若小人有爲譖毀之言則以爲是各相共排退而去不答難之令小人得進譖於王王既暴虐臣又不忠所以至於危亡爲此也○箋兵成至歸餼○正義曰以王在彘之後不復有兵知兵成是在鎬時事故云謂見流於彘無禦止之者即本紀云民叛襲王是也王若在鎬理無乏食知飢成是在彘時事故云王在彘乏於飲食之蓄無輸粟歸餼者蓄謂蓄積不必朝夕乏食故言之蓄輸粟歸餼皆左傳有此言餼謂牲牢也○箋有可至醜正○正義曰聽言對譖言故爲有可聽用也桑柔對誦言故爲道聽之淺者答猶對也受之與距皆是以言答之但此是刺詩可聽之言必不答受故知答猶距也共以辭距而違之使不見聽用也則答者是以辭距之明退者是不答也故云共爲排退言其徒侶自排而退無距難之者令使譖言得用也見善則距逆見惡則贊成是羣臣並爲不忠惡忠直而醜貞正也惡直醜正昭二十八年左傳文

哀哉不能言匪舌是出維躬是瘁哀賢人不得言不得出是舌也箋云瘁病也不能言言之拙也言非可出於舌其身旋見困病○出尺遂反音毳

哿矣能言巧言如流俾躬處休哿可。矣可矣世所謂能言也巧言從俗如水轉流箋云巧猶善也謂以事類風切剴微之言如水之流忽然而過故不悖。逆使身。居安休休然亂世之言順說爲上○休虛虬反注同風福鳳反剴古愛反又古哀反一音祈悖補對反遻五故反本亦作逆說音悅

疏

哀哉至處休〇毛以爲幽王信讒賢者不能從俗不敢發言故云可哀傷哉不能言之賢者意雖欲言言則忤物其欲言者當今非我此舌是所可出若出是舌維其身是病言小人惡直將。其害之可矣若世之所謂能言者以巧善爲言從順於俗如水之轉流理正辭順無所悖逆小人之所不忌使身得居安休休然言世雖讒勝賢有巧拙亦有能免之者見亂世欲其順說〇鄭以厲王時爲異〇箋不能至困病〇正義曰以下能言者云巧言如流明不能言者爲拙矣言之忤人其禍必速言出則禍入故云旋見困病〇箋巧猶至劇微〇正義曰人雖正直性有巧拙表記云辭欲巧是正言亦欲巧但人有不能耳知非佞巧者若邪佞之巧則自得志非徒。所可矣傳云從俗如轉流言從俗明亦謂賢人與鄭同也劇微之者書傳注云劇切說文云劇摩也謂摩切其傍不斥言

維曰予。仕孔棘且殆云不可使得罪于天子亦云可使怨及朋友

于往也箋云棘急也不可使者不正不從也可使者雖不正從也居今衰亂之世云往仕乎甚急迮且危急迮且危以此二者也〇笮本又作迮側格反

【疏】維曰至朋友〇毛以爲幽王之時賢者在朝進退多難我今所言維曰往仕乎往仕自是其理但居今之世往仕則甚急迮且危殆矣何者仕在君朝則當從君命王既邪淫動皆不可我若執正守義不從上命則天子云我不可使我將得罪於天子我若阿諛順旨亦既天子云此人可使我則怨及於朋友朋友之道相切以善今從君爲惡故朋友怨之以此二事可使與不可使進退不可故不仕仕則急危也〇鄭唯厲王時爲異〇箋不可至二者也〇正義曰以可使與不可使皆君論臣之辭謂稱己意爲可使不稱己意爲不可使也箋解賢人之意。正使者君有不正我。從之君則以我爲不可使也可使者君雖不正我亦從之如是則君以我爲可使也

謂爾遷于王都曰予未有室家

賢者不肯遷于王都也箋云王流于彘正大夫離居同姓之臣從王思其友而呼之謂曰女今可遷居王都謂彘也其友辭之云我未有室家於王都可居也

鼠思泣血無言不疾

無聲曰泣血無所言而不見疾也箋云鼠憂也既辭

之以無室家爲其意恨又患不能距止之故云我憂思泣血欲遷王都見女今我無一言而不道疾者言己方困於病故未能也○憂思息嗣反注憂思同爲于僞反距本又作。歫音巨

昔爾出居誰從作爾室遭亂世義不得去思其友而不肯反者也箋云往始離居之時誰隨爲女作室女猶自作之。爾今反以無室家距我恨之辭

【疏】謂爾至爾室○毛以爲幽王駁亂大夫有去離朝廷者其友在朝思而呼之謂曰爾可還居于王都欲見其還者朝也去者不肯曰予于王都未有室家心疾王政託以無室家爲辭也其友以其距己又責之云我所以憂恐泣血欲汝還者以孤特在朝無所出言而不爲小人所見憎疾故思汝耳何爲拒我云無室家乎昔爾從王都出居於郊外之時誰復從汝作汝室也本汝自作之耳汝今若還王都亦可自作室家何當以無室爲辭也○鄭以爲厲王已流於彘卽謂彘爲王都同姓大夫從王其友不從故呼之謂之曰爾可還居王都其友辭曰予未有室家既辭又恐其恨故云我。試憂思泣血欲遷王都見汝所以不得往者今我無一言而不道己疾由己有疾逢人則言方困於病故未能還耳大夫知其虛又責之云昔爾出居誰從作爾室也上下四句據文與毛同但屬意別耳○傳無聲至見疾○正義曰說文云哭哀聲也泣無聲出淚也則無聲謂之泣矣連言血者以淚出於目猶血出於體故以淚比血禮記曰子皐執親之喪泣血三年注云無聲而血出是也無所言而不見疾見者自彼加己之辭是詩人言己爲人所疾也知非其友言在朝疾己者若爲在朝疾己不須以無室爲辭又未仕而逆慮人疾非順答也故以詩人自言也

雨無正七章二章章十句二章章八句三章章六句

小旻大夫刺幽王也所刺列於十月之交雨無正爲小故曰小旻亦當爲刺厲王○旻武巾反下同

【疏】小旻六章上三章章八句下三章章七句○箋所刺至小旻○正義曰經言旻天天無小義今謂之小旻明有所對也故言所刺者此列於十月之交雨無正則此篇之事爲小故曰小旻也

十月之交言日月告凶權臣亂政兩無正言宗周壞滅君臣散離皆是事之大者此篇唯刺謀事邪。僻不任賢者是其事小於上篇與上別篇所以得相比者此四篇文體相類是一人之作故得自相比校爲之立名也毛氏雖幽厲不同其名篇之意或亦然之

旻天疾威敷于下土敷布也箋云旻天之德疾王者以刑罰威恐萬民其政教乃布於下土言天下徧知○敷撫扶反徧音遍

謀猶回遹何日斯沮回邪遹辟沮壞也箋云猶道沮止也今王謀爲政之道回辟不循旻天之德已甚矣心猶不悛何日此惡將止○遹音聿韓詩作獻義同沮在呂反邪似嗟反辟匹亦反下同悛七全反改也沈又七旬反

謀臧不從不臧覆用我視謀猶亦孔之邛邛病也箋云臧善也謀之善者不從其不善者反用之我視王謀爲政之道亦甚病天下○覆芳服反邛其凶反

【疏】旻天至之邛○毛以爲旻天之德今疾王以刑罰威恐萬民政乃布於天下徧知之王既爲天所疾政教當順天爲之今王謀爲政之道又多邪僻不循旻天之德已甚矣何日王之此惡可散壞乎言今王無悛心惡未可壞故有謀之善者王不從之其不善者王反用之是惡不壞也王惡如是我視王謀爲政之道是亦甚病我天下之民矣○鄭爲厲王言何日王之此惡將止止亦壞義無多異正以行惡宜爲休止故易傳也說文云悛止也

潝潝訿訿亦孔之哀潝潝然患其上訿訿然思不稱。乎上箋云臣不事君亂之階也甚可哀也○潝許急反訿音紫爾雅云潝潝訿訿莫供職也韓詩云不善之貌稱其尺證反一本作稱乎

謀之其臧則具是違謀之不臧則具是依我視謀猶伊于胡底。箋云于往底至也謀之善者俱背違之其不善者依就之我視今君臣之謀道往行之將何所至乎言必至於亂○底之履反背音佩

【疏】潝潝至胡底○毛以爲幽王時小人在位皆潝潝然自作威福患苦其上又訿訿然競營私利不思稱於上臣。行如此亦甚可哀傷也王不用善臣又棄職事君臣並皆昏亂故云謀之其有不善者則君臣俱於是共背違之謀之其有不善者則君臣俱於是共就依之

我視今君臣所謀之道唯如往行之人將何所至乎行無所至猶謀無所成是言必至於亂也○鄭以厲王時爲異○傳淪淪至乎上○正義曰釋訓云淪淪訿訿莫供職也李巡曰君闇敵臣子莫親其職郭璞曰賢者陵替姦黨熾盛背公恤私曠職事也皆言其大古耳彼不解淪淪訿訿之文淪淪爲小人之勢是作威福也訿訿者自營之狀是求私利也自作威福競營私利是不供君職也此傳亦。唯爾雅文徑解其意患其上者專權爭勢與上爲患不思稱上者背公營私不思欲稱上之意亦是不供職之事

我龜既厭不我告猶猶道也箋云猶圖也卜筮數而瀆龜龜靈厭之不復告其所圖之吉凶言雖得兆占。繇不中○厭於豔反注同數音朔復扶又反繇音胄中丁仲反

謀夫孔多是用不集集就也箋云謀事者衆而非賢者是非相奪莫適可從故所爲不成○適音的

發言盈庭誰敢執其咎謀人之國國危則死之古之道也箋云謀事者衆訩訩滿庭而無敢決當是非事若不成誰云已當其咎責者言小人爭知而讓過○訩音凶當丁浪反

如匪行邁謀是用不得于道箋云匪非也君臣之謀事如此與不行而坐圖遠近是於道路無進於跬步何以異乎○跬缺氏反舉足曰跬

疏我龜至於道○毛以爲言小人不尙德而好灼龜求吉請問過度褻瀆神靈我龜既厭繁數不肯於我告其吉凶之道也又王之朝上謀夫甚多而非賢者是非不決是用爲謀者不得成也發言則訩訩滿庭而無肯決當是非事若不成誰敢執其咎責乎以初無決當敗則相推故謀無所成也其君臣之謀事如此似欲行之人非於道止而但坐謀遠近是用不得於道。里何以異乎謀而不行則於道不進言而無決則於事不成之○鄭爲刺厲王言問龜龜不告所圖之吉凶以本問龜爲有所圖謀故不從吉凶之道也○箋卜筮至不中○正義曰禮龜曰卜蓍曰筮而此龜幷言筮者以卜筮相將之物故幷言以協句易曰初筮告再三瀆瀆則不告彼論弟子問師以筮言之是數問則慢瀆故。至。筮龜靈也此言數者謂小人好卜數問不是一事而至三四也龜靈厭之不復告其所圖之吉凶雖得兆及占之於繇則其言皆不中言吉不必吉凶

不必凶是不告也定本云雖得兆無吉字俗本有吉字衍也兆者龜之璺拆繇者卜之文辭古有其書左傳每云其繇曰者是也○傳謀人至之道○正義曰
解所以有咎之意小人。取不若人爭為己智故謀則發言盈庭若要之決則國危當死彼智不知及慮有死責故不能決正無敢執咎以歸己者左傳說楚伐
鄭鄭六卿三欲從楚三欲待晉子駟曰請從楚騑也受其咎是敢執之也○箋無進於跬步○正義曰鄉射注云矢幹長三尺與跬相應則半步也。爾雅亦云
一舉足謂之跬

哀哉為猶。匪先民是程。匪大猶是經。維邇言是聽。維邇言是爭。古曰在昔昔曰

先民程法經常猶道邇近也爭為近言箋云哀哉今之君臣謀事不用古人之法不猶大道之常而徒聽順近言之同者。爭言之異者言見動軔則泥陷不至於遠也○軔音刃礙車木也字林如戰反泥乃麗反

如彼築室于道謀。是用不潰于成。潰遂也箋云如當路築室得人而與之謀所為路人之意不同故不得遂成也○潰戶對反

疏 哀哉至于成○毛以為可哀哉今幽王君用為政教之道非用古人是為法非用大道是為常徒維淺近之言而同者於是聽用之言而異者於是爭辨之言發意鄙近無期遠大也如彼築室於道者得人而與之謀其所為而路人之意不同是用此室不得遂於是而成也言淺近之人不可謀道猶路人不可謀室故比之○鄭以刺厲王哀哉今君臣之為謀事也餘同○傳古曰在昔昔曰先民○正義曰國語文也據今人而道古人謂之在昔據昔而又道其先民民者人之大名其實是賢聖者也○箋不用古至於遠○正義曰先民所人故知古人之法也古人之法是先王成事已行者也大道之常謂禮樂典法古今所通者也同是今言而云是聽是爭故知聽其同者爭其異者楚辭云朝發軔於蒼梧王逸曰軔支輪木也說文云軔礙車木也動軔者謂去木動輪而發行也論語云致遠恐泥鄭云則泥意出於彼也

國雖靡止。或聖或否。民雖靡膴。或哲或謀。或肅或艾。靡止言小也人有通聖者有不能者亦有明哲者有聰謀者艾治也有恭肅者有治理者箋云靡無止禮

膴法也言天下諸侯今雖無禮其心性猶有通聖者有賢者民雖無法其心性猶有知者有謀者有肅者有艾者王何不擇焉置之於位而任之爲治乎書曰睿作聖明作哲聰作謀恭作肅從作乂詩人之意欲王敬用五事以明天道故云然○否方九反徐音鄙膴王火吳反大也徐云鄭音謨又音武沈音無韓詩作膴膴猶無幾何艾音刈治直吏反下皆同有知音智

如彼泉流無淪胥以敗箋云淪率也王之爲政者如原泉之流行則清無相牽率爲惡以自濁敗

疏 國雖至以敗○毛以爲告幽王今日民下之國雖爲狹小其民或有通聖者或有不能者民雖無法其性亦或有明哲者或有聰謀者或有恭肅者或有理治者王何不用焉致之於位而何用小人乎所以令王用此聖哲者以王爲政當如彼泉之流行則清擁則濁也無相牽率爲惡以自濁敗若任小人則王政敗故欲王用賢哲也○鄭以告厲王今天下國家之諸侯雖無禮其心性有通聖有賢者餘同○傳靡止至理者○正義曰以靡止猶言狹小無所居止故爲小也言小者見雖小尚有之義以爲勸戒經言或聖傳兼言人有通聖者通者通知衆事故稱聖人然通事有多少則聖中有等級此勸王用聖則當時有之直是通知事者未必即是大聖故兼言通以辨嫌也有不能者止謂不能爲聖耳猶是賢也故箋云有賢者即此傳言不能一也以勸王用之不應言全無所知或否爲不聖而賢也亦有明哲者其上特言亦者以其文隔民雖靡膴與或否連故言亦也傳以自聖及乂皆是民有故於聖上哲上言亦明其通謂民也定本及集本聖上無人字靡止言國靡膴言民爲文勢互相通耳別無義也鄭訓膴音摸爲法王肅讀爲膴喜吳反膴大也無大有人言少也國雖小民雖少猶有此六事未審毛意如何今同之鄭說○箋止禮至云然○正義曰以相鼠云人而無止孝經曰容止可視是止爲禮也又以民國相對王之用臣不止於民故知國謂諸侯上舉諸侯下言庶民於中唯賢則任也於國言聖賢於民言哲謀肅乂以聖賢此四事爲優故屬之諸侯耳其實互相明也國言禮民言法一也言雖無禮法者禮法大行之日則比屋可封賢人衆多今雖無禮法於中猶有此五事也以五事人性行之能故皆言其心性焉

既陳此言明教王擇人任之爲治也毛五事皆準尚書爲說故箋引書曰以證之所引從作乂以上皆洪範文也彼注云皆謂政所致君思叡則臣賢智也君視。明則臣昭。哲也君聽聰則臣進謀也君貌恭則臣禮肅也君言從則臣職乂是也彼先言恭次從明聰睿與此不次者彼五事貌言視聽思爲次注云此數本諸昭明人相見之次也以人先須貌嚴而後出言言從而後視明及聽聰思睿是人之明見在前故如彼次此則用優劣爲差等故聖哲爲先乃謀次之謀慮出必肅恭在貌故肅次謀也乂者治理之名乃是人之使能實行賤能故最在下順此詩經故倒彼書文也然叡明聰恭從是君德也聖哲謀肅乂是臣事也所以得相將者鄭云政所致是以類相應故雖君臣之事可以相通也敬用五事亦洪範文也五事者即彼云貌曰恭言曰從視曰明聽曰聰思曰叡是也此五事本諸天道而來舉此五者教王擇焉是欲令王敬用五事以明天道故云然也此弁或否爲六言五事者賢是聖中之別與聖爲一故也〇箋王之至濁敗〇正義曰此云無淪胥以敗明行則爲清不至濁敗也抑文全與此同不言清者以彼承皇天弗尙之下取虛竭將亡爲義故不須言清濁

不敢暴虎不敢馮河人知其一莫知其他 馮陵也徒涉曰馮河徒。博曰暴虎一非也他不敬小人之危殆也箋云人皆知暴虎馮河立至之害而無知當畏愼小人能危亡也〇馮符冰反博音搏【疏】傳馮陵至危殆〇正義曰釋訓云馮河徒涉也李巡曰無舟而渡水曰徒涉則空涉水陵波而渡故訓馮爲陵也一非也者言唯知此暴虎馮河一事非而不知其他事也以下說恐懼之事故知他者不敬小人之危殆也小人惡直醜正故不敬則危

戰戰兢兢 戰戰恐也兢兢戒也 如臨深淵 恐。隊也 如履薄冰 恐陷也

小旻六章三章章八句三章章七句

○十月之交

節刺師尹不平　相臺本同考文古本同小字本節下有南山二字閩本明監本毛本節下有彼字案皆衍也釋文以節刺作音正義亦云節刺師尹不平

此篇譏曰皇父擅恣　閩本明監本毛本同案曰當作由形近之譌

事國家之權　閩本明監本毛本事作專案所改是也

中候擿雒貳曰　閩本明監本毛本同案貳當作戒形近之譌周頌譜正義引擿雒戒可證

昌受符厲倡孽　閩本明監本毛本孽誤孼案孽卽孼字之別體

其理欲明　閩本明監本毛本同案欲當作故形近之譌

小旻小宛卒章　閩本明監本毛本宛作宛案所改非也考小宛釋文本作宛通志堂改作宛

朔月辛卯　毛本月誤日明監本以上皆不誤

朔月卽是之交爲事也　閩本明監本毛本同案事當作會

推度災曰　閩本明監本毛本同案浦鏜云曰誤日下同是也

金應勝木反侵金 閩本明監本毛本同案浦鏜云勝木下當脫木字是也

自是所食之月 閩本明監本毛本同案浦鏜云日誤月是也

生其君幼弱而任卯臣也 閩本明監本毛本同案生當作主

秋正月壬午朔 閩本明監本毛本同案山井鼎云正當作七是也

云衞地如魯地 閩本明監本毛本同案山井鼎云云恐去誤是也

而公家董仲舒何休也 閩本明監本毛本同案此不誤浦鏜云公家俟考非也公家謂公羊家耳

八月癸巳朔月有食之 【補】案朔無月食考春秋經月作日是月字誤也

而王基獨云以曆考此辛卯日食者而王基獨云以曆校之 閩本明監本毛本作而王基獨云以曆校之中更無考此辛卯日食者而王基獨云以曆十四字案此十行本複衍

說者或據世以定義矣 閩本明監本毛本矣上有謬字案此十行本因上文衍十四字而義字下有脫耳輒補非也

臣不有以犯君 閩本明監本毛本有作可案所改是也

山冢崒崩 唐石經小字本相臺本同案此釋文本也釋文云崒舊子恤反徐子綏反鄭云崔嵬也宜依爾雅音徂恤反本亦作卒考正義本是卒字正義云崒者厜巖又云此經作卒箋作崔嵬者雖字與爾雅小異義實同也徐邈以卒子恤反則當訓為盡於時雖大變異不應天下山頂盡皆崩也故鄭依

爾雅爲說今正義中卒皆譌作崒而不可通矣卒崒古字同用箋云卒者崔嵬訓卒爲崒而不改其字也漸漸之石傳箋正義可證當以正義本爲長漢書劉向作卒是魯詩亦作卒也

胡憯莫懲 唐石經小字本相臺本同案釋文云憯亦作慘考此與節南山憯莫懲嗟二憯字皆卽爾雅之朁字亦作本誤

皆溢出而相棄 補 毛本棄作弃案所改是也

深谷爲陵小臨卽是也 閩本明監本毛本臨下有大字案所補非也卽當作節耳

雖子則爾雅小異 補 案子當作字則字不誤毛本並改則爲與非是

楀維師氏 小字本相臺本同閩本明監本毛本亦同唐石經初刻𢱢後改楀案五經文字木部云楀氏也見詩小雅楀字是也從木從才字多相亂顏師古漢書人表注云萬讀曰楀集韻九麌亦作𢱢皆與唐石經初刻同

豔妻煽方處 唐石經小字本相臺本同案釋文云處一本作熾考傳箋一本誤也又此以處與馬爲韻

謂用親戚 閩本明監本毛本同案謂當作謁

小宰卿大夫 閩本明監本毛本同案山井鼎云卿恐中誤是也

冢宰之單稱宰 閩本明監本毛本同案之當作乃

兼擅曰宰職 閩本明監本毛本同案山井鼎云曰宰恐羣字誤非也此唯宰爲羣字誤耳其曰字當作目乃下句錯入此者也

故但以卿士云 闔本明監本毛本同案但下浦鏜云脫目字是也錯在上句又誤作曰

曰予不戕 唐石經小字本相臺本同案釋文云戕在良反殘也王本作臧臧善也孫毓評以鄭爲改字惠棟云王肅改字反詛康成是也

憖者心不欲自彊之辭也 小字本相臺本同案正義云定本及集注云憖者心不欲強之辭也較正義本少自字釋文云強之其丈反考勉強字唐人例用強作彊者後人亂之耳

無所可擇民之富有者 闔本明監本毛本同案浦鏜云擇下當脫故知擇三字是也此擇字複出而致誤

噂沓背憎 小字本相臺本同唐石經初刻蹲後改噂案初刻誤也又此正義本也釋文云噆本又作沓考文古本作噆采釋文

下民有此言 小字本相臺本同闔本明監本毛本亦同案段玉裁云言當作害是也

非從天墮也 闔本明監本毛本同小字本相臺本墮作隋案隋字是也釋文云隋徒火反正義中字作墮者隋墮古今字易而說之耳

由主人也 小字本同闔本明監本毛本同相臺本由主作主由考文古本主由亦同案主由是也

下民競相譖匿 闔本明監本毛本同案浦鏜云匿疑慝字誤是也

天以讒佞相害 闔本明監本毛本同案天當作人

天孽從天而來 闔本明監本毛本同案山井鼎云宋板上天作夭當是剜也

里居也痗病也 相臺本同闔本明監本毛本同小字本居作病案小字本是也釋文我里下云如字毛病也鄭居也本或作瘇後人改也

正義云爲此而病亦甚困病矣上病說里下病說痗也考文古本作里痗皆病也采正義釋文而爲之

十月八章 唐石經同閩本明監本毛本同小字本相臺本十月下有之交二字案有者是也序有可證

○雨無正

旻天疾威 小字本同閩本明監本毛本同唐石經相臺本旻作昊案此釋文本也釋文云旻天疾威密巾反本有作昊天者非也正義云上有昊天明此亦昊天定本皆作昊天作旻天誤也沿革例云俗本皆作旻天今從疏及諸善本考此箋云王既不駿昊天之德今昊天又疾其政以刑罰威恐天下是鄭自作昊此詩凡三言昊天浩浩昊天昊天疾威如何昊天是也不應其一作旻乃涉小旻而誤耳毛鄭詩考正云孔說爲得是矣經義雜記云此當從釋文作旻者誤

三十四年穀梁傳曰也 閩本明監本毛本同案浦鏜云二誤三上脫襄字是

故安漢時不同 閩本明監本毛本同案安當作校形近之譌

正義曰詁文 明監本毛本詁上有釋字閩本剜入案所補是也

二卿則公一人之事同 閩本明監本毛本同案浦鏜云鄉誤卿是也下外與六鄉

王見以三事爲三公 閩本明監本毛本同案見當作肅

曾我暬御 小字本相臺本同閩本明監本毛本同唐石經暬作褻案唐石經是也此字從埶聲五經文字云暬與褻同見詩小雅說文云暬日狎習

相慢也皆誤從執

憯憯日瘁 小字本相臺本同唐石經憯憯作慘慘案釋文云憯憯千感反正義云憯憯然日以憂病是釋文正義本皆作憯憯不知唐石經出何本也

莫肯用訊 唐石經小字本相臺本同案毛鄭詩考正云訊乃誶字轉寫之譌誶告訊問聲義不相通借是也

無肯用此相告語 閩本明監本毛本同小字本相臺本語下有者字考文古本同案有者是也

飢困已成而不能禦而退之天下之衆飢困已成而不能恤而安之 閩本明監本毛本作飢困已成而不能恤而安之無禦而退之天下之衆飢困已成而不能十五字案此十行本複衍

哿可矣也 閩本明監本毛本同小字本相臺本矣作也考文古本同案矣字誤也

故不悖逆 小字本同閩本明監本毛本同相臺本逆作遻案釋文云遻五故反本亦作逆正義云無所悖逆考此悖遻即韓非所謂拂悟字異義同當以釋文本爲長考文古本作遻采釋文

使身居安休休然 小字本相臺本同考文古本同閩本明監本毛本居作舌十行本初刻居後改舌案舌字誤也正義云使身得居安休休然可證

將其害之 閩本明監本毛本同案浦鏜云其當共字誤是也

非徒所可矣閩本明監本毛本所誤聽案山井鼎云所恐听誤俗字不可從非也所可矣指傳所云可矣卽經之哿矣也

維曰予仕閩本明監本毛本同唐石經小字本相臺本予作于考文古本同案予字誤也

正使者君有不正我從之閩本明監本毛本上正作不可二字我下有不字案所改是也

本又作蚷補釋文校勘通志堂本盧本作岠非也案乃岠字之譌

女猶自作之爾小字本相臺本同閩本明監本毛本亦同案爾當作耳正義云本汝自作之耳是其證考文古本作耳爾采正義而誤山井鼎云爾字屬下讀不知經言爾箋必言女無仍言爾者也

故云我試憂思泣血閩本明監本毛本同案浦鏜云試疑誠字誤是也

○小旻

此篇唯刺謀事邪僻閩本明監本毛本僻作辟下同案此誤改也下傳云回邪邇辟釋文作僻乃轉寫之誤辟僻古今字正義易而說之也例見前

訿訿然思不稱乎上小字本相臺本同考文古本同閩本明監本毛本乎作其案釋文云稱其一本作稱乎正義標起止云至乎上是正義本作乎考文古本作乎其上采釋文而誤十行本標起止不誤明監本毛本亦改爲其非也正義云不思稱於上又云不思稱上者背公營私不思欲稱上之意段玉裁云正義誤倒思不二字

伊于胡厎 唐石經相臺本同小字本厎作底閩本明監本毛本同

故云謀之其有不善者 閩本明監本毛本無不字案所删是也

此傳亦唯爾雅文 閩本明監本毛本同案唯當作準形近之譌

占繇不中 小字本同閩本明監本毛本同相臺本繇作䌛案六經正誤云占䌛不中作繇誤考說文玉篇卜部皆無䌛字釋文亦但作繇左傳同廣韻云繇卦兆辭也郭忠恕佩觿肊分繇䌛爲二字毛居正取其說反以繇爲誤非也氓箋卜兆之繇杕杜箋合言於繇爲近皆同

非於道止 閩本明監本毛本同案浦鏜云止疑上字誤是也

是用不得於道里 毛本里誤理閩本明監本不誤

故至筮龜靈也 閩本明監本毛本同案浦鏜云至筮疑云瀆誤是也

小人取不若人 閩本明監本毛本同案浦鏜云取當恥字誤是也

爾雅亦云 閩本明監本毛本同案爾當作小

爭言之異者 閩本明監本毛本同小字本相臺本爭下有近字考文古本同案有者是也

可哀哉今幽王君用 閩本明監本毛本同案用當作臣

從作乂 小字本相臺本同閩本明監本亦同毛本乂作艾案艾字非也經作艾鄭引尚書乂而說之以艾爲乂之假借也依經改爲艾失箋意矣

王之爲政者如原泉之流 閩本明監本毛本同小字本相臺本者作當考文古本同案山井鼎云屬下讀是也

今日民下之國 閩本明監本毛本同案民當作天

故於聖上哲上言亦 閩本明監本毛本同案聖上二字當衍

聖上無人字 閩本明監本毛本同案聖字上當脫有通二字者因上行而下脫也此正義譌舛今正之

王肅讀爲膴喜吳反膴大也 閩本明監本毛本膴作幠案所改是也喜吳反三字當旁行細字○按舊校非引王肅語

則愈知不然

孝經曰容止可視 補 毛本視作觀案孝經本是觀字視字誤也

以聖賢此四事爲優 閩本明監本毛本同案此當作比

君視明則臣昭哲 毛本明誤民閩本明監本不誤案哲當作晳形近之譌

徒博曰暴虎 閩本明監本毛本同小字本相臺本博作搏考文古本同案博字誤也

惡直國正 閩本明監本毛本同案浦鏜云醜誤國是也

恐隊也 相臺本同小字本隊作墜閩本明監本毛本同案釋文云隊本又作墜下篇同

毛詩小雅　鄭氏箋　孔穎達疏

小宛大夫刺宣王也。亦當為刺厲王○宛於阮反○【疏】小宛六章章六句○正義曰毛以作小宛詩者大夫刺幽王也政教為小故曰小宛宛是小貌刺宣王政教狹小宛然經云宛彼鳴鳩不言名曰小宛者王才智卑小似小鳥然傳曰小鳥是也○鄭刺厲王為異

宛彼鳴鳩翰飛戾天興也宛小貌鳴鳩鶻鵰。翰高戾至也行小人。之道責高明之功終不可得○翰胡旦反鶻音骨鵰陟交反何音彫字林作鵃云骨鵃小種鳩也草木疏云鳴鳩班鳩也我心憂傷念昔先人先人文武也明發不寐有懷二人明發發夕至明【疏】宛彼至二人○毛以為言宛然翅小者是彼鳴鳩之鳥也而欲使之高飛至天必不可得也與才智小者幽王身也而欲使之行化致治亦不可得也王既才智褊小將顛覆祖業故我心為之憂傷追念在昔之先人文王武王也以文武創業垂統有此天下今將亡滅故憂之也又言憂念之狀我從夕至明開發以來不能寢寐有所思者唯此文武二人將喪其業故思念之甚○鄭唯刺厲王為異○傳宛小至可得○正義曰以鳩是小鳥又篇名小宛故知宛為小定本及集本皆云鳴鳩鶻鵰也○傳先人文武○正義曰知者以王無德而念其先人又云有懷二人則所念二人而已周之先世二人有聖德定天位者唯文武為然明以文武有天下今慮其亡滅故念之也○傳明發發夕至明○正義曰夜地而闇至旦而明明地開發故謂之明發也人之道夜則當寐言明發以來不寐以此故知從夕至旦常不寐也

人之齊聖飲酒溫克齊正克勝也箋云中正通知之人飲酒雖醉猶能。溫藉自持以勝○溫王如字柔也鄭於運反藴藉也藉在夜反又慈夜反彼昏不知壹醉日富醉。而。日富矣箋云童昬無知之人飲酒一醉自謂日益富夸淫自恣以財驕人

各敬爾儀天命不又又復也箋云今女君臣各敬慎威儀天命所去不復來也○復扶又反下同【疏】箋中正至以勝○正義曰中正謂齊通智謂聖聖者通也大司徒注云聖通而先識是也此經與下相對齊爲中正則童昏者邪僻而不正以聖對不知是聖者通智也蘊藉者定本及箋作温字舒瑗云苞裹曰蘊謂蘊藉自持含容之義經中作温者蓋古字通用內則說子事父母云柔色以温之鄭亦以温爲藉義

中原有菽庶民采之中原原中也菽藿也力采者則得之箋云藿生原中非有主也以喻王位無常家也勤於德者則得之○菽音叔藿火郭反

螟蛉有子蜾蠃負之螟蛉桑蟲也蜾蠃蒲盧也負持也箋云蒲盧取桑蟲之子負持而去煦嫗養之以成其子喻有萬民不能治則能治者將得之○螟亡丁反蛉音零俗謂之桑蟃一名戎女蟃音萬蜾音果蠃力果反郎細腰蜂俗呼蠮螉是也蠮於譽反螉音翁煦況甫反又況其反嫗紆甫反又紆具反鄭注禮記云以氣曰煦以體曰嫗

教誨爾子式穀似之箋云式用穀善也今有教誨女之萬民用善道者亦似蒲盧言將得而子也○【疏】中原至似之○毛以爲既言天命將去故告幽王以王位無常言原田之中有菽藿衆民能力采之者則得食之以與域中之有王位有德能勤治之者則得處之藿生原中非有主位在域中非有常也所以爲無常者桑蟲自有子而蒲盧負而養之以成己子若有聖德者能教誨爾之萬民用善道則似之矣言此蒲盧養取桑蟲之子以爲己子似有德者教取王民以爲己民是王位無常也王何不修德以固位乎實教誨萬民而言子者王肅云王者作民父母故以民爲子○鄭唯刺厲王爲異○傳菽藿○正義曰菽者大豆故禮記稱啜菽飲水菽葉謂之藿公食禮云鉶羹牛用藿是也此經言有菽箋傳皆以爲藿者以言采之明采取其葉故言藿也○箋王位無常家○正義曰集注定本皆作家俗本作處誤○傳螟蛉至蒲盧○○正義曰皆釋蟲文郭璞曰蒲盧即細腰蜂也俗呼爲蠮螉桑蟲俗謂之桑蟃亦呼爲戎女鄭中庸注以蒲盧爲土蜂陸機云螟蛉者桑上小青蟲也似步屈其色青而細小或在草萊上蜾蠃土蜂也似蜂而小腰

取桑蟲負之於木空中七日而化爲其子○箋蒲盧至其子○正義曰中庸云政也者蒲盧也郎此是也樂記注云以體曰嫗以氣曰姁謂負而○以體煖之以氣
煦之而令變爲己子也此螟蛉非不能養子而喻王有萬民不能治者喻取一邊耳
題彼脊令載飛載鳴
題視也脊令不能自舍君子有取節爾箋云題之爲言視睇也載之言則也則飛則鳴翼也口也不。有止息○題大計反令音零本亦作鴒注同舍音捨睇大計反
我日斯邁而月斯征。
箋云我我王也邁征皆行也王日此行謂日視朝也而月此行謂月視朝也先王制此禮使君與羣臣議政事日有所決月有所行亦無時止息○日而乙反下同朝直遙反
夙興夜寐毋忝爾所生。
忝辱也○毋忝上音無下他簟反字林他念反
疏題彼至所生○毛以爲既王位無常須自勤於政故告幽王言視彼脊令之鳥尚則飛則鳴既飛以翼又鳴以口翼也口也無有止息之時況人之處世其可自舍視此脊令以爲喻節故我王當日此行行視朝之禮又而月此行行視朔之政與羣臣議政事日有所決月有所行亦如脊令無肯止息時也故當早起夜臥行之無辱汝所生之父祖已○鄭唯刺厲王爲異○箋題之至止息○正義曰傳已訓題爲視此又言視睇者以取之爲節當取傍視爲義曲禮注淫視睇盼也說文云睇小邪視也鳥皆飛鳴而此及常棣獨云雝渠者此鳥自有不能止舍之性故取爲喻也正以飛鳴無止息爲與者亦欲取飛以喻其行事鳴以喻其議也故云口也翼也無肯止息時也○箋我我至止息○正義曰以此上承不能自舍而云日月此行故爲我王王於政事所行唯有日視朝月視朔耳又解令王視朝及視朔意以先王制此禮欲使言與羣臣行之以議政事日有所決斷月有所施行亦無止息時先王制禮意如此所以今欲令我王有所成決也
交交桑扈率場啄粟
交交小貌桑扈竊脂也言上爲亂政而求下之治終不可得也箋云竊脂肉食今無肉而循場啄粟失其天性不能以自活○扈音戶場大良反啄陟角反竊音切治直吏反
哀我填寡宜岸宜獄握粟出卜自何能穀
填盡岸訟也箋云仍得曰宜自

從穀生也可哀哉我窮盡寡財之人仍有獄訟之事無可以自救但持粟行卜求其勝負從何能得生○塡徒典反韓詩作疹疹苦也岸如字韋昭注漢書同韓詩作犴音同云鄉亭之繫曰犴朝廷曰獄握於角反【疏】交交至能穀○毛以爲交交然小者是桑扈之鳥也鳥自求生活當應肉食今既無肉循場啄粟而食之失其天性以此求活將必不能以興王者欲求治國當行善教今無善教施布亂政以治之失其常法以此求治終不可得政既亂可哀哉我窮盡寡財之人濫被繫禁在上謂之宜有此訟宜有此獄在位不矜愍在身無以自救但手握其粟出卜其勝負貧困如此竟從何而能生活乎是尤可哀也○鄭唯刺厲王爲異○傳桑扈至可得○正義曰桑扈竊脂釋鳥文郭璞曰俗呼青雀觜曲食肉喜盜脂膏食之因以名云陸機云青雀也好竊人脯肉脂及膏故曰竊脂也桑扈食肉之鳥而啄粟求活不可得以喻上爲亂政而求下治亦不可得也○箋仍得至得生○正義曰時政苛虐民多枉濫此人數遭之在上以爲此實有罪宜其當然由其仍得故曰宜也箋以寡財者以衰亂之世政以賄成史記曰百金之子不死於市是貧者無財自救但持粟以求卜者問得勝負世必無從得活故可哀也

溫溫恭人溫溫和柔貌如集于木恐隊也惴惴小心如臨于谷恐隕也○惴之瑞反恐隕上丘勇反下于敏反戰戰兢兢如履薄冰箋云衰亂之世賢人君子雖無罪猶恐懼

小宛六章章六句

小弁刺幽王也大子之傅作焉【疏】小弁八章章八句至作焉○正義曰太子謂宜咎也幽王信褒姒之讒放逐宜咎其傅親訓太子知其無罪閔其見逐故作此詩以刺王經八章皆所刺之事諸序皆篇名之下言作人此獨末言大子之傅作焉者以此述太子之言太子不可作詩以刺父自傳意述而刺之故變文以云義也經言弁彼鸒斯不言小鳥曰小弁者弁樂也鸒斯卑居小鳥而樂故曰小弁

弁彼鸒斯歸飛提

提與也弁樂也。鸒卑居卑居雅烏也提提羣貌箋云樂乎彼雅烏出食在野甚飽羣飛而歸提提然與者喻凡人之父子兄弟出入宮庭相與飲食亦提提然樂傷今大子獨不○鸒斯音豫爾雅云小而腹下白不反哺者謂之雅烏說文云雅楚烏也一名鸒一名鵯居秦謂之雅一云斯語辭提是移反樂音洛下同卑本亦作鵯同音匹又必移反

民莫不穀我獨于罹幽王取申女生大子宜咎又說褒姒生子伯服立以為后而放宜咎又將殺之箋云穀養于曰罹憂也天下之人無不父子相養者我大子獨不。然。曰以憂也○罹力知反取七住反大音泰說音悅

何辜于天我罪伊何舜之怨慕日號泣于旻天于父母○日號上而乙反下戶刀反旻亡巾反

心之憂矣云如之何

【疏】弁彼至之何○正義曰言樂乎彼鸒斯之鳥鸒斯之鳥出食於野飽而則歸同飛提提然聚居歡樂也以與樂者彼天下之民此民父子出入宮庭相與飲食亦提提然聚居歡樂也今天下民莫不父子相養我太子獨被放而不得其然是比民為之不如太子言曰我憂之也。太。子。言。曰。我。憂。之。也太子既放棄而憂故號泣而訴云我有何罪乎上天致此寃枉問天云我罪維如何乎欲天辯其罪之所由太子既憂如此其傳言我心為之憂矣知王如之何乎○傳鸒卑居至羣貌○正義曰鸒卑居釋鳥文也卑居又名雅烏郭璞曰雅烏小而多羣腹下白江東呼為鵯烏是也此鳥名鸒而云斯者語辭猶蓼彼蕭斯菀彼柳斯傳或有斯者衍字定本無斯字以劉孝標之博學而類。菀鳥部立鸒斯之目是不精也此為性好羣聚故云提提羣貌羣下或有飛亦衍字。本集本並無飛字○箋彼雅至獨不○正義曰以經言歸飛是有出時故言出食在野以喻人父子出入宮庭也以鸒求食喻人相與飲食也以為喻凡人當。文為與言傷今太子獨失所知者以下云我獨故探之以明與意集本定本皆無然字俗本不下有然衍字○傳幽王至殺之○正義曰史記周本紀曰幽王三年嬖愛褒姒生子伯服太子之母申侯女為后欲廢后幷去太子用褒姒為后以其子伯服為太子又鄭語曰王欲殺太子以成伯服必求之申申人弗畀必伐之是放而欲殺之事也○傳舜之至父母○正義曰

毛意嫌子不當怨父以訴天故引舜事以明之言舜之怨慕父母之時日往于田號泣訴於旻天乎我之父母也言爲我父母而不愛我故怨之孟子云萬章問曰舜往于田號泣于旻天何爲然矣孟子曰怨慕也長息問於公明高曰舜往于田則吾既得聞命矣號泣於旻天於父母則吾不知之矣公明高曰非爾知也我竭力耕田供爲子職而已父母不我愛於我何哉大孝終身慕父母五十而慕者予於大舜見之矣引此者言大舜尚怨故太子亦可然也

踧踧周道鞫。爲茂草踧踧平易也周道周室之通道鞫窮也箋云此喻幽王信褒姒之讒亂其德政使不通於四方○踧徒歷反鞫九六反易夷豉反

我心憂傷惄焉如擣假寐永歎維憂用老心之憂矣疢如疾首惄思也擣心疾也箋云不脫冠衣而寐曰假寐疢猶病也○惄乃歷反擣丁老反本或作㨶同韓詩作疛除又反義同疢勑覲反又作疹同脫本又作稅吐活反一音始銳反

疏踧踧至疾首○正義曰太子放逐由王信讒所致言踧踧然平易者周室之通道也今曰窮盡爲茂草矣茂草生於道則荒道路以喻通達者天子之德政也今曰王政窮盡爲褒姒矣褒姒干王政則敗王德今王盡信褒姒之讒太子所以放逐王行如此故我心爲之憂傷惄焉悲悶如有物之擣心也又假寐之中長歎此事維是憂而用致於老矣其我心之憂矣以成疢病如人之疾首者疾首謂頭痛也○箋此喻至四方○正義曰此舉周道有茂草之荒鄣礙行路使行者不達於四方以喻幽王信褒姒之讒敗亂德政不通於四方時王雖無道非路絕行人實生茂草且取茂草之穢道路猶褒姒之亂王政假以爲喻耳○傳惄思擣心疾○正義曰惄思釋詁文擣心疾所思在心復云如擣則似物擣心故云心疾也說文云擣手椎一曰築也○箋不脫至假寐○正義曰宣二年左傳說趙盾盛服將朝尚早坐而假寐是也

維桑與梓必恭敬止父之所樹己尚不敢不恭敬○梓音子木名

靡瞻匪父靡依匪母不屬于毛不罹。于裏毛在外陽以言父裏在內陰以言母箋云此言人無不瞻仰其父取法則者無不依恃其母以長大

者今我獨不得父皮膚之氣乎獨不處母之胞胎乎何會無恩於我○屬音燭徐音蜀裏音里長丁丈反胞音包胎他來反天之生我我辰安在辰時也箋云此言我生所值之辰安所在乎謂六物之吉凶【疏】維桑至安在○毛以為言凡人父之所樹者維桑與梓見之必加恭敬之止況父身乎固當恭敬之矣既恭孝如此以至不容故言人無不瞻仰其父取法則者無不依怙其母以長大者今我獨不連屬於父乎不離歷於母乎何由如此不得父母之恩也若此則本天之生我我所遇值之時安所在乎豈皆值凶時而生使我獨遭此也毛指謂父也裏指謂母也○鄭唯毛裏為異餘同○傳父之所樹○正義曰此假之於凡人非謂幽王所樹桑梓○傳毛在至言母○正義曰人體皆毛生於表而裏在其內毛在外陽裏。其內陰以父陽母陰故假表裏言父母也屬者父子天性相連屬離者謂所離歷言稟父之氣歷母而生也傳於屬離之義當然其言小與鄭異其意則大同也孫毓謂傳為長而云母斥褻姒褻姒乃是太子之讎寧復望其依恃之恩又太子豈離歷褻姒而生也而言不離哉毓之所言非傳旨也○箋不處母之胞胎乎○正義曰此太子為父所放耳非母放之而并言母也以人皆得父母之恩故連言之其意不怨申后也○箋此言至吉凶○正義曰言我生所值之辰安所在乎則本初生之辰有所值故知謂六物也昭七年左傳晉侯謂伯瑕曰何謂六物對曰歲時日月星辰是謂也服虔以為歲星之神也左行於地十二歲而一周時四時也日十日也月十二月也星二十八宿也辰十二辰也是為六物也菀彼柳斯鳴蜩嘒嘒有漼者淵萑葦。淠淠蜩蟬也嘒嘒聲也漼深貌淠淠衆也箋云柳木茂盛則多蟬淵深而旁生萑葦言大者之旁無所不容○菀音鬱蜩音條嘒呼惠反淠徐孚計反又匹計反譬彼舟流不知所居箋云居至也言今大子不為王及后所容而見放逐狀如舟之流行無制之者不知終所至也○譬本亦作辟匹致反下同居音戒心之憂矣不遑假寐箋云遑暇也【疏】菀彼至假寐○正義曰言有菀然而茂者彼柳木也此柳由茂故上有鳴蟬其聲嘒嘒然有漼然而深者彼淵水也此淵由深故傍萑葦其衆湃湃然柳木茂而多蟬淵水深而生葦是大者之傍無所不容猶王總四海之富據天下之廣宜容太子而不能容之至使放逐譬彼舟之流行而無維制之者不知終所至以此故我心之憂矣不得閒暇而假寐言憂之深也○箋大者至不容○正義曰定本無旁所二字○箋言今至所至○正義曰於時申后廢黜非復能容太子言不爲王及后所容者因上瞻父依母之文連言之耳太子奔申則是有所至矣言無所至者棄儲君之重而逃竄舅家非太子所當至故也

鹿斯之奔維足伎伎雉之朝雊尚求其雌

伎伎舒貌謂鹿之奔走其足伎伎然舒也箋云雊雉鳴也尚猶也鹿之奔走其勢宜疾而足伎伎然舒留其羣也雉之鳴猶知求其雌今太子之放棄其妃匹不得與之去又爲獸之不如○伎本亦作跂其宜反雊古豆反妃音配

譬彼壞木疾用無枝

壞瘣也謂傷病也箋云太子放逐而不得生子猶內傷病之木內有疾故無枝也○壞胡罪反又如字說文作瘣云病也一曰腫旁出也又音回瘣胡罪反木瘤腫也爾雅云瘣木苻婁郭云謂傴僂腫無枝條也

心之憂矣寧莫之知

箋云寧猶曾也

【疏】鹿斯至之知○正義曰此鹿斯與鸒斯柳斯斯皆辭也言鹿之奔走其勢宜疾今乃維足伎伎然安舒而稽留以待其牝鹿而俱走也雉雉之於朝旦雊然而鳴猶爲求其雌雉而並飛也鹿雉猶得偶以俱遊今太子之見放逐棄其妃匹不得俱去是爲獸之不如譬彼內傷病之木以內疾之故是用無枝也猶太子無匹之故不得生子故我心之憂矣曾無知之者○箋雊雉至不如○正義曰高宗肜日雉升鼎耳而雊說文云雊雄雉鳴也雄雉鳴而句其頸故字從隹句此雉言雌鹿不言牝鹿言足遲爲待之之勢獸走故以遲相待爲飛疾故以鳴相呼皆互見也言又爲獸之不如者前不如蟬葦今不如鳥獸故言又也○傳壞瘣謂傷病○正義曰釋木云瘣木苻婁某氏曰詩云譬彼瘣木疾用無枝苻婁尫傴內疾瘣磊故疾用無枝郭璞曰謂木病尫傴癭腫無枝條者舍人曰苻婁屬下句獨爲異也

相彼投兔尚或先之行有死人尚或墐之

墐路冢也箋云相視投掩行道也視彼人將掩兎尚有先驅走之者道中有死人尚有覆掩之成其墐者言此所不知其心不忍○相息亮反兎他故反先蘇薦反墐音覲說文作殣云道中死人人所覆也毆起俱反又作驅同

君子秉心維其忍之

箋云君子斥幽王也秉執也言王之執心不如彼二人

心之憂矣涕既隕之

隕隊也○涕音替隕音蘊隊直類反

疏 傳墐路冢至箋不忍○正義曰墐者埋藏之名耳此言行有死人是於路傍故曰路冢左傳曰道墐相望是也言此不知者謂不與走獸死人有相知其心不忍耳

君子信讒如或醻之

箋云醻旅醻也如醻之者謂受而行之○醻市由反

君子不惠不舒究之

箋云惠愛究謀也王不愛太子故聞讒言則放之不舒謀也

伐木掎矣析薪扡。矣

伐木者掎其巔析薪者隨其理箋云掎其巔者不欲妄踣之扡謂觀其理也必隨其理者不欲妄挫。析之以言今王之遇太子不如伐木析薪也○掎寄彼反扡勑氏反又宅買反徐又直是反踣蒲北反挫子臥反

舍彼有罪予之佗矣

佗加也箋云予我也舍褒姒讒言之罪而妄加我太子○舍音捨注同又音赦佗吐賀反注同

疏 君子至佗矣○正義曰言君子幽王信褒姒之讒曾不思審得即用之如有人以酒相醻得即飲之此王所以然者君子幽王心不愛太子之故由此聞讒即逐不肯安舒而謀慮之此伐木尚掎其木之巔矣不欲妄踣之析薪尚杝其薪之理矣不欲妄析之彼人尚不欲妄損析薪木今王非理而害太子其意乃不如彼伐木析薪之人舍彼有罪之褒姒於我太子之加罪矣言太子無罪王妄加之○箋醻旅醻○正義曰酬酢皆作酬此作醻者古字得通用也酬有二等既酢而酬賓者賓奠之不舉謂之奠酬至三爵之後乃舉嚮者所奠之爵以行之於後交錯相酬名曰旅酬謂衆相酬也此喻得讒即受而行之故知是旅酬非奠酬也○傳伐木至其理○正義曰伐木此木而言掎是畏木倒而掎之明掎其巔矣掎者倚也謂以物倚其巔峯也析薪而言扡明隨其理扡者施也言觀其裂而漸相施及故箋云觀其理是也○傳佗加○正義曰此佗謂佗人也言舍有罪而以罪

與佗人是從此而往加也故曰佗加也莫高匪山莫浚匪泉浚深也箋云山高矣人登其巔泉深矣人入其淵以言人無所不至雖逃避之猶有默存者焉○浚蘇俊反默本亦作嘿亡北反君子無易由言耳屬于垣箋云由用也王無輕用讒人之言人將有屬耳於壁而聽之者知王有所受之知王心不正也○易夷豉反屬音燭注同垣音袁○無逝我梁無發我笱箋云逝之也之人梁發人笱此必有盜魚之罪以言褒姒淫色來嬖於王盜我大子母子之寵○笱音苟我躬不閱遑恤我後念父孝也高子曰小弁小人之詩也孟子曰何以言之曰怨乎孟子曰固哉夫高叟之爲詩也有越人於此關弓而射之我則談笑而道之無他疏之也兄弟關弓而射我我則垂涕泣而道之無他戚之也然則小弁之怨親親也親親仁也固哉夫高叟之爲詩曰凱風何以不怨曰凱風親之過小者也小弁親之過大者也親之過大而不怨是愈疏也親之過小而怨是不可磯也愈疏不孝也不可磯亦不孝也孔子曰舜其至孝矣五十而慕箋云念父孝也大子念王將受讒言不止我死之後懼復有被讒者無如之何故自決云我身尚不能自容何暇乃憂我死之後也○閱音悅容也叟素口反關烏環反下同本亦作彎射食亦反下同夫音符磯居依反又古愛反一音祈復扶又反

【疏】莫高至我後○正義曰王既信讒而加罪於太子仍有殺太子之心謂人不知故告之言莫有極高者非是山也言山最極高莫有極深者非是泉也言泉最極深然山雖高矣人能登其巔泉雖深矣人能入其淵是亦無所不至也人既無所不至難以匿其情矣王今實有殺太子之心而謂人不覺人猶有。然而存於心知王之欲殺太子也如此則君子幽王無輕易用讒人之言將有耳屬而聽之於垣壁者知王受人之讒言也王之所愛褒姒也故禁之言人無得逝之我魚梁無得發開我魚笱若之我梁發我笱是欲盜我所捕之魚此必有盜魚之罪以言褒姒亦無得輒之我王宮無得求取我王愛若之王宮取王愛爲盜我母子之寵必有盜寵之愆也褒姒既盜寵行讒太子於先念己既已被讒恐死之後懼更有被讒者無如之何旋即自決云我身尙不能自容何暇憂我死之以後乎○箋山高至者焉○正義曰箋顧下云無易由言是禁王受讒畏人知之辭故爲窮高極深人所升入無所不至以喻知王之隱情也王雖避逃受讒之名猶有默心存念知王之情但不言耳然天高於山海深於泉而不言者據人所可履踐之處而言也○傳念父至而慕○正義曰言無暇憂恤是先有其志。念。固而不暇耳先有志者卽念父也念者恐其將受讒今無如之何故自決也高子曰以下皆孟子文也而怨父危疑之理先達已有是非之論以此篇終故引之以明義也按彼公孫丑稱高子之言以問孟子非高子自與孟子對言也趙岐曰高子齊人也怨者怨親之過故謂之小人也固哉言其固陋也高子年老於孟子故謂之高叟重言固哉高叟之爲詩傷其不達詩意之甚也凱風親之過小者以言莫慰母心母心不悅故親之過小也小弁則王欲殺太子是親之過大也愈益也而過大矣而孝子不怨以越人遇其親是益疏也故曰不孝磯激也過小耳而孝子感激輒怨其親亦不孝也孔子曰以舜年五十而思慕其親不殆稱曰孝之至孝之不可以已也孔子之言舜。如高子譏小弁爲不達詩之意也皆孟子與其弟子公孫丑相答問不言公孫丑者取其意而略之也

小弁八章章八句

巧言刺幽王也大夫傷於讒故作是詩也○悠悠昊天曰父母且無罪無辜亂如此憮。憮大也箋云悠悠思也憮敖也我憂思乎昊天愬王也始者言其且爲民之父母今乃刑殺無罪無辜之人爲亂如此甚敖慢無法度也○且徐七餘反協句應爾觀箋意宜七也反憮火吳反下同思息嗣反下同傲五報反下同本又作敖愬音素昊天已威予慎無罪昊天。大憮予慎無辜威畏慎誠也箋云已泰皆言甚也昊天乎王甚可畏王甚敖慢我誠無罪而罪我○大音泰本或作泰徐勑佐反○疏悠悠

至無辜○毛以爲大夫傷讒而本之故言悠悠然我心憂思乎昊天訴之也王之始者言曰我當且爲民之父母也自許欲行善政今乃刑殺其無罪無辜者之衆人王政之亂如此甚大也昊天乎王甚可畏我誠無罪而罪我是可畏也昊天乎王甚虐大我誠無辜而辜我是虐大也○鄭唯言王爲亂如此甚。傲慢無法度。乃昊天乎王甚傲慢爲異耳皆以且爲辭○傳幠大○正義曰釋詁文禮肉鬱亦謂之幠○箋幠敖至法度○正義曰幠敖釋言文。傳者以下言己威爲甚可畏而泰幠言甚大非類故爲傲慢下既爲傲此亦爲傲也幽王之惡始終一也始者言其身且爲民之父母者無道之君皆自謂所爲者是道非知其不可而爲之也。放其初卽位皆許爲善但行不副言故詩人述其初辭以責之

亂之初生僭始既涵。僭數涵容也箋云僭不信也既盡涵同也王之初生亂萌羣臣之言不信與信盡同之不別也○僭毛側蔭反鄭子念反涵毛音含鄭音咸韓詩作減減少也數音朔下同不別彼列反

亂之又生君子信讒箋云君子斥在位者也在位者信讒人之言是復亂之所生

君子如怒亂庶遄沮遄疾沮止也箋云君子見讒人如怒責之則此亂庶幾可疾止也○遄市專反沮辭呂反

君子如祉亂庶遄已祉福也箋云福者福賢者謂爵祿之也如此則亂亦庶幾可疾止也○祉音恥已音以

疏亂之至遄已○毛以爲上既言王之亂又本亂之所由言亂之初所以生者讒人數緣事始自入盡得容其言知王不察真僞遂以漸進讒也亂之又復所生益大者在位朝臣君子信讒言也王既不察察故讒言得自容入臣又信之故讒言遂興所以枉殺無辜致此大亂也又言政令雖亂可反覆君子在位之人見讒人之言如怒責之則此亂庶幾可疾止君子在位之人見有德賢者如福祿之則此亂亦庶幾可疾止君子何不怒讒而福賢以止亂乎○鄭唯以僭爲不信涵爲同言信與不信同之不別故讒言遂生餘同○傳僭數涵容○正義曰王肅云言亂之初生讒人數緣事始自入盡得容其讒言有漸也○箋僭不信至不別○正義曰此亂之初生是本其所由故言初生亂萌以人之行讒當有所因君能明察是非則僞辭

不入讒言無由進也正由明不燭下於羣臣之言信與不信盡同之不別讒人得自是生心以進讒害賢遂使王殺戮無辜是生亂也以信與不信混同不別於致讒爲宜故易傳也○箋君子至所生○正義曰何知君子非幽王而以爲在位者以上言初生已本王矣君子若還斥王不宜言又以此知非王也讒人之能害管乃是王者信之而責在位信讒者以讒人能使王刑殺無罪必朝有黨援若在位骨鯁之臣固執不信則讒者之言亦不行矣王之罪人必詢諸朝廷王既容之在位又信之所以成此亂在位謂大臣也下文言令怒讒言福賢人令其行立威福明是臣之責者洪範稱臣不得作福作威言令怒讒福賢者欲令之告王行之不令其專制

君子屢盟亂是用長凡國有疑會同則用盟而相要也箋云屢數也盟之所以數者由世衰亂多相背違時見曰會殷見曰同非此時而盟謂之數○屢本又作婁力住反長丁丈反又直亮反要於遙反數音朔背音佩見賢遍反下同

君子信盜亂是用暴盜逃也箋云盜謂小人也春秋傳曰賤者窮諸盜

盜言孔甘亂是用餤餤進也○餤沈旋音談徐音鹽

匪其止共維王之邛箋云邛病也小人好爲讒佞既不共其職事又爲王作病○共音恭本又作恭邛其恭反好呼報反共音恭本亦作供又爲于僞反

疏君子至之邛○正義曰上既言亂之生此又言亂之長言在位君子之人數數相與要盟其亂是用之故而滋長也在位君子之人又信是凶盜讒人之言其亂是用之故而暴甚也所以益甚者此險盜之人其言甚甘使人信之而不已其亂用是之故而日益進也此小人好爲讒佞者非於其職廢此供奉而已又維與王之爲病害也食之甘者使人嗜之而不厭言之美者使人聽之而不倦故以美言爲甘也○傳凡國至相要○正義曰言此者解屢意非此時而盟即爲屢也言凡國有疑謂於諸侯羣臣有疑不相協則在會同之上用盟禮告盟而相要束司盟職曰凡邦國有疑會同則掌其盟約之載及其禮儀北面詔明神是也定本及集本皆云用盟而不相要謂若會同則用盟若無疑事則不會同而不相要用盟屬上爲句義亦通也○傳盜逃○正義曰文十八年左

傳曰竊賄爲盜則盜者竊物之名毛解名曰盜意也風俗通亦云盜逃也言其晝伏夜奔逃避人也○箋盜謂至諸盜○正義曰箋以詩刺讒非刺盜賊解其言盜之意以爲盜竊者必小人讒者亦小人因以盜名之故云盜謂小人引春秋傳以證之所引者公羊傳文弑君者曷爲或稱名氏或不稱名氏大夫弑君稱名氏賤者窮諸人何休曰賤謂士也士正自當稱人又曰大夫自相殺稱人賤者窮諸盜何休曰降大夫稱人降士使稱盜者所以別死刑輕重也傳言窮者盡也弑君則盡於稱人殺大夫則盡於稱盜言盡此以下更無稱也小人賤者盡於盜知盜是惡名故引以證盜爲小人也公羊傳立等級者言其正例耳其餘文異者皆有褒貶事具於傳也

奕奕寢廟君子作之秩秩大猷聖人莫之他人有心予忖度之躍躍毚兔遇犬獲之奕奕大貌秩秩進知也莫謀也毚兔狡兔也箋云此四事者言各有所能也因己能忖度讒人之心故列道之爾猷道也大道治國之禮法遇犬犬之馴者謂田犬也○奕音亦秩音帙莫如字又作漢同一本作謨按爾雅漢漢同訓謀莫協韻爲勝忖本又作寸同七損反度待洛反注皆同躍他歷反毚士咸反遇犬如字世讀作愚非也知音智狡古卯反馴音旬又音脣

疏奕奕至獲之○正義曰讒人爲讒自謂深密此言已能知之言奕奕然高大之寢廟君子之人所能制作之秩秩然者進智之大道聖德之人能謀立之彼他人有讒佞之心。義能忖度而知之躍躍然者跳疾之狡兔遇值犬則能獲得之○傳。讒兔。至狡兔○正義曰蒼頡解詁云毚大兔也大兔必狡猾又謂之狡兔戰國策曰東郭逡者海內之狡兔是也○箋此四事至田犬○正義曰此四事以尊卑爲先後大猷雖是常法不如宗廟爲尊故寢廟在大猷之先兔乃走獸故在他人之後連言寢廟者周禮注云前曰廟後曰寢則廟寢一物先寢後廟便文耳此自工匠所造而言君子者閟宮曰新廟奕奕奚斯所作彼奚斯君子也以教護課程必君子監之乃得依法制也大道治國禮法聖人謀之若周公之制禮樂也遇犬者言兔逢遇犬則彼獲耳遇非犬名故王肅云言其雖騰躍逃隱其迹或適與犬遇而見獲是也以能獲

毚知是犬之馴擾者謂田犬也犬有守犬田犬故辨之

荏染柔木君子樹之往來行言心焉數之荏染柔意也柔木椅桐梓漆也箋云此言君子樹善木如人心思數善言而出之善言者往亦可行來亦可行於彼亦可於己亦可是之謂行也○荏而甚反染音冉數所主反注同椅於宜反梓漆上音子下音七

蛇蛇碩言出自口矣蛇蛇淺意也箋云碩大也大言者言不顧其行徒從口出非由心也○蛇以支反行下孟反○

巧言如簧顏之厚矣箋云顏之厚者出言虛偽而不知慙於人○簧音黃

疏荏染至厚矣○正義曰言荏染柔忍之木君子之人所樹之也言君子樹木必身簡擇取善木然後樹之喻往來可行之言亦君子口所出之也言君子出言必心焉思數知善而後出之小人則不然蛇蛇然淺意之大言徒出自口矣都不由於心得言即言必不思數也巧為言語結構虛辭速相待合如笙中之簧聲相應和見人不知慙愧其顏面之容甚厚矣君子樹之不言擇木心焉數之不言出口雖相對而文互也○傳柔木椅桐梓漆○正義曰定之方中云樹之榛栗椅桐梓漆言文公所樹是君子樹之故引彼文以解柔木也不言榛栗從可知

彼何人斯居河之麋水草交謂之麋箋云何人者斥讒人也賤而惡之故曰何人○麋本又作湄音眉惡烏路反

無拳無勇職為亂階拳力也箋云言無力勇者謂易誅除也職主也此人主為亂作階言亂由之來也○拳音權徐已袁反易夷豉反○

既微且尰爾勇伊何骭瘍為微腫足為尰箋云此人居下溼之地故生微腫之疾人憎惡之故言女勇伊何何所能也○尰市勇反骭戶諫反腳脛也瘍音羊本亦作傷音同創也腫諸勇反

為猶將多爾居徒幾何箋云猶謀將大也女作讒佞之謀大多女所與居之衆幾何人素能然乎○幾居豈反注同大音泰又如字傃音素

疏彼何人至幾何○正義曰疾讒佞之人謂之何人言彼何人斯居在於河之麋際既無拳力又無勁勇亦易誅除耳而敢主為此亂之階梯也此人既腳骭有微之疾而足踵且有尰之疾爾假有勇伊何能為況復無之而汝敢

爲此惡汝作爲讒佞之謀人多汝所與聚居之徒衆幾何許人而能爲此怪其言多且巧疑其衆教之也○傳水草交謂之麋○正義曰釋水文○箋何人至曰何人○正義曰言何人者不識而問之辭此旣讒己不是不識而曰何人者賤而惡之作不識之辭故曰何人下篇疾暴公之侶謂之何人斥其姓名爲大切亦作不識之辭以疾之○傳骭瘍至爲尰○正義曰皆釋訓文也彼引此旣微且尰然後爲此辭以釋之孫炎曰皆水溼之疾也郭璞曰骭脚脛也瘍瘡也然則膝脛之下有瘡腫是涉水所爲故箋亦云此人居下溼之地故生微尰之疾居河之麋是居下溼也

巧言六章章八句

何人斯蘇公刺暴公也暴公爲卿士而譖蘇公焉故蘇公作是詩以絕之。暴也蘇也皆畿內國名

疏何人斯八章章六句至絕之○正義曰何人斯者蘇公所作以刺暴公也暴公爲王卿士而於王所讒譖蘇公令使獲譴焉故蘇公作是何人斯之詩以絕之言暴公不復與交也按此經無絕暴公之事唯首章下二句云伊誰云從誰暴之云亦非絕之言但解何人之意言己以爲暴公之所言是暴公譖己事彰無所致疑此句是絕之辭也經八章皆言暴公之侶疑其讒己而未察故作詩以窮之不欲與之相絕疑者未絕則不疑者絕可知疑暴公之侶窮極其情欲與之絕明暴公絕矣故序專云刺暴公而絕之也刺暴公而得爲王詩者以王信暴公之讒而罪己刺暴公亦所以刺王也○箋暴也至名○正義曰蘇忿生之後成十一年左傳曰昔周克商使諸侯撫封蘇忿生以溫爲司寇則蘇國在溫杜預曰今河內溫縣是蘇在東都之畿內也春秋之世爲公者多是畿內諸侯偏檢書傳未聞畿外有暴國今暴公爲卿士明畿內故曰皆畿內國名春秋時蘇稱子此云公者子蓋子爵而爲三公也暴公爲卿士而亦稱公當卿士兼公官也又暴公爲卿士而譖蘇公則蘇公爲卿士以否未可知但何人爲暴公之侶云二人從行則亦卿士也故王肅云二人俱爲王卿相

隨而行下云及爾如貫鄭云俱爲王臣蘇公亦爲卿士矣

彼何人斯其心孔艱胡逝我梁不入我門

箋云孔甚艱難逝之也梁魚梁也在蘇國之門外彼何人乎謂與暴公俱見於王者也其持心甚難知言其性堅固似不妄也暴公譖己之時女與之乎今過我國何故近之我梁而不入見我乎疑其與之而未察斥其姓名爲大切故言何人○女與音豫下疑其與之女與於譖皆同大音泰

伊誰云從誰暴之云

云言也箋云譖我者是言從誰生乎乃暴公之所言也由己情而本之以解何人意○己音紀

【疏】彼何人至之云○正義曰言彼何人乎與暴公俱見王之人此其持心甚難知也迹同譖己貌似不妄故難知也又言己疑之狀暴公譖我之時汝應與之汝若不與今過我國何故之我梁而不入我門以見我乎得不由譖我意欵而不得來也猶冀其不然欲與和好乃開解之曰今譖我者維誰之所云從而出乎維乃暴公之所云耳言爾應不與當與我和親也伊字毛皆爲維鄭皆爲是則此亦當以此爲異○箋梁魚至不妄○正義曰以之梁而不入門故知其梁近在國門之外也下云維暴之云則何人非暴公矣刺暴公而責何人譖與暴公俱見王者也若不與暴公俱見王蘇公不當疑之也疑之而云其心難知故著其心性堅固似非虛妄之人若非此人性自虛妄貌又可疑則譖己必矣非難知也○箋由己情至何人意○正義曰心疑何人譖己猶尚冀其不然故既設疑言復開解之初疑何人與暴同譖旋卽復言維暴獨云一疑一舍非他人教示皆出己之情耳故云由己情而本之開解何人之意若何人實不共譖欲使不復猜己還與和親

二人從行誰爲此禍胡逝我梁不入唁我

箋云二人者謂暴公與其侶也女相隨而行見王誰作我是禍乎時蘇公以得譴讓也女卽不爲何故近之我梁而不入弔唁我乎○唁音彥見賢遍反譴遣戰反女音汝下注同

始者不如今云不我可

箋云女始者於我甚厚不如今日也今日云我所行有何不可者乎何更於己薄也○日而乙反己音紀

【疏】二人至我可○正義曰言暴公與其侶二人相從而行以見王誰作我此禍而令王

譖讓我乎汝從暴公行者若不與暴公譖我何故近之我魚梁而不入門弔唁我也汝始者能於我甚厚不如今日汝今云何不以我爲可言我有何行不可於汝而更於我薄而不弔唁乎知己被譖而不唁疑其譖己而內慙○箋二人至唁我乎○正義曰以上言維暴之云則暴是其一明二之者謂暴與其侶侶卽何人也疑其與蘇同情故并而誰之以見意耳禮弔生曰唁既言爲禍而責人不唁知蘇公已得譴讓也謂以咎譴而責讓之也今蘇公被罪之後而在國見何人之其梁陳是不奪其國明是譴責而已未加刑殺也言唁者雖不奪國以被罪當弔之弔生曰唁不必失國也

彼何人斯胡逝我陳我聞其聲不見其身

陳堂塗也箋云堂塗者公館之堂塗也女卽不爲何故近之我館庭使我得聞女之音聲不得覿女之身乎○睹丁古反本又作覿

不愧于人不畏于天

箋云女今不入唁我何所愧畏乎皆疑之未察之辭○媿九位反或作愧

疏彼何至于天○正義曰又研窮何人言彼何人乎汝若不譖我何故近之我館舍之庭使我得聞其音聲不得覿見其身乎得不譖我乎意慙而不來見我也汝不來見我而不弔唁我是不慙愧於人又不畏懼於天也天有尊卑之道人有往來之節使吉有賀慶凶有弔唁所以敬天道示慙愧故不相弔唁爲不愧人不畏天也○傳陳堂塗○正義曰釋宮云堂塗謂之陳孫炎曰堂下至門之徑○箋堂塗者公館之堂塗○正義曰禮有公館私館公館者公家築爲別館以舍客也上云不入我門則不得入所居之宮故知逝陳者至公館之塗也以館者所以舍客故雖不見主得至其陳○

彼何人斯其爲飄風胡不自北胡不自南胡逝我梁祇攪我心

飄風暴起之風攪亂也箋云祇適也何人乎女行來而去疾如飄風不欲入見我何不乃從我國之南不則乃從我國之北何近之我梁適亂我之心使我疑女○飄避遙反疾風也沇又方消反祇音支攪交卯反

疏疾如飄風○正義曰以其徑來而徑去知爲疾也非在道急速故下章言其安行

爾之安行亦不遑舍爾之亟行遑脂爾車壹者

之來云何其盱。箋云逷暇亟疾盱病也女可安行乎則何不暇舍息乎女當疾行乎則又何暇脂女車乎極其情求其意終不得。一者之來見我於女亦何病。乎○亟紀力反脂音支盱況于反 疏 爾之至其盱○毛於下章以祇爲病言使我病是使蘇公之病則此盱亦爲蘇公之病也既數過其國而不入故又極其情以疑之我止欲言汝安舒而行乎亦不見汝閒暇而舍息止欲言汝之急疾而行乎汝又閒暇而脂汝之車汝往而不入見我所以疑也且若不譖我則一者之來見王以後云何使我有罪譖之病乎亦以我得病在汝見王之後所以尤疑也毛以此云何其盱與下俾我祇也互文皆言云何而使我有罪病也○鄭以盱爲何人病爲異餘同○箋一者至何病○正義曰箋以上章責其不來見己下章言入與不入則一者之來當爲來見蘇公不得爲見王也且蘇公之所疑者以不見何人故言一者之來見我於汝亦何病也是欲見以解疑之辭此本之於何人爲不病下反之己爲得安是章次相成也

爾還而入我心易也還而不入否難知也壹者之來俾我祇也 易。說祇病也箋云還行反也否不通也祇安也女行反入見我我則解說也反又不入見我則我與女情不通女與於譖我與否復難知也一者之來見我我則知之是使我心安也○易夷豉反注同韓詩作施施善也否方九反一云鄭符鄙反俾必爾反祇祈支反一云鄭止支反說音悅下同解音蟹與音豫復扶又反下章同○伯氏吹壎仲氏吹篪 土曰壎竹曰篪箋云伯仲喻兄弟也我與女恩如兄弟其相應和如壎篪以言俱爲王臣宜相親愛○壎況袁反篪音池應應對之應和胡臥反

及爾如貫諒不我知出此三物以詛爾斯 三物豕犬雞也民不相信則盟詛之君以豕臣以犬民以雞箋云及與諒信也我與女俱爲王臣其相比次如物之在繩索之貫也今女心誠信而我不知且共出此三物以詛女之此事爲其情之難知己又不欲長怨故設之以此言○貫古亂反諒音亮詛側助反以禍福之言相要曰詛比毗志反索素洛反爲其于僞反長如字又張丈反 疏 伯氏至爾斯○正義曰既

窮之而不得其情已不欲長怨欲與之詛而和諧故言有伯氏之弟吹篪以和之其情相親其聲相應和矣言我與汝何人其恩亦當如伯仲之爲兄弟其情志亦當如壎篪之相應和不當有怨惡也何者我與汝俱爲王臣其相比次如物之在繩索之貫宜應和相親何由汝之誠信而不使我知而令我疑也若實不譖者則當共出豕犬雞之三物以詛盟爾之此事使譖否有決令我不疑當還與汝相親不欲長怨故也○傳土曰壎竹曰篪○正義曰土曰壎漢書律曆志文也周禮小師職作塤古今字異耳注云塤燒土爲之大如鴈卵鄭司農云塤六孔釋樂云大塤謂之嘂音叫孫炎曰音大如叫呼也郭璞曰塤燒土爲之大如鵝子銳上平底形似稱錘六孔小者如雞子釋樂文云大篪謂之沂李巡曰大篪其聲非一也郭璞曰篪以竹爲之長尺四寸圍三寸一孔上出徑三分橫吹之小者尺二寸郎引廣雅云八孔小師注鄭司農云篪七孔蓋不數其上出者故七也世本云暴辛公作塤蘇成公作篪譙周古史考云古有塤篪尚矣周幽王時暴辛公善塤蘇成公善篪記者因以爲作謬矣世本之謬信如周言其云蘇公暴公所善亦未知所出蘇暴並公卿不當自言於樂之小器以相親也又此窮極何人何人非暴公也故鄭以爲喻○王肅亦云我與汝同寮長幼之官如篪壎之相和與鄭同也○傳三物至以雞○正義曰隱十一年左傳曰鄭伯使卒出豭行出犬雞以詛射穎考叔者豭即豕也並言詛而俱用三故知此三物豕犬雞也又解所以有詛者民不相信則盟詛之言古者有此禮故欲與之詛也司盟曰盟萬民之犯命者明其不信者是不相信有盟詛之法也彼不信自在詛下而兼言盟者以詛是盟之細故連言之也定本民不相信則詛之無盟字犯命者盟之不信者詛之是盟大而詛小也盟詛雖大小爲異皆殺牲歃血告誓明神後若背違令神加其禍使民長而不敢犯故民不相信爲此禮以信之此傳言民者據周禮之文耳其實人君亦有詛法襄十一年左傳言季武子將作三軍盟諸僖閎詛諸五父之衢定六年旣逐陽虎及三桓盟於周社盟國人於亳社詛諸五父之衢是人君與羣臣有詛法也此何人與蘇公同爲王臣蘇公與之詛則諸相疑亦應有詛法但春秋之世無其

事耳詛之所用一牲而已非三物並用而言出此三物以三物皆是詛之所用總而言之故傳辨其等級云君以豕臣以犬民以雞則鄭伯使卒出豭行出犬雞所得三物並用者時考叔爲子都所射鄭伯不誅子都而使諸軍詛之百人爲卒出一豭詛之二十五人爲行或出犬或出雞以詛之每處亦止用一牲非一處而用三物也如此傳君乃得用豕彼百人卽得用豭者於時鄭伯使之詛故得用君牲也以行之人數少於卒自爲等級耳此豕犬雞詛所用也若盟皆用牛哀十五年左傳說衛太子蒯聵與伯姬輿豭以盟孔悝者時太子未立不敢從人君之禮故鄭異義駁云詩說及鄭伯使卒及行所出皆謂詛耳小於盟也周禮戎右職云若盟則以玉敦辟盟遂役之贊牛耳桃茢哀十七年左傳曰孟武伯問於高柴曰諸侯盟誰執牛耳然盟者人君用牛伯姬盟孔悝以豭下人君牲是盟用牛也此謂大事正禮所當用者耳若臨時假用其禮者不必有牲故左傳孟任割臂以盟莊公華元入楚師登子反之牀子反懼而與之盟皆無牲也

爲鬼爲蜮則不可得有靦面目視人罔極

蜮短狐也靦姡也箋云使女爲鬼爲蜮也則女誠不可得見也姡然有面目女乃人也人相視無有極時終必與女相見○蜮音或沈又音域狀如鼈三足一名射工俗呼之水弩在水中含沙射人一云射人影○靦土典反姡戸刮反面醜也

作此好歌以極反側

反側不正直也箋云好猶善也反側輾轉也作八章之歌求女之情女之情反側極於是也○目音以古以字本作以

【疏】爲鬼至反側○正義曰研窮而不得其情於是怒而責之言汝若爲鬼爲鬼也爲蜮爲蜮也則誠不可得而見不須與我爲詛今汝有靦面目乃是人也瞻視於人無有極已之時我必將與汝相見汝寧不披寫汝情不與我盟詛乎以疑爾譖我之故我作此八章之善歌窮極爾反側之情冀得其實也○傳蜮短狐靦姡○正義曰洪範五行傳云蜮如鼈三足生於南越南越婦人多淫故其地多蜮淫女或亂之氣所生也陸機疏云一名射影江淮水皆有之人在岸上影見水中投人影則殺之故曰射影南人將入水先以瓦石投水中令水濁然後入或曰含沙射人皮肌其瘡如疥是也靦姡釋言文孫炎

曰靦人面姡然說文云靦面見人姡面靦也然則靦與姡皆面見人之貌也○傳反側不正直○正義曰洪範云無反無側王道正直則知側是不正直也反側者翻覆之義故箋以爲輾轉申傳不正直之義其意與傳同

何人斯八章章六句

巷伯刺幽王也寺人傷於讒故作是詩也巷伯奄官寺人內小臣也奄官上士四人掌王后之命於宮中爲近故謂之巷伯與寺人之官相近讒人譖寺人寺人又傷其將及巷伯故以名篇○巷伯官名也寺如字又音侍奄於檢反宮本或將此注爲序文者近附近之近下近同嫌

疏巷伯七章上四章章四句次章五句次章八句卒章六句至奄官○正義曰此經無巷伯之字而名篇曰巷伯故序解之云巷伯奄官言奄人爲此官也官下有兮衍字定本無巷伯奄官四字於理是也以俗本多有故解之○箋巷伯至名篇○正義曰巷伯是內官也其官用奄上士四人爲之其職掌王后之命天官序官云小臣奄上士四人注云奄稱士異其賢其職云掌王后之命是也又解內小臣而謂之巷伯者以其此官於宮中爲近故謂之巷伯也釋宮云宮中巷謂之壼孫炎曰巷舍閒道也王肅曰今後宮稱永巷是宮內道名也伯長也主宮內道官之長人主於羣臣貴者親近賤者疏遠主宮內者皆奄人奄人之中此官最近人主故謂之巷伯也巷伯是內小臣者以周禮無巷伯之官奄雖小臣爲長主巷之伯唯內小臣耳故知是也蓋其官名內小臣時人以其職號之稱爲巷伯也與寺人官相近者寺人亦奄人其職曰掌王之內人及女宮之戒令同掌宮內是相近也寺人自傷讒作詩輒名篇爲巷伯以其官與巷伯相近讒人譖寺人寺人又傷其將及巷伯故以巷伯名篇以所掌既同故恐相連及也

萋兮斐兮成是貝錦興也萋斐文章相錯也貝錦錦文也箋云錦文者文如餘泉餘蚳之貝文也興者喻讒人集作己過以成於罪猶女工之集采色以成錦文○萋七西反斐孚匪反本或作菲

餘蚳直基反貝黃白文曰餘蚳彼譖人者亦已大甚箋云大甚者謂使己得重罪也○大音泰注同徐勑佐反疏萋兮至大甚○正義曰女工集彼衆采而織之使萋然兮斐然兮令文章相錯以成是貝文以爲其錦也以興讒人集己諸過而構之令過惡相積故成是愆狀以爲己罪也實無罪而讒之使得重刑故傷之云彼讒譖人者亦已復爲大甚言非徒譴讓小辜乃至極刑重罪是爲太甚○傳萋斐至錦文○正義曰論語云斐然成章是斐爲文章之貌萋與斐同類而云成錦故爲文章相錯也錦而連貝故知爲貝之文○箋錦文至貝文○正義曰解錦文稱貝者其文如餘泉餘蚳之貝文也釋魚說貝文狀云餘蚳黃白文餘泉文舍人曰水中蟲也李巡曰餘蚳貝甲黃爲質白爲文彩餘泉貝甲以白爲質黃爲文彩陸機疏云貝水介蟲也龜鼈之屬其文彩之異大小之殊甚衆古者貨貝是也餘蚳黃爲質以白爲文餘泉白爲質黃爲文又有紫貝其白質如玉紫點爲文皆可列相當其貝大者當有至至一尺六七寸者今九真交趾以爲杯盤寶物也哆兮侈兮成是南箕哆大貌南箕箕星也侈之言是必有因也斯人自謂辟嫌之不審也昔者顏叔子獨處于室鄰之釐婦又獨處于室夜暴風雨至而室壞婦人趨而至顏叔子納之而使執燭放乎旦而蒸盡縮屋而繼之自以爲辟嫌之不審矣若其審者宜若魯人然魯人有男子獨處于室鄰之釐婦又獨處于室夜暴風雨至而室壞婦人趨而託之男子閉戸而不納婦人自牖與之言曰子何爲不納我乎男子曰吾聞之也男子不六十不閒居今子幼吾亦幼不可以納子婦人曰子何不若柳下惠然嫗不逮門之女國人不稱其亂男子曰柳下惠固可吾固不可吾將以吾不可學柳下惠之可孔子曰欲學柳下惠者未有似於是也箋云箕星哆然踵狹而舌廣今讒人之因寺人之近嫌而成言其罪猶因箕星之哆而侈大之○哆昌者反說文云張口也玉篇尺紙反又昌可反侈尺是反又式是反辟音避下同釐力之反寡婦也依字作嫠放甫往反蒸之升反縮所六反又作樎同閒閒厠之閒又音閑嫗紆甫反又紆具反本或作作煦況甫反踵章勇反足根也狹音洽彼譖人者誰適與謀箋云適往

也誰往就女謀乎怪其言多且巧〇適如字王徐皆都歷反下同【疏】哆兮至與謀〇正義曰記言讒人集成己罪又言罪有所因言有星初本相去哆然寬大為踵兮其又侈之更益而大為舌兮乃成是南箕之星言箕之所成以由踵已哆又侈之而為舌故也以興讒人因寺人初有小嫌疑為始兮其又構之更增而其為終兮乃成其刑罪之禍言禍之所以成者亦因始有嫌又構之而為終故也言己避嫌不審使人因之亦己之所以悔也因有小嫌陷己如此彼讒譖人者誰往與謀乎何多而能巧也〇傳哆大至於是〇正義曰哆者言其寬大哆哆然故為大貌二十八宿有箕星無南箕故云南箕即箕星也箕四星二為踵二為舌若使踵本太狹。言雖小寬不足以為箕由踵之二星已哆然而大舌又益大故所以成為箕也箕言踵狹而舌廣者踵對舌為狹耳其實踵之二星已寬大故為哆兮也侈者因物而大之名禮於衣袂半而益一謂之侈袂星因物益大而名之為侈也侈之言必有因者由踵已大故舌得侈之而為箕暗作詩之人自謂避嫌之不審由事有嫌疑故讒者得因之而為罪也言顏叔子及魯人避嫌審與不審之事以比之顏叔子納鄰之釐婦雖執燭繼薪人不可以家到戶說姦否難明是不審也放乎旦猶至於旦也蒸是薪之細者擩謂抽也言燭又言薪則初執燭次然薪薪盡乃抽取屋草以繼之也先言放乎旦己之為總目言其然火以至旦乃更覆說薪盡抽屋之事其實蒸盡擩屋是未旦時也吾聞男女不六十不閒居者謂禮男女年不滿六十則男子在堂女子在房不得閒雜在一處而居若六十則閒居也此六十據婦人言耳男子則七十內則唯及七十同藏無閒是也必男子七十女六十同居者以陰陽道衰故無嫌也言今子幼吾亦幼者止謂未老耳非稚也柳下惠固可者言柳下惠貞絜之名素已彰。者固當如是可於吾身為此則不可也汝婦人之意將以吾之不可使學柳下惠可者言己不得學也孔子曰欲學柳下惠可者未有能似於是者言魯人如此為行取高與柳下惠相似此言當有成文不知所出家語略有其事其言與此小異又無顏叔子之事非所引也傳言此者證避嫌之事耳此寺人奄者也非能身有姦淫其所嫌者不必即是男女是非之事〇箋踵狹

而舌廣○正義曰定本。蹱作踵其義俱通

緝緝翩翩謀欲譖人緝緝口舌聲翩翩往來貌○緝七立反說文作咠云咠語也又子立反翩音篇字又作扁

愼爾言也謂爾不信箋云愼誠也女誠心而後言王將謂女不信而不受欲其誠者惡其不誠也○惡烏路反

【疏】緝緝至不信○正義曰上言謀多而巧此言爲謀之狀言口舌緝緝然往來翩翩然相與謀欲爲讒譖之言以害人自相計議唯恐不成相教當誠汝之心而後言也若言不誠實則所言不巧王將謂汝言爲不信而不受也故須誠實言之

捷捷幡幡謀欲譖言捷捷猶緝緝也幡幡猶翩翩也○捷如字又音妾幡芳煩反

豈不爾受既其女遷遷去也箋云遷之言訕也王倉卒豈將不受女言乎己則亦將復訕誹女○訕所諫反又所姧反卒寸忽反誹方味反

【疏】捷捷至汝遷○毛以爲讒人相戒言汝若不誠汝之心而言之王於倉卒之間豈不爲汝受之但已受之後知汝言不誠實王心或將舍汝而更遷去也○鄭以遷爲訕言王將訕謗汝以遷去爲理。否。女故易之

驕人好好勞人草草好好喜也草草勞心也箋云好好者喜讒言之人也草草者憂將妄得罪也

蒼天蒼天視彼驕人矜此勞人

【疏】驕人至勞人○正義曰言讒人謀能功密爲王信用彼。我則驕逸。也得罪則憂勞彼驕人好好然而喜我勞人草草然而憂故仰告蒼天蒼天何不視察彼人之虛妄而矜哀此勞人

彼譖人者誰適與謀取彼譖人投畀豺虎投棄也○畀必二反下同豺士皆反字或作犲

豺虎不食投畀有北北方寒涼而不毛

有北不受投畀有昊昊昊天也箋云付與昊天制其罪也

【疏】彼譖至有昊○正義曰豺虎若不肯食當擲予有北太陰之鄉使凍殺之若有北不肯受則當擲予昊天自制其罪以物皆天之所生天無推避之理故止於昊天也豺虎之食人寒鄉之凍物非有所擇言不食不受者惡之甚也故禮記緇衣曰惡惡如巷伯言欲其死亡之甚○傳北方至不毛○正義曰以北方太陰之氣寒涼而無土毛不生草木寒凍不可居

處故棄於彼欲凍殺之昭七年左傳曰食土之毛地官載師曰宅不毛皆謂草木也楊園之道猗于畝丘楊園園名猗加也畝丘丘名箋云欲之楊園之道當先歷畝丘以言此讒人欲譖大臣故從近小者始○猗於綺反徐於宜反寺人孟子作為此詩凡百君子敬而聽之寺人而曰孟子者罪已定矣而將踐刑作此詩也箋云寺人王之正內五人作起也孟子起而為此詩欲使衆在位者慎而知之既言寺人復自著孟子者自傷將去此官也○作為此詩一本云作為作詩

疏楊園至聽之○正義曰寺人以身既得罪恐更濫及善人故戒時在位令使自慎言人欲往之楊園之道當先加歷於畝丘而乃後於楊園也以與讒人欲行譖大臣之法亦當毀害於小臣而訖乃後至於大臣也讒人立意如此故我寺人之中宇曰孟子者起發為小人之更讒而作巷伯之詩使凡百汝衆在位之君子者當敬慎而聽察之知我之無罪而被讒讒人不已而敬慎也此言凡百則恐徧及在位而獨以巷伯名篇者以職與巷伯相近巷伯是其官長故特憂之當云作賦詩定本云作為此詩又定本箋有作起也作為也二訓自與經相乖非也○傳楊園至丘名○正義曰釋丘云如畝畝丘李巡曰謂丘如田畝曰畝丘也孫炎曰方百步也以畝丘丘名故知楊園亦園名也於時王都之側蓋有此園丘詩人見之而為辭也○傳寺人至此○正義曰毛解言已定之意也知罪已定者若不定則不應疾讒人如此之甚也以罪定故知將踐刑也由踐刑而作此詩知自言孟子以殊於餘寺人不被讒者也○箋寺人至此官○正義曰寺人王之正內五人天官序官文也彼注云寺人之言侍也正內路寢也則五人當在路寢侍王之側也箋言此者明寺人非一也毛解自云孟子之意箋又解自言寺人之意由自傷將去此官故舉官言之

巷伯七章四章章四句一章五句一章八句一章六句

節南山之什十篇七十九章五百五十二句

附釋音毛詩注疏卷第十二(十二之三)

毛詩注疏校勘記（十二之三）　阮元撰盧宣旬摘錄

鶌也釋文云鶌字林作鷱

〇小宛

大夫刺宣王也　閩本明監本毛本同唐石經小字本相臺本宣作幽考文古本同案宣字誤也正義中同

鳴鳩鶻鵰　小字本相臺本同案正義云定本及集注皆云鳴鳩鶻鵰也如其所言不爲有異正義本未有明文今無可考意必求之或當鶻作鶌也釋文云鶌字林作鷱

行小人之道　閩本明監本毛本人下有之字小字本相臺本無十行本初刻無後剜添案初刻是也

猶能温藉自持以勝　小字本相臺本同案此定本也正義云蘊藉者定本及箋作温字釋文以温藉作音與定本同温克下云鄭蘊藉也乃改用今字耳

醉而日富矣　閩本明監本毛本同小字本相臺本而日作日而案日而是也段玉裁云謂當日醉之日頗自富矣與箋小別

蜾蠃負之　唐石經小字本同閩本明監本毛本亦同相臺本蠃作蠃案蠃乃誤字

或在草萊上　閩本明監本毛本同案此不誤浦鏜云葉誤萊非也爾雅疏卽取此正作萊

不有止息　小字本同閩本明監本毛本同相臺本有作肯案有字是也正義云無有止息之時可證下文兩云無肯息時也乃自爲文耳相臺本依之改者非

謂月視朝也 閩本明監本毛本同小字本相臺本朝作朔考文古本同案朝字誤也

毋忝爾所生 小字本同閩本明監本毛本同唐石經相臺本毋作無案釋文云毋音無正義本無明文今無可考白駒釋文云毋金音無本亦作無他皆放此

欲使言與羣臣行之 閩本明監本毛本同案浦鏜云言疑王字誤是也

世必無從得活 閩本明監本毛本同案世當作此

○小弁

故變文以云義也 閩本明監本毛本同案山井鼎云宋板云作示示字是也但其實不然當是剜也

鸒卑居 小字本相臺本同案正義云鸒卑居釋鳥文也又云傳或有斯者衍字定本無斯字標起止云傳鸒卑居釋文鸒斯下云鸒斯卑居也又云一云斯語辭是其本傳當有斯字考文古本有采正義釋文

提提羣貌 小字本相臺本同案正義云羣下或有飛亦衍字定本集注並無飛字標起止云至羣貌釋文提提下云羣飛貌是其本傳有飛字考文古本有采正義釋文

我大子獨不然 小字本相臺本同案然字衍也上箋云今大子獨不正義云集注定本皆無然字俗本不下有然衍字此當與彼同

日以憂也 相臺本同小字本日作曰閩本明監本毛本同案曰字是也

大子言曰我憂之也大子言曰我憂之也 閩本明監本毛本不重大子言曰我憂之也案所刪是也此八字複衍

而類菀鳥部 閩本明監本毛本菀作苑案所改非也菀卽苑字

本集本並無飛字 閩本明監本同毛本本上剜添定字案所補是也

當文爲與 閩本明監本毛本文誤又

乎我之父母也 閩本明監本毛本同案浦鏜云乎當作于是也

鞫爲茂草 唐石經小字本相臺本同考文古本同閩本明監本毛本鞫誤鞠案釋文鞫通志堂亦誤鞠影宋本不誤

不罹于裏 小字本相臺本同閩本明監本毛本亦同唐石經罹作離案正義云不離歷於母乎又云離者謂所離歷考小明漸漸之石皆經言離則正義言離歷卽魚麗正義所云麗歷傳云麗歷也是也麗離古字同用聲類至近也罹字卽非此義各本皆誤當依唐石經正之

裏其內陰 各本其皆作在案傳本是在字其誤也

萑葦淠淠 小字本相臺本同唐石經萑初刻藋案初刻誤與七月同

析薪扡矣 小字本相臺本同閩本明監本毛本亦同唐石經扡作杝案惠棟云玉篇在木部是也五經文字木部云杝又音榱見詩小雅卽謂此字也釋文杝與唐石經同或誤扡今正詳後考證十行本正義中字不誤

不欲妄挫析之毛本同小字本相臺本析作折閩本明監本同案折字是也釋文以挫折作音可證

關弓而射之閩本明監本毛本同小字本相臺本之作我案我字是也下作我角弓正義引孟子同

人猶有然而存諸心補案下猶有默心存念知王之情此然字當默字之譌

念固而不暇耳閩本明監本毛本同案浦鏜云念固疑今因之誤是也

孔子曰以舜年五十閩本明監本毛本同案浦鏜云曰字衍是也

如高子譏小弁閩本明監本毛本同案如當作知

○巧言

亂如此憮唐石經小字本相臺本同閩本明監本毛本憮作幠下經及傳及正義皆同案憮字誤也詳詩經小學釋文憮與唐石經同或誤幠今正見後考證

昊天大憮相臺本同閩本明監本毛本同唐石經小字本大作泰案釋文云大音泰本或作泰正義云而泰憮言甚大是其本作泰字沿革例云蜀本越本與國本皆作泰余仁仲及建大字本作大此以釋文為據也今亦從釋文不知兩本之各有所據

甚傲慢無法度閩本明監本傲誤敖案箋作敖正義作傲敖傲古今字易而說之也例見前標起止仍云箋憮敖可證也釋文憮傲本又作敖與正義本不同考文古本箋作傲采釋文

乃昊天乎王甚傲慢 閩本明監本毛本同案乃當作及形近之譌

傳者以下言己威 閩本明監本毛本同案傳上當脫易字

而泰憮言其大補 閩本明監本毛本同案其字當作甚形近之譌

放其初卽位 閩本明監本毛本放作故案所改非也放卽昉字

僭始既涵也 唐石經小字本相臺本同案詩經小學云傳僭數也蓋以爲譖字是

若無疑事則不會同 閩本明監本毛本同案十行本若至不剜添者一字

義能忖度而知之心補 毛本義作我案我字是也上箋云已能忖度讒人之心可證

傳讒兎至狡兎 閩本明監本毛本同案讒當作毚至當衍字

則彼獲耳 閩本明監本毛本同案浦鏜云彼當被字誤是也

骭瘍爲微 小字本相臺本同案釋文云瘍本亦作傷正義本是瘍字

素能然乎 小字本相臺本素作傃考文古本同閩本明監本毛本作素十行本初刻傃後改素案素字誤也釋文云傃音素可證

故箋亦云此人 閩本明監本毛本云下有〇案山井鼎云宋板云此相接有圈非也

〇何人斯

以絕之小字本相臺本同閩本明監本毛本亦同唐石經作而絕之也考正義云故序專云刺暴公而絕之也唐石經是也

誰暴之云閩本明監本毛本同唐石經小字本相臺本誰作維考文古本同案誰字誤也序下正義同

云何其盱小字本相臺本同唐石經無其字旁添之案正義標起止云至其盱又云毛以此云何其盱釋文以其盱作音是正義本釋文本皆有其字唐石經未知出何本也

一者之來見我閩本明監本毛本同小字本相臺本一作壹下箋小字本作一案正義中皆作一則作一是也作壹者依經改耳山井鼎云宋板一作壹疏及下注同其實不然皆其誤也

於女亦何病乎閩本明監本毛本同小字本相臺本乎作也小字本無亦字案無者是也有者用正義自爲文添耳

與下俾我祇也元文閩本明監本毛本同案浦鏜云互誤元是也

俾我祇也唐石經小字本相臺本同閩本明監本毛本祇誤祗案唐石經此與祇適也字別釋文云祇祈支反毛病也鄭安也一云鄭上支反段玉裁云傳病也者謂祇即疷之假借說文疷病不翅也箋安也者謂祇即禔之假借說文禔安也

易說祇病也小字本相臺本同案釋文以說也作音是其本說下有也字考文古本有

女與於譖我與否小字本相臺本同閩本明監本毛本亦同案段玉裁云此否字當作不與經文否字無干是也

大塤謂之嘂音叫閩本明監本毛本同案音叫二字當旁行細書正義自爲音者例如此也

銳上平氏　閩本明監本毛本氐作底所改是也

釋樂文云　閩本明監本毛本同案浦鏜云又誤文是也

明其不信者　閩本明監本毛本同案浦鏜云詛誤明是也

然盟者人君用牛　閩本明監本毛本同案此不誤浦鏜云然下疑脫則字非也古言然卽今言然則也正義文本如此十月之交正義云然日者大陽之精等可證也

蜮短狐也　小字本相臺本同案段玉裁云弧作狐誤是也釋文蜮下云短狐也正義云蜮短狐今說文本蜮下皆誤漢書五行志注作弧不誤

淫女或亂之氣所生也　閩本明監本毛本同案此不誤浦鏜云惑誤或非也古或惑同用當是五行傳本用或字

姡面靦也　閩本明監本毛本同案此不誤浦鏜云醜誤靦非也爾雅疏卽取此正作靦是正義自如此下文云然則靦與姡皆面見人之貌也可證

則知側是不正直也　閩本明監本毛本同案側上浦鏜云脫反字是也

○巷伯

巷伯奄官　小字本相臺本同案此釋文本也釋文云巷伯奄官本或將此注爲序文正義標起止云至奄官又云故序解之云巷伯奄官又云官下有兮衍字定本無巷伯奄官四字於理是也以俗本多有故解之是正義本此四字爲序文也車隣正義云序言巷伯奄官亦其證考鄭此注云巷

伯內小臣也奄官上士四人掌王后之命正據此序之文而釋之也是鄭自有正義以定本爲是者誤當以正義本爲長段玉裁云周禮序官疏引甚明兮也古書通用周禮疏引作也是也唐石經序中無此四字依釋文定本

寺人內小臣也奄官上士四人至小字本相臺本同案正義標起止云箋巷伯名篇考車鄰正義云巷伯箋云巷伯內小臣奄官上士四人是正義本作巷伯內小臣也作寺人者非寺人與內小臣異官說詳彼正義此序正義本有巷伯奄官釋文本以爲注正在此文之上未知其此文較正義本仍同與否今無所考段玉裁云官字衍

餘泉文閩本明監本毛本同案泉下浦鏜云脫白黃二字是也

黃爲文又有柴貝閩本明監本又誤文毛本文又誤又文柴作紫案紫字是也

皆可列相當閩本明監本同毛本可作行案行字是也

當有至至一尺六七寸者閩本明監本同毛本當作常上至字作徑案所改是也

哆兮侈兮唐石經小字本相臺本同案此經釋文本正義本皆如此說文誃下有一曰詩云侈兮哆兮見段玉裁說文訂今考說文或別有誤經義雜記欲依之以倒此經者非也其謂王伯厚詩考所載崔靈恩集注爲作𠌯不可據誠然

縮屋而繼之小字本同閩本明監本毛本亦同相臺本縮作摍案正義云摍之謂抽也正義云縮又作摍同摍是摍之譌字摍字見於說文廣雅皆從手訓引也武梁左石室畫像載此事字作摍摍縮字同韋昭周語注亦訓縮爲引考文古本作摍采釋文而誤

男子不六十不閒居小字本相臺本同案正義云吾聞男女不六十不閒居者是其本子作女考文古本作女采正義

嫗不逮門之女小字本相臺本同案釋文云嫗本或作煦正義本未有明文今無可考小宛箋有煦嫗正義引樂記注以體曰嫗以氣曰煦此傳意亦謂以體煖之作嫗者是不逮門者段玉裁云不及入門門如城門之類荀卿云與後門者同衣也

記言讒人集成己罪閩本明監本毛本同案浦鏜云記當既字誤是也

言雖小寬閩本明監本毛本同案浦鏜云言當舌字誤是也

星因物益大閩本明監本毛本同案浦鏜云星當是字誤是也

暗作詩之人閩本明監本毛本同案暗當作斯此說傳斯人也

素已彰者閩本明監本毛本同案浦鏜云者當著字誤是也

定本躂作踵閩本明監本毛本同定本踵作躂案依此則正義本是躂字今正義字皆作踵後改也釋文作踵與定本同

為理否女閩本明監本同毛本女作安案否女當作不安

彼戎則驕逸也得罪則憂勞閩本明監本毛本戎作誠也下有我字案戎即我字之誤又錯在上句耳

作為此詩唐石經小字本相臺本同案此釋文本也釋文云作為此詩一本云作為作詩考正義本是作為作詩與一本同正義云起發為小人之更讒而作巷伯之詩順經文作為作詩四字次敘而說之極為明晰此二本之異在第三字正義是作釋文是此不同耳故正義本箋並有作起也作為也二

訓以經有二作字而各釋之也正義又云定本云作爲此詩又定本箋有作起也作爲也二訓自與經相乖非也所謂乖者經字既是此矣不復有二作而箋訓有之是其乖也正義之意據其箋有二訓證其經止一作之失耳不謂不當有二訓也今各本皆但有作起也一訓必是因其經與注相乖不可通而去之合併者不知檢照又令正義與經注相乖而不可通是其轉輾之失也考文古本作起也下有爲作也三字采正義而不得其解乃誤倒之

當云作賦詩　閩本明監本毛本同案賦字當衍正義云當云作詩謂其本經是作詩也舉之以訂下定本經此詩之非

自與經相乖　閩本明監本毛本同案十行本經至乖剜添者一字

傳寺人至此　補　毛本同案此下當有詩字

附釋音毛詩注疏卷第十三〔十三之一〕

谷風之什詁訓傳第二十

毛詩小雅　鄭氏箋　孔穎達疏

谷風刺幽王也天下俗薄朋友道絕焉　疏　谷風三章章六句至道絕焉○正義曰作谷風詩者刺幽王也以人雖父生師教須朋友以成然則朋友之交乃是人行之大者幽王之時風俗澆薄窮達相棄無復恩情使朋友之道絕焉言天下無復有朋友之道也此由王政使然故以刺之經三章皆言朋友相棄之事漢書地理志云凡民稟五常之性而有剛柔緩急音聲不同繫水土之風氣故謂之風好惡取捨動靜無常隨君上之情欲故謂之俗是解風俗之事也風與俗對則小別散則義通蟋蟀云堯之遺風乃是民感君政其實亦是俗也此俗由君政所為故言舊俗言舊俗者亦謂之政定四年左傳曰啓以夏政商政謂夏商舊俗也言風俗者謂中國民情禮法可與民變化者也孝經云移風易俗關雎序云移風俗皆變惡為善邶谷風序云國俗傷敗焉此云天下俗薄皆謂變善為惡是得與民變革也若其夷夏異宜山川殊制民之器物言語及所行禮法各是其身所欲亦謂之俗也如此者則聖王因其所宜不强變革王制曰廣谷大川異制民生其閒者異俗又曰脩其教不易其俗地官土均云禮俗喪紀皆以地美惡為輕重之法而行之誦訓掌道方慝以知地俗皆是不改之此言其大法耳乃箕子之處朝鮮大伯之在勾吳皆能教之禮儀使同中國是有可改者也但有不可改者不强改之耳

習習谷風維風及雨　興也風雨相感朋友相須箋云習習和調之貌東風謂之谷風興者風而有雨則潤澤行喻朋友同志則恩愛成○谷音穀

將恐將懼維予與女　箋云將且也恐懼喻遭厄難勤苦之事也當此之時獨我與女爾謂同其憂務○恐丘勇反注下同

女音汝厄本又作阨於革反難乃旦反

將安將樂女轉棄予

言朋友趨利窮達相棄箋云朋友無大故則不相遺棄今女以志達而安樂棄恩忘舊薄之甚○樂音洛注下皆同【疏】習習至棄予○正義曰言習習然和調生長之谷風也維此生長之谷風能及於膏潤澤陰雨以行其潤澤由風雨相感故潤澤德行以與良朋相親於舊友以成其恩愛由朋友相須故恩得成朋友恩愛相須若是事有窮達不可相棄何為且恐且懼當遭苦厄之時維我與汝獨受此難纔得且安且樂志達之時汝何更棄我乎不念恩愛之時也○箋東風至潤澤行○正義曰東風謂之谷風釋天文風類多矣正取谷風為喻者谷風生長之風取其朋友相長益故也此據風為文故云風而有雨則潤澤行潤澤是雨之事但雨得風乃行則潤澤亦由風故易曰潤之以風雨是風雨共為潤澤○傳言朋友至相棄○正義曰言彼朋友志趨於利不顧終始葛屨序曰其民機巧趨利是也己窮彼達是窮達相棄也○箋朋友至之甚○正義曰朋友無大故不相棄論語文也引之者證朋友得相怨之意大故謂惡逆之事苟無大故義不相棄今彼已得志申達居處安樂而棄往日之恩忘昔時之故舊是風俗薄之甚也以序言俗薄故於此明之

習習谷風維風及頹

頹風之焚輪者也風薄相扶而上喻朋友相須而成○頹徒雷反上時掌反○

將恐將懼寘予于懷

箋云寘置也置我於懷言至親己也○寘之豉反

將安將樂棄予如遺

箋云如遺者如人行道遺忘物忽然不省存也【疏】習習至如遺○正義曰言習習然和調者生長之谷風也維生長之谷風能及於焚輪謂之頹使之旋轉而升是風薄相扶而上也以與良朋能佐於舊友使之道德益進是朋友相率而成也德既由友而成則窮達不可相棄故言何為汝本且恐且懼苦厄之時則置我於懷至相親愛矣今汝得且安且樂志達之後反更棄我如人遺忘於物忽然不省無心念我也○傳頹風至而成○正義曰釋天云焚輪謂頹扶搖謂之猋李巡曰焚輪暴風從上來降謂之頹頹下也扶搖暴風從下升上故曰猋猋上也孫炎曰迴風從上下曰頹迴風從下上曰猋然則頹者風從上而下

之名迴風從上而下力薄不能更升谷風與相遇二風并力乃相扶而上以喻朋友二人同心乃相率而成也彼迴風從上下谷風未與相扶謂之爲穨若谷風既與相扶而上則於爾雅爲猋不復爲穨也詩言穨據其未與相扶之名耳

習習谷風維山崔嵬無草不死無木不萎

崔嵬山巔也雖盛夏萬物茂壯草木無有不死葉萎枝者箋云此言東風生長之風也山巔之上草木猶及之然而盛夏養萬物之時草木枝葉猶有萎槁者以喻朋友雖以恩相養亦安能不時有小訟乎○崔徂回反嵬五回反又作嵬萎於危反長張丈反下同槁苦老反

忘我大德思我小怨

箋云大德切瑳以道相成之謂也○瑳七河反

【疏】習習至小怨○正義曰言習習然和調者生長之谷風也谷風猶善能生長之故維山崔嵬之上草木皆能生長之以與朋由善能切瑳之故其友身之道德亦能成就之道德相由而成窮達不宜相棄然草木之生長雖至於盛夏之月萬物茂壯無能使草不有死者無能使木不有萎者以時不齊實小有萎死者也以與道德之進益雖至於成就之功百事通曉無能使色不有怨者無能使辭不有訟者以大義不虧實小而有怨訟也然小萎無虧於夏長小怨無損於交好汝何爲忘我切瑳之大德反思我言訟之小怨而棄我乎○傳雖盛夏至萎枝者○正義曰以四時春生夏長物之盛莫過夏時故云雖盛夏萬物茂壯也以其大時不齊不能無死者故月令仲夏靡草死故曰死生分是草木無能不有枝葉萎槁者定本及集注本云草本無有不死葉萎枝者○箋此言至小訟乎○正義曰維山崔嵬之文上承谷風之下而下與草木相連明是風吹山巔之上使生草木也平地沃衍之土宜生草木山巔之上則非草木所宜風尙吹之使生故云猶及之也以難長而風及喻朋友相養之深也然而盛夏養萬物之時草木枝葉猶萎槁者以爲平地之草木非止山巔也養則言其難者故云山巔猶及之萎死則言其茂者故言盛夏以暢之云猶有萎槁者爲不宜萎槁是不據山巔明矣若然東風爲谷風實取生長之義要風以四方爲名非以四時立稱則夏之東風猶爲谷風也春則草木初生未及暢茂其有萎死則唯其常詩人不應舉

以爲喻故知言草木萎槁謂夏時也木大或一枝枯故言萎也草小或連根死故言死也

谷風三章章六句

蓼莪刺幽王也民人勞苦孝子不得終養爾不得終養者二親病亡之時時在役所不得見也○蓼莪上音六下五河反養餘亮反注除鞠養也穀養也二字餘並同疏蓼莪六章上下各二章章四句中二章章八句至終養爾○正義曰民人勞苦致令孝子不得於父母終亡之時而侍養之民人勞苦五章卒章上二句是也不得終養卒章卒句是也其餘皆是孝子怨不得終養之辭○箋不得至得見○正義曰經言銜恤靡至是親沒之辭序言不得終養繼於勞苦之下是勞苦不見父母也故言不得終養者二親病亡之時時在役所不得見之也終是亡之稱亡連言病者以亡必用病言終可以兼之親病將亡不得扶侍左右孝子之恨最在此時故連言之

蓼蓼者莪匪莪伊蒿興也蓼蓼長大貌箋云莪已蓼蓼長大。貌視之以爲非莪。故謂之蒿興者喻憂思雖在役中心不精識其事○蒿呼毛反長張丈反下皆同思息嗣反哀哀父母生我劬勞箋云哀哀者恨不得終養父母報其生長己之苦○疏蓼蓼至劬勞○正義曰言蓼蓼然長大者正是莪也而不精審視之以爲非莪反謂之維蒿以興有形器方可識者正是此物也而我不精識視之以爲非此物反謂之是彼物也以己二親今且病亡身在役中不得侍養精神昏亂故視物不察也既不得終養又追而爲恨言可哀之又可哀我父母也其生長我也其病勞矣今不見其亡所以深恨○箋我已至其事○正義曰視我以爲非我亦是作者身視故云我視之是作者自我也但作者憂思之深每事皆不精識故舉視我爲蒿以喻衆事皆然故喻憂思雖在役中心不精識其事謂衆事不精識非獨我也

蓼蓼者莪匪莪伊蔚蔚牡菣也○蔚音尉菣去刃反哀哀父母生我勞瘁箋云瘁病也○瘁似醉反疏傳蔚牡菣

○正義曰釋草文舍人曰蔚一名牡菣某氏曰江河間曰菣陸機疏云牡蒿也三月始生七月華華似胡麻華而紫赤八月為角角似小豆角銳而長一名馬新蒿

缾之罄矣維罍之恥

缾小而罍大罄盡也箋云缾小而盡罍大而盈言為罍恥者刺王不使富分貧衆恤寡○缾蒲丁反罄苦定反罍音雷

鮮民之生不如死之久矣

鮮寡也箋云此言供養日寡矣而我尚不得終養恨之言也○鮮息淺反供九用反

無父何怙無母何恃出則銜恤入則靡至

箋云恤憂靡無也孝子之心怙恃父母依依然以為不可斯須無也出門則思之而憂旋入門又不見如入無所至○怙音戶韓詩云怙賴也恃特負也

疏缾之至靡至○正義曰罍器大缾器小酌酒者當多酌罍少酌缾不使小缾先竭今缾之既盡矣而罍尚盈滿是為酌罍者之恥也以興民有富而多丁貧而寡弱治民者當多役富少役貧不使貧者先困今貧者既困矣而富者尚饒裕是王之恥也今王不以為恥偏困貧民我不得供養故因此以恨言寡矣民之一生也言生而得養其日尚寡況我尚不得終養是可恨之甚如此我不如死之久矣言己雖生不如死之已久也所以然者以無父何所依怙無母何所倚恃己無父母出門則以中心銜憂旋來入門則堂宇空曠不復覩見如行田野無所有至是其所以悲恨也○箋缾小至恤寡○正義曰釋器云小罍謂之坎孫炎曰酒罇也郭璞曰罍形似壺大者受一斛是罍大如缾也言缾盡矣對罍盈言為罍恥者是為主罍者之恥即酌者也以罍大似富衆缾小似貧寡然罍缾並列俱以酌之則當多酌罍而少酌缾以至於俱盡是均也猶上之賦役以富貧並對俱以役之則當多役富而少役貧以至於俱堪亦為均也今缾盡而罍盈盈者滿也是全不酌之辭猶偏役貧寡而富衆不行故言恥者刺王不使富分貧衆恤寡也謂不使富者分貧者之役衆者憂寡者之勞而共之也言缾罄則罍盈矣罍既無情之物終不以自盈為恥故知是為罍者恥以喻王恥也○箋孝子至所至○正義曰作詩之日已反於家故言出入之事入門無見又似非殯是已卒哭之後也入門上堂不見慨焉廓焉時實為甚三年之外孝子之情

亦然但此以三年內耳

父兮生我母兮鞠我拊我畜我長我育我顧我復我出入腹我

鞠養腹厚也箋云父兮生我者本其氣也畜起也育覆育也顧旋視也復反覆也腹懷抱也○拊音撫畜喜郁反顧音故覆芳福反

欲報之德昊天罔極

箋云之猶是也欲報父母是德昊天乎我心無極【疏】父兮至罔極○毛以為此言父母生養之恩己思報之言父兮本流氣以生我母兮以懷任以養我又拊循我起止我長遂我覆育我顧視我反覆我其出入門戶之時常愛厚我是生我劬勞也我今欲報父母是勞苦之德昊天乎心無已也常所憶念無有已時故言己痛切之情以告於天○鄭以腹為懷抱為異○傳腹厚○正義曰釋詁文○箋父兮至懷抱○正義曰上章總言父母此分父母而說之故云父兮生我者本其氣也以鞠己為養畜我承拊我之後明起止而畜愛之故為起也言覆育者謂其寒暑或身體嫗之覆近而愛育焉旋視謂去之而反顧也復反也故為反覆謂小者就所養之處迴轉反覆之也腹我謂置之於腹故為懷抱以父母厚己非獨出入之時故易傳也

南山烈烈飄風發發

烈烈然至難也發發疾貌箋云民人自苦見役視南山則烈烈然飄風發發然寒且疾也○飄避遙反後篇同本又作票

民莫不穀我獨何害

箋云穀養也言民皆得養其父母我獨何故覩此寒苦之害【疏】南山至何害○正義曰孝子言己在役之苦我本從役苦於南山值時寒甚視南山則烈烈然愴其至役之勞苦而情以為至難也又遇飄風發發然寒而且暴疾也於時天下之民豈不皆得養其父母者我獨何故覩此寒苦之甚害而不得養父母乎此何害與下不卒互也○箋言民至之害○正義曰何害者皆以己刺彼故言他得孝養己獨寒苦此則怨者之常辭且虐君者役賦不平非無閑豫之人故作者言己偏苦得稱民莫不穀也

南山律律飄風弗弗

律律猶烈烈也弗弗猶發發也

民莫不穀我獨不卒

箋云卒終也我獨不得終養父母重自哀傷也○卒子恤反重直用反

蓼莪六章四章章四句二章章八句

大東刺亂也東國困於役而傷於財譚大夫作是詩以告病焉譚國在東故其大夫尤苦征役之事也魯莊公十年齊師滅譚○譚徒南反國名

【疏】大東七章章八句至告病焉○正義曰作大東之詩者刺亂也時東方之國偏於賦役而損傷於民財此譚之大夫作是大東之詩告於王言己國之病困焉困民財役以至於病是爲亂也言亂者政役失理之謂總七章之言皆是也言困於役者對則貨財謂之賦功力謂之役案此經文及傳箋皆刺賦斂重薄無怨力役之事故哀我憚人箋云哀其民人之勞苦亦不欲使周之賦斂則亦可息也是欲息其賦斂非力役也但王數徵賦須轉餫輸之勞卽是役也四章云職勞不來下箋云東人勞苦而不見謂勤言送轉輸而不蒙勞來是困於役之事也經則主怨財盡故唯言賦重斂則兼言民勞故云困役由送衰財以致役故先言之從首章以盡三章皆是困役財之事四章以下言周衰政偏衆官廢職由此己國所以賦重故言之以刺周亂也言病者雖七章皆是若指事而言則哀我憚人亦可息也是所苦之辭也言東國者譚大夫以譚國在東而見偏役故經云小東大東敘亦順之而言東國焉不指譚而言東者譚大夫雖自爲己怨而王政大經偏東非譚獨然故言東以廣之譚大夫者以別於王朝也普天之下莫非王臣必別之者以此主陳譚國之偏苦勞役西之人優逸是有彼此之辭故須辨之明爲譚而作故也若汎論世事則不須分別小明大夫悔仕於亂彼牧伯大夫不言其國是也○箋譚國至滅譚○正義曰解譚大夫而序言東國之意也莊十年齊師滅譚是春秋經也傳曰齊侯之出也過譚譚不禮焉及其入也諸侯皆賀譚又不至是以齊師滅之引此者證其在京師之事也

有饛簋飧有捄棘匕興也饛滿簋貌飧熟食謂黍稷也捄長貌匕所以載鼎實棘赤心也箋云飧者客始至主人所致之禮也凡飧饔餼以其爵等爲之牢禮之數陳興者喻古者天子施予之恩於天下厚○饛音蒙簋音軌飧音孫

捄音虯又其牛反下章同七必履反饔於恭反施始豉反

周道如砥其直如矢 如砥貢賦平均也如矢賞罰不偏也○砥之履反

君子所履小人所視 箋云此言古者天子之恩厚也君子皆法效而履行之其如砥矢之平小人又皆視之共之無怨○共音恭本又作恭

睠言顧之潸焉出涕 睠反顧也潸涕下貌箋云言我也此二事者在乎前世過而去矣我從今顧視之爲之出涕傷今不如古○睠音卷本又作眷潸所姦反說文作潸云涕流貌山晏反出如字徐尺遂反涕音體爲于僞反

疏 有饛至出涕○正義曰言有饛然滿者簋中黍稷之飧也有捄然長者棘木載肉之七也客始至主人以簋盛飧以七載肉而待之是主人供承之惠於賓客厚也以與古者天子施予之恩於天下厚也非直與恩厚又法制齊均周之貢賦之道其均如砥石然周之賞罰之制其直如箭矢然是所行之政皆平而不曲也以天子崇其施予之厚故其時君子皆共法傚所以履而行之以周道布其砥矢之平直時小人皆共承奉所以視而供之既君子履其厚小人視其平是上下相和舉世安樂今此二者於前世已過而去睠然迴反我從今世徒反顧而視之終不可值由此潸焉爲之出涕傷今不如古所以見偏役也○傳饛滿至赤心○正義曰簋以盛飧饛爲其狀故知饛滿簋貌也主人供賓客有禾有米此以盛於簋故知熟食也又禮之通例皆簠盛稻粱簋盛黍稷故知謂黍稷也捄爲七之狀故知長貌雜記云七用桑長三尺是也鼎實薦肉也薦肉必實之於鼎必載之者以古之祭祀享食必體解其肉之胖既大故須以七載之載謂出之於鼎升之於俎也雜記。法亦言七所以載牲體牲體卽鼎實也言棘赤心者以棘木赤心言於祭祀賓客皆赤心盡誠也吉禮用棘雜記言用桑者謂喪祭也待賓客之七禮當用棘傳言赤心解本用棘之意未必取赤心爲喻○箋飧者至天下厚○正義曰箋飧之所用故言客始至主人所致之禮也知者聘禮賓初至大夫帥至於館宰夫朝服設飧是也必先設之者以其初至權致小禮彼注云食不備禮曰飧對饔餼之大爲不備司儀注云小禮曰飧大禮曰饔餼是也言凡。飧饔餼以其爵等爲之牢禮之數陳者掌客文也案大行人及掌客云上公飧五牢饔餼九牢侯伯飧四牢饔餼七牢子男飧三牢饔餼五牢諸侯之朝必以臣從彼爲凡介行人宰史設文故注云凡。大行人宰。使衆臣從賓者也行人主禮宰主具史主書皆有饔餼尊其君以及其臣以其爵等爲之牢禮之數陳者爵卿也則飧二牢饔餼五牢爵大夫也則飧大牢饔餼三牢爵士也則飧少牢饔餼大牢此降小禮豐大禮也以命數則參差難等略於臣用爵而已是爵等爲之牢禮之數陳也陳者依此數陳列以與之言此證飧之所用是供客之禮也知喻古者天子施予之恩於天下厚者以下云周道如砥言周平安之世睠言顧之傷其不見往古故知此以主人待客之隆喻古者施予之厚也以東國困役而刺王則與天下同怨故知喻天下古之天子正謂周之聖王下言周道明所思不出於周也〇傳如砥至不偏〇正義曰砥謂礪之石禹貢曰礪砥砮丹以砥石能磨物使平故比貢賦均也矢則幹必直故比賞罰不偏也砥言周道則其直亦周道也如矢言其直則如砥言其平互相通也知砥比貢賦矢比賞罰者以王道所行唯此事耳此爲貢賦之偏以發言故先以砥比貢賦取均平之義貢賦之外唯賞罰耳故以矢比之傳因有二文而分之耳其實貢賦賞罰皆平皆直理亦兼通故下箋云砥矢之道獨爲貢賦而砥矢並言是得兼通故也此篇怨政偏斂重無言賞罰之事傳言之者以言周道爲事廣所可平直者卽貢賦賞罰耳故因而盡言以暢之且粲粲衣服鞙鞙佩璲是濫賞所及亦是賞罰不平也〇箋此言至無怨〇正義曰此言君子小人在位與民庶相對君子則行其道小人則供其役此上四句有二事明君子履其恩厚而法傚之小人視其平直而供承之以履視不同先上二事故箋分以當之也言君子所履者明己今賦斂之偏亦由時在位貪亂不小履先王之道不能佐君以致於偏故五章以下刺其空官廢職與此相首尾

東大東杼柚其空。空盡也箋云小也大也謂賦斂之多少也小亦於東大亦於東言其政偏失砥矢之道也譚無他貨維絲麻。爾今盡杼柚不作也〇杼直呂反說文云盛緯器柚音逐本又作軸斂力豔反後同 糾糾葛屨。可以履霜佻佻公子行彼周行

佻佻獨行貌公子譚公子也箋云葛屨夏屨也周行周之列位也言時財貨盡雖公子衣屨不能順時乃夏之葛屨今以屨霜送轉餫因見使行周之列位者而發幣焉言雖困乏猶不得止○糾居黝反屨九具反佻徒彫反徐又徒了反沈又徒高反韓詩作嬥嬥往來貌並音挑本或作窕非也周行戶郎反注周行下載施之行并注同餫音運

既往既來使我心疚箋云既盡疚病也言譚人自虛竭餫送而往周人則空盡受之曾無反幣復禮之惠是使我心傷病也○疚音救

疏小東至心疚○正義曰譚大夫既思古無及乃言今幽王政偏重斂於己小亦於東大亦於東前所賦斂者唯出杼柚今既輸送杼柚從其上之物皆已盡焉由此財盡衣屨不備糾糾然夏日之葛屨公子以貧乏故謂其可以履冬日之霜寒也佻佻然獨行者我譚國之公子也因送轉餫又見使行而彼周之列位而發幣焉雖則困乏猶不止也公子之困如此又我譚人自盡空竭送餫而往周人則空盡受之虛空而來曾無反幣復禮之惠由是所以使我心傷病焉○箋小也至不作○正義曰知譚無他貨唯有絲麻者以杼柚之有維絲麻耳說文云杼持緯者也○箋雖公子至不得止○正義曰上言杼柚其空是譚國財盡履霜之下即云公子是公子服此葛屨而履霜也下云既往既來仍是轉輸之事故知公子獨行爲送轉餫至京師又因見使之行周列位而發幣焉謂適有司而納其轉餫之幣列位則是有司也隱七年左傳曰初戎朝於周發幣於公卿杜預云朝而發幣於公卿如今計獻詣公府卿寺彼因朝而有貢獻之物發幣於公卿與此公子發幣同但此轉餫不因行聘也以葛屨爲履霜仍彼行役言困乏猶不得止也○箋曾無反幣復禮之惠是使我心傷悲焉○正義曰聘禮云無行則重賄反幣謂以幣反報來者故此以反幣言之知責王無反幣者以怨其盡受明當有報也中庸曰厚往而薄來所以懷諸侯也是有報矣天子報諸侯之禮雖亡春秋之世諸侯之事霸主與天子同也齊桓公知諸侯之歸己也故使輕其幣而重其禮諸侯之使垂櫜而入稛載而歸言其空而來重而歸也則天子亦當有報故此其所以怨之也

有冽氿泉無浸穫薪契契寤歎哀

我憚人洌寒意也側出曰氿泉穫艾也契契憂苦也憚勞也箋云穫落木名也既伐而折之以為薪不欲使氿泉浸之浸之則將溼腐不中用也今譚大夫契憂苦而寤歎哀其民人之勞苦者亦不欲使周之賦斂小東大東極盡之極盡之則將困病亦猶是也○洌音列氿音軌字又作晷寖子鳩反漬也字又作浸穫戶郭反毛刈也鄭落木名也字則宜作木傍契苦計反徐苦結反憚丁佐反徐又音但下同字亦作癉腐音輔朽也

薪是穫薪尚可載也哀我憚人亦可息也載載乎意也箋云薪是穫薪者析是穫薪也尚庶幾也庶幾析是穫薪可載而歸蓄之以為家用哀我勞人亦可休息養之以待國事○蓄敕六反

【疏】有洌至可息○毛以為有洌然寒氣之氿泉無得浸漬我所穫之樵薪也以興暴虐者周室之幽王無得稅斂我譚國之民人也刈薪者惜其樵薪不欲使氿泉妄浸之以妄浸之則溼腐不中用故也以興今譚大夫契契憂苦而寤寐之中嗟哀憐我譚國勞苦之民人不欲使周人極斂之極斂之則困病不堪其事也又言薪畜是穫刈之薪者尚以為可存載於意當饆而掌之以為家用故不欲氿泉之所浸也況譚大夫哀於我勞苦之人寧不亦可念之在情當休息而養之以待國事故不欲周王之所斂也此以氿泉比周王刈薪之人惜己薪猶譚大夫之愛譚人意雖相對而文有詳略言氿泉之浸穫薪不言周王之斂譚人譚大夫有憂民之容刈薪者無惜薪之狀皆互見也○鄭唯穫為木名尚為庶幾又尚可載以對亦可息是薪可載歸猶人可休息直文比事於義為通故不從毛餘同○傳洌寒至憚勞○正義曰七月云二之日栗洌是洌為寒氣也說文洌寒貌故字從冰釋水云氿泉穴出穴出仄出也李巡曰水泉從傍出名曰氿氿側出是側出曰氿泉也穫讀如穫稻之穫故為刈也薪當析之即云刈者蓋木之細者以荊楚之類故曰言刈其楚是小者刈之也以有哀歎故知契契為憂苦也憚勞釋詁文○箋穫落至為薪○正義曰穫落釋木文文在釋木故為木名某氏曰可作杯圈皮韌繞物不解郭璞曰穫音穫可為杯器素也陸機疏云今椰榆也其葉如榆其皮堅韌剝之長數尺可為絙索又可為甑帶其材可為杯器是也易傳者以諸言

薪者皆謂木也而言刈於理不安故易之東人之子職勞不來西人之子粲粲衣服東人譚人也來勤也西人京師人也粲粲鮮盛貌箋云職主也東人勞苦而不見謂勤京師人衣服鮮絜而逸豫言王政偏甚也自此章以下言周道衰其不言政偏則言衆官廢職如是而已○來音賚注同舟人之子熊羆是裘舟人舟。楫之人熊羆是裘言富也箋云舟當作周裘當作求聲相近故也周人之子謂周世臣之子孫退在賤官使。搏熊羆在冥氏穴氏之職○羆彼皮反檝音接字又作楫近附近之近下同搏音博冥莫歷反私人之子百僚是試私人私家人也是試用於百官也箋云此言周衰群小得志○僚力彫反字又作寮同

疏東人至是試○毛以為言王政之偏東國譚人之子主為勞苦盡財以供王賦而曾不見謂以為勤言王意以譚人空竭為常不愧之也其西人京師之子則有粲粲然鮮盛之衣服言王意縱西人使令驕溢不賦之也王既政偏如是又上下無制致舟檝之人之子以熊羆之皮是為衣裘言賤人踰制而奢富也其私家之人之子則百僚之官於是登用之小人得志驕貴也此周道之衰己所以偏苦○鄭以舟人之子二句為異具在箋○傳東人至鮮盛○正義曰東以對西則西人是京師之人京師是王畿之大號。決其不賦稅非在朝之人也來勤釋詁文以不被勞來為不見勤故采薇序曰杕杜以。勤歸即是勞來也○箋東人至而已○正義曰東人言。王勞苦則知西人為逸豫西人言其衣服鮮明則東人衣服敝惡互相見也上章言公子衣屨不能順時況國人乎此詩譚大夫所以告己國之病首章至此言譚人之困而從此以下非復譚事故解之自此章以下言周道衰也所言道衰唯有二事其所不言王政偏則言衆官廢職唯如是而已此章以下并此章亦是從此盡不以其粲言政偏鞙鞙佩璲以下言衆官廢職也其文雖多意唯此二事故總解之○箋舟當至之職○正義曰箋以此章八句辭皆相反舉鮮盛而對職勞以是裘而對是試則周人私人猶東人西人也既東西勞逸不同則周私所主為異又是試為上之所用則是裘非身之所衣皆是王使之也以此知舟當作周裘當作求周世

臣之子孫沓謂在周有功德世爲臣其子孫賢者也裳裳者華序曰棄賢者之類絶功臣之世是有退在賤官者也以熊羆是裘明遣賤人求捕熊羆故知在冥氏穴氏之職秋官冥氏下士二人穴氏下士一人冥氏掌設弧張爲阱擭以攻猛獸以靈鼓敺之穴氏掌攻蟄獸各以其物火之注云蟄獸熊羆之屬冬藏者也而熊羆卽亦猛獸故知在此二職也若然上云西人之子粲粲衣服西人卽周人也上句刺其鮮盛下句復傷其退求熊羆者以無道之世莫不變愛羣小斥逐賢哲故譏佞之徒多有逸樂功成之輩退在賤官雖同是周人賢愚不等作者刺彼驕奢哀此貶黜辭各有爲不相害也○傳私人私家人○正義曰此云私人則賤者謂本無官職卑賤之屬私居家之小人也崧高云遷其私人以申伯爲王卿士稱其家臣爲私人故傳曰私人家臣也有司徹云獻私人玉藻云大夫私事使私人擯以臣仕於私家謂之私人非此類也

或以其酒不以其漿或醉於酒或不得漿鞙鞙佩璲不以其長鞙鞙玉貌璲瑞也箋云佩璲者以瑞玉爲佩佩之鞙鞙然居其官職非其才之所長也徒美其佩而無其德刺其素餐○鞙胡犬反字或作琄璲音遂

維天有漢監亦有光漢天河也有光而無所明箋云監視也喩王閣置官司而無督察之實○監古覽反閣音開字亦作開

跂彼織女終日七襄跂隅貌襄反也箋云襄駕也駕謂更其肆也從旦莫七辰一移因謂之七襄○跂說文作岐丘豉反徐又丘婢反更音東歷也

【疏】或以至七襄○毛以爲言王政之偏或用之爲官令其醉酒者或不見任用不得其漿者言王政旣偏其所用之人皆鞙鞙然佩其璲玉居其官職不以其才之所長徒美其佩而無其德也維天之有漢仰監視之亦有精氣之光是徒有光而無明今佩璲之人亦徒有名而無實也跂然三隅之形者彼織女也終一日歷七辰至夜而迴反徒見其如是何曾有織乎言王之官司徒見列於朝耳何曾有用乎○鄭唯言佩璲云是玉也故鞙鞙爲玉貌璲瑞釋器文郭璞曰玉瑞也禮以玉爲瑞信其官謂之典瑞此瑞正謂所佩之玉故箋云佩璲者以瑞玉爲佩佩玉藻云古之君子必佩玉是也釋訓云皋皋鞙鞙刺素餐也

某氏云鞙鞙無德而佩故刺素餐也○傳漢天至所明○正義曰河圖括地象云河精上爲天漢楊泉物理論云星者元氣之英也漢水之精也氣發而著精華浮上宛轉隨流名曰天河一曰雲漢大雅云倬彼雲漢是也此天河雖則有光不能照物故有光而無所明也自下諸星皆取有名無用以爲義天。漢。此。知不以無水用爲義者以言監亦有光是嫌其光之小也故知取無明爲喻其女牛箕斗各自言其無所用知其不取無明也星皆在天獨漢言維天者以其初言天象故云維天以總之使下諸星皆蒙維天之文也天畢又言天者以其餘皆二字爲星名箕斗又有南北相配維畢單名故言天以配之也此諸星者牛女言其貌箕斗言其用七襄再述其辭長庚一無所說參差不同者皆作者選言置辭使成文理潤色而已無義例也○傳跂隅貌襄反○正義曰說文云跂頃也字從匕孫毓云織女三星跂然如隅然則三星鼎足而成三角望之跂然故云隅貌襄反者謂從旦至暮七辰而復反於夜也○箋襄駕至七襄○正義曰襄駕釋言文言更其肆者周禮有市鄽之肆謂止舍處也而天有十二次日月所止舍也舍即肆矣在天爲次在地爲辰每辰爲肆是歷其肆舍有七也星之行天無有舍息亦不駕車以人事言之耳晝夜雖各六辰數者舉其終始雖故七即自卯至酉也言終日是晝也晝不見而言七移者據其理當然矣

則七襄不成報章不能反報成章也箋云織女有織名爾駕。則有西無東不如人織相反報成文章睆彼牽牛不以服箱睆明星貌。河鼓謂之牽牛服牝服也箱大車之箱也箋云以用也牽牛不可用於牝服之箱○睆華板反箱息羊反河鼓何可反又音河星名牝頻忍反東有啓明西有長庚日旦出謂明星爲啓明日既入謂明星爲長庚庚續也箋云啓明長庚皆有助日之名而無實光也有捄天畢載施之行捄畢貌畢所以掩兔也何嘗見其可用乎箋云祭器有畢者所以助載鼎實今天畢則施於行列而已

疏雖則至之行○正義曰言雖則終日歷七辰有西而無東不成織法報反之文章也言織之用緯一來一去是報反成章今織女之星駕則有西而無東不見倒反是有名無成也

又睆然而明者彼牽牛之星雖則有牽牛之名而不曾見其牽牛以用於牝服
大車之箱也又東方有啓導日明之星西方有增長續日之星此亦何曾能有
啓續乎又有捄然而長者在天之畢也徒則施之於二十八宿之行列而已亦
何曾見其掩兔載肉之用乎是皆有名無實亦與王之官司虛列而無所成也
〇傳何鼓至之箱〇正義曰河鼓謂之牽牛釋天文也李巡曰河鼓牽牛皆二
十八宿名也孫炎曰河鼓之旗十二星在牽牛之北也或名為河鼓亦名為牽
牛如爾雅之文則牽牛河鼓一星也如李巡孫炎之意則二星今不知其同異
也知服牝服者以連箱言之為牛所用故牝服也車人言大車牝服二柯又三
分柯之二注云大車平地載任之車牝服長八尺謂較也今俗為平較兩較之
內謂之箱甫田曰乃求萬斯箱書傳曰長幾充箱是謂車內容物之處為箱言
大車者以經有牽牛之文故知大車箱也〇傳日旦至庚續〇正義曰言旦出
者旦猶明也明出謂爨晨時也啓開也言開導日之明故謂明星為啓明庚續
釋詁文日既入之後有明星言其長能續日之明故謂明星為長庚也釋天云
明星謂之啓明孫炎曰明星太白也出東方高三舍。今曰明星昏出西方高三
舍。今曰太白然則啓明是太白矣長庚不知是何星也或一星出在東西而異
名或二者別星未能審也〇傳捄畢至掩兔〇正義曰上言捄長貌此云畢貌
亦言畢之長也鴛鴦曰畢之羅之月令禁羅網畢翳無出國門是田器有畢也
此畢象畢星為之而施網焉故言所以掩兔也〇箋祭器至鼎實〇正義曰特
牲饋食禮曰宗人執畢是祭器有畢也彼注云畢狀如。又蓋為其似畢星取名
焉主人親舉宗人則執畢導之是所以助載鼎實也掩兔祭器之畢俱象畢星
為之必易傳者孫毓云祭器之畢狀如畢星名象所出也畢
弋之畢又取象焉而因施網於其上雖可兩通箋義為長 維南有箕不可以
簸揚維北有斗不可以挹酒漿 挹𣂏也〇簸波我反徐又府佐反斗都口反沈作主挹音揖𣂏矩于反廣雅云酌也本又作𣂏
維南有箕載翕其舌維北有斗西柄之揭 翕。如也箋云翕猶引也引舌者謂上星相近〇翕許急反柄彼病反揭居

竭反徐起謁反[疏]維南至之揭○正義曰言維此天上其南則有箕星不可以簸揚米粟維此天上其北則有斗星不可以挹斟其酒漿所以不可以簸揚挹者維南有箕則徒翕置其舌而已維北有斗亦徒西其柄之揭然耳何嘗而有可用乎亦猶王之官司虛列而無所用也此挹下言酒漿則簸揚下宜言米粟作者取文便而不言之耳又西柄之揭與載翕其舌文不類者以箕斗之形成於柄舌又簸之須舌猶挹之須柄各隨其義故不同也言南箕北斗者案二十八宿連四方爲名者唯箕斗井壁四星而已壁者室之外院箕在南則壁在室東故稱東壁鄭稱參傍有玉井則井星在參東故稱東井推此則箕斗並在南方之時箕在南而斗在北故言南箕北斗也以箕斗是人之用器故令相對爲名其名之定雖單亦通故巷伯謂箕爲南箕爲此也○傳翕合○正義曰言合者以天星衆也此獨爲箕者由此星合聚相接其舌也○箋翕猶引至相近○正義曰鄭以爲箕星踵狹而舌廣而言合於天文不便故言翕猶引也引其舌者謂上星近也言箕之上星相去近故爲踵因引之使相遠而爲舌也

大東七章章八句

四月大夫刺幽王也在位貪殘下國構禍怨亂並興焉[疏]四月八章章四句至與焉○正義曰四月詩者大夫所作以刺幽王也以幽王之時在位之臣皆貪暴而殘虐下國之諸侯又構成其禍亂結怨於天下由此致怨恨禍亂並興起焉是幽王惡化之所致故刺之也經云廢爲殘賊是在位貪殘也我日構禍是下國構禍也民莫不穀是怨。亂也亂離瘼矣是亂事也言怨亂並興者王政殘虐諸侯構禍是亂也亂既未弭則民怨不息政亂民怨同時而起故云並興也經八章皆民怨刺王之辭此篇毛傳其義不明王肅之說自云述毛於六月徂暑之下注云詩人以夏四月行役至六月暑往未得反已闕一時之祭後當復闕二時也先祖匪人之下又云征役過時曠廢其祭祀我先祖獨非人乎王者何爲忍不憂恤我使我不得脩子道案此經序無論大夫行役祭祀之事據檢毛傳又無此意縱如所說理亦不通故孫毓難之曰凡從役踰年乃怨雖文王之師猶采薇而行歲暮乃歸小雅矣之不以爲譏又行役之人固不得親祭攝者脩之未爲有闕豈有四月從役六月未歸數月之間未過古者出師之期而以刺幽王亡國之君乎非徒如毓此言首章始廢一祭已恨王者忍己復闕二時彌應多怨何由秋日冬日之下更無先祖之言豈廢闕多時反不恨也以此王氏之言非得毛意孫以爲如適之徂皆訓爲往今言往暑猶言適暑耳雖四月爲夏六月乃之適盛暑非言往而退也詩人之興言治少亂多皆積而後盛盛而後衰衰而後亂周自太王王季王業始起猶維夏也及成康之世而後致太平猶徂暑也暑往則寒來故秋日繼之冬日又繼之善惡之喻各從其義毓自云述毛此言亦非毛旨何則傳云暑盛而往矣是既盛而後往也毓言方往之暑不得與毛同矣毓之所說義亦不通案經及序無陳古之事太王成康之語其意何以知然又以四月爲周基六月爲尤盛則秋日爲當誰也直云秋日繼之冬日又繼之不辨其世之所當何哉若言成康之後幽王之前則其間雖有衰者未足皆爲殘虐何故以涼風喻其病害百卉乎若言亦比幽王則已歷積世當陳其漸何故幽王頻。此二時中間獨爾闕絶也又毓言以爲有漸則幽王既比於冬不得更同秋日不宜爲幽王何傷先世之亂離哉如是則王孫之言皆不可據爲毛義也今使附之鄭說唯一徂字異耳計秋日之寒末。知冬時反言百卉具腓以譬萬民困病其喻有甚於冬則三者別喻不相積累以四時之中尤可慘酷者莫過於冬日故以比王身自言上之所行不論病民之狀以冬時草木收藏而無可比下故獨言王惡也二章以凉風之害百草喻王政之病下民首章言王惡之有漸嚴寒毒暑皆是可患各自爲興不相因也其興之日月先後爲章次耳

四月維夏六月徂暑徂往也六月火星中暑盛而往矣箋云徂猶始也四月立夏矣至六月乃始盛暑興人爲惡亦有漸非一朝一夕〇構古候反

先祖匪人胡寧忍予箋云匪非也寧猶曾也我先祖非人乎人則當知患難何爲曾使我當此。難世乎〇難乃旦反

【疏】四月

至忍予○毛以爲言四月維始立夏矣未甚暑至六月乃極暑矣既極然後往過其暑矣以往表其極言四月已漸暑至六月乃暑極以興王初即位雖爲惡政矣未甚酷至於今乃極酷也自即位以漸酷至今乃酷甚也○四惡如此故大夫仰而訴之我先祖非人乎先祖若人當知患難何曾施恩於我當此亂世乎以王惡之甚故訴其先祖也○鄭以徂爲始六月始暑喻王乃始酷餘同○傳徂往至往矣○正義曰徂往釋詁文也月令季夏六月昏大火中是六月火星中也火星中而暑退暑盛而往矣是取暑盛爲義喻王惡盛也由盛故有往是以往表其盛無取於往義也傳言暑盛而往矣其意出於左傳昭三年傳曰譬如火焉火中寒暑乃退此其極也能無退乎彼以極退故此以理反之故言往而明極也故知不取往爲義也○箋云徂猶至一夕○正義曰鄭以大夫已遭王惡倒本其漸王惡無已退之時不似寒暑之更代故以始言之徂訓爲往今言徂始者義出於往也言往者因此往彼之辭往到即是其始暑自四月往至於六月爲始也以毛言徂往涉於過義故更以義言訓之爲始東山云我徂東山下言我來自東則我徂東山爲到東山是徂爲始義也漢書律曆志云四月立夏節小滿中故言四月立夏矣至六月乃始盛暑也以與人爲惡有漸非一朝一夕是暑以喻其惡之極也不與下秋冬相繼也○箋云我先至亂世○正義曰人困則反本窮則告親故言我先祖非人出悖慢之言明怨恨之甚猶正月之篇怨父母生己不自先後也

秋日淒淒百卉具腓。淒淒涼風也卉草也腓病也箋云具猶皆也涼風用事而衆草皆病興貪殘之政行而萬民困病○淒本亦作棲七西反卉許貴反腓房非反韓詩云變也

亂離瘼矣爰其適歸離憂瘼病適之也箋云爰曰也今政亂國將有憂病者矣曰此禍其所之之歸乎言憂病之禍必自之歸。爲亂○瘼音莫

疏秋日至適歸○正義曰言嚴秋之日淒淒然有寒涼之風由此寒涼之風用事於時故使百草皆被凋殘以致傷病以與幽王之惡有貪殘之政由此貪殘之政行於天下故萬民皆見殘害以遭困病此是王政之亂王政既亂則國將有憂病矣曰此憂病之禍其何所。歸。之乎言此憂病之禍必。歸。之於國

家滅亂也○箋今政至爲亂○正義曰經中亂字承上經之事是政亂也亂憂病三者連文明非共爲一事故分之也政亂已損害於民則民不堪命將以危國故言國將有憂病者也謂可憂之病滅亡之事也又言憂病之禍必自之歸於亂者謂之於滅亡之亂流彘滅戲之類非疊上文也宣十二年左傳引此詩乃云歸於怙亂者也是之歸於亂也

冬日烈烈飄風發發箋云烈烈猶栗烈也發發疾貌言王爲酷虐慘毒之政如冬日之烈烈矣其亟急行於天下如飄風之疾也○亟紀力反

民莫不穀我獨何害箋云穀養也民莫不得養其父母者我獨何故覩此寒苦之害○養其餘亮反

疏箋我獨至之害○正義曰上以寒風喻王行慘毒之政則言禍害者正謂毒政之害也言寒苦之害者遭虐政之苦猶遇風寒之苦因上文以寒喻故言寒也

山有嘉卉侯栗侯梅箋云嘉善侯維也山有美善之草生於梅栗之下人取其實蹂踐而害之令不得蕃茂喻上多賦斂富人財盡而弱民與受困窮○蹂如久反廣雅云履也令力呈反蕃音煩與音預

廢爲殘賊莫知其尤廢忕也箋云尤過也言在位者貪殘爲民之害無自知其行之過者言大於惡○廢如字一音發忕時世反下同又一本作廢大也此是王肅義行下孟反下之行同

疏山有至其尤○正義曰言山有此美善之草矣其生也維在栗維在梅之下人往取其梅栗之實則蹂踐害此美草使不得蕃茂以與國中有此貧弱之民矣其居也維在富人之傍上多富斂富人財盡則又幷賦此貧民使之不得生育俱受困窮由此在位之人慣習爲此殘賊之行以害於民莫有自知其所行爲過惡者故令民皆病○傳廢忕○正義曰說文云忕習也恆爲惡行是慣習之義定本廢訓爲太與鄭不同

相彼泉水載清載濁箋云相視也伐視彼泉水之流一則清一則濁刺諸侯並爲惡曾無一善○一相息亮反注同

我日構禍曷云能穀構成曷逮也箋云構猶合集也曷之言何也穀善也言諸侯日作禍亂之行何者可謂能善○曷舊何葛反一云毛安葛反

疏相彼至能穀○毛以爲我視彼泉水之流尚有一泉則清一泉則濁我視

彼諸侯之行何爲一皆爲惡曾無爲善乃泉水之不如也所以然者我此諸侯日日構成其禍亂之行遠何時能爲善言其日益禍亂不能逮於善時○鄭以下二句爲異言我諸侯日日合集其惡作爲禍亂之行何者可謂其善言其皆無所善不如泉水有清者也○傳曷逮○正義曰釋言文

滔滔江漢南國之紀滔滔大水貌其神足以綱紀一方箋云江也漢也南國之大水紀理衆川使不雝滯喻吳楚之君能長理旁側小國使得其所○滔吐刀反長張丈反

盡瘁以仕寧莫我有箋云瘁病仕事也今王盡病其封畿之內以兵役之事使羣臣有土地曾無自保有者皆懼於危亡也吳楚舊名貪殘今周之政乃反不如○瘁本又作萃似醉反下篇同

疏傳滔滔至一方○正義曰滔滔大水貌與吳楚強盛言神者以國主山川所在之國當祀其神魯語曰禹會羣神於會稽以諸侯主祭其神故言神也則此言其神足以綱紀一方是明所事其神之國將有綱紀其意亦喻江漢之傍國故言一方也○箋江漢至其所○正義曰紀理衆川使不壅滯者謂衆川有所往入江漢能統引之不使其水壅遏滯塞常時通流也知喻吳楚之君者以舉江漢爲喻而彼南國之紀則以喻江漢所在之國能相紀理故喻吳楚矣吳楚之意出於經之南國也若然上章言諸侯並惡曾無一善今稱吳楚能理小國又幽王時吳楚微弱未爲盟主所以能長理傍國爲之綱紀者上言諸侯並惡謂中國諸侯耳漸漸之石序曰戎狄叛之荊舒不至是幽王之時荊已叛矣亦既有背叛王命固當自相君長是大能字小紀理傍國明矣南方險遠世有強國商頌云達彼殷武奮伐荊楚是殷之中年楚已嘗叛鄭語史伯謂桓公曰姜嬴荊芊實與諸姬相干也南有荊蠻不可以入是幽王之時楚已強矣於時未必有吳以吳亦夷之強者與楚相配言耳公羊傳曰吳楚之君不書葬是吳楚相近故連言之○箋今王至不如○正義曰封畿之內謂中國所及之境故六月箋云今汝出征以正王國之封畿彼謂逐玁狁正中國也此疾王之惡而言盡病故爲盡病封畿之內以兵役之事謂以兵甲之事勞役之使不得安寧故羣臣諸侯有土地者無敢自保有之皆懼於危亡也以禹貢唐虞之時已云江漢

朝宗于海言朝宗以示臣義故注以爲荆楚之域國無道則先强有道則後服也殷王武丁已伐荆楚是舊貪殘也匪鶉。匪鳶翰飛戾天

匪鱣匪鮪潛逃于淵鶉鵰也鵰鳶貪殘之鳥也大魚能逃處淵箋云翰高戾至鱣鯉也言鵰鳶之高飛鯉鮪之處淵性自然也非鵰鳶能高飛非鯉鮪能處淵皆驚駭辟害爾喻民性安土重遷今而逃走亦畏亂政故〇鶉徒丸反字或作鷻鳶以專反鴟也鱣張連反鮪于軌反鵰音彫疏匪鶉至于淵〇毛以爲鵰也鳶也貪殘之鳥乃高飛至天今在位非鵰非鳶也何故貪殘驕暴如鳥之高飛至天也鱣也鮪也長大之魚乃潛逃於淵今賢者非鱣非鮪也何爲隱遁避亂如魚之潛逃於淵也是貪殘居位不可得而治大德潛遁不可得而用所以大亂而不振也〇鄭以爲王政亂虐下民逃散。言若鶉若鳶可能高飛至天非鱣鮪之小魚亦潛逃於淵性非能然爲驚駭避害故也以興民不欲逃走而逃者性非能然而然者爲驚擾畏亂政故也〇傳鶉鵰至處淵〇正義曰說文云。鶉鵰也從敦而爲聲字異於鶉也鵰之大者又名鶚孟康漢書音義曰鶚大鵰也說文又云。鳶鷙鳥也鶉。鳥皆殺害小鳥故云貪殘之鳥以喻在位貪殘也大魚能逃於淵喻賢者隱遁也故王肅云以言在位非鵰鳶也何則貪殘驕暴高飛至天時賢非鱣鮪也何爲潛逃以避亂孫毓云貪殘之人而居高位不可得而治賢人大德而處潛遁不可得而用上下皆失其所是以大亂而不振皆述毛說也〇箋喻民至政故〇正義曰箋以上章王政之亂病害下民下章言民不得所不如草木則此亦宜言民之困病故以爲喻民逃走畏亂政也

山有蕨薇隰有杞桋杞枸檵也桋赤楝也箋云此言草木。尚各得其所人反不得其所傷之也〇蕨居月反桋本亦作荑音夷枸音苟檵音計楝所革反郭霜狄反

君子作歌維以告哀箋云告哀言勞病而愬之疏山有至告哀〇正義曰言山之有蕨薇之菜隰之有杞桋之木是菜生於山木生於隰所生皆得其所所以與人生處於安樂以得其所今我天下之民遇此殘亂驚擾失性草木之不如也由此君子作此八章之歌詩以告訴於王及在位言天下之民可哀憫之也作者自言君子

以非君子不能作詩故也○傳楰赤楝○正義曰釋木文又曰白者楝舍人曰楰名赤楝也某氏曰白色為楝其色雖異為名同江河間楝可作鞍郭璞曰赤楝樹葉細而岐。說也皮理錯戾好叢生山中中為車。輞白楝葉員而岐為木大也

四月八章章四句

北山大夫刺幽王也役使不均己勞於從事而不得養其父母焉○使如字己音紀下注喻己同養餘亮反疏北山六章三章章六句三章章四句至父母焉○正義曰經六章皆怨役使不均之辭若指文則大夫不均我從事獨賢是役使不均也朝夕從事是己勞於從事也憂我父母是由不得養其父母所以憂之也經序倒者作者恨勞而不得供養故言憂憂我父母序以由不均而致此怨故先言役使不均也

陟彼北山言采其杞箋云言我也登山而采杞非可食之物喻己行役不得其事○杞音起偕偕士子朝夕從事偕偕強壯貌士子有王事者也箋云朝夕從事言不得休止○偕音皆徐音諧說文云強也王事靡盬憂我父母箋云靡無也盬不堅固也王事無不堅固故我當盡力勤勞於役久不得歸父母思己而憂○盬音古疏陟彼至父母○正義曰言有人登彼北山之上者云我采其杞葉之葉也此杞葉非可食之物而登山以采之非宜矣以與大夫循彼長遠之路者云我從其勞苦之役也此勞役非賢者之職而循路以從之非其事矣所以行役不得其事者時王之意以己為偕偕然而強壯今為王事之子以朝繼夕從於王役之事常不得休止王家之事無不堅固使己勞以堅固之今使憂及於我父母由久不得歸故父母思己而憂也

溥天之下莫非王土率土之濱莫非王臣溥大率循濱涯也箋云此言王之土地廣矣王之臣又衆矣何求而不得何使而不行○溥音普濱音賓涯魚佳反字又作崖大夫不均我從事獨賢賢勞

也箋云王不均大夫之使而專以我有賢才之故獨使我從事於役自苦之辭【疏】傳溥大也濱涯○正義曰溥大釋詁文釋水云滸水涯孫炎曰涯水邊說文云浦水濱廣雅云浦涯然則滸濱涯浦皆水畔之地同物而異名也詩意言民之所居民居不盡近水而以濱為言者古先聖人謂中國為九州者以水中可居曰洲言民居之外皆有水也鄒子曰中國名赤縣赤縣內自有九州禹之序九州是也其。有瀛海環之是地之四畔皆至水也濱是四畔近水之處言率土之濱舉其四方所至之內見其廣也作者言王道之衰傷境界之削則云蹙國百里蹙蹙靡所騁恨其有人衆而不使即以廣大言之所怨情異故設辭不同王不均大夫之使不過朝廷而普及天下者明其衆也○傳賢勞○正義曰以此大夫怨己勞於事故以賢為勞箋以賢字自道故易傳言王專以我有賢才之故乎何故獨使我也王肅難云王以己有賢才之故而自苦自怨非大臣之節斯不然矣此大夫怨王偏役於己非王實知其賢也王若實知其賢則當任以尊官不應勞以苦役此從事獨賢猶下云嘉我未老鮮我方將恨而問王之辭非王實知其賢也

四牡彭彭王事傍傍彭彭然不得息傍傍然不得已○傍布彭反得已音以

嘉我未老鮮我方將將壯也箋云嘉鮮皆善也王善我年未老乎善我方壯乎何獨久使我也○鮮息淺反沈云鄭音仙

旅力方剛經營四方旅衆也箋云王謂此事衆之氣力方盛乎何乃勞苦使之經營四方

或燕燕居息燕燕安息貌或盡瘁事國盡力勞病以從國事或息偃在牀或不已于行箋云不已猶不止也

或不知叫號或慘慘劬勞叫呼號召也○叫本又作噭古弔反號戶報反協韻戶刀反慘七感反字又作懆或棲遲偃仰或王事鞅掌鞅掌失容也箋云鞅猶何。也掌謂捧之也負何捧持以趨走言促遽也○棲音西卬音仰本又作仰鞅於兩反何戶可反又音何捧芳勇反

或湛樂飲酒或慘慘畏咎箋云咎猶罪過也○湛都南反樂音洛咎其九反或出入風議或靡事不

爲箋云風猶放也○風音諷議如字協句音宜

疏或燕燕至不爲○正義曰三章勢接須通解之皆具說在注或不知叫號者居家用逸不知上有徵發呼召者或出入風議謂閒暇無事出入放恣議量時政者或勤。者無事不爲者定本集注並作議俗本作儀者誤也○鄭唯鞅掌爲異餘同○箋鞅猶至促遽○正義曰傳以鞅掌爲煩勞之狀故云失容言事煩鞅掌然不暇爲容儀也今俗語以職煩爲鞅掌其言出於此傳也故鄭以鞅掌爲事煩之實故言鞅猶荷也鞅獨如馬鞅之鞅以負荷物則須鞅持之故以鞅表負荷也以手而掌執物是捧持之負荷捧持以趨走也促遽亦是失容但本意與傳異耳

北山六章三章章六句三章章四句

無將大車大夫悔將小人也周大夫悔將小人幽王之時小人衆多賢者與之從事反見譖害自悔與小人並

疏無將大車三章章四句至小人○正義曰作無將大車詩者謂時大夫將進小人使有職位不堪其任愆負及己故悔之也以將進小人後致病累可爲鑒戒以示將來足明時政昏昧朝多小人亦所以刺王也若然此大夫作詩則賢者也自當擇交既進而悔者知人則哲堯尚難之孔子以聖人之僞尚改觀於宰我子文以諸侯之艮猶未知於子玉況大夫非聖能無悔乎經三章皆悔辭也

無將大車祇自塵兮大車小人之所將也箋云將猶扶進也祇適也鄙事者賤者之所爲也君子爲之不堪其勞以喻大夫而進舉小人適自作憂累故悔之○祇音支累劣僞反篇末同本或作辱無思百憂祇自疧兮疧病也箋云百憂者衆小事之憂也進舉小人使得居位不任其職愆負及己故以衆小事爲憂適自病也○疧都禮反任音壬愆起連反

疏無將至疧兮○正義曰言君子之人無得自將此大車若將此大車適自塵蔽於己以興後之君子無得扶進此小人適自憂累於己小人居職百事不幹己之所舉必助憂之故又戒後人言無思百衆小事之憂若思此憂適自病害於己○傳大車小人之所將也○正義曰冬官車人爲車有大車鄭云大車

平地載任之車則此是也其車駕牛故酒誥曰肇牽車牛遠服賈用是小人之所將也○箋將猶扶進○正義曰言將猶扶進者以大車牛須人傍而將之是爲扶車而進導也大車比小人言無扶進。比小人也

無將大車維塵冥冥 箋云冥冥者蔽人目明令無所見也猶進舉小人蔽傷己之功德也○冥莫庭反又莫迥反令力呈反

無思百憂不出于熲 熲光也箋云思衆小事以爲憂使人蔽闇不得出於光明之道○熲古迥反沈又古頃反

無將大車維塵雝。兮 箋云雝猶蔽也○雝於勇反字又作壅又於用反

無思百憂祇自重兮 箋云重猶累也○重直龍反又直用反

無將大車三章章四句

小明大夫悔仕於亂世也 名篇曰小明者言幽王日小其明損其政事以至於亂

疏 小明五章上三章章十二句下二章章六句至亂世○正義曰小明詩者牧伯大夫所作自悔仕於亂世謂大夫仕於亂世使於遠方令己勞苦故悔也首章箋云詩人牧伯之大夫使述其四方之事然則牧伯大夫使述其四方之事是常。令而悔仕者以牧伯大夫雖行使是常而均其勞逸有期而反今幽王之亂役則偏苦行則過時也故我事孔庶箋云王政不均臣事不同是偏苦也歲聿云莫箋云乃至歲晚尚不得歸是過時也偏當勞役歷日長久故所以悔也經五章皆悔仕之辭雖總爲悔仕而發但所悔有意故首章言載離寒暑以日月長久是悔仕箋因其篇初故言遭亂世勞苦而悔仕三章言其自詒伊戚是憂恨之語故箋云悔仕之辭其實皆悔辭也

明明上天照臨下土 箋云明明上天喻王者當光明如日之中也照臨下土喻王者當察理天下之事。也據時幽王不能然故舉以刺之

我征徂西至于艽野二月初吉載離寒暑 艽野遠荒之地初吉朔日也箋云征行徂往也我行往之西方至於遠荒

之地乃以二月朔日始行至今則更夏暑冬寒矣尙未得歸詩人牧伯之大夫使述其方之事遭亂世勞苦而悔仕○艽音求更音庚**心之憂矣其毒大苦**箋云憂之甚心中如有藥毒也○大音泰**念彼共人涕零如雨**箋云共人靖共爾位以待賢者之君○共音恭注下皆同**豈不懷歸畏此罪罟**罟網也箋云懷思也我誠思歸畏此刑罪羅網我故不敢歸爾○罟音古

疏明明至罪罟○正義曰言明明之上天日中之時能以其光照臨下土之國使無幽不燭品物咸亨也以喻上者處尊之極當以其明察理於天下之事然無屈不伸勞逸得所也今幽王不能然闇於照察勞逸不均令己獨遠使言我行往之西方至于艽野遠荒之地其路之長遠矣以二月初朔之吉日始行至於今則離歷其冬寒夏暑矣尙不得歸其淹久如此故我心中之爲憂愁矣其憂之甚則如毒藥之大苦然由仕於亂世以致如此故困苦而悔之念彼明德供具賢者爵位之人君欲往仕之而不見涕淚零落如雨然雖時無此人恨本不隱處以待之也又言己勞苦之狀我豈不思歸乎我誠思歸但畏此王以刑罪羅網我我恐觸其羅網而得罪故不敢歸耳○箋明明至以刺之○正義曰言照臨故知有日。月之明察唯中乃然故云王者光明當如日中之照也昭五年左傳曰日上其中易豐卦彖曰王宜日中以王明之光照臨天下如日中之時是也必責王令明如天日者以王者繼天理物當與日同故易曰大人與日月合其明是也○傳艽野至朔日○正義曰野是遠稱艽蓋地名言其歷日長久明當至於遠處故言遠荒之地爾雅四海之外遠地謂之四荒言在四方荒昬之國也此言荒者因彼荒是遠地故言荒爲遠辭非卽彼之四荒也何則牧伯之大夫行其所部而已不得越四海而至四荒也言荒者若微子云吾家耄遜于荒謂在外野而已此言二月朔而始行下章鄭以四月而至假令還以朔到尙六十日也以日行五十準之則三千里矣州之遠境容有三千但述職之行有所過歷不知定日幾里也以言初而又吉故知朔日也君子舉事尙早故以朔爲吉周禮正月之吉亦朔日也○箋詩人牧伯之大夫○正義曰知者以言我征徂西至于艽野是遠行巡歷之辭又曰我事孔庶是行而有事非征役之言是述事明矣述事者唯牧伯耳故知是牧伯之下大夫也若然王之存省諸侯亦使大夫行也知此非天子存省諸侯使大夫者以王使之存省上承王命適諸侯奉使有主至則當還不應云我事孔庶歲莫不歸故不以爲王之大夫也牧伯部領一州大率二百一十國其事繁多可以言孔庶也前事未了後又委之可以言政事愈蹙也如此則爲牧伯之大夫於事爲宜故也且牧伯之大夫不在王之朝廷今而爲王所苦所以於悔切耳然則牧伯大夫自仕於牧非王所用而言悔仕者此之勞役由王所爲故曰幽王不能徵是者王而使己多勞故怨王而悔仕也言牧伯者以牧一州之方伯謂之牧伯然單言之直牧耳此言述職之大夫則容牧下二伯之大夫不必事侯牧之伯一人而已○箋共人至之君○正義曰下云靖共爾位與此共人文同此大夫悔仕於亂世則思不亂而明德者仕之故爲以待賢者之君也若然此大夫所恨恨幽王之惡偏被天下土無二王不得更有天子然則靖共爾位之君當世之所無矣而云念之者此大夫自悔本應坐待明君不當事於朝廷今仕而遇亂追念昔時言我本應待彼共人無故冒此亂世而涕零耳非謂當時有賢君可念也下章靖共爾位正直是與勸友使聽天任命不汲汲求仕於時亦無明君可令友往仕之正勸待之耳此所念者亦念其當待之非當時有可念也

昔我往矣日月方除曷云其還歲聿云莫除除陳生新也箋云四月爲除昔我往至於艽野以四月自謂其時將即歸何言其還乃至歲晚尚不得歸除直慮反如字若依爾雅則宜餘舒二音莫音暮注及下同○念我獨兮我事孔庶心之憂矣憚我不暇憚勞也箋云孔甚庶衆也我事獨甚衆勞我不暇皆言王政不均臣事不同也○憚丁佐反徐又音但亦作癉同念彼共人睠睠懷顧箋云睠睠有往仕之志也○睠音眷豈不懷歸畏此譴怒疏昔我至譴怒○毛以爲大夫言昔我初往向艽野之時矣日月方欲除陳生新二月之中也於我初發即云何時云其得旋歸乎望得早歸也今乃歲月遂云已暮矣而尚不得歸

其時朝廷大夫多得閑逸念我獨憂衆事兮我事甚繁衆也由此心之憂愁矣以事多勞我不得有閑暇之時憂苦如此悔仕於亂故念彼靖共爾位之人睠睠然情懷反顧欲往仕之恨不隱以待而遭此勞也既遭此苦豈不思歸乎我誠思歸畏此譴怒而不敢歸耳○鄭唯方除爲異言往至於艽野之時四月中也於時而望旋反餘同○傳除除陳生新○正義曰上云二月初吉謂始行之時故言除陳生新二月也下章云日月方奧傳曰燠即春温亦謂二月○箋四月至不得歸○正義曰四月爲除釋天文今爾雅除作余李巡曰四月萬物皆生枝葉故曰余余舒也孫炎曰物之枝葉敷舒然則鄭引爾雅當同李巡等除余字雖異音實同也方除之下即云曷云其還是至即望歸故云至于艽野以四月自謂其時將即歸也言歲聿云莫是未歸之辭若歲莫得歸不須發此言矣故云乃至歲晚尚不歸也凡言往矣似是始行之辭此得爲往到艽野者往者從此適彼之辭在此言之爲始行據彼言之爲往到自歲聿云莫以下皆是在彼之辭故謂初到彼地爲往矣易傳者以行之思歸當至所往之處乃可還不應發始已望歸也又下章云四月方奧文與此同洪範庶徵曰燠曰寒寒爲冬則燠爲夏矣若毛以方燠爲二月之初則接於正月之末時尚有霜不可云燠且爾雅稱四月爲除故據以易傳也

昔我往矣日月方奧。奧煖也○譴棄戰反怒乃路反奧於六反煖音暄又奴緩反 曷云其還政事愈蹙歲聿云莫采蕭穫菽蹙促也箋云愈猶益也何言其還乃至於政事更益促急歲晚乃至采蕭穫菽尚不得歸○蹙子六反穫戶郭反菽音叔 心之憂矣自詒伊戚戚憂也箋云詒遺也我冒亂世而仕自遺此憂悔仕之辭○遺唯季反下同冒莫報反又亡北反 念彼共人興言出宿箋云興起也夜臥起宿於外憂不能宿於內也 豈不懷歸畏此反覆箋云反覆謂不以正罪見罪○覆芳福反注同 嗟爾君子無恒安處箋云恒常也嗟女君子謂其友未仕者也人之居無常安之處謂當安安而能遷孔子曰鳥則擇木○處昌慮反 靖共爾位正直是與神之聽之式穀以女靖謀也正直爲正能正人之曲曰直箋云共具式用穀善也有明君謀具女之爵位其志在於與正直之人爲治神明若祐而聽之其用善人則必用女是使聽天乎命不汲汲求仕之辭言女位者位無常主賢人則是○治直吏反祐音又本或作右又作佑並同

疏嗟爾至以女○正義曰大夫既自悔仕亂又戒朋友恐其仕不擇時還同己悔故嗟嘆而深戒之嗟乎汝有德未仕之君子人之居無常安樂之處謂不要以仕宦爲安汝但安以待命勿汲汲求仕當自有明君謀具汝之爵位其志在於正直之人於是與之爲治者此明君能得如是爲神明之所聽祐之其用善人必當用汝矣勿以今亂世而仕也言神之聽之者明君志與正直故爲神明聽祐而用善人用其善則國治是神明祐之○箋嗟女至擇木○正義曰以此大夫悔而戒之下言式穀以汝是知未仕者無常安之處謂隱之與仕所安無常也安安而能遷者無明君當安此潛遁之安居若有明君而能遷往仕之是出處須時無常安也必待時而遷者孔子曰鳥則擇木猶臣之擇君遷也故須安此處之安擇君遷也安安而能遷曲禮文也孔子曰鳥則擇木哀十一年左傳文○傳靖謀至曲曰直○正義曰靖謀釋詁文也襄七年左傳公族穆子引此詩乃云正直爲正正曲爲直此傳解正直取彼文也彼杜預注云正直爲正正己之心正曲爲直正人之曲也取此爲說論語曰舉直錯諸枉能使枉者直是直者能正人之曲也○箋是使至則是○正義曰人之窮達在於上天貴賤生死命皆先定故子夏云死生有命富貴在天是上天之命定於冥兆非可以智力求非可以進取得易稱君子樂天知命爲此也大夫身遭困厄悔於進仕勸友脩德以待賢君此詩是令其友聽天之處分任命之窮達不汲汲求仕之辭也又爵位是君所設官非其友之物而此詩謂之爾位故又解言汝位者以位無常主賢人則是也其友賢者有此位分故謂之汝位也

嗟爾君子無恆安息息猶處也靖共爾位好是正直神之聽之介爾景福介景皆大也箋云好猶與也介助也神明聽之則將助女以大福謂遭是明君道施行也

小明五章三章章十二句二章章六句

附釋音毛詩注疏卷第十三(十三之二)

　阮元撰盧宣旬摘錄

○谷風

能及於齊潤澤陰雨　閩本明監本毛本同案澤當作之

故潤澤德行　〔補〕閩本明監本毛本德作得案得字是也

扶搖謂之猋　閩本明監本毛本同案浦鏜云猋誤焱下同是也

草木無有不死葉萎枝者　小字本相臺本同案此定本集注本也正義云定本及集注本云草木無有不死葉萎枝者其正義本未有明文今無可考正義釋經云無能使草不有死者無能使木不有萎者釋傳云是草木無能不有枝葉萎槁者意必求之或當無有不作無能不有也考文古本作不有采正義

大德切瑳　小字本相臺本同閩本明監本毛本瑳誤磋案正義作磋瑳磋古今字易而說之之例也不當依以改箋

○蓼莪

貌視之以為非莪　小字本同閩本明監本毛本同相臺本貌作我考文古本我字亦同案我字是也正義云故云我視之是作者自我也可證

故謂之蒿　小字本同閩本明監本毛本同相臺本故作反案反字是也正義云反謂之為蒿又云反謂之是彼物也是其證

民之一生也言生而得養閩本明監本毛本同案十行本之至生剜添者一字

是鼉大如餅也閩本明監本毛本同案浦鏜云如當於字誤是也

搰我畜我唐石經小字本相臺本同案詩經小學云戴震云畜當為慉說文慉起也此箋慉起也明是易畜為慉今考釋文云畜喜郁反正義云畜我承搰我之後明起止而畜愛之是釋文正義二本經皆是畜字箋畜起也仍用經字以畜為慉之假借而於訓釋中顯之者也例見前

慉其至役之勞苦閩本明監本毛本同案至當作在形近之譌

東〇大

斂則兼言民勞閩本明監本毛本同案浦鏜云斂當敘字誤是也

由送衰財以致役閩本明監本毛本同案送衰當作哀送

證其在京師之事也閩本明監本毛本同案事當作東

君子皆法效而履行之相臺本同閩本明監本毛本同小字本效作傚案正義云皆共法傚又云而法傚之是其本作傚字

雜記法補閩本明監本毛本同案法當作注形近之譌

言凡飧餼閩本明監本毛本同案飧下當有饔字

故注云凡大行人宰使閩本明監本毛本使作史案所改是也浦鏜云介誤大

杼柚其空 唐石經小字本相臺本同案釋文云柚本又作軸考柚卽軸之假借方言云木作謂之柚五經文字木部云柚橘柚也又杼柚字見詩

維絲麻爾 小字本相臺本同案爾當作耳正義云維絲麻耳考文古本作耳采正義

糾糾葛屨 毛本屨誤履明監本以上皆不誤

是使我心傷悲焉 閩本同明監本毛本悲作病焉作也案所改病字是也字非正義上文云由是所以使我心傷病焉可證正義本是焉字今各本作也字與正義本不同

正義曰聘禮云無行則重○賄反幣 補案○衍也

垂橐而入 閩本明監本毛本同案此不誤浦鏜云橐誤囊非也今國語作橐乃誤字耳韋昭注云橐囊也囊橐散文則通昭元年有垂橐而入橐非此之用也相涉而致誤

有洌氿泉 唐石經小字本相臺本同閩本同明監本毛本洌作冽案釋文洌音列寒意也正義云故字從冰明監本毛本依之改也詩經小學云字從仌列聲

無浸穫薪 唐石經小字本相臺本同案釋文云穫戶郭反毛刈也鄭落木名也字則宜作木旁正義云云穫落釋木文文在釋木故爲木名考此經毛如字鄭以穫爲檴之假借仍用經字而但於訓釋中顯之者也例與遂瑞也价申也之屬同詳見前爾雅釋文檴下引詩云無浸檴薪是依鄭義破其字而引之非此經有作檴之本也

既伐而折之以爲薪也閩本明監本毛本同小字本相臺本折作析案析字是

今譚大夫契憂苦而寤歎閩本明監本毛本同小字本相臺本重契字考文古本同案重者是也

蓄之以爲家用小字本相臺本同案正義云又言薪畜是穫刈之薪者釋文云畜勑六反畜蓄二字以鴟鴞甫田等釋文考之經注中皆有錯互者當各依其舊

有洌至可息閩本明監本毛本洌作冽下同案所改是也

以荊楚之類閩本明監本毛本同案以當作似

穫落釋木文閩本明監本毛本同案穫當作樸正義引爾雅本是樸字不云字異義同者省耳

郭璞曰穫音穫閩本明監本毛本同案上穫當作樸下音穫二字當旁行細字正義自爲音例如此〇案舊挍非也此郭璞自爲音耳

舟人舟楫之人小字本相臺本同閩本明監本毛本亦同案釋文云檝字又作楫正義本未有明文正義云致舟檝之人之子者當亦是以楫檝爲古今字而易之未必與釋文本同也

使摶熊羆小字本相臺本同案此釋文本也釋文云摶音博正義云明遣賤人求捕熊羆是其本摶作捕

快其不賦稅閩本明監本毛本同案山井鼎云宋板快作決其實不然當是刓也

杕杜以勤歸毛本歸誤婦閩本明監本不誤山井鼎考文所載勤作動譌字也

東人言王勞苦閩本明監本毛本同案浦鏜云主誤王是也

刺其素餐相臺本同閩本同小字本餐作飧明監本毛本同案正義云釋訓云皐皐翰翰刺素餐也某氏曰翰翰無德而佩故刺素餐也考爾雅是食字食字與上下文爲韻鄭據彼文及正義所引亦當作食今作餐者轉寫之誤耳召旻正義引釋訓作食引某氏曰無德而空食祿也亦可證

從旦莫七辰一移閩本明監本毛本同小字本相臺本旦下有至字重辰字考文古本同案有至字辰字者是也

跂說文作岐補釋文校勘記通志堂本同盧本岐改歧云歧舊譌跂今改正案歧字是也

更音東補案東當作庚形近之譌小明釋文更音庚可證毛本所附不誤

天漢此知不以無水用爲義者閩本明監本毛本同案浦鏜云天漢此知當知此天漢誤是也

睆彼牽牛唐石經相臺本同小字本睆作皖案釋文云睆華板反考杕杜釋文云字從白或作目邊是小字本本皖當睆之誤也廣韻睆明星皃此經字

河鼓謂之牽牛小字本相臺本同考文古本同閩本明監本毛本河作何案釋文云何胡可反又音河是釋文本作何也正義引爾雅及李巡孫炎注字盡作河是正義本作河也其郭璞注爾雅字作何讀爲荷正義不引以其字不合也唐石經爾雅初刻何後磨刻作河此正義十行本唯標起止一字剜爲何彼此互改皆誤也

今曰明星閩本明監本毛本同案史記天官書索隱今作命下今曰太白同命字是也

彼注云畢狀如叉閩本明監本毛本同案浦鏜云叉誤又是也

翕如也閩本明監本毛本同小字本相臺本如作合考文古本同案如字誤也

○四月

是怨亂也閩本明監本毛本同案浦鏜云亂當辭字譌是也

何故幽王頻此二時閩本明監本毛本同案浦鏜云此當比字誤是也

未知冬時閩本明監本毛本同案浦鏜云知當如字誤是也

何爲曾使我當此難世乎小字本同閩本明監本毛本同相臺本難作亂考文古本同案亂字是也正義云當此亂世乎可證

四惡如此閩本同明監本毛本四作曰案山井鼎云曰恐王誤非也浦鏜云疑肆字誤是也寫者以四爲肆之別體字而致誤耳大小雅譜肆夏作四夏是其證也

何曾施恩於我閩本明監本毛本同案山井鼎云左傳疏恩作忍見於文公十三年傳是也此卽經之忍字

百卉具腓唐石經小字本相臺本同案李善注謝靈運戲馬臺詩引毛詩作痱考釋文云腓房非反病也韓詩云變也不言其字有異是毛詩經亦作腓但傳訓爲病以爲痱之假借字

必自之歸爲亂小字本相臺本同閩本明監本毛本亦同案正義云必之歸於國家滅亂也又云是之歸於亂也是爲當作於

其何所歸之乎閩本明監本毛本同案歸之當作之歸下必歸之於國家滅亂也同

廢爲殘賊小字本相臺本同唐石經初刻癈後磨改廢

廢忲也小字本相臺本同案釋文忲時世反下文一本作廢大也此是王肅義正義云定本廢訓爲大與鄭不同標起止云傳廢忲定本當是依王肅申毛也

言大於惡閩本明監本毛本同小字本相臺本大作忲考文古本同案忲字是也列女傳引詩云廢爲殘賊言忲於惡可證六經正誤云釋文忲作忕誤

上多冨斂補毛本冨作賦案賦字是也

定本廢訓爲太閩本明監本毛本同案太當作大

伐視彼泉水之流補案伐當我字之譌毛本正作我

匪鶉匪鳶唐石經小字本相臺本同案釋文云鶉徒丸反鵰也字或作鷻正義云說文云鷻鵰也從敦而爲聲字異於鶉也標起止云匪鶉又云傳鶉鵰考此是正義釋文二字皆作鶉字鶉即鷻字之省耳

言若鶉若鳶閩本明監本毛本同案此不誤言下浦鏜云脫非字非也主說他鳥箋所謂非鵰鳶者也

非鱣鮪之小魚 閩本明監本毛本同案此不誤浦鏜云大誤小非也主說他魚箋所謂非鱣鮪者也此經中四匪字箋以爲魚鳥之非鵰鳶鱣鮪者與傳以爲人非鵰鳶鱣鮪不同故正義文如此浦所改失箋及正義之意也

說文云鶉鵰也 閩本明監本毛本同案浦鏜云說文作鷻是也正義下文可證

說文又云鳶鷙鳥也 閩本明監本毛本同案浦鏜云鳶說文作鳶是也

鶉鳥皆殺害小鳥 閩本明監本毛本同案上鳥字浦鏜云鳶誤是也

尙各得其所 閩本明監本毛本同小字本相臺本尙作生案生字是也

葉細而岐說也 補案說當銳字之譌爾雅注正作銳毛本銳字不誤依爾雅注删也字非

中爲車網 補案網當作輞爾雅注作輞毛本不誤

○北山

其有瀛海環之 閩本明監本毛本同案其下浦鏜云脫外字是也

鞅猶可也 相臺本同閩本明監本毛本同小字本無也字案無者脫也

或勸者無事不爲者 閩本明監本毛本同案山井鼎云宋板者作若其實不然當是剜也

○無將大車

賢者與之從事反見譖害自悔與小人並 小字本相臺本同案此十六字非鄭注也考下箋云不任其職愆負及己此正義亦云不堪其任愆負及己絕無反見譖害之事使有此注正義自不容不爲之解其當無此注明甚且此正義云此大夫作詩則賢者也若有此注則鄭已明言賢者正義不待推作詩而後定其賢者矣是正義本決無此注也今各本皆誤

祇自疷兮 小字本相臺本同唐石經疷作疧案釋文云疧兮都禮反白華釋文云疧徐都禮反又祈支反是此依徐讀也考疧字見於爾雅說文玉篇廣韻五經文字皆從氏不從氐則徐讀非也段玉裁六書音韻表云一作疷無此字宋劉彝臆改疷以韻塵亦無此字考唐石經正作疧與白華疧字皆甚明晝顧炎武從劉說謂石經乃從諱民減畫之例非也詳見詩經小學釋文疧通志堂本亦誤爲疷今正詳後考證

言無扶進比小人也 補 毛本同案比當作此

維塵雍兮 唐石經小字本同閩本明監本毛本同相臺本雍作雝案雍字是也九經字樣云爾雅作雝是其證石經考異云經中雍字皆放此釋文云雍字又作壅考文古本作壅采釋文而誤

○小明

令而悔仕者 閩本明監本毛本同案浦鏜云令當今字誤是也

喻王者當察理天下之事 閩本明監本毛本事下衍也字小字本相臺本無十行本初刻無後剜添

以喻上者 補 毛本同案上當作王

月之明察閩本明監本毛本同案浦鏜云日誤月是也

又下章云四月方奧閩本明監本毛本同案浦鏜云日誤四是也

奧煖也小字本相臺本同閩本明監本毛本奧誤燠案此經釋文唐石經皆作奧與無衣經用字不同上正義兩云下章日月方奧可證其正義自爲文則用燠字者以奧燠爲古今字而易之也考文古本經作燠采正義而誤耳

譴棄戰反怒乃路反補毛本同案此八字當附上節經文下

是使聽天乎命閩本明監本毛本同小字本相臺本乎作任考文古本同案任字是也

遷也故須安此之安擇君遷也閩本明監本毛本同案上遷也二字當衍擇君下當有而能二字

小明五章三章章十二句二章章六句唐石經小字本相臺本同閩本同明監本脫毛本小明至二章脫

毛詩小雅　鄭氏箋　孔穎達疏

鼓鍾刺幽王也 【疏】鼓鍾四章章五句至幽王○正義曰毛以刺鼓其淫樂以示諸侯鄭以為作先王正樂於淮水之上毛鄭雖其意不同俱是失所故刺之經四章毛鄭皆上三章是失禮之事卒章陳正禮責之此刺幽王明矣鄭於中候握河注云昭王時鼓鍾之詩所為作者鄭時未見毛詩依三家為說也

鼓鍾將將淮水湯湯憂心且傷 幽王用樂不與德比會諸侯于淮上鼓其淫樂以示諸侯賢者為之憂傷箋云為之憂傷者嘉樂不野合犧象不出門今乃於淮水之上作先王之樂失禮尤甚○將七羊反湯音傷比毗志反為于偽反下同犧象素何反皆罇名王音羲

淑人君子懷允不忘 箋云淑善懷至也古者善人君子其用禮樂各得其宜至信不可忘 【疏】鼓鍾至不忘毛以為言幽王會諸侯於淮水之上鼓其淫樂以示之。之鼓擊其鍾而聲將將然其傍淮水之流湯湯然於淮上作樂以。云諸侯而其樂不與德比故賢者為之憂結於心且復悲傷傷其失所也故相念古人言古之善人君子其用禮樂得宜者至實信然不忘也至信俱言其實然耳鄭唯以為正樂為異其文義則同○傳幽王至憂傷○正義曰王者象功成以作樂其意與道德和比今幽王用樂不與德比者正謂鼓其淫樂是也毛直言淫樂不知以何為淫樂王基曰所謂淫樂者謂鄭衛桑間濮上之音師延所作新聲之屬王肅云凡作樂而非所則謂之淫淫過也幽王既用樂不與德比又鼓之於淮上所謂過也桑間濮上亡國之音非徒過而已未知二者誰當毛旨也言會諸侯淮上者以淮遠於京師非王常行之處不應遠適淮上獨自作樂明其有會聚而作之故知會諸侯也○箋為之至尤甚○正義曰犧象不出門嘉樂不野合定十年左傳孔子辭也服虔云犧象饗禮犧尊象尊也嘉樂鐘鼓之樂也引此者以野尚不可今乃於淮水之上作先王之樂失禮尤甚大也與彼文到者以證樂事故先言樂也傳言淫樂箋易之為先王之樂者以卒章所陳是先王正樂之事舉得正以責王明是王作之失所耳非有他樂也故孫毓云此篇四章之義明皆正聲之和欽欽人樂進之善同音四縣克諧以雅以南旣以其正且廣所及以籥不僭又為和而不僭差皆無淫樂在其閒也則未知幽王曷為作先王之樂於淮水之上耳二者之說箋義為長如毓此言不信毛為會諸侯也箋於上下皆不言諸侯或亦以如毓不知何為如此作故不言也○

鼓鍾喈喈淮水湝湝憂心且悲喈喈猶將將湝湝猶湯湯悲猶傷也○喈音皆湝戸皆反淑人君子其德不回回邪也○邪似嗟反○

鼓鍾伐鼛淮有三洲憂心且妯鼛大鼓也三洲淮上地妯動也箋云妯之言悼也○鼛古毛反長丈二尺妯勑留反徐又直留反郭音爾雅盧叔反又音迪淑人君子其德不猶猶若也箋云猶當作瘉瘉病也○猶如字鄭改作瘉羊主反

疏鼓鍾至不猶 毛以為幽王會諸侯而示之淫樂鼓擊其鍾伐擊其鼛於淮水有三洲之地由此失所賢者為之憂結於心且為之變動容貌也念古之善人君子其用禮樂當得其宜其德不肯若今之幽王失所也鄭以為幽王作先王正樂擊鍾伐鼛於淮上賢者為憂心且悼傷思古之善人君子其德不於禮法為病者類上不忘不回故以猶為瘉瘉是病名與上相類角弓云不令兄弟交相為瘉斯干云兄及弟矣無相猶矣以彼二文知猶瘉相近而誤○傳鼛大淮上地○正義曰鼛即皐也古今字異耳韗人云皐鼓尋有四尺長丈二是大鼓也三洲繫淮言之水中可居曰洲故知淮上之地○箋妯之言悼○正義曰以妯類上傷悲故為悼也

鼓鍾欽欽鼓瑟鼓琴笙磬同音欽欽言使人樂進也笙磬東方之樂也同音四縣皆同也箋云同音者謂堂上堂下八音克諧○樂音岳縣音玄以雅以南以籥不僭為雅為南也舞四夷之樂大德廣所及也東夷之樂曰昧南夷之樂曰南西夷之樂曰朱離北夷之樂曰禁以為籥舞若是為和而不僭矣箋云雅萬舞也萬也南也籥也三舞不僭言進退之旅也周樂尚

武故謂万舞爲雅雅正也籥舞文樂也○籥以灼反樂器僭七心反沈又子念反又楚林反韎本又作昧音昧又莫戒反禁居陰反【疏】鼓鍾至不僭○毛以爲幽王既作淫樂失所故言其正者言善人君子皆鼓擊其鍾則其聲欽欽然人聞而樂進其善又鼓其瑟與琴又擊其堂下東方之笙磬於是四縣之樂皆得和同其音矣琴瑟堂上也笙磬堂下也是上下之樂得所以爲王者之雅樂以爲四方之南樂又以爲羽舞之籥樂如是音。聲舒合節奏得所爲和而不參差此正樂之作也王何爲不如此作之乃鼓其淫樂於淮水之上以示諸侯乎鄭以爲上三章言幽王作正樂於淮水之上失其處故此言其正樂鼓其鍾欽欽然又鼓其瑟與琴吹匏竹之笙與玉石之磬於是堂上之琴瑟與堂下之磬鍾皆同其聲音不相奪倫又以爲雅樂之萬舞以爲南樂之夷舞以爲羽籥之翟舞此三者皆不僭差又作不失處故可爲美王今何故於淮水而作之乎○傳欽欽至皆同○正義曰此欽欽亦鍾聲也云使人樂進者以陳先王之正樂正聲之美使人樂心於善樂記說樂之和感動人之善心而已是聞樂而進於善也以鍾在前故先言其狀云欽欽明下琴瑟等亦得所也以鼓瑟鼓琴類之故鼓鍾爲擊鍾也樂器多矣必以鍾爲首而先言之者以作樂必擊鍾左傳謂之金奏是先擊金以奏諸樂也言笙磬東方樂者以東方物生之位故謂其磬爲笙磬也大射樂人宿縣阼階東笙磬西面其南笙鍾其南鑮皆南陳注云笙猶生也東爲陽中萬物以生是東方爲笙磬舉磬則鍾鑮可知矣以笙磬之下卽言同音故知四縣皆同也小胥云王宮縣鄭司農云宮縣四面縣是也以東爲始舉笙磬則四方可知故也○箋同音至克諧○正義曰以上言鍾及琴瑟是琴瑟爲堂上鍾爲堂下故爲笙與磬俱在堂下以配鍾而同音堂下既同則堂上亦同故云八音克諧八音克諧尚書文言其能相諧和也八音者春官太師云以八音金石土革絲木匏竹注云金鍾也石磬也土塤也革鼓也絲琴瑟也木柷敔也匏笙也竹管也此經言。云鍾。琴笙磬是金石絲匏四者矣舉此明土革竹木亦和同可知○傳爲雅至僭矣○正義曰以三者舞名故與上異其文詩言其志歌詠其聲舞動其容故舞在後也傳言爲雅爲南者明以爲此舞以籥屬下句故別言之云以爲籥舞明其上皆爲矣若是和者若如也謂此三舞與上琴瑟笙磬節奏齊同如是乃爲和也此三者雖是舞包上琴瑟謂之樂箋周樂尙武故謂萬舞爲雅是以先言雅也南先籥者進之以韻句以上下類之則知南亦舞也以四夷之樂所取者不盡取其樂器唯取舞耳故言舞四夷之樂美大王者德廣能所及故舞之也白虎通云王者制夷狄樂不制夷狄禮何以爲均中國也即爲夷禮恐夷人不宜隨中國禮也四夷之樂雖爲舞以使中國之人是夷樂唯舞也明堂位曰昧東夷之樂也任南蠻之樂也納夷蠻之樂於大廟言廣魯於天下也是廣所及也魯下天子因在東南用二方耳旄人云舞四夷之樂故此傳廣言四方以明之經獨舉南可以兼也孝經鉤命決云東夷之樂曰昧南夷之樂曰任西夷之樂曰株離北夷之樂曰禁東方之舞助時生也南方助時養也西方助時殺也北方助時藏也然則言昧者物生根也南者物懷任也秋物成而離其根株冬物藏而禁閉於下故以爲名焉以南訓任故或名任此爲南其實一也定本作朱離其義不合於此言南而得總四夷者以周之德先致南方故秋官立象胥之職以通譯四夷是言南可以兼四夷也然則舞不立南師而立昧師者以象胥曲以示法昧四夷之始故從其常而先立之也若然虞傳云東岳陽伯之樂舞株離注云株離舞曲名言象物生株離也彼雖中國之舞四岳所獻非四夷之舞要名與此東西反者以物生與成皆有離其根株之義故兩有其言也以爲籥舞謂吹籥而舞也簡兮曰左手執籥右手秉翟以翟或謂之羽舞也若是爲和而不僭差結上三舞之辭○箋雅萬至文樂○正義曰以干戚而言萬者舉本用兵人衆之大數爲舞以象之故言萬舞也萬即武舞故云周樂尙武故謂萬舞爲雅以對籥爲文樂也言進退之旅者謂此三舞進退皆旅衆齊一鄭意直據三種之舞進退齊一不包上經琴瑟與毛意異必異毛者以不僭謂行列不有參差故特謂爲舞也故樂記云古樂之發進旅退旅注云言其齊一是爲不僭也

鼓鍾四章章五句

楚茨刺幽王也政煩賦重田萊多荒饑饉降喪民卒流亡祭祀不饗故君子思古焉田萊多荒茨棘不除也饑饉倉庾不盈也降喪神不與福助也

疏楚茨六章章十二句至思古焉○正義曰作楚茨詩者刺幽王也以幽王政教既煩賦斂又重下民供上廢闕營農故使田萊多荒而民皆饑饉天又降喪病之疫民盡皆流散流散而逃亡祭祀又不爲神所歆饗不與之福故當時君子思古之明王而作此詩意言古之明王能政簡斂輕田疇墾闢年有豐穰時無災厲下民則安土樂業祭祀則鬼神歆饗以明今不然故刺之田廢生草謂之萊自然多荒而幷言之者周禮以田易者爲萊若使時無苛政則所廢年滿亦當墾之今乃與不易之田並不藝種故言多荒也既言降喪而又言流亡者明死者爲天災所殺在者又棄業而逃也降喪流亡由祭祀不饗所致而後言祭祀不饗者欲明喪亡亦由飢饉以見人神相將也經六章皆陳古之善以反明今之惡故箋每事屬之言田萊多荒茨棘不除則首章上四句是也飢饉倉庾不盈首章次四句是也降喪神不與福助首章下四句盡於卒章言古之享祀神錫爾福反明今之不饗神不祐助也政煩賦重則於經無所當而下篇有其事耳此及信南山甫田大田四篇之詩事皆陳古文指。田類故序有詳略以相發明此序反經以言今信南山序據今以本古甫田直言思古略而不陳所由大田言矜寡不能自存又略而不言思古皆文互見大田曰曾孫是若言成王止力役以順民是政不煩也甫田云歲取十千言稅有常法是賦不重明幽王政煩賦重也信南山經云信彼南山維禹甸之畇畇原隰曾孫田之而序云不能修成王之業以奉禹功是曾孫爲成王矣而甫田大田皆言曾孫則所陳古皆爲成王時也此經無曾孫之言而周之盛王致太平者莫過成王則此思古者思成王也此篇思古明王先成其民而後致力於神故首章言民除草以種黍稷收之而盈倉庾王者得爲酒食獻之宗廟總言祭祀之事其享妥侑皆主人身之所行也二章言助祭者各供其職爰及執爨有俯仰之容君婦有清。濁之德俎豆肥美獻酬得法以事鬼神鬼神安之報以多福四章言孝子恭敬無愆尸嘏以福五章祭事既畢告尸利成卒章言於祭之末與同族燕飲六章共述祭事而其文皆次唯三章獻酬笑語事在祭末當處嘏辭工祝致告之下文在先者以獻酬是賓客之事因說羣臣助祭而言之耳三章傳曰繹而賓尸及賓客或以爲三章則别陳繹祭之事知不然者以此篇所陳上下有次首章言酒食二章言牛羊三章言俎豆燔炙四章言神嗜飲食共論一祭首尾接連不得輒有繹祭廁之也案三章傳曰燔取膟膋也禮燔燎報陽乃是朝事之節繹祭事尸而已無求陽燔燎之事若傳以三章爲繹祭安得以燔爲膟膋也三章傳又曰豆謂內羞庶羞案有司徹陳羞豆之下注云此皆朝事之豆籩大夫無朝事而用之賓尸然則天子有朝事則此豆當朝事用之矣作者何得捨正祭而不述越言之繹祭之末禮乎又繹祭主於事尸而事神禮簡三章言神保報福與二章正同豈禮簡之謂以此知三章所陳非繹祭矣然則傳言繹而賓尸及賓客者正以經言孔庶其豆既衆則所用必廣故因分之以爲賓謂繹曰敬尸爲客謂正祭所薦見用豆處廣之意其文不主繹也箋易傳以庶爲胗自然無繹祭之事矣

楚楚者茨言抽其棘自昔何爲我蓺。黍稷楚楚茨棘貌抽除也箋云茨蒺藜也伐除蒺藜與棘自古之人何乃勤苦爲此事乎我將。得黍稷焉言古者先王之政以農爲本茨言楚楚棘言抽互辭也○抽勑留反徐直留反蓺魚世反蒺音疾藜音棃一音梨

我黍與與我稷翼翼我倉既盈我庾維億露積曰庾。萬萬曰億箋云黍與與稷翼翼蕃廡貌陰陽和風雨時則萬物成萬物成則倉庾充滿矣倉言盈庾言億亦互辭喻多也十萬曰億○與音餘注同積如字又子賜反蕃音煩廡音無又音武

以爲酒食以享以祀以妥以侑以介景福妥安坐也侑勸也箋云享獻介助景大也以黍稷爲酒食獻之以祀先祖既又迎尸使處神坐而食之爲其嫌不飽祝以主人之辭勸之所以助孝子受大福也○妥湯果反侑音又坐才臥反爲其于僞反

【疏】楚楚至景福○毛以爲彼明王之時有楚楚然者茨棘也我明王之時民皆除去其茨棘焉自古昔之人何爲乃勤苦爲此事乎言

我蓺黍與稷也既種而値陰陽和風雨時萬物蕃盛。何所種之黍與與然我所種之稷翼翼然蕃茂盛大皆得成就及秋收而治之我倉之內既得滿矣我庾之大維積一億也明王乃以黍稷爲酒之與食以獻祀其先祖也謂鬱鬯之酒以灌朝踐酌醴饋熟酌盎以獻比至於尸酳以酢諸臣皆爲用酒也當饋獻又迎尸於室以拜安之乃設食以進爲尸嫌不飽祝以主人之辭侑勸之由祭祀以禮神所歆享故以得大大之福也今王不能然故舉以刺之○鄭唯以介爲助餘同○傳楚楚茨棘貌抽除也○正義曰經言楚楚者茨弁言棘者以茨言楚楚須抽之棘言抽明楚楚故箋云互辭也○箋茨蒺至互辭○正義曰茨蒺藜釋草文也郭璞曰布地蔓生細葉子有三角刺是也其古者先王之政以農爲本太宰九職一曰三農生九穀洪範八政一曰食是也○傳露積曰庾○正義曰甫田言曾孫之稼如茨如梁此聚稼也又曰曾孫之庾如坻如京是積粟也下言乃求千斯倉乃求萬斯箱欲以萬箱載稼千倉納庾是庾未入倉矣故曰露積言露地積聚之九章算術平地委粟是也周語云野有庾積韋昭引唐尚書云十六斗曰庾昭謂此庾露積穀也引詩云曾孫之庾如坻如京是取此傳爲說也且言野有則非倉之類亦露積之驗也○箋黍與與至喻多○正義曰與與翼翼黍稷之狀故言蕃廡貌釋詁云廡茂豐也謂黍稷之苗蕃殖而茂盛也既言露積爲庾則庾在於空非有可滿之期言互辭者庾舉億爲多以至億爲滿也倉無一億者假令一億十萬斛依九。音。草術古粟斛方一尺長二尺七寸是一億之積方一尺而長二十七萬尺也立方開之幾六十五尺雖則高大之倉未有能容此者知其不相通也明在地則一億入倉則盈倉宜以庾至於億倉至於滿爲相互耳箋言喻多明非實然也若然豐年曰亦有高廩萬億及秭廩亦倉之類而得萬億及秭者彼論天下之粟非據一廩所容故得及億秭也○傳妥安坐也侑勸也○正義曰妥安坐也釋詁文又云侑報也傳以爲勸者已飲食而後勸之亦是重報之義○箋享獻至大福○正義曰酒是大名其鬱鬯五齊三酒總名皆爲酒也月令命大酋爲酒云秫稻必齊則爲酒非直黍也又天子之祭其祭當用黍稷稻粱然則爲酒食者非獨黍稷而已以黍稷

為國之主故舉黍稷以總衆穀順上我黍稷之文上言黍稷乃是天下民田以稅
以充倉庾耳以為酒食文承其下則以稅得之粟為酒食矣案祭義君親耕以
供粢盛則當用藉田黍稷而此文勢得用稅物者親耕示其孝敬之心以勸民
耳必祭祀所用皆所親為信南山云曾孫之穡以為酒食畀我尸賓是用稅物
之明文也言獻之祀先祖者此總辭也終祭皆是祀事因獻之於神以成祭祀
故並言享祀以便句也言先祖者以經云先祖是皇故據而言也下章云以往
烝嘗則時祭也時祭當自禰以上而言先祖者據遠可以兼近言既又迎尸使
處神坐者解妥侑之意文承享祀之下而享祀雖總於祭因在其前則為灌及
朝踐矣妥侑當饋食之節故云又迎尸使處神坐而食於時拜以安之是妥也
為其嫌不飽祝以主人之辭勸之是侑也又者亞前灌獻之辭初尸入祝延之
入廟奧而行灌禮至朝踐祭統注云天子諸侯之祭延尸於戶外郊特牲注云
朝事延尸於戶西南面注又云至薦熟乃更延主於室之奧尸來升席自北方
升坐於主北焉郊特牲曰舉斝角詔妥尸注云妥安坐也尸始入舉奠斝若
奠角將祭之祝則詔主人拜安尸使之坐尸即至尊之坐或時不自安則以拜
安之是又迎尸使處神坐也言嫌者以天子使公卿為尸尸為天子所尊已有
為臣之嫌故言嫌不飽祝以主人之辭勸之知祝者以今少牢特牲之禮主人
及尸之言皆祝之所傳故也案鳧鷖云公尸來燕來寧注云尸來燕也其心安
不以己實臣之故自嫌則尸意安而不嫌云嫌者此據正祭彼論繹祭故尸安
也

濟濟蹌蹌絜爾牛羊以往烝嘗或剝或亨或肆或將 濟濟蹌蹌言有容也亨飪之也肆陳將齊也或
陳于牙或齊于肉箋云有容言威儀敬慎也冬祭曰烝秋祭曰嘗祭祀之禮各
有其事有解剝其皮者有煑熟之者有肆其骨體於俎者或奉持而進之者○
濟子禮反大夫之容也蹌七羊反士之容也亨普庚反注同肆音四飪本又作
腍而甚反齊才細反下或齊同解剝上佳買反下邦角反有肆他歷反解肆也
奉芳勇反

祝祭于祊祀事孔明 祊門內也箋云孔甚也明猶備也絜也孝子不知神之所在故使祝博求之平生門內之旁待
又如字

賓客之處祀禮於是甚明〇祊補彭反說文作繫云門內祭先祖所彷徨也處昌慮反

先祖是皇神保是饗皇大保安也箋云皇暀也先祖以孝子祀禮甚明之故精氣歸暀之其鬼神又安而亨其祭祀〇暀于況反下篇同

孝孫有慶報以介福萬壽無疆箋云慶賜也疆竟界也〇竟音境

疏濟濟至無疆〇毛以為古之明王其助祭之臣大夫士其義濟濟然蹌蹌然甚皆敬慎乃鮮絜爾王者所祀之牛羊以往為冬烝秋嘗之祭也於周禮祭祀之聯事司徒奉司牛馬奉羊六牲各有司也既絜此牲其理治之亦各有職或解剝之者或亨煑之者或陳其肉於牙之上者或分齊其肉所當用者於是之時祝則博求先祖之神祭於門內之祊既羣臣恪勤各司其職祭祀之事於是甚絜明矣以此知先祖之精靈於是美大之其神安而於是歆饗之既為所饗故令孝孫有慶賜之事報之以大夫之福使孝孫得萬年之壽無有疆境也由臣助得禮令王受介福今幽王之時非徒王不敬神臣又廢職故神所不歆降之喪禍故刺焉〇鄭唯或肆或將及是皇為異既或亨而煑之七載而出或有肆其骨體於俎者或有奉持而進之者為事之次又先祖之神以孝子祀事孔明故於是精氣歸暀之餘同〇傳濟濟至其肉〇正義曰曲禮下曰大夫濟濟士蹌蹌是有容也祭祀之禮主人自慤而趨其賓客則有容儀故濟濟蹌蹌也亨謂煑之使熟故云亨飪之也行葦云肆筵設席肆是設之言故為陳也將齊釋言文郭朴曰謂分齊也地官牛人云凡祭祀共其牛牲之牙注云牙若今屠家縣肉架則肆謂既殺乃陳之於牙上也齊其肉者王肅云分齊其肉所當用則是既陳於牙就牙上而齊之也或肆或將其事俱在或亨之前以二者事類相將故進或亨於上以配或剝耳〇箋冬祭至進之者〇正義曰據四時則嘗先於烝經先烝後嘗便文耳不言祠礿者王肅云舉盛言也然則以此二禮備於春夏故特言之耳祭祀各有其事者解其每事言或由名有所司故也禮運曰腥其俎熟其殽注云腥謂豚解而腥之熟謂體解而爓之豚解腥之是解剝其肉也定本集注皆云解剝其皮體解爓之是煑熟之者禮運又曰然後退而合亨體其犬豕生羊注云謂分別骨體之貴

賤以爲衆俎也是肆其骨體於俎也特牲少牢之禮每云佐食奉俎肉是奉持
而進之定本持作將此說天子之祭羣臣各有所司於周禮則內饔云凡宗廟
之祭祀掌割亨之事則解剝其肉是內饔也亨人云掌供鼎鑊以給水火之齊
職外內饔之爨亨煑則煑熟之者是亨人也外饔掌外祭祀之割亨供其脯脩
刑撫陳其鼎俎實之牲體則肆其骨體於俎是外饔也大司徒云祀五帝奉牛
牲羞其肆亨先王亦如之注云肆進所解骨體又小子職云掌祭祀羞羊肆羊
殺肉豆則奉持進之是司徒小子之類也然羣臣助祭各有所掌故稱奔走在
廟奉持進之非獨此二職而已易傳者以祭雖有牙不施於既亨之後非文次
也孫毓云此章祭時之事始於絜牛羊成於神保享各以次第也既解剝則當
亨煑之於鑊既煑熟當陳其骨體於俎然後奉持而進之爲尸羞不待既亨熟
乃分齊所當用也箋義爲長○傳祊門內○正義曰釋宮云閍謂之門李巡曰
閍廟門名孫炎曰詩云祝祭于祊祊謂廟門也彼直言門知門內者以正祭之
禮不宜出廟門也而郊特牲云直祭祝於主注云直正也謂薦熟時也祭以熟
爲正又曰索祭祝於祊注云廟門外曰祊又注祊之禮宜於廟門外之西室與
此不同者以彼祊對正祭是明日之名又彼記文稱祊之於東方爲失明在西
方與繹俱在門外故禮器曰爲祊於外祭統曰而出於祊對設祭於堂爲正是
以明日之繹故皆在門外與此不同以廟門謂之祊知內外皆有祊稱也○箋
明猶至甚明○正義曰以此祀事孔明之言總濟濟蹌蹌以下故言明猶備也
絜也博求其神是備也絜爾牛羊是絜也所以於此而祝祭于祊者以孝子不
知神之所在故使祝博求之平生門內之傍待賓客之處也每處求之是祀禮
於是甚明也明此祊廟門之名其內得有待賓客之處者聘禮公食大夫皆行
事於廟其待之迎於大門之內則天子之禮焉其迎諸侯之臣或於廟門內也
繹祭之祊在廟門外之西此正祭之祊或在廟門內之西天子迎賓在門東此
祭當在門西大率繫之門內爲待賓客之處耳○箋皇暀至祭祀○正義曰信
南山箋云皇之言暀也泮水箋云皇當作暀暀猶往也不同者注意趨在義通不
爲例也先祖與神一也本其生存謂之祖言其精氣謂之神作者因是皇是享

異事變其文耳箋易傳以皇爲暀者以論祭事宜爲歸暀孫毓云孝經稱宗廟致敬鬼神著矣禮曰聖人爲能享帝孝子爲能享親故此章云神保是享下章稱神保是格皆取之往安來爲義箋說爲長

執爨踖踖爲俎孔碩或燔或炙

爨饔爨廩爨也踖踖言爨竈有容也燔取膟膋炙炙肉也箋云燔燔肉也炙炙肝也皆從獻之俎也其爲之於爨必取肉也肝也肥碩美者○爨七亂反注唯言爨竈一字七端反餘並同踖七夕反又七略反燔音煩膋力甚反膟音律膋音寮脂膏肝炙之赦反

君婦莫莫爲豆孔庶爲賓爲客

莫莫言清靜而敬至也豆謂肉羞庶羞也繹而賓尸及賓客箋云君婦謂后也凡適妻稱君婦事舅姑之稱也庶腯也祭祀之禮后夫人主共籩豆必取肉物肥腯美者也○莫音麥內羞如字內羞房中之羞或作肉羞非也適音的稱尺證反腯字又作侈昌紙反何沈都可反共亦作供音恭

獻醻交錯禮儀卒度笑語卒獲

東西爲交邪行爲錯度法度也獲得時也箋云始主人酌賓爲獻賓既酢主人主人又自飲酌賓曰醻至旅而爵交錯以徧卒盡也古者於旅也語○醻市由反又作酬度如字沈徒洛反邪似嗟反偏音遍下同

神保是格報以介福萬壽攸酢

格來酢報也

【疏】執爨至攸酢○毛以爲當古明王祭祀之時其當執爨竈之人皆踖踖然敬慎於事而有容儀矣其爲俎之牲體甚博大言肥腯而得禮也或燔燒膟膋以報陽者或炕炙其肉以薦獻者君婦之后又復莫莫然清淨而敬慎以至其爲薦豆甚衆多非直以之薦神又爲繹而賓敬其尸及令爲賓客所用是其衆多也既有此豆以薦賓客故令賓客於祭日飲酒行獻酬之禮旅而交錯以至於徧也其賓客禮儀盡依法度其爲笑語盡得其時是得萬國之歡心恭敬事其先王故神安而於是來歸之報以大大之福以万年之壽所用報孝子也今王君臣不能然故舉以刺也○鄭以爲組孔碩謂爲從獻之俎必取肉及肝甚肥大而美者或加火燔燒之謂燔肉也或炕火貫炙之謂炙肝也以從於獻酒之用也爲豆孔庶謂於先爲豆實之時必取肉物肥腯美者既以朝獻爲賓客以爲薦故賓客用而

獻酬餘同○傳爨饔至炙肉○正義曰以祭祀之禮饔爨以煑肉廩爨以炊米此言臣各有司故兼二爨也少牢云雍人漑鼎七俎于雍爨雍爨在門東南北上廩人摡甑獻七與敦于廩爨廩爨在雍爨之北故知有二焉踖踖爨竈有容者謂執爨之有容儀也燔取膟膋王肅云取膟膋燔燎報陽也案祭義曰君牽牲既入廟門麗于碑卿大夫執鸞刀以封之取膟膋注云膟膋血與腸間脂也郊特牲曰取膟膋燔燎升首報陽也禮器曰君親制祭注云親制祭謂朝事進血膋時也如是則當朝事之時取牲膟膋燎於爐炭是燔膟膋也既以燔爲膟膋故以炙爲炙肉焉傳以炙爲炙肉則是薦俎非從獻也從獻之俎炙用肝○箋燔燔肉至美者○正義曰鄭以上或肆爲陳其骨體於俎則此非尸賓常俎故爲從獻之俎既以爲從獻之俎明燔炙是從獻之物故爲燔肉炙肝也言從獻者既獻酒卽以此燔肉從之而置之在俎也於此言之者以其爲之於爨故就爨文言之以其俎之常者隨體所值此特言孔碩故云必取肉也肝也肥而碩美者也知燔肉炙肝者特牲主人獻尸賓長以肝從主婦獻尸兄弟以燔從彼燔與此燔同則彼肝與此炙同故云炙肝炙也炙既用肝明燔用肉矣故行葦箋亦云燔用肉炙用肝也特牲先言肝此後言炙者便文耳夏官量人云凡祭祀制其從獻脯燔之數量是從獻之文也然燔者火燒之名炙者遠火之稱以難熟者近火易熟者遠之故肝炙而肉燔也生民傳曰傅火曰燔瓠葉傳曰加火曰燔對遠炙者爲近火故云傅火加之留其實亦炙非炮燒之也故量人注云燔從於獻酒之肉特牲云燔炙肉是燔亦炙也且燔亦炙爲臠而貫之以炙于火如今炙肉矣故量人制其數量注云數多少長短若非臠而炙之何有多少長短之數量乎故知燔亦臠而貫炙之易傳者以燔燎報陽祭初之事君親爲之此文承爲俎之下言執爨有容則序助祭之人非君親之也且膟膋燎之於爐此燔炙爲之於爨禮有燔肉炙肝從獻所用以此知非報陽燎薦之事故易之也此爲豆孔庶若正祭則先薦豆然後獻繹祭則先獻後薦知者少牢正祭云主婦薦韭菹醢臨主人乃獻尸案有司徹大夫賓尸禮云主人獻尸乃始云主婦薦韭菹是以鄭注祭義謂君獻尸夫人薦豆謂繹日也○傳莫莫至

賓客○正義曰毛以孔庶爲甚衆故云莫莫清靜而敬至由后能清靜恭敬又至篤故能爲豆甚多若儳躁不恭則不能也此豆實則菹醢也周禮醢人注云凡臨者必先膊乾其肉乃莝之雜以粱麴及鹽漬以美酒塗置甁中百日則成矣然則爲豆先祭而豫作此本而言之非當祭時也豆內羞庶羞者以言孔庶則非一故爲兼二羞也有司徹云宰夫羞房中之羞于尸侑主人主婦皆右之司士羞庶羞于尸侑主人主婦皆左之注云二羞所以盡歡心房中之羞其籩則糗餌粉餈其豆則酏食糝食庶羞羊臐豕膮皆有胾醢房中之羞內羞也內羞在右陰也庶羞在左陽也是有二羞之事也彼大夫賓尸尚有二羞明天子之正祭有二羞矣天子庶羞百有二十品明內羞亦多矣毛又以豆言甚衆爲過常之辭而云爲賓爲客則所爲有二事也然則非但正祭所用至繹又用之故云繹而賓尸及賓客也言於繹祭可以此賓敬於尸而薦之解爲賓也又今正祭賓用之爲薦是爲客也繹雖在後而尸尊於賓客故先言爲賓也○箋君婦至豚美○正義曰凡適妻稱君婦故妾稱之爲女君也婦有舅姑之稱公羊穀梁傳文也庶豚也釋言文舍人曰庶衆也豚多也孫炎曰庶豐多也云豚然則豐豚亦肥多之義爾雅既有此釋且以爲俎孔碩類之宜爲肉甚肥豚故易傳也天官九嬪職曰贊后薦徹豆籩是后夫人主供籩豆此論天子之事言后足矣兼云夫人者以諸侯夫人於其國與王后同故連言之由后主供籩豆故爲豆實必命有司令取肉物肥豚美者言物者籩豆有非肉者也若棗栗及菹與糗粉之屬不用肉故言肉物也后夫人所主籩豆唯有朝事饋食之籩豆后薦之耳於周禮加籩則內宗薦之內羞庶羞則世婦薦之而此言君婦爲豆爲賓爲客者以后夫人總主之故也○箋始主人至旅也語○正義曰此特牲少牢咸有其事獻酬據其初故依彼節而言也交錯言其末故云至於旅而爵交錯以徧也古者於旅也語鄉射記文引之者證笑語得時

我孔熯矣式禮莫愆工祝致告徂賚孝孫熯敬也善其事曰工賚予也箋云我我孝孫也式法莫無愆過徂往也孝孫甚敬矣於禮法無過者祝以此故致神意造主人使受嘏既而以嘏之物往予主人○熯而善反

又呼但反賚如字徐音來嘏古嘏反苾芬孝祀神嗜飲食卜爾百福如幾如式幾期式法也箋云卜予也苾苾芬芬有馨香矣女之以孝敬享祀也神乃歆嗜女之飲食今予女之百福其來如有期矣多少如有法矣此皆嘏辭之意〇苾蒲蔑反一音蒲必反下篇同芬孚云反嗜市志反徐云又巨之反下章同幾音機予羊汝反下同歆喜今反女音汝下同既齊既稷既匡既勑永錫爾極時萬時億稷疾勑固也箋云齊減取也稷之言即也永長極中也嘏之禮祝徧取黍稷牢肉魚擩于醢以授尸孝孫前就尸受之天子使宰夫受之以筐祝則釋嘏辭以勑之又曰長賜女以中和之福是万是億言多無數〇齊王申毛如字整齊也鄭音資一音才細反謂分之齊也筐本亦作匡丘方反〇擩而專反又音芮又而純反何耳雖反醢音海

疏我孔至時億〇毛以為上三章既言孝子助祭之人皆得其禮為神饗報故此承而結之言我孝子甚能恭敬矣其於祭祀之法與禮儀無過差者孝子既能如此工善之祈以此之故於是致神之意以告主人令之受嘏既而因以所嘏之物往與主人孝孫也神本所以與孝孫嘏福者能苾苾芬芬有馨香乃汝以孝敬享祀故鬼神忻說乃歆嗜汝之飲食今所以與汝百種之福其來早晚如有期節矣其福多少如有法度矣我孝子既能整齊矣既能極疾矣既能誠正矣既能慎固矣於祀之禮無所失是知神永賜汝中和之福於是得萬於是得億言多無數此即報以介福之事也今王不能然故以刺之鄭唯既齊既稷既筐既勑二句為異以徂賚孝孫言以嘏之物往予主人也次四句乃本所以嘏之意既齊以下陳為嘏之禮祭有黍稷牢肉魚祝就中齊減取其物以擩于醢以受尸矣孝子既就尸而受之矣既得乃使宰夫受之以筐矣既得尸令祝釋嘏辭以勑之永錫爾極即嘏辭之略也〇傳熯敬至賚予〇正義曰熯敬釋詁文以工者巧於所能論語曰工欲善其事故云善其事曰工賚予也釋詁文〇箋我我孝至主人〇正義曰以上章說臣事既然此總結之故知我我孝孫也特牲少牢饋獻禮終尸皆命祝以嘏於主人故知工祝致告是致神意告主人使受嘏也告之下即云徂賚孝孫故

知以嘏之物往與主人其嘏之物卽下箋云黍稷牢肉是也此及下章再言工祝致告箋以此章祝以神意告主人使受嘏下章祝以主人之意告尸以利成知者此致告之下卽云徂賚孝孫以物予主人明是告之使受嘏也下章乃云工祝致告訖卽云皇尸載起明致孝子之意以告尸也又特牲少牢皆受嘏在前告利成在後以此知之二者皆祝傳其辭故並稱工祝致告○箋苾苾至之意○正義曰以其馨香宜重言故云苾苾芬芬有馨香矣汝以孝敬祭祀。曰孝子能盡其誠信致其孝敬故馨香也由飲食馨香故神歆嗜之而予之百福其來如有期矣言須而卽來不遲晚也多少如有法矣謂來必豐足不乏少也嘏辭予主人以福此說得福之事故云皆嘏辭之意言嘏辭之意耳此非嘏辭○傳稷疾也勑固○正義曰王肅云執事已整齊已極疾已誠正已固愼也傳意或然○箋齊減取至勑之○正義曰齊與資古今字異資訓取齊爲減取非訓齊爲減取也以上言嘏之意此言嘏之事參之以特牲少牢而事有似故說爲嘏之禮也其不同者天子與大夫尊卑既殊故禮數有異耳少牢禮曰二佐食各取黍于一敦上佐食兼受摶之以授尸尸執以命祝。卒命祝祝受以東北面于戶西以嘏于主人曰既稱嘏辭主人坐奠爵與受黍坐振祭嚌之詩懷之實于左袂挂于季指執爵以與出宰夫以籩受嗇黍主人嘗之納諸內是大夫受嘏之禮也特牲禮曰佐食摶黍授祝祝授尸尸受以菹豆執以親嘏主人主人左執角再拜稽首受復位詩懷之實于左袂。特于季指卒角拜尸答拜主人出寫嗇于房祝以籩受是士受嘏之禮二禮皆取黍而已特牲注云獨用黍者食之主也又云變黍直言嗇者因事託戒欲其重稼嗇此言偏取黍稷牢肉魚者以齊者是減取諸物故知偏減取也知祝取之者嘏禮祝所主又特牲言佐食摶黍授祝祝授尸準此故爲祝減也知擩于醢者以醢亦宜在偏取之中而少牢禮云尸取韭菹辯擩于三豆有擩醢之事此既偏取以嘏天子天子當嘗之故知擩于醢以授尸也既以授尸故孝子前就。凡受之特牲尸親嘏少牢命祝嘏此言既卽是孝子自就取則亦尸親嘏不嫌與士同也言天子使宰夫受之以筐者以少牢宰夫受之故知此亦宰夫特牲少牢皆受以籩此經云既筐故知

受之以筐也以少牢主人受之出以授宰夫此初卽宰夫受之不至於出故言
天子使宰夫以爲別異之文也定。本注天子宰。又受之無使夫兩字祝則釋嘏
辭以勑之少牢嘏辭云皇尸命工祝承致多福無疆于汝孝孫來汝孝孫使汝
受祿于天宜稼于田眉壽。百年勿替。以之是。一大夫之嘏辭也天子嘏辭無以
言之此丞錫爾極時萬時億是其辭之略以少牢嘏辭準之知天子嘏辭必多
於是彼先設嘏辭乃嘏以黍此先以嘏予之乃釋辭者亦天子之禮大節文之
數與大夫異也易傳者以徂賚孝孫是嘏之事也丞錫爾極是嘏之辭也則此
章唯說受嘏之禮耳不得有執事於其閒若不指執事則極疾固愼文無所主此
故易之以爲受嘏之禮

禮儀既備鍾鼓既戒孝孫徂位工祝致告 致告告利成也箋云鍾鼓既戒戒諸在廟中者以祭禮畢孝孫往位堂下西面位也祝於是致孝孫之意告尸以利成○祭禮畢禮或作祀○

神具醉止皇尸載起鼓鍾送尸神保聿歸 皇大也箋云具皆也皇君也載之言則也尸節神者也神醉而尸謖送尸而神歸尸出入奏肆夏尸稱君尊之也神安歸者歸於天也○謖所六反起也夏戶雅反

諸宰君婦廢徹不遲 箋云廢去也尸出而可徹諸宰徹去諸饌君婦籩豆而已不遲以疾爲敬也○廢方吠反徹直列反去起呂反下同

諸父兄弟備言燕私 燕而盡其私恩箋云祭祀畢歸賓客豆俎同姓則留與之燕所以尊賓客親骨肉也

疏禮儀至燕私○正義曰此受嘏之後言祭畢之事故云祭祀之禮儀既畢備矣鍾鼓之音聲既告戒矣謂擊鍾鼓以告戒廟中之人言祭畢也主人孝孫於此之時則往於堂下西面之位工善之祝則從西堂下致孝孫之意告尸言利養之成也於時神皆醉飽矣故皇尸則起而出也尸以節神尸畢而神醉故神醉而尸起也乃鳴鍾鼓以送尸謂奏肆夏也神安而遂歸於天也尸已出矣而諸宰及君婦肅敬於事其徹去俎豆皆不遲矣於是之時賓客歸之俎其諸父兄弟留之使皆備具我當與之燕而盡其私恩也今王不能然故舉以刺之○箋鍾鼓至利成○正義曰以禮儀既畢而擊鍾鼓以戒知戒諸在廟中者告以祭

禮畢也祭禮畢卽禮儀既備是也孝孫往位堂下西面位知者以言往而自此適彼之辭而特牲告利成之位云主人出立于戶外西面少牢告利成之位云主人出立于阼階上西面是尊者出稍遠也此云徂位明遠於大夫故知至堂下也特牲少牢皆西面故知天子之位亦西面也既言徂位卽云致告故云於是致孝子之意告尸以利成也少牢主人立於阼階祝立于西階上告利成此孝孫在堂下西面則祝當以西階下告利成也若然特牲告利成卽云尸謖祝前主人降少牢祝告利成卽云祝入尸謖主人降此二者皆祝告主人以利成是致尸意也此言致孝子之意告尸者以孝子之事尸有尊親及賓客之義命當由尊者出讓當從賓客來禮畢義由於尸非主人所當先發故知彼二禮皆言祝告主人以利成也則天子彌尊備儀盡飾蓋有節文準彼二禮祝告主人則此以祝先致尸意告主人乃更致主人之意以告尸故云告尸以利成也此云皇尸載起卽彼尸謖也但此舉主人之報告則得尸告而可知矣必知然者以彼大夫與士尊卑而俱告主人明亦有告主人矣其告主人則同主人報告則有差彼士禮告主人利成尸卽謖大夫則祝入乃尸謖明天子則祝入又報以利成然後尸乃起準彼爲差故知然也言利成者少牢注云利猶養也成畢也孝子之養禮畢○傳皇大也○正義曰箋依釋詁以皇爲君稱君尊之少牢亦云皇尸命工祝傳皇爲大言尊大之尸亦君義○箋具皆至於天○正義曰言皆醉者所祭羣廟非止一神故也又解神尸相將之意故云尸節神者也郊特牲云尸神象也此。尸所陳言神醉而尸謖送尸而神歸是尸與神爲節度也神無形故尸象焉特牲少牢注皆依釋言云謖起也又解以鼓鐘送尸由尸出入奏肆夏故也尸出入奏肆夏春官大司樂職文也祭義云樂以迎來哀以送往此鼓鐘送尸者以哀其享否不可知自孝子之心耳其送尸猶自作樂也神者魂魄之氣郊特牲云魂氣歸於天故言神安歸於天也○箋尸出至爲敬○正義曰案特牲少牢禮尸出之後乃饗乃陽厭尋亦徹之故此繫于尸起也而諸宰徹去諸饌君婦籩豆而已者以周禮九嬪云凡祭祀贊后薦徹豆籩知君婦籩豆而已餘饌諸宰徹之也周禮宰夫無徹饌之文膳夫云凡王祭祀賓客則徹王之胙俎注云膳夫親徹胙俎胙俎最尊也其餘則其屬徹之然則徹饌者膳夫也言諸宰者以膳夫是宰之屬官宰膳皆食官之名故繫之宰言諸者序官膳夫上士二人中士四人下士八人故言諸也祭末嫌其情慢故言以疾爲徹○箋祭祀至骨肉○正義曰祭統曰貴者取貴骨賤者取賤骨論語曰祭於公不宿肉特牲少牢皆曰祝執其俎以出是祭祀畢賓客歸之俎也其同姓則皆留之與燕而盡其私恩也特牲云祝命徹胙俎豆籩設于東序下注云胙俎主人之俎設于東序下亦將私燕也是祭末而燕私之事歸之俎所以尊賓客留之燕所以親骨肉也大宗伯云以脤膰之禮親兄弟之國注云脤膰社稷宗廟之肉以賜同姓之國同福祿也春秋定十四年天王使石尚來歸脤同姓得肉者彼謂不助祭者不得與燕故歸之也

樂具入奏以綏後祿爾殽既將莫怨具慶

綏安也安然後受福祿也將行也箋云燕而祭時之樂復皆入奏以安後日之福祿骨肉歡而君之福祿安女之殽羞已行同姓之臣無有怨者而皆慶君是其歡也○復扶又反

既醉既飽小大稽首神嗜飲食使君壽考

箋云小大猶長幼也同姓之臣燕已醉飽皆再神乃歆嗜君之飲食使君壽且考此其慶辭○長張丈反

孔惠孔時維其盡之子子孫孫勿替引之

替廢引長也箋云惠順也甚順於禮甚得其時維君德能盡之願子孫勿廢而長行之○替天帝反

【疏】樂具至引之○正義曰以上章云備言燕私故此即陳燕私之事以祭時在廟燕當在寢故言祭時之樂皆復來入於寢而奏之以安其從今以後之福祿言骨肉歡樂然後君之福祿安也其燕之時非直以鼓鍾樂之又爾之殽羞既行之長幼皆徧故同姓之臣莫有嗟怨而皆慶君是其骨肉歡矣於是之時既醉於酒矣既飽於食矣其同姓小大長幼皆再拜稽首而共慶君曰由君明德馨香神乃嗜君飲食使君得壽考之福也祭甚順於禮甚得其時唯君德其能盡此順時之美願君之子孫世世勿廢而長行之欲使長行此禮常得福祿此即所謂具慶也今王不能然故舉以刺之○箋燕而至其歡○正義曰案前文而言入奏故

知祭之樂復皆入也燕祭不得同樂而云皆入者歌詠雖異樂器則同故皆入也後日從今以後之日也宗族不親則公室傾危故骨肉歡而君之福祿安同姓無怨而皆慶是其歡矣神嗜飲食以下是慶辭也○傳替廢引長○正義曰替廢釋言文引長釋詁文釋。詁云子子孫孫引無極也舍人曰子孫長行美道引無極也郭璞曰世世昌盛長無窮是勿廢長行之

楚茨六章章十二句

信南山刺幽王也不能脩成王之業疆理天下以奉禹功故君子思古焉 疏 信南山六章章六句至思古焉○正義曰作信南山詩者刺幽王也刺其不能脩成王之事業疆界分理天下之田畝使之勤稼以奉行大禹之功故其時君子思古成王焉所以刺之經六章皆陳古而反以刺今言成王能疆理天下以奉禹功而幽王不能脩之經先云禹功乃言曾孫見成王能遠奉禹功今幽王不能述脩成王之業非責幽王令奉禹功也故箋云言成王乃遠脩禹之功今王反不脩脩其業乎是思古之內直思成王耳而成王又有所奉故經言禹焉首章言我疆我理是疆理天下也維禹甸之是禹功也以下言雲雨生穀乃稅以祭祀鬼神降福皆由疆理使然故序者略之也

信彼南山維禹甸之畇畇。畇畇。原隰曾孫田之 甸治也畇畇墾辟貌曾孫成王也箋云信乎彼南山之野禹治而丘甸之今原隰墾辟則又成王之所佃 言成王乃遠脩禹之功今王反不脩其業乎六十四井爲甸甸方八里居一成之中成方十里出兵車一乘以爲賦法○甸毛田見反鄭繩證反畇音匀又作眴蘇遵反又音旬墾辟上苦很反下婢亦反佃音田本亦作田乘繩證反 我疆我理 疆畫經界也理分地理也 南東其畝 或南或東 疏 信彼至其畝○毛以爲信乎彼南山之傍田野得成平田可種殖者維本禹所治之又此地今畇畇然成其墾辟之原隰者由曾孫成王所田之又正我天下經界

之疆又分我天下土宜之理而隨事之便使南東其畝成王能疆理天下奉禹
之功而幽王不能脩之故以刺焉○鄭唯甸之爲丘甸之爲異餘同○傳甸治
至成王○正義曰此及韓奕之傳皆言甸治則訓甸爲治不爲丘甸之異於鄭
也墾辟貌者謂墾耕其地辟除草萊以成柔田也釋訓云畇畇田也注引此畇
畇原隰與勻音同也知曾孫是成王者序言成王奉禹之功此言曾孫田禹之
地故知曾孫與序成王一人也成王而謂之曾孫者以古者祖有德而宗有功
因爲之號文武爲受命伐紂定天下之基以爲祖宗祭法云祖文王而宗武王
是也成王繼文武之後爲太平之主特異其號故詩經通稱成王爲曾孫也不
繼於文王不直言孫者蓋周雖文王受命而大王亦有王迹所起見其王業之
遠故繼而稱曾孫不言玄孫者玄孫對高祖爲定名世數更多則不得稱玄孫
矣曾者重也自曾祖以至無窮皆得稱曾孫故維天之命箋云自孫之子而下
事先祖皆稱曾孫是爲遠辭明周德之隆久故繼大王而不稱玄也毛以此及
維天之命言曾孫篤之亦爲成王鄭以禮非一人所行唯彼不從之耳○箋信
乎至賦法○正義曰言信乎者文通於下言禹治南山成王田之皆信然矣上
云南山下云原隰皆南山之傍見禹之所甸成王所脩爲一處互其文以相曉
也箋云彼南山之野禹治而丘甸之即云今原隰墾辟則又成王之所田言成
王乃遠脩禹之功今王反不脩其業乎言脩禹功而文相因明南山原隰二者
爲一處成王之脩禹功實天下盡然而獨言南山者作者指一處以表之其意
通及天下也故序言疆理天下下注言上天同雲是非獨南山之傍脩禹功也
獨舉原隰以爲言者鄭駁異義引此詩以盡三章此詩之意以原隰主生百穀
原隰之功於人尤大故獨言也甸之爲字既訓爲治音又爲乘以治其地使平
成田則訓爲治以方十里出兵車一乘故又音爲乘也韓奕箋云禹甸之者決
除其災使成平田定貢賦於天子是亦以治爲義也地官小司徒云四丘爲甸
注云甸之言乘也讀如中甸之甸稍人云掌令丘乘之政令注云丘乘四丘爲
甸甸讀與維禹敶之之敶同其訓曰乘由是改云郊特牲云丘乘共粢盛注云
甸或謂之乘以其於車賦出長轂一乘是以乘爲義也知六十四井爲

甸者小司徒云四井爲邑四邑爲丘四丘爲甸如數計之丘十六井甸六十四井也知方八里者以孟子云方里爲井計之則邑方一里丘方四里甸方八里也又解方八里名爲甸之意以其居一成之中成方十里出兵車一乘以爲賦法故謂之甸甸乘也十里爲成冬官匠人文也知甸居一成之中者以匠人旣云十里爲成鄭云成閒廣八尺深八尺謂之洫是當甸在其中傍一里以治洫故彼注云方十里爲成成中容一甸甸方八里出田稅緣邊一里治洫是也論語注引司馬法云井十爲通通十爲成成出革車一乘是據成方十里出車一乘也成元年左傳服注引司馬法云四邑爲丘有戎馬一匹牛三頭是曰匹馬丘牛四丘爲甸甸六十四井出長轂一乘馬四匹牛十二頭甲士三人步卒七十二人戈楯具備謂之乘馬是據甸方八里出車一乘也二者事得相通故各據一焉若然成出兵車一乘爲七十五人耳而哀元年左傳說夏少康有田一成有衆一旅十里有五百人者計成方十里其地有九百夫之田也授民田有不易一易再易通率二而當一有四百五十人矣其中上地差多則得容五百人也其出兵夫則衆不盡行故一車士卒唯七十五人傳說少康言有衆一旅盡舉大衆故與出賦異也箋以此維禹甸之爲丘甸孫毓云禹平治水土以除洪水之災當此之時未及丘甸其田也且井邑丘甸出於周法虞夏之制未有聞焉今以周之法爲虞夏之說又謂禹治水土皆丘甸之非其義也然則鄭爲禹亦丘甸之者禮運說大道旣隱而曰以立田里是則三王之初而有井甸田里之法也論語說禹盡力乎溝洫與匠人井閒有洫同也臯陶謨畎澮距川與匠人同閒有澮專達於川同也是則丘甸之法禹之所爲左傳少康之在虞思有田一成有衆一旅於是則十里爲成非周之賦法也禹之治水旣平乃任土作貢有何不暇而云未及丘甸之也故鄭以爲禹治而丘甸之○傳疆畫至地理○正義曰孟子曰夫仁政必自經界始經界不正井田不均趙岐注云經亦界也然則經界者地畔之名也疆謂正其封疆故云畫經界襄四年左傳曰茫茫禹跡畫爲九州九州尙畫其界是田之經界須畫之也分地理者分別地所宜之理若孝經注云高田宜黍稷下田宜稻麥是也○傳或南或東○正義曰

成二年左傳曰先王疆理天下物土之宜故詩曰我疆我理南東其畝是於土之宜須縱須橫故或南或東也

上天同雲雨雪雰雰雰雪貌豐年之冬必有積雪○雨于傅反崔如字雰芳云反

益之以霢霂既優既渥小雨曰霢霂箋云成王之時陰陽和風雨時冬有積雪春而益之以小雨潤澤則饒洽○霢土革反霂音木優說文作瀀音憂渥烏學反

既霑既足生我百穀【疏】上天至百穀○正義曰言成王時在上天同起其雲正於冬月雨下此雪雰雰然多而積也至於春日又益之以小雨而霢霂然以接冬澤既已優洽既已饒渥既已沾潤既已豐足是以故得生我之衆穀也今王不能然故舉以刺之言上天同雲明澤之偏也以雲在於天上雨從上下故云上天非有義例○傳豐年至積雪○正義曰謂明年將豐今冬積雪爲宿澤也然則積雪是年之前冬而言豐年之冬必有積雪者以此章言穀之生下章言其成熟舉一年之生成以爲首尾之次非復言歲初歲末限以同年傳達經意故言豐年冬耳○傳小雨霢霂○正義曰釋天文也李巡曰水雪俱下案彼文上有暴雨下云久雨於閒無雪事而李巡云俱下安矣此傳有云小雪者誤今定本云小雨

疆場翼翼黍稷彧彧場畔也翼翼讓畔也彧彧茂盛貌○場音亦下同彧於六反

曾孫之穡以爲酒食畀我尸賓壽考萬年箋云斂稅曰穡畀予也成王以黍稷之稅爲酒食至祭祀齊戒則以賜尸與賓尊尸與賓所以敬神也敬神則得壽考萬年○畀必寐反注同齊側皆反【疏】疆場至萬年○正義曰上既言百穀以生成故此云稅取供祭也言所生百穀之處其農人理之使疆場之上翼翼然閑整讓畔今黍稷之苗彧彧然茂盛而成長至秋收刈則曾孫成王之所稅斂而以爲酒之與食也既爲酒食於祭前齊戒之時乃賜我尸之與賓以尊養之尸賓未至祭時而豫賜之酒食爲敬神故也神既爲王所敬故令王得壽考萬年之福也今王不能然故舉以刺之○傳場畔至盛貌○正義曰以田之疆畔至此而易主名之爲場翼翼是閒暇之名故舉讓畔之敬以明其田事之理也上言生我百穀此獨言黍稷者黍稷爲穀之

長故特言之也○箋斂曰至萬年○正義曰上言黍稷或是天下民田也曾孫之穡文承其下故知稅斂曰穡也賓之與尸祭時所有經云畀我尸賓何知不指謂祭時予之而箋以爲齊戒則以賜尸賓者以此詩陳事而有次序五章卒章始言祭時之事淸酒騂牡享于祖考則此未祭而言畀我尸賓明祭前矣又不言享祀而云畀我是賜下之辭故爲祭祀齊戒以賜尸賓也祭義云祭前十日散齊七日致齊三日周禮所。謂前期十日是也於齊之時官當與之酒食而箋云賜者以其未祭則尸猶臣道故言賜也經言敬事尸賓而令神降福者以其尊尸與賓卽所敬神也由能敬神則壽考萬年也神與壽考祭時嘏辭與卒章萬壽無疆明其同時也以宿敬於神以及尸賓於後得福故此致其意而逆言之耳

中田有廬疆埸有瓜是剝是菹剝瓜爲菹也箋云中田田中也農人作廬焉以便其田事於畔上種瓜瓜成又入其稅天子剝削淹漬以爲菹貴四時之異物○廬力居反剝邦角反菹側居反便婢戰反削思約反淹英鉗反漬子賜反淹也

獻之皇祖曾孫壽考受天之祜。箋云皇君祜福也獻瓜菹於先祖者順孝子之心也孝子則獲福○祜音戶

【疏】箋中田至異物○正義曰古者宅在都邑田於外野農時則出而就田須有廬舍故言中田謂農人於田中作廬以便其田事於田中種穀於畔上種瓜亦所以便地也於畔上種瓜廣謂天下民田瓜成又入其稅民以瓜新熟獻於天子天子得之乃剝削淹漬以爲菹欲以供祭祀貴四時之異物故也偏檢書傳未見天子稅民瓜以供祭祀者故地官場人掌國之場圃而樹之果蓏珍異之物以時斂而藏之凡祭祀共其果蓏瓜瓠之屬郊特牲曰天子樹瓜華不斂藏之種是則天子之瓜自令有司供之不稅於民此言瓜成入其稅於天子者周禮言其正法瓜不稅民此述成王之時民盡力於農業故畔上種瓜獻諸天子天子得爲菹以祭欲見天子孝於親而下民愛其主反以刺今幽王也箋以對前曾孫之穡爲正稅故云又入其稅耳非謂正法所當稅也○箋獻瓜至獲福○正義曰周禮場人祭祀供其果蓏是祭必有瓜菹矣醢人豆實無瓜菹者主說正豆之實故文不具耳

祭以淸酒

從以騂牡享于祖考周尚赤也箋云清謂玄酒也酒鬱鬯五齊三酒也祭之禮先以鬱鬯降神然後迎牲享于祖考納亨時○騂息營反字林許營反享許兩反徐許亮反注及下同鬱雍勿反齊才細反亨普庚反執其鸞刀以啓其毛取其血膋鸞刀刀有鸞者言割中節也箋云毛以告純也膋脂膏也血以告殺膋以升臭合之黍稷實之於蕭合馨香也○膋音聊中丁仲反臭昌救反

疏祭以至血膋○正義曰此章陳正祭之事古者成王為祭之時祭神以清與酒清謂玄酒也酒謂鬱鬯與五齊三酒也先以鬱鬯裸而降神乃隨從於後以騂牡之牲迎而入于廟門以獻于祖考之神既納以告神乃令卿大夫執持其鸞鈴之刀以此刀開其牲之皮毛取牲血與脂膏之膟膋而退毛以告純血以告殺膋以升臭合馨香以薦神各有其人皆肅其事今王不能然故刺之○傳周尚赤也○正義曰地官牧人云陽祀用騂牲毛之注以陽祀為宗廟似由陽祀故用騂此云尚赤者牧人以周尚赤故郊廟用騂為陽以相對其實由所尚故曰白。牡騂。公牲三代祭其廟各用其所尚之毛色也○箋清謂至亨時○正義曰禮運說祭之禮云玄酒在室是祭祀有玄酒也春官鬱人掌裸器凡祭祀之裸事和鬱鬯以實彝而陳之。彝尊彝四時之祭皆裸用彝是祀裸用鬱鬯也天官酒正云辨五齊之名一曰泛齊二曰醴齊三曰盎齊四曰緹齊五曰沈齊辨三酒之物一曰事酒二曰昔酒三曰清酒酒人掌為五齊三酒祭祀則供奉之是祭祀有五齊三酒也酒正鄭注云泛者成而滓浮泛泛然如今宜成醪矣醴猶體也成而汁滓相將如今恬酒矣盎猶翁也成而翁翁然葱白色如今酇白矣緹者成而紅赤如今下酒矣沈者成而滓沈如今造清酒矣齊者每有祭祀以度量節作之也又云事酒酌有事者之酒其酒則今之醳酒也昔酒今之酋久白酒所謂舊醳者也清酒今之中山冬釀接夏而成者是也鄭解五齊三酒之事也此言祭以清酒廣言祭用酒事則文當總攝諸酒故箋分而屬之清謂玄酒也酒謂鬱與五齊三酒也玄酒水也故以當清五齊三酒則釀而為之故以當酒然鬱人注云鬱金香草也則鬱非酒矣亦以為酒者祭之用鬱鬯之以和鬯郊特牲所謂臭鬱合鬯是也鬯人注鬯釀秬爲酒芬香條暢於上下者也然則祼之有鬱和秬鬯而用之故鬱亦爲酒也此言清酒箋旣辨之旱麓云清酒旣載騂牡旣備箋直言祭祀先爲清酒其次擇牲不復曲辨清酒之名者此下有鸞刀謂殺牲祭時則騂牡在其上據迎牲時清酒又在其上明據灌時今經直云清酒恐不兼鬱鬯故箋備解之彼旱麓況說未是祭時故注與此不同烈祖云旣載清酤箋云旣載清酒於尊中酌以祼獻以周禮言之祼獻所用則鬱鬯與醴齊也清酤之言亦總諸酒與此同也案三酒之名三曰清酒何知清酒非三酒之清酒者以言祭以清酒則以清酒祭神也三酒卑於五齊非祼獻所用故司尊彝凡六尊之酌鬱齊獻酌醴齊縮酌盎齊涗酌凡酒脩酌鄭注差次之云凡祭酒三酒也四者祼用鬱齊朝用醴齊饋用盎齊諸臣自酢用凡酒然則三酒乃是諸臣之所酢不用之以獻神故知詩之清酒非三酒之清酒也司尊彝又注云唯大事于太廟備五齊三酒此不必大事言五齊三酒者以獻饋必醴盎在五齊之中諸臣所酢必當用酒故因言五齊耳不必此祭備三五也箋又以經先言祭以清酒乃云從以騂牡言從是相亞之辭郊特牲曰旣灌然後迎牲是先用酒後用牲故云祭之禮先以鬱鬯降神然後迎牲郊特牲又曰灌用鬯臭鬱合鬯臭陰達於淵泉是以鬱降神也又言享于祖考謂納亨時者大宰云及納亨贊王牲事注云納牲將告殺謂向祭之晨旣殺以授亨人然則納亨者謂牽牲入廟將殺授亨人故謂之納亨也○亨于祖考知是納亨時者祭義云君牽牲入廟門麗于碑卿大夫袒而毛牛尚耳鸞刀以封之此下文乃言執其鸞刀故知是納亨時也納亨而謂之獻於祖考者地官充人云碩牲則贊注云贊助也助君牽牲入告肥是獻之也○傳鸞刀至中節○正義曰鸞卽鈴也謂刀環有鈴其聲中節故郊特牲曰割刀之用而鸞刀之貴貴其義也聲和而後斷是中節也祭義曰卿大夫鸞刀以封之取膟膋則此亦卿大夫也○箋毛以至馨香○正義曰經言以啓其毛取其血膋據文言之直開毛取血不似取毛箋言毛以告純者以祭禮用毛不言啓皮而云啓毛明是取毛用之郊特牲曰毛血告幽全之物貴純之道也楚語觀射父云毛以示物韋昭曰物色是毛以告純膋者腸間脂也

脂釋者曰膋故云膋脂膋也血以告殺膋亦楚語文也若不殺則無血故以血告殺也韋昭曰明不因故是也膋以升臭謂燒其脂膋升其臭氣使神聞之又申明升臭之事以此脂膋合之黍稷置之蕭乃以火燒之合其馨香之氣是升臭也知者郊特牲曰取膟膋燔燎升首報陽也又曰蕭合黍稷臭陽達於牆屋故既奠然後爇蕭合馨香注云蕭香蒿染以脂合黍稷燒之是合馨香之事也定本及集注皆以此注爲毛傳無箋云兩字

是烝是享苾苾芬芬祀事孔明烝進也箋云既有牲物而進獻之苾苾芬芬然香祀禮於是則甚明也先祖是皇報以介福萬壽無疆箋云皇之言暀也先祖之靈歸暀是孝孫而報之以福○疆居良反【疏】是烝至無疆○皇介二字別毛以先祖之精魂於是美大之報以大夫之福鄭以先祖之神靈於是歸往之報之所以助受大福祿餘同○箋既有牲物○正義曰上章騂牡是牲也酒及血膋是物也以承上文而言是烝是享故云既有牲物而進獻之也

信南山六章章六句

谷風之什十篇五十四章三百五十六句

附釋音毛詩注疏卷第十三（十三之二）

毛詩注疏校勘記(十三之二)

阮元撰盧宣旬摘錄

○鼓鍾

鼓其淫樂以示之之 補 案下之字衍

以云諸侯 補 毛本云作示案示字是也

與彼文到者 補 案到當作倒

傳鼛大淮上地 閩本明監本毛本同案十行本大至地剜添者一字淮當作至

東夷之樂曰昧 小字本相臺本同閩本明監本毛本同案釋文云韎本又作昧正義云然則言昧者物生根也是正義本與釋文又作本同

南夷之樂曰南 小字本相臺本同考文古本同閩本同明監本毛本南作任案南字是也正義云以南訓任故或名任此爲南其實一也可證

西夷之樂曰朱離 小字本相臺本同閩本同明監本毛本朱作株案正義云秋物成而離其根株又云定本作朱離其義不合是作株字者改之以合正義也

如是音磬舒合 補 案磬當作聲形近之譌毛本正作聲

此經言云鍾琴笙磬閩本明監本毛本同案云字當衍琴上當有瑟字

四夷之樂雖爲舞閩本明監本毛本同案雖當作唯

○楚茨

民盡皆流散流散而逃亡閩本明監本毛本同案上流散二字當作棄業

田疇懇闢閩本明監本毛本懇作墾案所改是也毛本闢誤闕

文指田類閩本明監本毛本同案田當作相大田序正義可證

君婦有清濁之德閩本明監本毛本濁作淨案所改是也

我蓺黍稷唐石經小字本相臺本同閩本明監本毛本蓺作藝案藝字非也釋文云我蓺魚世反南山釋文云蓺樹也本或作藝技藝字耳猗嗟釋文云藝技其綺反

我將得黍稷焉閩本明監本毛本同小字本相臺本得作樹案樹字是也

萬萬曰億毛本萬誤十明監本以上皆不誤案毛以萬萬爲億伐檀正義有明文

何所種之黍與與然補毛本何作我案我字是也

依九音草術補案音草當作章算形近之譌

以黍稷爲國之主　閩本明監本毛本同案浦鏜云國當穀字誤是也

則當用積田黍稷　補案積當作藉形近之譌毛本作籍

必祭祀所用　閩本明監本毛本同案必上浦鏜云疑脫非字是也

或陳于牙　小字本相臺本同閩本明監本毛本亦同案牙當作㸦㸦即互之別體碑刻中每見之周禮釋文云互徐音㸦正義中字同

或齊于肉　小字本同閩本明監本毛本同相臺本于作其案其字是也正義標起止云至其肉又云齊其肉者王肅云分齊其肉所當用可證

有解剝其皮者　小字本相臺本同案正義云豚解腥之是解剝其肉也定本集注皆云解剝其皮是正義本作肉字

而享其祭祀　閩本明監本毛本同小字本相臺本享作饗考文古本同案饗字是也

其義濟濟然　補案義當作儀毛本作儀是也

司徒奉司牛馬奉羊　補案司牛二字當倒

報之以大夫之福　補案夫當作大形近之譌毛本正作大

由名有所司故也　閩本明監本毛本同案浦鏜云名當各字誤是也

體其犬豕生羊　補案生當作牛毛本不誤

供其脯脩刑撫　閩本明監本毛本同案浦鏜云膴誤撫考周禮是也

每處求之是祀禮於是甚明也閩本明監本毛本同案十行本求之是剜添者一字

豆謂肉羞庶羞也小字本相臺本同閩本明監本毛本肉作內案釋文云內羞如字內羞房中之羞或作肉羞非也正義云豆內羞庶羞者是其本作內不誤也

必取肉物肥脮美者也閩本明監本毛本同小字本相臺本無者字案正義標起止云籑君婦至脮美是其本無者字段玉裁云有者是

故云傳火加之閩本明監本毛本同案之當作火

留其實亦炙閩本明監本毛本留作燔案此當作其實燔亦炙

燔從於獻酒之肉閩本明監本毛本同案肉下浦鏜云脫炙字考周禮注是也

特牲云燔炙肉閩本明監本毛本同案云上浦鏜云脫注字是也

數多少長短閩本明監本毛本同案長上浦鏜云脫量字考周禮注是也

孫炎曰庶豐多也云脮閩本明監本毛本同案多也二字當倒

加籩則內宗薦之閩本明監本毛本同案籩上浦鏜云脫豆字以周禮考之是也

造主人使受嘏閩本明監本毛本同小字本相臺本造作告考文古本同案告字是也

嘏古嘏反 補 毛本同案下嘏字乃假字之譌釋文挍勘通志堂本作假盧本作雅云舊譌今改正案雅字是也小字本所附是雅字

既匡既勑 唐石經小字本相臺本同案釋文云筐本亦作匡考此經毛無傳但以稷疾勑固例之必不與鄭義同正義依王述毛以說傳云既能誠正矣是其本經字作匡與釋文亦作本同毛氏詩經字自如此也鄭箋本經字亦作匡其云受之以筐者以匡為筐之假借不云讀為而於訓釋中竟改其字以顯之也釋文本經字作筐乃依箋所改當以正義本為長正義云既匡既勑二句為異又云此經云既筐皆易字之例耳〇按說文筐卽匡之或字卽知毛訓正鄭訓器而無異字也

天子使宰夫受之以匡 小字本相臺本匡作筐閩本明監本毛本同考文古本同案筐字是也

又音芮 補 釋文挍勘通志堂本盧本茜作芮案芮字是也小字本所附是芮字

以擩于醢以受尸矣 閩本明監本毛本同案受當作授

曰孝子能盡其誠信 閩本明監本毛本同案浦鏜云曰當由字誤是也

率命祝祝受以東 閩本明監本毛本同案山井鼎云率恐卒誤是也

特于季指 補 特當作挂形近之譌

故孝子前就凡受之 閩本明監本毛本同案浦鏜云尸誤凡是也

定本注天子宰又受之 閩本明監本毛本同案浦鏜云定本下當脫集字又字當衍文是也

眉壽百年［補］閩本明監本毛本同案百當作万形近之譌儀禮少牢嘏辭眉壽萬年万萬古今字耳

勿替以之　閩本明監本毛本以作引案山井鼎云以恐非是也

是一大夫之嘏辭也［補］毛本一作亦案所改是也

鼓鍾送尸　唐石經小字本相臺本同案宋書樂志兩引此作鍾鼓送尸考箋云尸出入奏肆夏此經言鼓鍾猶春秋內外傳之言金奏肆夏也變上經鍾鼓既戒亦使不相蒙也當以作鼓鍾者爲是正義云乃鳴鍾鼓以送尸謂奏肆夏也鍾鼓當倒耳〇按舊挍非宋書自可據也

神安歸者歸於天也　小字本相臺本同案宋書樂志引歸於天地也考正義云神安而歸於天也又云郊特牲云魂氣歸於天故言神安歸於天也標起止云至於天是有地字者誤也

歸賓客豆俎　閩本明監本毛本同小字本相臺本豆作之案豆字誤也正義云於是之時賓客歸之俎又云是祭祀畢賓客歸之俎也又云歸之俎所以尊賓客是正義當作賓客歸之俎考文古本客下有之字仍衍豆字

此尸所陳　閩本明監本毛本同案浦鏜云詩誤尸是也

釋詁云子子孫孫　閩本明監本毛本詁作訓案所改是也

信南山

畇畇原隰　唐石經小字本相臺本同案釋文云畇畇音勻又作眴蘇遵反又音旬正義云釋訓云畇畇田也注引此畇畇原隰與勻音同也是正義

本作畇字

則又成王之所佃 小字本相臺本同閩本明監本毛本亦同案釋文云佃本亦作田正義云由曾孫成王所田之又云成王田之皆信然矣又云今原隰墾辟則又成王之所田是其本作田與亦作本同佃非其義乃俗本耳

下注言上天同雲 閩本明監本毛本同案注當作經

讀如中甸之甸 閩本明監本毛本同案此不誤浦鏜云衷誤中非也正義所引自如此今周禮注作衷甸左傳同說文人部引作中佃

丘乘其粢盛 閩本明監本毛本同案浦鏜云共誤其是也

出馬四匹長轂一乘 閩本明監本毛本出下不空案此所空當是馬四匹三字也郊特牲注本無此三字正義以義增之耳依彼注刪非也

皆丘甸之 閩本明監本毛本皆誤比十行本亦比字

與匠人井間有洫同也 閩本明監本毛本同案浦鏜云成誤井是也

疆場翼翼 毛本埸誤場明監本以上皆不誤下同

周禮所諧前期十日 閩本明監本毛本同案浦鏜云謂誤諧是也

受天之祜 唐石經小字本相臺本同考文古本同閩本明監本毛本祜誤祐

箋云毛以告純也 小字本相臺本同案此正義本也正義標起止云箋毛以至馨香又云定本及集注皆以此注爲毛傳無箋云兩字是自此至合馨香也二十八字皆在傳是也

故曰白牡騂公牲 明監本毛本牡誤牲公誤剛閩本牡字不誤案騂當作周魯頌傳云白牡周公牲正義引彼文也不知者轉輾改之而不可通矣

彝尊彝四時之祭 閩本明監本毛本同案上彝字當作司

郊特又曰 閩本明監本毛本同案特下浦鏜云脫牲字是也

亨于祖考 閩本明監本毛本同案浦鏜云享誤亨是也

報以大夫之福 補案夫當作大毛本不誤

附釋音毛詩注疏卷第十四(十四之二)

甫田之什詁訓傳第二十一　　孔穎達疏

甫田刺幽王也君子傷今而思古焉刺者刺其倉廩空虛政煩賦重農人失職疏○甫田四章章十句○箋刺者至失職○正義曰經言成王庾稼千倉萬箱是倉廩實反明幽王之時倉廩虛也言適彼南畝耘耔黍稷是農人得職反明幽王之時農人失職也政煩賦重楚茨序文次四篇文勢大同此及下篇箋皆引之言由政煩賦重故農人失其常職也若然賦重則倉應實倉虛則賦應輕而同刺之者以王貪而無藝故賦重用而無節故倉虛由倉虛而賦更重以賦重而民逃散農人失職由政煩賦重所致其倉虛則別有費散不由賦重故箋先言倉廩虛則言政煩賦重也

倬彼甫田歲取十千倬明貌甫田謂天下田也十千言多也箋云甫之言丈夫也明乎彼大古之時以丈夫稅田也歲取十千於井田之法則一成之數也九夫爲井井稅一夫其田百畝井十爲通通稅十夫其田千畝通十爲成成方十里成稅百夫其田萬畝欲見其數從井通起故言十千上地穀畝一鍾○倬陟角反韓詩作箌音同云箌卓也甫之言丈夫也直兩反依義丈夫是也本又作大夫一本甫之言夫也又一本甫之言大也大古音泰見賢遍反

我取其陳食我農人自古有年尊者食新農夫食陳箋云倉廩有餘民得賒貰取食之所以紓官之蓄滯亦使民愛存新穀自古者豐年之法如此○食音嗣賒音奢貰音世又食夜反說文云貸也紓音舒何常汝反蓄勑六反

今適南畝或耘或耔黍稷薿薿耘除草也耔雝本也箋云今者今成王之法也使農人之南畝治其禾稼功至力盡則薿薿然而茂盛於古言稅法今言治田互辭○耘音芸沈又音運本又作芸音同耔音子沈音茲壅禾根也薿魚起反徐又魚力反

攸介攸止烝我髦士烝進髦俊也治田得穀俊士以進箋云介舍也

禮使民。鋤作耘耔閒暇則於廬舍及所止息之處以道藝相講。肄以進其爲後士之行○介音界王大也烝之承反髦音毛鋤本或作助同仕魚反閒音閑處昌慮反肄以四反字亦作肄同行下孟反

【疏】倬彼至髦士○毛以爲倬然明大者彼古太平之時天下之大田也一歲之收乃取十千以其天下皆豐故不繫之於夫井不限之於斗斛要言多取田一畝之收舉十千多數而已以其大熟如此故詩人云我取其陳者以食農人使一家之內尊老得食其新粟卑稺食其陳粟是爲老壯之別。等養之義也自古太平有豐年其時如此故今成王之時亦奉而脩之其萬民適彼南畝之內或耘除草木或。擁其根本功至力盡故今。黍稷得薿薿然而茂盛收穫既多國用充足所以成大功所以自安止又得進我民人成爲髦俊之士由倉廩實知禮節故豐年多穫髦士所以得進也而幽王不脩之故舉以刺焉鄭唯今適南畝三句同其首尾皆異言倬然明著者彼太古之時於丈夫之所稅田一歲之中於一成之地取十千畝也言賦斂不重倉廩盈實故於時之民見官有餘遂云我從官取其倉廩之陳者而食我農夫之民所以紓官之。畜滯亦使民愛存新穀故令國以足用下無困乏自古豐有之年其法如此故今成王之時奉而脩之其萬民適彼南畝之中或耘或耔黍稷薿薿然茂盛其農人所居廬舍及所止息之處閒暇則以道藝相講肄故得進我農人成其爲俊士之行是農人盡力而治田上依古法而稅斂政省賦輕倉廩以實今王不能然故反以刺之○傳倬明至言多○正義曰以雲漢云倬彼雲漢是明貌也言明者疾今不能言古之明信故云明也齊甫田傳曰甫大也以言大田故謂爲天下田也十千者數之大成舉其成數故云十千言多也王肅云太平之時天下皆豐故不繫之於夫井不限之於斗斛要言多取田畝之收而已孫毓曰凡詩賦之作皆總舉衆義從多大之辭非如記事立制必詳度量之數甫田猶下篇言大田耳言歲取十千亦猶頌云萬億及秭舉大數且以協句言所在有大田皆有十千之收推而廣之以見天下皆豐此皆申述毛說也○箋甫之至畝一鍾○正義曰以此意言自古有年又云今適南畝一章之內而有古今相對今適南畝言民之治田則歲取十千宜爲官之稅法稅

法而言十千爲有限之數則不據天下不可言大不得與齊之甫田同訓故云甫之言丈夫也穀梁傳曰夫猶傳也男子之美稱士冠禮注亦云甫丈夫之美稱甫或作父是爲丈夫也易曰師貞丈人吉言以禮法長於人可倚丈也是夫者有傳相之德而可倚丈謂之丈夫通天下男子之辭喪服曰丈夫婦人是也言明乎彼太古之時者以此詩據幽王之時而思古謂思成王也成王既古矣而云今適南畝以成王之時爲今則古又古於成王是爲太古也案禮記郊特牲與士冠禮皆曰太古冠布齊則緇之下卽云年追夏后氏之道章甫殷道委貌周道然則太古冠布在三代之前故注云唐虞以上曰太古然世代推移後之仰先皆爲古矣古有遠近其言無常故易以文王爲中古禮記以神農爲中古各有所對爲古不同則太古之名亦無定限此言太古古於成王則可未必要唐虞以上也孟子曰欲重之於堯舜大桀小桀輕之於堯舜大貉小貉則什一而稅堯舜已然此論稅法而言太古亦以太古爲唐虞於理雖通但什一而稅三代皆然據今成王所脩不必要本堯舜信南山言成王奉禹之功則此太古蓋亦禹也言丈夫稅田謂於丈夫而稅其田以治田者男子故言於丈夫也歲取十千於井田之法則一成之數者司馬法計之而然也司馬法曰夫三爲屋屋三爲井是九夫爲井也井十爲通通十爲成亦司馬法文孟子云請野九一而助謂九夫之內與公助一夫田有百畝故知井稅一夫其田百畝從此而累計之故知通稅千畝成稅萬畝也又解不言萬畝而稱十千意欲見其數從井通起故言十千明從井稅一夫爲百畝千是通之稅故云十千以見之而不言萬畝也鄭以爲稅法者亦以此十千故耳知此爲田畝者以十千之文連甫田之下明取十千之田故知田畝非釜斛也又解田之所收數言上地穀畝一鍾明時和而收多故稅輕而用足也史記河渠書曰韓使水工鄭國間說秦鑿涇水爲渠並於山東注洛三百餘里渠成而用溉瀉鹵之地四萬餘頃收皆畝一鍾彼瀉鹵之地灌溉之功畝收一鍾明太平陰陽和風雨時上地畝亦收一鍾也昭三年左傳曰齊舊四量豆區釜鍾四升爲豆各自其四以登於釜釜十則鍾是鍾容六斛四斗也漢書食貨志曰一夫治田百畝歲收畝一碩半爲粟

百五十頃歲有上中下上。孰其收自四中。孰自三下。孰自倍張晏曰平歲百畝收百五十頃今大。孰四倍收六百頃自三。百五十頃自倍三百頃彼謂中平之地上。孰畝六頃故本太平之上。孰上地準關中爲畝一鍾也孟子曰言三代稅法其實皆什一若井稅一夫是九稅一矣此詩之意刺幽王賦重當陳古稅之輕而言成稅萬畝反得重於什一者孟子言什一據通率而言耳周制有貢有助助者九夫而稅一夫之田貢者什一而貢一夫之穀通之二十夫而稅二夫是爲什中稅一也故冬官匠人注廣引經傳而論之云周制畿內用夏之貢法稅夫無公田邦國用殷之助法制公田不稅夫貢者自治其所受田貢其稅穀助者借民之力以治公田又使收斂焉諸侯謂之徹者通其率以什一爲正孟子云野九夫而稅一國中什一是邦國亦異外內之法耳是鄭解通率爲什一之事也又孟子云滕文公使畢戰問井田孟子對曰請野九一而助國中什一使自賦是鄭所引異外內之事也孟子又云方里而井。九百畝其中爲公田八家皆私百畝同養公田公事畢然後治私事所以別野人也是說助法井別一夫以入公也言別野人者別野人之法使與國中不同也爾雅云郊外曰野則野人爲郊外也野人爲郊外則國中謂郊內也郊內謂之國中者以近國故繫國言之亦可地在郊內居在國中故也助法既言百畝爲公田則使自賦者明是自治其田貢其稅穀也助則九而助一貢則什一而貢一通率爲什一也若然九一而助者爲九中一知什一自賦非什中一者以言九一卽云而助明九中一助也國中言什一乃云使自賦是什一之中使自賦之明非什中一爲賦也故鄭。玄通其率以什一爲正若什一自賦爲什中賦一則不得與九一通率爲什一也且鄭引孟子云野九夫而稅一國中什一不言國中什而稅一明是國中什一而貢一故得通率爲什一也如鄭之言邦國亦異外內則諸侯郊內貢郊外助矣而鄭正言畿內用貢法邦國用助法以爲諸侯皆助者以諸侯郊內之地少郊外助者多故以邦國爲助對畿內之貢爲異外內也案王制云千里之內曰甸其外曰采注云取其美物以當穀稅又尚書鄭志說貢篚之義云凡所貢篚之物皆以稅物市之隨時物價以當邦賦然畿外諸侯不以穀入天子此若成稅萬畝是畿外助法則詩說天子之事得云歲取十千者以天子天下爲家故美其收入之多則廣舉天下之田若貢之天子自可隨其所須變爲貨物皆是稅穀市之亦得爲天子所取也史傳說助貢之法唯孟子爲明鄭據其言以什一而徹爲通外內之率理則然矣而食貨志云井方一里是九夫八家共之各受私田百畝公田十畝是爲八百八十畝餘二十畝爲廬舍其言取孟子爲說而失其本旨班固旣有此言由是羣儒遂謬何休之注公羊范甯之解穀梁趙岐之注孟子宋均之說樂緯咸以爲然皆義異於鄭理不可通何則言井九百畝其中爲公田則中央百畝共爲公田不得家取十畝也又言八家皆私百畝則百畝皆屬公矣何得復以二十畝爲廬舍也言同養公田是八家共理公事何得家分十畝自治之也若家取十畝各自治之安得謂之同養也若二十畝爲廬舍則家別二畝半亦入私矣則家別私有百二畝半何得爲八家皆私百畝也此皆諸儒之謬鄭於匠人注云野九夫而稅一此箋云井稅一夫其田百畝是鄭意無家別一公田十畝及二畝半爲廬舍之事俗以鄭說同於諸儒是又失鄭旨矣此井稅一夫是爲定法而禹貢注上上出九夫稅下下出一夫稅通率九州一井稅五夫者以禹貢九州之賦法凡有九等鄭欲品其多少無所比況遂以九一井擬之以示稅之多少耳非其實稅之也何則九州之地不至九倍若第一之州爲三等豈第九州之上者一家受田九百畝中者千八百畝下者二千七百畝斯不然矣若亦以百畝二百畝三百畝爲三等給之以地有薄厚差降其稅不可下州九家而共稅一夫之稅此乃不近人情也明是以九等井稅擬之耳箋必易毛者以此詩之作刺幽王政煩賦重廢民農業而此章下言治田則此爲稅法互言其事以相發明耳且取者自此取彼之辭耳歲取旣爲稅斂之言十千卽是期限之數若子孫千億萬億及秭文無指定可爲多大之辭其此文與十千維耦百室盈止周公之東征四國成湯之式於九圍皆是數有限量不得爲總舉大辭也又參之於司馬之書校之於一成之稅其數正允。其若合符故不從毛氏也而孫毓難云一成之收裁是十里之豐謂箋之說不足以該天下然毓以所在天下大田皆有十千之收可推而廣之則每於十里皆取十千何獨不可推而廣也鄭氏之說亦足通矣○傳尊者至食陳○正義曰言食我農人是辭有所別七月云采荼薪樗食我農夫以對為此春酒以介眉壽是農夫別於眉壽彼農夫與此農人一也言農夫食陳明對眉壽為尊者食新矣孫毓云一家之中尊長食新農夫食陳老壯之別孝養之義也○箋倉廩至如此○正義曰上言古之稅法一成而歲取十千故知此言我取取於官是倉廩有餘賒貸取而食之也以官有畜積恐其久而腐敗所以紓出官粟之畜積久滯者待秋收然後取民新穀以納官也於官則積而不腐亦是使民愛重存留此新穀也定本及集注貸皆作貰義或然也地官旅師云凡用粟春頒而秋斂之注云因時施之饒時收之此即義取其陳也此又特言農人不對眉壽則老壯總為農人不與七月同也若然王制云古者三年耕必有一年之食則太平豐年當家自有積而得有貸官粟者然古今時運人亦一也作制者美古之辭據多以言不能使皆有畜積猶今之豐年而民有貧而無食者稅斂有義用之以道以倉粟則陳陳相因民貧則貸取以食所以上下交濟海內乂安豈言用皆無畜積人盡取之也○傳耘除草耔雝本○正義曰食貨志云后稷始甽田以二耜為耦廣尺深尺曰甽長終畝一畝三甽一夫三百甽而播種於甽中苗葉以上稍耨壟草因隤其土以附苗根比成壟盡而根深能風與旱故薿薿而盛也是說耘耔之事附根即此雝本也○箋今者至治田互辭○正義曰以上言自古有年此言今以別之而下言曾孫來止故知今者成王之時也言不奪農時故得使農人之其南畝也○傳治田至以進○正義曰管子云倉廩實知禮節衣食足知榮辱明人成後士由田之得穀故云治田得穀後士以進也攸介攸止毛雖不訓準生民之傳則不為舍而止息王肅云是君子治道所大功所定止傳意當然言太平年豐為功成治定故後士以進以由得穀故耳○箋介舍至之行○正義曰以此田農之事介止相對止是止息故介為舍也信南山云中田有廬舍則必歸於廬止則隨其所惓而息故介止分為二事也禮使民鋤作耘耔其有閒暇則於廬舍及所止息之處相講論而肄習其業言禮者以其禮法當然非有禮文也漢書藝文志曰古之學者且耕且

養三年而通一藝用日少而畜德多三十而五經立即此烝我髦士是也以文承或耔之下以止舍講習以成俊士於理爲切故易傳以我齊明
與我犧羊以社以方器實曰齊在器曰盛社后土也方迎四方氣於郊也箋云以絜齊豐盛與我純色之羊秋祭社與四方爲五穀成熟報其功也○齊本又作齎又作粢同音咨注同犧許宜反爲于僞反下爲農親爲爲之皆同
我田既臧農夫之慶箋云臧善也我田事已善則慶賜農夫謂大蜡之時勞農以休息之也年不順成則八蜡不通○蜡仕詐反勞力報反篇末勞賜同
琴瑟擊鼓以御田祖以祈甘雨以介我稷黍以穀我士女田祖先嗇也穀善也箋云御迎介助穀養也設樂以迎祭先嗇謂郊後始耕也以求甘雨佑助我禾稼我當以養士女也周禮曰凡國祈年于田祖吹豳雅擊土鼓以樂田畯○御牙嫁反注同豳彼貧反本亦作邠以樂音洛

【疏】以我至士女○毛以爲士絜黍稷茂盛故今至秋以用我器實之齊豐而明報及與我犧而純色之羊用此齊牲以祭社稷以祀四方以之其能成五穀之功也五穀成熟則我田事已善矣於孟冬之月其農夫之人受慶賜謂息田夫而饗勞之也至前孟春月以琴瑟及擊其土鼓以迎田祖先嗇之神而祭之所以求甘澍之雨以大得我稷之與黍其成熟則人皆脩飾以善我士之與女今王不能然故刺之鄭唯以佑助我禾稼之黍稷及其成熟當以養我士之與女爲異餘同○傳器實至於郊○正義曰經傳多齊盛連文故傳因齊解盛春官肆師祭之日表齍盛告絜注云粢六穀也則六穀總爲齊天官甸師注云粢稷也唯以稷爲粢者以稷是穀之長爲諸穀之總名六穀皆爲器之實故曰器實曰齊指穀體也在器曰盛是據已盛於器也故桓六年左傳曰絜粢豐盛言爲穀則絜清在器則豐滿是指器實爲粢在器爲盛也毛氏解社其言不明惟此言社后土其義當與鄭同鄭駮異義以爲社者五土之神能生萬物者以古之有大功者配之祭法曰共工氏之霸九州也其子曰后土能平九州故祀以爲社昭二十九年傳曰共工氏有子曰句龍爲后土又曰后土則社鄭志答趙商云后土爲社謂輔作

社神稍商問郊特牲社祭土而主陰氣大宗伯職曰王大封則先告后土注云后土土神也若此之義后土則社社則后土二者未知云何敢問后土祭誰社祭誰乎答曰句龍本后土後遷之爲社大封先告后土玄注云后土土神不云后土社也田瓊問周禮大封先告后土注云后土社也前答趙商曰當言后土土神言社非也檀弓曰國亡大縣邑或曰君舉而哭於后土注云后土社也月令仲春命民社注云社后土中庸云郊社之禮所以事上帝也注云社祭也神不言后土省文此三者皆當定之否答曰后土土官之名也死以爲社社而祭之故曰句龍爲后土後轉爲社故世人謂社爲后土無可怪也欲定者定之亦可不須由此言后土者地之大名也僖十五年左傳曰履后土而戴皇天指謂地爲后土也句龍職主土地故謂其官爲后土此人爲后土之官後轉以配社又謂社爲后土且社亦土地之神是后土之言參差不一故弟子疑而發問也宗伯大封告后土者以其大封是土地之事宜告土神不告句龍故云定爲后土土神檀弓曰以國亡大縣邑哭於后土以諸侯守社稷失地哭於社故云后土社也此文與月令皆謂祭祀后土則配社之神故云社后土也中庸云郊社相對郊是天則社是地故云社祭土神以宗伯與左傳皆謂地爲后土則土神宜稱后土而中庸言社不言后土故云省文以理皆可通故云欲定定之亦可不須言也言迎四方之神於郊者下曲禮云天子祭四方歲徧注云祭四方謂祭五官之神於四郊也句芒在東祝融后土在南蓐收在西玄冥在北是也實五官而云四郊者火土俱在南其火土俱祀黎故鄭志答趙商云后土轉爲社無復代者故先師之說黎兼之亦因火土位在南又大宗伯注云五祀者五官之神在四郊四時迎五行之氣於郊而祭五德之帝亦食此神焉少昊氏之子曰重爲句芒食於木該爲蓐收食於金脩及熙爲玄冥食於水顓頊氏之子曰黎爲祝融后土食於火土是黎兼二祀也曲禮言歲徧此祀在秋而幷言四方蓋常祀歲徧此秋成報功則總祭故幷言四方也○箋以絜至其功○正義曰楚茨箋云明猶潔也齊言明謂絜清羊言犧謂純色故云以絜齊豐盛與純色之羊經言齊明箋云絜齊文倒者各從其便而言耳郊特牲云社稷太牢則四

方之神亦太牢此獨言羊以會句言犧以見純明非特羊而已社爲陰祀其犧用純黑色也其方祀則各以其方之色也知比社與四方皆爲秋祭報功者以上言黍稷之盛而此言齊羊之祭明是物成而祭也下言農夫之慶當孟冬休息以御田祖是來春祈穀故知此祭在秋爲時次也故大司馬仲秋云遂以獮田羅弊致禽以祀祊注云祊當爲方聲之誤也獮田主祭四方報成萬物卽引此詩云以社以方是報祭四方在仲秋也良耜序云秋報社稷鄭駮異義引大司徒五地之物云此五土地者土生萬物養鳥獸草木之類皆爲民利有貢稅之法王者秋祭之以報其功是祭社亦在秋也○箋我田至不通○正義曰農夫之得慶賜唯勞賜之耳歲事不成則無此勞息故言我田事既善則慶賜農夫也謂大蜡之時勞農以休息之者王者以歲事成熟搜索羣神而報祭之而謂之大蜡又爲臘先祖五祀因令黨正屬民飲酒于序以正齒位而勞賜農夫令得極歡大飲是謂休息之知如此者郊特牲曰天子大蜡八蜡也。蜡者索也歲十有二月合聚萬物索饗之也是說大蜡之祭也月令孟冬云是月也臘門閭及先祖五祀勞農以休息之是說休息之事也郊特牲蜡祭之下又曰黃衣黃冠而祭息田夫也法云既蜡臘先祖五祀於是勞農以休息之是臘卽次蜡之後與蜡異也郊特牲止云息田夫不謂之臘必知月令之臘祭與特牲息田夫爲一者郊特牲說蜡祭之服云皮弁素服以送終葛帶榛杖喪殺也其下別云黃衣黃冠而祭明非蜡也又曰既蜡而收民息已既蜡乃云息民明知息民非蜡息民與月令休息文同故知黃冠而祭爲臘祭也是以注云息民與蜡異則黃衣黃冠而祭爲臘必也以此知臘在既蜡之後也地官黨正職曰國索鬼神而祭祀則以禮屬民而飲酒于序以正齒位以此知黨正飲酒亦此時也下雜記云子貢觀於蜡曰一國之人皆若狂是恣民大飲也酒誥周公戒康叔禁民飲。食民無故不飲酒歡樂今以歲穀豐熟場功畢入而特聽之故謂之慶賜勞息漢世每有國慶而賜民大酺亦此義也臘與息民蜡後爲之以其與蜡同月若不爲蜡則此事亦廢事皆相將故繫之蜡焉年不順成八蜡不通郊特牲文引此者解言我田既臧乃云農夫之慶之意也彼注數八蜡云先嗇一也司嗇二也農三也郵表畷四也貓虎五也坊六也水庸七也昆蟲八也此八蜡爲其主耳所祭不止於此四方百物皆祭之春官大司樂云凡六樂者一變而致羽物及川澤之示再變而致臝物及山林之示三變而致鱗物及丘陵之示四變而致毛物及墳衍之示五變而致介物及土示六變而致象物及天神注云此謂大蜡索鬼神而致百物六奏樂而禮畢○又大宗伯云貍辜祭四方百物注云謂磔攘及蜡祭是蜡祭四方百物皆祭之○傳田祖至穀善○正義曰郊特牲注云先嗇若神農春官籥章注云田祖始耕田者謂神農是一也以祖者始也始教造田謂之田祖先爲稼穡謂之先嗇神其農業謂之神農一名殊而實同也以神農始造田謂之田祖而后稷亦有田功又有事於尊可以及卑則祭田祖之時后稷亦食爲后土則五穀所生本云句龍能平之則句龍亦在祭中而籥章云以樂田畯尙及典田之大夫明兼后土后稷矣故大司徒注云田主田神后土及田正之神所依也詩人謂之田祖以句龍爲后土后稷爲田正而言詩人謂之田祖則田祖之文雖主於神農而祭尊可以兼卑其祭田祖之時后土田正皆在焉故鄭揔言之詩人謂之田祖也言此田祖其文得兼有后土后稷而司徒言田主則其文不得兼神農何則彼云設其社稷之壝。而樹之田主則田主唯社稷不得有神農故鄭唯云后土田正其言不及神農是其意也穀善釋詁文王肅云大得我稷黍以善我男女言倉廩實而知禮節也○箋設樂至田畯○正義曰言設樂者揔琴瑟擊鼓鼓言擊明琴瑟亦擊可知籥章云吹豳雅則有籥吹之此不云籥彼籥章不言琴瑟皆文不備耳知迎先嗇謂郊後始耕者月令孟春天子乃以元日祈穀于上帝注云謂以上辛郊祭天即引襄七年左傳曰夫郊祀后稷以祈農事是故啓蟄而郊郊而後耕又曰乃擇元辰天子親載耒耜躬耕帝籍注云元辰郊後吉亥是郊後始耕也謂於始耕時而祭之也知者以先嗇人神不宜先天而祭故當郊後也。祈雨又宜早不可以至二月而田祖是始教田者故知是始耕時祭之也云甘雨者以長物則爲甘害物則爲苦昭四年左傳曰秋無苦雨服虔曰害物之雨民所苦是也雨以甘故故得祐助我禾稼當以養士女也以此事在孟春則事最在後時次於上故以此結章見後當恆然反明此年之春已有此事以與嗣歲亦此義也引周禮者籥章文也彼注云祈年求豐年也豳雅七月也七月有于耜舉趾饁彼南畝之事歌其類也謂之雅以其言男女之正鄭司農云田畯古之先教田者爾雅曰畯農夫也以此言之云吹豳雅謂籥吹之故其職掌土鼓豳籥杜子春云土鼓以瓦爲匡以革爲兩面可擊也鄭司農云豳籥豳國之地竹玄謂籥豳人吹籥之聲章是也祭田祖而并祭田畯者以神農始造田法典田大夫以其法教民亦是先教田其祭并及之先言祈年于田祖是此祭主祭田祖末言以樂田畯見其次及之故異其文也

曾孫來止以其婦子饁彼南畝田畯至喜攘其左右嘗其旨否

箋云曾孫謂成王也攘讀當爲饟饁饟饋也田畯司嗇今之嗇夫也喜讀爲饎饎酒食也成王來止謂出觀農事也親與后世子行使知稼穡之艱難也爲農人之在南畝者設饋以勸之司嗇至則又加之以酒食饟其左右從行者成王親爲嘗其饋之美否示親之也○饁于輒反畯子峻反本又作峻後篇同喜毛如字鄭爲饎尺志反下篇同攘如羊反鄭讀爲饟式尙反王如字饋巨愧反從才用反

禾易長畝終善且有

易治也長畝竟畝也○易以豉反徐以赤反

曾孫不怒農夫克敏

敏疾也箋云禾治而竟畝成王則無所責怒謂此農夫能自敏也

【疏】曾孫至克敏○毛以爲成王之時非直爲民報祭祈年又曾孫成王亦自來止親循畎畝以勸稼穡也君既勸之於上民又勸之於下農夫務事遂以其婦之與子並來饋饁於彼南畝之中家盡歡樂矣其田畯之官典田大夫既至見其勤勞則喜樂其事矣卽教農夫以閒暇之時攘除田之左右辟其草萊嘗其氣旨土地和美與否也故使禾生易而治理長而次列偏竟畝中終至成善且收而大有曾孫成王見其如此不有恚怒乃謂此農夫其田事既有工能而且敏疾故不怒之以是致黍稷茂盛而年豐矣今王不能然故刺之○鄭以爲曾孫成王之來止也則以其己之婦與子謂后與世子出觀農事使知稼穡之艱難也又以飲食而行饋餉彼在南畝之農人設食以勸之使其樂事也田畯之官至又加之酒食之饎以慰

其典田之勸也又饁其左右從己之行者以賞其行途之勞令喜於巡勸不厭
也又親爲嘗其饋之美否示親而愛之故上下用命農畯勸樂餘同○箋曾孫
至親之○正義曰以信南山準之故知曾孫成王也上言饁下言嘗皆飲食之
事故攘讀當爲饟也釋詁云饁饟饋也舍人曰饟自家之野也此攘字在饁喜
之下而先言之者以詩中未有其事故先明之田畯田。家在田司主稼穡故謂
司嗇漢世亦有此官謂之嗇夫故言今之嗇夫也郊特牲曰蜡之祭也主先嗇
而祭司嗇也注云先嗇若神農司嗇若后稷以神農始造其田后稷教民播種
此二人有田事之大功者也蜡者爲田報祭故知謂此二人稷爲人臣教稼亦
是田官故謂之司嗇此言田畯乃是當時主稼之人故以司嗇言之與郊特牲
名同而實異也饁彼南畝田畯至喜此及大田文與七月正同故亦讀喜爲饎
饎酒食也此爲田事而言曾孫之來故知成王來止謂出觀農事曾孫來止即
言以其婦子明曾孫自以己之婦子故知親與后世子行也王之婦必是后知
子唯世子者以將欲傳之國祚明其教戒尤深故知非餘子也稼穡之艱難尙
書無逸周公戒成王之辭也此經曾孫之下而。公以其明以下皆曾孫之事故
云爲農人之在南畝者設饋以勸之謂成王爲之設也言司嗇至則又加之以
酒食則農人之饋無酒故云加之也其左右之行雖各有糗食王欲其勸農忘
苦從行不厭故饟之也王之從者必有公卿大臣親爲嘗其饋之美否亦所以
親之也此經毛不爲傳但毛氏於詩無破字者與鄭不得同王肅云曾孫來止以
親循畎畝勸稼穡也農夫務事使其婦子並饁饋也田畯之至喜樂其事教農
以閒暇攘田之左右除其草萊嘗其氣旨土和美與否也傳意當然王肅又云
婦人無閫外之事又帝王乃躬自食農人周則力不供不偏則爲惠不普玄說
非也孫毓云古者婦人無外事送兄弟不踰閾唯王后親桑以勸蠶事又不隨
天子而行成王出勸農事何得將婦兒自隨而云使知稼穡之艱難王后寧復
與稼穡事者乎此與豳風同我婦子饁彼南畝田畯至喜之義皆同農人遠於
其事婦子俱饟也田畯見其勤脩喜樂其事又王者從官自有常餼非獨於南
畝之中乃饟左右而親爲之嘗又非人君待下之義皆以鄭說爲短斯不然矣

此刺今思古之詩言古人之所難行以傷今之廢業也首章言輕其稅斂二章爲之祈報此章言恩澤深厚卒章言收穫弘多歷觀其次粲然有敘寧當於此甫說農人之家行饁之事又大田卒章上言曾孫下言禋祀並是成王之事不當以農人婦子輒廁其間也且言曾孫來止卽言以其婦子則是曾孫以之也上無農人之文何得爲農人婦子乎既言曾孫以其婦子則后之從行於文自見復何所言而云無事也若王后必無外事不當蠶於北郊王基以親蠶決之非無理矣衣食人之所資田蠶並爲急務蠶則后之所專故后當獨行田則王之所勸后從行耳此乃外內之別職司之義而孫毓反言親桑不隨王非其難矣王者憂深思遠以世子者生於深宮之內長於婦人之手故與之俱行知稼穡之艱難欲其重國用而愛黎民保王業而全宗祀也以子所親莫過於母使之俱觀辛勤內相規諫此聖賢明訓可與日月俱懸豳風同我婦子事連於舉趾此云以其婦子文繫於曾孫辭既不同義固當異又安得皆爲農人婦子也田畯所喜當喜農人之勤事文在饁彼之下是則喜其饟食非復說其勤勞何有國史吟詠立文若是哉王者從官非無常餼直以同循稼穡共食旨甘與夫秦風所謂與子同袍亦復何異而云非待下之義乎此饋南畝之農人賜田畯以酒食者天子所省固無周偏值其所幸便卽賜之使天下知我王之愛農也則莫不盡力農人之見饟也則人各用心賞一勸百可使海內從風何必每地皆往農人盡賚而云力不供惠不普也王基因於不偏之言而引周語以此爲藉田之事謬矣然此詩止說豐年之義無刺廢藉之文箋之上下言不及藉下篇刺矜寡不能自存其文亦同於此豈令矜寡之人就藉田捃拾也又下章庾稼共此接連箋稱古之稅法非爲藉田明矣

曾孫之稼如茨如梁曾孫之庾如坻如京茨積也梁車梁也京高丘也箋云稼禾也謂有藁者也茨屋蓋也上古之稅法近者納總遠者納粟米庾露積穀也坻水中之高地也○茨徐私反庾羊主反坻直基反積如字又子賜反下皆同藁古老反總作孔反

乃求千斯倉乃求萬斯箱箋云成王見禾穀之稅委積之多於是求千倉以處之萬車以載之是言

年豐收入踰前也○委積如字又於僞反年收手又反又如字

黍稷稻粱農夫之慶報以介福萬壽無疆

箋云慶賜也年豐則勞賜農夫益厚既有黍稷加以稻粱報者爲之求福助於八蜡之神萬壽無疆竟也○疆居良反竟如字

【疏】曾孫至無疆○毛以爲上言曾孫之親循畎畝此言稅穫之多曾孫成王所稅得禾穀之稼其積聚高大如屋茨如車梁也曾孫成王所稅得米粟之庾其唯高大如渚坻如丘京也成王既見禾稼之積粟庾之多於是乃求千倉以處其庾也乃求萬箱以載其稼也以其收入踰前故求倉庫車箱以載置之喜其收穫之廣愍念農夫之勤故以黍稷稻粱爲農夫之慶謂黨正飲酒加其饌食以稻粱也非直勞而息之又爲之求福於八蜡之神而報我農夫以大大之福使之得萬年之壽無有疆境今幽王不能然故刺之也二斯皆爲語助○鄭唯以介爲助餘同○傳茨積至高丘○正義曰墨子稱茅茨不翦謂以茅覆屋故箋以茨爲屋蓋傳言茨積非訓茨爲積也言其積聚高大如屋茨耳其意與箋同也孟子十二月車梁成梁謂水上橫橋橋有廣狹得容車渡則高廣者也故以比禾積釋丘云絕高爲之京是京高丘也○箋稼禾至高地○正義曰庾是平地委粟而與稼相對則知稼有藁草矣故云稼禾稼謂有藁者也此言曾孫所有則是稅而得之而有庾稼二種明是稅有兩法故言古之稅法近者納總謂幷禾稼納之遠者納粟米謂路遠者唯納粟又遠者唯納米以運輸爲難故輕之也此文稼庾相對而下言千倉萬箱是箱以載稼倉以納庾故知庾露地積穀也釋水云水中可居者曰洲小洲曰渚小渚曰沚小沚曰坻是水中之高地也此言禾庾當在畿內若畿外則采取美物以當邦賦不入穀矣畿內雖用貢法亦校其歲以爲率依稅法近郊十一遠郊二十而三甸稍縣都無過十二以禾及米貢入於王掌客有芻薪倍禾之言是明周法有禾稼之稅矣禹貢有納銍納秸周之有無無以言也依禹貢云五百里甸服百里賦納總二百里納銍三百里秸服四百里粟五百里米注云甸服者堯制賦其田使入穀禹弼其外百里者賦入總謂入刈禾也二百里銍銍斷去藁也三百里秸秸又云穎也四百里入粟五百里入米者遠彌輕也

甸服之制本自納總禹爲之差使百里者從之耳以此言之有輕遠之法故爲近者納總遠者粟米既無銍秸之文不知遠近以何爲差也若然後世之役宜繁於上代周止千里納穀唐虞則弼其外五百里爲方二千里是方千里者四納穀多於周者唐虞萬國諸侯歲朝其用或費於後代故納穀多也又鄭志答趙商云畿內四百國則周郊內亦封諸侯矣於周法十國而入其一於天子然則雖千里者四其稅猶少於周故使方二千里入粟米世代不同故異法也○箋年豐至疆竟○正義曰特牲少牢之祭皆無稻粱此特言黍稷稻粱故知勞賜農夫加以稻粱也報者自神之辭明求神而得報爲農夫之求神唯蜡祭耳故云爲之求助於八蜡之神以祭有尸祝故云萬壽無疆竟爲得福之辭與三章互相成也蜡在息農夫前而後言之者以祭者雖在前而福慶是將來之事故後言之以結篇也

定本疆。境。字作。竟

甫田四章章十句

大田刺幽王也言矜寡不能自存焉

幽王之時政煩賦重而不務農事蟲災害穀風雨不時萬民飢饉矜寡無所取活故時臣思古以刺之○矜古頑反注皆同字或作鰥

疏大田四章上二章章八句下二章章九句至自存焉○正義曰四章皆陳古善反以刺王之辭經唯言寡婦序并言矜者以無妻爲矜無夫爲寡皆天民之窮故連言之由此而言孤獨老疾亦矜寡之類其文可以兼之矣○箋幽王至刺之○正義曰箋亦以序省略反取經意以明之經從首章盡二章上三句言成王教民治田百穀茂盛止役順時秀實成好反明幽王之時政煩賦重而不務農事也二章下五句言時無蟲災反明幽王之時蟲災害穀也三章上四句言雲雨安舒反明幽王之時風雨不時也三章下五句言收刈有餘寡婦獲利是下民豐盈矜寡得濟反明幽王之時萬民饑饉矜寡無所取活也詩皆公卿國史所作故云時臣思古以刺之序不言思古者蒙楚茨至此文指相類承上篇而略之也

大田

多稼既種既戒既備乃事箋云大田謂地肥美可墾耕多為稼可以授民者也將稼者必先相地之宜而擇其種季冬命民出五種計耦耕事脩耒耜具田器此之謂戒是既備矣至孟春土長冒橛陳根可拔而事之○種章勇反此注及下注擇種並同墾苦狠反相息亮反長張丈反冒莫報反橛其月反以我覃耜俶載南畝覃利也箋云俶讀為熾載讀為菑栗之菑時至民以其利耜熾菑發所受之地趨農急也田一歲曰菑○覃以冉反徐以廉反俶載采家並如字俶音尺叔反始也載事也鄭讀為熾菑熾音尺志反菑音緇栗音列鄭注周禮云讀如裂繻之裂播厥百穀既庭且碩曾孫是若庭直也箋云碩大若順也民既熾菑則種其衆穀衆穀生盡條直茂大成王於是則止力役以順民事不奪其時

【疏】大田至是若○毛以為古者成王之時有大肥美之田可墾耕矣又多為稼而以授民也民已受地相地求種既已擇其種矣時王者又號令下民豫具田器既已戒勑之矣此受地擇種戒勑具器既已周備矣至孟春之月乃耕而事之矣用我覃然之利耜始設事於南畝而耕之以種其百種之衆穀其穀之生盡條直且又長而茂大民既勤力已事其務曾孫成王於是止力役以順民不奪其時令民得盡力於田今王不能然故刺之○鄭唯用於利耜熾菑耕發其南畝所受之田為異餘同○箋大田至事之○正義曰知大田非天下田者以文連多稼又云既種既戒皆謂田中之事不得為天下之田故以為肥美之大田可墾耕者也舉肥美以與民則自然為天下田矣地自山陵林麓川澤溝瀆城郭宮室塗巷其外皆可墾耕作者舉其年豐明田多故云大田地之肥美者謂可墾耕者皆肥美也言多為稼可授民者以此方陳擇種豫戒是本之於初所授受之辭其實此地先在民矣言多為稼者地官司稼注云種穀曰稼如嫁女有所生草人掌土化之法稻人掌稼下地秋官薙氏掌殺草月令云燒薙行水皆是為稼也為稼謂多為此等之稼以糞美其地故云多稼若其不然鄭則不宜言為也此當在授民之後民自稼之言多為稼乃授民者疾今之田萊多荒而本之初授不廢授民而稼之或公家令民稼之而後授故薙氏掌之

也又云將稼者謂將稼種之與多爲稼者別也以別起此文明多爲稼者故非稼種矣以下經始說耕事則此未得下種故知既種爲相地之宜而擇其種也
月令云善相丘陵土地所宜五穀所殖司稼云掌巡邦野之稼而辨其穜稑之種與其所宜注云知種所宜之地草人云物地相其宜而爲之種卽分地之利
是也以既知地所宜種故引月令弁云出五穀爲之種也計耦事者以耕必二耜相對共發一尺之地故計而耦之也耒耜之具別言田器則耘耔所用故彼
注云鎡錤之屬命民卽是戒之故云此之謂戒也既備者辭總上事故云是故備矣此在往年至春始用云乃者緩辭也孟春土長冒橛陳根可拔月令注引
此言農書曰則此出於農書也漢書藝文志農書有七家不知出誰書也以冬土定故稼橛於地與地平孟春土氣升長而冒覆於橛則舊陳之根可拔於是
乃耕故云而事之○傳覃利也○正義曰良耜云畟畟載芟云有略與此覃皆連耜言之明爲耜之利意故云覃利也傳不解俶載之文以毛不破字必不與
鄭同王肅以俶爲始載爲事言用我之利耜始發事於南畝○箋俶讀至曰菑○正義曰此及載芟良耜皆於耜之下言俶載南畝是俶載者用耜於地之事
故知當爲熾菑謂耜之熾而入地以菑殺其草故方言入地曰熾反草曰菑也連言菑栗之菑者弓人云凡鋸幹之道菑栗不迆則弓不發注云玄謂栗讀如
裂繻之裂彼鋸弓幹以鋸菑而裂之猶耕者以耜菑而發之義理既同故讀從其文以見之也上云乃事是豫以待時之言故云時至以爲相連文次也田一
歲曰菑釋地文郭璞曰今江東呼初耕地反草爲菑則是入地殺草之名故引爲證也○箋民既至其時○正義曰論語云長沮桀溺耦而耕卽云耰而不輟
注云耰覆種也是古者未解牛耕人耕卽下種故云民既熾菑則種其衆穀此既庭及下章既方之等皆論天下之田宜爲普偏之辭故皆以既爲盡言穀生
盡條直茂大也月令云毋聚大衆毋作大事以妨農事是止力役以順民事不奪其時

既方既皁既堅既好不稂不莠實未

堅者曰皁稂童粱也莠似苗也箋云方房也謂孚甲始生而未合時也盡生房矣盡成實矣盡堅熟矣盡齊好矣而無稂莠擇種之善民力之專時氣之和所

致之○皁才老反稂音郎又音梁童○梁草也說文作蓈云稂或字也禾粟之莠生而不成者謂之童蓈也莠餘久反**去其螟螣及其蟊賊無害我田稺○**食心曰螟食葉曰螣食根曰蟊食節曰賊箋云此四蟲者恆害我田中之稺禾故明君以正己而去之○去起呂反注同螟莫庭反螣字亦作蟘徒得反說文作蟘蟊本又作蛑莫侯反爾雅云隨所食為名郭云皆蝗類也稺音稚下同**田祖有神秉畀炎火**炎火盛陽也箋云螟螣之屬盛陽氣○嬴則生之今明君為政田祖之神不受此害持之付與炎火使自消亡○秉如字執持也韓詩作卜卜報也畀必二反與也炎于沾反沈于凡反嬴音盈

【疏】既方至炎火○正義曰上言穀生茂大此言秀實之好云衆穀既秀穗上已有孚甲盡生房矣稍復結粒盡成實矣粒又稍成盡堅既熟矣並無死傷盡齊好矣不有童○梁之稂不有似苗之莠是其五穀大成也所以得然者由其明王能自正己去其食心葉之螟螣及食根節之蟊賊無害我田中之稺禾者由此而皆得大成也明所以能去四蟲者以其明君為政德當靈祇故云田祖有神不受此等之害持于炎火使自消亡今王不能然故刺之○傳實未至似苗○正義曰以此章承上苗長之後皆論秀實之事皁音為造訓為成也文在堅上皁成而未堅故云實未堅曰皁也稂童○梁釋草文舍人曰稂一名童○梁郭璞曰似莠是也仲虺之誥曰若苗之有莠若粟之有秕秕似粟莠似苗也○箋方房至致之○正義曰皁是未堅方文又在皁上初秀始欲結實之時故云方房也謂孚甲始生而未合時也謂米外之房者一言其孚甲米生於中若人之房舍然也孚者米外之粟皮故秠者一孚二米言一皮之內有兩米也甲者以在米外若鎧甲之在人表其種於地則開甲始生故月令孟春云其日甲乙注云物之孚甲始生謂開此孚甲生出也禾既有穗即生孚甲故云盡生房矣房生既成則有米實故云盡成實矣既已有實稍向熟成故云盡堅熟矣衆穗皆熟故云盡齊好矣稂莠苗既似禾實亦類粟若穉種去其細粒鋤禾除其非類則無復稂莠亦由時氣之和使然○傳食心至曰賊○正義曰皆釋蟲文李巡云食禾心為螟言其姦冥冥難知也食禾葉者言假貸無厭故曰

蟘也食禾節言貪很故曰賊也食禾根者言其稅取萬民財貨故云蟊也孫炎曰皆政貪所致因以爲名也郭璞曰分別蟲啖禾所在之名耳蟘與螣蟊與。蠈古今字耳郭璞直以蟲食所在爲名而李巡孫炎並因託惡政則災由政起雖食所在爲名而所在之名緣政所致理爲兼通也陸機疏云螟似子方而頭不赤螣蝗也賊似桃李中蠹蟲赤頭身長而細耳或說云蟊螻蛄也食苗根爲人患許慎云吏犯法則生螟乞貸則生螣舊說螟螣蟊賊一。種蟲也如言寇賊姦宄內外言之耳故犍爲文學曰此四種蟲皆蝗也實不同故分別釋之○箋此四至去之○正義曰以特言田穉故云恆害我田中之穉禾蟲災之盛稙者亦食以穉者偏甚故舉以言之以其由政而然故云明君正己而去之○傳炎火盛陽○正義曰以言炎火恐其是火之實故云盛陽也陽而稱火者以南方爲火炎爲甚之故云盛陽也知非實火者以四者所謂昆蟲得陰而藏得陽而生故箋云盛陽氣贏則生之義無取於火之實故爲盛陽也○箋螟螣至消亡○正義曰解本言炎火之意以螟螣之屬四者盛陽氣贏則生之以得陽而生故陽盛而爲害月令仲夏行春令白螣時起是陽行而生陽盛則蟲起消之則付於所生之本今明君爲政田祖之神不受此害故持之付。于炎火使自消亡也田祖所以受者以害由政起今明君爲政害無由作故云田祖不受四蟲之害若政能消之則本無可受而云田祖不受者以田祖主田之神託而言耳

有渰萋萋。興雨祈祈。雨我公田遂及我私

渰。雲。興貌萋萋雲行貌。祈。祈徐也箋云古者陰陽和風雨時其來祈祈然而不暴疾其民之心先公後私合天主雨於公田因及私田爾此言民怙君德蒙其餘惠○渰本又作弇於檢反漢書作黤萋七西反興雨如字本或作興雲非也祈巨移反雨我于付反注內主雨同一本主作注雨如字

彼有不穫穉此有不斂穧。彼有遺秉此有滯穗伊寡婦之利

秉把也箋云成王之時百穀既多種同齊孰收刈促遽力皆不足而有不穫不斂遺秉滯穗故聽矜寡取之以爲利○穫戶郭反斂穧上力檢反下才計反又子計反穧穫也穗音遂把巴馬反矜音鰥

疏有渰至之

利○正義曰言太平之時有渰然既起萋萋然行者雨之雲也此雲既行乃起其雨澤祁祁然安徐而落不暴疾也民見雲行雨降歸之於君云此雨本主爲雨我公田耳因遂及我之私田雖作者廣見太平之時民心先公之義要雨無不偏天澤以時故得五穀大成由此民所收刈力皆不足而令彼處有不穫刈之穉禾此處有不收斂之穧束又彼處有遺餘之秉把此處有滯漏之禾穗此皆主不暇取維是寡婦之所利言捃拾取之以自利己今王不能然使矜寡無所資故刺之定本集注穧作積○傳渰雲興貌定本集注云渰陰雲貌○正義曰既言有渰即云興雨雨出於雲故知渰雲興貌雲既興而後行萋萋在渰之下故知雲行貌雲行然後雨落故萋萋之下言興雨也祁祁徐貌謂徐緩而降故箋云不暴疾也經作興雨或作興雲誤也定本作興雨○箋成王至爲利○正義曰穧者禾之鋪而未束者秉刈禾之把也聘禮曰四秉曰筥注云此秉謂刈禾盈手之秉筥穧名也若今萊易之間刈稻聚把有名爲筥者即引此詩云彼有遺秉此有不斂穧是也彼注言此一秉者以對米秉爲異故掌客注云米禾之秉筥字同數異禾之秉手把耳筥謂一穧然則禾之秉一把耳米之秉十六斛禾之筥四把耳米之筥則五斗是有對故言此以別之王制及書傳皆云矜寡孤獨天民之窮而無告者皆有常餼地官遺人門關之委積以養老孤則官自有餼而須捃拾者以豐年矜寡捃拾足能自活王者恐其不濟或力不堪事乃餼之

曾孫來止以其婦子饁彼南畝田畯至喜 箋云喜讀爲饎饎酒食也成王出觀農事饋食耕者以勸之也司嗇至則又加之以酒食勞倦之爾○饋食音嗣勞力報反 來方禋祀以其騂黑與其黍稷以享以祀以介景福 騂牛也黑羊豕也箋云成王之來則又禋祀四方之神祈報焉陽祀用騂牲陰祀用黝牲○禋音因享許兩反徐又許亮反黝伊糾反黑也

【疏】曾孫至景福毛以爲曾孫成王之身自來止親循畎畝以觀稼穡也時耕者皆以其婦之與子同饁彼農人於南畝之中田畯之官至喜樂其事以勸嘉能勤故得成穫故成王之來乃於四方之神則禋敬而絜祀焉其祀之也以其騂赤之牛

黑之羊豕與其黍稷之粢盛用此以獻以祀四方之神爲神歆饗而報以大大之福所以常得年豐今王不能然故刺之○鄭以爲曾孫來止則以其婦之與子出共觀之又設食饁彼南畝之農人以勸之其田畯又加之以酒食勞之故上下樂業穀得以成也曾孫之來則又於四方之神而往禋祀焉所祀者以其牲或赤或黑與其黍稷之粢盛以獻以祀四方之神神饗之而報以祐助與大福○傳騂牛黑羊豕○正義曰毛以諸言騂者皆牛故云騂赤牛也定本集注騂下無赤字是也上篇云以社以方而方社連文則方與社稷同用大牢故以黑爲羊豕通牛爲三牲也。目上。章言犧羊是方有羊明不特牛故爲太牢牢中色而色不同者毛意蓋以此四方既非望祀又非五方之帝故用是牲所以無方色之別○箋成王至黝牲○正義曰此以田事爲主成王出觀民事因卽祭祀故云成王之來則又禋祀四方之神祈報焉對出觀爲文也此出觀之祭則祭當在秋祈報並言者言其報以成而祈後年也陽祀用騂牲陰祀用黝牲地官牧人文也彼注云陽祀南郊及宗廟陰祀北郊及社稷非四方之神而引以解此者以毛分騂黑爲三牲鄭以騂黑爲二色故引牧人騂黝以明騂黑爲別方之牲耳非謂四方之祭在陽祀陰祀之中也知方祀各以其方色牲者大宗伯云靑圭禮東方赤璋禮南方白琥禮西方玄璜禮北方皆有牲幣各放其器之色注云以爲禮五天帝人帝而句芒等食焉是五官之神其牲各從其方色則宜五色獨言騂黑者略舉二方以韻句耳故易傳大宗伯職祀天乃稱禋五祀在血祭之中而言禋者此五官之神有配天之時配天則禋祀此祭雖不配天以其嘗爲禋祀故亦以禋言之五祀在血祭之中則用太牢矣故上篇云與我犧羊以社以方是方祭有羊孫毓以爲方用特牲非禮意也

大田四章二章章八句二章章九句

附釋音毛詩注疏卷第十四（十四之二）

 阮元撰盧宣旬摘錄

○甫田

甫之言丈夫也 小字本相臺本同案此正義本也正義云故云甫之言丈夫也釋文云依義丈夫是也本又作大夫一本甫之言夫也又一本甫之言大也考文一本作大夫采釋文古本作夫丈誤

上地穀畝一鍾 小字本相臺本同閩本同明監本毛本鍾作鐘案鍾字是也正義標起止同正義下文作鐘者自爲文而易字耳閩本皆作鐘非

民得賖貰取食之 小字本相臺本同案正義云賖貸取而食之也又云定本及集注貸皆作貰義或然也釋文云貰音世

今言治田元辭 閩本明監本毛本同小字本相臺本元作互考文古本同案互字是也正義標起止不誤

禮使民鋤作耘耔 小字本相臺本同案釋文云鋤本或作助同仕魚反正義本是鋤字○按周禮耡訓助鉏倨切作鋤仕魚切非也

以道藝相講肄 小字本相臺本同案釋文云肆以四反字亦作肄同正義本是肄字

等養之義也 閩本明監本毛本等作孝案此用孫毓評也下文引是孝字

或擁其根本 閩本明監本毛本擁作壅案壅字非也正義引食貨志之附根故易壅爲擁而說之

故令黍稷得薿薿然而茂盛 閩本明監本毛本令誤今

所以紓官之畜滯閩本明監本毛本畜作蓄後畜積同案畜字是也以大東證之正義用畜爲今字

夫猶傳也毛本同閩本明監本傳作傅案傅字誤也

可倚丈也閩本明監本毛本丈作仗案仗乃俗字耳古祇用杖用丈

上孰其收自四閩本明監本毛本孰誤熟下同

自三百五十碩閩本明監本毛本同案三下浦鏜云脫四字是也自三者以三乘百五十碩也當得四百五十碩

孟子曰言三代稅法閩本明監本毛本同案浦鏜云曰當衍字是也

方里而井九百畝閩本明監本毛本重井字案所補是也

故鄭元通其率閩本明監本毛本同案元當作互

其若合符閩本明監本毛本同案其當作共

言農夫食陳閩本明監本毛本夫作人案所改是也

注云因時施之閩本明監本毛本同案浦鏜云困誤因是也

此卽義取其陳也閩本明監本毛本同案浦鏜云我誤義是也

因隤其土閩本明監本毛本隤誤墤

比成壠盡而根深　閩本明監本毛本同案此不誤浦鏜云盛暑二字誤成非也當是正義所引自如此

用日少而畜德多　閩本明監本毛本畜誤蓄案浦鏜云漢志作畜是也

以之其能成五穀之功也　閩本明監本毛本上之字作報案所改是也

於孟冬又月　補又當作之

至前孟春其以琴瑟　補其當作月

共工氏有子曰句龍爲后土又曰后土則社　閩本明監本毛本同案十行本共至下后字剜添者四字當是衍又曰后土四字也則者今之卽字下引趙商問后土則社社則后土可證

后土爲社謂輔作社神　閩本明監本毛本同案十行本社至社剜添者一字當是衍謂字也輔當作轉下云後轉爲社又云後轉以配社又云后土轉爲社皆其證也

注云社祭也　閩本明監本毛本同案山井鼎云也當作地是也

社而祭之故曰　閩本明監本毛本同案曰下浦鏜云脫后土社三字從周禮大宗伯疏挍是也

亦可不須由此言　閩本明監本毛本同案此不誤須下浦鏜云脫言也二字非也此讀當於言字絕乃七字爲一句

檀弓曰以國亡大縣邑哭於后土　閩本明監本毛本同案以字當衍土下當有者字

蜡也蜡者索也閩本明監本毛本同案浦鏜云蜡也下衍一蜡字

禁民飲食閩本明監本毛本同案浦鏜云酒誤食是也

彼云設其社稷之壝閩本明監本毛本同案浦鏜云壝誤壝是也

祁兩又宜早閩本明監本毛本同案祁當作祈

成王則無所責怒小字本相臺本同考文古本同閩本明監本毛本責作恚案正義云不有恚怒不知正義本字作恚或自爲文也輒依以改者非

田畯田家閩本明監本毛本同案家當作官

而公以其閩本明監本毛本同案浦鏜云公當云字誤是也

近者納稯小字本相臺本同考文古本同閩本明監本毛本稯作總案釋文云稯作孔反考此正義總字凡五見應是其本作總與釋文本不同

是言年豐收入踰前也小字本相臺本同案釋文云年收手又反又如字考此箋當本云是言年收踰前也年下豐字收下入字皆衍年收即歲取也正義云以其收入踰前乃自爲文耳或因此改箋又幷添豐字考文古本倒作豐年但欲使年收連文以爲合於釋文耳

秸又云頛也閩本明監本毛本同案浦鏜云去誤云是也

定本疆境字作竟 閩本明監本毛本同案境竟二字當互易七月正義可證

○大田

是既備矣 小字本相臺本同案正義云故云是故備矣當是其本作故字

至孟春土長冒橛 相臺本同閩本明監本毛本同小字本橛作撅案橛字是也橛者陳稼之根橛在地中者也月令及此釋文皆作橛正義中字同皆可證○按禮記疏云以木橜置地上候之氣至則土冒橜上此云以冬土定故稼橜於地與地平稼字必誤當同月令疏作置非稼橜卽下文陳根也舊挍殊誤今復正之

農書有七家 閩本明監本毛本同案浦鏜云九誤七以漢志考之是也

稂童粱也 小字本相臺本同閩本同明監本毛本粱作梁案粱字是也見下泉

無害我田稺 閩本明監本毛本同小字本相臺本稺作稚唐石經初刻稺後磨改穉案稺字是也釋文云田穉音稚下同五經文字云穉稺幼禾也上說文下字林亦爲長稺字載馳衆稺且狂唐石經同作稺者非谷風等箋長稚則多用稚又稺之今字也正義自爲文長稚字亦當用之

盛陽氣嬴則生之 小字本同閩本明監本毛本同相臺本嬴作羸案六經正誤云作羸誤興國本作羸相臺本依之改非也釋文云嬴音盈古盈縮字作嬴見於書傳多矣毛居正失考耳

故曰蟘也 閩本蟘誤螟明監本毛本蟘作螣案正義下文以蟘與螣爲古今字說此也作螣者誤

蟊與蝥古今字耳閩本明監本毛本同案蝥當作蟊集韻所載如此可證也依此上所引李巡爾雅注是蟊字今作蟊者誤○按蟊今說文蟲部徐鉉曰上象其形非从矛書者多誤徐所云多誤者謂俗多上从矛耳

一穗蟲也閩本明監本同毛本穗作種案所改是也

故持之付于炎火閩本明監本毛本同案于當作與因寫者以予爲與之別體字而又譌爲于也付與是箋所以說經畀字者也正義上文云持于炎火誤同

有渰萋萋唐石經小字本相臺本同案釋文云萋萋七西反正義云萋萋然行者段玉裁云當從說文玉篇廣韻作淒淒又呂氏春秋務本漢書食貨志後漢左雄傳皆作淒淒見經義雜記考文古本作淒采他書也

興雨祈祈小字本同閩本明監本毛本同唐石經相臺本作祁祁考文古本同案祈祈誤也正義中字同釋文云興雨如字本或作興雲非也正義云經興雨或作興雲誤也定本作興雨考此經本作興雲顏氏家訓始以爲當作興雨釋文正義唐石經皆從其說也段玉裁云說文淒雨雲起也渰雨雲貌雨雲謂欲雨之雲凡大雨之來黑雲起而風生風生而雲行所謂有渰淒淒也已而風定白雲彌天雨隨之下所謂興雲祁祁雨公及私也作興雨於物理經訓皆失之詩經小學說同又呂氏春秋食貨志隸釋無極山碑韓詩外傳皆作興雲見經義雜記又鹽鐵論後漢書左雄傳作興雨當亦是後人以顏說改之耳

渰雲興貌小字本相臺本同案釋文渰下云雲興貌正義云傳渰雲興貌定本集注云渰陰雲貌顏氏家訓引毛傳云渰陰雲貌段玉裁從家

訓定本集注考文一本作渰陰雲與貌采正義而誤幷二本爲一也

祁祁徐也小字本相臺本同案釋文祁祁下云徐也正義云祁祁徐貌謂徐綏而降段玉裁云家訓有貌考文一本作祁祁徐徐行貌也采正義而有誤

此有不斂穧唐石經小字本相臺本同案正義云定本集注穧作積以釋文正義考之積字非也或積當作穦以齊資得通用而借資爲穧也

騂牛也小字本相臺本同案正義云故云騂赤牛也定本集注騂下無赤字是也是其本有赤字標起止無當是後改考文古本有采正義

以觀稼穡也閩本明監本毛本同案浦鏜云勸誤觀是也甫田正義可證

目上章言犧羊閩本明監本毛本目誤且案章當作篇

毛詩小雅　鄭氏箋　孔穎達疏

瞻彼洛矣刺幽王也思古明王能爵命諸侯賞善罰惡焉【疏】瞻彼洛矣三章章六句至罰惡焉○正義曰作瞻彼洛矣詩者刺幽王也以幽王不能爵命賞罰故思古之明王能爵命諸侯賞善罰惡焉以刺今之不能也爵命卽賞善之事但爵命之外猶別有賞賜故敘分之經三章皆言爵命賞善之事既能有賞必當有罰故連言罰惡耳於經無所當也此及裳裳者華桑扈鴛鴦亦是思古以刺今但與上四篇文勢不類故敘於起發不同耳上篇每言曾孫則所思爲成王此等不言曾孫不知思何時也故宜云古明王不指斥之

瞻彼洛矣維水泱泱興也洛宗周溉浸水也泱泱深廣貌箋云瞻視也我視彼洛水灌溉以時其澤浸潤以成嘉穀興者喻古明王恩澤加於天下爵命賞賜以成賢者○泱於良反溉古愛反浸子鴆反灌古亂反

君子至止福祿如茨箋云君子至止者謂來受爵命者也爵命爲福賞賜爲祿茨屋蓋也如屋蓋喻多也

韎韐有奭以作六師韎韐者茅蒐染草也一曰韎韐所以代韠也天子六軍箋云此諸侯世子也除三年之喪服士服而來未遇爵命之時時有征伐之事天子以其賢任爲軍將使代卿士將六軍而出韎韐者茅蒐染也茅蒐韎韐聲也韎韐祭服之韠合韋爲之其服爵弁服紂衣纁裳也○韎音昧又亡界反韐音閤又古洽反奭許力反赤貌茅如字蒐所留反韠音畢任音壬將子匠反下同紂音緇纁許云反【疏】瞻彼至六師○正義曰言我視彼宗周之洛水矣維此洛水則泱泱然深而廣大能灌溉以時浸潤以成嘉穀以喻我視彼古昔之明王矣維此明王則仁而寬愛能爵賞以理賜命以成賢者是王恩之深厚也故君子諸侯之至止來見於王則王爵命之以福又賞賜之以祿其聚積多大如屋蓋之茨也又言諸侯世子初除父喪服士

服來至京師正值有征伐之事王以其賢命代卿士之任服韎韐之韎有奭然而赤以作六師之將其賢如是故得福祿也今王不能爵賞諸侯之賢者故舉以刺之○傳洛宗周溉浸水○正義曰宗周鎬京也夏官職方氏河西曰雍州其浸渭洛是洛為宗周之浸水也禹貢云漆沮既從孔安國云漆沮一名洛水洛水則漆沮是也與東都伊洛別矣○箋君子至喻多○正義曰上以水喻明王故知至止為來至明王之所受爵命也凡言福者大慶之辭祿者吉祉之謂善事皆是不必一定以此所思者止思爵命賞賜耳故言爵命為福賞賜為祿於此經對文為然於他書散則通矣福祿非聚積之物而云如茨故云如屋蓋以喻多也○傳韎韐至六軍○正義曰韎韐者衣服之名奭者赤貌傳解言奭之由以其用茅蒐之草染之其草色赤故也一曰韎韐所以代韠者案爾雅云一染謂之縓再染謂之赬三染謂之纁此曰韎韐即以一入曰韎韐是縓也定本云一入曰韎韐是以他服謂之韍祭服則謂之韎韐以此韎韐代他服之韠大夫以上祭服謂之韍士無韍名謂之韎韐士言韎韐亦猶大夫以上之言韍也若然玉藻云一命縕韍幽珩注云侯伯之士一命則士亦名韍矣以言韎韐者彼注亦云子男大夫一命則一命縕韍以子男大夫為文故言韍耳其實士正名韎韐士冠禮爵弁服韎韐不言韍是也天子六軍夏官序文○箋此諸侯至纁裳○正義曰以序言爵命諸侯故知此謂諸侯世子也若在三年喪中則凶服不得有韎韐耳若已爵命則當服諸侯之赤韍不得服士服故知除三年之喪服士服而來也王制云諸侯之世子未賜爵視天子之元士以君其國此又言韎韐故知諸侯世子未賜爵命服士服也若然春官典命云凡諸侯之適子誓於天子攝其君則下其君之禮一等未誓則以皮帛繼子男此以代父君國反服士服者周禮之文謂父在代父行禮故有執圭璧皮帛之禮未誓尚比卿今此雖已除父喪非代父行禮不得復繼於父又不敢自成為君故服士服也世子雖服士服待之同於正君雜記云君薨太子號稱子待猶君也彼注謂未踰年者尚然況除服後乎待之固如成君何但下一等而已此詩大意皆言諸侯世子受王爵命今服士服故知是未遇爵命又云作六師故知有征伐之事天

子以其賢任爲軍將使代卿士將六軍而出也以軍將命卿故知代卿士也天子六軍一卿將一軍言將六軍而出者舉六軍見天子之法其實六軍之中將一軍耳將軍之時猶未得命由是仍服韎韐也春秋之義諸侯踰年即位天子賜之以命圭則天子遣使就國賜之矣文元年天王使毛伯來錫公命是其事也此言除三年之喪自來受賜命者天子命諸侯之禮亡亦無明文春秋之義言踰年賜命者說者致之非傳辭也春秋之世魯文公晉惠公即位而賜之魯成公八年乃賜之齊靈公天子將昏於齊始賜之衞襄魯桓則既薨乃賜之是賜命時節無定限也由此而言蓋踰年賜命是其正其不得命則除喪自見天子此是踰年未得命者故自來也傳言韎韐茅蒐染故解之云茅蒐韎韐聲也言古人之道茅蒐其聲如韎韐故名此衣爲韎韐也士冠禮注云韎韐者緼韍而勠珩合韋爲之士染以茅蒐因以名焉今齊人名蒨爲韎韐又駁異義云韎草名齊魯之間言韎韐聲如茅蒐字當作韎陳留人謂之蒨是古人謂蒨爲茅蒐讀茅蒐其聲爲韎韐故云茅蒐韎韐聲也又解代韠之意士朝服謂之韠祭服謂之韎韐駁異義云有韎韐無韠有韠無韎韐是韎韐必代韠也其體合韋爲之此韎韐是蔽膝之衣耳士冠禮陳服于房中云爵弁服纁裳純衣緇帶韎韐是韎韐配爵弁服也彼注云爵弁者冕之次也其色赤而微黑如雀頭然其布三十升纁裳淺絳裳也紂衣絲衣朝服皆用布唯冕與爵弁服用絲耳先裳後衣欲令下近緇明衣與帶同色此引之以衣在裳上故先云紂衣耳

瞻彼洛矣維水泱泱君子至止韠琫有珌韠容刀韠也琫上飾珌下飾天子玉琫而珧珌諸侯璗琫而璆珌大夫璙琫而鏐珌士珕琫而珕珌箋云此人世子之賢者也既受爵命賞賜而加賜容刀有飾顯其能制斷○韠字或作琕補頂反說文云刀室也琫字又作鞛必孔反佩刀削上飾珌字又作琿賓一反佩刀下飾珧音遙以蜃者謂之珧璗徒黨反字又作瑒音同爾雅云黃金謂之璗璆音虯又巨虯反又舊周反玉也沇舉彪反又與彪反又張疇反鐐音遼爾雅云白金謂之銀其美者謂之鐐徐何盧到反又力弔反本又作璙亦音遼又力小反說文云玉也字書力召反鏐

力幽反又力幼反沈又力虯反黃金之美者郭云紫磨金珕力計反說文云蜃屬斷丁亂反　君子萬年保其家室　箋云德如是則能長安其家室親家室親安之尤難安則無篡殺之禍也○篡初患反殺本亦作弒同音試　疏　君子至家室○正義曰言明王既有恩澤能爵命諸侯故君子諸侯至止於王之所王既爵命之又加賜以容飾之刀有鞞以盛之其鞞則有琫及其珌之飾賜之以顯其能制斷也君子諸侯爲王所賜之以其德如是則能萬年而長安其家室無危亡之禍矣今王不能爵賞諸侯故刺之○傳鞞至珕珌○正義曰古之言鞞猶今之言鞘內則注遰刀鞞是也以公劉云鞞琫容刀故知鞞容刀鞞也又容者容飾此琫有珌即容飾也琫上飾於鞞之形飾有上下耳其名爲琫珌之義則未聞公劉傳曰琫上飾鞞下飾者以彼无珌文因琫爲在上之飾下則指鞞之體故言鞞下飾也傳因琫珌歷道尊卑所用似有成文未知出何書也天子諸侯琫珌異物大夫士則同言尊卑之差也天子玉琫玉是物之至貴者也釋器說弓之飾曰以蜃者謂之珧郭璞曰珧似蜯說文云珧蜃甲所以飾物也釋器又云黃金謂之璗其美者謂之鏐白金謂之銀其美者謂之鐐郭璞曰此皆道金銀之別名及其美者也鏐即紫磨金也說文云公。珕。蜃而不。及於蜃故天子用蜃士用珕也定本及集注皆以諸侯珌璆字從玉又以大夫鏐珌恐非也

瞻彼洛矣維水泱泱君子至止福祿既同　箋云此人世子之能繼世位者也其爵命賞賜盡與其先君受命者同而已無所加也　君子萬年保其家邦

瞻彼洛矣三章章六句

裳裳者華刺幽王也古之仕者世祿小人在位則讒諂並進棄賢者之類絕功臣之世焉　古者古昔明王時也小人斥今幽王也○諂勑檢反　疏　裳裳者華四章章六句至之世焉○正義曰作裳裳者華詩者刺幽王也以其

古之仕於朝者皆得世襲其祿今用小人幽王在於天子之位則有讒佞諂諛之人並進於朝既爲佞以蔽之王又進讒以害賢而王信受之棄去賢者之胤類絕滅功臣之世嗣故時臣思古以刺之也此言古之仕者世祿及文王曰凡周之士不顯亦世皆謂仕官於朝者朝者在官之總名公卿大夫皆是也經言乘其四駱則仕者得乘四馬矣禮士乘兩馬則此詩所言不及士也古者有世祿復有世位世祿者直食其先人之祿而不居其位不賢尙當然子若復賢則居父位矣三章箋云守我先人之祿位并位言之見此意也類謂種類世謂繼世棄賢者之類絕功臣之世其理一也由其賢而得有功以舉類而當嗣世義不異矣但指人身而稱賢者據祿位而言功臣耳經四章皆言思見明王以免讒諂並進令己棄絕之事也○箋古者至幽王○正義曰諸言在位者多謂臣在於位此小人在位文對古者明王則在位謂幽王也

裳裳者華其葉湑兮

興也裳裳猶堂堂也湑盛貌箋云興者華堂堂於上喻君也葉湑然於下喻臣也明王賢臣以德相承而治道興則讒諂遠矣○湑思敘反治直吏反遠于萬反又如字

我覯之子我心寫兮我心寫兮是以有譽處兮

箋云覯見也之子是子也謂古之明王也言我得見古之明王則我心所憂寫而去矣我心所憂既寫是則君臣相與聲譽常處也憂者憂讒諂並進○覯古豆反

疏裳裳至處兮○正義曰詩人遇讒絕世傷今思古言彼堂堂然光明者華也在於上又葉湑然而茂盛兮在於下華葉相與共成榮茂以興顯著者君也在於上美德者臣也佐於下君臣相承共興國治古之明王政治如此我得見古之是子之明王則我心所憂讒諂之事寫除而去兮我心之憂既已寫兮則仕於彼朝君臣相得是以有聲譽之美而處之兮言常處此聲譽之美。兮己由讒見絕故憂而思之以刺今也○傳裳裳至盛貌○正義曰以華狀顯見故言猶堂堂也此葉與臣德盛故湑爲盛貌有杕之杜刺不親宗族故傳以湑爲枝葉不相比也○箋興者至遠矣○正義曰讒諂並進由君受之三章皆言華故以華喻君也華既喻君而復有葉故以喻臣言君之須臣爲輔猶華之須葉以盛故下章無葉以喻無臣也華葉之在於枝高下同耳言華上葉下者因文之上下以喻君臣上下耳裳裳者華芸其黃矣芸黃盛也箋云華芸然而黃興明王德之盛也不言葉微見無賢臣也○芸音云徐音運見賢遍反我覯之子維其有章矣維其有章矣是以有慶矣箋云章禮文也言我得見古之明王雖無賢臣猶能使其政有禮文法度政有禮文法度是則我有慶賜之榮也疏○裳裳至有慶矣○正義曰既思君臣並賢而不得又思君明而無賢臣者言彼堂堂然光明者華也此華乃芸然而其色黃而盛矣以興顯著者君也此君其德彰而明矣華盛而不言其葉見君明而其臣不賢我得見是子明王雖無賢臣猶能使其政有禮文法度之章也維其政有禮文法度之章則能進用有德是以於我有慶賜之榮矣我所以欲得見之也○傳芸黃盛○正義曰芸是黃盛之狀故箋云華芸然而黃也此華赤以黃爲盛謂草木之有黃華者也苕之華紫赤而繁黃則衰矣與此不同也○箋華芸至賢臣○正義曰類上章有葉而此無故云而不言葉者微見無賢臣也微謂不明言而理見是其微也裳裳者華或黃或白箋云華或有黃者或有白者興明王之德時有駁而不純○駁邦角反我覯之子乘其四駱乘其四駱六轡沃若言世祿也箋云我得見明王德之駁者雖無慶譽猶能免於讒諂之害守我先人之祿位乘其四駱之馬六轡沃若然○駱音洛沃若如字徐於縛反疏箋華或至不純○正義曰喻取其象既以黃色興明王德純故以異色喻其不純或有黃者或有白者華自有雜色與純者二章各舉以喻非此華本黃而變白又非白即衰也華一時而黃白雜色以興明王亦一時而善惡不純非先盛而後衰爲不純也故言時有駁而不純者言時有善多而惡少非善惡半也若惡與善等則是闇君不得爲明王矣左之左之君子宜之右之右之君子有之左陽道朝祀之事右陰道喪戎之事箋云君子斥其先人也多才多藝有禮於朝有功於國○朝直遙反下及下篇同維其有之是以似之似嗣也箋云維我先人有

是二德故先王使之世祿子孫嗣之今遇讒諂並進而見絕。也【疏】左之至似之○正義曰詩人既思明王又陳己所以宜嗣之意也言左之左之左陽道朝祀之事我先人君子則宜而行之右之右之右陰道喪戎之事我先人君子則能有而曉之此二德者我先人維其並能有之是以先王使其子孫嗣之今遇讒見絕故思古明王也左陽道嘉慶之事故言宜之右陰道爲憂凶之事不得言宜故變言有之二者皆君子之所能故下經總言有之明二者皆有也○傳左陽至之事○正義曰以天下之事多矣大總不過吉凶故舉左右以目之左陽道謂嘉慶之事朝者人所樂祀者吉之大故爲陽也右陰道謂憂凶之事喪者人所哀戎者有所殺故爲陰也以能事弘多故皆重言以見衆也

裳裳者華四章章六句

桑扈刺幽王也君臣上下動無禮文焉

動無禮文舉事而不用先王禮法威儀也○桑扈音戶桑扈竊脂鳥也說文扈作雇【疏】桑扈四章章四句至禮文焉○正義曰以其時君臣上下升降舉動皆無先王禮法威儀之文焉故陳當有禮文以刺之即上二章上二句是也三章言其君爲百辟所法而受福卒章言臣能燕飲得禮而不傲慢皆是君臣禮文之事故總之此與賓之初筵序皆言君臣上下以君臣即有上下之禮故幷言以見義

交交桑扈有鶯其羽

興也鶯然有文章箋云交交猶佼佼飛往來貌桑扈竊脂也興者竊脂飛而往來有文章人觀視而愛之喻君臣以禮法威儀升降於朝廷則天下亦觀視而仰樂之○鶯於耕反佼交卯反

君子樂胥受天之祜

胥皆也箋云胥有才知之名也祜福也王者樂臣下有才知文章則賢人在位庶官不曠政和而民安天予之以福祿○胥毛如字鄭徐思敘反祜音戶知音智下同【疏】交交至之祜○毛以爲佼佼然飛而往來者桑扈之鳥也有鶯然其羽之文章故人皆觀視而念愛之以興動而升降者王與羣臣也當有威儀禮法則天下亦觀視而樂仰

之君子既有禮文爲下所愛盡得其所故能樂與天下所共是與天下皆樂而得受天之祜福也○鄭唯樂胥爲異具在箋說○箋交交至樂之○正義曰黃鳥小宛傳曰交交小貌此云猶佼佼飛而往來者各有所取佼佼實飛而往來之貌也此喻升降舉動故取往來爲義○傳胥皆○正義曰釋詁文孫毓曰與天下皆樂樂之大者天子四海之內無違命則天子樂矣諸侯四封之內無違命外內無故則諸侯樂矣大夫官府之內無違命者諮謀行於上則大夫樂矣士進以禮退以義則士樂矣庶人耕稼樹藝以養父母刑罰不加於身則庶人樂矣是述毛之義也○箋胥皆至福祿○正義曰周禮每官之下皆有胥徒胥一人則徒十人是胥以才智之故而爲十徒之長又有大胥小胥之官故知胥有才智之名易歸妹以須注亦云須有才智之稱天文有須女屈原之妹名女須鄭志答冷剛云須才智之稱故屈原之妹以爲名是胥爲才智之士胥須古今字耳

交交桑扈有鶯其領 領頸也 君子

樂胥萬邦之屏 屏蔽也箋云王者之德樂賢知在位則能爲天下蔽捍四表患難矣蔽捍之者謂蠻夷率服不侵畔○屏卑郢反爲于僞反捍音汗難乃旦反下患難同

疏 君子樂胥萬邦之屏毛以爲言君子王者既有禮文又能樂與天下皆共之能與天下皆樂則爲萬邦之蔽捍天下皆得其樂無復侵伐之憂是爲之蔽捍矣○鄭義具箋○箋王者至不侵畔○正義曰萬邦是中國之辭與中國爲屏蔽明捍四夷可知也故云蠻夷率服不敢內侵外畔是蔽捍也

之屏之翰百辟爲憲 翰幹憲法也○箋云辟君也王者之德外能捍蔽四表之患難內能立功立事爲之楨幹則百辟卿士莫不脩職而法象之

不戢不難受福不那 戢聚也不戢戢也不難難也那多也不多多也箋云王者位至尊天所子也然而不自歛以先王之法不自難以亡國之戒則其受福祿亦不多也○戢莊立反

疏 之屏至不那○毛以爲言王者之德外能蔽捍四表之患難內能立功立事爲之楨幹則百辟卿士莫不脩職而法象之王能如此則天下之民不戢聚而歸之乎言戢聚而歸之也不畏難而順之乎言畏難而順之也民皆順之則爲天

所祜其受福豈不多乎言受福多也今王不能然故刺之○鄭以上二句與毛同下二句具在箋○傳翰幹憲法○正義曰釋詁云楨幹也舍人曰楨正也築牆所立兩木也榦所以當牆兩邊障土者也然則言楨幹者皆以築牆爲喻幹是牆之主善政亦民之主也憲法釋詁文○箋辟君至法象之○正義曰辟君釋詁文之屏因上文而轉故亦爲蔽捍四表之患難人君之所施爲唯功事而已故知立功立事爲之楨。榦也百辟知卿士者以烈文百辟其刑之對四方其訓之故知爲卿士尊比諸侯故曰君也○箋王者至不多○正義曰言王位至尊天所子愛解其當自斂難之意斂者收攝之名故言斂以先王之法難者戒懼之辭故知難以亡國之戒不自斂以先王之法卽動無禮文也故序箋云動無禮文者舉事而不用先王禮法威儀是先王之法爲禮文也不自難以亡國之戒者卽不用賢也故首章箋云王者樂臣下有才智文章則賢人在位而庶官不曠政和而民安言用賢則民安是棄賢則亡國矣又彼文連言受天之祜彼由樂有賢智則受天之祜此不難以亡國之戒則受福不多是相配成也易傳者以順文理切不假反言故也

兕觥其觩旨酒思柔箋云兕觥罰爵也古之王者與羣臣燕飲上下無失禮者其罰爵徒觩然陳設而已其飲美酒思得柔順中和與共其樂言不。憮敖自淫恣也○兕徐履反獸名觥古橫反以兕角爲之觩音虯本或作斛樂音洛憮火吳反敖五報反下文同

彼交匪敖萬福來求箋云彼彼賢者也賢者居處恭執事敬與人交必以禮則萬福之祿就而求之謂登用爵命加以慶賜[疏]箋彼賢至慶賜○正義曰以承上經而云彼是指思柔之人故云彼賢者也言交非敖則常恭敬故引論語居處恭執事敬爲不。傲慢矣故明王招聘用之故云登用爵命加以慶賜也

桑扈四章章四句

鴛鴦刺幽王也思古明王交於萬物有道自奉養有節焉交於萬物有道謂順其性取之以時不暴

天也○鴛鴦於袁反沈又音溫下於崗反又於良反疏鴛鴦四章章四句至有節焉○正義曰作鴛鴦詩者刺幽王也以幽王殘害萬物奉養過度是以思古明王交接於天下之萬物鳥獸蟲魚皆有道不暴夭也其自奉養有節度不奢侈也今不能然故刺之交於萬物有道即上二章上二句是也自奉養有節即下二章上二句是也見明王急於萬物而緩於己故先言交萬物而後言自奉養也○箋交於至暴夭○正義曰天子以天下為家萬物皆天子立制節其生殺與之交接故言交於萬物也有道者謂順其生長之性使之得相長養取之以時不殄暴夭絕其孩幼者是有道也不暴夭王制文

鴛鴦于飛畢之羅之

興也鴛鴦匹鳥太平之時交於萬物有道取之以時於其飛乃畢掩而羅之箋云匹鳥言其止則相耦飛則為雙性馴耦也此交萬物之實也而言興者廣其義也獺祭魚而後漁豺祭獸而後田此亦皆其將縱散時也○大音泰掩於檢反馴音巡又音脣獺敕轄反又他末反

君子萬年福祿宜之

箋云君子謂明王也交於萬物其德如是則宜壽考受福祿也疏鴛鴦至宜之○正義曰古太平之時交於萬物有道欲取鴛鴦之鳥必待其長大於其能飛乃畢掩之而羅取之不於幼小而暴夭也非但於鳥獨然以興於萬物皆。耳至獺祭魚然後取魚豺祭獸然後捕獸皆待其成而取之也君子明王交於萬物之德如是則萬年之壽及福祿並皆宜歸之也今王不能然故舉以刺之○傳興也至羅之○正義曰以交於萬物則非止一鳥故云興也言舉一物以興其餘也又解正舉鴛鴦者以鴛鴦匹鳥也相匹耦而擾馴則易得也舉易得尚以明萬物皆然故言太平之時交於萬物有道取之以時也又言於其飛乃畢掩而羅之此即取之以時之事也謂小者未能飛待其能飛而後取之釋器云鳥罟謂之羅月令云羅網畢翳注云罔小而柄長謂之畢以畢羅異器故各言之大東傳曰畢所以掩兔彼雖以兔為文其實亦可取鳥故此鴛鴦言畢之也羅則張以待鳥畢則執以掩物故言畢掩○箋匹鳥至散時○正義曰申說匹鳥之意止則耦飛則雙性馴善而相耦則取之易得故詩特舉之鴛鴦即是萬物之一而傳以為興故又解之此交於萬物之實而言興者欲廣其義故也箋又止言魚獸二事者以天之生物飛走而已經已言鳥又舉魚獸則可以兼諸水陸矣且因王制詩傳之成文也此豺獺祭時魚獸成就皆是魚獸放縱分散之時故於是可取之

鴛鴦在梁戢其左翼 言休息也箋云梁石絕水之梁戢斂也鴛鴦休息於梁明王之時人不驚駭斂其左翼以右翼掩之自若無恐懼○戢側立反韓詩云捷也捷其噣於左也恐丘勇反

君子萬年宜其遐福 箋云遐遠也遠猶久也

乘馬在廄摧之秣之 摧莝也秣粟也箋云挫今莝字也古者明王所乘之馬繫於廄無事則委之以莝有事乃予之穀言愛國用也以興於其身亦猶然齊而後三舉設盛饌恆日則減焉此之謂有節也○乘馬王徐繩證反四馬也鄭如字下同廄音救摧采臥反芻也秣音末穀馬也芻楚俱反莝采臥反韓詩云委也委紆僞反猶食也與音豫齊側皆反本亦作齋饌仕戀反減古攬反

疏箋鴛鴦至恐懼○正義曰言斂其左翼以右翼掩之舉雄者而言耳此舉鳥不恐懼亦廣與其義禮運曰龍以為畜故魚鮪不淰鳳以為畜故鳥不獝麟以為畜故獸不狘是水陸飛走皆可擾馴也白華文與此同但彼言申后見黜故以陰陽相下為義此興取自安故與此異也○箋摧今至有節○正義曰傳云摧莝轉古為今而其言不明故辯之云此摧乃今之莝字也言古者明王所乘之馬繫之於廄者以王馬多矣而此言在廄明是王所乘馬天子之馬而不常與粟言愛國用也序言自奉養非王身上章為與知此亦興故言以興於其身亦猶然也齊而後三舉設盛饌三舉節是設盛饌也恆日則減焉唯一舉也齊為有事故三舉恆日無事而一此之謂有節天官膳夫云王日一舉注云殺牲盛饌曰舉又曰王齊則三舉是恆日則減焉因奉養先盛而倒言耳此不言朔月而玉藻云天子之食日少牢朔月太牢明朔必加於恆日不知為同齊三太牢為降二太牢也玉藻曰少牢與周禮日一舉不同者鄭志答趙商云禮記後人所定或以諸侯同天子或以天子與諸侯等所施不同故難據也王制之法與周異者多當以經為正然則為記有參差故不同也

君子萬年福祿艾之 艾養也箋云明王愛國用自奉

養之節如此故宜久爲福祿所養也○艾魚蓋反徐又音刈乘馬在廄秣之摧之君子萬年福祿綏之箋云綏安也○綏士果反又如字

鴛鴦四章章四句

頍弁諸公刺幽王也暴戾無親不能宴樂同姓親睦九族孤危將亡故作是詩也戾虐也暴虐謂其政教如雨雪也○頍弁缺婢反著弁貌說文云舉頭貌燕樂音洛卒章同燕又作宴雨于付反卒章同【疏】頍弁三章章十二句至是詩○正義曰作頍弁詩者時同姓之諸公刺幽王也以王之政教酷暴而戾虐又無所親不能燕樂其同姓親睦其九族孤特傾危將至喪亡故同姓諸公作是頍弁之詩以刺之爲不能燕樂同姓明諸公是同姓諸公也作詩者一人而已言諸公者以作者在諸公之中稱諸公意以刺之也九族亦同姓見諸公非一容九族之外故言同姓以廣之不能燕樂卽亦不能親睦親睦由於燕樂以經責王不燕樂。今不親睦故分而言之耳暴戾無親卽如彼雨雪先集維霰是也不能燕樂同姓親睦九族三章皆上六句是也孤危將亡卒章四句是也其首章二章上六句懼王危亡庶幾諫正亦是將亡之事也經序倒者序述論其事由暴虐無親故不能燕樂爲事之次經則主爲不能燕樂故先言之

有頍者弁實維伊何興也頍弁貌弁皮弁也箋云實猶是也言幽王服是皮弁之冠是維何爲乎言其宜以宴而弗爲也禮天子諸侯朝服以宴天子之朝皮弁以日視朝○朝服直遙反下皆同爾酒既旨爾殽既嘉箋云旨嘉皆美也女酒已美矣女殽已美矣何以不用與族人宴也言其知具其禮而弗爲也豈伊異人兄弟匪他箋云此言王當所與宴者豈有異人疏遠者乎皆兄弟與王無他言至親又刺其弗爲也蔦與女蘿施于松柏蔦寄生也女蘿菟絲松蘿也喻

諸公非自有尊託王之尊箋云託王之尊者王明則榮王衰則微刺王不親九族孤特自恃不知己之將危亡也○蔦音鳥說文音弔寄生草也爾雅云寓木宛童是也女蘿力多反在草曰兎絲在木曰松蘿又唐蒙施以豉反下同

未見君子憂心弈弈既見君子庶幾說懌弈弈然無所薄也箋云君子斥幽王也幽王久不與諸公宴諸公未得見幽王之時懼其將危亡己無所依怙故憂而心弈弈然故言我若已得見幽王諫正之則庶幾其變改意解懌也○弈音亦說音悅懌音亦本又作繹怙音戶解音蟹

疏有頍至說懌毛以為有頍然者之皮弁實維伊何乎宜在於首以為表飾也以興有尊貴者之天王維如何乎宜君於上以正綱紀也爾王之酒既旨美矣爾王之殽既嘉善矣足能具禮何以不用與族人燕乎王所當與燕者豈伊更有異人疎遠者乎皆王宗族兄弟非有他人何不燕而親之令為輔助我所以欲王之親燕者以蔦與女蘿施于松柏之上非自有根依於松柏之根故松柏存而茂松柏殞而亡是存亡在松柏以興同姓與九族附於王者之側非自有尊託王之尊故王政明而榮王政衰而微是興衰由于王政所以欲王之明也下四句義具在箋○鄭以為王服是有頍然者皮弁之冠是維伊欲何為乎宜常服之以燕而王何以不為餘同○傳興也至皮弁○正義曰以頍文連弁故為弁貌弁者冠之大名稱弁者多矣但爵弁則士之祭服韋弁則服以卽戎冠弁則服以從禽非常服也唯皮弁上下通服之故知皮弁也傳興理不明王肅云言無常也與有德者則戴頍然之弁矣下章肅又云言冕其在人之無期也其意以傷王无德將不戴弁孫毓以皮弁非唯王者所服雖陪臣卿大夫皆得服之不足以為王者廢興之喻以王說為非案昭九年左傳王使詹桓伯辭於晉曰我在伯父猶衣服之有冠冕僖八年穀梁傳曰弁冕雖舊必加於首周室雖衰必先諸侯然則王者之在上位猶皮弁之在人首故以為喻也○箋實猶至視朝○正義曰釋詁云寔是也實寔義同故實亦為是也言是維伊何問其所用之辭則此皮為燕之服天子皮弁以日視朝玉藻文燕禮者諸侯燕臣子之禮經云燕朝服諸侯用朝服燕則知天子亦自以朝服燕也且此詩

責王不燕而舉皮弁是天子燕用皮弁明矣若然王制云周人冕而祭玄衣而養老注云凡養老之服皆其時與羣臣燕之服周人。循而兼用之玄衣素裳其冠委貌諸侯以天子之燕服爲朝服如彼注則天子之燕用玄衣此言皮弁者蓋天子燕服有二燕羣臣用玄冠。親同姓用皮弁也賓之初筵三章箋云此祭末王與族人燕而經云側弁之俄是燕同姓用皮弁之事也○傳蔦寄至松蘿○正義曰蔦釋草無文寄生者毛以時事言之耳陸機疏云蔦一名寄生葉似當盧子如覆盆子赤黑。恬美釋草云唐蒙女蘿女蘿菟絲毛意以菟絲爲松蘿故言松蘿也陸機疏云今菟絲蔓連草上生黃赤如金今合藥菟絲子是也非松蘿松蘿自蔓松上生枝正青與菟絲殊異事或當然○傳弈弈無所薄○正義曰弈弈憂之狀憂則心遊不定故爲無所薄也下章傳曰怲怲憂盛滿言憂之多○箋君子至解懌○正義曰以王不燕樂而欲見之故知君子爲幽王也此悅懌文與下章有臧相值有臧冀王之善則此亦冀王意悅懌故云庶幾其變改意解懌言當開解而。懌悅也

有頍者弁實維何期。箋云何期猶伊何也期辭也○期本亦作其音基王如字爾酒既旨爾殽既時時善也豈伊異人兄弟具來箋云具猶。來也蔦與女蘿施于松上未見君子憂心怲怲既見君子庶幾有臧怲怲憂盛滿也臧善也○怲兵命反

有頍者弁實維在首爾酒既旨爾殽既阜豈伊異人兄弟甥舅箋云阜猶多也謂吾舅者吾謂之。甥

疏箋謂吾舅者吾謂之甥○正義曰釋親文也此諸公而及甥舅以甥舅王之外親皆是緣王與衰故亦欲從王燕之也

如彼雨雪先集維霰霰暴雪也箋云將大雨雪始必微溫雪自上下遇溫氣而搏謂之霰久而寒勝則大雪矣喻幽王之不親九族亦有漸自微至甚如先霰後大雪○霰蘇薦反消雪也字亦作霓搏徒端反死喪無日無幾相見樂酒今夕君子維宴。箋云王政既衰我無所依怙死亡無有日數能復幾何與王相見也且今夕。喜樂此酒此

乃王之宴禮也刺幽王將喪亡哀之也○喪息浪反幾居豈反注同樂音洛復扶又反

疏 如彼至維宴○正義曰言王政教暴虐如彼天之雨下大雪其雪必先集聚而摶維爲小霰而後成爲大雪是雪有漸也以與幽王之爲惡亦初爲小惡而成爲大惡亦惡有漸也王漸益惡今則大甚王若覆滅則己亦喪亡我等死與喪亡無有日數復無幾何與王相見永不得王之燕禮矣且自相與會樂此酒於今之夕以王必不燕己故自己酒維當王之燕禮○傳霰暴雪○正義曰以比幽王漸致暴虐且初爲霰者久必暴雪故言暴雪耳非謂霰即暴雪也○箋將大至大雪○正義曰先集者謂雪集聚也解雪當散下而言集意天將大雨雪其始必微溫暖雪自上下逢遇溫氣消釋集聚而摶謂之霰積久而雪之寒氣勝此溫氣則大雪散下是雪有漸故喻王惡自微至甚如先霰後雪大戴禮曾子云陽之專氣爲霰陰之專氣爲雹盛陽氣之在雨水則溫暖爲陰氣薄而脅之不相入則摶爲雹也盛陰之氣在雨水則凝滯而爲雪陽氣薄而脅之不相入則消散而下因水而爲霰是霰由陽氣所薄而爲之故言遇溫氣而摶也

頍弁三章章十二句

車舝大夫刺幽王也褒姒嫉妬無道並進讒巧敗國德澤不加於民周人思得賢女以配君子故作是詩也○舝胡瞎反車軸頭鐵也嫉音疾又音自妬丁故反敗必邁反又如字下注同

疏 車舝五章章六句至是詩○正義曰作車舝詩者周大夫所作以刺幽王也以當時褒姒在王后之位情性嫉妬由物類相感而小人道長故使無道之輩並進於朝讒佞巧言傾敗國家令王之德澤不加於民使致下民離散周人見其如此乃思得賢女以配君子幽王欲令代去褒姒教幽王改修德教故作是車舝之詩以刺之上言大夫下言周人見大夫所作述衆人之意故也此經五章皆以褒姒嫉妬思得賢女代之言思變季女是褒姒嫉妬也德音來括是民已離散者也令德

來教欲王之改修德教是德澤不加於民也故皆反經而序之所以相發明也間關車之舝兮思孌季女逝兮興也間關設舝

也孌美貌季女謂有齊季女也箋云逝往也大夫嫉褒姒之爲惡故嚴車設其舝思得孌然美好之少女有齊莊之德者往迎之。配幽王代褒姒也既幼而美其

又齊莊庶其當王意○孌力兗反齊側皆反下同少詩照反本亦作季女匪飢匪渴德音來括括會也箋云時讒巧敗國下民離散故大

夫汲汲欲迎季女行道雖飢不飢雖渴不渴覬得之而來使我王更脩德教。合。會離散之人○括本又作佸音活徐古闊反覬音冀雖無好友式

燕且喜箋云式用也我得德音而來雖無同好之賢友我猶用是燕飲相慶且喜○好呼報反注下並同【疏】間關至且喜○正義曰周人惡褒姒

嫉妬讒佞在朝欲得賢女以代之故言己欲間關然以設車之舝兮思得孌然美好齊莊之少女往迎之兮若有此女可得往迎其於行道雖飢非以爲飢雖

渴非以爲渴所以然者覬望此女以令德善音來發教誨於王使施行德澤會合離散之人凡人之喜樂須賢友共之我若迎得此女雖無同好之賢友猶用

是得賢女之故燕飲酒相慶而且喜樂疾褒姒之甚思賢女之。幼雖無朋友亦將獨喜也○傳間關至齊季女○正義曰以連言舝兮故知間關設舝貌舝

無事則脫行乃設之故言設舝也有齊季女者采蘋經文也以其當爲王后欲代嫉妬明其非直幼少而已是以箋述之云既美好而少又有齊莊之德庶其

當王意也依彼平林有集維鷮辰彼碩。女令德來教依茂木貌平林林木之在平地者也鷮雉也辰時也箋云平林

之木茂則耿介之鳥往集焉喻王若有茂美之德則其時賢女來配之與相訓告改脩德教○鷮音驕式燕且譽好爾無射箋云爾女

女王也射厭也我於碩女來教則用是燕飲酒且稱王之聲譽我愛好王無有厭也○射音亦下同厭於豔反下同【疏】依彼至無射○正義曰既思賢女欲

以配王又欲王有美德致此賢女故言依然而茂盛者彼平林之木有往集之者維爲鷮雉也此鷮雉乃耿介之鳥由平林之木茂故往集焉唯有茂美之德

者君子之身有來配之者維爲碩女也此碩女有齋莊之德由君子之身美則來配焉是美德能致碩女也如此則王若有茂美之德則其時彼有美大之賢女以令善之德來配於王與王相訓令王改脩德教我用是之故則燕而飲酒且稱王之聲譽又愛好汝王無有厭倦也○傳依茂至辰時○正義曰依爲林之狀以茂而致雉故知依爲茂木貌也周禮有山林林麓不在平地此云平林故爲林木之在平地也鷮雉釋鳥文以說文云鷮長尾雉走鳴乘轝尾爲防釳著馬頭上陸機疏云鷮微小於翟也走而且鳴曰鷮鷮其尾長肉甚美故林麓山下人語曰四足之美有麃兩足之美有鷮麃者似鹿而小是也此鷮是雉中之別名雉性耿介故箋謂之耿介之鳥士相見注云贄用雉者取其耿介交有時別有倫雉必用死爲其不可生服是耿介也以雉有耿介之性喻碩女有貞專之德碩大也言美大之女

雖無旨酒式飲庶幾雖無嘉殽式食庶幾雖無德與女式歌且舞

箋云諸大夫覲得賢女以配王於是酒雖不美猶用之。此燕飲殽雖不美猶食之。必皆庶幾於王之變改得輔佐之雖無其德我與女用是歌舞相樂喜之至也樂音洛

[疏]箋諸大至之至○正義曰以言與汝是相與非一之辭故言諸大夫也人之飲食必樂其旨嘉今喜而用之故不待旨嘉經再言庶幾其意則同故箋於食之下總云皆庶幾於王之變改己得輔佐之也說燕樂之事而言無德者以人燕樂欲與賢德者同之若非賢德則燕不樂矣上云雖無好友以己爲主引人從己自他而言故云己無賢友此言無德與汝以彼爲主持己就人自己而言故云己身無德爲謙辭耳

陟彼高岡析其柞薪析其柞薪其葉湑兮

箋云陟登也登高岡者必析其木以爲薪析其木以爲薪者爲其葉茂盛蔽岡之高也此喻賢女得在王后之位則必辟除嫉妬之女亦爲其蔽君之明○析星歷反柞子洛反湑思敘反茂盛也爲于僞反下亦爲同辟婢亦反又音壁

鮮我覯爾我心寫兮

箋云鮮善覯見也善乎我得見女如是則我心中之憂除去也○鮮息淺反徐音仙覯古候反女音汝行如是下孟反一本無行字

[疏]陟彼

至寫兮○正義曰言有人登彼高岡之上當必析伐其柞木以為薪析伐其柞木以為薪者以此柞木其葉湑湑然茂盛兮為其蔽岡之高故我伐而去之以興有賢女居彼王后之位則必辟除褒姒以為賤辟除褒姒以為賤者以此褒姒其惡衆多為其蔽王之明故除而去之善乎我得見汝之新昏賢女辟除褒姒如是則我心中之憂寫除而去兮喜之至也○箋登高至之明○正義曰以析者是除去之辭又言湑兮為茂盛故喻其蔽岡之高以喻取一象欲見其體而不得見之則為蔽也言為薪是廢棄不用之辭故辟除嫉妬亦廢棄之也

高山仰止。景行行止。四牡騑騑。六轡如琴。

景大也箋云景明也諸大夫以為賢女既進則王亦庶幾古人有高德者則慕仰之有明行者則而行之其御羣臣使之有禮如御四馬騑騑然持其教令使之調均亦如六轡緩急有和也○仰止本或作仰之景行下孟反注有明行同牡茂口反騑芳非反調音條和胡臥反

覯爾新昏。以慰我心。

慰安也箋云我得見女之新昏如是則以慰除我心之憂也新昏謂季女也○慰怨也於願反王申為怨恨之義韓詩作以慍我心慍恚也本或作慰安也是馬融義馬昭張融論之詳矣

疏高山至我心○毛以為若得賢女在王后之位則諫王使之為善庶幾於古人有高顯之德如山者則慕而仰之有遠大之行者則法而行之既慕德行善則調御有法如善御者使四牡之馬騑騑行而不息進止有度執其六轡緩急調和如琴瑟之相應也喻王法仰高大善御羣臣使有禮法成其文章如六轡之御四馬也得賢女則令王如是我所以願見之也我若得見爾之新昏使王改修也如是則以安慰我心除其憂矣○鄭唯以景為明為異餘同○箋景明至有和○正義曰傳云景大釋詁文箋必易之為明者以行須行之故以為明見其明白可法明亦大也言高山者以山之高比人德之高故云古人有高德者則慕仰之也且仰是心慕之辭故為高德德者在內未見之言行者已見施行之語德則慕仰多行則法行故仰之行之異其文也六轡以御四馬故以喻王御羣臣六轡如琴猶言執轡如組轉相比並以發明其意也四牡傳曰騑騑行不止此亦然也○傳慰安○正

義曰傳以慰爲安箋言慰除以憂除則心安非是異於傳也孫毓載毛傳云慰怨也王肅云新昏謂褒姒也大夫不遇賢女而後徒見褒姒讒巧嫉妬故其心怨恨偏檢今本皆爲慰安凱風爲安此當與之同矣此詩五章皆思賢女無緣末句獨見褒姒爲恨肅之所言非傳旨矣定本慰安也

車舝五章章六句

附釋音毛詩注疏卷第十四（十四之二）

阮元撰盧宣旬摘錄

○瞻彼洛矣

此及裳裳者華 閩監本毛本及誤乃閩本不誤

故宜云古明王 閩本明監本毛本同案浦鏜云宜當直字誤是也

韎韐者茅蒐染草也 小字本相臺本同案草當作韋見下

一曰韎 小字本相臺本同案一下當有入字見下正義云定本云一入曰韎韐此讀當以韎字斷句韐字逗正義讀韎韐二字爲連文者非亦見下

韎韐者茅蒐染也茅蒐韎韐聲也 小字本相臺本同案二韐字當衍見下韋昭晉語注引無二韐字左成十六年正義引亦無正義有二韐字當是其本誤

韎韐祭服之韠合韋爲之 小字本相臺本同案韎字當衍也段玉裁曰韎者韐之色也茅蒐染韋一入曰韎亦見說文及五經文字卽一染謂之縓也韠韍也士無韍有韐故云韐所以代韠箋申之云韎者茅蒐染也茅蒐韎聲也韐祭服之韠合韋爲之皆分析韎韐二字別義各本譌舛不可讀茅蒐韎聲者駁異義所云齊魯之閒言韎聲如茅蒐也

紂衣纁裳也 小字本相臺本同案此釋文本也釋文云紂音緇考士冠禮纁裳純衣緇帶注云純衣絲衣也鄭不破爲紂正義引此經及注

是其本當不誤今正義中字皆作紂者後人改之也又鄭彼注云先裳後衣者欲令下近緇明衣與帶同色亦經不讀爲紂之明證儀禮釋文此無音不誤也

河西曰雍州　閩本明監本毛本同案浦鏜云正誤河是也

此又言鞞鞛　閩本明監本毛本同案又當作文

琫上飾珌下飾珌下飾也　閩本同明監本毛本也誤者小字本相臺本不重珌下飾三字考文古本同案有者複衍也段玉裁云鞞刀室也卽刀削削音肖削之上刀把其飾曰琫削末之飾曰珌有讀爲又言有鞞有琫又有珌也公劉傳下曰鞞上曰琫略舉上下之體而已釋名與毛所說各異戴震改此傳云琫上飾鞞下飾珌飾貌非也鞞不可言飾戴說見毛鄭詩考正據釋名也又陳啓源毛詩稽古編說與段玉裁合

諸侯璗琫而璆珌大夫鐐琫而鏐珌　小字本相臺本同案正義云天子諸侯琫珌異物大夫士則同尊卑之差也又云定本及集注皆以諸侯珌璆字從玉又以大夫鏐珌恐非也是正義本當作諸侯璗琫而鏐珌大夫鐐琫而鐐珌釋文本與定本集注同段玉裁云此從正義本考說文琫珌天子皆以玉則諸侯皆以金大夫皆以銀士皆以璗爲有條理說文又云天子玉琫而珧珌

顯其能制斷　小字本相臺本同案釋文以能斷作音無制字正義云以顯其能制斷也不知正義本有制字或自爲文也制斷字在兎罝傳當以有者爲是

說文云公瑒璗而不及於璗故天子用璗　閩本同明監本毛本及誤別案十行本瑒至末璗剜添者三字

公瑒蚤山井鼎云作瑒蚤屬爲似是是也

○裳裳者華

兮已由讒見絶也 閩本明監本毛本同案浦鏜云兮疑以字誤屬下爲句是

此華赤以黃爲臧 閩本明監本毛本同案赤當作亦形近之譌

故言時有駮而不純者 閩本明監本毛本同案駮當作駁

而見絶也 閩本明監本毛本同小字本相臺本見下有棄字無也字考文古本棄字亦同案有者是也

○桑扈

箋胥皆至福祿 閩本明監本毛本同案山井鼎云皆作有爲是是也

屈原之妹名女須 閩本明監本毛本同案姊誤妹下同是也

翰榦也 小字本相臺本榦作幹閩本明監本毛本同考文古本作榦案榦字是也此箋云爲之楨榦韓奕榦不庭方江漢召公維翰箋皆云楨榦可證此傳本是榦字也幹字說文所無文王文王有聲板崧高傳箋皆當同其正義云爲之楨榦者以榦幹爲古今字易而說之也餘同此釋文翰下云幹也亦是易爲今字耳崧高韓奕以楨榦作音則不用幹字矣爾雅楨翰儀榦也釋文云本又作幹五經文字木部云榦楨榦字○按幹乃俗字之尤者未必作正義者用之直轉寫之譌耳舊挍非是

爲之楨榦也閩本明監本毛本榦作幹案所改是也此當易爲幹上標起止當作榦今誤

言不憮敖自淫恣也小字本同閩本明監本毛本同相臺本憮作幠案幠字是也

爲不傲慢矣閩本明監本毛本傲誤敖案敖傲古今字此正義易而說之也

○鴛鴦

以與於萬物皆耳閩本明監本毛本同案浦鏜云耳字當作爾是也

易得尚以閩本明監本毛本同案浦鏜云下當脫時取二字是也

月令云羅網畢翳閩本明監本毛本同案十行本月令云剜添者一字

摧莝也小字本相臺本同案此正義本也正義云傳云摧莝轉古爲今釋文摧下云芻也又芻也楚俱反是其本莝作芻與正義本不同也考此傳當本云摧芻也與下傳秣粟也相對故箋云摧今莝字所以申摧得訓爲芻之意非傳先已轉古爲今而箋又辨之如正義所云也當以釋文本爲長○按詩經小學言之詳矣傳本作摧挫也箋本作挫今莝字也毛用古字鄭恐人不解故申之後人轉寫譌誤耳莝乃是斬芻芻未斬者不可以飼馬且摧挫音義皆相近

挫今莝字也小字本同閩本同相臺本挫作摧明監本毛本同案摧字是也釋文云摧采臥反讀依此箋也正義標起止云箋摧今○按小字本閩本是也

有事乃予之穀 小字本相臺本同案此正義本也正義云而不當與粟易予爲與也釋文云與於音豫是其本予之作與於與正義本不同考文一本予作與采正義釋文而不知其異

箋鴛鴦至恐懼 閩本明監本毛本同案浦鏜云至故與此異也百五字當在二章下是也此合併時分屬之如此耳

故與此異也 閩本明監本毛本同案浦鏜云此當彼誤是也

序言自奉養非王身 閩本明監本毛本同案非當作謂

亦猶然也齊而後三舉設盛饌三舉節是設盛饌也恆日則減焉唯一舉也 閩本明監本毛本同案十行本首也至末也剜添者七字浦鏜云節當卽字是也

玉藻曰少牢 閩本明監本毛本同案浦鏜云日譌曰是也

○頍弁

不能宴樂同姓 唐石經小字本相臺本同案釋文云燕又作宴以鹿鳴等訂之序字當作燕又作宴者依經君子維宴字改也考文古本作燕采釋文

今不親睦 閩本明監本毛本同案浦鏜云今疑令字誤是也

則此皮爲燕之服 閩本明監本毛本同案浦鏜云皮下當脫弁字是也

周人循而兼用之閩本明監本毛本同案今禮記循作脩

親同姓用皮弁也閩本明監本毛本同案浦鏜云親疑燕字誤是也

赤黑恬美閩本明監本毛本同案此不誤浦鏜云甜誤恬非也采苦正義引陸機云恬脆而美可證也恬即甜字周禮注云如今恬酒矣

言當開解而懌悅也閩本明監本毛本懌悅倒案所改是也

實維何期唐石經小字本相臺本同案釋文云本亦作其音基辭也王如字考此箋云期辭也是以期其爲同字也毛氏詩當是經字本作期故王肅得如字讀之以異於鄭亦作本非也考文古本作斯誤甚

具猶來也閩本明監本毛本同小字本相臺本來作皆考文古本同案來字誤也

吾謂之甥相臺本同閩本明監本毛本同小字本甥下有也字

君子維宴小字本相臺本同考文古本同唐石經初刻燕後改宴案初刻非也正義標起止云至維宴當是其本字作宴上下文云燕者亦易字之倒也

且今夕喜樂此酒小字本相臺本同案六經正誤云喜作善誤建本作喜考正義作喜者誤字耳毛居正非考文古本作善采正義

陽之專氣爲霰陰之專氣爲雹閩本明監本毛本同案山井鼎云大戴禮上作霓下作霰是也此轉寫誤倒耳○按正義文不誤且以釋箋遇溫气而摶謂之霓正相合不當以今之大戴禮相繩也疑今大戴正文誤

感陽氣之在兩水 閩本明監本毛本同案山井鼎云以下文類之氣之當作之氣是也

○車舝

作車舝詩者 閩本明監本毛本同案浦鏜云作字當衍文是也

往迎之配幽王 閩本明監本毛本同小字本相臺本配上有以字考文古本同案有者是也

合會離散之人 小字本相臺本同閩本明監本毛本亦同案正義云會合離散之人當是轉寫倒之耳考文古本作會合采正義而誤

思賢女之幼 閩本明監本毛本同案幼當作切其誤因形近而涉上文也

辰彼碩女 小字本相臺本同唐石經初刻季後改碩案初刻誤也正義可證

故林麓山下人語曰 閩本明監本毛本同案浦鏜云慮誤麓是也

猶用之燕飲 閩本明監本毛本之下衍此字小字本相臺本無考文古本無十行本初刻無後剜添

必皆庶幾於王之變改 閩本明監本毛本同小字本相臺本必作人案人字是也

善乎我得見女如是 小字本相臺本同案此正義本也正義云善乎我得見汝之新昏賢女辟除褒姒之惡如是釋文云行如是一本無行字考文古本有采釋文

高山仰止 唐石經小字本相臺本同案釋文云仰止本或作仰之考正義云則仰而慕之下景行行止正義云則法而行之又云故仰之行之異其

文也是正義本二止字皆作之〇按正義本當是一作之一作止故云異其文

舊挍非也

慰安也小字本相臺本同案此傳正義本作慰安也釋文本作慰怨也正義云孫毓載毛傳慰怨也又云徧檢今本皆爲慰安又云定本慰安也

釋文云本或作慰安也是馬融義馬昭張融論之詳矣昭融所論今不傳釋

文以王申爲怨恨之辭爲據正義則申鄭以難王當以正義本爲長

毛詩小雅　鄭氏箋　孔穎達疏

青蠅大夫刺幽王也蠅餘仍反

營營青蠅止于樊興也營營往來貌樊藩也箋云興者蠅之為蟲汙白使黑汙黑使白喻佞人變亂善惡也言止于藩欲外之令遠物也○營如字說文作營云小聲也樊音煩藩方元反一本甫煩反汙汙辱之汙烏路反令力成反遠于萬反

豈弟君子無信讒言箋云豈弟樂易也○愷開在反悌音弟樂音洛易以豉反

疏營營至讒言○正義曰言彼營營然往來者青蠅之蟲也此蟲汙白使黑汙黑使白乃變亂白黑不可近之當去止於藩籬之上無令在宮室之內也以興彼往來者讒佞之人也。詩人喻善使惡喻惡使善以變亂善惡不可親之當棄於荒野之外無令在朝廷之上也讒人為害如此故樂易之君子謂當今之王者無得信受此讒人之言也○傳樊藩○正義曰釋言文也孫炎曰樊圃之藩然則圃藩籬是遠人之物欲令蠅止之故箋云外之令遠物令使遠於近人之物又藩以細木為之下章棘榛即是為藩之物故下傳曰榛所以為藩明棘亦然也此章言藩下章言所用之木互相足也

營營青蠅止于棘讒人罔極交亂四國箋云極猶已也

營營青蠅止于榛榛所以為藩也○榛士巾反又側巾反讒人罔極構我二人箋云構合也合猶交亂也

疏箋構合合猶交亂○正義曰構者構合兩端令二人彼此相嫌交更惑亂與上章義同故云猶交亂也上言四國此云二人者二人謂人君與見讒之人也讒者每人讒之常構二人構之不已至交亂四國先多而後少故先四國也

青蠅三章章四句

賓之初筵衛武公刺時也幽王荒廢媟近小人飲酒無度天下化之君臣上下沈湎淫液武公既入而作是詩也淫液者飲酒時情態也武公入者入為王卿士〇筵音延媟息列反近附近之近沈如字直林反字或作耽都南反湎莫衍反飲酒齊其色曰湎徐又莫顯反液音亦態他代反

疏賓之初筵五章章十四句至是詩〇正義曰賓之初筵詩者衛武公所作以刺時也以幽王政教荒亂而惰廢乃媟慢親近小人與之飲酒無有節度令使天下化而效之致天下諸侯君臣上下亦效而行之沈酗於酒湎齊顏色淫液不止遂成風俗衛武公既入為王之卿士見其如此而作是詩以刺之也定本集注並云飲酒無度俗本作飲食誤也刺時者即幽王之時也以幽王之文見於下故言刺時以目之案著云刺時也時不親迎鄭以為直刺君身則言時者目其時之君由可以兼見於當時矣此君臣上下文在天下化之之下則是天下諸國之君臣也沈湎淫液即飲酒無度之事舉化者尚沈湎淫液則王朝亦沈湎淫液可知矣言武公既入者言作詩之早晚耳雅者言天下之事形於四方之風譚大夫尚得作詩以刺王則在國亦得作不要待入王朝也沈湎者尚書微子曰用沈酗于酒亂敗厥德于下蕩曰天不湎爾以酒箋云天不同爾顏色以酒酒誥注云齊色曰湎然則沈湎者飲酒過久若沈沒然使湎然俱醉顏色齊同也此經五章毛以上二章陳古燕射之禮次二章言今王燕之失鄭以上二章陳古大射之行祭之事次二章言今王祭末之燕俱以上二章陳古以駁今次二章刺當時之荒廢卒章乃言天下化之三章四章言賓屢舞號呶是媟近小人飲酒無度也卒章言凡此飲酒為天下之辭是天下化也卒章無君臣淫泆之事者此天下化之效上所為效者尚然君臣可知故經舉天下之民以明其君臣也不醉反恥是使齊醉也其設戒童羖之言出與不出之語並為沈湎之事也或以為君臣上下沈湎淫泆倒本幽王之君臣則天下化之宜居於下非文之勢理在不然〇箋淫泆至情態〇正義曰樂記說樂之遲云咏嘆之淫泆之則淫泆遲久之意也小人未醉身有惡態強自收掩及其

醉酒則舊時情態皆出莊子說祭人之法曰醉之以酒以觀其態是久飲酒之情態出也下箋云至於旅酬小人之態出亦謂久飲態出故舞不知止也定本集注態下皆無出字毛於首章傳曰有燕射之禮二章傳曰主人請射於賓則毛以上二章皆陳古者先行燕禮後爲燕射無祭祀之事也燕禮於旅酬之後云若射則大射正爲司射如鄉射之禮是燕射之法先行燕禮而後射也首章舉酬逸逸以上八句皆說燕事舉酬即旅酬也燕禮旅後乃射故舉酬之下說大侯既抗以下六句爲射事也燕必有樂故二章又重說燕事籥舞笙鼓是燕時之樂若燕樂之義得先祖之神悅故因論樂事遂引而致之言樂既和而奏之可以進樂先祖每事得禮則神降之福至子孫其湛以來六句說燕樂得宜可使明神降福之意燕樂得所則神明福之是不可不以禮燕射故下四句復說射事言賓主相耦入次取弓矢而又射也此兩章皆初論燕後論射而首章言籩豆二章言笙鼓者燕以飲食爲主作樂助其歡耳故先言酒殽而後言聲樂三章四章言今王燕飲初雖重慎後則失儀至於音聲號呶舞不休息卒章言下民化之亦荒於酒皆刺當時沈湎之事鄭以將祭而射謂之大射大射之初先行燕禮首章上八句言射初飲燕之事下六句言大射之事二章言作樂以祭盡章皆說祭時之事三章四章言今王祭末與族人私燕小人爲賓威儀昏亂唯卒章與毛同耳

賓之初筵左右秩秩秩秩然肅敬也箋云筵席也左右謂折旋揖讓也秩秩知也先王將祭必射以擇士大射之禮賓初入門登堂即席其趨翔威儀甚審知言不失禮也射禮有三有大射有賓射有燕射○秩直乙反鄭智也折之舌反知音智下同籩豆有楚殽核維旅楚列貌殽豆實也核加籩也旅陳也箋云豆實菹醢也籩實有桃梅之屬凡非穀而食之曰殽○肴核上戶交反下戶革反菹側俱反酒既和旨飲酒孔偕箋云和旨。酒調美也孔甚也王之酒已調美衆賓之飲酒又威儀齊一言主人敬其事而衆賓肅慎○偕音皆鐘鼓既設舉醻逸逸逸逸往來次序也箋云鐘鼓於是言既設者將射。故縣也○醻市由反縣音玄大侯既抗弓矢斯張大侯君侯也抗舉也有燕射之禮箋云舉者舉鵠而棲之於侯也周禮梓人張皮侯而棲鵠天子諸侯之射皆張三侯故君侯謂之大侯大侯張而弓矢亦張節也將祭而射謂之大射下章言烝衎烈祖其非祭與○抗若浪反斯張如字鵠戶沃反鵠鴿也說文云卽鵠也小而難中又云鵠者覺也直也射者直己志棲音西著也梓音子衎苦旦反祭與音餘本作乎又作也並非

射夫既同獻爾發功

箋云射夫衆射者也獻猶奏也既比衆耦乃誘射射者乃登射各奏其發矢中的之功○發如字餘音豫比毗志反中丁仲反

發彼有的以祈爾爵

的質也祈求也箋云發發矢也射者與其耦拾發發矢之時各心競云我以此求爵女爵射爵也射之禮勝者飲不勝所以養病也故論語曰下而飲其爭也君子○勺音的本亦作的同祈音其拾其劫反更也飲於鴆反下同爭爭鬬之爭

【疏】賓之至爾爵○毛以爲古之將行燕射先爲燕禮燕禮之時其賓之初入門以至於升筵其折旋揖讓隨其左右趨翔威儀甚肅敬而秩秩然而不失禮也其升筵之時則王之籩豆有楚然而陳列之矣又葅醢之殽與有核桃梅維旅而陳之於籩豆之上矣其王之酒既又和調旨美時衆賓之飲酒者威儀甚偕言其齊一而順禮也及其將射鍾鼓既已改設舉相酬之爵逸逸然往來而有次序也既旅之後止飲而行射事君之所射大侯既舉而張之其衆射之弓矢於斯舉侯之時又亦張之矣弓矢既張衆射之夫既同登於堂而在射位遂各呈奏爾之射者發矢中的之功此射者發矢射彼有射與其耦拾發之時則各心競云我發必使中以求不飲汝養病之爵今不能然故舉以刺之○鄭唯行燕至安賓之後而行大射爲異其文義則同○傳秩秩然肅敬○正義曰箋依釋訓云秩秩智也傳言肅敬者以序刺媟慢由有智而能肅敬理亦通也○箋筵席至燕射○正義曰春官司几筵注云筵亦席也鋪陳曰筵藉之曰席然其言之筵席通也左右謂折旋揖讓者以賓與主人爲禮隨其左右之宜其行或方折或迴旋相揖而辭讓也今大射禮諸侯與其臣行禮使宰夫爲主人案其經擯者納賓及庭公降一等揖之公外席賓列自西階主人從之賓右北面再拜賓答拜主人降洗賓降主

大辭降主人取觶洗賓辭洗主人卒洗賓揖升筵前獻賓賓拜受爵於筵前然後賓升筵是賓初入門至即筵以來每折旋揖讓之事也折旋揖讓則或左或右故知左右謂折旋揖讓也射義曰古者諸侯之射也必先行燕禮故此言升筵薦酒行燕禮也射義又曰天子將祭必先習射於澤宮澤者所以擇士也已射於澤宮然後於射宮射中者得與於祭不中者不得與於祭是先王將祭必射以擇士也先於澤宮後於射宮。是將祭再爲。射禮澤宮言習射則未是正。射射於射。宮乃行大射云公入驁注云此公出而言入者大射於郊鄉射記曰於郊則閭中注云於郊謂大射於學則射宮者西郊之學也澤宮之所在則無明文言賓之初筵左右秩秩則從爲賓以至於即筵皆秩秩也以其言廣故云大射之禮賓初入門登堂即席其趍翔威儀甚審智言其不失禮也審智言其安審而有智與毛肅敬同也毛以此篇爲燕射鄭則爲大射因辨禮射之數言已不同之意也故云射禮有三有大射有賓射有燕射大射者將祭擇士於射宮賓射者謂諸侯來朝與之射於朝燕射者因燕賓客即與射於寢此三者其處不同其侯亦別冬官梓人云張皮侯而棲鵠則春以功張五采之侯則遠國屬張獸侯則王以息燕三者別文皮侯即大射也五采之侯賓射也獸侯燕射也不言鄉射者鄉射是州長與其民射於州序之禮天子諸侯無之故不言也○傳楚列至旅陳○正義曰此言籩豆之設故知楚爲陳列貌也此經二句自相充配殽核即籩豆所盛殽則實之於豆核則加之於籩故言殽豆實核加籩也先殽後核不依籩豆次者便其文耳祭禮有加豆籩傳言加籩豆知非加豆籩者以此非祭無取加豆之義而又天官籩人加籩之實蔆。芡栗脯非核物且以殽豆實類之知加之於籩非爲籩加之也旅陳釋詁文楚是陳列之貌旅又爲陳殽者謂陳殽核於籩豆之上也○箋豆實至曰殽○正義曰天官醢人掌四豆之實非菹醢醢之等皆實之於豆。實謂菹醢籩人云饋食之籩其實棗栗桃乾䕩注云䕩乾梅也內則有桃諸梅諸是其乾者也桃梅有核之物中傳說加籩之義故云籩實有桃梅之屬故稱核也言之屬者以燕之物多非止桃梅故稱屬也既以豆實爲菹醢恐殽名唯施於此故云凡非穀實而食之曰殽明殽是總名以此文殽核與籩豆相對故分之耳其實核亦為殽魏風曰園有桃其實之殽是在籩之物亦為殽也醢人云羞豆之實酏食糝食酏糝皆以稻米為之則豆實之殽亦有穀實矣言非穀實者穀實謂為飯食者也今變為雜用不同穀實之限○箋主人至肅慎○正義曰偕者俱也言其俱相類故言衆賓之飲酒又威儀齊一也言主人敬其事而衆賓肅慎明賓主皆得其宜所以為美也○傳逸逸往來次序○正義曰燕禮旅酬之後乃云若射此將射而言舉酬行旅也旅者以長幼次序之言故知逸逸往來有次序也燕禮初則云樂人宿懸注云懸鐘磬也國君無故不徹懸言懸者為燕新之然則於此言鐘鼓既設者亦為將射改懸也以天子宮懸階間妨射位故改懸以避射也鄉射禮將射乃云樂正命弟子贊工遷樂于下注云當避射位彼琴瑟之樂尚遷之明鐘鼓之懸改之矣○箋鐘鼓至改懸○正義曰大射諸侯之禮云樂人宿懸厥明乃射明天子亦然今至於舉酬始言鐘鼓既設故知將射改懸也大射不言改懸者國君與臣行禮略三面而已不具軒懸東西懸在兩階之外兩階之間有二建鼓耳東近東階西近西階又無鐘鼓不懸足以妨射不須改也大射注云國君於其羣臣備三面耳無鐘磬有鼓而已其為諸侯則軒懸是由階間無懸故不改也鄭言諸侯為諸侯則軒懸明天子於其臣備宮懸將射而改之故於此言既設也○傳大侯至之禮○正義曰傳唯言大侯君侯不言侯之所用梓人云張獸侯則王以息燕是燕射射獸侯則毛意亦當然矣燕射之禮自天子至士皆一侯上下共射之無三侯二侯故鄉射記云天子熊侯白質諸侯麋侯赤質大夫布侯畫以虎豹士布侯畫以鹿豕注云此所謂獸侯也燕射則張之鄉射及賓射當張采侯二正而記此者天子諸侯之燕射各以其鄉射之禮而張此侯是以云焉白質赤質者皆謂采其地不采者曰布也熊麋虎豹鹿豕皆正面畫其頭象於正鵠之處君畫一臣畫二陽奇陰耦之數也燕射射熊虎豹不忘上下相犯射麋鹿豕志在君臣相養也其畫之者皆毛物也又曰凡畫者丹質注云賓射之侯燕射之侯皆畫雲氣於側以為飾必先以丹采其地丹淺於赤又曰鄉侯中十尺侯道五十弓弓二寸以為侯中如此則天子燕射唯射一侯耳

侯身一丈其中三分居一以白地畫熊於外則丹地畫以雲氣唯此一侯君臣共射而云大侯君侯者以君所射故謂之大傳解言大之意故以君侯釋之非謂與君臣別侯也大射禮云大侯九十弓彼張三侯其九十弓者最高大故云名大侯亦以君之所射故也言有燕射之禮者以上文謂燕此下說射故言禮有燕射之禮故此詩得言之若然燕禮言若射如鄉射之禮案鄉射初則張侯此舉酬之下始言大侯既抗者鄉射之初雖言張侯而以事未至經云不繫左下綱中掩束之至於將射以司正為司馬乃云司馬命張侯弟子脫束遂繫左下綱是將射始張之故於此言既抗也○箋舉者至祭與○正義曰案大射前射三日司馬命量人巾車張三侯夏官射人云若王大射則以貍步張三侯則天子亦前射三日其侯射人張之矣此將射而言大侯既抗明非始張侯體言舉鵠而棲之於侯中也知者鄭既云周禮梓人張皮侯而棲鵠是鵠在侯復別棲之棲即舉也彼注云皮侯以皮所飾之侯也其上文云梓人為侯廣與崇方三分其廣而鵠居一焉注云高廣等謂侯中天子射禮以九為節侯道九十弓弓二寸以為侯中高廣等則天子侯中一丈八尺諸侯於其國亦然鵠所射也以皮為之各如其侯也居侯中三分之一則此鵠方六尺唯大射以皮飾侯故言張皮侯而棲鵠也天官司裘注亦云以虎熊豹麋之皮飾其側又以方制之為質謂之鵠著於侯中所謂皮侯也又解名曰大侯之意天子諸侯之射皆張三侯故云君侯謂之大侯鄭以此為大射故云張三侯若燕射則張一侯而已無三侯也射人云王大射則張三侯司裘王大射供虎侯熊侯豹侯設鵠天子之射張三侯也大射巾車張三侯是諸侯之射張三侯也司裘又曰諸侯供熊侯豹侯不三侯者注云諸侯謂三公及王子弟封於畿內者是畿內諸侯屈於天子故二侯也謂之侯與鵠者司裘注云謂之侯者天子中之則能服諸侯諸侯以下中之則得為諸侯謂之鵠者取名於鳱鵠鳱鵠小鳥而難中是以中之為儁也亦取名鵠之言較較者直也射所以直己志也大射注云或曰鵠鳥名也淮南子曰鳱鵠知來然則所云正者正也亦鳥名也齊魯之間名題肩為正正鵠皆鳥之捷黠者也此因大射之鵠而又解賓射之正故言然也射人注云正之言正

也射者內志正則能中焉是取鳥為名又取正為義亦猶鵠也既已棲鵠便卽射之故云侯張而弓矢亦張節也解抗侯之下言張弓之意弓可言張而弁言矢者矢配弓之物連言之耳既言大射之禮而毛以此為燕射故破之云將祭而射謂之大射下章言烝衎烈祖其非祭乎既烝衎烈祖是為祭事則此時祭為大射明矣故難之也鄭旲於毛多矣唯采蘋及此難之者出於當時之意耳王肅述毛云幽王飲酒無度故言燕禮之義其奏云言燕樂之義得則能進樂其先祖猶孝經說大夫士之行曰然後能守其宗廟而保其祭祀非唯祭之日然後能保而行之以此故言烝衎非實祭也孫毓以為燕禮輕祭事重幽王無度無不慢也舉重可以明輕輕不足以明重又錫爾純嘏子孫其湛非燕飲之文所得及也一篇之旨箋義為長○箋射夫至之功○正義曰大射所以擇士當助祭者莫不在焉既同非一之辭故知射夫衆射者也獻奏皆奉上之言以發矢能中是呈奏己功故以獻為奏也大射禮選羣臣為三耦若大夫不足以士充之三耦之外其餘衆士與射者各自取匹謂之衆耦射人說賓射之禮云王以六耦則天子大射亦六耦也故周禮夏官大司馬職云若大射則合諸侯之六耦此其義也射人云諸侯四耦大射唯三耦者賓射對鄰國之君尊故四耦大射與己之臣子卑故降之天子尊無與敵其與射者皆是諸侯來朝及在朝公卿無所差降明矣大射賓射但六耦之外亦當有衆耦矣言既比衆耦乃誘射者衆耦正謂王之六耦之外衆耦也何者大射於司射誓射之下云遂比三耦司射命三耦取弓於次司射升堂誘射既誘射然後三耦登堂而射三耦既射乃云遂比衆耦是比衆耦在誘射之後今此箋云既比衆耦乃誘射射者乃登堂而射各奏其發矢中的之功言比衆耦文在誘射之上誘射之下始云登堂而射故知衆耦非如大射之衆耦也必知然者射以正耦為主故禮定其尊卑之數其餘衆耦纔廁末而已鄭何當舍其正耦而言及衆乎正以六耦非一故稱衆也言誘射者大射注云誘教也夫子循循然善誘人○傳的質○正義曰毛氏於射侯之事正鵠不明唯猗嗟傳云二尺曰正亦不言正之所施周禮鄭衆馬融注皆云十尺曰侯四尺曰鵠二尺曰正四寸曰質則以為侯皆一

丈鵠及正質於一侯之中爲此等級則亦以此質爲四寸也王肅亦云二尺曰正四寸曰質又引。爾雅云射張皮謂之侯侯中者謂之鵠鵠中者謂之正正方二尺也正中謂之槷方六寸也槷則質也舊云方四寸今云方六寸。爾雅說之明宜從之此肅意唯改質爲六寸其餘同鄭馬也賈逵周禮注云四尺曰正正五重鵠居其內而方二尺以爲正正大於鵠鵠在正內雖內外不同亦共在一侯鄭於周禮上下檢之以爲大射之侯其中制皮爲鵠賓射之侯其中采畫爲正正大如鵠皆居侯中三分之一其燕射則射獸侯侯中畫爲獸形卽鄉射記所謂熊侯白質之類矣三射之侯皆不同也射人注說畫正之法云其外之廣居侯中三分之一中言二尺與毛傳二尺曰正同也射義云孔子曰循聲而發發而不失正鵠者其唯賢者乎詩云發彼有的以祈爾爵旣言正鵠卽引此的則詩人之意以的爲正鵠之謂也司裘注說皮侯之狀云以虎熊豹麋之皮飾其側又方制之以爲質謂之鵠是鄭意以侯中所射之處爲質也此傳唯言的質也不言質之大小不必同於諸儒四寸六寸也且的者明白之言若廣纔四寸不足以爲明矣蓋亦爲所射處與鄭同也毛以此爲燕射則的者謂熊侯白質者也○箋發發矢至君子○正義曰言射事故知發爲發矢大射禮曰上射旣發挾矢而後下射射拾發以將乘矢是射者與其耦拾發也彼注云拾更也將行也然則四矢謂之乘言射者更代發以行此四矢使四矢徧射也上言獻爾發功謂其行射時此又本其發時之心故云發矢之時各心競云我以此求汝爵謂求不飲也射義引此詩卽云祈求也求中以辭爵也酒者所以養老所以養病求中以辭養也注云欲求中之者以求不飲汝爵是矣故此云射之禮勝者飲不勝者所以養病是辭養也大射禮曰司射命設。豐司宮士奉豐由西階升坐設於西楹西勝者之弟子洗觶升酌散南面坐奠于豐上司射命三耦及衆射者勝者皆袒決遂執張弓不勝者皆襲脫決拾却左手右加弛弓於其上遂執弣勝者先升堂不勝者進北面坐取豐上之觶興少退立卒觶坐奠於豐下三耦卒飲衆皆繼飲射爵如三耦是飲射爵之禮故論語曰下而飲其爭也君子引此者明祈爾爵爲心中之爭也此飲於西階上言下而飲者謂飲射爵時揖讓而升下意取而飲與爭故引彼文不盡耳射義又曰射者仁之道也射者求正諸己己正而後發發而不中則不怨勝己者反求諸己而已矣是各心爭之事也○**籥舞笙鼓樂既和奏烝衎烈祖以洽百禮**秉籥而舞與笙鼓相應箋云籥管也殷人先求諸陽故祭祀先奏樂滌蕩其聲也烝進衎樂烈美洽合也奏樂和必進樂其先祖於是又合見天下諸侯所獻之禮○籥余若反衎若旦反洽戶夾反應應對之應滌徒歷反樂音洛下樂其湛樂喜樂下文曰樂並同**百禮既至有壬有林**壬大林君也箋云壬任也謂卿大夫也諸侯所獻之禮既陳於庭有卿大夫又有國君言天下徧至得萬國之歡心○徧音遍**錫爾純嘏子孫其湛**嘏大也箋云純大也嘏謂尸與主人以福也湛樂也王受神之福於尸則王之子孫皆喜樂也○錫音析嘏古雅反湛答南反**其湛曰樂各奏爾能賓載手仇室人入又**手取也室人主人也主人請射於賓賓許諾自取其匹而射主人亦入于次又射以耦賓也箋云子孫各奏爾能者謂既湛之後各酌獻尸尸酢而卒爵也士之祭禮上嗣舉奠因而酌尸天子則有子孫獻尸之禮文王世子曰其登餕獻受爵則以上嗣上嗣是也仇讀也㪺室人有室中之事者謂佐食也又復也賓手挹酒室人復酌為加爵○能如字徐奴代反又奴來反仇毛音求匹也鄭讀為𣂆音俱謂挹取酒餕子峻反復扶又反下皆同挹一入反**酌彼康爵以奏爾時**酒所以安體也時中者也箋云康虛也時謂心所尊者也加爵之間賓與兄弟交錯相醻卒爵者酌之以其所尊亦交錯而已又無次也○中張仲反人無次也一本人作又【疏】籥舞至爾時○毛以為古之行燕禮也作樂以助歡心使人秉籥而舞與吹笙擊鼓音節相應樂既和奏之音聲甚得其所既賓主有禮八音和樂如是則德當神明可以進樂其先有功烈之祖以合其酒食百衆之禮以獻之也祭有酒食聲樂可歆神因言合獻衆禮以是俱是事神之物即乘而言之此酒食百衆之禮既獻而至於祖時則有祭祀之大禮有孝子之人君可以當於神明為神所歆祐賜汝孝子以大大之福令子孫其

皆耽樂而歡喜也燕樂之和可使神明降福子孫耽樂其此耽者乃曰由燕飲之樂是燕之不可以已也故燕未將射賓則自取其匹耦以共發而居室之主人亦入於次故取弓矢又射以耦賓也賓主射畢而有勝否乃酌彼安體之養爵以奏進於汝之射中者令以飲其不中而行罰也此皆燕射之正禮疾今不行○鄭以爲既大射擇士與祭故於此言其祭事爲祭之初先秉籥而舞吹笙擊鼓聲音滌蕩節度相應其樂既和而俱奏詔告天地之間進樂功烈之祖以合百國所獻之禮而薦之宗廟百國所獻之禮既至陳於庭又有卿大夫矣有諸侯君矣是天下之徧至得萬國之歡心所以事其先祖也先祖於是饗而祐之錫爾王大嘏之福令得保其家邦則王之子孫蒙神之福其皆耽而喜樂矣子孫所以其耽者曰由喜樂於神之福是子孫亦當敬事神明於嘏之後乃各奏見爾子孫奉進之能酌酒而獻尸以事神也子孫既獻於是賓則手自㪺挹其酒室中佐食之人又入酌而酌爲加爵以獻尸也既加爵之後欲使神惠徧行而賓之弟子及己弟子酌彼空虛之爵以進汝之此時心中所尊敬者此皆先王祭祀之禮疾今幽王不能然至於洗酒而無度故舉以刺之○傳秉籥至相應○正義曰籥師令云左手執籥右手秉翟是執籥以舞也舞在笙鼓之上明其與之相應樂器多矣燕之所用不止於此作者舉鼓舞而言耳此皆燕時樂也或以此爲節射之樂案射禮主於射略於樂大射云司射命曰不鼓不釋言射不與鼓節相應不釋筭也樂正命大師曰請奏貍首間若一言調其疏數以節射也然則射之樂者擊鼓作歌與射者爲節而已不必大作諸樂此云鼓舞相應非射樂矣目傳意以此樂和奏可以進樂先祖安得捨燕初之盛作而指節射之略者乎以此知不然矣○箋殷人至之禮○正義曰殷人先求諸陽郊特牲。文以人死。也體魄則降智氣在上祭義曰氣也者神之盛也魄也者鬼之盛也合鬼與神教之至也衆生必死死必歸土此之謂鬼其氣發揚于上神之著也又曰二端既立報以二禮注云二端既立謂氣也魄也由人死有二者故作樂揚其聲音之號使詔告天地之間令魂氣聞而以降此求諸陽之義陽謂魂氣分散者也又臭鬱合鬯以灌令體魄聞而以出是求諸陰之義陰謂體魄存在者也祭者皆爲此二者但行之有先後耳故郊特牲曰殷人尚聲臭味未成滌蕩其聲樂三闋然後出迎牲聲音之號所以詔告於天地之間周人尚臭灌用鬯臭鬱合鬯臭陰達於淵泉灌以圭璋用玉氣也既灌然後迎牲致陰氣也凡祭愼諸此魂氣歸於天形魄歸于地故祭求諸陰陽之義也殷人先求諸陽周人先求諸陰注云此其所以先後異也由此言之殷周先後雖異皆行二禮殷人之臭味未成滌蕩其聲則成臭味而作樂臭味成而行祼其相去亦幾也宗廟當九闋殷於樂闋迎牲周既灌迎牲則殷之爲灌不可在迎牲之後當亦三闋之前矣以氣魄不甚相遠求之亦先後耳故知作樂與灌不得相懸也昭七年左傳稱人生始化曰魄既生魄陽曰魂則魂魄小異耳禮記注云復招魂復魄是魂魄相將之物也然人死精氣有遺而留者有發而升者相對故留者爲魄發者爲魂聖人制作二禮以求之此詩說祭祀之禮不言酒食唯言樂故解之由殷人先求諸陽故祭祀之禮先奏樂滌蕩其聲以是之故此詩主言鼓舞而已此武公周之子孫而言殷禮者鄭志答趙商云衞殷之畿內君子行禮不求變俗祭祀之禮居喪之服哭泣之位皆如其國之法故衞稱殷禮是解武公言殷禮之事也鄭之此答皆下曲禮文案彼注云重本也謂去先祖之國居他國則是不變本國之俗而答志以爲不變民之俗者以禮記說大夫士去國之去故知不變父祖之俗至於人君則與民爲政故順民之俗以不變事同故取禮記爲言耳必知人君當不變民俗者以秦襄公居周之故地故蒹葭刺襄公未能用周禮將無以固其國定四年左傳命伯禽以商奄之民命康叔封諸殷墟皆啓以商政皆言因其故也行其舊俗故知武公行殷之禮故舉殷法而言也此因詩文唯言奏樂故解武公之意也其實詩人之作出於本情不必殷人皆言樂周人皆言祼也烈祖言既載清酤玄鳥云大糦是殷人之作言酒食也執競說武王之祭言鼓鐘管磬是周人之作言聲樂也以此知作者各言其志立文不常箋知以洽百禮合見天下諸侯所獻之禮者以下經云百禮既至是自外而至故知諸侯所獻之禮也○傳王大林君○正義曰釋詁文毛不解百禮之義戴芟文與此同傳曰百禮言多則是君所進祭祀之禮多非諸國之所

獻百禮宜爲所薦之酒食穀粢之百種也毛以此詩正論燕樂之和其言遂及先祖皆非賓祭之事則百禮既至不得爲諸侯非百國之禮自外至也然則有壬有林皆異於鄭當謂有祭祀之大禮有孝子之人君耳○箋任至心○正義曰鄭以此爲賓祭既至外來之辭則君爲諸侯之君君爲國君則任是君所任者故爲卿大夫也以百禮既至則禮從外來故云所獻之禮既陳於庭謂九州諸侯採其美物以當邦賦各獻國之所有而陳之王庭也禮器曰大饗其王事與三牲魚腊四海九州之美味也籩豆之薦四時之和氣也注云此饌諸侯所獻則王者之祭致遠物以助之故知陳天下諸侯獻之禮陳於庭其禮物之外又有卿大夫又有國君也國君之來臣必從焉亦有君不來朝使臣聘者故任林並言先任後林便其文耳必陳此物及卿大夫與國君者見天下偏至得萬國之歡心孝經曰故得萬國之歡心以事其先王是其事也經言百禮而箋云萬國者皆舉大數箋因成文耳○箋嘏謂至喜樂也○正義曰嘏言既與少牢特牲受嘏文同少牢之嘏有辭是皆尸假神意與主人故言尸與主人以福王受神之福於尸也以王之受嘏其辭有勿替引之是福及子孫故喜樂也○傳手取至耦賓○正義曰毛以此爲行燕射之禮故以手爲取言室人以對賓故云室人主人以主自居於室故謂之室人也大射云司射請於公鄉射云司射請於賓則射法立司射以請之非主人自請此云主人請射於賓賓許諾者以詩之所陳略舉大綱非如記注禮儀曲言節數此總陳賓主之黨不獨陳主與正賓二人也禮從主人而起故主人請而賓許諾也又射禮耦者有司所比不是賓自取之也云賓自取匹者雖配之由於有司其技藝敵與不敵亦強弱素定自相牽引而爲耦也大射司射及三耦等皆云取弓矢於次此云主人亦入於次謂取弓矢也言耦又射以耦賓者賓爲上射主爲下射故言又射以耦賓也次者大射注云次若今更衣帳張席爲之○箋子孫至加爵○正義曰以此論祭事而云子孫各奏爾能故知謂既耽之後各酌獻尸也尸尊神之象子孫敢獻之是其能也禮獻必有酢故知尸酢而卒爵也以天子祭禮亡約士之祭禮有嗣子舉奠因酌尸天子則有子孫獻尸之禮特牲禮云上嗣舉奠入北面再拜

稽首注云上嗣主人將爲後者舉猶飲也使嗣子飲奠者將傳重累之也又曰尸執奠進受復位祭酒啐酒尸舉肝進受肝復位坐食肝卒觶是士之祭禮嗣子舉奠也又曰舉奠洗爵入尸拜受舉奠拜尸祭酒啐酒奠之舉奠出復位是因酌尸也言奠者謂迎尸之前親酌奠於鉶南嗣子於此乃舉而飲之故言舉奠自是以後因號嗣子爲舉奠也不引少牢禮者少牢無嗣子舉奠之事特牲注云大夫之嗣子無舉首奠避諸侯然則士卑故不嫌也特牲酌尸不卒爵又無酢直啐而奠之與此不同引之者以有洗酌入事其節相當故引之又引文王世子者與此相當故云其登引餕獻受爵則以上嗣彼據世子之禮正當此事故言是也不直引文王世子而先引士之禮者以文王世子記文無行事之次約士禮準之而後明故并引之彼注云上嗣君之適長子以特牲少牢饋食禮言之受爵謂嗣子舉奠也獻謂舉奠洗爵入也餕謂宗人遣舉奠盥祝命之餕也言登以三者皆登堂行之文逆者便文且令受爵文承上嗣明受之者嗣子也鄭以特牲禮文有次故順而解之與經反也天子有奠斝諸侯有奠角在於饋獻之前至祭末世子乃舉奠也郊特牲云舉斝角詔妥尸彼謂陰厭之時設饌於奧奠斝鉶南迎尸主而入即席東面尸舉所奠之斝祭之至九獻之後嗣子舉所奠之斝飲而卒爵所謂受爵也既稱爲獻固當有酢而卒爵所以爲異故此云天子則有子孫獻尸之禮以明士禮無也以祭無取於四故曰仇讀曰斞斞謂斞挹取酒也室人有室中之事謂佐食者特牲注云佐食賓佐尸食者也謂於賓客之中取人令佐主人爲尸設饌食之人其名之曰佐食特牲佐食一人少牢佐食二人未知天子諸侯當幾人也特牲三獻之後長兄弟洗觚爲加爵又曰衆賓長爲加爵注云大夫三獻而禮成多之者爲加是賓手挹酒室人復酌爲加爵也特牲止有賓長爲加爵不及佐食此言賓與室人俱爲加爵者天子之禮大故佐食亦爲加也案特牲加爵在嗣子舉奠前此賓與室人文在各奏爾能之下者此因子孫其耽先言子孫之事令與上連故賓與室人在其後耳不以酌獻先後爲次也○傳酒至中○正義曰言酒所以安體者射義曰酒所以養病所以養老是由安體故可以養也上章言以祈汝爵慮其耦與

已爵也言以奏爾中謂勝者之黨酌以進中者令以飲彼不中者也各從其所而言之故王肅云奏中者以飲不中者是也大射禮云勝者之弟子洗觶升酌散南面坐奠於豐上是豐上之觶勝者所酌又言養是自勝者往養不勝者之辭故知以奏爾中欲令飲不中者或以投壺云正爵既行請爲勝者立馬三馬既立請慶多馬謂此以奏爾中爲慶勝之爵知不然者大射鄉射皆射訖郎行飲酒之禮以至於終無慶勝之事故也○箋康至次○正義曰康虛釋詁文時者謂時而存乎意故云心所尊者箋又解酌虛爵奏所尊之節故云加爵之間賓與兄弟交錯相酬卒爵言自此以前爵未虛也特牲禮加爵之前賓酬長兄弟加爵之後長兄弟酬賓是加爵之間賓與兄弟交錯其酬也酬賓之下云卒爵者賓觶於篚是卒爵也於是以後爵乃虛矣又曰賓弟子及兄弟弟子各酌於其樽中庭北面舉觶於其長是奏所尊之事也故云酌以獻其所尊交錯而已無次序以旅末故知無次序也言交錯而已者謂弟子舉觶之交錯非上交錯其酬也特牲注云弟子後生者也

賓之初筵溫溫其恭箋云此復言初筵者既祭王與族人燕之筵也王與族人燕以異姓爲賓溫溫柔和也

其未醉止威儀反反曰既醉止威儀幡幡舍其坐遷屢舞僊僊反反言重慎也幡幡失威儀也遷徙屢數也僊僊然箋云此言賓初即筵之時能自勑戒以禮至於旅酬而小人之態出言王既不得君子以爲賓又不得有恆之人所以敗亂天下率如此也○反如字韓詩作昄昄音蒲板反善貌曰既音越下是曰皆同下章放此幡孚袁反舍音捨坐如字徐才臥反屢力具反注及下同本作婁僊音仙屢數音朔態他代反率音類又所律反

其未醉止威儀抑抑曰既醉止威儀怭怭是曰既醉不知其秩抑抑慎密也怭怭媟嫚也秩常也○抑於力反怭毗必反又符筆反說文作佖媟嫚也媟嫚息列反下音慢

疏賓之至其秩○毛以爲幽王既不能如古之禮故陳其燕之失禮言幽王所與燕賓失禮之事其賓之初入門及登堂升筵矣於時尚溫溫然其貌和柔而恭敬也至飲酒旅前其未醉

止之時威儀猶能反反然重愼也至於旅酬之後曰既醉止之時威儀幡幡然失其所矣又舍其本坐遷徙他處數數起舞僊僊然失所也此賓爲王所敬其失如此故武公疾之又重言之云此本旅前其未醉止尚守威儀抑抑然愼密至旅後曰已醉止乃威儀怭怭然而媟嫚至於旅末是曰既醉不自知其常禮言其昏亂禮無次也由此故民皆化之敗亂天下可疾之甚○鄭唯王祭末與族人燕爲異其文義則同○箋此復至和柔○正義曰此與上章雖古今不同而相承爲首尾再言賓之初筵故解之云此復言初筵者既祭王與族人燕之筵也即楚茨所謂諸父兄弟備言燕私是也以文王世子云若公與族人燕則異姓爲賓明王亦然彼注云同宗無相賓客之道以是賓必異姓○傳反反至僊僊然○正義曰此言自重而謹愼與下抑抑愼密一也謂愼禮而密靜即爲美之義故假樂傳曰抑抑美也幡幡失威儀亦由媟慢故下傳曰怭怭媟慢也○僊僊舞貌也傳直云僊僊者是貌狀之辭下僛僛傞傞俱是貌狀亦宜然矣○箋此言至如此○正義曰鄭以章句相接故因上經言初即筵之時能自敕戒以禮未醉之前謂獻酢酬之時也既醉謂至於旅酬而小人態出故失威儀也下章無算爵時故音聲號呶又甚於舍坐是爲失次也論語云聖人吾不得而見之矣得見君子者斯可矣又曰善人吾不得而見之得見有恆者斯可矣故言王既不得君子以爲賓又不得有恆之人卒章云凡此飲酒爲天下所化是由此賓之失而然故言所以敗亂天下率如此言率者非一之辭

賓既醉止載號載呶亂我籩豆屢舞僛僛是曰既醉不知其郵側弁之俄屢舞傞傞

號呶號呼讙呶也僛僛舞不能自正也傞傞不止也箋云郵過側傾也俄傾貌此更言賓既醉而異章者著爲無算爵以後也○號胡毛反注同呶女交反僛起其反注本正或作止按下傞傞是舞不止此宜爲正說文云醉舞也郵音尤俄五何反廣雅云哀傞素多反一音倉柯反呼火故反讙呼端反

既醉而出並受其福醉而不出是謂伐德飲酒孔嘉維其令儀

箋云出猶去也孔甚令善也賓醉則出與主人

俱有美譽醉至若此是誅伐其德也飲酒而誠得嘉賓則於禮有善威儀武公見王之失禮故以此言箴之○箴之林反【疏】賓既至令儀○正義曰前章言燕初及旅酬之事此述無算爵之後言爵行無算賓既醉於酒止於是則號呼則讙呶而唱叫也錯亂我籩豆之行列數起舞僛僛然不能自正也又疾而重言之是此言賓曰既已醉則不自知其過失傾傾其弁使之俄然數起舞傞傞然又不能止以此荒醉敗亂天下故武公爲言陳作賓之禮若既醉而出則賓與主人並受其得禮之福賓則身爲知禮主則用得其人是並受其福也若至於醉而不出是謂誅伐其德醉前無失爲有德既醉爲怨以喪之是伐其德也戒王若飲酒而誠能得嘉善人之賓與之燕則維其於禮有善儀也王何不擇而賓之乎上言曰既醉止與此是曰既醉曰者斷絕更生事之辭言醉而復益醉也上言僛僛是舞之形貌猶能自正僛僛則不能自正傞傞則非徒不正又不能止爲差降也

凡此飲酒或醉或否既立之監或佐之史彼醉不臧不醉反恥立酒之監佐酒之史箋云凡此者凡此時天下之人也飲酒於有醉者有不醉者則立監使視之又助以史使督酒欲令皆醉也彼醉則已不善人所非惡反復取未醉者恥罰之言此者疾之也○令力呈反惡烏路反式勿從謂無俾大怠匪言勿言匪。由勿語箋云式讀曰慝勿猶無也俾使由從也武公見時人多說醉者之狀或以取怨致讎故爲設禁醉者有過惡女无就而謂之也當防護之無使顛仆至於怠慢也其所陳說非所當說無爲人說之也亦無從而行之也亦無以語人也皆爲其聞之將恚怒也○式徐云毛如字又云用也鄭讀作慝他得反惡也大音泰徐勑佐反語魚據反又如字故爲于僞反下同顛都田反本作傎仆何音赴一音蒲北反說文云頓也語魚據反恚一瑞反怒也由醉之言俾出童羖羖羊不童也箋云女從行醉者之言使女出無角之羖羊脅以無然之物使戒深也羖羊之性牝牡有角○出如字徐尺遂反羖音古脅許業反三爵不識矧敢多又箋云矧況又復也當言我於此醉者飲三爵之不知況能知其多復飲乎三爵者獻也酬也酢也〇矧失忍反疏凡此至多又〇毛以爲言王燕失所故天下化之凡此天下之人聚共飲酒初時或有醉者或有不醉者復設法以過之既立酒之監或復佐之爲史令催不醉之人亦使醉也彼醉者則已不善爲人所非惡不醉者此監與史反恥而罰之是使小大盡醉舉坐皆猶狂也俗既然矣武公無如之何故禁戒時人無令相說言用此醉時勿得從而謂之以言其醉狀又當防護醉者無使顛仆大至怠慢汝之所陳說者非所當言勿爲人言而又當自善非得見彼皆然遂從而行之亦勿以彼惡行而語他人以人性諱短聞將恚怒故教之言教之猶恐不從故又脅以重禁汝若從醉者之後言其過失我則使汝出童首無角之羖羊脅其無然之物欲使息也既禁其勿言恐人問之不已又教之云人若問汝彼醉之狀汝當云我於此醉者三爵之時已自不識知況敢能知其多而復飲乎但以此答彼問自息將慎其已然而爲之立大法也〇鄭唯以式爲慝謂見醉者之過惡無就而謂之餘同〇傳立酒之監佐酒之史〇正義曰毛以經直云立監佐史不知是何監何史贊其不足故言酒也立監是衆所推舉佐史是彼自佐之故立文不同此刺其立酒之監燕禮鄉射並立司正鄉射注云解倦失禮者立司正以監之察儀法也卽引詩云既立之監或佐之史則禮法自當立監此刺者彼則監其失禮此乃督之使醉名同而實異以其俱是監察故鄭於鄉射引此耳〇箋式讀曰慝〇正義曰以上文未有醉惡之事而云勿從謂之故以式爲慝訓之爲惡毛不爲傳但毛無改字之理必不與鄭同王肅云用其醉時勿從而謂之傳意當然也〇箋當言至酢酬〇正義曰何知非己自飲之而云彼醉者飲三爵者以問彼之狀宜以彼飲答之且言矧敢多又是不敢知他之辭故知三爵者亦他飲也禮有獻酢與旅酬及無筭爵旅與無筭不止三爵而已故知三爵是獻也酢也酬也若然禮主人獻賓賓飲而又酢主人主人飲而又酌以酬賓賓則奠之而不舉則賓主皆不飲三爵矣而指獻酢酬爲三爵者言於飲三爵禮之時非謂人飲三爵也

賓之初筵五章章十四句

甫田之什十篇三十九章二百九十六句

附釋音毛詩注疏卷第十四(十四之三)

毛詩注疏校勘記(十四之三)

阮元撰盧宣旬摘錄

○青蠅

詩人喻善使惡　閩本明監本毛本詩作讒案所改是也

○賓之初筵

飲酒時情態也　小字本相臺本同案釋文淫液下云飲酒時情態也正義云定本集注態下皆無出字標起止云至情態當是合併時不知正義本有出而刪之耳考二章箋云至於旅酬而小人之態出當以有者為長

卒章無君臣淫泆之事者　閩本明監本毛本泆作液案所改是也以下皆當作液

和旨酒調美也　小字本同閩本明監本毛本同相臺本酒作猶考文古本同案猶字是也

下章言烝衎烈祖　小字本相臺本同閩本同明監本毛本烈誤列

其非祭與　小字本相臺本同案釋文云其非祭與音餘本作乎又作也並非考正義云故破之云云其非祭乎是其本作乎標起止云至祭與當是後改

我以此求爵女　小字本相臺本同閩本明監本毛本同案正義云故云發矢之時各心競云我以此求汝爵是其本作女爵考文古本有女字采正義但又以句末女字別屬下爵讀非也

公外席賓列自西階 閩本明監本毛本同案外字列字皆升字之誤山井鼎引儀禮元文公升下有卽字乃正義引不備耳

是將祭再爲射禮澤宮言習射則未是正射射於射宮乃行 閩本明監本毛本同案十行本上射至下宮剜添者二字此當云正射於射宮乃行句首仍脫一正字

傳言加籩豆 閩本明監本毛本同案豆字當衍

蔆茨栗脯 閩本明監本毛本同案浦鏜云芡誤茨是也

皆實之於豆實謂葅醢 閩本明監本毛本同案實上浦鏜云當脫故云豆三字是也

不忘上下相犯 閩本明監本毛本同案山井鼎云鄉射記註下作不誤也不是今本儀禮譌字耳

正鵠皆鳥之捷黠者也 閩本明監本毛本捷誤棲案山井鼎云黠恐點誤是也今大射注作黠不誤

衆耦正謂王之六耦之外衆耦也 閩本明監本毛本同案浦鏜云六耦下當脫非謂六耦四字是也

又引爾雅云 閩本明監本毛本同案爾當作小此在孔叢小雅廣物

司射命設封 閩本明監本毛本同案山井鼎云大射禮封作豐浦鏜云豐誤封是也正義下文皆作豐

卒爵者酌之以其所尊 小字本相臺本同案當作酌以之其所尊倒者誤正義云故云酌之獻其所尊以義言之耳考文古本其上有獻字采正義而爲之

又無次也小字本相臺本同案釋文云人無次也一本人作又正義云以旅末故弁無次序也當是其本作又而以弁釋之也

郊特牲文以人死也閩本明監本毛本同案也字當在文字下

其相去亦幾也閩本明監本毛本同案亦當作無

有孝子之人君耳○箋任至心○閩本明監本毛本同案十行本有至下○剜添者二字此當云箋壬任至歡心仍脫二字

採其美物閩本明監本同毛本採作采案采字是也

故知陳天下諸侯獻之禮陳於庭閩本明監本毛本同案浦鏜云侯下脫所字是也知下陳字衍

次若今更衣帳張席爲之閩本明監本毛本同案山井鼎云彼注作次若今時更衣處帳張席爲之非也正義無時字處字引不備耳又今大射注帳張席作張幃席

又曰舉奠洗爵入閩本明監本毛本同案浦鏜云酌誤爵以特牲考之浦校是也

少牢無嗣子舉奠之事特牲注云大夫之嗣子無舉首奠閩本明監本毛本同案十行本上嗣至下子剜添者二字山井鼎云特牲注無作不無首字浦鏜云首衍字是也

故云其登引餕獻受爵閩本明監本毛本同案山井鼎云引字應刪是也

不直引文王世子 閩本明監本毛本同案十行本引文王剜添者一字此因初刻引字錯入上文而然也但上仍未刪耳

以特牲少牢饋食禮言之也 閩本明監本毛本同案浦鏜云少牢二字衍是

注云大夫三獻而禮成 閩本明監本毛本同案夫下浦鏜云脫士字是也

遷徙屢數也 小字本同閩本明監本毛本同相臺本無也字案無者誤也

僛僛舞不能自正 小字本相臺本同案釋文云注本正或作止又云此宜爲正正義本是正字考文古本作止采釋文

彼醉則己不善 小字本相臺本同案六經正誤云彼醉則己不善作已誤此毛居正誤改也箋意己字與下復字相對無取於己之義

匪由勿語 唐石經小字本相臺本同案段玉裁云觀箋亦無從而行之也鄭時經文作勿由勿語詳見詩經小學今考正義云非得見彼皆然遂從而行之是正義本已如此唐石經所自出也

鄭唯以式爲惡 閩本明監本毛本同案浦鏜云慝誤惡是也

魚藻之什詁訓傳第二十二

毛詩小雅　鄭氏箋　孔穎達疏

魚藻刺幽王也言萬物失其性王居鎬京將不能以自樂故君子思古之武王焉萬物失其性者王政教衰陰陽不和羣生不得其所也將不能以自樂言必自是有危亡之禍○藻音早鎬胡老反樂音洛篇內唯注八音之樂一字音岳餘並同【疏】魚藻三章章四句至武王焉○正義曰作魚藻詩者刺幽王也言時王政既衰致令天下萬物失其生育之性而不得其所由此王居鎬京將有危亡之禍將不能以自燕樂故詩人君子覩微知著思古之武王焉以武王之時萬物得所能以自樂今萬物失性禍亂將起不以爲憂亦安而自樂故作此魚藻之詩陳武王之樂反以刺之幽王之詩思古多矣皆不陳武王此獨言之者此言將喪鎬京其居鎬京武王爲始刺王將喪其業故特陳武王也既言思古故反經以序之萬物失其性經三章上二句是也王居鎬京將不能以自樂三章下二句是也○箋萬物至之禍○正義曰言萬物所以失其性者由王政既衰以致陰陽不和水旱蟲災死喪疫病害加草木殃及飛走羣衆生長之物悉皆不得其所是萬物失其性也羣生不得其所易乾鑿度文將者未至之辭故云言必自是有危亡之禍讀從是得禍不復更能興也

魚在在藻有頒其首頒大首貌魚以依蒲藻爲得其性箋云藻水草也魚之依水草猶人之依明王也明王之時魚何所處乎處於藻既得其性則肥充其首頒然此時人物皆得其所正言魚者以潛逃之類信其著見○頒符云反說文同韓詩云衆貌見賢遍反王在在鎬豈樂飲酒箋云豈亦樂也天下平安萬物得其性武王何所處乎處於鎬京樂八音之樂與羣

臣飲酒而已今幽王惑於褒姒萬物失其性方有危亡之禍而亦豈樂飲酒於鎬京而無悛心故以此刺焉○豈本亦作愷同苦在反樂也下同悛七全反改也沈又七旬反 疏 魚在至飲酒○正義曰言明王之時魚何所在乎在於藻也然藻者是水中之草乃是魚之常處既得其性故能肥充有頒然其大首也魚之潛逃尚得其性則水陸之物莫不盡然是萬物皆得其所矣既萬物得所天下無事爾時武王何所在乎在於鎬京樂此八音之樂與羣臣飲酒而已今幽王方有危亡之禍將以喪滅鎬京反亦愷樂飲酒故刺之○傳頒大至其性○正義曰釋詁云墳大也頒與墳字雖異音義同以序言萬物失其性則在藻依蒲爲得性也故探下章而總之云魚以依蒲藻爲得其性○箋魚之至著見○正義曰物之潛隱莫過魚顯見者莫過人經舉潛逃箋舉著見則萬物盡該之矣故以人類之魚之依水草猶人之依明王變武王言明王者見人之所依取其明也又言人物者物即魚也

魚在在藻有莘其尾莘長貌○莘所巾反王在在鎬飲酒樂豈魚在在藻依于其蒲王在在鎬有那其居箋云那安貌天下平安王無四方之虞故其居處那然安也○那乃多反王多也 疏 箋那安至然安○正義曰那然爲安之狀故那安貌也無四方之虞昭四年左傳文

魚藻三章章四句

采菽刺幽王也侮慢諸侯諸侯來朝不能錫命以禮數徵會之而無信義君子見微而思古焉幽王徵會諸侯爲合義兵征討有罪既往而無之是於義事不信也君子見其如此知其後必見攻伐將無救也○菽本亦作叔侮亡甫反朝直遙反篇內皆同數色角反音朔爲于僞反 疏 采菽五章章八句至思古焉○正義曰作采菽詩者刺幽王也以幽王侮慢諸侯來朝不

能錫命以禮數徵召而會聚之而無誠信之義事無故召之而無信義後若賓有義事將召而不來詩人見其微知其著而思古昔明王焉故作采菽之詩言古之明王能敬待諸侯錫命以禮反以刺幽王也序皆反經為義侮慢諸侯首章上二句是也不能錫命以禮首章下四句是也其餘皆是錫命之事序總而略之君子見微而思古敘其作詩之意於經無所當也○箋幽王至無救○正義曰天子之會諸侯必為四方有不順服者將征討之乃會以為謀焉不然不會之也今幽王徵會諸侯若為合會義兵以征討有罪者故諸侯聞其召而皆會既而無此征討之義事是於義事不信故言無信義也以寇徵之而實無寇後賓有寇徵將不來君子見其如此其後必見攻伐將無救之事未然而已知之是見微也易曰幾者動之微君子見幾而作是君子皆見微也周本紀曰褒姒不好笑幽王欲其笑萬方故不笑幽王為烽燧大鼓有寇至則舉烽火諸侯悉至至而無寇褒姒乃大笑幽王欲悅之數舉烽火其後不信益不至幽王之廢申后去大子申侯怒乃與繒西夷犬戎共攻幽王幽王舉烽火徵兵兵莫至遂殺幽王驪山下盡取周賂而去是義事不信見伐無救之事

采菽采菽筐之筥之

興也菽所以芼大牢而待君子也羊則苦豕則薇箋云菽大豆也采之者采其葉以為藿。三牲牛羊豕芼以藿王饗賓客有生。俎乃用鉶羹故使采之○筐音匡筥音舉芼亡報反微音微藿火郭反鉶音刑羹古衡反

君子來朝何錫予之雖無予之路車乘馬

君子謂諸侯也箋云賜諸侯以車馬言雖無予之尚以為薄○乘繩證反下注車乘駿乘皆同

又何予之玄袞及黼

玄袞卷龍也白與黑謂之黼箋云及與也玄袞玄衣而畫以卷龍也黼黼黻謂絺衣也諸公之服自袞冕而下侯伯自鷩冕而下子男自毳冕而下王之賜維用有文章者○袞古本反玄袞袞冕服黼音斧徐又音補卷眷勉反下同本又作袞黻音弗絺知里反本又作黹同雉知反鷩必滅反冕也毳尺銳反

【疏】采菽至及黼○毛以為言古之明王待諸侯使人采此菽藿得菽藿則筐盛之筥盛之以為牛汁之芼筐筥所以受所采之菜以與牢禮所以待來朝諸侯故於此君子諸侯

之來朝也乃云有何物而當錫予之乎於時雖爲無可予之尙與之路車及所乘之駟馬其車馬之外又以何物予之又以玄衣而畫以衮龍下及黼冕之黼裳言無予之尙得車馬衮黼今王何以反侮慢之曾無錫命之禮乎故刺之○鄭唯以不與爲異其文義則同○傳與也至則微○正義曰傳既言羊則苦豕則微則菽不總芼三牲而言菽所以芼太牢者舉牛之芼則羊豕之芼微從之可知故云太牢以總之公食禮云鉶芼牛藿羊苦豕薇皆有滑注云藿豆葉也苦苦荼也滑堇荁之屬是也王述毛云筐筥受所采之菜牢禮所以待來朝諸侯○箋菽大豆至采之○正義曰以菽名指大豆之體而言采故云采其葉以爲藿言三牲牛羊豕者傳解言太牢之意明舉菽以見三牲牛不獨爲太牢也定本三牲之下無牛羊豕字王饗賓客則有牛俎謂以鼎煑牛取其骨體置之於俎其汁則芼之以藿調以鹹酸乃盛之於鉶謂之鉶羹故言乃用鉶羹也卽公食記鉶芼是也以草菜地之毛故謂之芼地官牛人云凡賓客之事共其牢禮積膳之牛又云饗食賓射共其膳羞之牛注引燕禮膳宰設折俎王之膳羞亦猶此知王饗賓客則有牛俎也彼食亦供牛獨云饗者以饗爲尊且舉饗而食可知矣○箋賜諸侯至爲薄○正義曰諸侯來朝而得車馬之賜是於禮事足矣而言雖無予之是古者明王其意猶以爲薄箋深歎今王薄亦不爲也其雖無予之言通及玄衮及黼爲文但以車服之別故分言之耳覲禮曰天子賜諸侯氏以車服注云賜車者同姓以金路異姓以象路服則衮也鷩也毳也是服同賜之矣○傳玄衮至之黼○正義曰玉藻云龍卷以祭卽卷龍也白與黑謂之黼冬官繢人文○箋玄衮至章者○正義曰傳雖云玄衮卷龍而義未明故申之玄衮者玄衣而畫以衮龍玉藻注云龍衮畫龍於衣卷字或作衮然則以龍首卷然謂之衮龍衮是龍之狀也黼黻者引類以明之非黼黻爲一也謂絺衣絺謂刺之言此黼黻絺刺之於衣衮黼之在衣也衮則畫之黼則刺之故言謂絺衣以對衮畫衣故也絺在裳言衣者衣總名也諸公之服自衮冕而下侯伯自鷩冕而下子男自毳冕而下皆春官司服職文引之者明衮黼非一衣君子總諸侯也故彼注云九章初一曰龍次二曰山次三曰華蟲次四曰火

次五曰宗彝皆畫以爲繢次六曰藻次七曰粉米次八曰黼次九曰黻皆絺以爲繡則袞之衣五章裳四章凡九也鷩畫以雉謂華蟲也其衣三章裳四章凡七也毳畫虎蜼謂宗彝也其衣三章裳二章凡五也絺衣粉米無畫也其衣一章裳二章凡三也玄冕者衣無文裳刺黻而已是以謂之玄焉凡冕服皆玄衣纁裳由此言毳冕絺冕其裳皆以黼爲首唯玄冕無文耳言子男自毳冕而下則通及絺冕此黼宜絺冕之裳矣箋言謂絺衣者自取絺繡之義非謂冕名但差失偶同耳。裁以爲衣舉袞裳一舉黼正是袞冕之服知不然者以經言及則非一之辭又君子來朝非獨上公一人何得獨言袞龍之衣乎故知黼文下及絺冕之裳也賜法下不得兼上而上得兼下則五等所賜下皆及於絺冕矣所以獨言袞黼不及玄冕者鄭卽解之云王之賜服唯用有文章故也案終南美秦襄公之受顯服云黻衣繡裳是得玄冕也又曰錦衣狐裘是得皮弁服也然則天子之賜諸侯無文亦賜之言王賜唯用有文章者解詩人特舉袞黼之意諸侯之得王賜以有文章者爲榮故詩人言王之賜服唯用有文章者言之故其辭不及玄冕此解作者之意耳非謂玄冕以下王不賜之且作者黼亦取與莒馬爲韻也

觱沸檻泉言采其芹

觱沸泉出貌檻泉正出也箋云言我也芹菜也可以爲菹亦所用待君子也我使采其水中芹者尚絜清也周禮芹菹鴈醢〇觱音必沸音弗檻泉銜覽反徐下斬反〇爾雅云正出涌出也芹巨斤反菹側魚反清如字一音才性反〇

君子來朝言觀其旂其旂淠淠鸞聲嘒嘒載驂載駟君子所屆

淠淠動也嘒嘒中節也箋云屆極也諸侯來朝王使人迎之因觀其衣服車乘之威儀所以爲敬且省禍福也諸侯將朝于王則驂乘乘四馬而往此之服飾君子法制之極也言其尊而王今不尊也〇旂巨機反淠匹弊反徐孚蓋反又芳計反嘒呼惠反驂七南反駟馬曰驂駟音四屆音界中丁仲反諸侯將朝于王一本無于字皆以王字絕句一讀諸侯將朝絕句以王字下屬乘乘上音承證反下音繩〇

【疏】觱沸至所居〇毛以爲觱沸然者是正出之檻泉我明王使人於此水中采其芹菜以爲菹以待諸侯以與富有者是王

家之府藏我明王使人於此府中取其財貨以為車服以賜諸侯其君子諸侯至來朝之時我明王又使人迎之因觀其車服旌旂其此君子車服旌旂則淠淠然動得宜其車馬鸞鈴之聲又嘒嘒然鳴中節至於將朝王於是親自驂駟則乘四馬而往迎之未來則采菽為菹以待之既來則乃使人在塗迎之既朝王則驂駟而見之是故明王於諸侯其所尊敬法制之極今王何以不尊乎○鄭唯以不與為異○傳觱沸至正出○正義曰以觱沸連檻泉言之故知泉出貌釋水云檻泉正出正出涌出也李巡曰水泉從下上出曰涌泉此章毛傳與事不明正以上章類之知此必為與王肅云泉水有芹而人得采焉王者有道而諸侯法焉觀此上下止言王者之待諸侯不美王者與諸侯作法肅輒言之恐非毛旨必欲為與不知以與車服賞賜故別為毛說焉○箋芹菜至鴈醢○正義曰上章菽芼。美則此芹亦食之故知芹菜可以為菹亦所以待君子也以菽為牛之芼言菽見其有牛俎泉是芹所出言泉見其芹絜清不謂非泉即不絜也周禮芹菹鴈醢者醢人云加豆之實芹菹兔醢。箈菹鴈醢是也彼鴈醢與芹菹別文而連引之者因其尚絜清芹鴈俱是水物故連言之○箋諸侯至不與尊○正義曰上言采其芹為我明王則此言觀其旂亦為我明王故云王使迎之也此陳王尊諸侯既使人迎之又自親迎因見諸侯車服之得禮故言其旂鸞之事與下章相首引是一文而有二意故云因觀其衣服車乘之威儀也此直有車乘而兼云衣服者逆探下章是相互之意明皆因迎而觀之耳言觀則人迎可知案觀禮云至于郊王使人皮弁用璧勞注云郊謂近郊去王城五十里小行人職曰凡諸侯入王則逆勞于畿則郊勞者大行人也書傳略曰天子太子十八曰孟侯孟侯者於四方諸侯來朝迎於郊則小行人迎於畿大行人迎於郊此直云迎理兼於此也又解所以必使迎而觀其威儀者迎之所以為敬觀之且以省察其禍福也成十四年左傳曰古之為享食也以觀威儀省禍福也彼雖云饗理可相通故箋據而言之以諸侯至當行朝禮故言將朝於是王則驂乘駟馬而往迎之知驂駟非諸侯之物者以上云言采其芹又曰言觀其旂皆王於諸侯之事既言旂鸞乃云載驂載駟故知非諸侯所乘明王所乘以往也夏官齊僕云朝覲宗遇饗食皆乘金路各以其等爲車送逆之節注云謂王乘車迎賓客上公九十步侯伯七十步子男五十步是也又言此服飾君子法制之極者謂古者明王待君子諸侯法制所爲之至極言其可尊而今王不尊故刺之〇赤芾在股邪幅在下彼交匪紓天子所予諸侯赤芾邪幅幅偪也所以自偪束也紓緩也箋云芾大古蔽膝之象也冕服謂之芾其他服謂之韠以韋爲之其制上廣一尺下廣二尺長三尺其頸五寸肩革帶博二寸脛本曰股邪幅如今行縢也偪束其脛自足至膝故曰在下彼與人交接自偪束如此則非有解怠紓緩之心天子以是故賜予之〇芾音弗股音古邪似嗟反注同幅音福紓音舒予音與偪彼力反大音泰韠音必廣光曠反下同長值亮反脛胡定反縢徒登反解古賣反樂只君子天子命之樂只君子福祿申之申重也箋云只之言是也古者天子賜諸侯也以禮樂樂之乃後命予之也天子賜之神則以福祿申重之所謂人謀鬼謀也刺今王不然〇樂只上音洛下音止重直用反下同樂樂上音岳下音洛疏赤芾至申之〇正義曰言古之諸侯非直鸞旂有禮又服赤芾在於股又著邪幅在於股之下而當膝彼古之諸侯與人交接服芾著幅自偪束如此則非有解怠紓緩之心天子由是之故所以賜予之車馬衣服也以諸侯偪束如此故又以禮樂樂是君子諸侯天子乃命予之以禮樂樂是君子諸侯則神又以福祿申重之古之王者命賜諸侯如此今王不能然故刺之〇傳諸侯至偪束〇正義曰以赤芾對朱爲異故云諸侯赤芾也桓二年左傳曰帶裳幅爲內則亦單云偪則此服名偪而已杜鄭皆云今之行縢然則邪纏於足謂之邪幅故傳辨之云邪幅正是偪也名曰偪者所以自偪束也〇箋芾太古至予之〇正義曰箋本其有芾之由故言太古蔽膝之象易乾鑿度注云古者田漁而食因衣其皮先知蔽前後知蔽後後王易之以布帛而猶存其蔽前者重古道不忘本是亦說芾之元由也繫辭云包犧氏之王天下作結繩而爲網罟以佃以漁則佃漁而食伏犧時也禮運曰飲其血茹其毛衣其羽皮是因衣其皮也以人情而論在前爲形體之褻宜所先

韍故先知蔽前後知蔽後且服芾於前明是重其先蔽而存之也禮運又曰後聖有作治其絲麻以為布帛繫辭又云黃帝堯舜垂衣裳而天下治則易之以布帛自黃帝以後推此則太古蔽膝伏犧時也後王為芾象太古之蔽膝故云芾太古蔽膝之象垂衣裳服布帛必始於黃帝其存此象未知起自何代也明堂位曰有虞氏服韍注云舜始作之以尊祭服言始尊祭服異其名未必此時始存象也知冕服謂之芾其他服謂之韠者以士之有爵弁猶大夫以上有冕也士有韎韐猶大夫以上有芾也士冠禮陳服於房中爵弁韎韐皮弁素韠玄端爵韠雜記云士弁而祭於公即爵弁也士服爵弁以韎韐配之則服冕者以芾配之故知冕服謂之芾士服皮弁玄端皆服韠是他服謂之韠以冕為主非冕謂之他也韍韠俱是蔽膝之象其制則同俱尊祭服異其名耳古者衣皮此存其象故知以韋為之故禮記玉藻韠君朱大夫素士爵韋上云韠下總以韋結之故知以韋上廣一尺下廣二尺長三尺其頸五寸肩革帶博二寸此玉藻文也彼論韠此言韍而引之者明此二者色異而制同也又言脛本曰股者明邪幅在下在股之下古今名異欲以今曉人故云邪幅如今行縢說文云縢緘也名行縢者言行而緘束之故云偪其脛也又解在下之義故云自足至膝故曰在下因在下之文從下而上言之故云自足足即脚踧也彼交匪舒文在邪幅之下明非舒之義出於邪幅之下故云彼與人交接自偪束如此則非有解怠舒緩之心天子以其如此故賜予之言上章所得車服由諸侯非有舒緩故也此芾幅說諸侯服之而來非天子所賜之服亦必有芾幅隨之要此據諸侯自服為文非天子所賜故云自偪束如此此芾幅之服禮之所制縱使心實解惰亦將服之而以其服幅即云自偪束者作者欲美其事因其衣服而美之能依禮不失亦是自偪束矣○箋古者至不然○正義曰古者天子之賜諸侯必設饗禮則以禮作樂故云以禮樂樂之乃後命予之即上車服是也天子既已賜之神則以福祿申重之謂使之君臣同心人安國治此則由神所祐是神申重之以福祿是神祐之辭故知申之者神也以天子賜之即人謀神又重之即鬼謀故言所謂繫辭也祭統曰古者明君爵有德而祿有功

必賜爵祿於太廟示不敢專也則賜或在廟故神得福之言古能如是以刺今王不然

維柞之枝其葉蓬蓬蓬蓬盛貌箋云此與也柞之幹猶先祖也枝猶子孫也其葉蓬蓬喻賢才也正以柞爲與者柞之葉新將生故乃落於地以喻繼世以德相承者明也○柞子洛反又音昨木名蓬步公反注同○**樂只君子殿天子之邦樂只君子萬福攸同**殿鎮也○殿多見反注同平鎮陟慎反又音珍本作填**平平左右亦是率從**平平辯治也箋云率循也諸侯之有賢才之德能辯治其連屬之國使得其所則連屬之國亦循順之○平婢延反韓詩作便便云閑雅之貌

【疏】維柞至率從○正義曰言維此柞木幹上之有枝條其生葉蓬蓬然茂盛新將生故乃落之於地以葉相承無衰落以與維此諸侯先祖之有子孫其有才智亦茂盛繼世以德相承無乏絕由其諸侯世賢如此是以古之明王以禮樂樂是君子則鎮撫天子之邦萬福所同聚而歸之由古者明王尊重之如此故諸侯之有賢才者乃平平然辯治其連屬左右之國使之得所此連屬之國亦如是相與循順而從之故天下所以安定今諸侯亦有繼世賢才者王不命賜使之辯治相從以安天子之國也故刺之○傳蓬蓬盛貌○正義曰述柞葉而言蓬蓬故知是盛貌毛於此章無異鄭之傳故爲同也○箋此與至者明○正義曰箋以下云樂只君子是上列君子之美下所樂之故知此宜陳君子諸侯之事枝生於幹猶子孫生於先祖故云柞之幹猶先祖枝猶子孫也以陳諸侯可樂之美故以其葉蓬蓬喻賢才木枝莫不生葉正以柞爲與者由柞葉新將生故乃落於地其枝常有葉似前君賢者死後君賢者生落君常有賢也以詩人舉柞葉相代爲興知其意喻繼世以德相承者明也○又天保云如松柏之茂無不爾或承彼取葉相承爲義故取柞爲興亦然也○傳殿鎮○正義曰軍行在後曰殿取其鎮重之義故云殿鎮也天子以天下爲家諸侯爲天子守土故樂是諸侯則得鎮安天子之國也○傳平平辯治○正義曰堯典云平章百姓書傳作辨章則平辯義通而古今之異耳故云平平辯治服虔云平平辯治不絕之貌則平平是貌狀也○箋諸侯至循順之○正義

曰箋以上云賢才相承故此云諸侯之有賢才之德能辯治連屬之國使得其
所也諸侯來朝其連屬者亦至焉至則亦當賞之不唯連屬之長上獨言其賢
才者賞以得賢爲貴故特舉賢而言不謂連屬小國至而不賞也襄十一年左
傳說晉悼公受魏絳之謀先和戎狄霸功既成以賜魏絳之樂卽引詩云樂只
君子殿天子之邦樂只君子萬福攸同便蕃左右亦是率
從雖引詩斷章彼以晉悼爲霸長連屬之國與此同也○汎汎楊舟紼纚維之
紼繂也纚緌也明王能維持諸侯也箋云楊木之舟浮於水上汎汎然東西無
所定舟人以紼繫其緌以制行之猶諸侯之治民御之以禮法○汎汎芳劒反紼
音弗爾雅云紼繂也繂音律纚力馳反
韓詩云筰也筰音才各反緌如誰反○樂只君子天子葵之樂只君子福祿膍
之葵揆也膍厚也○葵其維反
膍頻尸反韓詩作肶注同優哉游哉亦是戾矣戾至也箋云戾止也諸侯
有盛德者亦優游自安止
於是言思
不出其位疏汎汎至戾矣○毛以爲汎汎然浮於水上者楊木之舟舟人以紼
纚繫而維持之○使不得東西也以興居於民上者諸侯之君也明
王以禮法約而制禦之使不得違叛也諸侯既不得違叛供職順命故於來朝
明王以禮樂樂是君子諸侯天子於是揆度其功德之多少而命賜之以禮樂
樂是君子諸侯又以福祿厚賜之明王既以賜祿諸侯優饒之哉游縱之哉明
王之德能如此亦如是至美矣古之明命賜諸侯所以爲美今王不能然故刺之
○鄭云汎汎然浮之於水上者楊木之舟而舟人以紼繫而維持之使有所屬
以與國中者諸侯之人而諸侯以禮教制禦之使有所法中四句與毛同下二
句言諸侯既得賜祿故優柔哉遊息哉亦是於自安止矣而思不出其位無復
擾叛今王何以不樂賜賢侯令之治人自安反侮慢不信而令之違叛乎故刺
之○傳紼繂至諸侯○正義曰釋水云紼縭維之紼繂也縭緌也孫炎曰繂大
索也李巡曰繂竹爲索所以維持舟者郭璞曰緌繫也孫炎曰舟止繫之於樹
木戾竹爲大索然則紼訓爲繂繂是大紼縭訓爲緌緌又爲繫正謂舟之止息
以紼繫而維持之以喻明王能維持諸侯定本及集注以毛云紼弗也與爾雅

不同○箋楊木至禮法○正義曰箋亦以下樂只君子明此言諸侯可樂故以舟喻人舟人喻諸侯以紼喻禮法也舟人以紼繫舟而制行之喻人亦得依禮法而行不以舟止爲喻○傳葵揆○正義曰釋言文揆者以天子於諸侯命賜以有多少或以恩或以功當須揆度多少而與之○箋戾止至其位○正義曰以承上言諸侯能治人以禮法是有威德者也自安止是思不出其位故引論語以足之襄二十一年左傳叔向引詩云優哉游哉聊以卒歲下句與此不同則所引逸亡此非也鄭亦約彼優游爲居止自安之義故與毛不同

采菽五章章八句

角弓父兄刺幽王也不親九族而好讒佞骨肉相怨故作是詩也好呼報反【疏】角弓八章章四句至是詩○正義曰角弓詩者王之宗族父兄所作以刺幽王也以王不親九族之骨肉而好讒佞之人令骨肉之內自相憎怨使人傚之故父兄作此角弓之詩以刺之也此經八章上二章言王當親九族是爲不親而發言也既不親九族則疏遠賢者自然而好讒佞事勢所宜言於文無所當也骨肉相怨卽三章四章是也由其相怨故五章本其王慢族親宜燕食之事卽亦不親九族之經矣既相怨不親是上教之失故下三章言其可教而反之無使爲驕如蠻如髦也

騂騂角弓翩其反矣興也騂騂調利也不善紲檠巧用則翩然而反箋云興者喻王與九族不以恩禮御待之則使之多怨也○騂息營反沈又許營反說文作弲音火全反翩匹然反紲息列反弓鞁也檠音景弓匣也說文云榜也謂輔也

兄弟昏姻無胥遠矣箋云胥相也骨肉之親當相親信無相疏遠相疏遠則以親親之望易。以【疏】騂騂至遠矣○正義曰以王不親九族故先述御待之難言騂騂然調利者角弓此角弓雖則調利當善用之若不善置紲檠而巧用之則翩然而其體反。房矣是用角弓之難也以與和順者宗族也此宗族雖則和順當善待之若不善

設食燕而恩御之則亦憤然而其心怨恨矣是待宗族之難也下二句義具在
箋○傳騂騂至而反○正義曰騂騂文連角弓即是角弓之狀也故云調利也
既已調利復云翩其反矣不善用之可知故言不善紲檠巧用翩然而則反矣
冬官弓人以六材爲弓謂幹角筋膠絲漆也又曰角之中恒當弓之隈杜子春
云隈謂弓之淵角之中央與淵相當如彼文弓有用角之處不得即名角弓此
言角弓蓋別有角弓如今北狄所用者於古亦應有之但弓人所不載耳今北
狄角弓弛則體反若不紲檠則不復任用也檠者藏弓定體之器謂未成弓時
內於檠中此弓已調利而言檠者蓋用訖內於竹閉之中恐損其體亦謂之檠
紲即緄縢也傳言巧用明是既已成弓非未定體也故知檠義爲然不以恩禮
御待定本待作侍○箋骨肉至成怨○正義曰骨肉謂族親也以其父祖上世
同稟血氣而生如骨肉之相附。閉謂之骨肉然則骨肉唯謂同姓耳此經兼言
昬姻箋通言骨肉者以昬姻之親與宗族同類弁云兄弟甥舅連言之是其同
也孟子云兄弟關弓而射我我則涕泣而道之無他戚之也其親親之也是親親之望易以成怨○爾之遠矣民胥然矣爾之教
矣民胥傚矣箋云爾女女幽王也胥皆也言王女不親骨肉則天下之人皆如之見女之教令無善無惡所尚者天下之人皆學之言上之化下
不可不慎○傚戶教反【疏】箋爾女至胥皆○正義曰以言人傚之故知汝幽王也上章胥爲相此章胥爲皆者胥相皆並釋詁文也上以王於族親故爲
相於之辭此言天下之人非一故爲皆觀文之勢而爲訓也○此令兄弟綽綽有裕。不令兄弟交相爲瘉綽綽寬也
裕饒瘉病也箋云令善也○綽處若反寬大也裕羊樹反。瘉羊主反【疏】此令至爲瘉○正義曰上言人隨上化此又申言須化之由以人性有善惡其不善
者須化之故言天下若此令善之人於兄弟恩義相與綽綽然有饒裕也其不善之人於兄弟則無恩義唯交更相詬病而已是天下善人少惡人多惡人相
病須上化之故欲令王教之○民之無良相怨一方箋云良善也民之意不獲當反責之於身思彼所以然者而恕之無善心之人則徒

居一處怨恚之○處昌慮反恚一瑞反○受爵不讓至于已。斯亡爵祿不以相讓故怨禍及之比周而黨愈少鄙爭而名愈辱求安而身愈危箋云斯此也○比毗志反鄙爭爭鬬之爭○疏民之至斯亡○正義曰上既言惡人兄弟相病此又申而。成之言天下之人無善心也不但於兄弟相病又不能反之於己以情相怨徒然相怨於一方彼非可怨而怨之是小人之愚惑也此言無良之人不但遙則相怨又對面則受其官爵不以相讓是由此為彼所怨至於己身以此而致滅亡是不教之大禍也王何不親宗族以化之乎章首先言人之無良乃云相怨一方并受爵不讓皆是無良之行末言以至於已斯亡以此二事而至亡也以人初不善兄弟又於外遙則相怨爵則不讓由此以亡○箋民之至怨恚○正義曰欲解無良之意先言良事以反之言人之善者其意有所不得於彼心則當反而求之於己身思彼所以於我而然者而以情怨之不即相怨也其無善心之人有不獲於彼則徒居一方而相怨恚徒空也彼不可怨而怨之是空也○傳爵祿至愈危○正義曰由爵不讓彼而為彼所怨是以禍及於己王制云使以德爵以功則己有功德當自受之而必須讓者以凡稟血氣皆有爭心在上者可量功校能受之者當先人後己故禮設辭讓之法禮記曰爵祿可辭又曰爵位相先文王之朝士讓為大夫大夫讓為卿舜命羣官禹讓稷契之類皆先聖典謨有相讓之法也論語注云士辭位不辭祿言爵祿可辭者以辭爵則祿亦辭之可知故并言之傳又因述不可。讓之意為阿黨比周而望黨援者而其黨愈益少也以人與正不與枉故曲比者黨少也為鄙恥之爭而望榮名者而其名愈益辱也以鄙爭可恥故名辱也苟望求安於己而危他人者而其身愈益危也人各求安則彼以危己故身危也然則求黨求名在於不爭求安在於不安是猶求爵在於讓爵故言此以類之○

老馬反為駒不顧其後已老矣而。孩童慢之箋云此喻幽王見老人反侮慢之遇之如幼稚不自顧念後至年老人之遇己亦將然○駒音拘孩本作咳戶才反許慎云小兒笑也穉音稚如食宜。饇如酌孔取饇飽也箋云王如食老者則宜令之飽如飲老者則當孔取孔取謂度其所勝多少凡器之孔其量大小不同老者氣力弱故取義焉王有族食族燕之禮○食音嗣注同宜如字本作儀注同韓詩云儀我也飫於據反徐又於具反取如字沈又音娶令力呈反飲於鴆反度待洛反勝音升量音亮○【疏】老馬至孔取○正義曰此又言王之不怨言老馬反○爲駒而用之猶王於老人反爲童而遇之王慢老如是則爲不復自顧其後已至年老人之遇己亦將然是猶王之不怨故天下傚之皆無良相怨也因教王尊老之宜言王如食老者之食則宜令之飽而已如酌老者之酒則當如孔之有取孔者器中之所受也器之所受有大小滿則止猶老者所勝有多少亦足則停是王於老者當節敬如是今王何以不然而反慢之○傳已老至慢之○正義曰此經舉馬以喻人故言已老矣而孩童慢之說文云咳小兒笑也內則云子生三月父咳而名之謂指其頤下令之笑而爲之名此言咳童慢之亦當然也此詩刺王不親九族所以偏言老者以老是王者所宜貴故祭義曰虞夏殷周天下之盛王也未有遺其年者況其宗族之老人乎故九族不宜慢之○箋王如至之禮○正義曰王如食老者食則令之飽謂有嘉味勸助之也經言酌當酌酒以與人是飲之酒也食則苦其不飽酒則唯恐過度故食言宜飽酒言孔取孔取謂器中空虛受物之處老子所謂埏埴以爲器當其無有器之用也以比於老人所勝氣力多少是如孔之取也言王有族食族燕之禮者解經所以有食酌之事食則族食酌即族燕矣以食禮無飲燕法無食故如二事也王於宗族大事亦有饗但經所不言食燕可以兼之也大宗伯以飲食之禮親一宗族兄弟文王世子曰若公與族人燕則以異姓爲賓膳宰爲主人族食世降一等大傳云綴之以食而弗殊是王有族食族燕之禮也鄭知孔非物所由出言凡器之孔者以物所由出之孔於人飲酒容受之喻不宜又若一禮不可以喻多少故爲凡器之孔老子云孔德之容唯道是從亦謂器之受寶爲孔也○

毋教猱升木如塗塗附

猱猨屬塗泥附著也箋云毋禁辭猱之性善登木若教使其爲之必也附木桴也塗之性善者若以塗附其著亦必也以喻人之心皆有仁義教之則進

君子有徽猷小人與屬

徽美也箋

云猷道也君子有美道以得聲譽則小人亦樂與之而自連屬焉今無良之人相怨王不教之

疏 毋教至與屬○毛以為上言小人傚上之化無良相怨此又言可反之使善王宜教之言王之不教小人如人之禁彼云無得教猱之升不若教之升木則如以塗泥塗物必附著也何者猱之性善登木今教之使登必能登木矣又喻塗之性善附著以塗之塗物必著矣以與王自不教小人以仁義者若教小人以仁義則必從矣何者以人性皆有仁義因其性而道之故教之必從也又言小人所以易教者以君子之人有美道以得聲譽小人則慕樂之矣其榮名欲得與之而自連屬也是天下之人皆樂善而棄惡但無人啓教耳王何不教之乎鄭唯以附為木桴言以塗泥塗木桴則易著餘同○傳猱猨至附著○正義曰猱則猿之輩屬非猨也陸機疏云猱彌猴也楚人謂之沐猴老者為玃長臂者為猨猨之白腰者為獑胡獑胡猨駿捷於彌猴然則猱猨其類大同故樂記注云獶彌猴也是其類故也傳言附著也是訓附為著故王肅云教猱升木必也如以塗塗之必著○箋毋禁至則進○正義曰說文云毋止之也從女象有好之者言止其好而稱毋故毋為禁辭以猱升木類之則附為有形之物不得為著故易傳以塗之易著必是物之登者故為木桴桴謂木表之麤皮也以猱之性善登木泥之性善著物因其所善而教用之故言必也以顧下小人與屬故知喻人心皆有仁義教之則進此章先言人心易教王不教之下章乃言其樂善故言毋為禁止之意言小人之易教故反辭以體之非禁王不聽教小人孫毓難鄭云若喻人心皆有仁義教之則進何為禁之而云毋乎是未得立言之意耳

雨雪瀌瀌見晛曰消 晛日氣也箋云雨雪之盛瀌瀌然至日將出其氣始見人則皆稱曰雪今消釋矣喻小人雖多王若欲興善政則天下聞之莫不曰小人今誅滅矣其所以然者人心皆樂善王不啓教之○雨于付反注及下同瀌符嬌反徐符彪反又方苗反雪盛貌見如字下文同韓詩作曣音於見反云曣見日出也晛乃見反曰音越下同韓詩作聿劉向同始見賢遍反又如字

莫肯下遺式居婁驕 箋云莫無也遺讀曰隨式用也婁斂也今王不以善政啓小人之心則無肯謙

虛以禮相卑下先人而後己用此自居處斂其驕慢之過者○下遐嫁反注卑下同又如字遺王申毛如字鄭讀曰隨婁王力住反數也徐云○鄭音樓斂也爾雅云裒鳩樓聚也沈力俱反

【疏】雨雪至婁驕○毛以為上言人心易進此言易化之事言天之雨下此雪雖瀌瀌然而盛至於見天晛然之日氣人皆稱之曰此雪今消釋矣以與小人雖皆行此惡之甚至於見王之善政人皆言之曰小人今誅滅矣人惡小人而欲滅之是其心皆好善矣王何不教之乎必須教之者以此小人皆為惡行莫肯自卑下而遺去其惡心者用此之故其與人居處數為驕慢之行故須化之鄭唯以下二句為異言小人不為此王所啓教故莫肯自謙虛以禮相卑下隨從於人者又無用此卑下隨從下行自居處婁斂其驕慢之過者由王不教使然欲王教之也此莫肯之文幷統下句為義○傳晛日氣○正義曰說文云晛日見也此詩之意言雪見之而消消雪者日也序又從日故知晛是日氣也○箋雨雪至教之○正義曰以曰者人言之辭若日出則雪消不復須言矣明言者於日未出而言之故知至日將出其氣始見人則皆稱之曰雪今消釋矣以瀌瀌雪之盛貌故知喻小人之多也以日將出以比王政則王未有政故言王若興善政則天下聞之莫不皆曰小人今誅滅矣以雪比小人日能消雪故喻王誅小人也論語曰子為政焉用殺而言誅小人者以王興政則天下有賞有罰天下喜王為善而言小人誅滅見疾惡之情深有樂善之意耳非即盡誅滅之也此上。成猱升木之事欲王之教人故言人心皆樂善王何不啓教之乎○箋遺讀至過者○正義曰箋以遺棄之義不與謙下相類故讀曰隨隨從於人先人後己以相卑下之義也釋詁云婁斂聚也俱訓為聚則義得通故云婁斂也言用此者用此下隨之行自居處收斂其驕慢之過為敬順謙恭也此二句毛不為傳但毛無改字之理又婁之為數乃常訓也故別為毛說焉

雨雪浮浮見晛曰流浮浮猶瀌瀌也流流而去也

如蠻如髦我是用憂蠻南蠻也髦夷髦也箋云今小人之行如夷狄而王不能變化之我用是為大憂也髦西夷別名武王伐紂其等有八國從焉○髦舊音毛尋毛鄭之意當與尚書同音莫侯反行下孟

反【疏】如蠻至用憂○正義曰言由王不以善政啓小人之心令如南國之荆蠻如西方之髦我髦行如夷狄王不能變我是用為大憂之欲令王興善政而不能由此以刺之也○傳蠻南蠻髦夷髦○正義曰爾雅八蠻在南故為南蠻髦對而言之不在中國故為夷髦髦雖在西夷總名也○箋令小至從焉○正義曰言如以比之是小人之行比如夷狄也傳言夷髦不辨其方之所在故云西夷之別名知者正以武王伐紂其等有八國從之其中有髳故知在西方也牧誓曰及庸蜀羌髳微盧彭濮人又曰逖矣西土之人是西方也彼髳此髦音義同也

角弓八章章四句

菀柳刺幽王也暴虐無親而刑罰不中諸侯皆不欲朝言王者之不可朝事也菀音鬱徐於阮反中丁仲反下注不中同朝直遙反篇內同【疏】菀柳三章章六句至朝事○正義曰經三章毛鄭雖有小異皆以上二章次二句為暴虐下二句及卒章下二句為刑罰不中其上二章上二句及卒章上四句言王無美德心無所至言王者不可朝事之意總三章之義也

有菀者柳不尚息焉興也菀。茂。木也箋云尚庶幾也有菀然枝葉茂盛之柳行路之人豈有不庶幾欲就之止息乎興者喻王有盛德則天下皆庶幾願往朝焉憂今不然上帝甚蹈無自暱焉蹈動暱近也箋云蹈讀曰悼上帝乎者愬之也今幽王暴虐不可以朝事甚使我心中悼病是以不從而近之釋己所以不朝之意○蹈音悼鄭作悼病也暱女栗反又女筆反徐又乃吉反俾予靖之後予極焉靖治極至也箋云靖謀俾使極誅也假使我朝王王留我使我謀政事王信讒不察功考績後反誅放我是言王刑罰不中不可朝事也○俾必爾反本作卑後皆同極毛如字鄭音棘

【疏】有菀至極焉○毛以為有菀然者枝葉茂盛之柳行路之人見之豈不庶幾就之而息止焉○誠欲就之而止息以與有道德茂美之王諸侯見之豈不庶

幾往之而朝事今諸侯不往朝王由無美德故也諸侯既不朝王又相戒曰上帝之王甚變動而其心不恆刑罰妄作汝諸侯無得自往親近之若自往親近之必將得罪又恨王者不任己以事言王之有事若使我治之於後則使我更至焉今有事不使我治之動輒加我以罪我所以不欲朝王也○鄭以上二句與毛同言我不欲朝者以王暴逆故訴之于天言上帝乎今幽王行其暴虐不可朝事甚使人心中悼傷我是以無得從而近之由王爲惡故己不欲朝也非直暴虐如是刑罰不中假我朝王王留我有政事使我謀之王信讒不察功考續我雖無罪於後必罪我而誅放焉由此我所以不往朝事之也○箋尚庶至不然○正義曰釋言云庶幾尚也以心所念尚卽是庶幾義相反覆也以行人之欲息於茂蔭似諸侯之顯朝於有德故以茂喻盛德而願往焉反陳古義以刺今故言憂今不然○傳蹈動暱近○正義曰蹈者踐履之名可以蹈善亦可以蹈惡故爲動言王心無恆數變動也故王肅孫毓述毛皆以上帝爲斥王矣暱近釋詁文毛於下章瘵焉病也言王者躁動無常行多逆理無得自往近之則爲王所病與此互相接也○箋蹈讀至之意○正義曰以上言庶幾朝之下句言無自暱焉是其蹈爲惡之狀故讀爲悼言使人心中悼病若蹈履則非惡之狀故易傳也言王無美德下訴其不可朝事於理爲切故以上帝爲天而訴之也序言王者不可朝事故云釋己所以不朝之意○傳靖治極至○正義曰並釋詁文此言王不可朝而云使我治之後我至焉則毛意以爲恨王不使己治事故後不至也此恨王不任己事則居以凶危是又恨王使己皆由王之無常有事不任之讒任卽加罪是不可朝事○箋靖謀至朝事○正義曰靖謀俾使皆釋詁文極誅釋言文以序云刑罰不中卒章云居以凶矜反以類此則極邁皆罪事故言假使我朝王王留我使謀政事王信讒反誅放我也以凶矜之文與此相類故易傳也

有菀者柳不尚愒焉愒息也○愒欺例反徐丘麗反**上帝甚蹈無自瘵焉**瘵病也箋云。瘵接也○瘵側界反鄭音際**俾予靖之後予邁焉**箋云邁行也行亦放也春秋傳曰。予將行之

疏箋瘵接○正義曰毛依釋詁云瘵病

也鄭以上暱類之讀為交際之際故言接也○箋邁行至行之○正義曰邁行釋言文以罪而使之行於外故言行亦放也引傳曰予將行之者昭元年左傳文時鄭之大夫游楚有罪子產將放之子大叔者游楚之宗傳曰將行子南子產咨於大叔大叔曰吉不能亢身焉能亢宗吉若獲戾子將行之何有於諸游是行為放之義故引證之也吉大叔之名子南游楚之字

有鳥高飛亦傅于天彼人之心于何其臻

箋云傅臻皆至也彼人斥幽王也鳥之高飛極至於天耳幽王之心於何所至乎言其轉側無常人不知其所居○傳音附

曷予靖之居以凶矜

曷害矜危也箋云王何為使我謀之隨而罪我居我以凶危之地謂四裔也○裔延世反

【疏】有鳥至凶矜○毛以為鳥飛無定之物人心有定之主今鳥有所至人心反無至故以喻之言有鳥高飛謂其終無所至亦至于天而止也今彼人幽王之心于何其所至乎言其心轉側無常人不知其所止乃為之不如由此不可朝事也我若朝王王使我治事旋即罪我故恨王云何由使我治之尋復居處我以凶危之地也使即罪之是刑罰不中不可朝事也○鄭唯以靖謀為異餘同○傳曷害○正義曰傳雖曷為害亦訓為何故害澣害否皆為何也○箋王何至四裔○正義曰以誅放類之故知凶危是凶危之地謂四方荒裔遠處即九州之外也文十八年左傳曰投諸四裔以禦螭魅是四裔之文即羽山東裔崇山南裔三危西裔幽州北裔是也九州之外而言幽州者以州界甚遠六服之外仍有地屬之故繫而言焉

菀柳三章章六句

附釋音毛詩注疏卷第十五（十五之二）

毛詩注疏校勘記（十五之二）

阮元撰盧宣旬摘錄

○魚藻

有那其居 小字本相臺本同唐石經那字磨改其初刻不可辨或與商頌同見彼下

○采菽

數徵會之 小字本相臺本同唐石經數字磨改其初刻不可辨

采其葉以爲藿 小字本相臺本同案正義云故云采其葉以爲藿釋文以爲藿作音段玉裁云藿當是芼

王饗賓客有生俎 閩本明監本毛本同小字本相臺本生作牛考文古本同案生字誤也正義可證

傳解言大牢之意 閩本明監本毛本同案浦鏜云傳解二字當誤倒是也

天子賜諸侯氏以車服 閩本明監本毛本同案浦鏜云諸衍字是也

是服同賜之矣 閩本明監本毛本同案是下當有車字

絺衣粉米 閩本明監本毛本同案浦鏜云刺誤衣是也

裁以爲衣舉衮 閩本明監本毛本同案浦鏜云裁當或字誤是也

諸侯將朝于王 小字本相臺本同案釋文云一本無于字皆以王字絕句一讀諸侯將朝絕句以王字下屬考正義云以諸侯至當行朝

禮故言將朝於是王則驂乘四馬而往迎之是正義本無于字讀朝字絕句與一讀同也

不知以與車服賞賜閩本明監本毛本同案浦鏜云知當如字誤是也

上章菽芼美閩本明監本毛本同案浦鏜云羹誤美是也

箈菹鴈醢明監本毛本箈誤落閩本不誤○按康成以前正作箈菹

邪幅幅偪也所以自偪束也小字本相臺本同案正義云故傳辨之云邪幅正是偪也名曰偪者所以自偪束也是其本作邪幅偪也偪所以自偪束也各本皆誤

俱尊祭服閩本明監本毛本同案浦鏜云俱當但字誤是也

此則由神祈祐閩本明監本毛本同案浦鏜云祈疑所字譌是也

落君常有賢也補毛本落作其案其字是也

優哉游哉明監本優誤優各本皆不誤

李巡曰緈竹爲索閩本明監本毛本緈誤綷案依此正義引爾雅弁注皆當作緈今作綷者乃依此傳改耳

○角弓

騂騂調利也小字本相臺本同考文古本同閩本明監本毛本利誤和正義中字同釋文騂騂下云調利也本亦或誤今正祥後考證

則以親親之望易以小字本相臺本閩本明監本毛本皆以下有成怨二字案此十行本誤脫

則翩然而其體反房矣閩本明監本毛本同案浦鏜云戾誤房是也

翩然而則反矣閩本明監本毛本同案則字當在翩字上浦鏜云譌在下是也

閉謂之骨肉閩本明監本毛本同案閉當作因形近之譌

綽綽有裕毛本裕誤裕明監本以上皆不誤餘同此

至于已斯亡小字本相臺本同閩本明監本毛本同唐石經已作己案己字是也音紀正義云至於己身以此而致滅亡可證坊記引此詩鄭彼注云以至亡己是鄭義自作己也己誤作已經注正義中所在多有考六經正誤則宋時固然唐石經二字無誤者餘同此

此又申而成之補案成當戒字之譌毛本正作戒

傳又因述不可讓之意閩本明監本毛本同案不可下浦鏜云疑脫不字是也

而孩童慢之小字本相臺本同案釋文云孩本作咳戶才反考正義云此言咳童慢之是其本作咳也

如食宜饇唐石經小字本相臺本同案釋文云宜如字本作儀注同正義本是宜字

老子所謂埏埴以爲器閩本明監本毛本同案浦鏜云挻誤埏是也

又若一禮閩本明監本毛本同案浦鏜云禮當孔字誤是也因禮作礼而致譌耳

若教使其爲之必也小字本同閩本明監本毛本同相臺本無之字必下有能字案相臺本誤也沿革例云依疏增一能字考此正義云必能登木矣乃自爲文非其本注有能字也下箋云其注亦必也二必字義同正義引王肅云教猱升木必也又云因其所善而教用之故云必也皆可證沿革例讀正義誤耳

無得教猱之升不若教之升木補案不當作木屬上句讀毛本不誤

猱彌猴也補考陸疏彌作獼毛本亦作獼彌字省譌也

故樂記注云猨獼猴也閩本明監本毛本同案猨當作獿正義引經籍有用其本書之字而不復言其字異義同者於所易知例如此也今每有爲人因經注不見其字而改去者此其比矣

必是物之翟者補閩本明監本毛本同案翟當作濯誤脫水旁

序又從曰閩本明監本毛本同案浦鏜云序當字字誤是也

此上成猱升木之事補毛本成作戒案戒字是也

如西方我髦補案我當是夷之譌傳髦夷髦也可證

菀柳

○菀茂木也小字本相臺本同案釋文菀柳下云木茂也是其本作木茂正義本今無可考

似諸侯之顯朝於有德 閩本明監本同毛本顯作願案所改是也

箋云瘵接也小字本同閩本明監本毛本同相臺本無瘵字案無者誤也○按箋卽際之假借也不言讀爲際者省文也

春秋傳曰予將行之也閩本明監本毛本同小字本相臺本予作子案予字誤○補案正義予將行之者同

子南游楚之子 補案子當作字毛本同誤

毛詩小雅　鄭氏箋　孔穎達疏

都人士周人刺衣服無常也古者長民衣服不貳從容有常以齊其民則民德歸壹傷今不復見古人也服謂冠弁衣常也古者明王時也長民謂凡在民上倡率者也變易無常謂之貳從容謂休燕也休燕猶有常則朝夕明矣壹者專也同也○長張丈反注同貳音二從七容反復扶又反下注同倡率色類反朝夕直遙反疏都人士五章章六句至古人○正義曰都人士詩者周人所作刺其時人所著之服無常也以古者在上長率其民所衣之服不變貳雖從容休燕之處其容貌亦有常不但公朝朝夕而已身自行此以齊正其人則下民皆爲一德謂其德如一與上齊同亦衣服不貳從容有常也傷今不復見古之人故作詩反以刺之周人者謂京師畿內之人此及白華獨言周人者蓋敘者知畿內之人所作其人或微不足錄故言周人以便文無義例也不言刺幽王者此凡在人上服皆無常故下民亦不齊一此刺當時之服無常非指刺王身故序不言刺王然風俗不齊亦王者之過郎亦刺王也服謂在體之衣德謂身之所行德服非一在上衣服有常能使下民一德正謂服有常也抑抑威儀維德之隅由德行有常故服不變既觀其服之不貳知其德之齊一不然則德在於心不可知其一有否也經五章皆陳古者有德之人衣服不貳不言長民者敘言人德齊一之由故說長民不貳於經無所當也唯傷今不復見古之人是總敘五章之義民者兼男女故經有士女二事○傳服謂至同也○正義曰冠弁在首衣裳在身皆是體之所服直云衣服刺無常明其兼之也弁者古冠之大號也冠弁總謂在首者冕弁之類皆在其中也春官司服云凡田冠弁服謂委貌玄冠爲冠弁對其餘弁冕而立名非總諸冠與此不同也以傷今而思之故知古者明王時也言長民則與民爲長者皆是故謂

凡在人上倡率者謂爲官倡導帥領之人卽邑宰鄉遂之官言凡語廣雖上及天子諸侯皆是也衣服衆矣當各以其事服之今云衣服不貳明各於其事不得差貳故云變易無常謂之貳也此從容承衣服不貳之下以對之矣明爲私處舉動故知謂休燕閒暇之處宜自放縱猶尙有常則朝夕舉動亦有常明矣此休燕有常直謂進退舉動不失常耳卽經所云其容不改之類非據衣服故箋直云猶有常不言服明其非服也壹者齊一之義故爲專也同也言專爲一行服色齊同也

彼都人士狐裘黃黃其容不改出言有章彼彼明王也箋云城郭之城曰都古明王時都人之有士行者冬則衣狐裘黃黃然取溫裕而已其動作容貌既有常吐口言語又有法度文章疾今奢淫不自責以過差○出如字士行下孟反下文行歸注操行同衣於既反差初賣反又如字○

行歸于周萬民所望周忠信也箋云于於也都人之士所行要歸於忠信其餘萬民寡識者咸瞻望而行法傚之又疾今不然○望如字協韻音亡○

【疏】箋城郭至過差○正義曰都者聚居之處故知城郭之域也定本城作城正舉都邑者以都邑之士近政化有道先被其德無道先化其淫此時奢淫巧僞一都邑尤甚故舉古之都邑以較今之都邑也士者男子行成之大稱敘言則民一德是所陳者人也人而言士故知都人之有士行者非爵爲士也月令孟冬天子始裘故知冬則衣狐裘也以古之衣裘其上必有裼衣故知取其溫裕而已禮記緇衣引此詩彼注云黃衣則狐裘大蜡之服也詩人見而說焉以爲大蜡之裘則是有衣裼矣言取溫裕者以注記之時未詳此詩之意以狐裘黃者實大蜡時息民所服服則黃衣故以言焉至此觀經爲解故不與彼同也若然息民之祭服此狐裘則是尊貴之服矣庶人而得服之者彼狐之黃者多黃狐之衣非貴服也息人臘祭服之者於是草木黃落象其時物之色故服之耳郊特牲云野夫黃冠黃冠草服也注云言祭以息民服象其時物之色季秋草木黃落是順時而服非同於常祭其實爲輕又不衣裼故庶人所得衣也若然玉藻云犬羊之裘不裼注云質略亦庶人無文飾則庶人止服犬羊此衣狐裘者以禮不下庶人其制不可得曲而

盡此言狐裘則庶人得衣狐裘明矣禮云犬羊舉一以言之七月云一之日于貉箋云于貉往捕貉以自爲裘是庶人又以貉裘而禮無明文禮之所記不能盡也七月又云取彼狐狸爲公子裘則非公子不得衣狐裘言庶人狐裘者以狐色不等若狐白非君不服狐青及小而美者則可以供公子而庶人避其文故言于貉若黃狐及麤惡者不廢庶人亦服之且孔子云狐貉之厚以居狐連貉言之貉既庶人所服狐亦服之明矣以庶人服犬羊不裼故此狐裘亦不裼取其温裕而已或以書傳云古者必有命民得乘飾車駢馬衣文錦彼都人士爲命民故異於其餘庶民知不然者此則思古之服則古之都邑之士則當皆然也下言緇撮不異庶人則狐裘黃黃是庶人所當服矣此思古人之善以刺今人之惡故箋總之云疾今奢淫不自責以過差也以君子既有其服則常其容以出於言而後爲行故經以此爲文次也○箋都人士至今不然○正義曰以經言萬民所望明都人爲人所法倣也知寡識者以明王之時賞不遺才若深識當爲時所用今取法於都人故知寡識者以因前經故言又疾今不然襄十四年左傳引此二句服虔曰逸詩也都人士首章有之禮記注亦言毛氏有之三家則亡今韓詩實無此首章時三家之列於學官毛詩不得立故服以爲逸

彼都人士臺笠緇撮臺所以禦暑笠所以禦雨也緇撮緇布冠也箋云臺夫須也都人之士以臺皮爲笠緇布爲冠古明王之時儉且節也○臺如字爾雅作薹草名笠音立緇側其反撮七活反夫音符本亦作扶○

彼君子女綢直如髮密直如髮也箋云彼君子女者謂都人之家女也其情性密緻操行正直如髮之本末無隆殺也○綢直留反密也致直置反本亦作緻隆俗本作降殺所界反又所側反○

我不見兮我心不說箋云疾時皆奢淫我不復見今士女之然者心思之而憂也○我不見第二章作不見後三章作弗見一本四章同作不字說音悅

疏彼都至不說○正義曰言彼明王之時都邑之人有士行者以臺草爲笠緇布爲冠以撮持其髮是儉而且節此都人之行如是則爲君子之人矣彼都人君子之家女其情性密緻操行正直如人之頭髮然其本末無隆殺言其性行終

始不變也今既不然士女淫縱我今不復得見古之都人士女德行如是令由此我心不歡說而憂心思古也○傳臺所至布冠○正義曰臺草名可爲笠則一也而傳分之者笠本禦暑故良粗曰其笠伊糾因可以禦雨故傳分之以充二事焉以緇撮爲一知臺笠不二矣○箋以臺至且節○正義曰禹貢有島夷卉服彼卉者是草之總名但島夷居下濕而常服之此臺草之一名亦卉也郊特牲曰大羅氏天子之掌鳥獸者諸侯貢屬焉草笠而至尊野服也則草笠野口人之服是賤者也前裘則冬所衣此笠則夏所用各舉其一而言之以臺皮爲笠緇布爲冠不用美物故云儉言撮是小撮持其髻而已是且節也鄭知取此義者以上言狐裘卽述其容貌言行此下不述言行故舉其冠笠以表節儉也案郊特牲云大古冠布齊則緇之冠而敝之可也注云此重古而冠之耳三代改制齊冠不復用布玉藻云始冠緇布冠自諸侯下達冠而敝之可也則此應始冠而敝之今都人以爲常服者士以上冠而敝之庶人則雖得服委貌因而冠之而儉者服緇布故詩人舉而美焉故論語今也純儉注云純當爲緇則緇亦得爲紂帛何知非紂帛爲玄冠而言緇布者以緇雖古儉布帛兩名但字從才者爲帛從甾者爲布此言緇故知非帛且若是帛爲玄冠則有制度不得言撮故士冠禮云緇布冠頍項注云緇布冠無笄者著頍圍髮際結項中隅爲四綴以固冠也項中有繩亦由固頍爲之耳今未冠笄者著卷幘頍象之所生也是緇布冠制小故言撮以此益明非玄冠若然緇布冠制自當小言明王之時儉且節者解不著玄冠而著緇布之意故雖禮制之小亦由儉節而著之○傳密直如髮○正義曰傳變綢言密則以綢爲密也綢者綢緻之言故爲密也○箋彼君子至隆殺○正義曰文承於上故以彼君子女謂都人之家女也以密在於心故言情性直見於外故言操行謂所操持之行跡也能始終不虧故言本末無隆殺定本隆作降

彼都人士充耳琇實。琇美石也箋云言以美石爲瑱瑱塞耳○琇音秀徐又音誘瑱他見反○

彼君子女謂之尹吉尹正也箋云吉讀爲姞尹氏姞氏周室婚姻之舊姓也人見都人之家女咸謂之尹氏姞氏之女言有禮法○吉毛如字鄭讀爲姞

其吉反又其乙反我不見兮。我心苑結。箋云苑猶屈也積也○苑於粉反徐音鬱又於阮反【疏】彼都至苑結○毛以爲言彼明王之

時都人之有士行者充耳以琇之美石實其耳是其有節制也彼都人有君子之德其家之女謂之正直而嘉善矣我今不見古之士女德服如是我心爲之

苑然槃屈如繩索之爲結矣○鄭唯尹姞爲異餘同○傳琇美石○正義曰淇奧傳曰琇瑩美石說文云琇美石次玉也然琇是美石之名耳而此傳俗本云

琇實美石者誤也今定本毛無實字說文直云琇石次玉則實非玉名故王肅云以美石爲瑱塞實其耳義當然也淇奧說武公之服以琇爲充耳此都邑庶

人亦用琇者禮天子以純玉諸侯以下則玉石雜衞風自舉石言之其實玉多而石少非全用石也此則庶人無玉用石而已其用之石則與諸侯之。同。名故

俱言琇也○傳尹正○正義曰釋言文王肅云正而吉也易繫辭云吉人之辭寡○箋吉讀至禮法○正義曰言謂之者是指成事而謂之故易傳也尹既是

姓則吉亦姓也故讀爲姞矣其人而謂之尹姞者以尹氏姞氏周室昏姻之舊姓也知者節南山云尹氏大師常武經曰王謂尹氏昭二十三年尹氏立王子

朝是其世爲公卿明與周室爲昏姻也韓奕云爲韓姞相攸言汾王之甥是姞與周室爲昏姻也又宣三年左傳云鄭石癸曰吾聞姬姞耦其子孫必蕃姞吉

人也后稷之元妃也言姬姞耦明爲舊姓以此知尹亦有昏姻矣既世貴舊姓昏連於王室家風不替是有禮法矣故見都人之女有禮法者謂之尹姞也孫

毓云尹氏姞氏衰世舊姓豈必能賢案篇義思古之人則所言皆斥明王之時不得以衰世爲難矣彼都人士垂帶而厲彼君子

女卷髮如蠆厲帶之垂者箋云而亦如也而厲如鞶厲也鞶必垂厲以爲飾厲字當作裂蠆螫蟲也尾末揵然似婦人髮末曲上卷然○帶音帶

本亦作帶厲毛如字鄭當作裂音列卷音權注及下同蠆勑邁反又勑界反蠆蟲也通俗文云長尾爲蠆短尾爲蠍蠍音虛伐反鞶薄寒反螫音釋本又作蠚

呼莫反揵其言反又音虔漢書音義云舉也又渠偃反一音其蹇反上時掌反我不見兮言從之邁箋云言亦我也邁行也我今不見士

女此飾心思之欲從之行言己憂悶欲自殺求從古人〇【疏】彼都至之邁〇毛以為言彼明王之時都人之有士行者垂其帶之飾而有厲然言其服飾有常也彼都人君子之家女乃曲卷其髮末如蠆之尾言其容儀有法也今之士女皆奢淫不然我今不見古之士女如是儀飾以是故心中思之我欲從之其當自殺以行而求古人言己憂悶不能自勝也鄭唯以垂帶如鞶裂為異餘同〇傳厲帶之垂者〇正義曰毛以言垂帶而厲為絕句之辭則厲是垂帶之貌故以厲為帶之垂者〇箋而亦至卷然〇正義曰以言如蠆將外物以比髮曲則而厲亦將外物以比帶垂故云而亦如也以蠆已言如故言亦如也如厲如鞶厲者謂如桓二年左傳云鞶厲游纓也彼服虔以鞶為大帶也鄭意則不然內則云男鞶革女鞶絲注云鞶小囊盛帨巾者男用韋女用繒有飾緣之則是鞶裂與詩云垂帶如厲紀子帛名裂繻字雖今異意實同也以鄭彼注言之則鞶是囊之名但有飾緣之紀垂而下名之為裂鞶必垂裂以為飾言帶之垂似之也以紀子帛名裂繻故言厲字當作裂也昭四年左傳曰其父死於路已為蠆尾言蠆尾有毒也故以為螫蟲其末尾揵然似婦人髮末曲上卷然也禮斂髮無鬈而有曲者以長者盡皆斂之不使有餘而短者若鬢傍不可斂則因曲以為飾故不同也定本及集本揵下皆無然字〇箋我今至古人〇正義曰上言帶髮故言士女此飾也以上章有我心此言從之邁故知心思之彼人已死而欲從之行故知憂悶欲自殺求從古人〇

匪伊垂之帶則有餘匪伊卷之髮則有旟 旟揚也箋云伊辭也此言士非故垂此帶也帶於禮自當有餘也女非故卷此髮也髮於禮自當有旟也旟枝旟揚起也〇旟音餘揚也

我不見兮云何盱矣 箋云盱病也思之甚云何乎我今已病也〇盱喜俱反

【疏】〇匪伊至盱矣〇正義曰此承上章之文故匪伊之上闕帶髮之文見於下句以法所當然是於禮有之也禮大帶垂三尺是矣此下二句初直不悅後更菀結故欲自殺而未能所以為病為事之次也

都人士五章章六句

采綠刺怨曠也幽王之時多怨曠者也怨曠者君子行役過時之所由也而刺之者譏其不但憂思而已欲從君子於外非禮也○思息嗣反下皆同【疏】采綠四章章四句至曠者○正義曰謂婦人見夫行役過時不來怨己空曠而無偶也婦人之怨曠非王政而錄之於雅者以怨曠者爲行役過時是王政之失故錄之以刺王也經上二章言其憂思下二章恨本不從君子皆是怨曠之事欲從外則非禮故刺之○箋怨曠至非禮○正義曰婦人思夫情義之重禮所不責故知譏其不但憂思而已欲從君子於外非禮也禮婦人送迎不出門況從夫行役乎雖憂思之情可閔而欲從之語爲非故作者陳其事而是非自見也

終朝采綠不盈一匊興也自旦及食時爲終朝兩手曰匊箋云綠王芻也易得之菜也終朝采之而不滿手怨曠之深憂思不專於事○匊弓六反注本或一手曰匊芻楚俱反草也易以豉反予髮曲局薄言歸沐局卷也婦人夫不在則不容飾箋云言我也禮婦人在夫家笄象笄今曲卷其髮憂思之甚也有云君子將歸者我則沐以待之○局其玉反卷音權下同又眷勉反沈其言反○【疏】終朝至歸沐○毛以爲言人有終朝采此綠葉而不能滿其一匊此采者由此人志在於他故也以興此婦人終日爲此家務而不能成其一事者此婦人由志念於夫故也故言我之憂思不暇容飾今不洗沐其髮徒曲卷而已是憂思之甚也薄知我君子之將歸我則沐髮以待之今之不沐由無君子故也○鄭唯婦人身自采綠不與爲異餘同○傳興也至曰匊○正義曰毛以婦人不當在外故以爲興終朝者是終竟於朝故至食時也匊物必用兩手故曰兩手曰匊○箋綠至於事○正義曰綠若難得不盈是常今言其不盈故爲易得而不滿是其憂思不專也以田漁之婦則庶人之妻可自親采故不從毛興也○箋禮婦至待之○正義曰解所以曲卷者禮婦人在夫家當笄此象骨之笄今曲卷其髮則去其笄而不用是憂思深也此訓言爲我我君子也我則

沐以待之此我義勢所加非經言也終朝采藍不盈一襜衣蔽前謂之襜箋云藍染草也○藍盧談反沈力甘反襜尺占反郭璞云今之蔽膝五日爲期六日不詹詹至也婦人五日一御箋云婦人過於時乃怨曠五日六日者五月之日六月之日也期至五月而歸今六月猶不至是以憂思○詹音占○疏終朝至不詹○毛以上二句與前同下二句言婦人五日一進御於夫言常時以五日爲御之期而望之至六日而不至尚以爲恨今日月長遠能無思乎舉近以喻遠也鄭以上二句爲賦也自與前同下二句言婦人本與夫以五月之日爲還期今六月之日而不至是爲行役過時所以怨曠憂思○傳衣蔽前謂之襜○正義曰釋器文也李巡曰衣蔽前衣蔽膝也○箋藍染草○正義曰以藍可以染青故淮南子云青出於藍月令仲夏無刈藍是可以染之草○傳婦人五日一御○正義曰內則云妾雖年未滿五十必與五日之御是傳之所據也傳以彼文不辨尊卑則通及庶人王肅云五日一御大夫以下之制傳意或然也其天子諸侯御之日數則傳無文焉婦人之思夫必過時乃怨曠毛雖云五日一御不必夫行六日便即怨也當是假御之期日以喻過時耳孔晁曰傳因以行役過時刺怨曠也故先序家人之情而以行役者六日不至爲過期之喻非止六日毛意當然也鄭五日之御則不然故內則注云五日一御諸侯制也諸侯取九女姪娣兩兩而御則三日次兩媵則四日次夫人專夜則五日也是鄭以五日爲諸侯制非大夫以下御婦人之日限也其天子則天官九嬪掌婦學之法以教九御注云自九嬪以下九九而御於王凡羣妃御見之法月與后妃其象也卑者宜先尊者宜後女御八十一人當九夕世婦二十七人當三夕九嬪九人當一夕三夫人當一夕后當一夕亦十五日而徧云自望後反之孔子云日者天之明月者地之理陰契制故月上屬爲天使婦從夫故月紀是鄭差後宮之數爲天子御日之文也以御女八十一人而言九御知當九夕以數準之故九嬪以下皆九人當一夕也夫人自然三人當一夕是十五日一徧與望數相當故云然亦者亦望之日數以其相當故因引孔子之言以證之后皆取其盛者故知卑者宜先謂月初也望

後則月光盛故知反之是以內則之注亦先始娣從卑者起由準此也諸侯夫人則亦望前先卑望後先尊至望而夫人三進望後亦如之以此推之則大夫一妻二妾三日一御士有妻二日一御庶人多無妾其妻每夜而進之此所以與毛異也○箋婦人至憂思○正義曰箋解婦人所以怨曠之意由過時故也則此過時之言故不爲日數也雖言以日爲喻五日一御非庶人之禮又其喻懸而不愜故易傳云五日六日者五月之日六月之日是期至五月而歸今六月猶不至是過時所以爲憂思也○

之子于狩言韔其弓之子于釣言綸之繩

箋云之子是子也謂其君子也于往也綸釣繳也君子往狩與我當從之爲之韔弓其往釣與我當從之爲之繩繳今怨曠自恨初行時不然○狩尺救反韔勑亮反弢也沈治亮反本亦作卷釣音弔綸音倫繳音灼亦作故同與音餘下同爲于僞反下同○疏之子至之繩○正義曰婦人既思夫不見悔本不隨之共行云我本應與之俱去若是子之夫往狩與我當與之韔其弓謂射訖與之弛弓納于韔中也是子之夫往釣與我當與之綸之繩謂釣竿之上須繩則己與之作繩今不見而思故悔本不然○箋綸釣繳○正義曰釋言云緡綸也則綸是繩名弋是繫繩於矢而射謂之繳射則釣繳者謂繫於釣竿也經云言綸之繩謂與之作繩此猶今人接綎謂之繩綎也說文云繳生絲縷也則釣與弋射其繩皆生絲爲之○

其釣維何維魴及鱮維魴及鱮薄言觀者

箋云觀多也此美其君子之有技藝也釣必得魴鱮魴鱮是云其多者耳其衆雜魚乃衆多矣○魴音防鱮音敘觀古玩反注同韓詩作覩技其綺反○疏其釣至觀者○正義曰既恨不從君子狩釣故此又說其釣之技上兼有狩此偏言釣者因上釣文在下接而中之耳此不從之行而知其獲多者言本在家之釣非謂役中時也俗本作觀覩誤也定本集注並作多

采綠四章章四句

黍苗刺幽王也不能膏潤天下卿士不能行召伯之職焉陳宣王之德召伯之功以刺幽王及其羣臣廢此恩澤事業也○膏古報反下同召上照反注及下同○【疏】黍苗五章章四句至之職焉○正義曰作黍苗詩者刺幽王也以幽王不能如陰雨膏澤潤及天下其下卿士又不能行召伯之職以勞來士衆臣之廢職由君失所任故陳召伯之事以刺之也膏潤者以君之恩惠及下似雨澤之潤於物然水之潤物又似脂膏故言膏潤也此敘君臣互文以相見言卿士不能行召伯之職則王不能膏潤天下謂不能如宣王也以經言召伯不言宣王故敘因而互文以見義也此皆反經而敘之首章上二句是宣王之能膏潤也下二句以盡卒章皆召伯之職也言卿士不能行則召伯時爲卿士矣故國語韋昭注云召公康公之後卿士也左傳服虔注云召穆公王卿士是也經言召伯亦作上公爲二伯以兼卿士耳○箋陳宣至事業○正義曰召伯之爲卿士宣王時也故知陳宣王之德召伯之功以刺幽王及其羣臣廢此恩澤事業也膏潤是恩澤召伯之職是事業故並言焉

芃芃黍苗陰雨膏之興也芃芃長大貌箋云興者喻天下之民如黍苗然宣王能以恩澤育養之亦如天之有陰雨之潤○芃蒲東反一音扶雄反長張丈反悠悠南行召伯勞之悠悠行貌箋云宣王之時使召伯營謝邑以定申伯之國將徒南行衆多悠悠然召伯則能勞來勸說以先之○勞力報反注及下篇注同營謝一本作營謝邑將徒役一本作將師旅來音賚說音悅又始說反【疏】芃芃至勞之○正義曰言芃芃長大者是黍苗也此黍苗所以得長大者天以陰雨之澤膏潤之故也以興宣王之時悅樂者是衆人也此衆人所以得悅樂者由王以恩惠之澤養育之故也以黍苗之仰膏雨猶衆人之仰恩惠是宣王能膏潤天下今王不能然故舉以刺之又其時之人在國則蒙君之恩澤其行又得臣之勞來故言悠悠衆多而南行者是營謝邑之人召伯則又能勞來勸悅以先之言知人之勞苦也今幽王之時人苦而臣不知又刺之○箋宣王至先之○正義曰以嵩高言王命召伯定申伯之宅又曰因是謝人與四章肅肅謝功相當

故知此南行謂宣王之時使召伯營謝邑以定申伯之國將徒役南行也此言南行是舉其始去而勞之故言召伯則能勞來勸悅以先之謂閔其勤勞身先其苦也我行既集蓋云歸哉謂事訖而勞之○

我任我輦我車我牛我行既集蓋云歸哉

任者輦者車者牛者箋云集猶成也蓋猶皆也營謝轉餫之役有負任者有輓輦者有將車者有牽傍牛者其所為南行之事既成召伯則皆告之云可歸哉刺今王使民行役曾無休止時○任音壬注同輦力展反沈連典反餫音運輓音晚傍薄浪反為于僞反

疏

我任至歸哉○正義曰上言南行為總此言行中之別從召伯之南行其轉運謂有我負任者我輓輦者我將車者我牽傍牛者我召伯所為南行之事既成謂營謝畢召伯則皆告之云可歸哉言宣王之時功役有期臣司其職今王役無休止臣廢其事故刺之○傳任者至牛者○正義曰傳言此四者明任輦車牛則各有其人故事別歷言之○箋蓋猶至止時○正義曰蓋者疑辭亦為發端孝經諸言蓋者皆示不敢專決禮記禮器云蓋道求而未之得也檀弓云蓋有受我而厚之是發端也此詩人指事而述非有可疑事在末句不為發端而其上歷陳四事故為皆也下章美召伯營謝之功任輦車牛是轉運所用故營謝邑轉運之役也有負任者謂器物人所負持生民云輦是任是負文別為二故箋以任為抱此一者以相對則任在前負在背此任謂人所提荷隨其所在總之皆為任也輦車人輓以行故云輓輦者有將車者此轉運載任則是大車以駕牛者也有牽傍牛者秋官罪隸職云凡封國若家牛助為牽傍鄭司農云凡封國若家謂建諸侯立大夫家也玄謂牛助國以牛助轉徙也罪隸牽傍之在前曰牽在旁曰傍此營謝即封國也宜使罪隸牽其牛也既云將車者車中有牛而將之而別云牽傍牛者此牛在轅之外不在轅中故別牽傍之地官牛人云凡軍旅行役共其兵車之牛與其牽傍以載公任器注云牽傍在轅外輓牛也人御之役雖非封國要牽傍亦在轅外以此知不與將車同也箋以召伯所勞當是勞人故歷言其事以表其名自別人又以罪隸之方參之知牛為牽傍與車不同也此舉其歸反以刺今使人行役嘗無休止之時下章從此可

知故。故略焉○我徒我御我師我旅我行既集蓋云歸處徒行者御車者師者旅者箋云步行曰徒召伯營謝邑以兵衆行其士卒有步行者有御兵車者五百人爲旅五旅爲師春秋傳曰諸侯之制君行師從卿行旅從○士卒尊忽反一本作士衆從才用反下同○疏傳徒行至旅者○正義曰傳亦見四事別而分以言之旅屬於師徒行御車還是師旅之人而經別之者以其所司各異故亦歷言以類上章也釋訓云徒御不驚以徒爲輦者也此上我輦異章故知徒行也○箋召伯至旅御○正義曰此言師旅故云以兵衆行其士卒有徒行者有御車者五百人爲旅五旅爲師夏官序文春秋傳曰君行師從卿行旅從定四年左傳文彼文無諸侯之制一句鄭亦以義言之明天子之卿與諸侯同故有師也彼傳君行師從謂嘉好之事服虔云謂會同杜預云謂朝會此難作役非征伐故同嘉好之事也○肅肅謝功召伯營之烈烈征師召伯成之謝邑也箋云肅肅嚴正之貌營治也烈烈威武貌征行也美召伯治謝邑則使之嚴正將師旅行則有威武也原隰既平泉流既清召伯有成王心則寧土治曰平水治曰清箋云召伯營謝邑相其原隰之宜通其水泉之利此功既成宣王之心則安也又刺今王臣無成功而亦心安○治直吏反下同相息亮反○疏傳土治至曰清○正義曰此下傳亦然五土有十等獨言原隰者以其最利於人故特言之

黍苗五章章四句

隰桑刺幽王也小人在位君子在野思見君子盡心以事之。疏隰桑四章章四句至事之○正義曰君子在野經上三章上二句是也言小人在。位無德於民是亦小人在位之事也思見君子盡心以事之者卽上三章下二句及卒章是也

隰桑有阿其葉有難興也阿然美貌難然盛貌有以利人也箋云隰中之桑枝條阿阿然長美其葉又茂盛可以庇廕人興者喻時賢人君子不用

而野處有覆養之德也正以隰桑興者反求此義則原上之桑枝葉不能然以刺時小人在位無德於民○難乃多反庇必利反又彼備反蔭於鴆反

既見君子其樂如何箋云思在野之君子而得見其在位喜樂無度○樂音洛注下皆同

疏隰桑至如何○正義曰言隰中之桑枝條。其阿然而長美其葉則。其難然而茂盛其下可以庇蔭人往息者得其涼也以興野中君子其身有美德可以覆養人事之者蒙其利也既隰中之桑盛如此則原上之桑不能然是不可以庇蔭也猶野中君子德如是則在位小人不能然爲不能覆養也由小人在位而無德故今思見在野君子而尊事之若既得見在野之君子置之於位我則其爲喜樂知復如何乎言其樂之甚也○傳阿然至利人○正義曰阿那是枝。葉條垂之狀故爲美貌難爲葉之茂沃言葉之柔幽是葉之色言桑葉茂盛而柔軟則其色純黑故三章各言其一也由葉茂而蔭厚所以庇蔭人息者得其涼之利故言難然有以利人言有此蔭涼以利人以喻君子之亦有德澤以利人也○箋隰中至於民○正義曰以有阿之下別言其葉則阿非葉狀故枝條長美菀柳云不尙息焉則知舉此茂美亦取庇蔭爲喻故興在野君子有覆養之德也知反求此義者以序言小人在位君子在野爲相對今舉隰而無原故知有反求之義以比小人無德於民矣詩中單言隰者多矣若隰有萇楚不必反以對原唯義所在故不同故夏書傳曰下濕曰隰桑非能水之木而言隰桑美者以桑不宜在停水之地宜在隰潤之所隰之近畔或無水而宜桑以今驗之實然者也

隰桑有阿其葉有沃沃柔也○沃烏酷反

既見君子云何不樂

隰桑有阿其葉有幽幽黑色也○幽於糾反

既見君子德音孔膠膠固也箋云君子在位民附仰之其教令之行甚堅固也○膠音交

心乎愛矣遐不謂矣中心藏之何日忘之箋云遐遠謂勤藏善也我心愛此君子君子雖遠在野豈能不勤思之乎宜思之也我心善此君子又誠不能忘也孔子曰愛之能勿勞乎忠焉能勿誨乎○臧鄭子郎反王才郎反

疏箋孔子至誨乎○正義曰引論語者

彼以中心善之不能無誨此則中心善之故心不能忘其義略同故引以爲驗

隰桑四章章四句

白華周人刺幽后也幽王取申女以爲后又得褒姒而黜申后故下國化之以妾爲妻以孽代宗而王弗能治周人爲之作是詩也申姜姓之國也褒姒褒人所入之女姒其字也是謂幽后孽支庶也宗適子也王不能治己不正故也○華音花取七與反孽魚列反爲于僞反適音的

疏白華八章章四句至是詩○正義曰白華詩者周人所作以刺幽王之后也幽王之后褒姒也以幽王初取申女以爲后後得褒姒而黜退申后褒姒妾也王黜申后而立之由此故下國諸侯化而傚之皆以妾爲妻以支庶之孽代本適之宗而幽王弗能治而正之使天下敗亂皆幽后所致故周人爲之而作白華之詩以刺之也申后之黜幽王所爲而刺褒姒者言刺褒姒則幽王之惡可知以褒姒媚惑以至使申后見黜故詩人陳申后之被疏遠以主刺后姒也帝王世紀云幽王三年納褒姒八年立以爲后則得在三年而黜申后在八年此詩之作在見黜之後經八章皆言王遠申后是得褒姒而黜申后之事也下國化之即五章鼓鍾于宮聲聞于外是也此詩主刺王之遠申后但王爲此行則爲下國所化故經略文以見意序具述其事以明之○箋申姜至正故○正義曰欲明申爲國名故云姜姓之國褒姒褒人所入之女國語史記有其事褒國姒姓言姒其字者婦人因姓爲字也以申褒皆爲王后故辨之云是謂幽后以其被刺明褒姒矣孽者蘖也樹木斬而復生謂之蘖以適子比根幹庶子比支孽故孽支庶也中候曰無易樹子注云樹子適子玉藻云公子曰臣孽注云孽當爲枿文王曰本支百世是適子比樹本庶子比支孽也宗適子者以適子當爲庶子之所宗故稱宗也王以褒姒代申后下國化之正以妾爲妻耳幷言以孽代宗者既以妾爲妻母愛者子伯服則妾之所生代

適子故連言之鄭語云而變是女使至於爲后而生伯服又曰王欲殺太子必求之申是幽王亦以伯服代太子故爲下國所化也天子執生殺之柄所以不能治下國者以己不正故也昭四年左傳椒舉云無瑕者可以戮人是己不正不可以治人也

白華菅兮白茅束兮

興也白華野菅也已漚爲菅箋云白華於野已漚名之爲菅菅柔忍中用矣而更取白茅收束之茅比於白華爲脆興者喻王取於申申后禮儀備任。妃后之事而更納褒姒褒姒爲擘將至滅國○菅音姦漚爲候反柔也忍音刃脆七歲反又音毳任妃后音壬一本作任王后

之子之遠俾我獨兮

箋云之子斥幽王也俾使也王之遠外我不復答耦我意欲使我獨也老而無子曰獨後褒姒譖申后之子宜咎奔申○遠于顯反下注遠善同又如字注及下皆同俾必爾反復扶又反譖側鳩反咎音柩

疏白華至獨兮○毛以爲言人刈白華已漚以爲菅又取白茅纏束之兮是二者以絜白相束而成用與婦人有德已納以爲妻兮又用禮道申束之兮是二者以恩禮相與而成嘉禮者即端成絜白之謂今之子幽王遠外我申后不復答耦我意欲使我獨老而無子兮是不以絜白恩禮相申束使己菅茅之不如也○鄭以爲言人既刈白華已漚爲菅柔韌中用兮何爲更取白茅收束之兮以白茅代白華則脆而不堪用也以與王既聘申女已立爲后禮儀充備兮何爲更納褒姒變寵之兮以褒姒代申后則妬而將滅國也寵褒姒以黜申后似取白茅而弃韌菅故以爲喻餘同○傳白華至爲菅○正義曰白華野菅釋草。云茅菅白華一名野菅郭璞曰茅屬也此白華亦是茅。之類也漚之柔韌異其名謂之爲菅因謂在野未漚者爲野菅也王肅云白茅束白華以興夫婦之道宜以端成絜白相申束然後成室家也傳意或然○箋白華至滅國○正義曰箋以序言得褒姒而黜申后明以菅茅相比故以韌脆爲喻以菅漚之明韌也茅不漚故脆也言取白茅收束之言收束以擬用非以束白華也茅雖比菅爲脆其實茅。亦不可用七月云晝爾于茅宵爾索綯是茅可以爲索興者以善惡相比爲喻耳○箋之子至奔申○正義曰遠是遠申后故之子斥幽王以遠即連言獨故以不復答耦解之也老而無子曰

獨王制文也其後褒姒譖申后之子宜咎宜咎奔申解其獨之意以申后雖有
子王用褒姒之讒使之奔申是王欲殺之而使申后無子探王此意故雖有子
亦名爲獨也

英英白雲露彼菅茅 英英白雲貌露亦有雲言天地之氣無微不著無不覆養箋云白雲下露養彼可以爲菅之茅使與白華之菅相亂易猶天下妖氣生褒姒使申后見黜〇英如字韓詩作泱泱同

天步艱難之子不猶 步行猶可也箋云猶圖也天行此艱
難之妖久矣王不圖其變之所由爾昔夏之衰有二龍之妖卜藏其漦周厲王
發而觀之化爲玄黿童女遇之當宣王時而生女懼而棄之後褒人有獻而入
之幽王幽王嬖之是謂褒姒〇夏戸雅反漦士其反沫也又
戸醫反爾雅云漦盝也盝音鹿黿音元嬖補悌反又必計反

【疏】英英至不猶〇毛以爲上既言
王不以禮已失菅茅申束之義故因言菅茅之蒙養英英然者是鮮潤之白雲
下露潤彼菅之與茅使之得長是天地之氣無微不著無不覆養然天不遺物
尙養彼菅茅天何爲獨行艱難於我申后令之子幽王不可於我而見黜退不
得覆養是菅茅之不如也〇鄭以爲英英之白雲降露潤養彼可以爲菅之白
茅使與白華之菅相亂易猶蒼天下妖氣生彼可以爲后之褒姒令與申后相
換代也天生褒姒以惑周若雲之養茅以亂用則爲天下之妖然其妖本自夏
世以至於周時是天行此艱難之妖久矣之子幽王何故不圖其變之所由來
而寵之以代后將至於滅國乎〇傳英英至覆養〇正義曰以英英連白雲故
爲白雲貌言露亦有雲者以雨必有雲言亦亦雨也以今觀之有雲則無露無
雲乃有露言露亦有雲者露雲氣微不映日月不得如雨之雲耳非無雲也若
露濃霧合則清旦爲昏亦是露之雲也霜露所霑是天地之氣故言天地之氣
無微不著謂養萌芽以成大無不覆養巨細皆潤之故菅茅悉蒙養也〇箋白
雲至見黜〇正義曰箋以上章言取茅而棄菅喻寵褒姒而黜申后故此章又
申之言天養彼可以爲菅之茅使與白華相亂易猶天下妖氣生褒姒使申
后見黜退以此喻爲切故易傳也〇傳步行猶可〇正義曰舉足謂之步故爲
行也猶可釋言文王肅云天行艱難使下國化之以倡爲不可故也侯苞云天

行艱難於我身不我可也如痲之言與上章不類今以侯爲毛說○箋天行至褒姒○正義曰上既以露雲養茅喻天生褒姒褒姒從來爲遠故言天行艱難以結之言天行艱難之妖久矣責王不圖其變之所由也若然天故行妖以滅周則非所能拒而令王圖之者以天時人事理亦相符若人能改脩德行則可滅妖變爲祥太戊桑穀郎其事也且王與滅實有天期要忠臣烈士不可委之上天默然不諫龍逢比干皆伏死以爭故詩人諷詠亦勸王之謀也昔夏之衰以下之事皆出外傳鄭語曰宣王之時童謠曰檿弧箕服實亡周國於是宣王聞之有夫婦鬻是器王使執而戮之府之小妾生女而非王子也懼而弃之此人也收以奔褒褒人有獄而以爲入天之命此久矣其何爲乎訓語有之曰夏之衰也褒人之神化爲二龍以同于王庭而言曰余褒之二君也夏后卜殺之與去之與止之莫吉卜請其漦而藏之吉乃布幣焉而策告之龍亡而漦在櫝而藏之及殷周莫之發也厲王之末發而觀之漦流於庭不可除王使婦人下幃而而譟之化爲玄黿以入于王府府之童妾未既齔而遭之既笄而孕當宣王而生不夫而育故懼而弃之爲弧服者方戮在路夫婦哀其夜號也而取之以逸逃于褒褒人有獄而以爲入于王而嬖是女使至於爲后而生伯服此其文也彼韋昭注曰褒人褒君共處曰同二君二先君也漦龍。所沫龍之精氣也厲王之末流彘之歲也黨正幅曰幃譟讙呼也黿或爲蚖蚖蜥蜴也毀齒曰齔未既齔毀未畢也女七歲而毀齒孕妊身也女十五而笄也由此言之昭以黿非陸地之物故云或爲蚖蜥蜴也以其言未故爲流彘之歲若流彘之後則越去王都不得復觀之矣帝王世紀以爲幽王三年嬖褒姒褒姒年十四若然則宣王立四十六年崩是先幽王之立十一年而生其生在宣王三十六年也厲王流彘之歲爲共和十四年而後宣王立自宣王三十六年上距流彘之歲爲五十年流彘時童妾七歲則生女時母年五十六凡在母腹五十年其母共和九年而笄年十五而孕自孕後尚四十二年而生作爲妖異故不與人道同

滮池北流，浸彼稻田。滮流貌箋云池水之澤浸潤稻田使之生殖喻王無恩意於申后滮池之不如也豐鎬之閒水北流○滮符彪皮休二反

浸子鴆反字亦作濅殖市力反鎬戶老反

嘯歌傷懷念彼碩人

箋云碩大也妖大之人謂褒姒也申后見黜褒姒之所為故憂傷而念之○歗音嘯本亦作嘯妖古卯反本又作姣一音於驕反○

疏 箋池水至北流○正義曰以浸者蒙潤之言稻又能水之物此刺申后見黜而以此喻之故知池水之澤浸潤稻田使之生殖喻王無恩於申后滮池之水不如也言其北流是目所親見此詩周人所作則此池是周地之水故云豐鎬之間水北流文王有聲箋云豐在豐水西鎬在豐水東然則豐水之間唯豐水耳而謂之池者家語云今池水之大誰知非泉焉召旻曰池之竭矣不云自頻則池者下田畜水之處且言浸者不得在豐水之中則此池在豐水之左右其池汙下引豐以溉灌之故言浸彼稻田也池水當得停而亦言北流者以池上引豐水亦北流浸灌既訖又決而入豐亦為北流鄭直云水北流不指言豐明池水亦北流也○箋碩大至念之○正義曰以此嘯傷而思之是念其不當然也又言彼以外之故知謂褒姒褒姒而言大人故言為妖大之人王肅云碩人謂申后也孫毓云申后廢黜失所故嘯歌傷懷念之而勞心毛既不為之傳意當與鄭同○

樵彼桑薪卬烘于煁

卬我烘燎也煁烓竈也桑薪宜以養人者也箋云人之樵取彼桑薪宜以炊饔饎之爨以養食人桑薪薪之善者也我反以燎於烓竈用炤事物而已喻王始以禮取申后禮儀備今反黜之使為卑賤之事亦猶是○樵但焦反卬五綱反烘火東反徐又音洪說文巨凶甘凶二反孫炎音恭煁市林反燎音了又力弔力召二反烓音恚又丘弭反郭云三隅竈也說文云行竈也呂沈同音口潁反何康瑩反顧野王口井烏攜二反炊昌垂反注同饔於恭反饎尺志反爨七亂反食音嗣炤音照卑如字下又卑兮反弁注同

維彼碩人實勞我心

疏 樵彼至我心○正義曰有人樵取於彼桑木之薪不以炊爨云我用之燎於煁竈炤物而已桑薪薪之善者宜以炊爨而養人今不以炊爨反燎于煁竈失其所也以與幽王娉納彼申國之女不以為后反黜之使為卑賤之事而已申女之有德宜居王后之位而母養天下今不以當尊反黜為卑賤非其宜矣申后之見黜褒姒之由故惡褒

姒言彼妖大之人褒姒由此而廢申后實勞病我之心○傳烘燎至養人○正義曰烘燎釋言文舍人曰烘以火燎也釋言又云煁烓也舍人曰煁烓竈也郭璞曰今之三隅竈也然則烓者無釜之竈其上燃火謂之烘本爲此竈上亦燃火照物若今之火爐也以桑薪爲善比之申后言宜以養人猶申后宜以母養天下也○箋人之樵取至亦猶是○正義曰少儀云抱樵注云未燃則樵者薪之一名但諸事皆反其名以名其事此樵彼桑薪猶薪是穫薪也此以燎煁爲不宜明其宜炊爨也故知宜爨饎之爨爨以煮肉饎以炊餴雙言之也煮肉亦言炊者以炊燃火之名故可以通焉以爲美食故可以養人申毛義也以桑薪之善故喻申后之禮儀也申后爲后得以養人爲喻者以后正位於內則化行於外天下蒙澤而得其利是母而養之故爲喻也○

鼓鍾于宮聲聞于外 有諸宮中必形見於外箋云王失禮於外而下國聞知而化之王弗能治如鳴鼓鍾於宮中而欲外人不聞亦不可止○聞音問見賢遍反○

念子懆懆視我邁邁 邁邁不說也箋云此言申后之忠於王也念之懆懆然欲諫正之王反不說於其所言○懆七感反說文七倒反云愁不申也亦作慘慘邁如字韓詩及說文並作怖怖孚吠反又孚葛反又匹代反韓詩云意不說好也許云很怒也說音悅下同○

疏 鼓鍾至邁邁○正義曰言有人鼓擊其鍾于宮內其聲必聞于外擊鍾而欲外之不聞不可得也以興王既廢黜其后于宮內其化必流于天下廢后而使天下之不聞傚王亦不可得也言王之失德將化流天下何以廢申后乎又言申后之忠於王申后念子幽王之惡慘慘然欲諫正之是其可愍何爲王反視我申后邁邁然不悅其所言乎○箋此言至所言○正義曰邁邁是不悅之狀爲王所不悅者唯申后耳故以我爲申后反以相對故以子爲幽王慘慘非說順之辭故知欲諫正王惡是其忠也因諫而邁邁是不悅其所言也

有鶖在梁有鶴在林 鶖禿鶖也箋云鶖也鶴也皆以魚爲美食者也鶖之性貪惡而今在梁鶴絜白而反在林興王養褒姒而餕申后近惡而遠善○鶖音秋鳥名鶴呼各反禿吐木反絜音結餕奴罪反近附近之近

維彼碩人實勞我

心【疏】有鶖至我心○正義曰有禿鶖之鳥在於魚梁之上有鳴鶴之鳥在於林木之中然鶖也鶴也皆以魚爲美食鶖之性貪惡而今在梁以食魚鶴之鳥絜白而反在林中以飢困以。其有褒姒之身在於寵位有申后之身反在卑微然褒也申也皆以后爲尊貴褒姒性邪佞今在位而得寵申后備禮儀反卑賤而飢餒言王近惡而遠善非其宜也以此維彼妖大之人實勞亂我之心曲矣○箋鶖也至遠善○正義曰此舉二鳥明喻二人易稱鳴鶴在陰是善鳥也故喻申后鶖實惡鳥以興褒姒今鶖言梁鶴言林是舉鶖在梁得魚對鶴在林無魚故知皆以魚爲美食爲喻也既以食爲喻故知喻所養言王養褒姒而餒申后是近惡而遠善近者養之遠則餒之故又以近遠言之猶梁林非一處者也○

鴛鴦在梁戢其左翼箋云戢斂也斂左翼者謂右掩左也鳥之雌雄不。可別者以翼右掩左雄左掩右雌陰陽相下之義也夫婦之道亦以禮義相下以成家道○別彼列反下段嫁反下同之子無良二三其德箋云良善也王無答耦己之善意而變移其心志令我怨曠○令力成反【疏】鴛鴦至其德○正義曰以王非義黜后故以義責之言有鴛鴦之雄鳥在於魚梁尚斂其左翼是左翼斂在右翼之下爲雄下雌之義故恩情相好以成匹耦以興夫妻聚居男當有屈下於女爲陽下陰之義故能禮義相與以成家道今幽王何爲不卑下申后以成夫婦乎之子幽王反無答耦我申后之善意秉心不一而二三其行以爲於德變易其心志今我申后怨曠失鴛鴦斂翼相下之義也○箋斂左至家道○正義曰言斂其左翼是左翼在下故知謂右掩左也鳥之雌雄不可別者以。翼。知之右掩左雄左掩右雌皆釋鳥文也以陰陽相下故似夫婦之道亦以禮義相下以成家道也此經戢其左翼據雄者而言喻幽王當下申后耳故其言不及雌但鄭因右掩左而欲辨其雌雄故并引爾雅而解之見夫婦皆當相下也男有下女之禮者即就而親迎之類是也周易艮下兌上咸爲夫婦之卦其象曰止而說男下女也

有扁斯石履之卑兮扁扁乘石貌王乘車履石箋云王后出入之禮與王同其行登車。以履石申后始時亦然今。也黜而卑賤○扁邊顯反又必淺

反○之子之遠俾我疷兮疷病也箋云王之遠外我欲使我困病○疷徐都禮反又祁支反○疏有扁至疷兮○正義曰作者以王黜申后故觀其昔日所乘之石而傷之言有扁扁然升之以乘車者此石也申后嘗履之今忽然見黜而卑不復得履之是其所以可傷也之子幽王之遠外我申后欲使我申后困病兮故傷之○傳扁扁至履石○正義曰有扁斯石文連履之故知扁乘石貌乘車之時履此石而上故謂此石爲乘石上車履石之貌扁扁然也又言王乘車履石者言乘車之得履石唯王爲然今申后履之是其貴時與王同故繫王言之夏官隸僕云王行則洗乘石鄭司農云乘石所登上車之石也○鄭此詩有扁斯石履之卑兮謂上車所登石是也

白華八章章四句

附釋音毛詩注疏卷第十五（十五之二）

毛詩注疏校勘記（十五之二）　阮元撰盧宣旬摘錄

○都人士

無隆殺也　小字本相臺本同案正義云定本隆作降釋文云俗本作降

士女淫慾　閩本明監本毛本同案慾當作恣

則草笠野□人之服　閩本明監本毛本不空案此當有脫字

琇美石也　小字本相臺本同案正義云俗本琇竇美石者誤也今定本毛無竇字考文古本有采正義

我不見兮　唐石經小字本相臺本同案釋文云第二章作不見後三章作弗見一本四章同作不字考文古本作弗采釋文但在我心苑結下未明屬何章也

我心菀結　唐石經小字本相臺本同閩本明監本毛本同案釋文云菀於粉反羣經音辨菀積也詩我心菀結正義云我心爲之菀然盤屈如繩索之爲結矣又云後更菀結標起止云至菀結是其本亦作菀十行本正義中作菀不誤菀結卽素冠之蘊結以菀字爲是考文古木作菀采釋文正義

則與諸侯之同名　閩本明監本毛本同案同名當作名同誤倒也

○采綠

妾雖年未滿五十也　明監本毛本年下衍老字閩本剜入案此正義不備引

九嬪九人當一夕三夫人當一夕閩本明監本毛本同案十行本上九至下人剜添者二字此當云女御八十一當九夕世婦二十七當三夕九嬪當一夕三夫人當一夕正義引鄭注如此所剜添者皆非

婦從夫故月紀明監本毛本同案山井鼎云故恐放誤是也

謂繫於鈞竿也閩本明監本毛本繫下有繩字案所補是也

○黍苗

將徒南行補小字本相臺本徒下並有役字案釋文云一本作將師旅正義本當是徒役

營謝轉餫之役小字本相臺本同案釋文云餫音運本又作運正義云任輦車牛是轉運所用故營謝邑轉運之役也是其本作運依此大東箋有轉餫其本與此當同正義中亦是運字今本後人改也考文古本作運采釋文正義

以表其名自別人閩本明監本毛本同案浦鏜云名當各字誤是也下以其所司各異十行本誤與此同

又以罪隸之方參之補方各本皆作文案文字是也

故故略焉閩本明監本毛本不重故字案下故字當作箋輒刪者非

○隰桑

盡心以事之小字本相臺本同唐石經初刻之下有也字後磨去考文古本有偶合也

言小人在位無德於民閩本明監本毛本位下有雖經無所當而首章箋反求此義則原上之桑不能然以刺時小人在位

案山井鼎云宋板脫此廿八字非也此不當有

枝條其阿然而長矣閩本明監本毛本同案其當作甚形近之譌下則甚難然十行本誤同

阿那是枝葉條垂之狀閩本明監本毛本同案葉當作長下文可證

中心藏之小字本相臺本同唐石經初刻同後磨改藏作臧案釋文云臧之鄭子郎反善也王才郎反是唐石經依鄭義磨改也羣經音辨艸部云藏善也鄭康成讀宋時釋文舊本新本不同賈所見本字或作藏故云然考鄭訓善自當不從艸而藏字在說文新附卽王義亦未必不仍爲臧有艸者非也考文古本作臧采釋文

○白華

庶子比支孽閩本明監本毛本同案浦鏜云孽當作蘖下支孽同是也

母愛者子伯服閩本明監本毛本同案伯服當作拖矣二字此未論伯服也伯服在下不知者所誤改也

任妃后之事小字本相臺本同案釋文云任妃后一本作任王后正義本無可考考文古本作妃后倒誤也

白華野菅釋草云閩本明監本毛本同案浦鏜云文誤云是也

亦是茅之類也閩本明監本毛本之作菅案菅字誤也爾雅疏卽取此正作之

其實茅亦不可用閩本明監本毛本同案亦當作非形近之譌

後褒人有獻小字本同閩本明監本毛本同相臺本獻作獄考文古本同案獄字是也正義可證

漦龍所沫閩本明監本毛本所下有吐字案所補是也

妖大之人小字本相臺本同案此正義本也妖於驕反正義云褒姒而言大人故言爲妖大之人舒兮正義所引亦可證釋文本是姣大之人姣古卯反云本又作妖今各本釋文皆互誤毛居正易之是也此箋文承上箋故言其妖大無取姣義當以正義本爲長

始以禮取申后禮儀備閩本明監本毛本同小字本相臺本重申后二字考文古本同案有者是也

注云未燃則樵者閩本明監本毛本燃下有曰樵二字案所補非也此正義不備引

故知宜餥饎之爨閩本明監本毛本宜下有炊字案所補非也

念子懆懆唐石經缺小字本相臺本同案釋文云懆懆七感反說文七倒反云愁不申也亦作慘慘正義云慘慘然欲諫正之是正義本作慘慘也考釋文於正月北山抑皆云慘慘七感反北山又云字亦作懆月出云慘七感反所以與此詳略互見也五經文字云懆千到反見詩乃依此釋文而定其字當用懆也月出正月抑三篇皆作懆乃得韻考文古本作慘采正義釋文

以其有褒姒之身閩本明監本毛本同案其當作與形近之譌

烏之雌雄不可別者小字本相臺本者誤也案釋文以不別作音是其本無可字正義本未有明文今無可考

以翼知之閩本明監本毛本同案此不誤浦鏜云知之二字衍非也二字爾雅本無正義所添耳考文古本依以改箋則更誤

其行登車以履石也小字本同相臺本以作亦閩本明監本毛本同案亦字是

今也黜而卑賤小字本同閩本明監本毛本同相臺本也作見考文古本同案見字是也

俾我疷兮小字本相臺本同唐石經疷作疧案疧字是也見無將大車

卽此詩有扁斯石閩本明監本毛本同案卽當作引形近之譌

珍倣宋版印

毛詩小雅　鄭氏箋　孔穎達疏

緜蠻微臣刺亂也大臣不用仁心遺忘微賤不肯飲食教載之故作是詩也微臣謂士也古者卿大夫出行士爲末介士之祿薄或困乏於資財則當賙贍之幽王之時國亂禮廢恩薄大不念小尊不恤賤故本其亂而刺之○緜蠻面延反下如字飲食上於鴆反下音嗣篇內皆同注如字介音界賙音周贍市豔反○疏緜蠻三章八句至是詩○正義曰緜蠻詩者周之微賤之臣所作以刺當時之亂也以時大臣卿大夫等皆不用仁愛之心而多遺棄忽忘微賤之臣至於共行不肯飲食教載之謂在道困乏渴則不與之飲飢則不與之食不教之以事不載之以車大不念小尊不恤賤是國政昏亂所致故作是緜蠻之詩以刺之也言刺亂者不爲己困而私以責人是王法爲失故言亂也大臣不用仁心遺忘微賤敘其爲亂之意於經爲總指而言之經三章上四句是也不肯飲食教載之爲三章下四句是也由其不然故經所以反而責之不言誨之者以教誨相對則爲二散則相兼故略之以便文○箋微臣至刺之○正義曰以微臣臣之微賤者唯士爲然府史則官長辟除不在臣例大夫則爵尊祿重是爲大臣故知臣謂士也士之作詩亦應多矣此篇獨言微臣者以爲此大臣遺忘微賤而刺之義取於微故言之也又解所以怨大臣遺忘之者以古者卿大夫出行士爲末介以士之祿薄或困乏資財則當賙贍之以不賙餼爲遺忘也知士爲末介者以爲賓而作介猶爲主而作擯以聘禮及聘義皆言士爲紹擯繼於卿大夫之末爲末擯故知出行作末介也王制說班祿之法下士食九人中士十八人上士三十六人公私雜費有不足故云士之祿薄或困乏於資財也言或容有不困者也大臣不用仁心非王身之過列於王雅而言刺亂故解其所由自幽王之時國亂禮廢以下是也

緜蠻黃鳥止於丘。

阿興也緜蠻小鳥貌丘阿曲阿也鳥止於阿人止於仁箋云止謂飛行所止託也興者小鳥知止於丘之曲阿靜安之處而託息焉喻小臣擇卿大夫有仁厚之德者而依屬焉○處昌慮反○道之云遠我勞如何飲之食之教之誨之命彼後車謂之載之箋云在國依屬於卿大夫之仁者至於爲末介從而行道路遠矣我罷勞則卿大夫之恩宜如何乎渴則予之飲飢則予之食事未至則豫教之臨事則誨之車敗則命後車載之後車倅車也○罷音皮下同倅七對反副車○

疏緜蠻至載之○正義曰言緜蠻然而小者是黃鳥也此黃鳥飛行則止于丘阜之曲阿安靜之處者而自託息焉以與微賤者小臣也我小臣之動止亦當擇大臣有仁厚愛養之德者而自依屬焉既擇大臣之仁者依屬焉至於大臣聘使則爲末介從之而行其道路之上亦云遠矣我罷勞矣則卿大夫之恩宜如何乎渴則當飲之飢則當食之事未至則教之臨事則誨之車敗則命彼在後之倅車謂之使載之大臣之於小臣其義當然今大臣何爲遺忘己而不肯飲食教載之○傳緜蠻至於仁○正義曰緜蠻文連黃鳥黃鳥小鳥故知緜蠻小貌釋丘云非人爲之丘李巡曰謂非人力所爲自然生爲丘也釋地云大陵曰阿則丘之與阿爲二物矣而以丘阿爲曲阿者以下丘側丘隅類之則丘阿非二物也卷阿云有卷者阿知丘阿是丘之曲中也此爲大臣無仁心而作故知鳥止於阿似人止于仁○箋止謂至屬焉○正義曰鳥必飛而後止故知止謂飛行所止託也以鳥是有畏之物故知取安靜之處而託息焉大學注云鳥知擇岑蔚安閑而止處之與此同也此黃鳥刺大臣不用仁心故知喻小臣當擇卿大夫有仁厚之德者而依屬焉小臣而得擇大臣依之者以臣雖君之所置而貴賤不等小臣當依屬大臣論語云事其大夫之賢者友其士之仁者是得以己情擇而依之也然則此微臣自擇不得人而責之者以己本親之冀其恤己但當時國亂禮廢臣皆不仁己雖擇之猶不免困所以刺上也○箋在國至倅車○正義曰此微臣隨大臣而行言道之云遠是必聘使諸國故爲介從也聘問之介當是君所命遣而得自以己意在國依屬出則從行者或使主所自

引或君知其依屬而遣之也言飲之食之教之誨之載之四者語便之當故隨文爲次教誨雖於人無費而無仁心亦不肯也故論語曰愛之能勿勞乎忠焉能勿誨乎是不愛則不誨也教誨一也別言之事有至與未至故箋因其文之先後而分以充之云事未至則豫教之臨事則誨之從行遠道不應初卽無車故言車敗則載之以士無倅車故也後車倅車者明後爲副也夏官戎僕掌倅車之政道僕掌貳車之政田僕掌佐車之政是朝祀之副曰貳兵戎之副曰倅田獵之副曰佐此是聘問之事宜與朝祀同名當言貳車言倅者周禮以相對而異名其實貳倅皆副也散則義通故以倅言之

緜蠻黃鳥止于丘隅箋云丘隅丘角也豈敢憚行畏不能趨箋云憚難也我罷勞車又敗豈敢難徒行乎畏不能及時疾至也○憚徒旦反下同難乃旦反下同飲之食之教之誨之命彼後車謂之載之緜蠻黃鳥止于丘側箋云丘側丘旁也○豈敢憚行畏不能極箋云極至也○極如字○飲之食之教之誨之命彼後車謂之載之

緜蠻三章章八句

瓠葉大夫刺幽王也上棄禮而不能行雖有牲牢饔餼不肯用也故思古之人不以微薄廢禮焉牛羊豕爲牲繫養者曰牢熟曰饔腥曰餼生曰牽不肯用者自養厚而薄於賓客○瓠戶故反牢老刀反雍於恭反字又作饔餼許氣反腥音星○疏瓠葉四章章四句至廢禮焉○正義曰瓠葉詩者周大夫所作以刺幽王也以在上位者棄其養賓之禮而不能行雖有牲牢饔餼之物而不肯用之以行禮故作詩者思古之人不以菹羞微薄而廢其禮焉言古之人賤者尚不以微薄廢禮則當時貴者行之可知由上行其禮以化

下反較今上棄其禮而不行也今在上者尚棄禮不行卑賤者廢之明矣舉輕以見重是作者之深意也經四章皆上二句言菹羞之薄下二句言行禮之事是古之人不以微薄廢禮也○箋云牛羊豕至賓客○正義曰孝經云三牲之養則牲兼三畜故牛羊豕曰牲也公劉曰執豕于牢地官充人掌繫祭祀之牲牷祀五帝則繫於牢芻之三月牢者牲所居之處故繫養者爲牢也天官內外饔皆掌割亨之事亨人掌。外。內饔之爨亨煮。肉之名故熟曰。饔既爲熟則餼非熟矣僖三十三年左傳曰餼牽竭矣餼與牽相對是牲可牽行則餼是已殺殺又非熟故知腥曰餼謂生肉未煮者也既有饔餼遂因解牽使肉之別名皆盡於此此與牽饔相對故餼爲腥其實餼亦生哀二十四年左傳云晉師乃還餼臧石牛是以生牛賜之也論語及聘禮注云牲生曰餼而不與牽饔相對故爲生也凡言禮者皆與人行事經陳獻酢與賓客爲禮故知不肯用者自養厚而薄於賓客

幡幡瓠葉采之亨之君子有酒酌言嘗之

幡幡瓠葉貌庶人之菜也箋云亨熟也熟瓠葉者以爲飲酒之菹也此君子謂庶人之有賢行者也其農功畢乃爲酒漿以合朋友習禮講道藝也酒既成先與父兄室人亨瓠葉而飲之所以急和親親也飲。食而曰嘗者以其爲之主於賓客賓客則加之以羞易兌象曰君子以朋友講習○幡孚煩反亨普庚反注同菹莊魚反行下孟反兌徒外反易卦名也訓悅○疏幡幡至嘗之○正義曰幡幡然者是瓠之葉也我君子令人采取之既得而又亨煑之釀以爲飲酒之菹也庶人農功畢君子賢者有酒令人酌此酒我當與父兄室人嘗而飲之所以相親愛也言古者不以微薄而廢禮尚亨瓠葉而用之今乃有牲牢饔餼而不肯用故以刺之也○傳幡幡至之菜○正義曰士禮有特牲豚豕此止言瓠葉與兎首明非有位之人故言庶人之菜七月云八月斷壺即言食我農夫彼雖瓠體與此爲類明亦農夫之菜故箋申之云庶人有賢行者○箋亨熟至講習○正義曰序云不以微薄廢禮下連君子有酒故知亨熟瓠葉者以爲飲酒之菹知爲菹者以禮飲酒有菹醢故也此美君子行禮而亨庶人之。葉故知君子是庶人有賢行者也庶人而能爲酒以行禮者以其農功

珍倣宋版印

畢則閑而無事於此之時乃爲酒漿以合會朋友習行禮事講其道藝故也以民在田畝必無容暇故知農功畢而爲之以三時務農將闕於禮故爲酒會朋友以講習之此酒爲朋友而釀先言嘗之則未與朋友賓客飲也故知酒既成先與父兄室人亨瓠葉而飲之酒爲朋友所作而與父兄先飲是所以急和親親亦是爲行禮也又解飲酒而曰嘗者以其爲之主於賓客故也以此嘗之言故知爲酒將以會朋友也作酒本爲行禮和親亦是禮事欲見敬重賓客故言嘗以美之以此在獻前又無殽羞明與下章事別故知與父兄室人室人者卽家內之小大皆是也賓客則加之以羞者明重得兼輕此父兄直有菹賓客亦有菹又有兎爲之羞鄉飲酒及燕禮是爲大禮雖有牲殽尚有菹醢明賓雖有羞亦有菹故云加之也引易兌象曰君子以朋友講習者以此與賓客卽朋友也所會朋友必爲講習以易有此言以著義故知此合朋友爲習禮講藝故引以證之講習必非農時故知農功畢意亦出於此文也○有兎斯首

炮之燔之君子有酒酌言獻之 毛曰炮加火曰燔獻奏也箋云斯白也今俗語斯白之字作鮮齊魯之閒聲近斯有兎白首者兎之小者也炮之燔之者將以爲飲酒之羞也飲酒之禮既奏酒於賓乃薦羞每酌言言者禮不下庶人庶人依士禮立賓主爲酢名○兎他故反下同斯首毛如字此也鄭作鮮音仙白首也炮本作炰白交反燔音煩近附近之近下遐嫁反

疏 有兎至獻之○毛以爲古人行禮有兎之斯首謂唯有一兎雖微耳禮尚幷毛而炮之加火而燔之以爲飲酒之羞君子之賢者有酒今酌之我當以此酒奏獻之於賓以行禮也古之人不以微薄廢禮今乃有牲牢而不用故刺之鄭唯斯首謂白頭爲異餘同○傳毛曰至獻奏○正義曰地官封人云毛炮之豚注云爓去其毛而炮之唯肉炮內則炮取豚若將編萑以苴之故去毛炮之此述庶人之禮傳直言毛曰炮當是合毛而炮之未必能如八珍之食去毛炮之也毛無改字之理斯字當訓爲此王肅孫毓述毛云唯有一兎頭耳然案經有炮之燔之臣有炙之則非唯一兎首而已既能有兎不應空用其頭若頭既待賓其肉安在以事量理不近人情蓋詩人之作以首表兎唯有一兎卽是

不以微薄廢禮也爲肉至薄明是弁毛炮之不可爓矣箋言鮮者毛炮之亦當然也加置於火上是燔燒之故言加火曰燔以獻酒者必奏進於賓故言獻奏也○箋斯白至酌名○正義曰鄭以斯首以見兎小與毛爲異斯爲兎首之色故言斯白也又解斯得爲白之意今俗斯白之字當作鮮以鮮明是絜白之義故也鮮而變爲斯者齊魯之間其語鮮斯聲相近故變而作斯耳宣二年左傳曰于思于思服虔云白頭貌字雖異蓋亦以思聲近鮮故爲白頭也奮獸小則毛悅長則色重故言有兎白首兎之小者明其微薄也炮之燔之者將以爲飲酒之羞羞進也謂既飲酒而進此兎肉於賓也飲酒之禮既奏酒於賓乃薦羞者因此酒羞並有言先後之宜且辨經雖先爲羞進則在後也今禮鄉飲酒燕禮大射皆先進酒乃薦脯醢乃羞庶羞故知然也經言不以微薄廢禮故先述菹羞酒無厚薄之異故後言之四章皆云酌言言我也其意云酌酒我當用之若是禮合當然不應每事言我今每言我則是行用他法故解之言每酌言言者以禮既不下及庶人而爲之制庶人依準士禮立賓主爲酌名以行之故每酌道我與賓相亢爲禮以行獻酢酬之名也不於上章解之者以前直言嘗之無獻酢之名此有獻之故就而言焉然則嘗之亦云酌言者以酒爲賓作嘗亦行禮故亦云酌言也禮不下庶人不制篇卷耳其庶人執鶩庶人見國君走亦往往見於禮焉

有兎斯首燔之炙之君子有酒酌言酢之

炕火曰炙酢報也箋云報者賓既卒爵洗而酌主人也凡治兎之宜鮮者毛炮之柔者炙之乾者燔之○炙音隻酢才洛反炕苦浪反何沈又苦郎反○[疏]傳炕火曰炙○正義曰炕舉也謂以物貫之而舉於火上以炙之○箋報者至燔之○正義曰申傳酢報之義故言報者賓既卒爵洗而酌與主人是得主人之獻酌而報之也於一酢之上而經有三種故辨之言凡治兎之所宜若鮮明而新殺者合毛炮之若割截而柔者則臠貫而炙之若今炙肉也乾者謂脯腊則加之火上炙之若今燒乾脾也柔謂殺已多日而未乾也○

有兎斯首燔之炮之君子有酒酌言醻之

醻道飲也箋云主人既卒酢爵又酌自飲卒爵復酌進賓猶今俗之

勸酒○醻市周反道徒報反本亦作導同復扶又反俗之一本作俗人○【疏】傳醻道飲○正義曰以醻者欲以醻賓而先自飲以導之此舉醻之初其賓飲訖進酒於賓乃謂之醻也○箋主人至勸酒○正義曰傳以醻爲導飲嫌其謂主人自飲爲醻故辨之主人既卒酢爵又酌自飲卒爵復酌以進賓如此乃謂之醻猶今俗人勸酒者俗人亦先自飲而後勸人故云醻之箋皆準鄉飲酒燕禮而爲說也○

瓠葉四章章四句

漸漸之石下國刺幽王也戎狄叛之荆舒不至乃命將率東征役久病於外故作是詩也荆謂楚也舒舒鳩舒鄝舒庸之屬役謂士卒也○漸漸士銜反沈時銜反亦作嶄嶄下同翟徒歷反本或作狄叛音畔將率上子亮反下所類反注及後篇將率放此役久病於外一本作役人久病人衍字鄝音了本又作蓼士卒尊忽反下篇士卒同○【疏】漸漸之石三章章六句至是詩○正義曰漸漸之石詩者下國所作以刺幽王也以幽王無道西戎北狄共違叛之荆楚之羣舒又不來至乃命將率東行征伐之其役人士卒已久而疲病勞苦于外故作是漸漸之石詩以刺之下國諸侯之言對天子爲上故稱下國也言下國者此詩下國之人所作未必即諸侯之身作之幽王之役人自病而下國作詩刺之者王師出征亦使諸侯從己諸侯之人亦病故刺之也定本集本役下無人字其箋注亦無人字俗本有者誤也毛以戎狄叛之經三章上四句是也荆舒不至下二句是也乃命將率東征役人久病于外副上戎狄叛之荆舒不至之言爲六句之總三方皆有征伐而久病獨言東征者以經有東征之文因言以廣之其實戎狄亦伐之也鄭以戎狄叛之經上二章上二句是也荆舒不至上二章次二句及卒章上四句是也乃命將率東征役人久病於外三章皆下二句是也以詩言命將東征無伐戎狄之事則不伐戎狄也言不至與叛之則明由叛而不至其義一也下篇言四夷交侵師旅並起用兵不息則戎狄

亦當伐之但自此篇不言之耳○箋荆謂至士卒○正義曰以楚居荆州故或以州言之春秋經賈氏訓詁云秦始皇父諱楚而改爲荆州亦以其居荆州故因諱而改之亦有本自作荆者非爲諱也春秋公羊穀梁皆言州不若國賤楚故以荆言之彼自春秋之例其外書傳或州或國自從時便非褒貶也殷武曰維汝荆楚已幷言之是楚之稱荆亦已久矣魯頌亦曰荆舒是懲是隨時之名不定也以傳有舒鳩舒鄝舒庸又有舒龍謂之羣舒此直言舒不指一國箋又引舒國不盡故言之屬既言將率別云役人故知謂士卒也

漸漸之石維其高矣山川悠遠維其勞矣

漸漸山石高峻箋云山石漸漸然高峻不可登而上喻戎狄衆彊而無禮義不可得而伐也山川者荆舒之國所處也其道里長遠邦域又勞勞廣闊言不可卒服○勞如字

武人東征不皇朝矣

箋云武人謂將率也皇。王也將率受王命東行而征伐役人罷病必不能正荆舒使之朝於王

疏漸漸至朝矣○毛以爲此時戎狄已叛將率征之與其士卒伐而不息言戎狄之地有漸漸然險峻之山石維其高大矣又山之與川其間悠悠然路復長遠我等登此高山涉此遠路維其勞苦矣不但伐戎狄而已又其武人將率以役人東征征伐荆舒之國疲於軍役而病不暇脩禮而相朝矣○鄭以漸漸爲漸漸然險峻之山石維其高大不可登而上矣以與戎狄衆彊不可得而伐矣其荆舒所在之國山川其道路悠悠然而長遠維其邦域廣闊又勞勞然矣雖往征之難可卒服武人將率雖受命東征役人罷病必不能正之使朝於王矣○傳漸漸山石高峻○正義曰以漸漸文連之石爲山石之狀又言維其高矣故知爲高峻貌此傳無異鄭之文正以漸漸乃是上句而於此釋之明以四句爲一事鄭以勞爲遼遼遼言廣闊之意毛無改字之理必不與鄭同勞矣當爲勞苦故王肅云言遠征戎狄戍役不息乃更漸漸之高石長遠之山川維其勞苦也孫毓云篇義言役人久病於外故經曰山川悠遠維其勞。病矣此皆以上四句並爲征戎狄而言俱是述毛爲說傳意或當然也下篇若之華序曰西戎東夷交侵中國師旅並起何草不黄序曰四夷交侵用兵不息此序言戎狄叛之明其亦伐戎

狄傳又總而注之則王孫之言非無理矣故據爲毛說若然卒章上四句毛則分之者以豕之與月天地不同故分之則此山川事類故幷之○箋山石至卒服○正義曰以漸漸高不可上故喻戎狄彊不可伐也知非戎狄之國高山者以序唯言戎狄叛之不言征伐戎狄則不得歷其國之高山又荊舒之地山川悠遠而尙伐之不得言戎狄山高不可伐故以喻其衆彊也維其高矣還是漸漸之石高也則知維其勞矣是山川悠遠之勞勞也故曰山川者荊舒之國所處其道里長遠邦域又勞勞廣闊說此者言其不可卒服故下句言不能正之也廣闊遼遼之字當從遼遼遠之遼而作勞字者以古之字少多相假借詩又口之詠歌不專以竹帛相授一音既相近故遂用之此字義自得通故不言當作遼也毛幷注四句則是以爲一事箋分爲二者以下云武人東征不皇朝矣必上有難征之事乃可言不能正之不得不言荊舒故知山川悠遠是荊舒之地爲下事發端也不幷以四句爲下事之端者以序云戎狄叛之經亦當有其事不得全無所陳故以上二句充之也卒章不分之者以序云命將率東征則荊舒之惡爲甚是詩所主言而下章文勢接連上言涉波下言滂沱俱是水事明其共爲一喻故皆以爲荊舒焉○箋武人至於王○正義曰以序云命將率東征故知武人謂將率也皇王釋言文朝者諸侯見王之辭序云役久病於外明其所將之人罷病不能正之使朝故言將率受王命東行而征伐役人罷病必不能正荊舒使朝於王王肅云武人王之武臣征役者言皆勞病東行征伐東國以困病不暇脩禮而相朝此自王肅之說毛意無以見其爲然正以詩中諸言不皇多爲不暇故存其說代毛耳凡諸侯邦交有相朝之法此將率當是王之公卿不得有相朝之禮且受命出征務服前敵無暇相朝自其常事不當以此爲怨而列於詠歌王氏之義不爲長矣

漸漸之石維其卒矣山川悠遠曷其沒矣卒竟沒盡也箋云卒者崔嵬也謂山巓之末也曷何也廣闊之處何時其可盡服○卒毛子卹反鄭在律反崔罪回反嵬五回反本作嵬處昌慮反下同

武人東征不皇出矣箋云不能正之令出使聘問於王○疏漸漸至出矣○毛以爲時遠征

戎狄。戍役罷勞言戎狄之地有漸漸然險峻之山石我等登之維其終竟言當偏歷此石也又山之與川其間悠悠然路復長遠我所登歷何時其可盡偏矣由行不可偏故久病勞苦也不但伐戎狄而已又其武人將率以役人東征疲於軍役而辛苦不暇出而相與為禮。也○鄭以為漸漸然險峻之山石維其崔嵬然不可登而上矣以與戎狄衆彊不可得而伐矣其荊舒所在之國山川其道里悠悠然而長遠雖往伐之其處廣闊何時其可盡服之矣由此故武人東征之不能正之使出聘問於王矣○傳卒竟沒盡○正義曰釋詁云卒終也終亦竟之義故云卒竟也釋詁又云泯盡也李巡云泯沒之盡泯沒義同故沒為盡也此經卒沒之義略同而維其曷其文異者維其言已行當竟之曷其憂行不可盡勢相接也○箋卒者至盡服○正義曰箋以上高矣類之則卒亦石之形也故讀為崒釋山云崒者厜㕒郭璞曰謂山峯頭巉巖者箋云崒者崔嵬謂山巔之末雖音字小異是取爾雅為說也上章言勞勞廣闊此言不可盡服亦勢相接故上箋云言其不可卒服意取於此○

有豕白蹢烝涉波矣

豕豬也蹢蹄也。將久雨則豕進涉水波箋云烝衆也豕之性能水又唐突難禁制四蹄皆白曰駭。則白蹄其尤躁疾者今離其。繒牧之處與衆豕涉入水之波漣矣喻荊舒之人勇悍捷敏其君猶白蹄之豕也乃率民去禮義之安而居亂亡之危賤之故比方於豕○蹢音的都歷反烝之丞反將久雨一本作天將雨能奴代反本又作耐駭戶楷反爾雅說文皆作豥古哀反躁子到反離力智反繒在陵反爾雅豕所寢曰繒方言作橧從木音同漣音連一本作瀾力安反悍下旦反○

月離于畢俾滂沱矣

畢噣也月離陰星則雨箋云將有大雨徵氣先見於天以言荊舒之叛萌漸亦由王出也豕既涉波今又雨使之滂沱疾王甚也○滂普郎反沱徒何反注同噣直角反又音晝本又作濁見賓遍反○

武人東征不皇他矣

箋云不能正之令其守職不干王命○它音他

疏 有豕至他矣○毛以為此時征伐戎狄役人勞苦而有豕豬之白蹄進而涉入水之波漣之處矣是在地為將雨之徵也又直月更離歷于畢之陰星在天為將雨之候以此徵候果致大雨使其

水滂沱而威矣己等役人遇之尤以疲病不但久勞又逢大雨爲甚苦之辭也又王之武人將率以役人東征伐荊舒之國皆以勞病不暇更有他事矣故不得相朝爲禮也○鄭以爲荊舒之人似衆豕其君猶白蹢者豕之性能水又唐突難禁制以荊舒之人性好亂又勇悍難制服言有豕之白蹢者領其衆豕離其繒牧之處涉入於水波漣矣以與荊舒之君率其衆民去其禮義之安居於亂亡之危矣豕性本自能水月復離歷於畢星天又雨之使滂沱矣羣豕既得此水彌唐突而難制以喻荊舒本自好亂王又爲不善之政以加陵之矣荊舒既被此政彌彊梁而難服武人雖則東征不能正之使不爲他矣干犯王命是爲他事言不能正之使不干王命○傳豕豬至水波○正義曰豕豬釋獸文釋詁云烝進也言進涉是訓烝爲進也毛以下經月離於畢爲雨徵類之則此亦雨徵也故云天將大雨則豕進涉波水矣幷以二經爲雨徵言役人遇雨之勞苦也○箋烝衆至於豕○正義曰烝衆釋詁文豕之性能水言其自好涉波非雨徵也以唐突難禁制喻荊舒之難制服也釋獸云四蹢皆白豥孫炎曰蹢蹄也傳已訓蹢爲蹄故箋卽以蹄言之經直云白蹢不云四則白。豥亦不知幾蹄白而箋引此者以爾雅主爲釋詩詩中言豕白蹢唯此而已故知本以訓此也馬驚謂之駭則駭者躁疾之言白蹢名之爲。駭是躁疾於餘豕故云則白蹄其中尤躁疾者也駭與豥字異義同釋獸於豕之下所寢橧舍人曰豕所寢草名爲橧某氏曰臨淮。之謂野豬所寢爲橧李巡曰豬臥處名橧橧是所居之處牧是所食之地故云離其橧牧之處與衆豕涉入水之波漣矣繒與橧音義亦同荊舒之人勇悍捷敏者謂土俗民人勇而剽悍其舉動便捷敏速以其性輕故好叛難禁制也其君猶白蹢之豕言其民猶衆豕也乃率其臣民去禮義之安而居亂亡之危正謂叛也諸侯之朝天子上下相敬是禮義也叛違王命以致征討是亂亡也豕者言獸之尤穢今以荊舒比之故賤之比方於豕以其餘與喻立文猶隱此云有豕正是指斥辭有憎疾之旨故知有賤之意○傳月離至則雨○正義曰以畢爲月所離而雨是陰雨之星故謂之陰星月離于畢卽言俾滂沱矣故知月離陰星則雨也洪範曰星有好風星有好雨者卽此畢是也春秋緯說云月離于箕風揚沙則好風者箕也所以箕好風畢好雨者鄭洪範注云風土也為木妃雨木也為金妃故星好焉推此而往南宮好陽北宮好燠中宮四季好寒也是由己所克而得其妃從其妃之所好故也鄭知然者以庶徵曰雨曰陽曰燠曰寒曰風而休徵肅時雨若乂時陽若晢時燠若謀時寒若聖時風若此肅乂晢謀聖本之五事則肅由貌也為木乂由言也為金晢由視也為火謀由聽也為水聖由思也為土故五行傳以為貌屬木言屬金視屬火聽屬水思屬土庶徵亦依此貌言視聽思為次鄭由此故云雨木氣也春而施生故木氣為雨也陽金氣也秋物成而堅故金氣為陽也燠火氣也寒水氣也風土氣也凡氣非風不行猶金木水火非土不處故知土氣為風以此知風土雨木皆從妃所好言好是好樂他辭非己性也此庶徵寒燠即晦明也加之以陰則為六氣故五行傳陰屬皇極故曰皇之不極厥罰常陰是也而賈逵服虔因此及春秋緯之文即以風屬東方雨西方又云陰中央晦北方明南方唯天陽不變唯晦明所屬為當餘甚謬矣失之於書傳也○箋將有至王甚○正義曰此與上經相接為喻言豕性本自能水又加以滂沱之雨是豕彌得性益難禁制以喻荊舒本自好叛加以王之不善是彼彌得志益難威服本言滂沱之喻唯此而已但詩人言大雨更生一意言月離于畢然。從天為大雨是滂沱之雨萌漸由離畢也言王為不善然後荊舒背叛是叛之萌漸亦由王出也萌者事之初猶物之萌牙漸而成大也豕既涉波今又雨之使滂沱是疾此雨之甚言荊舒自好叛王又使之叛是疾王之甚鄭知然者正以言俾不然言雨足矣何須言使也○箋不能至王命○正義曰他者謂職分之外橫為餘事棄其所守干犯王命是為他矣故知不能正之令其守職不干王命即干王命是他也

漸漸之石三章章六句

苕之華大夫閔時也幽王之時西戎東夷交侵中國師旅並起因之以饑饉君

子閔周室之將亡傷己逢之故作是詩也師旅並起者諸侯或出師或出旅以助王距戎與夷也大夫將師出見戎夷之侵周而閔之今當其難自傷近危亡○苕音條徐音苕之華三章章四韶草名華音花距音巨難乃旦反下之難同近附近之近【疏】句至是詩○正義曰言西戎東夷交侵中國不言南蠻北狄者下篇序曰西夷交侵中國則蠻狄亦侵序於上下相互以明耳言西戎東夷交侵中國師旅並起即序首章上二句之事因之以饑饉卒章下二句是也閔周室之將亡卒章上二句是也傷己逢之即首章下二句是也經序倒者序以由師旅饑饉致周室之亡所以傷之經則因文以弘義逢師旅而已傷乃覆言可傷之事故言因以饑饉於下明其彌是可傷各自為義次也○箋師旅並至危亡○正義曰以四夷在中國之外從外內侵則緣邊諸侯被侵矣又言師旅並起者非一之辭明其非獨王室故知諸侯或出師或出旅以助王距戎與夷也周禮制諸侯從王之法云大國三軍次國二軍小國一軍今俱出師旅者周禮言其極耳行則隨時多少不必盡然且於時諸侯衰弱或不能備軍故纔出師旅也知大夫將師出見戎狄之侵周者以序云傷己逢之經云知我如此不如無生若非身自當之不應如此深恨故知身自將師而出見戎狄交侵而發憤閔傷也且上下皆言下國明此亦下國大夫自將其國之師故二章箋云諸侯微弱而王之臣當出見也是於時王臣未出不得逢之也逢之是身見之辭故云今當其難自傷近危亡也

苕之華芸其黃矣興也苕陵苕也將落則黃箋云陵苕之華紫赤而繁興者陵苕之幹喻如京師也其華猶諸夏也故或謂諸夏為諸華華衰則苕黃猶諸侯之師旅罷病將敗則京師孤弱○芸音云沈音運夏戶雅反下同罷音皮

心之憂矣維其傷矣箋云傷者謂國日見侵削

【疏】苕之華至傷矣○正義曰陵苕之英華本紫赤而繁多至今亦芸然其色黃而衰矣以興周室之諸夏本兵彊國盛今其師病而微矣陵華衰則將落落則苕幹特立矣諸侯師病則將敗敗則京師孤弱矣以周室之盛忽見如此之衰故我心為之憂愁矣維其傷病矣傷其見侵削也○傳苕陵至則黃○正義曰釋

草云苕陵苕黃華蔈白華茇舍人曰苕陵苕也黃華名蔈白華名茇別華色之名也某氏曰本草云陵蒔一名陵苕陸機疏云一名鼠尾生下濕水中七八月中華紫似今紫草華可染皁煮以沐髮即黑如釋草之文則苕華本自有黃有白傳言將落則黃是初不黃矣箋云陵苕之華紫赤而繁陸機疏亦言其華紫色蓋就紫色之中有黃紫白紫耳及其將落則全變爲黃以裳裳者華言之則芸爲極黃之貌故將落乃然○箋陵苕至孤弱○正義曰紫赤而繁華衰則黃皆以時事驗知苕之榦喻京師華猶諸夏者以序云交侵中國即九州之諸夏也師旅並起是諸侯之師起而助王也華之衞榦如諸夏之衞京師故知榦如京師其華猶諸夏也又解不以葉喻之意以其諸夏本亦名諸華襄四年左傳魏絳諫晉侯曰諸華必叛昭三十年左傳子西諫楚王曰吳周之胄裔也今而始大比於諸華是或謂諸夏爲諸華也謂之夏者夏大也以其中國有禮義之華可嘉大也論語曰不如諸夏之亡是也華黃落則苕榦衰故喻諸夏之師旅罷病將敗則京師孤弱也

苕之華其葉青青

華落葉青青然箋云京師以諸夏爲障蔽今之陵苕之華衰而葉見青青然喻諸侯微弱而王之臣當出見也○青青子零反注同鄣章亮反見賢遍反下同○

知我如此不如無生

箋云我我王也知王之爲政如此則己之生不如不生也自傷逢今世之難憂閔之甚○【疏】苕之至無生○毛以爲上言華將落故於此言已落言陵苕之上黃華今已殞落矣唯有葉青青然獨在耳以興王室之外諸夏今已喪敗矣唯有其臣當出見耳是戎夷之彊侵敗諸夏藩衞既弱周室將亡大夫傷己逢之故言知我王政之如此不能撫和戎夷使諸夏喪敗不如己之本無生也自傷生逢今世○鄭唯以華衰爲異言陵苕之上黃華其色既已衰矣唯其葉見青青然以與周室之外諸夏其師既已罷矣獨王臣當出見華已衰而葉未殞猶諸夏已病而王臣未發明鄣蔽既衰出亦敗矣餘同○傳華落葉青青○正義曰事必有漸物無兩盛上言將落則此已落矣又言其葉明唯葉在耳故言華落葉青青然則毛意以華喻所出之師上章以華喻師病此落喻已敗諸侯既敗則王臣當出天下諸侯衆矣尚不能禦之王兵

若出亦當敗矣故上章爲諸侯未敗此爲已敗下所以言亡爲事之漸也宣王之伐蠻狄皆出王室之兵此先諸夏後京師者王者彊盛則命將征討諸侯從之衰弱則諸侯先自禦寇王師大急乃出此則理之常也且此時戎狄從外而侵將內及王室詩人先云諸侯之敗見其危之漸耳○箋京師至出見○正義曰既言苕之華又言其葉華之映葉猶諸夏之葉京師故言京師以諸夏爲郭蔽華衰而葉見故喻諸侯微弱王臣當出也易傳者以經仍云苕之華則華猶未落且華喻諸夏時諸夏未爲皆亡不可以落喻故爲衰耳○箋我我至之甚○正義曰知我非詩人自我而以我爲我王者以逢時多難非己所爲詩人不當自責故知我爲王之政人莫不好生而云己不用生生非己所裁而以生爲恨故知己自傷逢今世也

牂羊墳首三星在罶。

牂羊牝羊也墳大也罶曲梁也寡婦之笱也牂羊墳首言無是道也三星在罶言不可久也箋云無是道者喻周已衰求其復興不可得也不可久者喻周將亡如心星之光耀見於魚笱之中其去須臾也○牂子桑反墳扶云反罶音柳本又作罶牝頻忍反笱音苟復扶又反

人可以食鮮可以飽

治日少而亂日多箋云今者士卒人人於晏早皆可以食矣時饑饉軍興乏少無可以飽之者○鮮息淺反治直吏反

疏牂羊至以飽○毛以爲諸侯既敗周室將亡今牂羊而責其大首終無是道也以與周衰而求其大與亦無此理也周不復興其亡亦速三星之光耀在於魚罶之中其去斯須不可久也以喻周室之亡期將至欲望其存亦不可久也人於亂世乏食而飢人於治世豐食而飽今亂日多故人可粗得食而治日少故少可以飽○鄭下二句爲異言時師旅既起因之以饑饉故言此士卒之人於宴早可以與之食但時乏少無可以飽之是所以可傷也○傳牂羊至可久○正義曰釋畜云羊牡羒牝牂故知牂羊牝羊也墳大釋詁文牝小羊也首必稱身小羊而責大首必無是道理也星隨天運晝夜一周魚笱之閒蹔見心星之光曜須臾即過故言不可久也○箋無是至須臾○正義曰以此詩主論周衰故知喻求其復興不可得也序言閔周室之將亡故知不可久者喻周將亡其去須臾也○箋今者至飽之者○正

義曰鄭以幽王時恆多禍亂曾無治時何得云治日少乎所以易毛

苕之華三章章四句

何草不黃下國刺幽王也四夷交侵中國背叛用兵不息視民如禽獸君子憂之故作是詩也○背音佩 疏 何草不黃四章章四句至是詩○正義曰上言下國後云君子則作者下國君子也君子無尊卑之限國君以下有德者皆是也言四夷交侵中國背叛序其用兵之意於經無所當也用兵不息上二章是也視民如禽獸下二章是也經言虎兕及狐止有獸耳言禽以足句且散則獸亦名禽也

何草不黃何日不行箋云用兵不息軍旅自歲始草生而出至歲晚矣何草而不黃乎言草皆黃也於是之間將率何日不行乎言常行勞苦之甚何人不將經營四方言萬民無不從役 疏 何草至四方○正義曰言天下之人於草生正月之時從役去時草始生耳今至十月何草而不黃乎言草皆黃矣去草生至於草黃於是之間將率何日而不行乎言常行是勞苦之甚也又言萬民何人而不為將率所將之以經營四方乎言皆為將之以經營也是非直將率為勞萬民又甚苦焉○箋用兵至之甚○正義曰言用兵不息是用之過久何草不黃是見黃而怨若草大始去或欲黃乃行不應見草之黃嗟怨若此明草有生死之期行者觀物而思故云軍旅自歲始草生而出謂正月二月之中也至歲晚矣何草而不黃乎草皆黃矣是九月十月之中也氣則時經寒熱物則華變死生日月長久征行不息是其所以怨也故云於是之間將率何日不行乎是其勞苦之甚也知此句謂將率者以言何日不行明行者有人下云何人不將為人人所將則是士卒也下句既為士卒知此為將率也

何草不玄何人不矜箋云玄赤黑色始春之時草牙孽者將生必玄於此時也兵猶復行無妻曰矜從役者皆過時不得歸故謂之矜○矜古頑反注同孽魚列反

復扶又反

哀我征夫，獨爲匪民 箋云征夫從役者也古者師出不踰時所以厚民之性也今則草玄至於黃黃至於玄此豈非民乎 【疏】何草至匪民○正義曰將率以草黃之時既不得歸又至明年之春言今何草不玄言衆草將生而皆玄之也於此之時何人而不爲矜耳言皆矜也久而不歸失夫婦之道而皆爲矜夫也既久役如此哀我征行之夫豈獨爲非民乎若亦是民當休息何爲使之從役久而不得歸也○箋玄赤至之矜○正義曰鄭於冬官鐘氏注差約之云玄色在緅緇之間其六入者與三入赤三入黑故云玄赤黑色春秋元命苞稽耀嘉皆云夏以十三月爲正物生色黑故知始春之時草牙孽者將生必玄也釋天云九月爲玄孫炎曰物衰而色玄也詩曰何草不玄與此始春之言不同者爾雅所言月名皆不以草色李巡曰九月萬物。草盡陰氣侵寒其色皆黑是陰而氣寒之黑不由草玄色孫炎之言謬矣無妻曰矜書傳及王制文彼言老宜爲六十之外禮六十不與服戎自六十以下不必皆老但行役過時久不得歸與無妻者同故謂之矜也舜年三十以無室家之端書亦謂之有鰥在下矜與鰥古今字○箋古者至民乎○正義曰隱五年穀梁傳曰古者征伐不踰時是古者師出不踰時也所以厚愛民之性命恐勞苦故也今草玄至於黃黃又至於玄朞年不歸是爲非民言其不厚之也

匪兕匪虎，率彼曠野 兕虎野獸也曠空也箋云兕虎比戰士也○兕徐履反

哀我征夫，朝夕不暇 【疏】匪兕至不暇○正義曰言我此役人若是野獸可常在外今非是兕非是虎何爲久不得歸常循彼空野之中與兕虎禽獸無異乎時既視民如禽獸故哀我此征行之夫朝夕常行而不得閑暇○傳兕虎野獸○正義曰傳言野獸者解本舉此之意以役人不宜在野故言視民如禽獸也許慎云兕野牛其皮堅厚可爲鎧釋獸云兕似牛某氏曰兕牛千斤郭景純云一角青色重千斤是也○箋兕虎比戰士○正義曰序云視民如禽獸則直取在野以比之而下章以狐比有棧之車則比中各自取象故云兕虎比戰士取其猛也

有芃者狐，率彼幽草，有棧之車，行彼周道 芃小獸貌棧車役車也箋

云狐草行草止故以比棧車輦者○芃薄紅反沈又扶東反棧士板反輦者一本作輦車

疏有芃至周道○正義曰有芃芃然而小者當狐也此狐本是草中之獸故可循彼幽草今我有棧之輦車人輓以行此人本非禽獸何爲行彼周道之上常在外野與狐在幽草同乎故傷之也○傳芃小至役車○正義曰以芃是狐之狀非大獸故言芃小獸貌也此言用兵不息明此車士卒供役之車故云棧車役車○箋狐草至輦者○正義曰以上言率彼曠野而此又云幽草明義取於草以狐草行草止故比輦者亦道行道止故以幽草與周道相對也故周官鄉師云大軍旅會同正治其徒役與其輦輦注云輦人輓行所以載任器止以爲藩營是行止常依於道似狐之依於草也以循草比人故知一比輦者也鄉師注引司馬法曰夏后氏謂輦曰余車殷曰胡奴車周曰輜輦輦一斧一斤一鑿一梩一鋤周輦加二板二築又曰夏后氏二十人而輦殷十八人而輦周十五人而輦是軍行必有輦皆人輓以行也春官巾車王后五路有輦雖載任與此不同亦人輓以行故謂之輦也若然巾之言服車五乘有士乘棧車庶人乘役車注云服車者服事者謂之車棧車不革輓而漆之役車方箱可載任器以供役以此言之則彼自有棧車何知此非彼者以彼棧車士之所乘以服事非此軍旅徒役所當有以此知非巾車之棧車也若然傳云棧車役車則與彼庶人役車同又知非彼役車者以役車庶人之所乘但庶人賤以供役爲名耳非輦者也即唐蟋蟀言役車其休是矣彼不以人輓故知不與此同此謂從軍供役之輦車耳有棧是車狀非士所乘之棧名也

何草不黃四章章四句

魚藻之什十四篇六十二章三百二句

附釋音毛詩注疏卷第十五（十五之三）

毛詩注疏校勘記(十五之三)

阮元撰盧宣旬摘錄

○緜蠻

止於丘阿 閩本明監本毛本同唐石經小字本相臺本於作于案于字是也下二章皆作于可證此因傳作於而改經也靜女著權輿經皆有於字者用字不畫一之例

○瓠葉

掌外內饔之爨亨煑肉之名 閩本同明監本毛本外內誤倒案肉上浦鏜云當脫饔是煑三字是也

故熟曰饔既爲熟 閩本明監本毛本同案浦鏜云饔下當脫一饔字是也

飲食而曰嘗者 閩本明監本毛本同小字本相臺本食作酒考文古本同案酒字是也正義可證

而亨庶人之葉 閩本明監本毛本同案葉當作菜形近之譌

故去毛炮之 閩本明監本同毛本去作云案所改是也

臣有炙之 閩本明監本毛本同案臣當作且形近之譌

猶今俗之勸酒 閩本明監本毛本同小字本相臺本之作人案釋文云俗之一本作俗人正義云猶今俗人勸酒者是其本作人字考文古本俗下有人字采正義釋文而誤合之也

其賓飲訖 閩本明監本毛本同案浦鏜云賓當實字誤

○漸漸之石

役久病於外 唐石經小字本相臺本同考文古本同閩本明監本毛本於誤在案釋文云一本作役人久病人衍字正義本有正義云定本集注役下無人字其箋注亦無人字俗本有者誤也考文一本作役人人病於外更誤

皇王也 相臺本同閩本明監本毛本同小字本王作正考文古本同案正字是也正義云皇王釋言文亦正字之誤

故經曰山川悠遠維其勞病矣 閩本明監本毛本同案病字當衍也因衍此而下有脫故剜添之餘亦多此類

不皇出矣 唐石經以下同考文古本皇作遑案鄭訓皇爲正則經字自作皇王肅以不暇說不皇亦是就皇字而異其義耳不知者乃改經爲遑誤之甚者也

戍役罷勞 毛本同閩本明監本戍作戎案戎字是也

不暇出而相與爲禮也 閩本同明監本毛本也作矣案所改是也

將久雨 小字本相臺本同案此釋文本也釋文云將久雨一本作天將雨考正義但云將雨不云久雨是其本作天將雨與一本同也

四蹄皆白曰駭 按釋文作駭正義則作豥二家之本不同分按其書可了然矣正義以駭說豥文理甚明

今離其繒牧之處 小字本相臺本同案釋文繒下云爾雅家所寢曰繒方言作橧從木正義引爾雅作橧云繒與橧音義同是鄭箋無

從木之本也說文木部無橧字爾雅釋文云舊本多作繒帛字是鄭讀爾雅自從糸後乃依方言改從木耳考文古本作橧采釋文正義中之字而未之考也

則白豥亦不知幾蹄白 閩本明監本毛本同案浦鏜云蹢誤豥是也

白蹢名之爲駭 閩本明監本毛本駭誤豥○按此作豥不誤觀上文引釋獸四蹢皆白豥下文駭與豥字異義同可見

某氏曰臨淮之 閩本明監本毛本同案山井鼎云爾雅疏之作人是也

然從天爲大雨 閩本明監本毛本同案浦鏜云從當後字誤是也

○苕之華

下篇序曰西夷 閩本明監本毛本同案浦鏜云四誤西是也

則苕幹特立矣 閩本明監本同毛本初刻幹後改榦下同案所改非也幹即正義今字

以諸夏爲障蔽 小字本相臺本同案釋文云鄣章亮反正義中字同考此字當用鄣見五經文字

三星在罶 唐石經小字本相臺本同案釋文云本又作霤誤字耳考文古本采之非也

○何草不黃

言萬民無不從役 小字本相臺本同案釋文不矜上以數起作音云所角反當在此上各本注皆無之未知其本何屬也於正義無文

當是其本無此不與釋文同矣

始春之時草牙孽者小字本同閩本同相臺本孽作蘖明監本同毛本牙誤芽正義中字同案釋文云牙蘖魚列反孽卽蘖字耳

九月萬物草盡閩本明監本毛本同案浦鏜云草疑畢字誤是也

故以比棧車輂者小字本相臺本同案釋文云輂者一本作輂車以正義考之其本作者者字是也一本誤考文古本采而倒之一本采之而去棧車二字皆非也

與其輦輂閩本明監本毛本同案山井鼎云上輦當輂字音九玉反是也

一梩一鋤閩本明監本毛本梩誤種

巾之言服車五乘閩本明監本毛本同案山井鼎云之當作車是也

附釋音毛詩注疏卷第十六（十六之一）

〔四九〕

文王之什詁訓傳第二十三

毛詩大雅 陸曰自此以下至卷阿十八篇是文王武王成王周公之正大雅據盛隆之時而推序天命上述祖考之美皆國之大事故為正大雅焉文王至靈臺八篇是文王之大雅下武至文王有聲二篇是武王之大雅

鄭氏箋　孔穎達疏

文王文王受命作周也 受命受天命而王天下制立周邦○而王于況反

疏 文王七章章八句○文王至作周○正義曰作文王詩者言文王能受天之命而造立周邦故作此文王之詩以歌述其事也上文王篇名之目下文王指而說其事經五章以上皆是受命作周之事也六章以下為因戒成王言以殷亡為鑒用文王為法言文王之能伐殷其法可則於後亦是受命之事故序言受命作周以總之○傳受命至周邦○正義曰言受命作周是創初改制非天命則不能然故云受命受天命也周雖舊邦其命維新是立周邦也無逸曰文王受命惟中身厥享國五十年注云中身謂中年受命謂受殷王嗣立之命彼謂文王為諸侯受天子命也此述文王為天子故為受天命也按春秋說題辭云河以通乾出天苞雒以流坤吐地符又易坤靈圖云法地之瑞黃龍中流見於雒注云法地之瑞者洛書也然則河圖由天洛書自地緯注說皆言文王受洛書而言天命者以河洛所出當天地之位故託之天地以示法耳其實皆是天命故六藝論云河圖洛書皆天神言語所以教告王者也是圖書皆天所命故文王雖受洛書亦天命也帝王革易天使之然故後世創基之王雖無河洛符瑞皆亦謂之受命以其得有天下是命與之故此亦云受天命而王天下也文王雖未得九州以其稱王故以天下言之文王受命毛無明說鴟鴞之傳謂管蔡為二子則毛意周公無除喪攝政避居東都罪其屬黨之事其受命之年必不得與鄭同也尚書武成篇曰我文考文王克成

厥勳誕膺天命惟九年大統未集孔安國云言諸侯歸之九年而卒故大業未就劉歆作三統曆考上世帝王以爲文王受命九年而崩班固作漢書律曆志載其說於是賈逵馬融王肅韋昭皇甫謐皆悉同之則毛意或當然矣文王九十七而終終時受命九年受命之元年年八十九。年其卽諸侯之位已四十二年矣故帝王世紀云文王卽位四十二年歲在鶉火文王於是更爲受命之元年始稱王矣乃引周書稱文王受命九年惟暮之春在鎬召太子發作文傳九年猶召太子明其七年未崩故諸儒皆以爲九年而崩其伏生司馬遷以爲文王受命七年而崩故尙書周傳云文王受命一年斷虞芮之訟二年伐邘三年伐密須四年伐犬夷五年伐耆六年伐崇七年而崩史記周本紀云西伯陰行善諸侯皆來決平虞芮旣讓諸侯聞之曰西伯蓋受命之君也此是受命一年之事又曰明年伐犬夷明年伐密須明年敗耆國明年伐邘明年伐崇侯虎而作豐邑明年西伯崩此雖伐犬夷與伐耆伐邘其年與書傳不次要亦七年崩也鄭不見古文尙書又周書遺失之文難可據信依書傳史記爲說故洛誥注云文王得赤雀武王俯取白魚皆七年是鄭以文王受命爲七年之事中候我應云季秋之月甲子赤雀銜丹書入豐止於昌戶再拜稽首受尙書運期授引河圖曰倉帝之治八百二十歲立戊午蔀注云周文王以戊午蔀二十九年受命。易類謀。云文王比隆興始霸伐崇作靈臺受赤雀丹書稱王制命示王意注云入戊午蔀二十九年時赤雀銜丹書而命之是鄭意以入戊午蔀二十九年季秋之月甲子赤雀銜丹書而命之也鄭知然者易乾鑿度云入戊午蔀二十九年伐崇作靈臺改正朔布王號於天下受籙應河圖注云受命後五年乃爲此改。猶如也如前聖王所得河圖之書由此而論旣云入戊午蔀二十九年雖連以伐崇改正之事云受籙應河圖則二十九年之文爲受籙而發受籙者卽謂受丹書王命之籙也以此知入戊午蔀二十九年卽是赤雀所命之年也先言伐崇作靈臺改正朔布王號於天下然後始言受籙者以文王之時所爲大事唯此而已此由天命而然故旣言受命之年卽言所爲之事下乃繼以受籙應河圖此等之事皆由受籙而爲之故受籙之言與二十九年文不連耳是類謀亦先言伐崇然後言受赤雀丹書亦以伐崇作靈臺是文王大事由受命而然故在赤雀之上先言之也且乾鑿度云亡殷者紂黑期火戊倉精授汝位正昌注云火戊戊午蔀也午爲火必言火戊者木精將王火爲之相戊土也又爲火子又火使其子爲己塞水是明倉精絶殷之象也是言文王受命在戊午蔀之意既言入戊午蔀二十九年受籙復說在戊午之意明以二十九年爲受命年也受命之月已是季秋至明年乃改元故書序云惟十有一年武王伐殷注云十有一年本文王受命而數之是年入戊午蔀四十歲矣是鄭以受命元年爲入戊午蔀三十年故改至十年而四十也又以曆校之入戊午蔀二十九年歲在戊午其年殷九月二十五日得甲子明年乃改元則元年歲在己未至十三年在辛未其年正月六日得甲子譜云以曆校之文王受命十三年辛未之歲殷正月六日殺紂是得赤雀之命後年改元之驗也又中候雒師謀云唯王既誅崇侯虎文王在豐豐人一朝扶老至者八十萬戶是受命六年而伐崇居豐也即云至磻谿之水呂尙釣崖王下趨拜曰望公七年矣所以言七年者以本丹書命云雒授金鈐師名呂故得命即望之今受命六年而言望公七年通得命之年數之故七是得命之後明年改元鄭所參校於茲明矣若然鄭於金縢之末注云文王年十五生武王又九十七而終終時武王年八十三矣若文王受命七年武王八十三至十一年觀兵得魚之時武王八十七矣至九十三而終則通數取魚之年乃得爲七年鄭云文王得赤烏武王俯取魚皆七年文王以明年數武王以其年數者文王改元須得歲首爲之武王未及改元唯須正名號耳我應說文王之戒武王曰我終之後恆稱太子河洛復告遵朕稱王故太誓說武王升冊稱皇太子得魚即云俯取是得告之即須改稱故不與文王同也如上所說受赤雀之命必是歲在戊午蔀二十九年矣案乾鑿度云曆元名握先紀日甲子歲甲寅又曰今入天元二百七十五萬九千二百八十歲昌以西伯受命注云受洛書之命爲天子以曆法其年則入戊午蔀二十四年矣歲在癸丑是前校五歲與上不相當者其實當云二百八十五歲以其篇已有入戊午蔀二十九年受籙之言足以可明故略其殘數整言二百八十而不

言五也知必加五年當戊午蔀二十九年者依三統曆七十六歲爲一蔀二十蔀爲一紀積一千五百二十歲凡紀首者皆歲甲寅日甲子即以甲子之日爲初蔀名甲子蔀一也滿七十六歲其後年初日次癸卯即以癸卯爲蔀首二也從此以後壬午爲蔀三也辛酉蔀四也庚子蔀五也己卯蔀六也戊午蔀七也丁酉蔀八也丙子蔀九也乙卯蔀十也甲午蔀十一也癸酉蔀十二也壬子蔀十三也辛卯蔀十四也庚午蔀十五也己酉蔀十六也戊子蔀十七也丁卯蔀十八也丙午蔀十九也乙酉蔀二十也是一紀之數終而復始。紀還然今乾鑿度入天元二百七十五萬九千二百八十歲以一紀之法一千五百二十歲除之得一千八百一十五紀餘有四百八十歲即是入後紀之年其初年還歲甲寅日甲子以甲子癸卯壬午辛酉庚子己卯等六蔀除之餘有二十四年即是入戊午蔀二十四年更加五年爲二十九年受赤雀之命若推太歲即以六十除積年其受命之年太歲在戊午若欲知日之所在乘積年爲積日以日行一市六十除之得日之所在又案三統之術魯隱公元年歲在己未其年前惠公之末年歲在戊午計文王受命是戊午之年下至惠公末年六復戊午當三百六十年矣而雒師謀注云數文王受命至魯公末年三百六十五歲又餘五年者本唯云三百六十耳學者多聞周天三百六十五度因誤而加偏校諸本則無五字也或以爲文王再受天命入戊午蔀二十四年受洛書二十九年受丹書若如此說於易緯之文上下符合於中候之注年數又同必知不然者以讖緯所言文王之事最爲詳悉若赤鳥之外別有洛命則應有文言之今未有聞焉明其無也所論圖書莫過中候而我應及雒師謀皆說文王之事只言赤雀丹書不言更有所命詳撿諸緯其辭亦然易通卦驗曰有人侯。牙倉姬演步有鳥將顧其意言文王得赤鳥而演易也是類謀曰受赤雀丹書春秋元命苞曰鳳皇銜丹書於文王之都皆言丹書鳥雀而已曾無片言別有他命鄭言洛書即丹書是也不然鄭何處得洛書之言乎說者雖云再命既言七年而崩則亦赤雀命後始改元矣若二十四年已後受洛書所以不即改元而待後命何也且鄭云受洛書之命爲天子若前命已爲天子後命更何所作既天已使爲天子猶尚不肯改元便是傲慢神明違拒天命聖人有作決不然也又鄭於六藝論極言瑞命之事云太平嘉瑞圖書之出必龜龍銜負焉黃帝堯舜周公是其正也若禹觀河見長人皐陶於洛見黑公湯登堯臺見黑鳥至武王渡河白魚躍文王赤雀止於戶秦穆公白雀集於車是其變也文王唯言赤雀何得更有洛書且洛書龜負而出乃是太平正法於文王之世安得有之此其所以大蔽也然則文王所受寶赤鳥銜書非洛而出謂之洛書者以其河龍圖發洛龜書感此為正也。故圖者謂雖不從河謂之河圖書者雖非洛出謂之洛書所以統名焉故元命苞云鳳皇銜圖置帝前黃帝再拜受堯坐中舟與太尉舜臨觀鳳皇負圖授是不從河者也坤靈圖云黃龍中流見於洛注云謂洛書不必皆龜負也言河圖龜書見其正耳所命文王銜丹書者我應是類謀謂之赤雀元命苞謂之鳳皇通卦驗謂之為鳥鳥者羽蟲之大名赤雀鳳皇之雛神而大之亦得稱鳳文雖不同其實一也受命六年乃始伐崇既伐於崇乃作邑於豐則受命之時未都豐矣而我應云赤雀銜丹書入豐止於昌戶元命苞云鳳皇銜丹書遊於文王之都者鄭作我應序云文王如豐將伐崇受赤鳥是當時行往豐地未都豐也所居有屋故稱昌戶從後言之謂之文王之都太誓云至於王屋譜云周公避居東都亦此類也文王世子稱武王謂文王曰西方有九國焉君王其終無諸文王生稱王也其稱王王也必在受命之後元命苞云西伯既得丹書於是稱王改正朔誅崇侯虎稱王之文在誅崇之上是類謀云稱王制命示王意乾鑿度云改正朔布王號於天下二文皆承伐崇作靈臺之下伐崇在六年則亦六年始稱王也但彼文以伐崇之等皆是文王大事故歷言之其言不必依先後為次未可即以為定書傳稱二年伐邘三年伐密須四年伐犬夷書序云殷始咎周注云咎惡也紂聞文王斷虞芮之訟後又三伐皆勝而始畏惡之拘於羑里又曰周人乘黎注云乘勝也紂得散宜生等所獻寶而釋文王文王釋而伐黎明年伐崇案殷傳云西伯得四友獻寶免於虎口而克者大傳曰得三子獻寶紂釋文王而出伐黎其言既同則黎者一物是文王伐犬夷之後乃被囚得釋乃伐者也出車說文王之勞還師云春日遲遲是四年遣役五年始反乃勞之當勞詑被因其年得釋即以歲暮伐耆故稱五年伐耆也天無二日土無二王若五年以前既己稱王改正則反形已露紂當與之爲敵非直呰惡而已若己稱王顯然背叛雖紂之愚非竇能釋也又書序周人乘黎之下云祖伊恐奔告於受作西伯戡黎若己稱王則愚者亦知其叛不待祖伊之明始識之也且其篇仍云西伯明時未爲王是六年稱王爲得其寶故乾鑿度布王號之下注云受命後五年乃爲改此是鄭意以爲六年始王也但文王自於國內建元久矣無故更復改元是有稱王之意雖則未布行之亦是稱王之迹故周本紀云詩人道西伯蓋受命之年稱王皇甫謐亦云受命元年始稱王矣正以改稱元年故疑其年稱王斯言非無理矣但考其行事必不得元年稱王耳然則六年稱王七年則崩是稱王甚晚禮記大傳注云文王稱王早矣者以殷紂尙存雖於年爲晚而時未可稱故爲早也一時未可稱而必稱之者我應云我稱非早一人固下注云我稱王非爲早欲以一人心固臣下是早稱之意也然則伐崇之時未稱王矣皇矣說伐崇之事而云是類是禡王制云天子將出征類乎上帝禡於所征之地然則類者祭天之名未稱王而得祭天者文王於伐崇之後尋即稱王於時天期已至崇又大敵雖未稱王已行王事故類禡文王雖稱王改正統得行其統內六州而已禮記大傳曰牧之野武王之大事改正朔易服色謂克紂之後又復頒布使天下偏知之猶未制禮未是大定故召誥云惟二月三月注云當爲一月二月不云正月者蓋待治定制禮乃正言正月故也然則從是以後始大定矣文王之得太公無經典正文言其得之年月維師謀注云文王既誅崇侯乃得呂尙於磻谿之崖是伐崇之年得呂尙也書傳云散宜生南宮括閎夭三子相與學訟於太公四子遂見西伯於羑里是文王被因之年得太公也史記齊世家云西伯政平及斷虞芮之訟伐崇密須犬夷大作豐邑天下三分其二歸周者太公之謀計居多則是斷虞芮之前得太公也皇甫謐以爲未受命時已得太公羣言不同莫能齊一案左傳稱呂伋爲王舅則武王之后大公女也文王受命六年武王以八十二矣不應此時方取正室且文王爲今年得之明年卽崩以人情準之未應便爲武王取其女也又

書傳之美太公言其翼佐文武身有殊勳世祚太公以表東海以其有大功故也若伐崇之後方始得之則文王於時基宇已就太公無所宣其力亦何功業之有乎若武王承父舊基太公因人成事牧野一戰賢聖多矣杖鉞之勞不足稱述而使經傳之文褒揚若此六年始得深可惑矣齊世家云呂尚蓋嘗窮困年老矣以魚釣于周西伯出獵得之或曰太公嘗事紂紂無道去之游說諸侯無所遇而卒西歸周西伯或曰呂尚隱海濱周西伯拘羑里散宜生等知而招尚曰吾聞西伯善養老盍往歸焉言呂尚所以事周雖異然要之為文武師司馬遷馳騁古今良亦勤矣尚不能知其事周所由安能知得之年月今雖考校未能正之尚書帝命驗曰自三皇以下天命未去饗善使一姓不再命然則文王已受赤雀武王又得白魚者一姓不再命謂子孫既衰之後天不復重命使興耳非謂創業之君也文王雖天意與之而仍未克紂復命武王使之統一故再受命焉○

文王在上於昭于天

在上在民上也於歎辭昭見也箋云文王初為西伯有功於民其德著見於天故天命之以為王使君天下也崩謚曰文○初於音烏注及下於緝并注皆同見賢遍反下著見同著珍慮反謚音示慎也悉也生存之行終始悉錄之以為謚也○

周雖舊邦其命維新

乃新在文王也箋云大王聿來胥宇而國於周王迹起矣而未有天命至文王而受命言新者美之也○大音泰後大王皆同○

有周不顯帝命不時

有周周也不顯顯也顯光也不時時也時是也箋云周之德不光明乎光明矣天命之不是乎又是矣○

文王陟降在帝左右

言文王升接天下接人也箋云在察也文王能觀知天意順其所為從而行之

【疏】文王至左右○正義曰言文王初為西伯在於民上也於呼可歎美哉其時已施行美道有功於民其德昭明著見於天言治民光大天所加美以此故為天所命周自大王已來居此地周雖是舊國其得天命維為新國矣以明德而受天命變諸侯而作天子是其改新也天既命文王我有周之德豈不光明乎由有美德能受天命則有周之德為光明矣天之命我文王豈為不是乎皇天無親惟德是與當時天下莫若文王則天之

所命爲是矣又美文王云文王升則以道接事于天下則以德接治于人常觀察天帝之意隨其左右之宜順其所爲從而行之○傳在上至歎辭○正義曰此言於昭于天是說文王治民有功而明見上天故知在上在於民上也書傳引於穆清廟乃云於者歎之是於爲歎辭也尚書注云於者嗚聲則於嗚古今字耳○箋文王至曰文○正義曰下言其命維新則此未受命時事故鄭本而言文王初爲西伯未受命之時已有功於民其德著見於天故爲天所命也言初爲西伯以對後爲王總受命之前爲初非謂爲西伯之初耳以言在上著見于天明治民之功見也故知有功於民其德著見于天言著見者爲天所加美而知之故天命之爲王使爲君於天下至崩而謚之曰文曲禮下曰君天下曰天子檀弓上曰死謚周道也○箋大王至美之○正義曰言大王自豳來相其可居之處而爲國於周大王已來居此地是周雖舊邦也閟宮云實始翦商是王迹起焉國語言周之興也鸑鷟鳴於岐山雖爲周興之兆而未有書文授之王位是未有天命至文王而受天命以諸侯國名變而爲天子國名是其改新之也言新者美文王能使之新也○傳有周周也時是也○正義曰以周其文單故言有以助之烝民曰天監有周時邁曰明昭有周皆同也猶左傳謂濟爲有濟傳疊而解之有周正周也時是釋詁文○箋周之德至是矣○正義曰此言文王德著爲天所命故反其辭以結之言又是者言周德既明天命復是對上句故言又也王肅云天命之是也言時天下莫若文王○傳言文至接人○正義曰人君在人之上在天之下其升降惟天人耳故知言文王升接天下接人謂與之交接天則恭敬承事以接之人則恩禮撫養以接之○箋在察至行之○正義曰此言文王之接天人而云在帝左右明是察天動作而效之言文王觀知天意解在帝也順其所爲從而行之解左右也易稱聖人與天地合其德故順其所爲而效之

亹亹文王令聞不已陳錫哉周侯文王孫子文王孫子本支百世

亹亹勉也哉載侯維也本本宗也支支子也箋云令善哉始侯君也勉勉乎不倦文王之勤用明德也其善聲聞曰見稱歌無止時也乃由能敷恩惠之施以受命

造始周國故天下君之其子孫適爲天子庶爲諸侯皆百世〇𠫤音尾聞音問注同哉如字毛載也鄭始也左傳作載本又作載同敷音孚施始豉反適音的

字或作嫡凡周之士不顯亦世不世顯德乎。也者世祿也箋云凡周之士謂其臣有光明之德者亦得世世在位重其功也〇疏𠫤𠫤

至亦世〇毛以爲𠫤𠫤乎勉力勤用明德不倦之文王以勤行之故有善聲譽爲人所聞日見稱歌不復已止文王能布陳大利以賜子孫於是又載行周道

致有天下以此德澤流於後世維文王孫之與子皆受而行之維文王孫之與子不問本宗。之子皆得百。澤相繼言由文王之功德深厚故福慶延長也文王之

德不但德及子孫而已凡於周爲臣之士豈不有顯德乎言其皆有顯德而亦得繼世食祿言文王德。人及朝臣所以常見稱。識。行復已止也〇鄭唯以哉爲

始侯爲君爲異言文王能敷陳恩惠之施令德著于天遂受天命而造始周國由此故爲天下之人君其文王孫之與子其本適爲天子支庶爲諸侯皆得百

世餘同〇傳𠫤𠫤至支子〇正義曰𠫤𠫤勉也釋詁文哉與載古字通用中庸言栽者培之注引上天之載是其通也以其通用故云哉載也釋詁。哉維侯也

郭璞曰互相訓是侯得爲維也適譬本幹庶譬其枝故言本本宗支支子也王肅云文王能布陳大利以錫予人故能載行周道致有天下維文王孫子受而

行之美其。及支子孫言文王之功德其大宗與支子相承百世之道〇箋。云。始至百世〇正義曰哉始侯君釋詁文也以文王受命創爲天子宜爲造始周國

君其子孫故易傳也受天之命本由明德其用明德即陳錫是也。不能敷陳恩惠之施故得受命造周令長世稱誦是用明德而致令聞不已也昭十年左傳

曰陳錫載周能施也夫故知去恩惠之賜以施予也宣十五年左傳亦引此詩乃云文王所以造周不是過也是造始周國也施予既造周國當子孫嗣之故天下

之民君其子孫爲天子庶爲諸侯皆百世也〇傳不至世祿〇正義曰傳以經言不顯則爲顯也由顯而得世故幷及之不世顯德乎其世顯德也謂臣有顯

德令子孫世之仕者世祿欲舉輕以明重若子孫復有顯德爵位亦世之仕者世祿孟子文〇箋凡周至其功〇正義曰以士者男子成名之大號下至諸侯

及王朝公卿大夫總稱亦可以兼士也凡爲總辭顯爲光明故言謂其臣有光明之德者亦得世世在位以重其功勞故也傳言世世祿箋言在位者以言亦世者亦前本支百世也百世謂繼世在位知此亦世世在位也以此知毛言世祿舉輕。箋重耳不謂不得世世也文王之時則其功未定不得定之長在卿大夫之位若武王以後則大封羣臣或爲列土諸侯或爲王朝卿佐維爲王朝之臣其大功亦得世世之故直言世世在位而不辨其內外也郊特牲及士冠禮云繼世以立諸侯象賢則封爲國君固當世矣其卿大夫有大功乃得世也王制言天子之縣內諸侯祿也注云選賢置之於位其國之祿如諸侯不得世也又曰大夫不世爵注云謂縣內及列國諸侯爲天子大夫者不世爵而世祿辟賢也又曰諸侯之大夫不世爵祿也公羊傳曰世卿非禮則卿大夫正法不得世也異義卿得世世又公羊穀梁說卿大夫世則權幷一姓妨塞賢路專政犯君故經譏尹氏齊。氏崔氏也左氏說卿大夫得世祿不得世位父爲大夫死子得食其故采而有賢才則復升父故位故傳曰官有世功則有官族謹案易爻位三爲三公二爲卿大夫曰食舊德食舊德謂食父故祿也尚書古我先王暨乃祖乃父胥及逸勤予。不敢動用非罰世選爾勞予不。絕爾善論語曰興滅國繼絕世國謂諸侯世謂卿大夫詩云凡周之士不顯亦世孟子曰文王之治岐也仕者世祿知周制世祿也此許氏亦以卿大夫世祿爲常雖以世祿爲常而有大功德亦得世位故裳裳者華刺幽王棄賢者之類絕功臣之世鄭箴膏肓云公卿之世立大功德先王之命有所不絕者是大功特命則得世位也白虎通曰諸侯繼世者南面之君體陽而行陽道不絕大夫人臣北面體陰而行陰道有絕故也此託之陰陽之義其實諸侯以大功而封故也卿大夫本以佐君欲令非賢不可所以不世也其得世者又違常法以大功而許之耳

世之不顯厥猶翼翼思皇多士生此王國王國克生維周之楨

翼翼恭敬思辭也皇天楨幹也箋云猶謀思願也周之臣既世世光明其爲君之謀事忠敬翼翼然又願天多生賢人於此邦此邦能生之則是我周。之幹事之臣○楨音貞爲于僞反下天爲此同

濟濟

多士文王以寧濟濟多威儀也○濟子禮反後濟濟皆同【疏】世之至以寧○毛以爲因上不顯亦世文反而詳之言此世祿之臣豈不光明其德乎言其世世有光明之德故也以有光明之德其爲君之謀事則能翼翼然忠誠而恭敬也所以得有此臣者天以周德至盛欲使羣賢佐之故皇天命多衆之士生之于我周王之國我周王之國能生此賢人收而用之則維是我周家幹事之臣臣能幹事則國以乂安故歎美之此濟濟然多威儀之衆士文王以安寧言文王得賴此臣之力思語辭不爲義鄭以思爲願言此世顯之臣非直謀事恭敬又推誠恕物所及弘廣乃思願皇天令其多衆之士生此我王之國得與我周家爲幹事之臣此世顯之人謀則忠敬心則誠信故歎美之云濟濟多士文王以寧濟濟多士還謂世顯之人與思皇多士不同也○傳翼翼至皇天○正義曰釋訓云翼翼恭也敬是恭之類故連言之以此覆述世顯之人不宜更有所思故以思爲辭皇與多士連文能生多士維天乃然皇者天號故皇爲天也王肅云言天思周德至盛故爲生衆士於此周國王國能生此衆美之士維周以之爲楨幹也○箋猶謀至之臣○正義曰猶謀釋詁文以思之爲辭止在句末今句首言之不宜爲辭故易傳以意之所思必情之所願故以思爲願朝廷之士多妒忌賢能故嘉魚美太平之君子樂與賢者共之朝臣之願多賢實爲美事明此思皇多士是世顯之人復思使皇天更生多賢也下濟濟多士卽世顯之人與此多士不同也何者此思皇多士乃是世顯之人思天生之尙未知思得以否假令得之猶是後世之事文王未得賴之以寧也以此知濟濟多士還是世顯之人傳以翼翼爲恭敬而論語曰爲人謀而不忠乎謀者主忠故言忠敬翼翼然也言此邦能生則是生而用之故云則是我周家幹事之臣幹事是已用之語明克生爲用之矣○傳濟濟多威儀○正義曰此多士是上世顯之人則諸侯及公卿大夫此文皆兼之釋訓云濟濟容止也孫炎曰濟濟多士之容止也然則濟濟總爲在朝之儀故云威儀也曲禮下云大夫濟濟謂行容之貌與此別少儀云朝廷之儀濟濟翔翔與此同矣○

穆穆文王於緝熙敬止假哉天命有商孫子

穆穆美也緝熙光明也假固也箋云穆穆乎文王有天子之容於美乎又能敬其光明之德堅固哉天爲此命之使臣有殷之子孫○緝七入反熙許其反假古雅反固也○

商之孫子其麗不億上帝既命侯于周服

麗數也盛德不可爲衆也箋云于於也商之孫子其數不徒億多言之也至天已命文王之後乃爲君於周之九服之中言衆之不如德也○麗力計反沈又力知反○

疏穆穆至周服○毛以爲穆穆然而美者文王也既有天子之容矣於呼美哉又能於有光明之德者而敬之其敬光明之德者而甚堅固哉言尊賢愛士心能堅固故天命之使臣有商之孫子而代殷也商之孫子其數至多不徒止於一億而已言其數過億也雖有過億之數以紂爲惡之故至於上帝既命文王之後維歸於周而臣服之明文王德盛之至也○鄭唯以侯爲君言商之孫子爲君於周之九服之中爲異餘同○傳穆穆至假固○正義曰穆穆美釋詁文又云緝熙光也敬之云學有緝熙于光明故傳連明言之假雖有別訓以言敬事有德而爲天所命宜爲堅固故爲固也○箋穆穆至子孫○正義曰於爲歎美之辭故言於美乎言又能敬其光明之德以文王身有聖德復能敬人故言又也直言光明之德不言止則止爲辭也大學引此詩注云敬其所以自處止緇衣亦引此注云敬其容止者彼各有所證故與此不同也此言緝熙敬止明有緝熙之德者敬之故言敬其光明之德假哉文雖下屬而理結於上故云堅固哉天爲此命之言能敬德堅固故能受天命使臣有商之子孫謂使之爲臣以爲己有即下云侯服于周是也○傳麗數至爲衆○正義曰以億是數名故知麗爲數也德之小者猶可以衆敵之盛德不可爲衆言德盛則難爲衆故雖多而服周深美文王言非衆所敵王肅云商之孫子有過億之數天既命文王則維服于周盛德不可爲衆毛於上章訓侯爲維則其意如肅言也○箋商之至如德○正義曰以舉多而服文王故知不徒億也文王所得六州而已殷之同姓未必有歸之者況其子孫乎而云不億者此作在成王之時從後見其歸周本而美之耳非實事也言天既命文王之後乃爲君於周之九服之中言其貴者耳其數既多亦有不爲君者也九服者

大司馬大行人千里之畿外每云又其外五百里卽侯甸男采衛要夷鎮蕃是也此亦據在後言之天命文王之時服名未定也其服名自古而有故禹貢有

甸侯綏要荒五服皋陶謨所謂弼成五服是也但不知夏殷服名耳侯服于周天命靡常則見天命之無常也箋云無常者善則就之惡

則去之○殷士膚敏祼將于京厥作祼將常服黼冔殷士殷侯也膚美敏疾也祼灌鬯也周人尚臭將行京大也黼

白與黑也冔殷冠也夏后氏曰收周曰冕箋云殷之臣壯美而敏來助周祭其助祭自服殷之服明文王以德不以彊○祼古亂反黼音甫冔況甫反字林作

綍又火于反鬯敕亮反夏戶雅反○王之藎臣無念爾祖藎進也無念念也箋云今王之進用臣當念女祖爲之法王斥成王○藎才刃

反爲之法一本作爲之法度疏侯服至爾祖○毛以爲商之子孫既衆多今維乃服臣于周以商之族類變爲周臣如是則見天命之無常去惡就善是

無常也命既無常故殷之諸臣多士皆有壯美之德見時之疾於周祭宗廟則助其灌鬯之禮而行之於京師言其知命服周之無貳心也因其服周之事而

言文王之寬此殷士其爲祼獻行禮之時常服其殷所服黼衣而冔冠也文王若以彊服之則當改其衣冠令之從己今仍服殷冠明其自來歸從文王以德

服之不以彊也以既陳文王之威德因舉以戒成王。言之進用臣法可無念汝祖文王乎言當念汝祖文王之法脩德服衆爲天下所歸是進用臣之道○鄭

唯上一句言爲君列在九服于周家是天命無常餘同○傳則見至無常○正義曰天之所爲不可得見以紂之惡文王之善致使商之孫子臣服于周如是

觀之則見天命之無常也太學引康誥曰惟命不于常道善則得之不善則失之矣箋亦引彼文是無常之事也○傳殷士至曰冕○正義曰此殷士卽前商

之孫子服周者故知殷侯也膚美小雅廣訓文敏疾釋詁文王肅云殷士有美德言其見時之疾。如早來服周也祼者以鬯酒灌尸故言灌鬯也舉祼言之故

取郊特牲文云周人尚臭尚臭者一代之禮文王之時未必已然亦可據後而言也以祼是祭禮當須行之故言將行也天官小宰云凡祭祀贊祼將之事注

以將爲送則此言祼將亦宜爲送但祼時送鬯亦是行之其言雖異義亦同也
京大釋詁文桓九年公羊傳曰京師者何天子之居也京者何大也師者何衆
也天子之居必以衆大之辭言之此京亦謂京師故訓爲大也冬官繢人云白
與黑謂之黼周冕無繢繡之飾則殷冔亦不以黼爲飾黼自衣服之所有也禮
器云冕諸侯九旒注云似夏殷制則殷之諸侯祭服亦九章而下不止於黼而
已舉一章而表之耳郊特牲及士冠禮皆云周弁殷冔夏收故知冔殷冠也既
以冔爲殷冠更取二代以明之故言夏后氏曰收周曰冕也彼云周弁此云冕
者以周自大夫以上祭服皆用冕服故傳以冕言之實冕而謂之弁者周禮弁
師注云弁古冠之大號官名弁師職掌五冕故知弁是大名也○箋殷之至以
彊○正義曰殷臣壯敏來助周祭祼將是也王肅亦云殷士自殷以其美德來
歸周助祭行灌鬯之禮也然宗廟之祭以祼爲主於禮王正祼而后亞祼則祼
將主人之事矣而云助行灌者天官小宰凡祭祀贊祼將之事注云又從太宰
助王祼謂贊王酌鬱鬯以獻尸言太宰贊王小宰贊太宰是祼將之事有臣助
之矣此周人尚臭舉祼將以表祭事見殷士助祭耳不必專助行祼也以祭言
已代而服舉其本故云自服殷之服明文王以德不以彊本以德服之而來不
以威彊使至何者若爲畏威當改從其周服今服其故服是慕德而來故也武
成云大邦畏其力此言不以彊者彼美文王有威可畏耳其實文王化人先以
德故言不以彊也此文王之時故殷士仍得服殷之服若制禮之後皆從時王
之法唯二王之後服其故服可也○傳藎進無念念也○正義曰藎進釋詁文
無念是反而言之故云念也○箋今王至成王○正義曰以承上文王進臣之
道而言念之文王實成王之祖故曰斥成王也此美文王之詩當以時王之意
稱述先祖之美不應篇末更戒成王而以爲戒成王者以下章云殷之未喪師
宜鑒于殷是時已滅舉以爲鑒若文王之時則紂實未亡不得爲戒又卒章云
儀刑文王萬邦作孚是欲使後世法文王也下言文王之道可以與後世爲法
此云無念爾祖明是上念文王以文王爲祖非成王而誰也戒後世使法無念
文王卽是述文王之美故美文王可以戒成王也傳雖不明意當同鄭

爾祖聿脩厥德永言配命自求多福聿述永長言我也我長配天命而行爾庶國亦當自求多福箋云長猶常也王既述脩祖德常言當配天命而行則福祿自來○聿于必反○殷之未喪師克配上帝帝乙已上也箋云師衆也殷自紂父之前未喪天下之時皆能配天而行故不忘也○喪息浪反注同已上時掌反本作以紂直久反○宜鑒于殷駿命不易駿大也箋云宜以殷王賢愚為鏡天之大命不可改易○駿音峻又音俊易毛以豉反不易言甚難也鄭音亦言不可改易也下文及後不易維王同○

【疏】無念至不易○毛以為作者戒成王既無不念汝祖文王進臣之法當述而脩行其德王當云長我當為之者我所配天命而行也又當告庶國云爾庶國亦當自求多福言勸脩德教福自歸之又陳所以我當長配天命而行之者殷自紂父以前未喪失衆心之時其德皆能配上天之命而行由紂不能配天命令臣民叛而歸我我宜鑒鏡于殷觀其王之賢愚以為己戒何則天之大命不可改易○鄭唯永言配命二句為異以為王常言當配天命而行則自求而歸之者多衆之福也○傳聿述至多福○正義曰聿述言我永長皆釋詁文也直言配命知是長配天命者以下云克配上帝故知配配天命也言爾國亦當自求多福者以上章說殷侯助祭還是殷侯念祖自求多福是戒人之辭故知還戒此殷侯衆多故謂之庶國也○箋長猶至自來○正義曰長雖異理通不若常為便故猶焉以戒成王宜以多福與配天相成故不為庶國也又言字不訓為我○傳帝乙已上○正義曰以失衆而卒亡天下者紂也經云未喪故知帝乙以前其間雖行有善惡不喪衆心故能配天以王者為配在位不失則能配之故酒誥云自成湯至於帝乙罔不成王畏相舉未亡以駿亡者耳其實以前非無惡者故無逸說殷之三宗之後云自時厥後立王生則逸不知稼穡之艱難是有惡者矣○傳駿大○正義曰釋詁文○箋宜以至改易○正義曰鑒鏡也鏡照物知善惡故以殷為鏡知存亡言天下之大命不可改易者謂天意善者與之惡者去之此命一定終不變改也○

命之不易無遏爾躬宣昭義問有

虞殷自天遏止義善虞度也箋云宣偏有又也天之大命已不可改易矣當使子孫長行之無終女身則止偏明以禮義問老成人又度殷所以順天之事而施行之〇遏於葛反或作謁音同韓詩遏病也義毛音儀鄭如字度待洛反下同偏音遍下同上天之載無聲無臭儀刑文王萬邦作孚載事刑法孚信也箋云天之道難知也耳不聞聲音鼻不聞香臭儀法文王之事則天下咸信而順之〇【疏】命之至作孚〇毛以為戒成王言天之大命既不可改易故常須戒懼此事當垂之後世無令止於汝王之身而已欲令後世長行之長行之者常布明其善聲聞於天下又度殷之所以順天言殷王行不順天為天所去當度此事終當順天也既言當順天因說天難傚傚上天所為之事無聲音無臭味人耳不聞其音聲鼻不聞其香臭其事冥寞欲傚無由王欲順之但近法文王之道則與天下萬國作信言王用文王之道則皆信而順之矣〇鄭唯宣昭義問為異以為汝當偏明以禮義問老而有成德之人餘同〇傳遏止義善虞度也〇正義曰遏止義善釋詁文虞度釋言文〇箋有又至行之〇正義曰以上已有所行之事下復言之故知宜為又也蕩曰雖無老成人謂老人而有成德者也殷王之能順天者謂成湯與三宗耳前文以賢愚為戒而不言脩其道以不亡為配天非皆順天與此意異也此又度其殷王之中賢聖能順天者而行之故可福流於後與其宜鑒不同也此經云自天自從也從又為順故言順天之事〇傳載事刑法孚信也〇正義曰以其說天之事故載為事也刑法孚信釋詁文〇箋天之至香臭〇正義曰以其令法文王故知為難知而言也凡言聞者謂耳所知也香臭非聲云鼻不聞其香臭者但以知其氣故借聞名之中庸注云無知其臭氣者聞即知也

文王七章章八句

毛詩注疏校勘記（十六之一） 阮元撰盧宣旬摘錄

○文王

言文王之能伐殷 閩本明監本毛本伐作代案所改是也

年八十九年其即諸侯之位 閩本明監本毛本同案浦鏜云下年字當衍文是也讀九字斷句

二年伐邿 閩本明監本毛本同案邿當作邘下二邘字十行本不誤

易類謀云 毛本同閩本明監本易作是案皆誤也當作易是類謀曰

乃爲此改猶如也 閩本明監本毛本同案猶上當有應字讀以改字斷句

得魚即云俯取 閩本明監本毛本同案云下浦鏜云脫王字是也

終而復始紀還然 閩本明監本毛本同案此當重紀字紀紀還然者每紀還甲子等二十部比前爲然也浦鏜云紀還然三字疑衍誤甚矣

有人侯牙也 閩本明監本毛本同案浦鏜云牙當呀字誤與下步顧相叶是

湯登堯臺見黑鳥 閩本明監本毛本同案此不誤浦鏜云烏誤鳥非也節南山正義云若湯得黑鳥是其證

故圖者謂 閩本明監本毛本同案此當云故得圖者錯誤耳

其命維新 小字本相臺本同唐石經初刻惟後改維案初刻誤

也者世祿也 閩本明監本毛本同小字本相臺本上也字作士案士字是也
正義云仕者世祿易士爲仕而說之耳考文一本采之非也

不問本宗之子皆得百澤相繼 閩本明監本毛本同案浦鏜云支誤之澤
當世字誤是也

言文王德人及朝臣 閩本明監本毛本同案人當作又形近之譌

所以常見稱識 閩本明監本毛本同案識當作誦正義下云令長見稱誦
是其證也

行復已止也 閩本明監本毛本行作不案所改是也此互易而誤見下

釋詁哉維侯也 閩本明監本毛本哉作文案皆誤也此當作云與下云互
易

美其及支子孫 閩本明監本毛本及作本案所改是也

箋云始至百世 閩本明監本毛本云始作令譌案所改誤也此云當作哉
與上哉互易

不能敷陳恩惠之施 閩本明監本毛本不作以案所改非也此不字當與
上行字互易山井鼎云宋板作亦當是剜也

舉輕苞重耳 閩本明監本毛本苞作包案所改是也

故經譏尹氏齊氏崔氏也 閩本明監本毛本同案齊下當衍氏字齊崔氏
在春秋經宣十年也王制正義無引不備耳

予不敢動用非罰世選爾勞予不絕爾善 閩本明監本毛本同案此不誤
浦鏜云上不字衍掩誤絕皆非

也正義引自如此

則是我周之幹事之臣 小字本相臺本同考文古本同閩本明監本毛本之作家案正義云則維是我周家幹事之臣又云故云則是我周家幹事之臣未知其本作家或自爲文也輒改者非

祼將于京 唐石經小字本相臺本同閩本同明監本毛本祼誤裸下同

言之進用臣法 閩本明監本毛本同案言當作王

如早來服周也 閩本明監本毛本如作知案所改是也

故不忘也 閩本明監本毛本同小字本相臺本忘作亡考文古本同案亡字是也

言爾國亦當自求多福者 閩本明監本毛本同案爾下當有庶字

舉末亡以駿亡者耳 閩本明監本毛本同案浦鏜云駿疑駮字誤是也

毛詩大雅　鄭氏箋　孔穎達疏

大明文王有明德故天復命武王也 二聖相承其明德日以廣大故曰大明○復扶又反 疏 大明八章首章二章四章七章皆六句三章五章六章卒章皆八句至武王○正義曰作大明詩者言文王有明德由其德當上天故天復命武王焉言復更命武王以對前命文王言文王有明德則武王亦有明德互相見也此經八章毛以為從六章上五句長子維行以上說文王有德能受天命故云有命自天命此文王是文王有明德天命之事也篤生武王以下說武王有明德天復命之故云保祐命爾燮伐大商是武王有明德復受天命之事也但說文王之德則追本其母述武王之功則兼言其佐文王則天生賢配武王則帝所降臨皆是欲崇其美故辭所汎及鄭唯以首章并言文王武王俱有明德故能伐殷與下為總目餘同○箋二聖至大明○正義曰以經有明無大故解之也聖人之德終始實同但道加於民化有廣狹文王則纔及六州武王徧被天下論其積漸之功故云日以廣大以其益大故曰大明○

明明在下赫赫在上 明明察也文王之德明明於下故赫赫然著見於天箋云明明者文王武王施明德于天下其徵應炤晳見於天謂三辰效驗○赫呼伯反恐也應應對之應炤章遙反本或作灼晳之設反見賢遍反

天難忱斯不易維王天位殷適使不挾四方 忱信也紂居天位而殷之正適也挾達也箋云天之意難信矣不可改易者天子也今紂居天位而又殷之正適以其為惡乃棄絕之使教令不行於四方四方共叛之是天命無常維德是予耳言此者厚美周也○忱市林反適音的注同挾子燮反一作子協反 疏 明明至四方○毛以為文王施行此明明然光顯之德在於下地其徵應赫赫然著見之驗在於上天由此為天所祐棄紂命之故反而美之云若是則天之意難信斯

不可改易者維王位耳以其身爲天子謂天必歸之更無異意何則紂居天之大位而又殷之正適以其爲惡之故天乃絶而棄之使其教令不通達於四方爲四方所共叛而天命歸文王是爲天命難信也以天之難信而文王能得天之意言此所以厚美周也○鄭於文義大同以此章以下總爲明明赫赫辭兼武王言二聖皆能然餘同○傳明明至於天○正義曰明明察也釋訓文以此文上下相對謂施德於下能感上天○箋明明至效驗○正義曰以下言紂之政教不達四方爲天下所棄是武王時乃然則此章爲總目其辭兼文武矣故曰文王武王施明德於天下也以其理當兼之故幷言武耳不以兩明赫赫之文分之使有所屬也謂三辰有效驗者周禮春官神仕職曰掌三辰之法注云日月星辰其著位也桓二年左傳曰三辰旂旗昭其明也服虔云三辰日月星也謂之辰者辰時也日以照晝月以照夜星則運行於天民得取其時節故謂之辰也有效驗者謂日月揚光星辰順軌風雨以時寒暑應節乃知君德能動上天民皆見其徵應所以言赫赫在上也○傳忱信至挾達○正義曰忱信釋詁文微子之命及左傳皆謂微子爲帝乙之元子而紂得爲正適者鄭注書序云微子啓紂同母庶兄紂之母本帝乙之妾生啓及衍後立爲后生受德然則以爲后乃生受故爲正適也挾者周迊之義故爲達周禮所謂浹日浹即今之迊義同也○箋天之至美周○正義曰自古已來無不易之代云不可易者以諸侯以下廢立由人是其可改易也至於天子之位則非人力之所能變改言不可改易所以見其難難而能改所以美周德也紂爲天子而復言使明是天之使也教令不行自由紂惡而云天使之者天將令殷滅故生茲愚主亦天使之也故云天使見天人相將之義○

摯仲氏任自彼殷商來嫁于周曰嬪于京乃及王季維德之行

摯國任姓之中女也嬪婦京大也王季大王之子文王之父也箋云京周國之地小別名也及與也摯國中女曰大任從殷商之畿內嫁爲婦於周之京配王季而與之共行仁義之德同志意也○摯音至仲字任音壬注同下摯大任皆放此嬪毗申反中丁仲反下同大任音泰後大任大姒大姜皆同

【疏】仲

至之行○毛以爲既言文王明德爲天所與故本其所由言有摯國之中女其氏姓曰任從彼殷商之畿內來嫁于周邦既配王季爲妻曰能盡婦道於大國乃與王季維於仁義之德共之而行所以同志意○鄭唯爲婦於周京之地爲異餘同○傳摯國至之父○正義曰以文勢累之任姓仲字故知摯爲國也以下言大任婦人稱姓故知任爲姓仲者中也故言之中女此言仲任下言大任者此本其未嫁故詳言其國及姓字下言已嫁以常稱言之禮婦人從夫之謚故頌稱大姒爲文母大任非謚也以其尊加于婦尊而稱之故謂之大姜大任大姒皆稱大明皆尊而稱之唯武王之妻左傳謂之邑姜不稱大蓋避大姜故也嬪婦釋親文下曲禮云生曰妻死曰嬪此生而言嬪者周禮立九嬪之官婦人有德之稱妻死其夫以美號名之故稱嬪也若非夫於妻傍稱女婦有德雖生亦曰嬪故書曰嬪于虞亦是生稱之也京大釋詁文王肅云唯盡其婦道於大國耳述毛爲說也○箋京周至志意○正義曰箋易傳者以言於京是於其處所不得漫言於大王肅以爲大國近不辭矣上篇述文王受命之事而云祼將于京可得以爲京師此王季時爲諸侯之子孫耳追崇其號得謂之王不得即以其居爲京師也孫毓以爲京師又不通矣思齊曰思媚周姜京室之婦此云來嫁于周曰嬪于京下章云命此文王于周于京皆周京並言明俱是地矣周是大名明京是其中小別也當時殷商爲天下大號而言自彼爲有所從來之辭以商對周故知自其畿內也乃及者相與之辭德者總稱所行者仁義也故言配王季而與行仁義之德同其志意見婦人佐夫故言同耳周本紀云大王曰我世當有興者其在昌乎則王季未爲世子而生昌矣此則從後而言王於王季故其辭若王季爲君之時言也

大任有身生此文王大任仲任也身重也箋云重謂懷孕也○重直勇反又直龍反廣雅云有娠也下同孕以證反

維此文王小心翼翼昭事上帝聿懷多福厥德不回以受方國回違也箋云小心翼翼恭慎貌昭明聿述懷思也方國四方來附者此言文王之有德亦由父母也疏大任至方國○正義曰大任既嫁於周今有身而懷孕矣至終

月而生文王維此文王既生長之後小心而恭慎翼翼然明事上天之道既維恭慎而明事上天述行此道思得多福其德不有所違以此之故受得四方之國來歸附之言文王有德亦由於父母○傳身重○○正義曰以身中復有一身故言重箋申之云謂懷孕也易曰婦孕不育是也箋小心至由父母○正義曰釋訓云翼翼恭也故知恭慎貌人度量欲其心之大謹慎欲其心之小見其終常戒懼出於性然表記引此詩乃云有君民之大德有事君之小心是也言受方國故知四方之國來附之此篇主美文王有明德而上述大任之配王季故解之云此言文王有德亦由父母也

天監在下有命既集文王初載天作之合在洽之陽在渭之涘集就載識合配也洽水也渭水也涘厓也箋云天監視善惡於下其命將有所依就則豫福助之於文王生適有所識則為之生配於氣勢之處使必有賢才謂生大姒○洽戶夾反一音庚合反案馮翊有郃陽縣應劭云在郃水之陽郃戶答反渭音謂涘音士妃音配字亦作配下皆同為于偽反下天為亦為同處昌慮反○疏傳集就至涘厓○正義曰鳥止謂之集是集為依就之義故以集為就也文王初載謂其幼小始有識知故以載為識也釋詁云妃匹合也妃合對也轉以相訓是合為妃義也洽與渭連文又水北曰陽渭是水名則洽亦水也釋丘云涘為厓郭璞曰謂水邊也○箋天監至大姒○正義曰於文王有所識則不過二三歲也大戴禮稱文王十三生伯邑考十五生武王發明大姒之小於文王纔一二歲耳若然文王初生已有天命之意皇矣乃眷西顧明是紂惡之後天始視文王與此乖者帝王之命定於冥兆唐堯之受河圖昌名已在其錄明天歸文王在於久矣但作詩之人意各有主皇矣辭為沮勸作與奪之勢故言見紂之惡乃歸文王此則美文王之聖有賢妃之助故言天將有命為生大姒所述意異故言天命有早晚耳氣勢之處正謂洽陽渭涘是也名山大川皆有靈氣嵩高曰維嶽降神生甫及申水亦靈物氣與山同詩人述其所居明是美其氣勢故云為生賢妃於氣勢之處使之必有賢才也思齊云大姒嗣徽音則文王之妻為大姒也此云天作之合下言文王親迎故知

謂生大姒。所言居河之湄唯言有微尰之疾者小人不得其氣勢唯居下濕故生疾耳辭各有意不得同也

文王嘉止大邦有子 嘉美也箋云文王聞大姒之賢則美之曰大邦有子女可以爲妃乃求昏

大邦有子俔天之妹 俔。磬也箋云既使問名還則卜之又知大姒之賢尊之如天之有女弟○俔牽遍反。磬也徐又下顯反。文云譬譬也韓詩作磬磬譬也

文定厥祥 言大姒之有文德也祥善也箋云問名之後卜而得吉則文王以禮定其吉祥謂使納幣也

親迎于渭 言賢聖之配也箋云賢。美配聖人得其宜故備禮也○迎魚敬反

造舟爲梁不顯其光 言受命之宜王基乃始於是也天子造舟諸侯維舟大夫方舟士特舟造舟然後可以顯其光輝箋云迎大姒而更爲梁者欲其昭著示後世敬昏禮也不明乎其禮之有光輝美之也天子造舟周制也殷時未有等制○造七報反又七道反毛云天子造舟方言云浮梁也廣雅作艁音同說文艁古造字一音才早反輝音暉

【疏】文王至其光。○毛以爲此篇主美文王雖王季尚存皆以文王爲主上既言天爲生配此言成昏之禮故言文王既聞大姒之賢則嘉美之曰大邦有子女可求以爲昏姻媒以行納采也既納采問名將加卜之又益知大姒之賢言大邦之有子女言尊敬之磬作是天之妹然言尊重之甚也卜而得吉行納吉之後言大姒之有文德文王則以禮定其卜吉之善祥謂使人納幣則禮成昏定也既納幣於請期之後文王親往迎之於渭水之傍造其舟以爲橋梁敬重若此豈不明其禮之有光輝乎言其明也○鄭唯文定厥祥文一字爲異餘同○箋文王至求昏○正義曰上既言大姒之生此言文王嘉止則文王美大姒矣大邦有子文在嘉止之下是文王美之辭明矣既美其賢謂之可以爲妃故知乃求昏也下箋云既使問名則此求昏謂納采時也案士昏禮納采問名同日行事是其禮相因遣納采即問名也○傳俔磬○正義曰此俔字韓詩文作磬則俔磬義同也說文云俔。諭也詩云俔天之妹謂之譬喻即引此詩箋云尊之如天之有女弟與譬喻之言合蓋如今俗語譬喻物云磬作然也○箋既使至女弟○正義曰以此既主文王之事下言親

迎于渭是指文王身之親迎則文王嘉止文定厥祥皆謂文王身自美之身自定之也始於聞而美之終以造舟親迎則此章文有倫次總述昏禮故箋準行六禮之事而結之以嘉止有子承上在渭之涘故爲聞而美之既美其賢自然求昏行納采也下言文定厥祥祥者徵祥之美卽卜吉之謂上言納采下言卜吉明此是問名之後還卜得吉兆益尊美之故言文王既使問名還則卜之又知大姒之賢尊之如天之有女弟也釋親云男子謂女子先生爲姊後生爲妹妹卽女弟天者無形之物非如人有親族言天妹者繫之於天見尊之耳初嫁必幼故以妹言之易有歸妹之卦亦此意也○傳祥善○正義曰釋詁文○箋問名至納幣○正義曰祥者吉祥之事而言定之是問名之後卜而得吉昏以納幣爲定定此吉祥唯納幣耳故知文王以禮定其吉祥謂納幣也幣由卜吉行之故昏禮謂之納徵注云徵成也是亦爲卜吉而言與此祥意協也春秋莊二十二年冬公如齊納幣不言納徵者禮以著義而爲之立名故謂之納徵春秋君及大夫之行當指其所爲之事故言納幣何休因此言春秋質也此箋上有問名卜而得吉卽納吉也定其吉祥爲納幣也下有親迎是四禮見矣無納采與請期者詩人之作舉其大綱非如記注能備言其事上箋云求昏者卽是納采也唯請期之文不見耳既親迎明請之可知也六禮納采納吉納徵三禮言納餘不言納者以問名請期親迎皆須復名而後可言其名既復不須以納配之采也吉也徵也三者皆單是夫氏於女之禮故加納見行之於彼也箋以此章言取大姒之事皆文王身爲主孫毓云昏禮不稱主人母在則命之此時文王纔十三四孺子耳王季尙在豈得制定求昏之事如毓之言非無理矣鄭必以文王之娶時實幼少但聖人有作動爲模範此詩歌之大雅以爲正法主於文王之身不復繫之父母耳非謂其時不是父母制之也下所言以親迎造舟皆出文王之意故得後世遵之以爲王者之禮若王季使之然則是王季行王法無所美於文王也親迎造舟既文王所專則嘉止定祥亦是文王身矣復何所嫌而云文王不可哉○傳言賢聖之配○正義曰此解本之親迎意以賢聖宜相配故備禮而親迎之是言親迎亦明大姒之有德故箋申之言賢女配聖

人得其宜故備禮也六禮唯親迎為重迎尙身自親之餘禮行之可知故言備也文王雖人子時事在雅則天子法天子當親迎故異義公羊說天子至庶人娶皆當親迎左氏說王者尊無敵之義故不親迎鄭駁之云大姒之家在洽之陽在渭之涘文王親迎于渭卽天子親迎明矣天子雖至尊其於后猶夫婦也夫婦判合禮同一體所謂無敵豈施於此哉禮記哀公問曰寡人願有言然冕而親迎不已重乎孔子愀然作色而對曰合二姓之好以繼先聖之後以為天地宗廟社稷之主君何謂已重乎此言親迎繼先聖之後為天地宗廟主非天子則誰乎是鄭意以此為天子之法故引之以明天子當親迎也○傳言受至光輝○正義曰昏禮人倫之本禮始於正夫婦然則周有天下王業之基皆始迎於大姒矣故云文王受命之宜及周家王業之基乃初始於是不可不敬重之故造舟也因解舟尊卑之制天子造舟至特舟皆一釋水文李巡曰比其舟而渡之曰造舟中央左右相維持曰維舟併兩船曰方舟一舟曰特舟孫炎曰造舟比舟為梁也維舟連四舟也然則造舟者比船於水加板於上卽今之浮橋故杜預云造舟為梁則河橋之謂也維舟以下則水上浮而行之但船有多少為等差耳禮天子乃得造舟文王欲盛其昏事必極物盡禮用天子之制然後為榮故云造舟然後顯其光輝解本用造舟之意王肅云造舟為梁然後可以顯著其光輝明文王之聖德於是可以王也○箋迎大姒至等制○正義曰此美大著其事而造舟若禮先有之不應特述明是文王所創制也云迎大姒更為梁者欲其昭著示後世敬昏禮也不明乎其禮之有光輝言其實明禮之有光輝反其言所以美之也以傳歷言舟之等級故申之云天子造舟周制也殷時未有等制知者若先有等制則下不僭上文王雖欲重昏禮豈得僭天子乎若僭天子為罪則大於時人主誰肯聽之以此知殷時未有等制文王敬重昏事始作而用之後世以文王所用故制為天子法耳故王基云自殷以前質略未有造維方特之差周公制禮因文王敬大姒重初昏行造舟遂卽制之以為天子禮著尊卑之差記以為後世法是也

有命自天命此文王于周于京纘女維莘長子維行纘繼也莘

大姒國也長子長女也。維行大任之德焉箋云天爲將命文王君天下於周京之地故亦爲作合使繼大任之女事於莘國莘國之長女大姒則配文王維德之行○纘子管反莘所巾反長張丈反注同○

篤生武王保右命爾燮伐大商

篤厚右助燮和也箋云天降氣于大姒厚生聖子武王安而助之又遂命之爾使協和伐殷之事協和伐殷之事謂合位三五也○右音。祐字亦作佑注同燮蘇接反協戶頰反○疏有命至大商○毛以爲既言迎得大姒此又言其能與文王行德生聖子以克殷也言教命乃從天而來歸將命此文王于彼周國于其京師也則爲生善美之匹使繼先姑大任之女事維在於莘國是莘國處長之子女則以配文王與之維德之行共行仁義於周京以此夫妻聖賢共行德義之故爲天降氣於大姒遂厚生聖子武王言武王得美氣之厚天既降氣生之亦安保而佑助又遂命汝武王使汝協和其伐大商之事當靖以待時天道協會而後伐之言其伐又爲天助也○鄭唯於彼周京之地爲異餘同○傳纘繼至德焉○正義曰纘繼釋詁文此莘猶上摯也婦人所繫國姓而已姒是其姓則莘是其國故云莘大姒國也纘女者言能繼行女事故知長子長女喪服注云言子兼男女是也婦之所繼唯繼姑耳繼姑而言維行故知能行大任之德也上章述大任之事云乃及王季維德之行今大姒言大任之德則亦與文王維行矣故箋申之云配文王維德之行是取上章爲說也○箋天爲至之行○正義曰經言有命自天何知不時已受命而言天爲將命文王者以此申結上章之事有命自天猶有命既集也纘女維莘猶在渭之涘也下乃言篤生武王是述新娶之事不得爲受命之後故言將命文王也以大姒之德自在於性故本之維莘言在父母之國已能繼大任之德經之維莘爲纘女所在而言與長子別句而理則下通故又言莘國之長女以明之○傳篤厚右助燮和也○正義曰篤厚燮和皆釋詁文釋詁又云左右助也介尙右也轉而相訓是右爲助也○箋天降至三五○正義曰厚生謂聖性感氣之厚故言天降氣於大姒也聖人雖則有父而聖性受之於天故言天降氣也保右命爾文承厚生之下則安助命之皆是天也故箋於天降氣之下卽連言之安而助之者使之身體康彊國家無虞是安之也多生賢輔年壽九齡是助之也文王之受丹書已云降德滅殷發誅紂及渡盟津白魚入舟是又遂命之也變伐大商文在命爾之下則協和伐商之事天命使然故云使和伐殷之事言天所使也又解和伐殷之事正謂合位於三五是也言正合會天道於五位三所而用之歲月日辰星五者各有位謂之五位星日辰在北歲在南月在東居三處故言三所此事在於外傳周語伶州鳩曰昔武王伐殷歲在鶉火月在天駟日在析木之津辰在斗柄星在天黿星與日辰之位皆在北維顓頊之所建也帝嚳受之我姬氏出自天黿及析木者有建星及牽牛焉則我皇妣。太姜之姪伯陵之後逢公之所憑神也歲之所在則我有周之分野也月之所在辰馬農祥也我太祖后稷之所經緯也王欲合是五位三所而用之韋昭云五位歲月日辰星也三所逢公所憑神也周分野所在也后稷所經緯也案其文云星與日辰之位皆在北維歲之所在月之所在言五位三所謂五物在三處當以此五在爲三所不得以所字充之若必以所字充之則周之分野不言所也又正合五位則五物皆助若三所所唯數逢公則日之與辰不助周矣韋昭之言非也周語唯有此言而古曆廢滅劉歆作三統曆以考之頗有其次故韋昭王肅等皆據而言焉漢書律曆志曰三統上元至伐紂之歲十四萬二千一百九歲歲在鶉火張十三度故傳曰歲在鶉火師初發以殷十一月戊子日在析木箕七度故傳曰日在析木是夕也月在房五度房爲天駟故傳曰月在天駟後三日得周正月辛卯朔合辰在斗前一度斗柄也故傳曰辰在斗柄明日壬辰辰星始見。於癸巳武王始發丙午逮師戊午渡于盟津盟津去周九百里師行三十里故三十一日而渡明日己未冬至辰星與婺女伏歷建星及牽牛至於婺女天黿之首故傳曰星在天黿是劉歆所考之事也此天之五位所以得助周者以辰星在須女八度日在箕七度日月合辰斗前一度謂在箕十度也此三者皆在東北維。此北水木交際又辰星所歷建星及牽牛皆水宿顓頊水德而王帝嚳以木受之今周亦木德當受殷水星與日辰在其位當如帝嚳之代顓頊是一助也又天黿一名玄枵齊之分野大姜之祖有逢伯陵者殷之諸侯封之齊地逢公之死其神憑焉我周出於姜姓爲外祖所佐是二助也歲星在張十三度鶉火之次周之分野歲星所在利以伐人是三助也月在房五度房心爲大辰大辰農正而農事起謂之農祥后稷播殖百穀月在農祥之星則月亦佑周是四助也以於伐紂之時有此五物助周武王能上應天意合而用之故謂協和也此五位所在星宿度數自非用算無以推之又鄭注尚書爲文王受命武王伐紂時日皆用殷曆劉向五紀論載殷曆之法唯有氣朔而已其推星在天黿則無術焉〇

殷商之旅其會如林矢于牧野維予侯興旅衆也如林言衆而不爲用也矢陳興起也言天下之望周也箋云殷盛合其兵衆陳於商郊之牧野而天乃予諸侯有德者當起爲天子言天去紂周師勝也〇

上帝臨女無貳爾心言無敢懷貳心也箋云臨視也女女武王也天護視女伐紂必克無有疑心〇

疏殷商至爾心〇毛以爲上既言佑命武王協和伐殷故言伐殷爲天所佑之事殷商之兵衆其會聚之時如林木之盛也此衆雖盛列於牧地之野維欲叛殷而歸我維欲起我而滅殷言皆無爲紂用盡望周勝也非直敵人之意嚮周如此又上天之帝既臨視汝矣其所將之衆皆無敢有懷貳心於汝之心言皆一心樂戰故周所以勝也〇鄭唯下三句爲異言殷衆盛天命有歸天乃維予其爲諸侯而有德者當起爲天子言天去紂而興周也天意既欲與周其從武王之人莫不勸樂戒武王言上天之帝護視於汝矣伐紂必克無有疑貳於汝伐紂之心當知其必克無貳心伐之是人又樂戰也伐殷者武王之所欲衆人應難之今衆人不以己勞唯恐武王不戰是勸樂之甚天予人勸所以能克也〇傳旅衆至望周〇正義曰旅衆釋詁文木聚謂之林林如林言其衆多而不爲紂用武成曰甲子昧爽受率其旅若林周本紀云紂聞武王來亦發兵七十萬人拒武王武王使師尚父以大卒馳紂師紂師雖衆皆無戰之心欲武王之亟入紂師皆倒戈以戰以開武王武王馳之紂兵皆崩是衆而不爲用也矢陳釋詁文興起釋言文毛氏於詩予皆爲我無作取予之義上篇侯皆爲維言天下之望周解維予侯興之意王肅云其衆維叛殷我與起而滅殷傳意當

然也○箋殷盛至師勝○正義曰牧誓云至于商郊牧野乃誓書序注云牧野紂南郊地名禮記及時作坶野古字耳今本又不同此陳師交戰予宜爲授予之義武王於紂乃是諸侯有德者當起爲天子明爲王而行惡者當廢黜是言天意去紂而予周故師勝也土無二王對紂名武王爲諸侯也史記伯夷叔齊諫武王曰以臣弑君可謂仁乎伯夷謂武王爲臣詩人稱之爲矦亦可矣○傳言無敢懷貳心○正義曰言無敢則是軍衆之人不敢也泰誓上曰予有臣三千惟一心故傳以無貳爾心爲衆人無敢懷貳心即左傳所謂同心同德是也○箋臨視也女女武王也至伐紂必克無有疑心○正義曰臨視釋詁文閟宮云致天之居于牧之野無貳無虞上帝臨汝彼無貳之文在臨汝之上是戒武王使無貳心此文與彼大同明亦戒武王言伐紂必克無有疑心也伐紂之事本出武王之心詩人反言衆人之勸武王見其勸戰之甚太誓曰師乃鼓譟前歌後舞格於上天下地咸曰孜孜無怠是樂勸武王之事

牧野洋洋檀車煌煌駟騵彭彭洋洋廣也煌煌明也騵馬白腹曰騵言上周下殷也箋云言其戰地寬廣明不用權詐也兵車鮮明馬又强則暇且整○洋音羊檀徒丹反煌音皇騵音原駵音留維師尚父時維鷹揚涼彼武王師大師也尚父可尚可父鷹揚如鷹之飛揚也涼佐也箋云尚父呂望也尊稱焉鷹鷙鳥也佐武王者爲之上將○涼本亦作諒同力尚反韓詩作亮云相也大音泰鷙之利反將子匠反○肆伐大商會朝清明肆疾也會甲也不崇朝而天下清明箋云肆故今也會合也以天期已至兵甲之强師率之武故今伐殷合兵以清明書牧誓曰時甲子昧爽武王朝至于商郊牧野乃誓○肆音四師所類反亦作率坶音牧本又作牧昧音妹

疏毛以爲上言將戰爲天人所歸此又述戰時之事言所戰之處牧地之野洋洋然甚寬而廣大於此廣大之處陳檀木之兵車煌煌然皆鮮明又駕駟騵之牡馬彭彭然皆强盛維有師尚父者是維勇略如鷹之飛揚身爲大將時佐彼武王車馬鮮强將帥勇武以此而疾往伐彼大商會值甲子之朝不終此一朝而伐殺虐紂天下乃大清明無復濁亂之政

〇鄭唯下二句爲異言天期已至兵甲之强將帥之武故今往伐此大商會合兵衆以朝旦昧爽清明之時伐之也〇傳洋洋至下殷〇正義曰洋洋文連牧野述戰地之貌故宜爲廣大煌煌言車之鮮故爲明也騵馬白腹曰騵釋畜文郭璞曰駵赤色黑鬣也檀弓說三代乘馬各從正色而周不純赤明其有義故知白腹爲上周下殷戰爲二代革易故見此義檀弓亦言戎事乘騵明非戎事不然因此武王所乘遂爲一代常法夏殷不下其先代之色時主之意異〇箋言其至且整〇正義曰詩辭所發理不徒然言戰地寬廣必當有意故知明當時不用權詐也少儀曰軍旅思險隱。精以虞是設權必依險阻故寬廣之地不用權詐車之鮮明馬之强盛車固馬肥不慮不克則心不忽遽閑暇於事且齊整也成十六年左傳欒鍼說晉國之勇云好以衆整又曰好以暇牧誓注云好整好暇用兵之術是兵法貴閑整也此說武王之師尚父爲佐則牧野之戰不用權詐矣而維師謀說太公受兵鈐之法云踐爾兵革審權矩應則詐縱謀出無孔注云踐行也矩法也當親行汝兵革審其權謀之法孔道也應敵之變詐縱己之謀所出無常道善太公知權變者兵法須知彼己當預爲之備所以貴權謀故善太公能審之但武王之伐紂以至聖攻至惡敵無戰心不假權詐以不用權詐故爲美耳若前人德與己同力又相敵當設權以取勝何則與其自敗不寧我敗人故僖二十二年宋公及楚人戰于泓左氏以其不用子魚之計至於軍敗身傷所以責襄公也而公羊善之云雖文王之戰亦不是過鄭箴膏肓云刺襄公不度德不量力引考異郵云襄公大辱師敗於泓徒信不知權譎之謀不足以。交鄰國定遠。彊也此是譏師敗也公羊不譏違考異郵矣是德均力同當權以取勝也其在軍之士則聽將之命不得縱舍前敵曲爲小仁宣二年宋鄭戰于大棘左傳曰狂狡輅鄭人鄭人入于井倒戟而出之獲狂狡君子曰失禮違命宜其爲禽也戎昭果毅以聽之之謂禮殺敵爲果致果爲毅易之戮也何休以爲狂狡近於古道鄭箴膏肓云狂狡臨敵拘於小仁忘在軍之禮譏之義合於讖是軍士當從上命也雖成湯伐桀尚書云爾不從誓言予則孥戮汝明軍士雖爲至德之師不可違命縱敵也〇傳師大師至涼佐〇正義曰史記齊世家云太公望呂尚者東海上人西伯出獵得之曰吾太公望子久矣故號之曰太公望載與俱歸立爲大師劉向別錄曰師之尚之父之故曰師尚父父亦男子之美號太誓注云師尚父文王於磻谿所得聖人呂尚立以爲太師號曰尚父尊之其言皆。可。與尚父義同尊之爲作此號故維師謀云號曰師尚父是也如世家之文則尚本是名號之曰望而維師謀云呂尚釣厓注云尚名也又曰望公七年尚立變名注云變名爲望蓋因所呼之號遂以爲名以其道可尊尚又取本名爲號也孫子兵法曰周之興也呂牙在殷則牙又是其名字也釋詁云亮介尚右也左右亮也轉以相訓是亮爲佐也亮諒義同○箋佐武王爲之上將○正義曰太誓司馬在前王肅曰司馬太公也司馬非上卿而云上將者周司馬主軍旅之戒命故上將爲司馬也○傳肆疾至清明○正義曰釋言云窕肆也郭璞曰輕窕者好放肆左傳云輕者肆焉是肆爲疾之義故以肆爲疾言伐者見清明之速又解會朝清明爲速疾之意言武王陳師會甲日之朝不終一朝而爲天下清明是其疾也王肅云以甲子昧爽與紂戰不崇朝而殺紂天下乃大清明無復濁亂之政傳云會甲肅言甲子昧爽以述之則傳言會甲長。讀爲義謂甲子日之朝非訓會爲甲孫毓云經傳詁訓未有以會爲甲者失毛旨而妄難說耳定本云會甲兵則與會甲子義異○箋肆故至乃誓○正義曰肆故今也釋詁文天期已至卽上燮伐大商協和五位翦滅有期也兵甲之彊卽上檀車四騵舉車馬則兵甲可知也師率之武卽尚父鷹揚是也故今伐殷其合兵以朝。且清明之時言於時殺紂也引牧誓證清明之時是昧爽之義牧誓注亦引此詩交相爲證以明其事同也昧爽者爽明也言。其昧之。而初明。晚則。塵昏且則清故謂朝旦爲清明古詩曰清晨登隴首是清亦古今之通語也易傳。曰以會者遇值之辭言會朝清明正是會清明之朝耳詩無甲子之文不當橫爲會甲且清明與昧爽文協故易之

大明八章四章章六句四章章八句

緜文王之興本由大王也。緜彌延反由一本無由字太王也序舊無注本或有注者非○疏緜緜九章章六句至太王○正義曰作緜詩者言文王之興本之於太王也太王作王業之本文王得因之以興今見文王之興本其上世之事所以美太王也經九章上七章言太王得人心生王業乃避狄居岐作寢廟門社是本太王下二章乃言文王興之事敘以詩爲文王而作故先言文王之興而又追而本之各自爲勢故文倒也○

緜緜瓜瓞民之初生自土沮。漆。興也緜緜不絕貌。瓜紹也。瓞瓝也。民周民也自用土居也沮水漆水也箋云瓜之本實繼先歲之瓜必小狀似瓝故謂之瓞緜緜然若將無長大時興者喻后稷乃帝嚳之胄封於邰其後公劉失職遷于豳居沮漆之地歷世亦緜緜然至大王而德益盛得其民心而生王業故本周之興云于沮漆也○瓜古華反瓞田節反韓詩瓞小瓜也沮七余反漆音七瓝蒲剝反長張丈反嚳苦毒反高辛氏帝也胄直又反邰他來反王于況反亦如字後王業同

古公亶父。陶復陶穴未有家室古公豳公也古言久也亶父字或殷以名言質也古公處豳狄人侵之事之以皮幣不得免焉事之以犬馬不得免焉事之以珠玉不得免焉乃屬其耆老而告之曰狄人之所欲吾土地吾聞之君子不以其所養人而害人二三子何患無君去之踰梁山邑乎岐山之下豳人曰仁人之君不可失也從之如歸市陶其土而復之陶其壤而穴之室內曰家未有寢廟亦未敢有家室箋云古公據文王本其祖也諸侯之臣稱君曰公復者復於土上鑿地曰穴皆如陶然本其在豳時也傳自古公處豳而下爲二章發○亶都但反父音甫本亦作甫陶音桃復音福注同累土於地上也說文作覆或殷以名言絕句翟音狄屬音燭岐其宜反壤而丈反鑿在洛反爲二于僞反疏緜緜至家室○正義曰緜緜然不絕者是瓜紹之瓞瓜之本實繼先歲之瓜歲歲相繼恆小於本若將無復長大之時也以喻后稷乃帝嚳天子之胄封爲諸侯後更遷於豳國世世漸微若將無復興盛之時也至於大王其德漸盛得其民心而初始生此王業乃不復爲微此事在何時乎乃用居於沮漆二水之傍已則然矣居沮

漆者復是何人乎乃是我文王之先祖久古之公號爲亶父者於漆沮之傍其爲宅舍纔作陶復陶穴而居之所以然者以其國土未大人衆不多未敢有其家室故且穴復而居之○傳緜緜至漆水○正義曰緜緜微細之辭故云不絕貌也釋草云瓞瓝其紹瓞舍人曰瓞名瓝小瓜也紹繼謂瓞子漢中小瓜曰瓞孫炎曰瓞小瓜子如瓝其本子小紹先歲之瓜曰瓞然則瓜之族類本有二種大者曰瓜小者曰瓞此則其種別也而瓜蔓近本之瓜必小於先歲之大瓜以其小如瓝故謂之瓞瓞是瓝之別名故云瓞瓝也此時在豳言民周民者此民自豳居周復以周爲代號此述周國之興故以周言之釋訓云由從自此由訓爲用故自得爲用也土地人之所居故云土居也言沮水漆水者以水非可居之處見居在沮漆之傍舉水以表土耳禹貢雍州云漆沮既從是漆沮俱爲水也或言漆沮爲二水名漢書地理志云右扶風有漆縣云漆水在其縣西則漆是一水名與沮別矣孔安國云漆沮一名洛水漆沮爲一蓋沮一名洛水孔連言之○箋瓜之至沮漆○正義曰瓜之本實謂瓜蔓近本之實繼先歲之瓜必小其形狀似瓝故謂之瓞其實瓜之與瓞猶種不同也必言本實小者以其言紹近本之實繼先歲之瓜猶長子之繼父故言繼也瓜實近本則小今驗信然近本小雖繼先歲之瓜不能人如先歲之瓜猶若后稷封爲諸侯雖繼帝嚳之後不能如嚳爲天子瓜之相繼者歲歲益小若將無長大之時猶后稷之後世世益微若將無與盛之時瓜以年年相承猶人以世世相繼故取喻焉瓜實無長大之時后稷之後則至大王而盛欲言大王之興故言若將無長大之時其實瓜唯益小終亦不能長大也后稷乃帝嚳之胄是嚳爲瓜而稷爲瓞自稷以下祖紺以前皆爲瓞言緜緜不絕則非徒一世故箋歷陳之云封邰遷豳居沮漆之地歷世亦緜緜然是在邰在豳皆緜緜故云歷世也箋言至大王而德益盛舉大王以約之明以前皆是也鄭於生民之箋以姜嫄爲高辛氏之世妃而生后稷經云即有邰家室周本紀云舜封棄於邰號曰后稷是稷爲帝嚳之胄封於邰也公劉云篤公劉于豳斯館是公劉失職遷於豳也失職者謂失稷官之職不復得在王官也周語云昔我先世后稷以服事虞夏及夏之衰也棄稷

不務我先。生不窋用失其官而自竄于戎狄之間韋昭云不窋失官去夏而遷於豳豳西近戎北近狄周本紀亦云不窋末年夏氏政亂去稷不務不窋以失其官而奔戎狄之間然則失職遷豳自不窋始矣言公劉遷豳者案公劉之篇說公劉避亂適豳其言甚詳不可得而改而外傳史記皆言不窋奔於戎狄蓋不窋之時已嘗失官逃竄豳地猶尚往來部國未即定居於豳公劉者不窋之孫至公劉而盡以部民遂往居焉故本紀又云公劉雖在戎狄閒復修后稷之業務耕種相地宜百姓從而歸保焉公劉卒子慶節立國於豳是定國於豳自公劉始也豳有漆沮之水故言居沮漆之地公劉以下常居沮漆正斷以太王而德益盛者以下言古公亶父故知得民心生王業自太王為始周之追王上至太王而止亦以初基王業故也太王之基王業在於岐周始盛故閟宮云居岐之陽實始翦商但在岐始盛由未遷已得民心故云生王業也生者初始之辭故云本周之興自於沮漆也此沮漆謂在豳地但二水東流亦過周地故下傳曰周原沮漆之間是周地亦有漆沮也○傳古公至家室○正義曰以在豳為公故曰豳公謂之古公言其年世久古後世稱前世曰古公猶云先王先公也太王追號為王不稱王而稱公者此本其生時之事故言生存之稱也士冠禮為冠者制字云伯某甫亶亦稱甫故知字也以周制論之甫必是字但時當殷代質文不同故又為異說或殷以亶甫為名名終當諱而得言之者以其時質故也中候稷起注云亶甫以字為號則鄭意定以為字不從或說也自古公處豳至如歸市皆孟子對滕文公之辭也唯彼云太王居豳此因古公之下即云處。處。豳為異耳莊子與呂氏春秋皆云太王亶甫居豳狄人攻之與之珠玉而不肯狄人之求者土地也大王亶甫曰與人之兄居而殺其弟與人之父居而殺其子吾不忍也請。免。吾乎為吾臣與狄人臣奚以異也吾聞之不以所養害所養杖策而去人相連而從之遂成國於岐山之下書傳略說云狄人將攻大王亶父召耆老而問焉曰狄人何欲耆老對曰欲得菽粟財貨大王亶甫曰與之每與狄人至不止大王亶甫屬耆老而問焉曰狄人又何欲乎耆老對曰又欲土地大王亶甫曰與之耆老曰。吾不為社稷乎大王亶甫曰社稷所以為民

也不可以所爲民亡民也耆老對曰君縱不爲社稷不爲宗廟乎大王亶甫曰
宗廟吾私也不可以私害民遂杖策而去過梁山邑岐山周人束修奔而從之
者三千乘一止而成三千戶之邑與此大意皆同此言不得免焉略說云每與
之不止呂氏春秋言不受異人别說故不同耳此言犬馬略說言菽粟明國之
所有莫不與之故鄭於稷起及易注皆云事之以牛羊明當時亦與之韓奕箋
云梁山在馮翊夏陽縣西北鄭於書傳注云岐山在梁山西南然則梁山橫長
其東當夏陽縣西北其西當岐山東北自豳適周當踰之也曲禮下曰國君死
社稷公羊傳曰國滅君死之正也則諸侯爲人侵伐當以死守之而公。○劉大
王皆避難遷徙者禮之所言謂國正法公劉大王則權時之宜論語曰可與適
道未可與權公羊傳曰權者反經合義權者稱也稱其輕重度其利害而爲之
公劉遭夏人之亂而被迫逐若顧戀。彊宇或至滅亡所以避諸夏而入戎狄也
大王爲狄人所攻必求土地不得其地攻將不止戰以求勝則人多殺傷故又
棄戎狄而適岐陽所以成三分之業建七百之基雖於禮爲非而其義則是此
乃賢者達節不可以常禮格之王制稱古者量地以制邑度地以居民地邑民
居必參相得故曰無曠土無遊民而公劉大王得擇地而遷又無天子之命諸
侯得舉國擅徙者王制所云平世大法法不恆定世有盛衰王政既亂威不肅
下迫逐戛善無所控告戎狄內侵莫之抗禦故不待天子之命可以權宜避之
以其政亂故有空土公劉大王得擇地而遷焉且古者有附庸閑田或可先是
閑處也既往還之人居成國後有明王因而聽之也冬官考工記曰有虞氏上
陶說文云。陶瓦器竈也蓋以陶去其土而爲之故謂之陶也說文云穴土。屋也
覆。地。室也則。覆之與穴俱土室耳故箋辨之云。覆者於地上鑿地曰穴皆如陶
然大司徒注云壤亦土也變言耳以萬物自生焉則言土土猶吐也以人所耕
而種藝則言壤壤和緩之貌然則土與壤其體雖同壤言和緩則土堅而壤濡
九章算術云穿地四爲壤五爲堅。三壤是息土之名覆者地上爲之取土於地
復築而堅之故以土言之穴者鑿地爲之土無所用直去其息土而已故以壤
言之釋宮云宮謂之室室謂之宮其內謂之家李巡曰謂門以內也郭璞曰今

人稱家義出於此是室內曰家也君子將營宮室宗廟爲先古公在豳之時迫於戎狄國小民少未有寢廟故未敢有宮室以是故覆穴而居也公劉始遷於豳比至古公將歷十世公劉云於豳斯館則豳有宮館也略說稱者老謂大王曰不爲宗廟乎是豳地有寢廟也而此言未有寢廟室家者此以文王在岐而興上本大王初來之事歎美在岐新立故言在豳未有下云作廟翼翼故此言未有寢廟下云俾立室家故此言未有室家以爲立文之勢耳其實在豳之時亦有宮室也七月云入此室處即豳事也不然豈十世之內常穴居乎但豳近西戎處在山谷其俗多復穴而居故詩人舉而言耳○箋復者至章發○正義曰以此復穴別文大車云死則同穴穴在地下則知復在地上俱稱爲陶故知皆如陶然下乃言至於岐下故知此本其在豳時也本其在豳則是未遷傳自古公處豳而下說大王遷岐之事者爲下第二章發此傳也然則傳不待二章而豫發之者以此言在豳未有室家爲下居岐作室以開原也大王所以走馬至岐乃爲狄人所逐故逆爲之傳以通暢作者之意焉○

古公亶父來朝走馬率西水滸至于岐下爰及姜女聿來胥宇

率循也滸水厓也姜女大姜也胥相宇居也箋云來朝走馬言其辟惡早且疾也循西水厓沮漆水側也爰於及與聿自也於是與其妃大姜自來相可居者著大姜之賢知也○朝直遙反滸呼五反辟音避亦作避後放此相息亮反知音智

[疏]古公至胥宇○正義曰文王之先久古之公曰亶父者避狄之難其來以早朝之時疾走其馬循西方水厓漆沮之側東行而至於岐山之下於是與其妃姜姓之女曰大姜者自來相土地之可居者言大王既得民心避惡早而且疾又有賢妃之助故能克成王業○傳率循至宇居○正義曰率循胥相皆釋詁文滸水厓釋水文此說古公而及姜女則姜女太王之妃周本紀云大姜生季歷故知姜女是大姜也宇者屋宇所以居人故爲居也○箋來朝至賢知○正義曰大王與衆避狄不應早而疾驅假使清朝走馬未是善事詩人言之必有其意故知其避惡早且疾也上言漆沮此言循滸明是循此漆沮之側也爰於及與聿自皆釋詁文遷都自是人君之事

輒言爰及姜女明其著大姜之賢。智也〇周原膴膴堇荼如飴爰始爰謀爰契我龜周原沮漆之間也膴膴美也堇菜也荼苦菜也契開也箋云廣平曰原周之原地在岐山之南膴膴然肥美其所生菜雖有性苦者。甘如飴也此地將可居故於是始與豳人之從己者謀謀從又於是契灼其龜而卜之卜之則又從矣〇膴音武韓詩。同堇音謹案廣雅云堇藋也今三輔之言猶然藋音徒弔反荼音徒飴音移契苦計反本又作挈音苦結反灼之略反曰止曰時築室于茲箋云時是茲此也卜從則曰可止居於是可作室家於此定民心也

疏周原至于茲〇正義曰上言來相可居又述所相之處言岐山之南周之原地膴膴然其土地皆肥美也其地所生堇荼之菜雖性本苦今盡甘如飴味然大王見其如此知其可居於是始欲居之於是與豳人從己者謀之人謀既從於是契灼我龜而卜之龜卜又吉大王乃告從己者曰可止居於是可築室於此告之此言所以定民之心令止而不復去也〇傳周原至契開〇正義曰周原在漆沮之間以時驗而知之述地之良而云膴膴故爲美也荼苦菜釋草文樊光曰苦菜可食也內則曰堇。荁。粉榆則堇是美菜非苦荼之類釋草又云芨堇草郭璞曰即烏頭也江東人呼爲堇晉語驪姬將譖申生寘鴆於酒寘堇於肉賈逵曰堇烏頭也然則堇者其烏頭乎箋云性苦者皆甘如飴若是堇荁之堇雖非周原亦自甘矣明堇是烏頭也契開者言契龜而開出其兆非訓契爲開也春官菙氏掌共燋契以待卜事注云士喪禮曰楚焞置于燋在龜東楚焞即契所用灼龜也燋謂炬其存火也士喪禮注云楚荊也然則卜用龜者以楚焞之木燒之於燋炬之火既然執之以灼龜故箋云契灼其龜而卜之既契乃開出其兆故春官卜師掌開龜之四兆注云開謂出其占書也是既契乃開之但傳文質略直言契開耳〇箋廣平至從矣〇正義曰廣平曰原釋地文閟宮云居岐之陽山南曰陽故知周之原地在岐山之南也上言胥宇是相地之辭今言地之美貌故曰大王以此可居於是始與豳人從己者謀也經云爰始爰謀當有二於如箋之言則始下一爰無所用矣王肅云於是始居之於是先盡人事謀之於衆然則箋

云始與豳人從己者謀亦謂於是始欲居於是與之謀但箋文少略耳人謀既從大王於是契其龜而卜又得吉則是人神皆從矣洪範曰汝則有大疑謀及乃心謀及卿士謀及庶人謀及卜筮汝則從龜從筮從卿士從庶人從是之謂大同檢此上下大王自相之知此地將可居是謀及乃心也與從己者謀是謀及卿士庶人也契龜而卜是謀及卜也唯無筮事耳禮將卜先筮之言卜則筮可知故云皆從也○箋卜從至於是○正義曰以文承龜下故云卜從則曰可止居於是如箋之言則上曰爲辭下曰爲於也

迺慰迺止迺左迺右迺疆迺理迺宣迺畝自西徂東周爰執事

慰安爰於也箋云時耕曰宣徂往也民心定乃安隱其居乃左右而處之乃疆理其經界乃時耕其田畝於是從西方而往東之人皆於周執事競出力也豳與周原不能爲西東據至時從水滸言也○強本亦作壃同居良反注及後放此○疏迺慰至執事○正義曰上告民令止民心既定乃安隱其居乃止定其處乃處之於左乃處之於右言或左或右開地置邑以居民也乃爲之疆場乃分其地理乃教之時耕乃治其田畝從西方往東之人皆在周原於是執事而競出力言築室耕田無不勸樂也○箋時耕至滸言○正義曰以宣在疆理之下乃畝之上疆理既定乃宣於田畝時耕曰宣宣訓爲偏也發也天時已至令民偏發土地故謂之宣慰止左右文在築室之下明其皆是作邑之事乃左右而處之據公宮在中民居左右故王肅云乃左右開地置邑以居其民與鄭同也疆理是一宣畝亦同但作者以乃間之而足句耳故箋通解之云乃疆理其經界乃時耕其田畝也民性安土重遷離居或有所悔言從西方往東之人皆於周執事競出力明其勸樂於是皆無悔心也豳在周原西北而經言自西者西人便是從其正西而來故辨之云豳與周原不能爲東西據至周之時從水滸而言也鄭志張逸問豳與周原不能爲東西何謂答曰豳地今爲栒邑縣在廣山北沮水西有涇水從此西南行正東乃得周故言東西云岐山在長安西北四百里豳又有岐山西北四百里如志此言發豳西南而行從沮水之南然後東行以適周也時耕曰宣無他文也鄭以義言之耳○

乃召

司空乃召司徒俾立室家箋云俾使也司空司徒卿官也司空掌營國邑司徒掌徒役之事故召之使立室家之位處○處昌慮反

其繩則直縮版以載作廟翼翼言不失繩直也乘謂之縮君子將營宮室宗廟爲先廏庫爲次居室爲後箋云繩者營其廣輪方制之正也既正則以索縮其築版上下相承而起廟成則嚴顯翼翼然乘聲之誤當爲繩也○繩如字本或作乘案經作繩傳作乘箋云傳破之乘字後人遂誤改經文縮色六反廏音救廣光浪反索桑洛反

【疏】乃召至翼翼○正義曰民既得安止乃立國家宮室於是乃召司空之卿令之營度廣輪乃召司徒之卿令之興聚徒役使之立公卿之室家之位處以繩正之其繩則方正而直矣依此繩直之處起而築之以繩縮束其板板滿築訖則升下於上以相承載作此宗廟翼翼然而嚴正言能依就準繩牆屋方正也○箋司空至之處○正義曰司空之屬有匠人其職有營國廣狹之度廟社朝市之位是司空掌營國邑也司徒之屬有小司徒其職云凡用衆庶則掌其政教是司徒掌徒役之事也以此二卿各有所掌故召之使立室家之位處也位處者即匠人所謂左祖右社面朝後市之類是也后稷一封部爲上公孟子稱文王以百里而王則大王之時以殷之大國當立三卿其一蓋司馬乎時不召者司馬於營國之事無所掌故也○傳言不至爲後○正義曰傳以繩無不直而云其繩則直者言大王所作宮室不失繩之直也釋器云繩謂之縮孫炎曰繩束築板謂之縮郭璞曰縮者縛束之也然則縮者束物之名用繩束板故謂之縮爾雅復言縮之明縮用繩束之也君子將營宮室以下下曲禮文也引之者證先言作廟之意○箋繩者至爲繩○正義曰傳言不失繩直故言用繩之意繩者營其廣輪方制之正言營制之時當用繩也上下相承而起解載義言其相載傳言繩謂之縮出於釋器釋器作繩而傳作乘故爲聲之誤毛公後人寫之誤耳○

捄之陾陾度之薨薨築之登登削屢馮馮捄虆也陾陾衆也度居也言百姓之勸勉也登登用力也削牆鍛屢之聲馮馮然箋云捄捊也度猶投也築牆者捊聚壤土盛之以虆而投諸版中○捄

音俱呂沈同徐又音鳩陾耳升反又如之反說文云築牆聲也音而度待洛反注同韓詩云填也薨呼弘反沈呼萌反爾雅云衆也王云亟疾也屢力注反又力未反注同馮扶冰反注同蘽力追反沈力戈反字或作樏或作蘲音同劉熙云盛土籠也鍛丁亂反捊薄侯反爾雅云聚也說文云引取土盛音成○

百堵皆興鼛鼓弗勝

皆俱也鼛大鼓也長一丈二尺或鼛或鼓言勸事樂功也箋云五版為堵興起也百堵同時起鼛鼓不能止之使休息也凡大鼓之側有小鼓謂之應鼙朔鼙周禮曰以鼛鼓鼓役事○堵丁古反鼛音羔勝音升謂之應應對之應小鼓也鼙薄卑反○

疏捄之至弗勝○毛以為掘土實之於蘽謂之捄者衆多陾陾然既取得土送至牆上牆上之人受取而居於板中居之亟疾其聲薨薨然築之者用力登登然牆成削之以牆堅緻土從上下打鍛削之人屢其聲馮馮然其作此牆之時百堵皆同時而起其間欲令之食息擊鼛擊鼓不能勝而止之民皆勸事樂功競欲出力言大王之得人心也○鄭唯以度為投語異意同○傳捄蘽至馮馮○正義曰說文云捄盛土於器也捄字從手謂以手取土蘽者盛捄土之器言捄蘽者謂捄土於蘽也取土必多故陾陾為衆王者度地以居民故度為居也陾陾薨薨皆是衆多之義舉其衆多言百姓相勸勉者築者用力為多故云用力登登然上言削下言屢馮馮是聲故知削牆下土打鍛是屢之聲馮馮然也禮謂腵為鍛脩亦言其椎打之○箋捄捊至板中○正義曰以傳文略故足成之說文云捊引取也故以捄為捊言捊取壞土盛之以蘽仍存蘽字與傳不異也○薨薨是投土之聲者若以為居於薨義不強故云度猶投也○傳鼛大至樂功○正義曰冬官韗人為皋鼓長尋有四尺八尺曰尋是一丈二尺以其長大故云大鼓也鼓是總名鼛是鼓之別名今鼛鼓並言則非一物故云或鼛或鼓又解不勝之義言其勸其事樂其功民欲疾作鼓欲令止二者交競鼓不能勝止人使休是其勸樂之甚也○箋五板至役事○正義曰五板為堵定十二年公羊傳文鼛鼓不能止之使休息申說不勝之義傳以鼛鼓為二鼓解有二鼓之意凡大鼓之側有小鼓謂之應鼙朔鼙此經鼛是大鼓也鼓謂鼙也禮法當有二鼓故鼛鼓並言之

此言勸樂之甚故知鼛鼓爲二餘文則不然若韓人爲鼛鼓正謂壹鼓耳大射云一建鼓在阼階西應鼙在其東一建鼓在西階之西朔鼙在其北是大鼓之傍有小鼓也箋謂鼛爲小鼓明其不異於傳引周禮者地官鼓人文彼云鼓役事此或云止役事以上有止之文而因設耳定本云鼓役事○迺立皐門皐門有伉迺立應門應門將將王之郭門曰皐門伉高貌王之正門曰應門將將嚴正也美大王作郭門以致皐門作正門以致應門焉箋云諸侯之宮外門曰皐門朝門曰應門內有路門天子之宮加以庫雉○皐音羔伉本又作亢苦浪反韓詩作閌云盛貌將七羊反注同朝直遙反下同○迺立冢土戎醜攸行冢大戎大醜衆也冢土大社也起大事動大衆必先有事乎社而後出謂之宜美大王之社遂爲大社也箋云大社者出大衆將所告而行也春秋傳曰蜃宜社之肉○疏迺立至攸行○毛以爲大王於是之時乃立其宮之郭門後遂爲天子之皐門此皐門有伉然而高大也乃立其宮之正門後遂爲天子之應門此應門將將然而嚴正也乃立其國諸侯之社後遂爲王之大社立此社者爲動大衆所以告之而行也大王遷得人心制度之美及文王興用之爲天子之法也鄭唯以皐門應門大社自是諸侯正法爲異其文義則同○傳王之至應門○正義曰下傳云冢土大社美大王之社遂爲大社則毛意以大社者天子社名諸侯不得稱大社也冢土非諸侯之社則皐應非諸侯之門故云王之郭門曰皐門王之正門曰應門是諸侯之郭門不得名皐門諸侯之正門不得名應門也大王實非天子而以皐應言之者美大王作郭門以致皐門作正門以致應門言大王本作郭門正門耳在後文王之興以爲皐門應門雖遷都於豐用岐周舊制故云致得爲之也此言以致皐門下云遂爲大社致者自小至大之辭遂者從本嚮末之稱皆言大王所作遂爲文王之法也此時大王實爲諸侯其作門社固爲諸侯之制諸侯之法異於天子文王爲天子之法不得同於大王而云致門遂社者大王門社必不得同於天子但以殷代尚質未必曲有等級文王因其制度增而長之以爲天子之制故云致耳毛所以爲此說者蓋以明堂位云庫門

天子皐門雉門天子應門魯以諸侯而作庫雉則諸侯無皐應故以皐應爲王門之名也郭門者宮之外郭之門以應門不言宮明與郭門皆爲宮門也正門謂之應門釋宮文孫炎曰謂朝門也毛以諸侯之門不名皐應與鄭別耳而郭門爲宮之外門正門爲朝門亦與鄭不異也伉者極之義故爲高貌將將嚴顯而嚴正亦互明之皆高而嚴正耳○箋諸侯至庫雉○正義曰鄭以檀弓云魯莊公之喪既葬而絰不入庫門春秋定二年雉門及兩觀災是魯有庫門雉門也明堂位云庫門天子皐門雉門天子應門是則名之曰庫雉制之如皐應魯以周公之故成王特褒之使之制二兼四則其餘諸侯不然矣襄十七年傳宋人稱皐門之晳諸侯有皐門也諸侯法有皐應大王自爲諸侯之制非作天子之門矣故云諸侯之宮外曰皐門朝門曰應門文王世子云至於寢門是內有寢門也明堂位云天子皐門天子應門顧命云二伯率諸侯入應門是天子亦有皐應故爲天子之宮加之以庫雉也家語云衞莊公易朝市孔子曰繹之於庫門之內失之矣則衞有庫門魯以周公立庫而衞亦有庫門者家語言多不經未可據信或以康叔賢亦蒙褒賞故也謂應門爲朝門內爲寢門一曰路門以朝位在應門之內路寢在路門之內故繫而名之諸侯三朝皐門之內雖有外朝議大疑詢衆庶乃往不常在焉故不得朝名其君日出所視與羣臣決事之朝在應門之內故以應門爲朝門也○傳冢大至大社○正義曰冢大戎大醜衆皆釋詁文郊特牲云社所以神地之道也禮運云命降於社之謂殽地是社爲土之神也冢既爲大土爲社主故知冢土大社也起大事動大衆至謂之宜皆釋天文爾雅先引此詩二句然後爲此辭以釋之故傳依用焉孫炎曰大事兵也有事祭也宜求見使祐也此文本解戎醜攸行之意言國家起發軍旅之大事以興動其大衆必先有祭事於此社而後出行其祭之名謂之爲宜以行必須宜祭以告社故言戎醜攸行也成十三年左傳曰國之大事在祀與戎故兵爲大事也春秋昭十五年有事於武宮雜記云有事於上帝皆是祭事故謂祭爲有事以兵凶戰危慮有負敗祭之以求其福宜故謂之宜王制云天子將出宜乎社是也傳以大社者天子社名大王時實諸侯而云乃立冢土以天

子之名言之者美此大王之社而遂為大社言大王立此社文王後取其制以為天子之社故以冢土言之毛所以為此說者蓋以祭法云王為羣姓立社曰大社郊特牲云天子大社必受霜露風雨之氣也以為大社之名唯施於天子其諸侯不得名大社故也○箋大社至之肉○正義曰鄭以冢土者訓為大社之義未即名為大社諸侯雖不可名大社可以言冢土矣以為乃立冢土正是諸侯之法大社者出大衆將所告而行以出大衆而告之故謂之大社所告而後行故言攸行也春秋傳曰蜃宜社之肉言此者證宜為祭社之名三傳皆無此文而言傳曰衍字也閔二年左傳曰帥師者受命于廟受蜃于社成十三年左傳曰成子受蜃於社不敬案地官掌蜃祭祀共蜃器之蜃注云蜃大蛤也飾祭器之屬鄭司農云蜃可以白器令色白然則器以蜃飾之故謂之蜃言受蜃於社非受空器而已明器內有肉是以祭社之肉盛之蜃器而賜之故說者皆以蜃為宜祭於社之肉箋但取其意言左傳所云蜃者是宜社之肉無曰字也

肆不殄厥慍亦不隕厥問柞棫拔矣行道兌矣肆故今也慍恚隕墜也兌成蹊也箋云小聘曰問柞櫟也棫白桵也文王見太王立冢土有用大衆之義故不絕去其恚惡惡人之心亦不廢其聘問鄰國之禮今以柞棫生柯葉之時使大夫將師旅出聘問其行道士衆兌然不有征伐之意○殄田典反慍紆問反隕韻謹反柞子洛反後同棫音域後同王蒼云棫即柞也字林于目反拔蒲貝反又蒲蓋反下同兌吐外反又徒外反恚一遂反隊直類反蹊音兮櫟音歷桵如誰反後同去羌呂反惡惡上烏路反下如字脫通外反本亦作兌○

混夷駾矣維其喙矣駾突喙困也箋云混夷夷狄國也見文王之使者將士衆過己國則惶怖驚走奔突入此柞棫之中而逃甚困劇也是之謂一年伐混夷本王辟狄文王伐混夷成道興國其志一也○混音昆駾徒對反喙許穢反徐又音尺銳反使所吏反惶音皇怖普故反

疏肆不至喙矣○正義曰以大王立社有用衆之義故今文王不絕其怨恚惡人之心欲征伐無道也亦不墜其聘問之禮欲親人善鄰也言其威德兼行不忝前業不廢其聘問之使於柞棫之木拔然生柯

葉矣以此之時將其師旅行於道路兌然矣言無征伐之心也但所聘之國路近混夷混夷謂將伐己乃驚走而奔突矣混夷逃怖如是維其困劇矣大王則遷居避狄文王則威懾混夷其跡雖殊而興國則一故連而美之也○傳肆故至成蹊○正義曰肆故今隕墜皆釋詁文說文云愠怨也恚怒也有怨者必怒之故以愠爲恚說文云蹊徑也宣十一年左傳曰牽牛以蹊人之田則蹊者先無行道初爲徑路之名兌是成蹊之貌然文王大夫將師旅而出師行當依大道且其衆既多非徒成蹊而已傳言成蹊者以混夷之地野曠人稀雖有舊當有荒穢故因士衆之過得成蹊徑以無征伐之事故行得相隨成徑與鄭同也帝王世紀云文王受命四年周正丙子混夷伐周一日三至周之東門文王閉門脩德而不與戰王肅同其說以申毛義以爲柞棫生柯葉拔然時混夷伐周然則周之正月柞棫未生以爲毛說恐非其旨驗毛傳上下與鄭不殊○箋小聘至之意○正義曰小聘曰問聘禮文也王制注云小聘使大夫大聘使卿彼對文耳散則聘問通此說文王之美其聘將師而行明據大聘言之當是卿非大夫也釋木云檪其實梂不言檪是柞陸機疏云周秦人謂柞爲檪蓋據時人所名而言之棫白桵釋木文郭璞曰桵小木也叢生有刺實如耳璫紫赤可食陸機疏云王蒼說棫即柞也其材理全白無赤心者爲白桵直理易破可爲櫝車又可爲矛戟矜今人謂之白梂或曰白柘此二說不同未知孰是釋詁云肆故今也故者因上之辭是以知接上冢土爲義大王立冢土有用衆之義用衆欲以伐人故文王不絕去恚惡惡人之心言將伐之也既有所惡當有所好故亦不廢聘問之禮是言叛者伐之服者柔之定四年左傳云嘉好之事君行師從卿行旅從則臣之出聘止應將旅而已而云師者以其下說混夷畏之則非徒一旅之衆混夷是周之敵讎文王使臣過其傍而聘問遠國明其不敢輕行故師旅並言之○傳駾突喙困○正義曰說文云駾馬疾行貌引詩云混夷駾矣然則馬之疾行即有奔突之義故云突也喙之爲困則未詳○箋混夷至志一○正義曰采薇云西有混夷之患故知混夷夷狄之國上文行道兌矣是聘者士衆行於道今言混夷奔突故知見文王之使者將士衆過己國則惶怖

驚走而奔突也奔突有所歸入之辭上言柞棫之中而逃亡國甚困劇也文王之聘當與鄰國往來而得使混夷怖懼者殷之末世戎狄內侵所聘之道近赴混夷夷狄部落散居素不屯集忽見兵衆謂其伐己故奔入柞棫以逃避之士衆主爲聘行實無征伐之意但大衆聚行亦有武備故曰烈烈征師召伯成之明行有威武故混夷見之而驚也是之謂一年伐混夷者謂書傳之文書傳之注亦引此云混夷駾矣交相引證明其同也書傳云四年伐犬夷此云一年者書傳說文王受命七年之內其一年伐犬夷非謂受命元年也案采薇出車說文王之伐西戎出則命將遣役歸則執訊獲醜非爲一聘問之使懼之而已而得以此爲伐混夷者混夷與周相近數來犯周文王不絕恚惡惡人之心有征伐之志混夷見聘而怖終不臣伏故至受命四年而伐之此因混夷之驚遂言其伐之事不謂此即伐也此文在虞芮質成之上或在受命之前非彼四年之事此詩二章說太王避狄難此章言文王伐混夷故箋申其意云成道興國其志一也大王以國小狄彊戰則民死爲害其民寧棄其地故遷而避之文王所服已廣民衆兵彊足得平彼混夷遏其寇亂故伐而定之皆量時制宜其跡雖異至成周道與邦定國是其志一也故作者伐避俱美此章言混夷畏文王而已未是伐事而言文王伐者以因此而在後伐之故言伐耳〇

虞芮質厥成文王蹶厥生

質成也成平也蹶動也虞芮之君相與爭田久而不平乃相謂曰西伯仁人也。盍往質焉乃相與朝周入其竟則耕者讓畔行者讓路入其邑男女異路。斑白不提挈入其朝士讓爲大夫大夫讓爲卿二國之君感而相謂曰我等小人不可以履君子之庭乃相讓以其所爭田爲閒田而退天下聞之而歸者四十餘國箋云虞芮之質平而文王動其緜緜民初生之道謂廣其德而王業大〇芮如銳反蹶俱衛反盍胡臘反竟音景挈苦結反閒音閑〇

予曰有疏附予曰有先後予曰有奔奏。予曰有禦侮

率下親上曰疏附相道前後曰先後喻德宣譽曰奔奏武臣折衝曰禦侮箋云予我也詩人自我也文王之德所以至然者我念之曰此亦由有疏附先後。奏。奔禦侮之臣力也疏附使疏者親也

奔奏使人歸趨之○先蘇薦反注同後胡豆反注先後同本音奔本亦作奔注同奏如字本亦作走○音同注同御魚呂反本又作禦音同侮亡甫反相息亮反道音導本亦作導折之設反衝昌容反○【疏】虞芮至禦侮○正義曰言文王遵太王之道行善消惡之故而虞芮二國之君有爭訟事來詣文王而得成其和平也虞芮既平歸周益衆文王於是動其太王初生之道言太王始生王業文王增而長之使王業益大也又言文王之德所以至如此者詩人云我思念之曰亦由有疏附之臣我念之曰亦由有先後之臣我念之曰亦由有奔走之臣我念之曰亦由有禦侮之臣也言上承大王之基下得賢臣之助故能克成王業卒有天下○傳質成至餘國○正義曰釋詁云質平成也則三字義同故以質爲成以成爲平言由詣文王而得成其和平也蹶動釋詁文自虞芮之君以下當有成文不知出何書也蓋往歸焉家語作盎盎訓何不也此相勸之辭宜爲盎也入其邑謂入城中也男女異路謂如王制云道路男子由右婦人由左注云以爲地道尊右故也斑白謂年老其髮白黑雜也以其年老不自提舉其挈有少者代之也士讓爲大夫大夫讓爲卿爲選大夫爲卿則各以尊爵相讓也家語書傳並有其事與毛傳小異大同由異人別說故也○箋虞芮至業大○正義曰此文王本太王之詩故首尾相屬首章言太王於緜緜之後始得人心而初生王業今言文王動其生故知動彼初生之道令之使大故云廣其德而王業曰益大謂大於大王之時也此直增動大王民之初生耳而連言緜緜者明大王於緜緜之中而初生王業今文王又動之見文王所動大於緜緜後之初生故連言之○傳率下至禦侮○正義曰此以臣有四行故解其名之義疏附者此能率其臣下先與君疏者令之親於君上能使親附故曰疏附也先後者此臣能相導禮儀使依典法在君前後故曰先後也奔走者此臣能曉喻天下之人以王德宣揚王之聲譽使人知令天下皆奔走而歸趨之故曰奔走也禦侮者有武力之臣能折止敵人之衝突者是能扞禦侵侮故曰禦侮也以此四行徧該羣臣雖有賢聖不過此矣直總言臣有四行而已不指其臣云某爲疏附某爲禦侮故君奭云惟文王尚克脩和我有夏亦惟有若虢叔有若

閎夭有若散宜生有若泰顛有若南宮括注云詩傳說有疏附奔走先後禦侮之人而曰文王有四臣以受命此之謂引此四行以證五臣明非一臣有一行也彼注云不及呂望太師也教文王以大德謙不以自比焉周公謙不自比詩人不當代謙明周召之輩亦在其中所言四行無定人矣書傳說宜生南宮括閎夭三子學。頌於太公遂與三子見文王於羑里獻寶以免文王乃云孔子曰文王得四臣吾亦得四友自吾得回也門人加親是非疏附與自吾得賜也遠方之士至是非奔走與自吾得師也前有輝後有光是非先後與自吾得由也惡言不至於門是非禦侮與文王有四臣以免虎口丘亦有四友以禦侮如此言則四人人有一行與前說乖者書傳因有四人為之說耳孔子以己弟子四人擬彼四行其於文王之臣亦不言人為一行縱彼四人各為一行此詩所言不獨指彼四人也○箋予我至趨之○正義曰予我釋詁文箋於此獨言詩人自我者此美文王之德而云我所我之事不明故辯之言文王之德所以至然者是也所以得使虞芮感化至於是者我念之由有此四臣之力故也疏附奔走傳。甚未明故特申說之

緜九章章六句

附釋音毛詩注疏卷第十六（十六之二）

珍倣宋版印

阮元撰盧宣旬摘錄

○大明

故云保祐命爾 閩本明監本毛本祐作佑案祐字是也經注作右正義易作祐右祐古今字下同

其徵應炤晢見於天 小字本相臺本同案釋文云炤本或作灼考炤晢卽昭晢灼字非也

不以兩明赫赫之文 閩本明監本毛本上赫作兩案所改是也

周迊之義 閩本明監本毛本迊誤匝下同○按迊匝皆俗字

摯國任姓之中女也 閩本明監本毛本同小字本相臺本之作仲案之字是也正義云仲者中也故言之中女釋文以之中作音是正義釋文本皆作之段玉裁云此當八字爲一句是也此揔摯仲氏任一句而發傳以中解經之仲以女解經之氏故錯綜而出之也不得其讀者於國字姓字誤斷句乃改中爲仲以附合於經不知傳若專釋仲卽不得在任下也考文古本無中字亦誤

所言居河之湄 閩本明監本毛本同案所當作巧

俔磬也 相臺本同閩本明監本毛本同小字本磬作譬考文古本同案磬字是也釋文俔下云磬也正義標起止云傳俔磬作磬作譬者誤

文云譬譽也 補通志堂本盧本文上並有說字案此十行本所附誤脫也六經正誤云今考說文譬喻也作譽誤釋文校勘云譽是喻非說文譬者諭也則不必累言譬譽也者譬而譽之者稱美也

賢美配聖人[補]案美當作女正義可證

至其光〇毛以爲　閩本明監本毛本〇下有正義曰三字案所補非也

說文云俔諭也　閩本明監本毛本同案諭上浦鏜云脫譬字是也〇按說文言部譬者諭也諭者告也則此俔下云諭也已足作正義者所見乃真古本不當妄補也

維行大任之德焉　閩本明監本毛本同小字本相臺本維作能考文一本同案能字是也正義云故知能行大任之德也是其證

右音祐[補]釋文校勘記通志堂本盧本祐誤佑案小字本相臺本十行本所附皆作祐不誤六經正誤所載亦是祐字〇按右正佑祐皆俗然祐字說文已有

則我皇妣大姜之姪　閩本明監本毛本同案浦鏜云妣誤姒是也

辰星始見於　閩本明監本毛本同案浦鏜云於字衍是也

此北水木交際　閩本明監本毛本同案浦鏜云東誤此是也

禮記及時作晦野　閩本明監本毛本同案山井鼎云時恐詩誤是也

箋臨視也女女武王也至伐紂必克無有疑心　閩本明監本毛本作箋臨視至疑心案所改是也

大誓曰師乃鼓譟引　閩本明監本毛本同案鼓下當有䥫字見鄭大司馬注

會甲也小字本相臺本同案正義云定本云會甲兵則與會甲子義異九經古義云甲者一也古皆以一爲甲毛公以意說詩故訓會朝爲甲朝又云不崇朝而天下清明崇朝終朝也或以甲爲甲子或爲甲兵皆非毛意考文古本會下有兵字采正義而倒之耳○按詳段玉裁故訓傳三十卷注中

隱精以虞閩本明監本毛本同案浦鏜云情誤精是也

鄭箴膏肓云閩本明監本同毛本肓作育案育字是也下同

不足以交鄰國定遠彊也閩本明監本交誤郊毛本不誤案浦鏜云彊當作疆是也

其言皆可與尙父義同閩本明監本毛本同案可與二字當倒可尙父者謂傳之可尙可父也

則傳言會甲長讀爲義閩本明監本毛本讀誤續案浦鏜云下四字疑衍非也長讀民勞正義可證

其合兵以朝且清明之時閩本明監本毛本同案浦鏜云旦誤且是也

言其昧之而初明晚則塵昏旦則清閩本明監本毛本同案十行本其至晚剜添者一字當是衍下塵字而上有脫故補之也

易傳曰閩本明監本毛本同案浦鏜云曰當者字誤是也

○緜

本由大王也唐石經小字本相臺本同案釋文云一本無由字正義云本之於大王也又云本其上世之事又云是本大王又云而又追而本之是其本無由字譜及旱麓正義皆有本由大王者以義言之耳釋文云序舊無注本或有注者非今各本皆無

自土沮漆唐石經小字本相臺本同案此釋文本也釋文云沮七余反漆音七毛云沮漆二水名正義云於漆沮之旁又云豳有漆沮之水又云是周地亦有漆沮也又下章云循西方水厓漆沮之側又云上言漆沮此言循滸明是循此漆沮之側也又下章云周原在漆沮之間以時驗而知之是正義本作漆沮餘亦有作沮漆者後人改之耳六書音均表云從漢書水經注作漆沮

瓜紹也瓞瓝也小字本相臺本同案段玉裁云傳瓜瓞逗瓜紹也句瓞逗瓝也句此傳之難讀由淺人誤刪瓜瓞二字而以瓜逗紹也句耳

封於邰小字本相臺本同案釋文以封邰作音是其本無於字也正義云是稷為帝嚳之冑封於邰也與釋文本不同

古公亶父唐石經小字本相臺本同案釋文云父本亦作甫正義云號為亶父者是正義本與釋文同以下多作甫字者以父甫為古今字易而說之也

狄人之所欲吾土地閩本明監本毛本同小字本相臺本欲下有者字地下有也字考文古本同案有者是也

君子不以其所養人而害人相臺本同閩本明監本毛本同小字本而作者案者字是也

何患無君閩本明監本毛本同小字本相臺本患下有乎字案有者是也

邑乎岐山之下 相臺本同閩本明監本毛本同小字本乎作于案于字是也

稱君曰公 小字本同閩本明監本毛本同相臺本稱下有其字案有者是也

說文作覆 補釋文校勘記通志堂本同盧本覆作𥨍云舊譌覆今從本書正案所改是也

釋訓云 閩本明監本毛本同案浦鏜云詁誤訓是也

我先生不窋 閩本明監本毛本生作王案所改是也

卽云處豳爲異耳 閩本明監本毛本同案處豳當作古公因讀者記處豳於側因誤改正文也

請免吾乎 閩本明監本毛本同案吾當作居浦鏜云莊子作勉居呂氏春秋作勉處是也免卽勉字

吾不爲社稷乎 閩本明監本毛本同案浦鏜云君誤吾是也

而公〇劉大王 閩本明監本毛本不空案所改是也

若顧戀彊宇 補案彊當作疆毛本不誤

說文云陶瓦器竈也 閩本明監本毛本同案陶當作匋

說文云穴土屋也 閩本明監本毛本同案室誤屋是也

覆地室也 閩本明監本毛本地室誤於地案覆當作𥨍下同

故箋辨之云覆者閩本明監本毛本同案覆當作復

爲堅三明監本毛本三誤土閩本不誤案引九章在商功術謂堅率三也山井鼎考文所載誤以三字屬下讀

沮漆水側也小字本相臺本同案詩經小學云晉紀總論李善注引鄭曰漆沮也沮側也今考此章正義漆沮字凡三見是正義本自作漆沮也考文古本作漆沮采正義

至胥字○正義曰【補】十行本曰字原作言閩本明監本同毛本言作曰案曰字是也今改正

明其著大姜之賢智也閩本明監本毛本智誤知案智是正義所易今字也

甘如飴也閩本明監本毛本同小字本相臺本甘上有皆字考文古本同案有者是也

膴音武韓詩同【補】釋文校勘記通志堂本盧本同案段玉裁云韓詩作膴膴此當有誤膴膴引見魏都賦注

堇荁粉榆閩本明監本荁作直毛本初刻同後改荁案所改是也下同浦鏜云枌誤粉是也

迺疆迺理唐石經小字本相臺本同閩本同明監本毛本疆誤彊十行本正義中字作彊亦誤餘同此

乃爲之疆場閩本明監本同毛本疆誤壃下同案場當作埸

豳又有岐山西北閩本明監本毛本同案浦鏜云在譌有是也

乃召司空小字本相臺本同唐石經乃作迺考文古本同案迺字是也下乃召司徒同標起止云乃召當是後改又見公劉

其繩則直也 唐石經小字本相臺本同案釋文云繩本或作乘後人誤改經文是

箋云傳破之乘字 補釋文校勘記通志堂本同盧本之作爲案爲字誤改也此傳破二字誤倒耳當作破傳陸意謂箋之所云乃破傳之乘字也傳未嘗破經爲乘箋又無此云盧文弨全誤

捄捊也 小字本相臺本同閩本明監本毛本捊誤桴下及正義同考文古本下作捊○按說文捊引聖也今本聖作取誤○補案十行本分作取土二字尤誤又捄音俱呂沈同沈當作忱

以上有止之文而因設耳 閩本明監本毛本同案浦鏜云設當誤字之誤是也

無曰字也 閩本明監本毛本同案山井鼎云恐有脫誤非也此申上文曰衍字也之意

其行道士衆兒然 小字本相臺本同案釋文脫然通外反本亦作兒正義云行於道路兒然矣是其本作兒此箋意以兒爲脫之假借直於訓釋中改用脫字以顯之其不云讀爲者省文之例每如此也當以釋文本爲長

欲親人善鄰也 閩本明監本毛本同案此不誤浦鏜云人當仁誤非也正義所用傳文自如此

王蒼說棫卽柞也 閩本明監本毛本同案王當作三

可爲櫝車 閩本明監本毛本同案浦鏜云犢誤櫝是也爾雅疏卽取此車下有輻字此說

上言柞棫之中而逃亡 閩本明監本毛本同案柞棫下盧文弨云脫拔明入柞棫是也此因柞棫複出而有誤

盍往質焉小字本相臺本同案此釋文本也釋文云盍胡臘反正義本是蓋字云家語作盍盍訓何不也此相勸之辭宜爲盍也考蓋盍古同用字耳

斑白不提挈相臺本同小字本斑作班閩本明監本毛本同案班字是也古多以班爲斑字

予曰有奔奏唐石經小字本相臺本同案釋文云本音奔本亦作奔注同奏如字本又作走音同注同正義云我念之曰亦由有奔走之臣又云奔走者云云令天下皆奔走而歸趨之故曰奔走也又云書傳說有疏附奔走又云是非奔走與又云疏附奔走是正義本作奔走也依此唐石經以下各本乃上字合正義下字合釋文當卽釋文所云亦作本耳

奏奔禦侮閩本明監本毛本同小字本相臺本奏奔倒案奔奏是也

蓋往歸焉閩本明監本毛本同案浦鏜云質誤歸是也

學頌於大公閩本明監本毛本同案此不誤浦鏜云訟誤頌非也頌讀當爲容卽漢書所云善爲頌者是也字或作訟音同故文王正義引作訟浦意讀訟爲如字誤之甚矣

傳甚未明閩本明監本毛本同案甚當作意

毛詩大雅　鄭氏箋　孔穎達疏

棫樸文王能官人也棫雨逼反樸音卜沈又符卜反　芃芃棫樸薪之槱之興也芃芃木盛貌棫白桵也樸。枹木也槱積也山木茂盛萬民得而薪之賢人衆多國家得用蕃興箋云白桵相樸屬而生者枝條芃芃然豫斫以爲薪至祭皇天上帝及三辰則聚積以燎之○芃薄紅反槱音酉字亦作𣠞弋九反云積木燒也枹音茅反蕃音煩屬之欲反斬一本作斫燎力召反　濟濟辟王左右趣之趣趨也箋云辟君也君王謂文王也文王臨祭祀其容濟濟然敬左右之諸臣皆促疾於事謂相助積薪○辟音壁注及下同趣七喻反

疏芃芃至趣之○毛以爲芃芃然枝葉茂盛者是彼棫木之樸屬而叢生也我農人得析而薪之又載而積之於家使農人得以濟用興德行俊秀者乃彼賢人之叢集而衆多也我國家得徵而取之又引而置之於朝使國得以蕃興既得賢人置之於位故濟濟然多容儀之君王其舉行政此賢臣皆左右輔助而疾趨之言賢人在官各司其職是其能官人也○鄭以爲芃芃然枝葉茂盛之棫相樸屬而叢生也故使人豫斫而薪之及祭皇天上帝則又聚積而燎之濟濟然其臨祭祀容貌肅敬之君王薪燎以祭之時左右諸臣趨疾而助之言皆助王積薪以供事上帝是其能官人也○傳芃芃至蕃興○正義曰芃芃是棫樸之狀故爲盛貌釋木云樸枹者孫炎曰樸屬叢生謂之枹以此故云樸枹木也伐木析之謂之薪既以爲薪則當積聚槱在薪下故知槱爲積也此詩美其能官人則以木茂喻賢人德盛樸屬喻賢人多薪之似聘取賢人積之似聚置於朝故云山木茂盛萬人得而薪之賢人衆多國家得用蕃興然蕃是在朝之士當以薪濟家用爲喻而文不類是互相足也蕃興者謂蕃殖興盛言國家昌大之意也○箋白桵至燎之○正義曰言樸屬而生者冬官考工記云凡察車之道欲其樸屬而微至注云樸屬

猶附著堅固貌也此言樸者亦謂根枝迫迮相附著之貌故以樸屬言之欲取爲薪故言其枝葉茂盛芃芃然薪必乾乃用之故云豫斫月令季冬乃命。收秩薪柴以供郊廟及百祀之薪燎則一歲所須槱燎炊爨之薪皆於季冬收之以擬明年之用是豫斫也至祭皇天上帝及三辰則聚積燎之解槱之意也知此爲祭天者以下云奉璋峨峨是祭時之事則此亦祭事槱之與大宗伯槱燎文同故知爲祭天也大宗伯以禋祀祀昊天上帝以實柴祀日月星辰以槱燎祀司中司命風師雨師彼槱燎之文唯施用於司中司命此祭皇天上帝亦言槱之者彼云禋祀實柴槱燎三者皆祭天神之禮俱是燎柴升煙但神有尊卑異其文耳故注云禋之言煙周人尙臭煙氣之臭聞者也三祀皆積柴實牲體焉或有玉帛燔燎而升煙所以報陽也是其禮皆同故得爲槱之也皇天上帝月令文彼注以皇天爲北辰耀魄寶上帝爲五帝則此亦宜然宗伯注昊天上帝冬至於圓丘所祀天皇大帝也昊天上帝猶皇天上帝周禮以爲一而月令分之者以周禮文自相顧司服云王祀昊天上帝則服大裘而冕祀五帝亦如之別言五帝則昊天上帝之中無五帝矣故以爲一月令文無所對宜廣及天帝故分之爲二此亦廣文當同之也春官神仕之職桓二年左傳皆有三辰之文卽宗伯所云日月星辰是也此章言祭天之事祭天則大報天而主日配以月可兼及日月而總言三辰以爲兼及星辰者以其俱在天神皆用柴祭槱文可以兼之故通舉焉此及宗伯月在柴燎之限則月爲天神當以煙祭覲禮云祭天燔柴祭地瘞注云燔柴祭天謂祭日也則祭地瘞者謂祭月也日月而云天地靈之也又以月爲地神而從瘞埋之祭者彼注又云月者太陰之精上爲天使然以天使從天以陰精又從地故以祭月有二禮月之從埋唯此會同告神一事而已其餘皆從實柴故宗伯定之以爲天神也文王受命稱王必當祭天其祭天之事唯鼙禋與是類見於詩其外又中候合符后云文立稷配注云文王受命祭天立稷以配之諸儒皆以爲郊與圓丘異名而實同鄭以圓丘與郊別文王未定天下不宜己祭圓丘所以言稷配蓋郊也何則周公祭禮始禘嚳而郊稷祖文而宗武若文王已具其禮當使誰配之以此知文王之時未具祭天之禮而分皇天上帝爲二者亦以標文可盡兼天神廣言之耳未必文王已祭天皇大帝也此箋異於傳孫毓云此篇美文王之能官人非稱周地之多賢才也國事莫大於祀神莫大於天必擇俊士與共其禮故舉祭天之事以明官人之義又薪之標之是燎祭積薪之名非謂萬民皆當標燎箋義爲長○傳趣趨○正義曰此趣趨之趣義無所取故轉爲疾趨○箋辟君至積薪○正義曰辟君釋詁文以時紂存嫌不祭天故辨之云君王謂文王也文承上標之之下故知相助積薪也

濟濟辟王，左右奉璋。半圭曰璋箋云璋璋瓚也○祭祀之禮王祼以圭瓚諸臣助之亞祼以璋瓚○璋音章瓚在但反字或作贊祼古亂反

奉璋峨峨。髦士攸宜。峨峨盛壯也髦俊也箋云士卿士也奉璋之儀峨峨然故今俊士之所宜○峨本又作俄五歌反髦音毛

疏濟濟至攸宜○毛以爲文王能任賢爲官助之行禮濟濟然多容儀之君王其行禮之事則左右之臣奉璋而助行之此臣奉璋之時多其容儀峨峨然甚盛壯矣乃是俊士所宜爲臣奉璋是其能官人也○鄭以此章說宗廟之祭賢臣取之言濟濟然其臨祭祀敬美之君王其祭之時親執圭瓚以祼其左右之臣奉璋瓚助之而亞祼奉璋亞祼之時容儀峨峨然甚得其禮此奉璋之事俊士之所宜行也宜以助祭是官得其人也○傳半圭曰璋○正義曰傳唯解璋而不言瓚則不以此爲祭矣斯干傳曰璋臣之職則謂臣之行禮當執璋也王肅云羣臣從王行禮之所奉顧命曰太保秉璋以酢肅以臣之執璋於禮無文故引顧命爲證○箋璋璋至璋瓚○正義曰鄭以臣行禮亦執圭璧無專以璋者禮圭以進君璋以進夫人則圭當統名不得言璋論語說孔子執圭是其事也冬官玉人云大璋中璋邊璋皆是璋瓚也以璋言之故知璋是璋瓚王肅云。○本有圭瓚者以圭爲柄謂之圭瓚未有名璋瓚爲璋者王基駁云郊特牲曰灌以圭璋與此云奉璋峨峨皆有明文故知璋爲璋瓚矣祭之用瓚唯祼爲然故云祭祀之禮王祼以圭瓚諸臣助之亞祼以璋瓚即祭統云君執圭瓚祼尸大宗。伯執璋瓚亞祼是也天官內宰職云大祭祀后祼獻則贊然則亞祼者當是后夫人矣此及祭統言大。宗者彼注云容夫人有故攝焉攝代王

后一人而已言諸臣者舉一人之事以見諸臣之美耳又天官小宰云凡祭祀贊祼將之事注云文從太宰助王然則大宰助王祼小宰又助之是助行祼事非獨一人故言諸臣小宰注云唯人道宗廟有祼天地大神至尊不祼莫稱焉則此言祼事祭宗廟也箋直言祭祀之禮不言廟以言祼則廟可知祭義說宗廟之祭云孝子慤而趨賓客則濟濟此言濟濟辟王者以孝子當祭志心念親不事儀飾故言慤而趨見其儀少耳其實祭是大事非無儀也清廟箋云周公之祭清廟其禮儀敬且和是有儀矣○傳峨峨至髦俊○正義曰以峨峨是容儀之貌故言盛壯釋訓云峨峨祭也舍人曰峨峨奉璋之。祭鄭以此璋為祭合於爾雅毛不為祭蓋以行禮貌同於祭髦俊釋言文○箋士卿士○正義曰士者男子之大號以奉璋亞祼是宗伯之卿故言卿士也○

○淠。彼涇舟烝徒楫之淠舟行貌楫櫂也箋云烝衆也淠淠然涇水中之舟順流而行者乃衆徒船人以楫櫂之故也興衆臣之賢者行君政令○淠匹世反沈孚計反涇音經烝之承反楫音接徐音集方言云楫謂之橈或謂之櫂郭注云楫橈頭索也所以縣櫂謂之楫說文云楫舟棹也釋名云在傍撥水曰櫂又謂之楫櫂直教反

周王于邁六師及之天子六軍箋云于往邁行及與也周王往行謂出兵征伐也二千五百人為師今王興師行者殷末之制未有周禮。周禮五師為軍軍萬二千五百人○

疏淠彼至及之○正義曰文王既能官人行其政令言淠淠然順流而行者是涇水之舟船此舟船所以得順流而行者乃由衆徒船人以楫櫂之故也以與隨民而化者是文王之政令也此政令所以得隨民而化者乃由諸臣賢者以力行之故也既有賢臣之為王布政故可以征討有罪周王往行征伐則六師與之而俱進也○傳淠舟行貌楫櫂○正義曰定本及集注皆云舟行則與鄭不異或云舟止者誤也方言楫或謂之櫂則毛以時事名之○箋烝衆至政令○正義曰烝衆釋詁文淠淠為動之貌故云順流而行以承上章說賢臣之事故為衆臣之賢者行君政令○傳天子六軍○正義曰瞻彼洛矣云以作六師常武云整我六師皆謂六軍為六師明此六師亦六軍也○箋周王至百人○正義曰師之所行必是征

伐故知周王往行謂出兵征伐也二千五百人爲師夏官序文禮天子六軍諸侯大國三軍今周王不以軍而興師行者殷末之制未有周禮故也若如周禮夏官序云五師爲軍軍萬二千五百人也詩爲大雅莫非王法造舟爲梁祼將于京皆是天子之禮而此必爲殷末之制者以詩人之作或以後事言之或論當時之實若是當時實事文王未必已備六軍因言師不言軍故爲此解耳鄭之此言未是定說鄭志趙商問此箋引常武整我六師宣王之時又。出征伐之事不稱六軍而稱六師不達其意答曰師者衆之通名故人多云焉欲著其大數則乃言軍耳此正答常武六師而不申此箋之意是其自持疑也又臨碩幷引詩三處六師之文以難周禮鄭釋之云春秋之兵雖累萬之衆皆稱師詩之六師謂六軍之師總言三文六師皆云六軍是亦以此爲六軍之意也又易師卦注云多以軍爲名次以師爲名少以旅爲名師者舉中之言然則軍之言師乃是常稱不當於此獨設異端又甘誓云乃召六卿注云六卿者六軍之將公劉箋云邰后稷上公之封大國三軍大誓注云六軍之兵東行皆在周禮之前鄭自言有六軍三軍之法何故於此獨言殷末當是所注者廣未及改之耳○

倬彼雲漢爲章于天倬大也雲漢天河也箋云雲漢之在天其爲文章譬猶天子爲法度于天下○倬陟角反周王壽考遐不作人遐遠也遠不作人也箋云周王文王也文王是時九十餘矣故云壽考遠不作人者其政變化紂之惡俗近如新作人也疏箋周王至作人

○正義曰上已有周王何嫌非文王而於此言謂文王者欲因取文王之名以解壽考故於此言之也受命之時已九十矣六年乃稱王此雖稱王後言不妨述受命時事故云九十餘矣作人者變舊造新之辭故云變化紂之惡俗近如新作人也追琢其章金玉其相追彫也金曰彫玉曰琢相質也箋云周禮追師掌追衡笄則追亦治玉也相視也猶觀視也追琢玉使成文章喻文王爲政先以心研精合於禮義然後施之萬民視而觀之其好而樂之如覩金玉然言其政可樂也○追對回反注同琢陟角反注同彫都挑反相如字一云鄭息亮反研倪延反好呼報反樂音洛下同○勉勉我王

綱紀四方箋云我王謂文王也以罔罟喻為政張之為綱理之為紀○罔罟音古【疏】追琢至四方○毛以為上言文王之表章此又說其有文章之事言治寶物為器所以可彫琢其體以為文章者以金玉本有其質性故也以喻文王所以可修飾其道以為聖教者由本心性有睿聖故也心性有睿聖故修飾以成美言文王之有聖德其文如彫琢其質如金玉以此文章教化天下故歎美之言勉勉然勤行善道不倦之我王以此聖德綱紀我四方之民善其能在民上治理天下鄭以為申上政教可美之意言工人追琢此玉使其成文章而後用之以興文王研精此政教合於禮義其出民皆貴而愛之好而樂之如金玉之寶其皆視而觀之言其政得其宜民愛之甚餘同○傳追彫至相質○正義曰毛以此經上下相成所追琢者即此金玉故以追為彫釋器說治器之名云玉謂之琢是玉曰琢也釋器上文云玉謂之彫金謂之鏤刻金不為彫言金曰彫者以彼對文為別散可以相通論語曰朽木不可彫木尚稱彫明金亦可為彫也以此二句相對章是成文則相是本質故相為質也王肅云以興文王聖德其文如彫琢矣其質如金玉矣○箋周禮至可樂○正義曰周禮追師掌追衡笄天官追師職文彼注追猶治也王后之衡笄皆以玉為之唯祭服有衡垂于副之兩傍當耳是衡笄俱首服也以玉為之而職曰追師故知追為治玉之名彼注亦引此詩交相為證也相視釋詁文視者以目觀物從目生名觀者見物看之據彼生稱今言萬民之看王政教故又轉為觀也上言政教之美能變化惡俗故知此述政教可美之事金玉物之貴者故云其好樂之如觀金玉然言政之甚可樂也易傳者以上言作人下言綱紀皆是政教之事則此亦述政教矣聖人體自生知性與道合不當於此輒譽文王美質故易之○箋我王至為紀○正義曰以我王之文異於上辟王周王故詳之言謂文王也說文云綱網紘也紀別絲也然則綱者網之大繩故盤庚云若網在綱有條而不紊是其事也以舉綱能張網之目故張之為綱也紀者別理絲縷故理之為紀人以喻為政有舉大綱赦小過者有理微細窮根源者

棫樸五章章四句

旱麓受祖也周之先祖世脩后稷公劉之業大王王季申以百福干祿焉旱戶但反

麓音鹿本亦作鹿○【疏】旱麓六章章四句至干祿焉○正義曰作旱麓詩言文王受其祖之功業也又言其祖功業所以有可受者以此周之先祖能世脩后稷公劉之功業謂大王以前先公皆脩此二君之業以至於大王王季重以得天之百福所求之祿焉文王得受其基業增而廣之以王有天下故作此詩歌大王王季得祿之事也受祖者謂受大王王季已前也王季者文王之父而幷言祖者以卑統於尊故繫之大王也不言文王受祖者此祖功業後世亦蒙之不言文王見其流及後世周之先祖總謂文王以前世脩后稷公劉之業者后稷上世賢君功業布於天下公劉能脩后稷之業又是先公之中賢者故特顯其名公劉之前先公脩后稷之業公劉以后之君幷脩公劉之業故連言之言周之先祖則大王王季在其中矣而別言大王王季以大王王季道德高於先君獲福多於前世故別起其文見其盛於往前且以結受祖之文明受祖者受大王王季也申者重也今大王福祿益多故言重也以大王言重明前已得○周祿是敘者要約之旨也福祿一也而言百福干祿焉福言百明祿亦其數多也祿言干明福亦求得之以經有干祿故因取而互之經六章皆言大王王季脩行善道以求神祐是申以百福干祿之事也緜言文王之興本由大王而經有文王之事此言受祖而經皆說祖之得福其言不及文王者詩者志也各言其志故辭不可同生民周公成王之雅也維清執競時邁思文周公成王之頌也其文皆無周公成王之事以其光揚祖業足爲子孫之美故其辭不復及焉○瞻彼旱麓榛楛濟濟旱山名也麓山足也濟濟衆多也箋云旱山之足林木茂盛者得山雲雨之潤澤也喻周邦之民獨豐樂者被其君德教○榛側巾反字林云木叢又仕人反楛音戶草木疏云楛木莖似荊而赤其葉如著上黨人篾以爲筥箱又屈以爲釵也樂音洛下同被皮僞反○

豈弟君子干祿豈弟干求也言陰陽和山藪殖故君子得以干祿樂易箋云君子謂大王王季以有樂易之德施於民故其求祿亦得樂易○豈弟本亦作愷又作凱苦亥反弟亦作悌徒禮反一音待豈樂也弟易也後豈弟皆同易以豉反下同○

疏瞻彼至豈弟○毛以為視彼周國旱山之麓其上則有榛楛之木濟濟然茂盛而衆多是由陰陽和以致山藪殖也陰陽調和是君之所感木猶尚然明民亦得其性故樂易然之君子謂大王王季以此人物得所而求福祿其心樂易然喜民之得所也○鄭說在箋○傳旱山至衆多○正義曰以旱文連麓麓為山足故知旱為山名知麓是山足者以周禮地官有大林麓中林麓小林麓立林衡之官以掌之與山虞連職若斬木林則受法於山虞長木之處在山知為山足也濟濟文連榛楛為木之貌故為衆多周語韋昭注云榛以栗而大楛木名陸機云楛其形似荊而赤莖似蓍上黨人織以為牛筥箱器又屈以為釵故上黨人調曰問婦人欲買赭不謂竈下自有黃土問買釵不謂山中自有楛○箋旱山名至被其君德教○正義曰以下云豈弟君子明是德能養民故為樂易故以此為喻民得豐樂被君子德教也○傳干求至樂易○正義曰干求釋言文周語引此一章乃云夫旱麓之榛楛殖故君子得以樂易干祿焉若夫山林匱竭林麓散亡藪澤肆逸民力周盡田疇荒蕪資用乏匱君子將險哀之不暇而何樂易之有焉毛依此文以為義彼韋昭注云王者之德被及榛楛陰陽調草木盛故君子以求祿其心樂易矣用此傳為說然則此外傳正文而箋易之者以陰陽和山藪殖自然民豐樂矣立君所以牧民美人君之德當以養民為主不應捨民弗言而唯論草木是必以木既茂盛民亦豐樂外傳引其本經遺其興意毛傳理雖不謬於作意未盡故箋申而備之○箋君子至樂易○正義曰以序言受祖祖文未見故辯之云君子謂大王王季也上言民被其德教是有樂易之德施於民也君子行善善亦應之既施樂易於民故求福亦得樂易樂易謂求則得之其心喜樂簡易也○

瑟彼玉瓚黃流在中玉瓚圭瓚也黃金所以飾流鬯也九命然後錫以秬鬯圭瓚箋云瑟絜鮮貌黃流秬鬯也圭瓚之狀以圭為柄黃金

爲勺青金爲外朱中央矣殷王帝乙之時王季爲西伯以功德受此賜○瑟所乙反又作瓚黃金所以流鬯也一本作黃金所以爲飾流鬯也是後人所加秬音巨黑黍也鬯敕亮反以黑黍米擣鬱金草取汁而煑之和釀其酒其氣芬香調暢故謂之秬鬯勺上灼反字或作杓○豈弟君子福祿攸降箋云休所降下也○降如字又戶江反注同○

疏瑟彼至攸降○毛以爲上言大王王季有德於民此又言有功受賜言王季爲西伯以有功德之故殷王帝乙之賜之以瑟然而絜鮮者乃彼圭玉之瓚而以黃金爲之勺令得流而前注其秬鬯之酒爲金所照又色黃而流在於其中也此有樂易之德之君子以有德之故是福祿所以降下而與之天子賜之圭瓚卽是福祿下也○鄭以黃流謂鬯酒爲異餘同○傳玉瓚至圭瓚○正義曰瓚者器名以圭爲柄圭以玉爲之指其體謂之玉瓚據成器謂之圭瓚故云玉瓚圭瓚也瓚者盛鬯酒之器以黃金爲勺而有鼻口鬯酒從中流出故云黃金所以流鬯以器是黃金照酒亦黃故謂之黃流也定本及集注皆云黃金所以飾流鬯也若有飾字於義易曉則俗本無飾字者誤也九命然後賜以秬鬯圭瓚其意以爲王季九命受此賜也孔叢羊容問子思曰古之帝王中分天下而二公治之謂之二伯周自后稷封爲王者之後至大王王季文王此爲諸侯矣奚得爲西伯乎子思曰吾聞諸子夏曰殷王帝乙之時王季以九命作伯於西受圭瓚秬鬯之賜故文王因之得專征伐此諸侯爲伯猶周召分陝亦以周召之君爲伯乎毛意當如孔叢之言以王季爲東西大伯故以九命言之也○箋瑟絜至此賜○正義曰以瑟爲玉之狀故云絜鮮貌說文云瑟玉英華相帶如瑟絃或當然○江漢曰釐爾圭瓚秬鬯一卣是賜圭瓚必以秬鬯隨之故知黃流卽秬鬯也傳以黃流爲黃金流鬯箋直以秬鬯爲黃流者秬黑黍一秠二米者也秬鬯者釀秬爲酒以鬱金之草和之使之芬香條鬯故謂之秬鬯草名鬱金則黃如金色酒在器流動故謂之黃流易傳者以言黃流在中當謂在瓚之中不謂流出之時而瓚中赤而不黃故知非黃金也以此故具言圭瓚之狀以圭爲柄黃金爲勺青金爲外以朱爲中央矣明酒不得黃也知瓚之形如此者以冬官玉人云大璋中璋

九寸邊璋七寸射四寸黃金勺青金外朱中央鼻寸衡四寸注云射琰出者也鼻勺流也凡流皆爲龍口也衡橫字謂勺徑也三璋之勺形如圭瓚故說瓚之狀以璋狀言之知三璋如玉瓚者以彼上文云祼圭尺有二寸有瓚以祀宗廟更不說瓚形明於三璋之制見之故知同也又春官典瑞注引漢禮瓚槃大五升口徑八寸下有槃口徑一尺則瓚如勺爲槃以承之也天子之瓚其柄之圭長尺有二寸其賜諸侯蓋九寸以下此述大王王季之事故云殷王帝乙之時王季爲西伯以功德受此賜鄭不見孔叢之書其言帝乙之時或當別有所據故譜亦然尙書西伯戡黎注云文王爲雍州之伯在西故謂之西伯則以文王爲州牧故楚辭天問云伯昌號衰秉鞭作牧王逸云文王爲雍州牧此王季爲西伯亦當爲雍州牧也大宗伯云八命作牧則王季唯八命不從毛爲九命也八命所以亦得圭瓚之賜者宗伯注云侯伯有功德加命得專征伐於諸侯然則以專征當州之內亦當賜之如上公故王季爲西伯得受圭瓚也鄭駁異義引王制云三公一命衮若有功則加賜衮衣之謂與一曰衣服是也鄭之意以九命之外別加九賜案禮緯含文嘉上列九賜之差下云四方所瞻侯子所望宋均注云九賜者乃四方所共見公侯伯子男所希望由此言之七命皆得賜不在九命者彼謂隨命得賜與九命外頓加九賜別九賜者含文嘉云一曰車馬二曰衣服三曰樂則四曰朱戶五曰納陛六曰虎賁七曰斧鉞八曰弓矢九曰秬鬯宋均注云進退有節行步有度賜之車馬以代其步言成文章行成法則賜以衣服以表其德動作有禮賜之納陛以安其體長於教訓內懷至仁賜以樂則以化其民居處脩理房內不渫賜以朱戶以明其別勇猛勁疾執義堅彊賜以虎賁以備非常亢揚威武志在宿衞賜以斧鉞使得專殺內懷仁德執義不傾賜以弓矢使得專征孝慈父母賜以秬鬯以祀先祖是其九賜之事也

○鳶飛戾天魚躍于淵 言上下察也箋云鳶鴟之類鳥之貪惡者也飛而至天喻惡人遠去不爲民害也魚跳躍于淵中喻民喜得所○鳶悅宣反○鴟尺尸反○豈弟君子遐不作人 箋云遐遠也言大王王季之德近於變化使如新作人○【疏】○鳶飛至作人○毛以爲大

王王季德教明察著於上下其上則鳶鳥得飛至於天以遊翔其下則魚皆跳躍於淵中而喜樂是道被飛潛萬物得所化之明察故也能化及上下故歎美之言樂易之君子大王王季其變化惡俗遠此不新作人言其近新作人也○鄭上二句別具箋○傳言上下察○正義曰中庸引此二句乃云言上下察故傳依用之言能化及飛潛令上下得所使之明察也○箋鳶鴟至得所○正義曰蒼頡解詁以爲鳶即鴟也名既不同其當小別故云鴟之類也說文云鳶鷙鳥擊小鳥故爲貪殘以貪殘高飛故以喻惡人遠去淵者魚之所處跳躍是得性之事故以喻民喜樂得其所易傳者言鳥之得所當如鷙鳶在梁以不驚爲義不應以高飛爲義且下云遐不作人是人變惡爲善於喻民爲宜禮記引詩斷章不必如本故易之○

清酒既載騂牡既備言年豐畜碩也箋云既載謂已在尊中也祭祀之事先爲清酒其次擇牲故舉二者○騂息營反字林火營反畜香又反

以享以祀以介景福言祀所以得福也箋云介助景大也○享許丈反徐許亮反介音界後同

疏清酒至景福○毛以爲大王王季既成民事乃以神事有清絜之酒既載而置之於尊中其赤牡之性既擇而養之以充備有此牲酒以獻之於宗廟以祭祀其先祖以得大大之福祿○鄭以介爲助爲異餘同○傳言年豐畜碩○正義曰言酒見其年豐言牲見其畜碩桓六年左傳曰聖王先成於民而後致力於神故奉牲以告曰博碩肥腯謂其畜之碩大蕃滋也奉酒醴以告曰嘉栗旨酒謂其三時不害而民和年豐也此傳取彼意也○箋既載至二者○正義曰既載之於器故知已在尊中也此既載既備謂將用之時故即云以享以祀也又解祭祀之用犧物多矣獨舉酒牲者祭祀之事先爲清酒其次擇牲故舉是二者也信南山箋解清酒總諸鬱鬯玄酒與五齊三酒此清酒與彼不同者觀經立義所以各別前已具解清酒者冬釀接夏而成其餘不盡然要清酒皆豫作有在三月前者故云先爲清酒也地官充人云掌繫祭祀之牲牷祀五帝則繫於牢芻之三月享先王亦如之又祭義云君召牛納而視之擇其毛而卜之吉而後養之是擇牲在祭前三月次爲酒之後也文十三年公羊傳云周公用白牡

魯公用騂犅羣公不毛然則大王王季爲殷之諸侯其牲亦應不毛而云騂牲
者不毛者不定用一毛而已其牲皆用純色故此祭用純騂也祭義云擇其毛
是諸侯用純色也或者此是作者於後據周所尙而言之○傳言祀所以
得福○正義曰詩文諸云介福者毛皆以介爲大此亦謂之得大我之福瑟彼
柞棫民所燎矣瑟衆貌箋云柞棫之所以茂盛者乃人熂燎除其旁草養治之使無害也○燎力召反又力弔反說文作尞。一云。此祭天也又
云燎放火也字林同尞力召反燎音力小反熂許氣反芟草燒之曰熂何沈虛刈反豈弟君子神所勞矣箋云勞勞來猶言佑助○勞力
報反注同來力代反本亦作倈同佑音又○【疏】瑟彼至勞矣○正義曰上言祭以助福此言得福之事言瑟然衆多而茂盛者是彼柞棫之木也此柞棫
所以得茂者正以爲民所熂燎而除其傍草矣傍無穢草故木得茂盛以興得福者乃彼樂易君子也此君子所以得福者王以爲神所勞來去其患害矣既
無患害故多獲福言神之勞來君子猶民之燎柞棫也○莫莫葛藟施于條枚莫莫施貌箋云葛也藟也延蔓於木之。枚。本而茂盛喻子
孫依緣先人之功而起○藟力軌反字又作蘽同施以豉反注同枚芒回反蔓音萬豈弟君子求福不回箋云不回者不違先祖之道○
【疏】莫莫至不回○正義曰上言蒙先祖之福此言脩先祖之德言莫莫然而延蔓者是葛也藟也乃施於木之條枚之上而長也以興依緣者此大王王季
也乃依緣己之先祖之功業而起也大王王季既依緣先祖則述脩其業是此樂易之君子其求福祿不違先祖之正道言其脩先祖之正道以致之是謂之
申以百福干祿焉○箋葛也而至起○正義曰序言世脩后稷公劉之業此又以葛藟延蔓爲喻故知喻子孫依緣先人之功而起也此經既言依緣。先故知
下言不回者是不違先祖之道

旱麓六章章四句

思齊文王所以聖也言非但天性德有所由成○齊側皆反本作齋齋莊也下同○疏思齊四章章六句至以聖○正義曰作思齊詩者言文王所以得聖由其賢母所生文王自天性當聖聖亦由母大賢故歌詠其母言文王之聖有所以而然也經四章首章言大任德行純備故能生此文王是其所以聖也二章以下言文王德當神明施化家國下民變惡爲善小大皆有所成是其聖之事也○箋言非至由成○正義曰論語云天生知之者上也則聖人稟性自天不由於母以大姒之賢亦生管蔡而云德有所由成歸德於母者以其母實賢遂致歌詠見其歎美之深錄之以爲後法耳○

思齊大任文王之母思媚周姜京室之婦齊莊媚愛也周姜大姜也京室王室也箋云京周地名也常思莊敬者大任也乃爲文王之母又常思愛大姜之配大王之禮故能爲京室之婦言其德行純備故生聖子也大姜言周大任言京見其謙恭自卑小也○媚美記反後同沈音眉行下孟反見賢遍反大姒嗣徽音則百斯男大姒文王之妃也大姒十子衆妾則宜百子也箋云徽美也嗣大任之美音謂續行其善教令○徽許韋反○疏思齊至斯男○毛以爲常思齊敬之德不惰慢者大任也大任乃以此德爲文王之母言其德堪與文王爲母也此大任又常能思愛周之大姜配大王之禮而勤行之故能爲京師王室之婦大任以有德之故爲大姒所慕而嗣續行其美教之德音思賢不妬進叙衆妾則能生百數之此男得爲周藩屏之衛也言大任能上慕先姑之所行下爲子婦之所續是其德行純備故生聖子是文王所以聖也○鄭唯以京室爲地名爲異餘同○傳齊莊至王室○正義曰齊莊釋言文宣三年左傳曰蘭有國香人服媚之如是言服蘭則人愛之媚是愛義也周姜爲大任思愛則是婦之念姑知是大姜也京者京師故言京室王室○王季未爲天子而言京者以其追號爲王故以京師言之○箋京師周至卑小○正義曰以周京相對故知是地名言思愛大姜明是言愛慕其德思其所爲故知思其配大王之禮也能爲京室之婦言盡其婦道於京地無怨過也既能爲婦是德行純備故能生聖子以子聖母賢故知歎美之

周京俱是地名而分配有異故大姜言周大任言京見大任謙恭自卑小以明其本志也春秋傳二十八年冬公會晉侯齊侯於溫天王狩於河陽穀梁傳曰會於溫言小諸侯也以河陽言之大天子也亦此類也○傳大姒至百子○正義曰定六年左傳大姒之子唯周公康叔爲相時也大姒爲周公康叔之母是文王之妃也又解大姒一人而有百男之意以大姒一人有十子不妬忌而進衆妾則宜有百子能有多男爲國之屏翰是婦人之美事故言爲大姒之德也定四年左傳曰武王之母弟八人是通武王與伯邑考爲十子也其名則左傳文云周公爲太宰康叔爲司寇聃季爲司空通武王伯邑考爲五人又曰五叔無官則其餘五者皆字叔又曰曹爲伯甸非尚年也則曹叔振鐸是康叔聃季之兄也又管蔡霍爲三監蔡與衛爭長明其皆母弟也郕於富辰之言在蔡霍之閒五叔者其曹與管蔡郕霍乎史記管蔡世家云武王同母兄弟十人母曰大姒文王正妃也其長子曰伯邑考次曰武王發次曰管叔鮮次曰周公旦次曰蔡叔度次曰曹叔振鐸次曰郕叔武次曰霍叔處次曰康叔封次曰冄叔季載其次不必如此其十子之名當然也皇甫謐云文王取大姒生伯邑考武王發次管叔鮮次蔡叔度次郕叔武次霍叔處次周公旦次曹叔振鐸次康叔封次聃叔季載其名與史記皆同其次則異不知謐何所據而別於馬遷也左傳富辰之言曹在衛聃之下不以長幼爲次則其弟無明文以正之

惠于宗公神罔時怨神罔時恫宗公宗神也恫痛也箋云惠順也宗公大臣也文王爲政咨於大臣順而行之故能當於神明神明無是怨恚其所行者無是痛傷其將無有凶禍○恫音通𢒿音凶本又作凶○刑于寡妻至于兄弟以御于家邦刑法也寡妻適妻也御迎也箋云寡妻寡有之妻言賢也御治也文王以禮法接待其妻至于宗族以此又能爲政治于家邦也書曰乃寡兄勗又曰越乃御事○刑韓詩云刑正也御毛牙嫁反鄭魚據反適丁歷反勗許玉反下同【疏】惠于至家邦○毛以爲文王以母賢身聖能協和神人言文王之德乃能上順於先祖宗廟羣公以安寧百神故神無有是怨恚文王者神無有是痛傷文王者明文王能徹

事明神蒙其祐助之又能施禮法於寡少之適妻內正人倫以爲化本復行此化至於兄弟親族之內言族親亦化之又以爲法迎治於天下之家國亦令其先正人倫乃和親族其化自內及外徧被天下是文王聖也○鄭以爲文王雖聖能屈己從衆心不自專乃能順於其尊貴之羣公言其諮訪大臣順而行之以此舉事允當於神明故神明無是怨恚其文王所行者神明無是痛傷其文王所爲者言甚蒙神之福無禍災也文王以順從之政而行之先施法於寡有之賢妻言接待其妻以禮法也以此又至於兄弟之宗族亦令接待其妻以爲政教之本以此之故又能爲政治於天下之家邦是其聖之事也○傳宗公至恫痛○正義曰書序云班宗彝中庸云陳其宗器皆謂宗廟爲宗又下頻言神罔則宗公是宗廟先公故云宗神也恫痛釋言文王肅云文王之德能上順祖宗安寧百神無失其道無所怨痛之○箋惠順至凶禍○正義曰惠順釋言文宗者尊也尊而爲公故知大臣言順之故知諮於大臣順而行之論語云無使大臣怨乎不以是人君當順大臣也神者聽明正直依人而行人能行善則神明忻悅文王用臣得人任而順之故能當於神明神明無是怨痛則知其後將無凶禍也易傳曰以左傳稱國將興聽於民將亡聽於神聖王先成於民而後致力於神此言文王之聖不應先以順神爲本又於時宗廟有大王王季若論宗廟當以王統之不當言公且經傳未有以宗廟之神爲宗公者也晉語云文王於是乎用四方之賢良其卽位也詢於八虞度於閎夭而謀於南宮諏於蔡原而訪於辛尹重之以周召畢榮意寧百神而柔和萬民故詩曰惠于宗公神罔時恫彼正論文王之事先言諮訪後言安神乃引此詩以證之則惠于宗公是順臣可知故易之彼注賈逵唐固皆云八虞周八士皆在虞官辛男尹佚蔡公原公也案論語有八士鄭以爲周公相成王時所生則不得爲文王所詢如鄭意則別有八士賢人在虞官矣○傳刑法至御迎○正義曰刑法釋詁文無夫曰寡妻今有夫施法於之明寡非無夫之稱故以爲少適妻唯一故言寡也釋詁云迓迎也但書傳諸御字亦得爲迓故毛讀爲迓訓之爲迎王肅云以迎治天下之國家○箋寡妻至御事○正義曰以上言大姒之賢今言寡妻當是賢

之意故以爲寡有之妻言其賢也鄭讀御爲馭以御者制治之名故爲治也易傳者言迎於家邦則於義不通若如王肅之言則是橫益治字故鄭讀爲馭訓爲治也以禮法接待其妻明化自近始是正己身以及天下之身正己妻以及天下之妻正己之兄弟以及天下之兄弟天下皆然則無所不治從妻而言至於兄弟爲首尾之次焉以此待妻及兄弟之法又能爲政治於家邦使之皆如己也言家者謂天下之衆家邦者盡境界之所極也引書乃寡兄勖康誥文周公戒康叔謂武王爲寡有之兄也越乃御事大誥文時周公將東征誥於治事之臣也引此二事證寡爲少有御宜爲治也

雝雝在宮肅肅在廟雝雝和也肅肅敬也箋云宮謂辟。廱宮也羣臣助文王養老則尚和助祭於廟則尚敬言得禮之宜○辟必亦反下同廱於容反○

不顯亦臨無射亦保以顯臨之保。安無。厭也箋云臨視也保猶居也文王之在辟廱也有賢才之質而不明者亦得觀於禮於六藝無射才者亦得居於位言養善使之積小致高大○射毛音亦厭也鄭食夜反射藝猒於豔反下同一本作保安也射猒也非

肆戎疾不殄烈假不瑕肆故今也戎大也故今大疾害人者不絕之而自絕也烈業假大也箋云厲。假皆病也瑕已也文王於辟廱德如此故大疾害人者不絕之而自絕爲。厲。假之行者不已之而自已言化之深也○烈毛如字鄭作厲力世反又音賴假古雅反瑕音遐遠也鄭古雅反行下孟反下皆同○

【疏】雝雝至不瑕○毛以爲文王之德行雝雝然甚能和順在於室家之宮其容肅肅然能恭敬在於先祖之廟言文王治家以和事神以敬其德如是豈爲不顯顯乎言其顯也亦以此顯德而臨之於民上文王既以顯德臨民美其所爲無有厭其德者亦皆安而行之言民安文王之德無厭倦也由人安之如此故今大爲疾害人之行者豈不止絕乎言其止絕也王之功業廣大豈不長遠乎言長遠也以惡人皆消故王業遠大是其聖也○鄭以爲此與下章連上二句先言在宮在廟卒二句又總結此二事言文王布行善政羣臣化之皆善其羣臣雝雝然尚和順者乃助養老而在辟廱宮也肅肅然尚恭敬者乃助祭在王宗廟也文王之臣養老則和祭祀則

敬是得禮之宜矣又言文王之臣所以助養老而和以文王養進之故也文王之在辟廱其羣臣有賢才之質而不明達者亦得臨而觀其禮有德藝之美而無射才者亦得助而居於位是樂人之善養之使成故助養老者皆尚和也文王之在辟廱其德如此天下樂其德而民自化故今大爲疾害於人者不絕之而自絕爲厲惡病害人之行者不已之而自已言感化之深是文王之聖也○箋宮謂至之宜○正義曰鄭以此章次二句皆有二亦其文如一此二文之下言肆肆訓爲故今是緣上事之辭則此再言亦者。行。此化之事也而別文陳之是行化有二處矣下言行化有二處則此在宮在廟爲下事之總目廟是祭祀則宮是養老何者祭祀養老是相對之事故樂記云祀乎明堂以教諸侯之孝食三老五更於太學以教諸侯之悌也注云文王之廟爲明堂制是相對之事也樂記云養老於太學王制說太學天子曰辟廱則辟廱是養老之宮矣故宮謂辟廱宮也又以下言所化之事明此有所化之人故知爲羣臣助者不是文王之身也養老申慈愛之意故尚和祭祀展肅敬之心故尚敬所施各稱其事故言得禮之宜也此詩美文王之聖而言及羣臣者以臣下感化。上能敬和則文王之身敬和可知故舉輕以明重也○傳以顯至無厭○正義曰言以顯臨之反其言以不顯爲顯則是文王之身以顯道臨民也言安安無猒。也是民安君德無猒倦也上句言君臨下而下句言民化上自相成也定本云保安射猒也○箋臨視至高大○正義曰臨視釋詁文以自保守者是安居之義故云保猶居也箋以此及下章有二肆之文分爲二事是則然矣而必知此爲在宮下爲在廟者以上文在宮在廟。先行禮養老輕於祭祀禮射不中者不得與於祭養老則可容之而此言無射亦保故知在辟廱時也以聖人行禮必擇賢而與之不得有愚劣之人故知不顯是有賢才之質而不明者也人性不同固容多品或內敏而外訥或貌懦志強故有賢才之質而不明者亦得觀於禮於六藝之伎射爲其一人之所有不可皆善於六藝無射才者亦得居於位此人行未周備所以令居位觀禮者文王志在養善使之積小以成高大故也行葦亦養老之詩而曰序賓以賢而以射中多少爲次第此無射才而得居位蓋其位又在少中者之下也且此美文王之養善或當特通許之不必常法觀禮居位一也因人之別而異其文耳此言養善以成高大下云使人器之不求備者因此是養老之事故云養之使成祭非長養之名故言使之如器皆是捨短而取長遺惡而收善義亦一也積小致高大易升卦象辭○傳肆故至假大○正義曰肆故今戎大烈業假大皆釋詁文言大疾害人者不絶之而自絶則亦反其言也○箋厲假至之深○正義曰鄭讀烈假爲厲瘕故云皆病也說文云厲惡疾也或作癩瘕病也是厲瘕皆爲病之義也定本及集注皆云厲疫病也不訓瘕字義不得通瑕已釋詁文以厲瘕不瑕與肆戎疾不殄相配故知厲瘕亦是病人之事殄既爲絶則瑕當爲已不然則二文不類且傳以烈假不瑕爲業大不遠文辭不次故易之也以文王在辟廱行禮羣臣和睦雖在外遠人亦隨流而化故病害人者不絶之而自絶爲厲瘕之行者不已之而自已言化之深也此謂在野遠人改惡爲善非謂助行禮者改惡行也何則文王之朝豈有病害人者輒得入之而待行禮乃變也○

不聞亦式不諫亦入

言性與天合也箋云式用也文王之祀於宗廟有仁義之行而不聞達者亦用之助祭有孝悌之行而不能諫爭者亦得入言其使人器之不求備也○行弟音悌亦作悌諫爭爭鬭之爭也○

肆成人有德小子有造

造爲也箋云成人謂大夫士也小子其弟子也文王在於宗廟德如此故大夫士皆有德子弟皆有所造成○於

古之人無斁譽髦斯士

古之人無猒於有名譽之俊士箋云古之人謂聖王明君也口無擇言身無擇行以身化其臣下故令此士皆有名譽於天下成其俊乂之美也○斁毛音亦猒也鄭作擇髦俊也一本此下更有古之人無猒於有譽之俊士也此王肅語令力成反又音刈○

疏

不聞至斯士○毛以爲言文王之聖德自生知無假學習不聞人之道說亦自合於法不待臣之諫諍亦自入於道言其動應規矩性與天合以此聖德教化下民故令周國之成人者皆有成德其小子未成人者皆有所造爲言長者道德已成幼者有業學習也此成人小子所以得然者以古昔之聖人有傑之君王皆無猒於有名譽髦俊之此士今文王性與古合亦好

之無厭故成人小子皆學爲髦俊也○鄭以爲文王之在宗廟其羣臣有仁義之行而不聞達者亦得用之以助祭有孝悌之行而不能諫諍者亦得使之以入廟是其使人不求備樂成長也文王之祭宗廟取人如此故聞其化者莫不自勵故今已長而成人者謂其大夫士等皆已有成德矣小子未成人者謂大夫之子弟亦皆勸慕而終必有所成矣言成人小子俱得就也所以得然者古昔之人聖君明王身無所擇謂口無擇言身無擇行也以身化其臣下故能令之有名譽而爲髦俊之士此言文王同於古聖以身化人故成人小子皆有成德也○傳言性與天合○正義曰傳言性與天合則是說文王之身式訓爲法也王肅云不聞道而自合於法無諫者而自入於道也然則唯聖德乃然故云性與天合若賢智者則須學習不能無過聞人之諫乃合道也○箋式用至求備○正義曰式用釋言文此不聞而得以助祭明有不聞之短而有所行之長故知有仁義之行而不聞達者亦用之也仁義之行行之美者尚能知其仁義所以得不聞達者仁義行之於心聞達習之於學有人能篤行而學問不長論語子夏說人有四行雖曰未學吾必謂之學矣是有不學而能行仁義也有孝悌之行而不能諫諍者亦孝悌爲長不諫爲短也論語云孝悌而好犯上者鮮矣既不好諫明有不能者矣亦得入廟言使人當如器之各施於一不求備具焉上言賢才之賢此言仁義之行者質是身內之性行則施仁之稱事在外內禮故質行異文此言文王志在長人以善不責其備言其意通容此人使助行禮耳不謂朝士皆此人也而孫毓云文王選士擇賢但當取不明之人無射才者及不能諫諍令之居位助祭其意謂文王之朝皆是此輩非其難矣毓謂人行不備不得在朝是欲使文王爲小人使人必求備也○傳造爲○正義曰釋言文有爲者謂所習有業不虛廢也王肅云文王性與道合故周之成人皆有成德小子未成皆有所造爲進於善也○箋成人至造成○正義曰箋以此爲助祭所化則成人者助祭之人故爲大夫士也小子是後生未成之名故以爲子弟謂大夫之家子弟也以其因祭而化故爲皆有厚德子弟有造成言其終有所成不謂此時已成也○傳古之至俊士○正義曰此美文王而言古之人則

皆謂前世聖君非文王也但文王與之同耳故王肅云言文王性與古合○箋古之至之美○正義曰箋言謂聖君則亦謂古昔之人非文王之身也口無擇言身無擇行孝經文也箋不言字誤則此經本有作擇者也故不破之以身無可擇化其臣下亦使之然。臣。下。亦。使。之。然臣下亦能無擇行擇言自然有名譽成俊士矣

思齊四章章六句故言五章章。六句三章章四句

附釋音毛詩注疏卷第十六（十六之三）

毛詩注疏校勘記（十六之三）

阮元撰盧宣旬摘錄

○棫樸

樸抱木也　小字本相臺本同案釋文云抱木必茅反正義云釋木云樸抱者孫炎曰樸屬叢生謂之抱以此故云樸抱木也是正義本作抱釋文本作抱或毛公讀爾雅字從手當以釋文本爲長也於經中爲苞字釋言所謂苞稹○按抱者枹之譌文枹者苞之或體其實當作包言包裹然舊校非

豫斫以爲薪　相臺本同閩本明監本毛本同小字本斫作斬案釋文云斬一本作斫正義云故云豫斫又云是豫斫也是其本作斫

乃命取秩薪柴　閩本明監本毛本同案取當作收

奉璋峨峨　唐石經小字本相臺本同閩本明監本毛本峨峨作義義注及正義中字同案峨峨是也釋文說文爾雅皆可證

王肅云○本有圭瓚者　閩本明監本毛本○誤一案此有缺文耳

大宗伯執璋瓚亞祼是也　閩本明監本毛本同案伯衍字也當在下錯入於此浦鏜云記文無伯字是也

此及祭統言大宗者　閩本明監本毛本宗下有伯字案有者是也十行本錯在上文

舍人曰蛾蛾奉璋之祭　閩本明監本毛本祭誤貌

淠彼涇舟　唐石經小字本相臺本同毛本同閩本明監本淠誤渒注及正義中字同

未有周禮周禮五師爲軍小字本相臺本同考文古本亦同閩本明監本毛本誤不重周禮二字

又出征伐之事補毛本出作此

追彫也閩本明監本毛本同小字本相臺本彫作雕下同案釋文雕都挑反正義標起止云追彫是二本不同也彫雕古同用字

以罔罟喻爲政小字本相臺本同考文古本同閩本明監本毛本罔誤網

○旱麓

作旱麓詩閩本明監本毛本同案浦鏜云詩下當脫者字是也

明前已得周祿閩本明監本毛本同案周字當在明字下

若斬木林閩本明監本毛本同案浦鏜云材誤林是也

榛以栗而大閩本明監本毛本同案浦鏜云似誤以大當小字誤以國語注考之是也

織以爲牛筥箱器閩本明監本同毛本牛作斗按所改是也

箋旱山名閩本明監本毛本同案名當作之

周語引此一章○乃云閩本明監本毛本不空案所改非也○當作下

藪澤肆逸民力周盡閩本明監本毛本同案浦鏜云既誤逸彫誤周考國語浦校是也

黃金所以飾流鬯也 小字本相臺本同案釋文云黃金所以流鬯也一本作黃金所以飾流鬯也是後人所加正義云定本及集注皆云黃金所以飾流鬯也若有飾字於義易曉則俗本無飾字者誤也段玉裁亦以有者爲長

說文云瑟者也 閩本明監本毛本同案此不誤浦鏜云說文作瑟無者字非也考說文引詩止作瑟以證璱字從玉瑟正義所見本不誤故但取其如瑟弦之義而云瑟者者字爲下起文殊無取於璱字也釋文瑟下云字又作璱不云說文作璱是矣○按此說甚誤明明引說文玉部璱字下之語安得云瑟者非璱者之誤耶又云說文引詩止作瑟彼亦未見古本有如此者

秬黑黍一秠二米者也 閩本明監本毛本同案此不誤浦鏜云稃誤秠非也此見鄭周禮鬯人注及答張逸生民正義有明文浦失考之

行步有度 閩本明監本毛本同案浦鏜云止誤步是也

鄭上二句別具箋 閩本明監本毛本白箋字案山井鼎云非是也餘同此見前

一云此祭天也 閩本通志堂本盧本此作柴各本所附同案柴字是也釋文校勘山井鼎云一字可刪考今說文及小字本所附正無一字

而除其傍草矣 閩本明監本毛本傍誤旁案傍者正義所易之今字餘多同此

延蔓於木之枚本而茂盛 小字本相臺本枚作枝閩本明監本毛本本誤木案枝本是也枝條也本枚也考文古本本字不誤

此經既言依緣先 閩本明監本毛本先下有祖字案所補是也

思齊

爲相時也閩本明監本毛本同案山井鼎云時恐壁誤也

無是痛傷也小字本同閩本毛本同相臺本傷下有其所爲者四字案有者是也沿革例云諸本皆無其所爲者四字唯建大字本有之此相臺本所出也考正義云無是痛傷其文王所爲者與上句正義云無是怨恚其文王所行者正同是正義本自有此四字諸本於其字複出而脫之耳

其將無有凶禍小字本相臺本同考文古本同閩本毛本凶作㓙案釋文云㓙本又作凶正義標起止云至凶禍十行本不誤是正義本作凶也毛本改之以合於釋文非

易傳曰閩本毛本同案浦鏜云曰當者字誤是也

意寧百神閩本毛本同案浦鏜云億誤意是也

辛男尹佚閩本毛本同案男當作甲佚當作佚皆形近之譌韋昭云辛甲尹佚尹佚即本此賈唐注可證也

宮謂辟廱宮也相臺本同閩本明監本毛本同小字本廱作雝案廱字是也釋文可證

保安無厭也小字本相臺本厭作厭閩本明監本毛本同案厭字是也釋文云保安無厭也一本作保安也射厭也非正義云言安無厭也云云又云定本云保安射厭也是正義本作安無厭也無上保字考此總爲經無射亦保一句發傳若分訓射保即不得保在射上當以正義本爲長考古本作射厭也采正義釋文釋文非字舊脫今補見後考證

箋云厲假皆病也 小字本相臺本同案此正義本也正義云鄭讀烈假爲厲瘕故云皆病也又云定本及集注皆云厲疫病也不訓瘕字義不得通釋文云烈毛如字業也鄭作厲力世反又音癩病也假古雅反大也於假字下不云毛大也鄭病也是釋文本不訓瘕字與定本集注同也考此箋當云烈假皆病也下箋爲厲假之行者當作爲厲瘕之行者上仍用經字以爲訓下則竟改其字以顯烈假是厲瘕之假借如噫嘻旣昭假爾之箋上仍用經字云假至也下則竟改其字云格于上下也是其例矣隸釋唐公房碑用作厲蠱錢大昕潛研堂金石文跋尾云蠱假聲相近是也此所謂以破引之○按訓病則字當作癘經書癘字多譌厲不可勝正

行此化之事也 閩本明監本毛本同案行此當作亦所

上能敬和 閩本明監本毛本上作尚案所改是也

言安無猒也 閩本明監本毛本同案此不誤浦鏜云也當者字誤非也以正義上云言以顯臨之例之可見矣

以上文在宮在廟先行禮 閩本明監本毛本同案先下當有言字

說文云厲惡疾也 閩本明監本毛本惡誤疫○按今說文疒部癘惡疾也可知上下文皆當作癘矣

小子其弟子也 小字本相臺本同案正義云謂大夫之子弟以下子弟字凡四見是作弟子者倒也考文古本作謂其子弟采正義而幷添謂字非也古句中增多之字往往取於正義此不悉出

古之人無斁 唐石經小字本相臺本同案此箋云口無擇言身無擇行正義云箋不言字誤則此經本有作擇者也故不破之釋文云無斁毛音

亦猒也鄭作擇考此經字自作斁箋以斁爲擇之假借直於訓釋中竟改其字以顯之其例與可以樂飢箋中竟改爲療旣匡旣勑箋中竟改爲筐之屬同也釋文所說是矣正義不得其例呂氏讀詩記引董氏曰韓詩作擇經義雜記云此竊取鄭箋是也其讀正義有誤見下

古之人無斁於有名譽之俊士 小字本相臺本同案此正義本也正義標起止云傳古之至俊士其以下云云皆解此文也釋文云斁毛音亦猒也髦俊也一本此下更有古之人無斁於有譽之俊士也此王肅語二本不同觀釋文此下更有之語則其本當有斁猒也髦俊也之傳以古之人以下爲王肅申毛如此當有所據也經義雜記不得其理乃以釋文別爲毛作音爲過又以爲正義釋傳亦無此文未詳今本所出皆非也○按髦俊也見上棫樸傳斁猒也即見本篇三章傳未必此又出傳傳例簡嚴複者甚少陸氏用王氏之述毛者爲之訓耳其云此下者謂此經文之下舊校非也

上言賢才之賢 閩本明監本毛本同案下賢字浦鏜云質誤是也

行則施仁之稱 閩本明監本毛本同案仁當作行形近之譌

化其臣下亦使之然臣下亦使之然臣下亦能無擇行擇言 閩本明監本毛本不重臣下亦使之然六字案此十行本複衍

故言五章章六句 閩本明監本毛本同唐石經小字本相臺本章六句上有二章二字考文古本同案有者是也

毛詩大雅　鄭氏箋　孔穎達疏

〔五二〕

皇矣。美周也天監代殷莫若周周世世脩德莫若文王監視也天視四方可以代殷王天下者維有周爾世世脩行道德維有文王盛。爾○皇矣一本無矣字天監代一殷莫若周絕句周世世脩德一讀莫若周世絕句周世脩德爲一句一本無下一世字義並通崔集注莫若周也世世脩德王天下往況反下追王當王同

【疏】皇矣八章章十二句至文王○正義曰作皇矣詩者美周也以天監視善惡於下就諸國之內求可以代殷爲天子者莫若於周言周最可以代殷也周所以善者以天下諸國世世脩德莫有若文王者也故作此詩以美之也定本皇下無矣字莫若周又無於字詩之正經未有言美而此云美者以正詩不嫌不美故不言所美之君此則廣言周國故云美周也此實文王之詩而言美周者周雖至文王而德盛但其君積世行善不獨文王以經有大伯王季之事故言周以廣之也經八章上二章言天去惡與善歸就於周是莫若文王也三章四章言大伯王季有德福流子孫是世世脩德也五章以下皆說文王之事首尾皆述文王於中乃言父祖文不次者本意主美文王代殷故先言之欲見世世脩其德故上本父祖於下復言文王所以申成上意故不次耳○箋天視至盛耳○正義曰世世脩行道德周自后稷以來莫不脩德祖紺以上公劉最賢公劉以下則不及公劉至大王王季德又益盛今據文王而言世世脩德則近指文王所因不是遠論上世其世世之言唯大王王季耳論語注云周自大王王季文王武王賢聖相承四世是相承不絕唯大王以下大王王季大賢至文王貴聖賢聖相承莫之能及故云唯有文王最盛也湯以孤聖獨興禹則父無令問文王之德不劣禹湯而以承藉父祖始當天意者但周以積世賢聖乃有成功欲見尊祖之心美其世世脩德不必實由之也若然此序言世世脩德莫若文王則是文王

既聖之後始當天意經云憎其式廓乃眷西顧又是紂惡之後始就文王昔堯受河圖已有昌名在籙讖卜四妃豫知稷有天下則周之代殷兆彰上世而此詩所述唯此文王何也帝王神器實有大期殷之存亡非無定算但興在聖君滅由愚主應使周興故誕茲睿聖應使殷滅故生此愚主斯則受之於自然定之於冥運天非既生之後方始簡擇比校善惡乃欲迴心但詩人抑揚因事發詠假言天意去惡與善歸美文王以為世教耳

皇矣上帝臨下有赫監觀四方求民之莫皇大莫定也箋云臨視也大矣天之視天下赫然甚明。殷紂之暴亂乃監察天下之眾國求民之定謂所歸就也

維此二國其政不獲維彼四國爰究爰度二國。殷。夏也彼彼有道也四國四方也究謀度居也箋云二國謂今殷紂及崇侯也正長獲得也四國謂密也阮也徂也共也度亦謀也殷崇之君其行暴亂不得於天心密阮徂共之君於是又助之謀言同於惡也○政如字政教也鄭作正正長也究九又反度待洛反篇內皆同夏戶雅反下文長夏弁注同長張丈反篇內皆同共音恭下同行下孟反

上帝耆之憎其式廓乃眷西顧此維與宅耆老也廓大也憎其用大位行大政顧顧西土也宅居也箋云耆老也天須假此二國養之至老猶不變改憎其所用為惡者浸大也乃眷然運視西顧見文王之德而與之居言天意常在文王所○耆巨夷反郭苦霍反又如字本又作廓眷本又作睠又作券並音卷同假戶嫁反本又作暇浸子鴆反

【疏】皇矣至此維與宅○毛以為美大矣此在上之天能照臨於下無幽不燭有赫然而善惡分明也見在下之事知殷紂之虐以民不得定務欲安之乃監視而觀察天下四方之衆國欲擇善而從以求民之所安定也言欲以聖人為主使安定下民維此夏桀殷紂之二國其政不得於民心言使民不得安定也此桀紂二君政雖不得民心身實居天子之位維四方有道之衆國以天命未改之故於是從之謀於是從之居言皆從紂之惡與之謀為非道也以此之故在上之天於是疾惡比桀紂之不得民心也又憎其用大位行大政得肆其淫虐殘害下民乃從殷都眷

然迴首西顧於岐周之地而見文王天意遂歸於此此文王維與之居言天常居文王之所使之爲主以定民也此詩之意主於紂耳以紂惡同桀故配而言之○鄭上四句與毛同言天之視下見此殷紂崇侯二國之君其爲下民之長所行暴亂不得於天心維彼密阮徂共之四國於是亦助之謀慮於是亦助之計度言其同惡相黨共行虐政也此殷崇二國政雖不得天心天猶冀其變改故在上之天養而老之二國遂不知變天乃憎其所用爲惡者漸更浸大乃眷然迴首西顧見此文王之德維與之居處也○傳皇大莫定○正義曰釋詁云皇君也君亦大之義故爲大也莫定釋詁文○○箋大矣至歸就○正義曰深美其事故云大矣爲美歎之辭監察天下衆國之中選明君以爲天下之主主明則民定觀其能定民者欲歸就之○傳二國至度居○正義曰敘言天監代殷則二國當論紂事一紂而言二國則是取類而言故以二國爲殷紂夏桀也紂既喪殷桀亦亡夏其惡既等故配而言之猶嵩高之美申伯而及甫侯也二國言此四國言彼此既爲惡則彼當爲善故言彼彼有道也桀紂身爲天子明所從者非法四國故爲四方有道之國也究謀釋詁文以王者度地居民故以度爲居也桀紂身爲天子制天下之命雖是有道之國皆服而從之與之謀爲非道故王肅云彼四方之國乃往從之謀往從之居其秦亡家語引此詩乃云紂政失其道而執萬乘之勢四方諸侯固猶從之謀度於非道天所惡焉傳意當然也文王三分天下有其二所以得有四方之國從紂謀居者此說紂之初惡文王未興也下云憎其用大位行大政由其諸侯從之故言政位大耳若天下怨叛之後無復大位大政天意何以憎之以此知毛氏之意從之謀謂未叛時也孫毓云天觀衆國之政求可以代殷之人先察王者之後故言商而及夏夏者夏禹之世時爲二王之後者不得追斥桀也桀亡國六百餘年何求於將代殷而惡之乎或以毓言爲毛義斯不然矣天求代殷之人當觀可代之國一姓不再興亡國不再王先察王者之後欲何爲哉武王伐紂封夏后氏之後於杞則殷之末年夏後絕矣天安得而觀之周封夏後於杞殷後於宋國名異於代號然處殷世夏後不必稱夏若毛意必爲夏後則何所案據而謂之夏也此以桀

配紂其言指以惡紂不惡桀何須校計年世責其追惡桀也若年世久遠不得復言則甫侯穆王時人何當言以配申也○箋二國至於惡○正義曰箋以此詩陳事上下相成七章云以伐崇墉不言崇罪則罪狀於此見之即不獲是也敘云代殷下言伐崇故知二國謂今紂與崇侯虎也正長釋詁文謂二國之君爲民之長也定九年左傳云得用焉曰獲是獲爲得也五章云密人不恭侵阮徂共。也說文王之伐四國謂密阮徂共四國違義見伐則是與紂同謀故知四國謂密阮徂共也度謀釋詁文殷崇之君其行不得於天心四國又助之與謀言其同惡故下章而伐之崇侯乃是人臣而得與紂稱爲二國者紂乃亡國之主可以同之崇侯也何則大誓曰獨夫紂謂紂爲獨夫非復爲天子也書敘云繼公子祿父以祿父爲公子則同紂於國君也平王天命未改黍離列於國風春秋周鄭交質君子謂之二國是紂與崇侯可稱二國也二國四國彼此異文者猶彼有遺秉此有滯穗作者便文无他義也下云密人不恭箋以爲拒義兵而得罪不言與紂同謀此言四國皆助之謀者正以文王舉義密人敢拒亦既拒義不從明其與紂同惡故助之謀焉○傳耆惡至宅居○正義曰耆者老也人皆惡己之老故耆爲惡也王肅云惡桀紂之不德也肅於此仍連桀紂言以桀紂行同自此以上其文皆可兼桀雖文可兼之意不惡桀也廓大釋詁文憎其用大位行大政以四方從之謀居是爲大也以西嚮而顧故知西土謂從殷都而望岐周也天氣清虛本無首目而云西顧者作者假爲與奪之勢託而言之耳宅居釋言文○箋耆老至王所○正義曰以憎己是惡故耆不爲惡禮稱六十曰耆是耆爲老也須待也天以二國雖惡猶待其改悔而閑暇優緩未即憎惡至老猶不變改上天始憎惡之其所用爲惡者正謂暴虐之政也浸大者其惡漸更益甚也天无形可居假稱意耳故云言天意常在文王所也言須暇者多方云天維五年須夏之子孫注云夏之言暇天觀紂能改故待暇其終至五年欲使復傳子孫五年者文王八年至十三年也彼言須暇謂武王時須暇紂而未殺此則須暇而未惡之其意既同故引以爲說多方及此箋以爲天須暇之我應云作靈臺緩優暇紂以爲文王須暇之者文王知天未喪殷故不伐紂尋人事而爲說亦是文王須暇之也文王之時紂實未滅言其須暇可矣崇侯據即見伐二國並言須暇者赤雀命云崇孽首則爲惡久矣受命六年始滅亦是天須暇之此須暇者亦設教之言因其未滅假以言之耳

作之屏之其菑其翳脩之平之其灌其栵啓之辟之其檉其椐攘之剔之其檿其柘木立死曰菑自斃爲翳灌叢生也栵栭也檉河柳也檿山桑也箋云天既顧文王四方之民則大歸往之岐周之地險隘多樹木乃競刊除而自居處言樂就有德之甚○屏必領反除也菑本又作甾側吏反又音緇韓詩云反草也翳於計反爾雅云木自斃柛蔽者爲翳郭云相覆蔽韓詩作殪云因也因高填下也柛音申灌古亂反栵音例又音列辟婢亦反沈必亦反檉勑丁反椐羌居反字林紀庶反又音舉攘如羊反剔他歷反或作鬄又作𣚍同檿烏簟反斃婢世反本或作蔽必世反栭音而舍人注爾雅云江淮之間呼小栗爲栭栗樻去愧反又去軌反何音圍草木疏云節中腫以扶老即今靈壽是也今人以爲馬鞭及杖隘於懈反刊苦干反○

帝遷明德串夷載路徙就文王之德也串習夷常路大也箋云串夷即混夷西戎國名也路應也天意去殷之惡就周之德文王則侵伐混夷以應之○串古患反一本作患或云鄭音患混音昆瘠在昔反詩本皆作瘠孫毓評作應應後之解者僉以瘠爲誤應應對之應下應和同

天立厥配受命既固配媲也箋云天既顧文王又爲之生賢妃謂大姒也其受命之道已堅固也○

疏作之至既固○毛以爲天顧文王而與之居於是四方之民大歸往之周地險隘樹木尤多競共刊除以爲田宅其攻作之屏除之者其爲菑木其爲翳木之所也修理之平治之者其爲灌木其爲栵木之處也啓拓之開闢之者其爲檉木其爲椐木之地也攘去之剔之者其爲檿木其爲柘木之材也各各刊除材木以自居處是樂就有德之甚也帝所以徙就文王之明德而顧之者以其世世習於常道則得居是大位也天既顧而就之又爲生賢女立之以爲妃令當佐助之內有賢妃之助其受命之道既堅固也言天助自遠非始於今也此作之屏之四等而爲此八

文者以其險隘多樹故頻舉木名因此用功之事配之使其義得相通以用功
作爲殺木屏去故先言作之屏之殺木之處有其坑坎須修理平治故言修之
平之平治其地必開拓使廣故言啓之闢之畔上更有材木須擁除翦剔故言
攘之剔之設文雖別意以相通鄭唯串夷載路爲異以天意從就周之明德是
天去惡與善文王以天之去惡如是其患中國之混夷文王則侵伐之以應天
意以天去惡故己亦伐惡以應之餘同○傳木立至山桑○正義曰釋木云立
死菑斃者翳李巡曰以當死害生曰菑斃死也郭璞曰翳樹蔭翳覆地者也然
則以立死之木妨他木生長爲木之害故曰菑也自斃者生禾自倒枝葉覆地
爲陰翳故曰翳也爾雅直云斃者傳以其非人斃之故曰自斃釋木又云灌木
叢木李巡曰木叢生曰灌木是灌叢生栵。而檉河柳椐樻檿山桑皆釋木文郭
璞曰栵樹似槲樕而痺小子如細栗今江東呼爲栵栗陸機疏云葉如榆也木
理堅韌而赤可爲車轅某氏云河柳謂河傍赤莖小楊也陸機疏云河傍皮正
赤如絳一名。雨師枝葉似松孫炎曰樻腫節可以作杖陸機疏云節中腫似扶
老今人以之爲馬鞭及杖弘農共北山甚有之郭璞曰檿桑柘屬材中爲弓冬官
考工記云弓人取幹柘爲上檿桑次之○傳徙就至路大○正義曰毛讀患爲
串串習夷常路大皆釋詁文王肅曰天於周家善於治國徙就文王明德以其
由世習於常道故得居是大位也○箋串夷至應之○正義曰鄭以詩本爲患
故不從毛采薇序曰西有混夷之患是患夷者患中國之夷故患夷則混夷也
出車云薄伐西戎是混夷爲西戎國名也書傳作畎夷蓋畎混聲相近後世而
作字異耳或作犬夷犬即畎字之省也路之爲應更無正訓鄭以義言之耳正
以天就文王明德文王則伐混夷是伐混夷者所以應天意故以路爲應也本
或誤作瘠孫毓載箋爲應是本作應也定本亦作應天既去殷之惡文王亦當
去惡故伐混夷以應之順帝之則此之謂也此伐混夷則書傳云四年伐畎夷
是也文王之伐多矣獨言混夷者作者意所欲言无他義也○傳配媲○正義
曰妃字音亦爲配釋詁云妃媲也某氏曰詩云天立厥妃是毛讀配如妃故爲
媲也是爲妻之配夫意與鄭合○箋天既至堅固○正義曰此天立厥配與大

明天作之合其文相類故知立其配者爲生賢妃謂大姒也天爲生妃卒得其助妻賢夫聖當於天心則上天之命不復移動故受命之道已堅固也

帝省其山柞棫斯拔松柏斯兌

兌易直也箋云省善也天既顧文王乃和其國之風雨使其山樹木茂盛言非徒養其民人而已○省昔井反拔蒲貝反兌徒外反易以豉反下施易同

帝作邦作對自大伯王季

對配也從大伯之見王季也箋云作爲也天爲邦謂興周國也作配謂爲生明君也是乃自大伯王季時則然矣大伯讓於王季而文王起○大音泰注大伯皆同

維此王季因心則友則友其兄則篤其慶載錫之光

因親也善兄弟曰友慶善光大也箋云篤厚載始也王季之心親親而又善於宗族又尤善於兄大伯乃厚明其功美始使之顯著也大伯以讓爲功美王季乃能厚明之使傳世稱之亦其德也○著珍慮反傳直專反○

受祿無喪奄有四方

喪亡奄大也箋云王季以有因心則友之德故世世受福祿至於覆有天下○【疏】帝省至四方○毛以爲言天顧文王之深乃和其國之風雨善其國內之山使山之所生之木柞棫拔然而枝葉茂盛松柏之樹兌然而材幹易直言天之恩澤乃及其草木非徒養其民人而已既人物蒙養天又爲之興作周邦又爲之生明君以作其配是乃自大伯王季之時已則然矣既上本大伯王季因說王季之德維此王季有因親之心則復有善兄弟之友行言其有親親之心復廣及宗族也則以此友兄弟之行尤友善其兄大伯謂善爲周君稱其讓意是善大伯也由其稱兄之故則天厚與其善則。光錫之大位使其子文王王有天下此文王之有天下由王季受此福祿无所喪亡故至其子孫而大有天下之四方也鄭唯下四句爲異言王季尤善於大伯始厚明其大伯之功美始使之讓事顯著言其善於爲君福流後葉令大伯讓功偏得彰顯也以王季有此德之故故能受天福祿无復有喪亡之時至於子孫而覆有天下四方也○傳兌易直○正義曰易直者謂少節目滑易而調直亦言其茂盛也○箋省善○正義曰釋詁文○傳對配至王季○正義曰傳以言周世世脩德須論王季而已今并言大伯故解其意從大伯之見王季謂見其生聖子而讓之故王季得爲君而修德是以本之於大伯也王肅曰大伯見王季之生文王知其天命之必在王季故去而適吳大王沒而不返而後國傳於王季周道大興故本從大伯讓與王季是解見王季之意也釋詁云妃對也則對是相配之義故爲配也○箋作爲至王起○正義曰作爲釋言文興周國謂使之爲天子之邦生明君謂生文王也國當以君治之故言作配此事乃在大伯王季之時已則然矣實至文王乃興而云大伯時者由大伯讓於王季而文王得起是興國生君在大伯之時也○傳因親至光大○正義曰周禮六行其四曰姻注云姻親於外親是因得爲親也善兄弟曰友釋訓文福慶是善事故爲善光是明大故爲大王肅云王季能友稱大伯之讓意則天厚與之善錫文王之大位也○箋篤厚至其德○正義曰篤厚釋詁文又哉始也哉載義同故亦爲始友者善兄弟之名而言善於宗族者以下言則友其兄是友其親兄明上則友之文可以遠及宗族見王季孝友之心廣也言厚明其功美始使之顯著大伯以王季爲賢故讓之若王季不賢則讓功不顯由王季能稱大伯之心見大伯爲知人達命名傳後世由王季德然故言厚明其功美始使之顯著也如箋之言錫爲與義與之卽是使與之故云使也大伯以讓爲功美王季能厚明之使傳之後世共稱誦之此亦其王季之德故說王季之美言其能明大伯也論語稱大伯三以天下讓民无得而稱焉注云王讓之美皆蔽隱不著此言傳世稱之者孔子欲深賢大伯恨世人不知非是舉世皆不知也易傳者以上言大伯此言友兄下卽言此二句明還是其兄之事故易之○傳奄大○正義曰釋言云荒奄也孫炎曰荒大之奄是荒奄俱爲大義故云奄大也奄亦是覆蓋之義故箋以爲覆有天下○維此王季。帝度其心。貊其德音。其德克明。克明克類。克長克君。心能制義曰度貊靜也。箋。云德正應和曰貊照臨四方曰明類善也勤施无私曰類教誨不倦曰長賞慶刑威曰君○貉本作貊武伯反左傳作莫音同韓詩同云莫定也施始豉反○王此大邦。克順克比。慈和徧服。曰順擇善而從曰比箋云王君也王季稱王追王也○王如字徐于況反比必里反偏音遍○比于文王其德靡悔經緯天地曰文箋云靡无也王季之德比于文王无有所悔也必比于文王者德以聖人爲匹既受帝祉施于孫子箋云帝天也祉福也施猶易也延也○祉音恥

【疏】維此至孫子○毛以爲既言王季明大伯之功故又言王季之德言維此王季之身爲天帝所祐天帝開度其心令之有揆度之惠也又安靜其德教之善音施之於人則皆應和其德又能有監照之明又能有勤施无私之善又能教誨不倦有爲人師長之德又能賞善刑惡有爲人君上之度既有君人之德故爲君王於此周之大邦其施教令能使國人偏服而順之既爲國人順服則功德有成能擇人之善者從而比之言其德可以比上人也以此王季之德比於經緯天地文德之周王其德无爲人所悔恨者言文王之德不爲人恨而王季可以比之王季賢德之大能比聖人以此之故既受天之祉福延於後之子孫福及於後故文王得受之而起○鄭唯其德靡悔爲異言以王季之德比於文德之王其此王季之德人无有悔以爲不應比之者言王季可與聖人爲匹也餘同此章文次如此者以德皆天之所授先言帝度其心明以下皆蒙帝文也德由心起故先言心能度物心既能度然後能施爲政教故次貊其德音言其政教清靜也爲君所以施政教故先言政能清靜乃論身內之德故後言能明能善其明與善還是德音之事施之於人有照臨之明勤施之善耳心能施而无私可以爲人君長故次克長克君長即師也學記曰能爲師然後能爲長能爲長然後能爲君故先長後君也既言堪爲人君即說爲君之事故言王此大邦也既爲大邦之君能使國民順服故次克順也民順功成可以比方上人故次克比也可以比善即比之文王其德可比文王其澤流及子孫故言帝祉以結之帝祉即此授以九德令誕生聖人是也重言克明者疊之以足句猶下我陵我泉耳○傳心能至貊靜○正義曰此傳箋及下傳九言曰者皆昭二十八年左傳文彼引一章然後爲此九言以釋之故傳依用焉毛引不盡箋又取以足之此云維此王季彼言唯此文王者經涉亂離師有異讀後人因即存之不敢追改今王

肅注及韓詩亦作文王是異讀之驗心能制義者服虔云心能制事使得其宜言善揆度事也左傳樂記韓詩貊皆作莫釋詁云貊莫定也郭璞曰皆靜定也義俱為定聲又相近讀非一師故字異也定是靜義故云貊靜杜預云莫然清靜取此傳為說也○箋德正至曰君○正義曰德正郎德音政教是音聲號令也服虔云在己為德施行為音發號施令天下皆應和之言皆莫然而定无讙譁也照臨四方者服虔云豫見安危也類善釋詁文勤施无私者杜預云施而无私物得其所无失類也教誨不倦者服虔云教誨人以善不。解倦言善長人以道德也賞慶刑威者以賞慶人以刑威物杜預云作福作威君之道也○傳慈和至曰比○正義曰慈和徧服者服虔云上愛下曰慈和中和也為上而愛下行之以中和天下徧服從而順之擇善而從之者服虔云比方損益古今之宜而從之杜預曰比方善事使相從二說皆不得以解此何者彼唯說文王不言比方他人故服杜觀傳為說此以王季比文王當謂擇善而從以比方之也○箋王君至追王○正義曰王君釋詁文王字多矣獨解此者以王季未得稱王其實君其國耳故辨之云王季稱王追王以其追號為王故作者以王言之○傳經緯天地曰文○正義曰服虔云德能經緯順從天地之道故曰文杜預云經緯相錯故織成文文然則言德能順從天地如織者錯經緯以成文故謂之文也左傳說此九事乃云九德不愆作事無悔言其動合衆心不為人所恨公劉傳曰民無長歎猶文王之無悔也則毛取左傳之意謂文王之德不為人恨不得與鄭同也○箋王季至為四○正義曰箋以上陳王季之德而以此於文王郎云其德靡悔明是王季之德堪比文王若以比之時人無所悔者必比王季於文王者美王季言其德以聖人為四也○

帝謂文王無然畔援無然歆羨誕先登于岸

無是畔道无是援取无是貪羨岸高位也箋云畔援猶。拔扈也誕大登成岸訟也天語文王曰女无如是拔扈者妄出兵也无如是貪羨者侵人土地也欲廣大德美者當先平獄訟正曲直也○援音袁又于願反鄭胡喚反韓詩云畔援武強也歆許金反羨錢面反誕但旦反拔蒲末反下同字或作跋扈音戶

密人不恭敢

距大邦侵阮徂共國有密須氏侵阮遂往侵共箋云阮也徂也共也三國犯周而文王伐之密須之人乃敢距其義兵違正道是不直也○阮魚宛反共音恭注同毛云徂國名往也共國名鄭云徂共皆國名王赫斯怒爰整其旅以按徂旅以篤于周祜以對于天下旅師按止也旅地名也對遂也箋云赫怒意斯盡也五百人爲旅對答也文王赫然與其羣臣盡怒曰整其軍旅而出以却止徂國之兵衆以厚周當王之福以答天下鄉周之望○赫虎格反斯毛如字此也鄭音賜按安旦反本又作遏安葛反此二字俱訓止也祜音戶鄉本又作嚮許亮反下同○疏帝謂至天下○毛以爲既言文王受福流及子孫故自此以下復說文王之事言天帝告謂文王无是叛道而援取人之國邑无是貪求以羨樂人之土地以是之故能大先天下升於高位因此遂說文王之不妄貪求有密國之人乃不恭其職敢拒逆我大國乃侵我周之阮地遂復往侵於共邑抗拒大國國侵其邑境是不恭也密人既不恭如此故文王與其羣臣赫然而盡怒於是整齊其師旅以止此密人往旅地之寇密人侵共復往侵旅故興兵以止其寇也所以必伐密者以厚於周之祜福以遂於天下之心天意福周使與而密人侵之故伐密者所以厚周福也民心皆欲伐密而文王從之是整旅所以遂天人下心也言文王上應天意下順民心非爲貪羨妄伐密也○鄭以爲天告語文王曰汝无如是拔扈者妄出兵以征伐汝无如是歆羨者苟貪人之土地汝既不可爲此欲廣大汝之德美者當先平於所欲征者之獄訟獄訟者知彼曲汝直然後伐之文王以此不敢妄出征伐而密須之人乃不恭其職敢拒我大國之徵發其所徵者是侵阮徂共三國之義兵也文王欲侵此三國徵兵於密密人拒而不從是故文王於是赫然與其羣臣怒曰當整其軍旅而出以却止徂國之師旅以此厚於我周家當王之福以此而應答天下嚮周之望因密人不恭怒而出兵先往伐徂尋亦伐密○傳無是至高位○正義曰一无然之文而傳分爲二无是者以叛是違道援是引取義異故分之爲二鬼神食氣謂之歆故注讀歆爲貪下論征伐則援取貪羨是國邑土地之事也釋丘云重厓曰岸

岸是高地故以喻高位○箋叛援至曲直○正義曰以下用兵征伐此則爲下發端當用兵之事不得爲文王之升位也故言叛援猶拔扈拔扈凶橫自恣之貌漢質帝謂梁冀爲拔扈將軍是古今之通語也誕大登成釋詁文小宛云宜岸宜獄相對是岸爲訟也拔扈是凌人之狀故以妄出兵言之歆羨貪欲之言故以侵土地言之凡征伐者當度己之德慮彼之罪觀彼之曲直猶人爭財賄之獄訟君子不伐有辭故欲廣大其德美者當先平獄訟正曲直知彼實曲然後伐之宣十二年左傳曰師直爲壯曲爲老是師行伐人必正曲直也王肅孫毓皆以帝謂文王者詩人言天謂文王有此德非天教語文王以此事也若天爲此辭誰所傳道然則鄭必以爲天語文王者以下云帝謂文王予懷明德是天之自我也帝謂文王詢爾仇方是教人詢謀也爾我對談之辭故知是天之告語若爲天意謂然則文不類也以文王舉必順天故作者致天之意言天謂文王耳豈須有人傳言之哉若是天謂文王有此德復誰告詩人以天意而得知之也帝謂文王必責誰所傳道則上云監觀四方乃眷西顧豈復有人見其舉目迴首之時毛無別解明與鄭同○傳國有至侵共○正義曰以經直云密人故辨之云國有密須氏定四年左傳曰密須之鼓是也○毛以徂爲往故云侵阮遂往侵共以阮共爲周地爲密須所侵故王肅云密須氏姞姓之國也乃不恭其職敢與兵相逆大國侵周地○箋阮也至不直○正義曰箋以上言四國於此宜爲國名下云徂旅則是徂國師衆故以阮徂共三者皆爲國名與密須而四也四國從紂謀度則並非文王之黨而言侵阮徂共不是彼自相侵明爲犯周而文王侵之也拒大邦之下即言侵阮徂共則侵阮徂共即是密須拒周之狀故知文王侵此三國徵兵於密密人拒其義兵也密須紂黨所以文王得徵兵者杜預云密須今安定密縣則在文其統內書傳云文王受命三年伐密須則阮徂共又在伐密之前四年伐混夷仍以天子之命命將率則文王伐此三國之時叛殷之形未著密須在其統內故得徵兵也密須之君雖不違天命亦是民之先覺者也疑周將叛殷故拒其徵發皇甫謐云文王問太公吾用兵孰可太公曰密須氏疑於我我可先伐之管叔曰不可其君天下之明君伐

之不義太公曰臣聞先王之伐也伐逆不伐順伐險不伐易文王曰善遂侵阮徂共而伐密須密須之人自縛其君而歸文王謚雖採摭舊文傅會爲說要言疑於伐者未爲顯叛文王得徵兵而不從叛始彰耳三國犯周而文王伐之是義兵也密須敢拒義兵違其正道是不直也上言天使文王先平曲直密須不直故文王伐三國而亦伐密須也王肅云無阮徂共三國孔晁云周有阮徂共三國見於何書孫毓云案書傳文王七年五伐有伐密須犬夷黎邘崇未聞有阮徂共三國助紂犯周文王伐之之事皆以爲無此三國故訓徂爲往鄭必以爲皆國名者正以下言徂旅徂有師旅明徂是國故知三國與密須充上四國之文事在此詩卽成文也於時書史散亡安可更責所見張融云晁豈能具數此時諸侯而責徂共非國也魯詩之義以阮徂共皆爲國名是則出於舊說非鄭之創造書傳七年年說一事故其言不及阮徂共耳書傳亦無獯狁采薇稱獯狁之難復文王不伐之乎鄭之所言非無深趣皇甫謐勤於考校亦據而用之〇傳旅師至對遂〇正義曰釋詁云旅師俱爲衆也對則爲少多之異散則可以相通故云旅師嫌其止出一旅之人故明之也按止釋詁文彼作按定本及集注俱作按於義是也旅地名則毛意以旅爲周地而言徂者上言侵阮遂往侵共蓋自共復往侵旅以文上不見故於此言之言整師以止密人之往旅地則亦止其往阮共互相見也對遂釋言文王肅云密人之來侵也侵阮遂往侵共遂往侵旅故王赫斯怒於是整其師以止徂旅之寇侵阮徂共文次不便不得復說旅故於此而見焉上曰徂共此曰徂旅又爲周王之所禦其密人亦可知也省煩之義詩人之微意也傳意或然〇箋赫怒至之望〇正義曰斯盡釋言文以單出稱師爲通名今指言旅則唯用一旅之人故云五百人爲旅下箋云小出兵明以德不以衆是鄭意出一旅之人也以對爲答者以天下心皆嚮己舉兵所以答之謂答天下嚮周之望於理爲切故不從遂也

依其在京侵自阮疆陟我高岡無矢我陵我陵我阿無飲我泉我泉我池京大阜也矢陳也箋云京周地名陟登也矢猶當也大陵曰阿文王但發其依居京地之衆以往侵

阮國之疆登其山脊而望阮之兵兵無敢當其陵及阿者又無敢飲食於其泉及池水者小出兵而令驚怖如此此以德攻不以衆也陵泉重言者美之也每言我者據後得而有之而言○疆居良反注同脊井亦反令力成反重直用反

度其鮮原居岐之陽在渭之將萬邦之方下民之王

小山別大山曰鮮將側也方則也箋云度謀鮮善也方猶鄉也文王見侵阮而兵不見敵知己德盛而威行可以遷居定天下之心乃始謀居善原廣平之地亦在岐山之南居渭水之側爲萬國之所鄉作下民之君後竟徙都於豐○鮮息淺反又音仙別彼列反

疏 依其至之王○毛以爲上既言與師伐密遂天下之心此又本密人不義來侵周人怒無之意言密人之來也依止其在我周之京丘大阜之傍其侵自阮地之疆爲始乃升我阮地之高岡周人見其如此莫不怒之曰汝密須之人無得陳兵於我周地之陵此乃我文王之陵我文王之阿無得飲食我周地之泉此乃我文王之泉我文王之池言皆非汝之有不得犯之民疾密須如是故文王遂往伐之征密既勝文王於是謀度其鮮山之傍平泉之地此地居岐山之南在渭水之側背山跨水營建國都乃爲萬邦之所法則下民之所歸往言其怒以天下爲心其伐與百姓同欲別起都邑爲萬民之王○鄭以爲上言怒而出兵此言征伐之事言文王之所徵發不用多兵但取依居其在京地之衆爲一旅之人以此而往侵自阮國之疆爲始既至阮國乃登我所伐得者阮國之高岡以望之阮國之兵衆纔始望之未嘗交戰而此國之兵莫不驚走無敢當我陵無敢當我阿者無敢飲我泉無敢飲我池者因此而往伐徂共密須皆克之矣既兵不見敵者知己德盛威行可以遷徙都邑安定民心乃始謀居於其善原廣平之地居岐山之南在渭水之側爲萬國之所鄉作下民之君王○傳京大阜矣陳○正義曰以密人依之而侵周故爲大阜也釋地云大陸曰阜大阜曰陵李巡曰土地獨高大名阜阜最大爲陵然則大阜爲陵不爲京矣言京大阜者釋丘曰絕高爲之京李巡曰丘高大者爲京然則京亦土之高者與大阜同密人之來則云依京周人怒之則云我陵明京陵一物故以大阜言之也矢陳釋詁文王肅云密

人乃依阻其京陵來侵自文王阮邑之疆密人升我高岡周人皆怒曰汝无陳於我陵是乃我文王之陵阿也泉池非汝之有勿敢飲食之○箋京周至而言○正義曰以言依其在京郎云侵自阮疆明以依京之人侵阮故知京周地名陟登釋詁文矢實陳義欲言威武之威敵不敢當以其當侵而陳故言矢猶當也大陵曰阿釋地文周地廣矣獨言依京故知文王但發其依居京地之衆箋以京爲周地小別名則京是周之所都之邑以其兵少故唯發近民也上言徵兵於密須乃似盡國不足今言少發而足所以前徵兵者蓋以密人疑之故徵兵以營之非爲密須兵也始侵其境而郎登岡故知是望其兵衆始見登高而望郎不敢當陵飲泉而驚散走也文王之所伐者混夷歷年始服崇則再駕乃降於此獨得易者敵有強弱故難易不同○傳小山至方則○正義曰釋山云小山別大山鮮孫炎曰別不相連也滑是水也居必在傍故以將爲側論語云且知方也謂知禮法此則亦法也故以方爲則也○箋度謀至於豐○正義曰度謀鮮善皆釋詁文以其已繫岐陽不應復言餘山故以鮮爲善也諸言方者皆謂居在他所人嚮望之故云方猶嚮也必知己德盛威行乃遷居者以威若不行則民情未樂遠方不奏則隨宜而可令威德既行歸從益衆非處廣平之地无以容待四方故知民既復從乃遷居要所也大王初遷已在岐山故言亦在岐山之陽是去舊都不遠也周書稱文王在程作程寤程典皇甫謐云文王徙宅於程蓋謂此也箋嫌此郎是豐故云後竟徙都於豐知此非豐者以此居岐之陽豐則岐之東南三百里耳

帝謂文王予懷明德不大聲以色不長夏以革不識不知順帝之則懷歸也不大聲見於色革更也不以長大有所更箋云夏諸夏也天之言云我歸人君有光明之德而不虛廣言語以外作容貌不長諸夏以變更王法者其爲人不識古不知今順天之法而行之者此言天之道尚誠實貴性自然○見賢遍反○

帝謂文王詢爾仇方同爾兄弟以爾鉤援與爾臨衝以伐崇墉仇匹也鉤鉤梯也所以鉤引上城者臨臨車也衝衝車也墉城也箋云詢謀也怨耦

曰仇仇方謂旁國諸侯為暴亂大惡者女當謀征討之以和協女兄弟之國率與之往親親則。方志齊心。一也當此之時崇侯虎倡紂為无道罪尤大也○詢音荀鉤古候反又古侯反援音爰臨如字韓詩作隆衝昌容反說文作幢幢陣車也墉音容梯他兮反○

【疏】帝謂至崇墉○毛以為天帝告語此文王曰我當歸於明德以文王有明德故天歸之因說文王明德之事不大其音聲以見於顏色而加人不以年長大以有變革於幼時言其天性自然少長若一不待問而自識不由學而自知其所動作常順天之法則以此故天歸之而使伐崇天帝告語此文王曰其伐崇也當詢謀於女匹己之臣以問其伐人之方和同汝之兄弟君臣既合親戚和同乃以汝鉤援之梯與汝臨衝之車以往伐彼崇城言天意歸就文王故文王於是伐崇也○鄭以為天帝告語文王曰我之所歸歸於人君而有光明之德而不虛廣其言語之音聲以外作容貌之色又不自以長諸夏之國以變更於王法其為人不記識古事不學知今事常順天之法而行之如此者我當歸之言文王德實能然為天所歸崇侯反於此道天使文王伐之天帝告語文王曰當詢謀汝怨。偶之傍國觀其為暴亂大惡者而征討之其征之也當和同汝兄弟之國相率與之而往餘同○傳不大至所更○正義曰此傳質略孫毓云不大聲色以加人。○毛以言不以長大有所更則以夏為大王肅云非以幼弱未定長大有所改更言幼而有天性長幼一行也○箋夏諸至自然○正義曰箋以大為音聲以作色忿人長大淫恣而改其本性此則中人以上皆免之矣不足以美文王下言伐崇討崇之反道則此經當陳人君之正道不得以夏為大故以夏為諸夏虛廣言語以外作容貌謂色取。人而行違虛名而不實也不長諸夏以變更王法者謂為諸侯之長自以身居尊位无所畏憚變亂正法也崇侯與文王俱為紂之上公是長諸侯也詩。意言。又无此行則崇侯有之矣故天命文王使伐。人。之道貴其識古知今此不識古不知今為美者言其意在篤誠動順天法不待知今識古比校乃行耳不謂人不須知古今也言天之道尚誠實貴性自然者明此經所陳皆是誠實自然之事也變更王法者若號石父導王為非崇侯虎倡紂為无道變亂典刑者也而孫毓以創業改制爲難非其難也○傳仇匹至墉城○正義曰仇匹釋詁文鉤援一物正謂梯也以梯倚城相鉤引而上援卽引也。箋云鉤鉤梯所以鉤引上城者墨子稱公輸般作雲梯以攻宋盖此之謂也臨者在上臨下之名衝者從傍衝突之稱故知二車不同兵書有作臨車衝車之法墨子有備衝之篇知臨衝俱是車也說文云城所以盛民也墉城垣也彼細辨其名耳散則墉亦城也○箋怨偶至尤大○正義曰怨偶曰仇左傳云方者居一方之辭故爲傍國之諸侯以當伐之故皆爲暴亂大惡者紂黨多矣所以獨伐崇者當此之時崇侯虎導紂爲無道之事其罪惡尤大故伐之倡紂爲無道我應文注云倡導也

臨衝閑閑崇墉言言執訊連連攸馘安安是類是禡是致是附四方以無侮閑閑動搖也言言高大也連連徐也攸所也馘獲也不服者殺而獻其左耳曰馘於內曰類於。野曰禡致致其社稷羣。臣附附其先祖爲之立後尊其尊。而親其親箋云言言猶孼孼將壞貌訊言也執所生得者而言問之及獻所馘皆徐徐以禮爲之不尙促速也類也禡也師祭也無侮者文王伐崇而無復敢侮慢周者○訊音信字又作訙又作誶並同馘古獲反字又作聝字林截耳則作耳傍獻首則作首傍類如字本或依說文作禷禡馬嫁反搖如字一音羊照反羣神本或作羣臣孼魚列反又五葛反

臨衝茀茀崇墉仡仡是伐是肆是絶是忽四方以無拂茀茀彊盛也仡仡猶言言也肆疾也忽滅也箋云伐謂擊刺之肆犯突也春秋傳曰使勇而無剛者肆之拂猶佹也言無復佹戾文王者○茀音弗仡魚乙反韓詩云搖也說文作忔肆音四拂符弗反王違也刺七亦反佹九委反戾也復扶又反

【疏】臨衝至無拂○毛以爲文王之伐崇也兵至則服無所用武其臨衝之車閑閑然動搖而已不用之以攻敵崇城言言然高大如無所毀壞既伐崇服之則執其可言問者連連然舒徐盡其情而不逼迫也所以當馘左耳者安安然不暴疾也文王之於此行非直弔民伐罪又能敬事明神初出兵之時於是爲類祭至所征之地於是爲禡祭既克崇國於是運致其社稷羣神而來更存祭之於是依

附其先祖宗廟於國爲之立後文王伐得其罪行得其法四方服其德畏其威是以無敢侮慢文王者也深美其伐重詳其事言文王臨車衝車茀茀然彊盛崇城仡仡然高大於是用師伐之於是合兵疾往於是殄絕之於是討滅之文王德足撫民威足除惡四方服德畏威無敢違拂文王之志者此天所以用文武伐殷也○鄭唯以臨衝攻城言仡仡爲將壞之貌伐爲擊刺肆爲犯突爲異餘同○傳閑閑至其親○正義曰以閑閑是臨衝之狀車皆駕之而往故爲動搖言言是城之狀故爲高大傳唯云言言高大不說其高大之意王肅云高大言其無所壞傳意或然若城無所壞則是不戰而得有訊馘者美文王以德服崇不至於破國壞城耳於時非無拒者故得有訊馘馘獲釋詁文攸所釋言文玉藻云聽嚮任左。故不服者殺而獻其左耳。耳曰馘罪其不釋聽命服罪故取其耳以計功也釋天云是類是禡師祭也王制云天子將出類乎上帝禡於所征之地言類乎上帝則類祭祭天也祭天而謂之類者尙書夏侯歐陽說以事類祭之在南方就南郊祭之春官肆師注云類禮依郊祀而爲之是用尙書說爲義也禡之所祭其神不明肆師注云禡師祭也祭造軍法者其神蓋蚩尤或曰黃帝是鄭以無明文故疑之而爲二說也如鄭所說類祭在郊此傳言於內曰類者以禡於所征之地則是國境之外類之雖在郊猶是境內以二祭對文故云於內曰類於外曰禡謂境之外內非城內也致附承類禡之下則亦是敬神之事故知致者致其社稷羣神附者附其先祖爲之立後社稷是崇國之所尊先祖是崇國之所親今使神有所享不絕其祀是文王爲之尊其尊而親其親也致者運轉之辭附者依倚之義以社稷於人無親故以致言之先祖則依其子孫故以附言之崇侯有罪當滅其國所以復得致其羣。臣爲之立後者蓋以崇侯虎身有罪耳其先祖嘗有大功不當絕祀擇其親賢更爲立後使得奉其宗廟存其社稷也言致則文王致之自近非復舊國當小於舊耳○箋言言至周者○正義曰箋以詩美文王以德服崇若臨衝本所不用則不應言之今詩言衝則是用以攻城故知言言仡仡皆是將壞之貌碩人言庶姜孽孽。是擧。我之容故猶孽孽也徐徐以禮爲之不尙促速明有餘力不急急爲之也傳十九年左傳曰文王聞崇亂而伐之軍三旬不降退修教而復伐之因壘而降則似兵合不戰此云壞城執訊者凡所褒美多過其實此言訊馘必當戰矣蓋知戰不敵然後乃降彼左傳子魚欲勸宋公脩德故隱其戰事而言其降耳傳不言類禡是祭故辨之云師祭名也崇是大敵伐即克之故無復敢侮慢周者竟文王之世不復伐國是由無侮故也○傳茀茀至忽滅○正義曰此茀茀亦宜猶上閑閑而云彊盛者以茀茀閑閑文不相類則上言車之動此言車之形故不同也肆與大明肆伐大商文同故以肆爲疾既爲疾伐亦不得與鄭同也王肅云至疾乃威有罪則肅意謂伐之疾傳亦或然忽滅者言忽然而滅非訓忽爲滅也○箋伐謂至文王者○正義曰以是伐之文在崇墉之下故伐謂擊之刺之牧誓曰不愆于四伐五伐乃止齊焉是謂擊刺爲伐也肆謂犯突言犯師而衝突之故引春秋傳爲證也案左傳隱九年云使勇而無剛者嘗寇而速去之文十二年左傳云若使輕者肆焉其可其言皆不與此同鄭以輕者與勇而無剛義同故引之而遂謬也

皇矣八章章十二句

附釋音毛詩注疏卷第十六(十六之四)

阮元撰盧宣旬摘錄

○皇矣

皇矣美周也天監代殷莫若周周世世脩德莫若文王 唐石經小字本相臺本同案此釋文本也釋文云皇矣一本無矣字莫若周絕句又云一讀莫若周世絕句周世脩德爲一句一本無下一世字義並通崔集注莫若周也世世脩德正義云定本皇下無矣字莫若周又無於字是正義本較多一於字

維有文王盛爾 小字本相臺本同閩本明監本毛本亦同案爾當作耳正義標起止云至盛耳是其證上維有周爾當亦同考文古本皆作耳采正義

殷紂之暴亂 閩本明監本毛本同小字本相臺本殷上有以字考文古本同案有者是也

其政不獲 小字本相臺本同唐石經政作正案釋文云其政如字政政教也鄭作正正長也正義云其政不得於民心是其本亦作政考此箋云正長也乃以政爲正之假借直於訓釋中改其字以顯之而不言讀爲也例詳前唐石經依改經文未是經義雜記云唐石經原刻作正依鄭本也後改爲政依肅本也今考石經但小損耳未嘗改爲政又於此經之傳多所刪改皆非也此傳本全與鄭異義非由王肅之難其度居也則已見緜傳矣乃云毛公無此訓亦知者之一失

二國殷夏也 小字本相臺本同閩本明監本毛本亦同案釋文以謂夏作音是其本當作謂夏殷也正義云故以二國爲殷紂夏桀也不與

釋文本同

耆老也廓大也閩本明監本毛本同小字本相臺本老作惡考文古本同案惡字是也釋文正義皆可證涉箋文而譌耳

明所從者非法四國閩本明監本毛本同案法當作徒形近之譌

其秦亡家語引此詩閩本明監本同毛本秦作泰案皆誤也當作其奏云謂王肅奏也正義凡四引此及賓之初筵生民卷阿是也經義雜記云此三字當作衍文者失考耳

也說文王之伐四國閩本明監本毛本同案浦鏜云也當此字之誤屬下讀是也

檉河柳也小字本相臺本閩本明監本毛本皆下有椐樻也十行本無按此脫耳

以扶老補釋文校勘通志堂本同盧本以作似云舊譌以案似字是也扶老木名可以為杖亦竹名似扶老謂似扶老之木也樻與扶老木又有不同處故言似陸機疏正作似扶老

串夷載路唐石經小字本相臺本同案此釋文本也釋文云串夷古患反毛云習也鄭云串夷混夷也一本作患或云鄭音患正義云毛讀患為串又云鄭以詩本為患故不從毛采薇序曰西有混夷之患是患夷者患中國之夷故患夷則混夷也是正義本經作患字與釋文所云一本者正同也

路應也小字本相臺本同案此正義本也釋文云路瘠在昔反詩本皆作瘠孫毓評作應後之解者僉以瘠為誤正義云路瘠之為應更無正訓鄭以義言之耳又云本或誤作瘠孫毓載箋為應是本作應也定本亦作應今考路露古同字如露寢為路寢華露為華路之類孟子是率天下而路也音

義云丁張並云路與露同凡物之瘠者多露見故箋云路瘠也謂告削混夷使之瘠也下箋文王則侵伐混夷以應之云應者摠說串夷載路之應乎帝遷明德也非以應專釋路字孫毓乃涉之而誤後之解者反僉以瘠爲誤失之矣

天立厥配 唐石經小字本相臺本同案傳云配媲也正義云妃字音亦爲配釋詁云妃媲也某氏曰詩云天立厥妃是毛讀配如妃故爲媲也是爲妻之配夫意與鄭合考正義之說是也箋云又爲之生賢妃謂大姒也此申毛以配是妃之假借字直於訓釋中改其字以顯之也釋文云厥配本亦作妃音同注同其亦作本非也乃依箋字改經耳某氏爾雅注當即所謂以破引之如引其㜸孔有之比段玉裁云古多用妃少用配妃是正字配是假借字也配者酒色也今人云配合周秦人云妃合嘉耦曰妃非專謂男女也經文本作妃毛以配合解之鄭以后妃解之改妃爲配自是後人所爲○按段說是毛用釋詁妃媲也非讀配爲妃也

栵而檉河柳 閩本明監本毛本同案山井鼎云而恐栭誤是也

一名兩師 閩本明監本毛本同案浦鏜云兩誤雨是也

則光錫之大位 閩本明監本毛本光作兄案皆誤也當作天

維此王季 唐石經小字本相臺本同案正義引昭廿八年左傳而云此云維此王季彼云維此文王者經涉亂離師有異讀後人因即存之不敢追改今王肅注及韓詩亦作文王是異讀之驗又左傳正義同段玉裁云樂記注云言文王之德皆能如此所見詩亦是維此文王然禮注言文王詩箋言王季說自不同詳詩經小學考毛氏詩自是王季王肅申毛作文王者非經義雜記辨之是矣○按鄭注禮記多用韓詩不用毛詩左傳作文王與韓詩合是可以

謂三家詩之皆有所受之也

貊靜也箋云 小字本相臺本同案正義云此傳箋及下傳九言曰者皆昭廿八年左傳文彼引一章然後爲此九言以釋之故傳依用焉毛引不盡箋又取以足之段玉裁云此章詁訓本左氏係箋自舛誤今正衍箋云二字

慈和徧服曰順 小字本相臺本同案釋文以偏復作音是其本服作復以左傳考之復字非也

教誨人以善不解倦 閩本明監本毛本解誤懈案此依服注文而引之也正義自爲文用懈字

畔援猶拔扈也 小字本同相臺本拔作跋閩本明監本毛本同下及正義中字同案釋文云拔字或作跋考拔跋古字通用但釋文不云本或作跋則此箋自用拔字十行本正義中皆作拔是也閩本以下乃誤改耳

按止也 小字本相臺本同案正義云按止釋詁文彼作按定本及集注俱作按於義是也如其所言非爲異本當有誤也今無可考意必求之或正義本字作按釋文云以按本又作遏知正義本必不作遏者以釋詁按遏兩有若作遏卽不得云彼作按也

毛以爲旣言文王受福也 閩本明監本毛本同案浦鏜云文王當王季誤是

箋叛援至曲直 閩本明監本毛本叛作畔案所改是也此標起止仍不易字下故言叛援猶拔扈所改非也

是也○毛以徂爲往 閩本明監本毛本同案浦鏜云衍○是也

敢與兵相逆大國 閩本明監本毛本同案浦鏜云相當拒字誤是也

要言疑於伐者　閩本明監本毛本同案浦鏜云我誤伐是也上文可證

有伐密須犬夷黎邗崇　明監本毛本邗誤邦閩本不誤○按作邦作邗皆誤當作邘从邑于聲音況于切今本尙書大傳此字亦誤作邗

爲萬國之所鄉　小字本相臺本同閩本明監本毛本鄉誤嚮案嚮乃正義所易之今字釋文鄉周下云本又作嚮下同當非正義本也考文古本悉改作嚮未是

非爲密須兵也　閩本明監本毛本同案密須當作須密此須者用也非密須之須不知者誤倒之

而驚散走也　閩本明監本毛本同案浦鏜云驚下當脫怖字是也

遠方不奏　閩本明監本同毛本奏作湊案所改是也

我歸人君有光明之德　小字本相臺本同考文古本同閩本明監本毛本歸作謂案我歸者予懷也謂字誤

同爾兄弟　唐石經小字本相臺本同案六書音均表云後漢書伏湛傳作同爾弟兄入韻顧炎武說同考正義云和同汝之兄弟又云當和同汝兄弟之國是其本作兄弟或毛氏詩與伏湛傳所引自不同也

親親則方志齊心一也　毛本同閩本明監本方誤萬小字本相臺本方作多一作壹考文古本同案多字壹字是也

當詢謀汝怨偶之傍國　閩本明監本毛本同案偶當作耦下同

以加人〇閩本明監本毛本同案浦鏜云〇衍是也

謂色取人而行違閩本明監本毛本人作仁案所改非也正義引論語自如此〇按舊校非馬融注可按

詩意言又無此行明監本毛本又作文王二字閩本剜入案所補是也意字當衍

故天命文王使伐人之道貴其識古知今閩本明監本毛本人之二字互易案所改是也

箋云鉤鉤梯閩本明監本毛本同案箋當作故

執訊連連唐石經小字本相臺本同案詩經小學云釋文字又作誶者誤爾雅訊言也說文訊問也正月出車傳采芑及此箋以言辭問訓訊字與誶訓告義別

於野曰禂小字本相臺本同案正義云故云於內曰類於外曰禂謂境之外內內非城內也此正義專釋傳內字耳於外曰禂當仍是於野曰禂考文古本采之以改傳作外非也

致致其社稷羣臣小字本相臺本臣作神閩本明監本毛本同案釋文云本或作羣臣正義本是神字作臣者非也羣神多誤作羣臣如魯語鄭大宗伯注皆然

尊其尊而親其親相臺本同閩本明監本毛本同小字本無而字案有者是也

說文作忔補通志堂本同盧本忔作圪云舊譌忔今改正釋文校勘云案圪字所改未是也圪是隸省字見九經字樣土部陸但如此作小字

本所附作扢扢忔皆形近之譌

此天所以用文武代殷也閩本明監本毛本同案武當作王此詩無武王也

故不服者殺而獻其左耳耳曰馘閩本明監本毛本不重耳字案所改是也故下當補云字

所以復得致其羣臣閩本明監本毛本臣作神案所改是也

碩人言庶姜孼孼是舉我之容閩本明監本毛本同案是上當有缺文因孼孼字有複出者而脫去也舉我當爲壞城之誤

毛詩大雅　　鄭氏箋　　孔穎達疏

靈臺民始附也文王受命而民樂其有靈德以及鳥獸昆蟲焉民者冥也其見仁道遲故於是乃附也天子有靈臺者所以觀祲象察氣之妖祥也文王受命而作邑于豐立靈臺春秋傳曰公既視朔遂登觀臺以望而書雲物爲備故也○靈臺杜預注左傳云靈臺在始平鄠縣今屬京兆府所管昆古門反鄭注禮記云明也蟲直弓反本或作虫非冥亡丁反冥冥無知貌字林云幽也又亡定反祲子鴆反陰陽氣相侵漸成祥觀古亂反下觀臺節觀同

疏 靈臺五章章四句至昆蟲焉○正義曰作靈臺詩者言民始附也文王受天之所命而民樂。有。其神靈之德以及鳥獸昆蟲焉以文王德及昆蟲民歸附之故作此詩以歌其事也經說作臺序言始附則是作臺之時民始附也文王嗣爲西伯三分天下而有其二則爲民所從事應久矣而於作臺之時始言民附者三分有二諸侯之君從文王耳其民從君而來其心未見靈德至於作臺之日民心始知故言始附謂心附之也往前則貌附之耳此言作臺而民始附則其附在受命六年而序追言受命者以民心之附事亦有漸初受命已附至作臺而齊心故繫之受命見附之所由也言民始附首章及二章上二句是也樂其有靈德以及鳥獸昆蟲者二章下二句及三章是也臺囿沼皆言靈是明文王有靈德之義麀鹿獸也白鳥鳥也昆蟲者王制注云昆明也明蟲者得陽而生得陰而藏陰陽之卽寒溫也故祭統注云昆蟲溫生寒死之蟲然則諸蟄蟲皆是也此經無昆蟲之事而三章言魚魚亦蟲之別名舉潛物以見陸產故言昆蟲以總之經先言獸序先言鳥者作囿主以養獸故先言之序則從其言便故不同也四章卒章言政教得所合樂詳之亦是靈德之事故序略之也○箋民者至備故○正義曰民者冥也孝經援神契文以其冥冥無知其見仁道遲故於是始附解其晚附之意也又解臺之所用天子有靈臺所以觀天祲象察氣之妖祥故也四方而高曰臺以天象在上須登臺望之故作臺以觀天也春官臺祲掌十煇之法以觀妖祥辨吉凶一曰祲二曰象三曰鑴四曰監五曰闇六曰瞢七曰彌八曰敘九曰隮十曰想注云妖祥善惡之徵鄭司農云煇謂日光氣也祲陰陽氣相侵也象者如赤烏也闇日月食也瞢謂日月瞢瞢無光也敘者雲有次敘如山在日上也玄謂鑴讀曰日旁氣刺日也監冠珥也彌氣貫日也隮虹也想雜氣有似可形想也此十者皆舉天之異氣視祲之官當在靈臺之上視之故箋取以爲說十煇而唯言祲象者舉其初二事餘從可知也馮相氏保章氏亦云觀天下之妖祥則在臺觀之獨引視祲之事者以視祲爲官名則是仰觀之主故特取之其實馮相保章之所觀者亦在靈臺也又解文王作臺之處故言文王受命而作邑於豐立靈臺明此靈臺在豐邑之都也含神務曰作邑於豐起靈臺易乾鑿度亦云伐崇作靈臺是靈臺在豐邑之都文也所引春秋傳曰者僖五年左傳文引之證臺是觀氣所用彼云以望而書禮也凡分至啟閉必書雲物爲備故此略引之故與彼小異此靈臺所處在國之西郊諸儒以無正文故其說多異義公羊說天子三諸侯二天子有靈臺以觀天文有時臺以觀四時施化有囿臺觀鳥獸魚鼈諸侯當有時臺囿臺諸侯卑不得觀天文無靈臺皆在國之東南二十五里東南少陽用事萬物著見用二十五里者吉行五十里朝行暮反也韓詩說辟廱者天子之學圓如璧壅之以水示圓言辟取辟有德不言辟水言辟水言辟廱者取其廱和也所以教天下春射秋饗尊事三老五更在南方七里之內立明堂於中五經之文所藏處蓋以茅草取其絜清也左氏說天子靈臺在太廟之中壅之靈沼謂之辟廱諸侯有觀臺亦在廟中皆以望嘉祥也毛詩說靈臺不足以監視靈者精也神之精明稱靈故稱臺曰靈臺稱囿曰靈囿稱沼曰靈沼謹案公羊傳左氏說皆無明文說各有以無以正之玄之聞也禮記王制天子命之教然後爲學小學在公宮之左大學在郊天子曰辟廱諸侯曰泮宮天子將出征受命於祖受成於學出征執有罪反釋奠於學以訊馘告然則太學卽辟廱也詩頌泮水云既作泮宮淮夷攸服矯矯虎臣在泮獻馘淑問

如臯陶在泮獻囚此復與辟廱同義之證也大雅靈臺一篇之詩有靈臺有靈囿有靈沼有辟廱其如是也則辟廱及三靈皆同處在郊矣囿也沼也同言靈於臺下爲囿爲沼可知小學在公宮之左大學在西郊王者相變之宜衆家之說各不昭晳雖然於郊差近之耳在廟則遠矣王制與詩其言察察亦足以明之矣如鄭此說靈臺與辟廱同處辟廱卽天子大學也王制言大學在郊乃是殷制其周制則太學在國太學雖在國而辟廱仍在郊何則囿沼魚鳥所萃終不可在國中也辟廱與太學爲一所以得太學移而辟廱不移者以辟廱是學之名耳王制以殷之辟廱與太學爲一故因而說之不必常以太學爲辟廱小學亦可矣周立三代之學虞庠在國之西郊則周以虞庠爲辟廱矣若然魯是周之諸侯於郊不當有學泮宮亦應在國而禮器注云頖宮郊之學也詩所謂泮宮也字或爲郊宮不在國者以其詩言魯侯戾止是行往適之故知在郊蓋魯以周公之故尊之使用殷禮故學在其郊也鄭以靈臺辟廱在西郊則與明堂宗廟皆異處矣案大戴禮盛德篇云明堂者所以明諸侯尊卑也外水名曰辟廱政穆篇云大學明堂之東序也如此文則辟廱明堂同處矣故諸儒多用之盧植禮記注云明堂卽太廟也天子太廟上可以望氣故謂之靈臺中可以序昭穆故謂之太廟圓之以水似辟故謂之辟廱古法皆同一處近世殊異分爲三耳蔡邕月令論云取其宗廟之清貌則曰清廟取其正室之貌則曰太廟取其堂則曰明堂取其四門之學則曰太學取其周水圜如璧則曰辟廱異名而同耳其實一也穎子容春秋釋例云太廟有八名其體一也肅然清靜謂之清廟行禘祫序昭穆謂之太廟告朔行政謂之明堂行饗射養國老謂之辟廱占雲物望氣祥謂之靈臺其四門之學謂之太學其中室謂之太室總謂之宮賈逵服虔注左傳亦云靈臺在太廟明堂之中此等諸儒皆以廟學明堂靈臺爲一鄭必知皆異處者袁準正論云明堂宗廟太學禮之大物也事義不同各有所爲而世之論者合以爲一體取詩書放逸之文經典相似之語而致之不復考之人情驗之道理失之遠矣夫宗廟之中人所致敬幽隱清靜鬼神所居而使衆學處焉饗射其中人鬼慢黷死生交錯囚俘截耳瘡痍流血以干犯鬼

神非其理矣且夫茅茨採椽至質之物建日月乘玉輅以處其中象箸玉杯而
食於土簋非其類也如禮記先儒之言明堂之制四面東西八丈南北六丈禮
天子七廟左昭右穆又有祖宗不在數中以明堂之制言之昭穆安在若又區
別非一體也夫宗廟鬼神之居祭天而於人鬼之室非其處也夫明堂法天之
宮非鬼神常處故可以祭天而以其祖配之配其父於天位可也事天而就人
鬼則非義也自古帝王必立大小之學以教天下有虞氏謂之上庠下庠夏后
氏謂之東序西序殷謂之右學左學周謂之東膠虞庠皆以養老乞言明堂位
曰瞽宗殷學也周置師保之官居虎門之側然則學宮非一處也文王世子春
夏學干戈秋冬學羽籥皆於東序又曰秋學禮冬學書禮在瞽宗書在上庠此
周立三代之學也可謂立其學不可謂立其廟然則太學非宗廟也又曰世子
齒於學國人觀之宗廟之中非百姓所觀也王制曰周人養國老於東膠不曰
辟廱養國老於右學養庶老於左學宗廟之尊不應與小學爲左右也辟廱之
制圓之以水圓象天取生長也水潤下取其惠澤也水必有魚鱉取其所以養
也是故明堂者大朝諸侯講禮之處宗廟享鬼神歲覲之宮辟廱大射養孤之
處大學衆學之居靈臺望氣之觀清廟訓儉之室各有所爲非一體也古有王
居明堂之禮月令則其事也天子居其中學士處其內君臣同處死生參並非
其義也大射之禮天子張三侯大侯九十步其次七十步其次五十步辟廱處
其中今未知辟廱廣狹之數但二九十八加之辟廱則徑三百步也凡有公卿
大夫諸侯之賓百官侍從之衆殆非宗廟中所能容也禮天子立五門又非一
門之間所能受也明堂以祭鬼神故亦謂之廟明堂太廟者明堂之內太室非
宗廟之太廟也於辟廱獻捷者謂鬼神惡之也或謂之學者天下之所學也總
謂之宮大同之名也生人不謂之廟此其所以別也先儒曰春秋人君將行告
宗廟反獻於廟王制釋奠於學以訊馘告則太學亦廟也其上句曰小學在公
宮之左太學在郊明太學非廟非所以爲證也周人養庶老於虞庠虞庠在國
之西郊今王制亦小學近而太學遠其言乖錯非以爲正也穎氏云公既視朔
遂登觀臺以其言遂故謂之同處夫遂者遂事之名不必同處也馬融云明堂

在南郊就陽位而宗廟在國外非孝子之情也古文稱明堂陰陽者所以法。大道順時政非宗廟之謂也融云告朔行政謂之明堂夫告朔行政上下同也未聞諸侯有明堂之稱也順時行政有國皆然未聞諸侯有居明堂者也齊宣王問孟子人皆謂我毀明堂毀諸已乎孟子曰夫明堂者王者之堂也王欲行王政則勿毀之矣夫宗廟之毀非獨王者也若明堂卽宗廟不得曰夫明堂王者之宗廟也且說諸侯而教毀宗廟爲人君而疑於可毀與否雖復淺丈夫未有是也孟子古之賢大夫而皆子思弟子去聖不遠此其一證也尸子曰昔武王崩成王少周公踐東宮祀明堂假爲天子明堂在左故謂之東宮王者而後有明堂故曰祀明堂假爲天子此又其證也竊以準之此論可以申明鄭意大戴禮遺逸之書文多假託不立學官世無傳者其盛德篇云明堂外水名曰辟廱政穆篇稱太學明堂之東序皆後人所增失於事實故先儒雖立異端亦不據爲說然則明堂非廟而月令云天子居明堂太廟者以明堂是祭神之所故謂之明堂太廟者正謂明堂之太室非宗廟之太廟也明堂位云太廟天子明堂自謂制如明堂非太廟名明堂也廟與明堂不同則靈臺又宜別處故靈臺辟廱皆在郊也

經始靈臺，經之營之。庶民攻之，不日成之。神之精明者稱靈四方而高曰臺經度之也攻作也不日有成也箋云文王應天命度始靈臺之基。趾營表其位衆民則築作不設期日而成之言說文王之德勸其事忘己勞也觀臺而曰靈者文王化行似神之精明故以名焉○度待洛反下同應應對之應說音悅

【疏】經始至成之○正義曰言文王有德民心附之旣徙於豐乃經理而量度初始爲靈臺之基趾也旣度其處乃經理之營表之其位旣定於是天下衆庶之民則競攻而築作之不設期日而已成之民悅其德自勸其事是民心附之也○傳神之至成○正義曰靈是神之別名對則有精粗之異故辨之云神之精明者稱靈則靈之爲稱就神中精者而名也四方而高曰臺釋宮文經度之謂經理而量度之攻作謂庶民築作之不日有成謂不設期日已成功言民心樂爲之也○箋文王至以名焉○正義曰非天子不得作靈臺故本之云文王應天命。始。度靈臺之基趾

也營表其位謂以繩度立表以定其位處也傳唯解靈之名不解名臺爲靈之意故申之此實觀氣祥之臺而名曰靈者以文王之化行似神之精明故以名焉以此言文王之臺故因言文王之化行耳其實天子之臺皆名曰靈臺服虔左傳注云天子曰靈臺諸侯曰觀臺是也若然書傳說武王渡河言觀臺亞者彼謂在臺仰觀之人不得謂其人爲臺故指實言觀也僖十五年左傳云秦伯獲晉侯以歸乃舍諸靈臺秦是諸侯而得有靈臺者杜預云在京兆鄠縣周之故臺也哀二十五年左傳曰衞侯爲靈臺於藉圃言爲則是新造其時僭名之也

經始勿亟庶民子來 箋云亟急也度始靈臺之基趾非有急成之意衆民各以子成父事而來攻之○亟居力反

王在靈囿麀鹿攸伏 囿所以域養禽獸也天子百里諸侯四十里靈囿言靈道行於囿也麀牝也箋云攸所也文王親至靈囿視牝鹿所遊伏之處言愛物也○囿音又徐于目反麀音憂麀牝頻刃反處昌慮反

疏 傳囿所以至於囿○正義曰春秋成十八年築鹿囿昭九年築郎囿則囿者築牆爲界域而禽獸在其中故云囿所以域養禽獸也天子百里諸侯四十里解正禮耳其文王之囿則七十里故孟子云齊宣王問於孟子曰文王之囿方七十里有諸孟子曰書傳有之曰若是其大乎民猶以爲小也曰寡人之囿方四十里民猶以爲大何也是宣王自以爲諸侯而問故云諸侯四十里以宣王不舉天子而問及文王之七十里則以爲文王非天子之制明天子不止七十里故宜爲百里也又解囿稱靈意言靈道行於囿也鄭駮異義云同言靈者於臺下爲囿沼則似因臺爲名其實亦因相近靈道徧行故皆稱靈也釋獸云鹿牡麚牝麀是爲鹿牝也

麀鹿濯濯白鳥翯翯 濯濯娛遊也翯翯肥澤也箋云鳥獸肥盛喜樂言得其所○濯直角反翯戶角反字林云鳥白肥澤曰翯下沃反樂音洛下文於樂注喜樂皆同

疏 傳濯濯至肥澤○正義曰娛樂遊戲亦由肥澤故也二者互相足

王在靈沼於牣魚躍 沼池也靈沼言靈道行於沼也牣滿也箋云靈沼之水魚盈滿其中皆跳躍亦言得其所○沼之邵反牣音刃躍羊略反跳徒彫反

虡業維樅賁

鼓維鏞於論鼓鍾於樂辟廱 植者曰虡橫者曰栒業大版也樅崇牙也賁大鼓也鏞大鍾也。論思也水旋丘如璧曰辟廱以節觀者箋云論之言倫也虡也栒也所以懸鍾鼓也設大版於上刻畫以爲飾文王立靈臺而知民之歸附作靈囿靈沼而知鳥獸之得其所以爲音聲之道與政通故合樂以詳之於得其倫理乎鼓與鍾也於喜樂乎諸在辟廱中者言感於中和之至○虡音巨樅徐七凶反又音衝衝牙也沈又音子容反賁符云反字亦作鼖鏞音容於音烏鄭如字下於樂於論皆同論盧門反一云鄭音倫下同辟音壁注同植特職反栒旬尹反懸音玄

疏 虡業至辟廱○毛以爲文王旣立靈臺而知民心歸附作靈囿而知鳥獸得所以爲音聲之道與政通故作樂以詳之觀己之德行審否故使人設植者之虡橫者之栒上加大版而捷業然又有崇牙其飾維樅然於此虡業之上懸賁之大鼓及維鏞之大鍾然後使人擊之觀其和否於是思念鼓鍾使之和諧於是作樂在此辟廱宮中是王之靈道行於人物之驗○鄭唯下二句別義俱在箋○傳植者至節觀者○正義曰釋器云木謂之虡孫炎曰虡栒之植所以懸鍾磬也郭璞曰懸鍾磬之木植者名爲虡然則懸鍾磬者兩端有植木其上有橫木謂直立者爲虡謂橫牽者爲栒栒上加之大版爲之飾釋器云大版謂之業孫炎曰業所以飾栒刻板捷業如鋸齒也其懸鍾磬之處又以彩色爲大牙其狀隆然謂之崇牙言崇牙之狀樅樅然有瞽曰設業設虡崇牙樹羽此樅亦文承虡業之下故知樅卽崇牙之貌樅樅然也賁大也故謂大鼓爲賁鼓冬官韗人云鼓長八尺鼓四尺中圍加三之一謂之鼖鼓註亦云大鼓謂之鼖鼓是也釋樂云大鍾謂之鏞李巡曰大鍾音聲大鏞大也郭璞曰亦名鎛也水旋丘如璧者璧體圓而內有孔此水亦圓而內有地猶如璧然土之高者曰丘此水內之地未必高於水外正謂水下而地高故以丘言之以水繞丘所以節約觀者令在外而觀也定本及集注鏞大鍾之下云論思也則其義不得同鄭也○箋論之至之至○正義曰以倫理之字宜爲倫故曰論之言倫傳唯言栒虡植橫不言所用故申明之言所以懸鍾鼓也以經有鍾鼓故特言之其磬鎛亦有栒虡也又解上言臺沼此言作樂之意

文王知民心歸附爲歡得所以爲音聲之道與政通故大合諸樂以詳之言欲詳審己德觀其實允人物之心以否也此在辟廱合樂必行養老之禮但主言樂之得理不美養老之事故言不及焉治世之音安以樂故在辟廱之內與聞之者莫不喜樂是其和之至也

於論鼓鍾於樂辟廱鼉鼓逢逢矇瞍奏公 鼉魚屬逢逢和也有眸子而无見曰矇無眸子曰瞍公事也箋云凡聲使瞽矇爲之〇鼉徒何反沈又音檀草木疏云形似蜥蜴四足長丈餘甲如鎧皮堅厚宜冒鼓逢薄紅反埤蒼云鼓聲也字作韸徐音豐矇音蒙瞍依字作叟蘇口反亦作瞍說文云無目也字林先么反云目有眸無珠子也眸莫侯反 疏 傳鼉魚至公事〇正義曰月令季夏命漁師伐蛟取鼉漁師取魚之官故知鼉是魚之類屬也書傳注云鼉如蜥蜴長六七尺陸機疏云鼉形似水蜥蜴四足長丈餘生卵大如鵝卵甲如鎧甲今合樂鼉魚甲是也其皮堅可以冒鼓月令注亦云鼉皮可以冒鼓也美鼓之得理而云逢逢故知爲和也矇瞍皆無目之名就無目之中以爲等級矇者言其矇矇然無所見故知有眸子而無見曰矇即今之青盲者也矇有眸子則瞍當無故云無眸子曰瞍其瞽亦有眸子矇之小別也故春官瞽矇注鄭司農云無目眹謂之瞽有目眹而無見謂之矇有目而無眸子謂之瞍亦與此傳同也此則對而爲名其總則皆謂之瞽尙書謂舜爲瞽子外傳云吾非瞽史周頌有有瞽之篇周禮有瞽矇之職是瞽爲總也周禮瞽矇二字已是爲官名故文不及瞍此言瞍不言瞽各從文之所便外傳稱矇誦瞽賦亦此類也周禮上瞽中瞽下瞽以智之高下爲等級不以目爲次第矣公事釋詁文

靈臺五章章四句

下武繼文也武王有聖德復受天命能昭先人之功焉 繼文者繼文王之王業而成之昭明也〇復扶又反王業于況反 疏 下武六章章四句至功焉〇正義曰經六章皆言武王益有明智配先人之道成其孝思繼嗣祖考之迹皆是繼文能昭先人之功

爲經云三后在天王配於京則武王所繼自大王王季皆是矣而序獨云繼文者作者以周道積基故本之於三后言世有哲王見積德之深遠其實美武王能繼唯在文王也大王王季雖脩德創業爲後世所因而未有天命非開基之主不足使武王聖人繼之又此篇在文王詩後故詩言繼文著其功。也大且見篇之次也文王已受天命故言復受爲亞前之辭武王之受天命白魚入舟是也

下武維周世有哲王武繼也箋云下猶後也哲知也後人能繼先祖者維有周家最大世世益有明知之王謂大王王季文王稍就盛也○哲張列反本又作悊又作喆皆同知音智下同

疏傳武繼○正義曰釋詁文○箋下猶至就盛○正義曰居下世卽是在後故云下猶後也哲智釋言文言後人能繼祖者維周家最大謂大王王季文王稍稍就盛者也王季爲西伯文王又受命是稍盛也不通數武王者此言哲王卽是下文三后王配之文別在於下故知世有之中不兼武王也

三后在天王配于京三后大王王季文王也王武王也箋云此三后既沒登。遐精氣在天矣武王又能配行其道於京謂鎬京也○假音遐已也本或作遐

疏箋此三后至鎬京○正義曰曲禮下云天子崩告喪曰天王登遐註云登上也遐已也上已者若僊去云耳以三后皆號爲王故以天子之禮言之武王居鎬故知配行其道於京謂鎬京也

王配于京世德作求箋云作爲求終也武王配行三后之道於鎬京者以其世世積德庶爲終成其大功

疏箋作爲至大功○正義曰作爲釋言文求終釋詁文世積厚德是當王天下文王未及誅紂卽是王事未終武王乃終之故云終成其大功

永言配命成王之孚箋云永長言我也命猶教令也孚信也此爲武王言也今長我之配行三后之教令者欲成我周家王道之信也王德之道成於信論語曰民无信不立○成王如字又于況反此爲如字

疏箋命猶至不立○正義曰此承王配于京是配三后不配天故以命爲教令此篇是武王之詩於此獨云此爲武王言者餘文是作者以己之心論武王之事此則稱武王口自所言故辨之也又解欲成王道所爲多矣獨以信爲言者由王德之道成於

信欲使民信王道然後天下順從必伐紂功成然始得耳以民無信不立故引論語以證之

成王之孚下土之式式法也箋云王道尚信則天下以爲法勤行之

永言孝思孝思維則則其先人也箋云長我孝心之所思所思者其維則三后之所行子孫以順祖考爲孝

媚茲一人應侯順德一人天子也應當侯維也箋云媚愛茲此也可愛乎武王能當此順德謂能成其祖考之功也易曰君子以順德積小以高大

永言孝思昭哉嗣服箋云服事也明哉武王之嗣行祖考之事謂伐紂定天下

疏媚茲至嗣服○正義曰既言武王能法則三后之道故於此歎而美之可愛乎此一人之武王所以可愛者以其能當此維順之德祖考欲定天下武王能順而定之是能當順德又述武王所言而歎美之武王自言長我孝心之所思者此事顯明哉武王實能嗣行祖考之事伐紂定天下是能嗣祖考也○傳一人至侯維○正義曰曲禮下云天子自稱曰予一人言其天下之貴唯一人而已謂天子爲一人應當釋詁文又云維侯也是侯得爲維也○箋可愛至高大○正義曰序言繼文此云順德故知是順其先人之心成其祖考之德所引易者升卦象辭升卦巽下坤上故言木生地中木漸而順長以成樹猶人順德以成功彼謂一人之身漸積以成此則順父祖而成事亦相類故引以爲證定本作慎德準約此詩上下及易宜爲順字又集註亦作順疑定本誤○箋服事至天下○正義曰服事釋詁文禮記大傳曰牧之野武王之大事故知嗣行祖考之事唯謂伐紂定天下也上言永言配命永言孝思其下句云成王之孚孝思維則亦是武王自言此云昭哉嗣服是作者美武王之辭所以亦與孝思相連者上云永言孝思是武王自言此又述武王之言歎而美之并此孝思之句亦非武王自言得與嗣服相連也

昭茲來許繩其祖武許進繩戒武迹也箋云茲此來勤也武王能明此勤行進於善道戒慎其祖考所履踐之迹美其終成之○來王如字鄭音賚下篇來孝同

於萬斯年受天之祜箋云祜福也天下樂仰武王之德欲其壽考之言也○祜音戶下同

疏昭茲至之祜○正義曰既言武

王能嗣行祖事又美其爲民所樂仰言武王能明此勤行進於善道戒慎其祖考所行之迹而踐行之猶行善不怠故爲天下樂仰皆欲令武王得於萬年之壽且又多受天之福祿言武王行善之故爲民愛之如此○傳許進○正義曰以禮法既許而後得進故以許爲進繩戒武迹皆釋訓文○箋茲此至終成之○正義曰茲此來勤皆釋詁文戒慎祖考踐履之迹謂謹慎奉行故美其成之○箋祜福至之言○正義曰祜福釋詁文以萬年受福是祝慶之辭故知武王爲天下所樂仰此是欲其得福之言也

受天之祜四方來賀於萬斯年不遐有佐

遠夷來佐也箋云武王受此萬年之壽不遠有佐言其輔佐之臣亦宜蒙其餘福也書曰公其以予萬億年亦君臣同福祿也

疏受天至有佐○毛以爲民欲王受福卽實言其受福之事武王既受得天之祜福故四方諸侯之國皆貢獻慶之又得於此萬年之壽豈不遠有佐助之乎言有遠方夷狄來佐助之也此乘上章之文故先言所受天之祜因則爲遠近之次故先言四方後言遠夷四方謂中國諸侯也○鄭唯以下句爲異言武王得於此萬年之壽不遠其有輔佐之臣言王親近其臣與之同福○傳遠夷來佐○正義曰言不遠有佐是遠有佐遠人佐天子唯夷狄耳故知遠夷來佐之書敘言武王既勝殷西旅獻獒巢伯來朝魯語曰武王克商遂通道於九夷八蠻肅慎來賀是遠夷來佐之事不遐有佐爲遠夷則四方來賀爲諸夏民勞傳曰四方諸夏是也○箋武王至福祿○正義曰箋以不遐有佐順文自通不當反其言故易之武王既有萬年之壽不遠有輔佐之臣共蒙其福其封爲諸侯則與周升降其仕於王朝則繼世在位是其不與遠之引書曰公其以予萬億年者洛誥。云成王告周公言公與我身皆得萬億之年既引其文乃申其意言彼亦君臣同福祿故知此亦武王君臣同受。福矣

下武六章章四句

文王有聲繼伐也武王能廣文王之聲卒其伐功也繼伐者文王伐崇而武王伐紂疏文王有聲八章

章五句至伐功○正義曰經八章上四章言文王之事下四章言武王繼之是繼伐首章言文王有聲武王則道廣於文王是能廣文王令聞之聲二章言文
王伐崇武王則伐紂以定天下是卒其伐功經雖無武王廣聲卒伐之事於理則有故序言亦以轉互相明也上四章言文王有令聞之聲成名之德作豐邑
以追孝心同四方而正法度所為不止於伐崇也下四章言武王君天下服四方定鎬京而成卜兆傳善謀以安後世所為不止於伐紂唯以繼伐言之者以
其所施之事皆伐之功故言繼伐以總之此篇八章其末俱言烝哉而四章言武王之謚四章言王后皇王作者變其文見其事有異上四章雖同是文王之
事而首章二章言文王令聞成民受命伐罪是文王事之盛者故舉其義謚而稱文王三章言築城大小之事述其所徙之言四章言作豐以王四方施化而
為法度比之前事為不盛故不舉其謚而變言王后下四章雖同是武王之事五章六章言武王伐紂作邑定居四方歸服於武王之事為不盛故不舉義謚
比文王之事則益大故變言皇王七章言考卜而後居鎬京伐紂以成其占八章言重功業以為大事傳順謀以安孫子除虐去殘詒訓後世是武王之事盛
者故文舉其義謚而言武王文王之事則盛者居前不盛次之武王之事則不盛在先者見武王不盛之事盛於文王之盛者作者比其事之大小而為之章
次也**文王有聲遹駿有聲遹求厥寧遹觀厥成**箋云遹述駿大求終觀多也文王有令聞之聲者乃述行有令聞之
聲之道所致也所述者謂大王王季也又述行終其安民之道又述行多其成民之德言周德之世益盛○遹尹橘反又音述駿音峻觀古亂反註同聞音問
本亦作聞**文王烝哉**烝君也箋云君哉者言其誠得人君之道○烝之丞反韓詩云美也**疏**文王至烝哉○正義曰此文王乃有令聞之善聲所
以有之者以文王從後仰而述行廣大其大王王季所有令聞之善聲所廣大者謂文王又述行終其大王王季安民之道又述行多其大王王季成民之德
以此益盛而大有聲也此文王之德信得人君之道哉○箋遹述至益盛○正義曰遹述釋言文駿大求終觀多釋詁文孔子閒居曰三代之王必先其令聞

言有善事可以聞於外是爲有聲矣故爲有聲是令聞之聲言述行者是述先聞之辭故知謂述大王王季也聲聞則長之使大令爲己有故云遹駿有聲其安民成民則大王王季有此行但其事未終未多今文王則終之多之皆述行其道而增廣之耳○傳烝君○正義曰釋詁文

文王受命有此武功既伐于崇作邑于豐箋云武功謂伐四國及崇之功也作邑者徙都于豐以應天命○應應對之應文王烝哉

【疏】箋武功至天命○正義曰經別言既伐於崇則武功之言非獨伐崇而已受命之後所伐。邗者密須混夷之屬皆是也故云武功謂伐四國及崇之功也武功之中既兼伐崇而別言既伐於崇者以其功最大其伐最後故特言之爲作邑張本言功成乃作都也言應天命者天既命爲天子當立天子之居故言徙都於豐以應天命或以爲於豐得命故徙豐應之然則武王於盟津得命不可徙都入河乃遷都於鎬非得命之地矣

築城伊淢作豐伊匹匪棘。其欲遹追來孝淢成溝也匹配也箋云方十里曰成淢其溝也廣深各八尺棘急來勤也文王受命而猶不自足築豐邑之城大小適與成偶大於諸侯小於天子之制此非以急成從己之欲欲廣都邑乃述追王季勤孝之行進其業也○淢況域反成閒有淢字又作洫韓詩云洫深池亟居力反下亟同或作棘慾音欲本亦作欲廣古曠反深尸鴆反行下孟反王后烝哉后君也箋云變諡言王后者非其盛事不以義諡

【疏】築城至烝哉○正義曰上言作邑于豐此述作豐之制言文王與築豐邑之城維如一成之淢淢內之地其方十里文王作此豐邑維與相匹言大小正與成淢相配偶是大於諸侯小於天子之制所以纔得伐崇即作此邑者非以急從己之欲而廣此都邑乃述追王季勤孝之行思進其業故耳此王之爲人后也誠得人君之道哉○傳淢成溝○正義曰冬官匠人云井間有溝成間有淢溝是總名故云淢成溝謂十里成間所有溝淢洫音同○箋方十里至其業○正義曰申傳淢。爲溝之義故云方十里曰成淢其溝也言每方十里之地其外有此溝謂之爲淢此淢廣八尺深八尺匠人云方十里爲成成間廣八尺深八尺謂之

洫是其事也棘急釋言文禮記引此詩作匪革其猶革亦急也文王既已受命當爲天子其意以紂尚在猶不敢自足故築此豐邑之城大小適與賦法十里之成相匹偶是大於諸侯小於天子之制不以急從己之欲欲得廣此都邑乃述追王季勤孝之行以王季勤孝欲早成周道故已早建都邑以進其功業文王所述述大王以來此止言王季者以大王始有王迹勤行其道大王以前未有王迹不得言大王勤孝欲成父功故所追勤孝唯王季也春官典命云上公九命侯伯七命子男五命其國家宮室皆以命數爲節註云國家之所居謂城方也公之城蓋方九里侯伯之城蓋方七里子男之城蓋方五里坊記註云子男之城方五里此二註皆以公城方九里爲差則天子之城十二里矣故此十里爲小於天子也異義駮云鄭伯之城方五里又以侯伯爲五里者鄭兩解故書傳云古者百里之國九里之城七十里之國五里之城五十里之國三里之城註云玄或疑焉周禮匠人營國方九里謂天子之城今大國九里則與之同然則大國七里之城次國五里之城小國三里之城爲近耳或者天子實十二里之城諸侯大國九里次國七里小國五里是鄭兩解之事也以匠人典命俱是正文故不敢執定典命註每言蓋匠人註云立王國若邦國者皆爲疑辭以見二塗之意也○傳后君○正義曰釋詁文箋以作文有體章類宜同今半諡半否故知變之有義以相比校無諡之章其事皆劣故言非其盛事不以義諡謂不以義理而言其諡也諡者行之成名總一身之美故事盛者稱之不盛者變名耳

王公伊濯維豐之垣四方攸同王后維翰濯大翰幹也箋云公事也文王述行大王王季之王業其事益大作邑於豐城之既成又垣之立宮室乃爲天下所同心而歸之王后爲之幹者正其政教定其法度○濯直角反韓詩云美也垣音袁翰戶旦反徐音寒

王后烝哉疏王公至烝哉○正義曰既言築作豐城。欲又本之前世言此王述先王之業其事維益大矣即言大之狀維在豐城之內更築而垣牆之以立宮室而居焉乃爲天下四方之民所共同心而歸之其王君文王維乃爲之楨幹謂爲施法度以行之是王后誠得人君之道哉○傳濯大翰幹○

正義曰皆釋詁文〇箋文王至法度〇正義曰言王事伊大則從小至大非文王之事自爲大也上言遹追來孝此承〇其下故知是述大王王季之業其事益大上言築城作豐此言維豐之垣則是豐城之內別起垣也故云作邑於豐城之既成又垣之立宮室謂立天子之宮室宮室既定萬姓知有所歸故爲天下所同心而歸之幹者築牆所立之木幹與牆爲法故爲之幹者正其政教定其法度

豐水東注維禹之績四方攸同皇王維辟

續業皇大也箋云續功辟君也昔堯時洪水而豐水亦汎濫爲害禹治之使入渭東注于河禹之功也文王武王今得作邑於其旁地爲天下所同心而歸大王爲之君乃由禹之功故引美之豐邑在豐水之西鎬京在豐水之東〇辟音壁註及下皆同又音婢亦反法也汜芳劍反字亦作汎濫力暫反大王此及下言大者並如字

皇王烝哉

箋云變王后言大王者武王之事又益大

【疏】豐水至烝哉〇正義曰上既言文王之事故武王繼之今豐水之得東流注渭入河者是禹之功業言禹決治之其傍得成平地也今文王得作邑於傍武王既成鎬京故爲天下四方所共同心歸之文王武王維於是爲之君而施化焉此大王誠得人君之道哉〇傳續業皇大〇正義曰續業釋詁文又云皇君君亦大之義故爲大〇箋續功至之東〇正義曰續功辟君亦釋詁文也功業大同耳據其力之所成則謂之功言其澤及於後則謂之業昭元年左傳劉定公見雒汭之水曰美哉禹功也此亦見豐水而思禹故易傳以續爲功堯典曰湯湯洪水是堯時洪水此言豐水東注由禹之功故知豐水亦汎濫爲。之禹治之也汎濫謂汎長濫決平地有水也禹貢曰導渭自鳥鼠同穴東會于豐入于河是豐水入渭東注於河此章武王之事而幷言文王作邑於其傍者以二邑皆在豐傍舉豐而言可以兼及文王。欲連言之帝王世紀云豐鎬皆在長安之西南言豐邑在豐水之西鎬京在豐水之東以時驗而知之〇箋變王至益大〇正義曰此與下章俱言皇王而下有鎬京之事知此皇王爲武王也同不言謚而王后與皇王異文既人異而辭變故知爲武王之事又益大也此與上章皆言四方攸同而言益大者以文王亦武王故亦以四方言之

其實同歸之者少於武王也

鎬京辟廱自西自東自南自北無思不服 武王作邑於鎬京箋云自由也武王於鎬京行辟廱之禮自四方來觀者皆感化其德心無不歸服者

皇王烝哉

【疏】箋自由至服者○正義曰釋詁云由自也故自得為由也既言辟廱卽云四方皆服明由在辟廱行禮見其行禮感其德化故無不歸服也辟廱之禮謂養老以教孝。悌也

考卜維王宅是鎬京維龜正之武王成之 箋云考猶稽也宅居也稽疑之法必契灼龜而卜之武王卜居是鎬京之地龜則正之謂得吉兆武王遂居之脩三后之德以伐紂定天下成龜兆之占功莫大於此○挈苦計反本又作契或苦結反

武王烝哉

【疏】考卜至烝哉○正義曰言稽考其疑灼龜而卜之者維武王所疑而卜者其宅居於是鎬京之地維此所契之龜則出其吉兆以正定之言居此必吉故得天下武王則能成之伐紂以定天下成此龜兆之占是功之大美者此武王誠得人君之道哉○箋考猶至於此○正義曰以洪範有稽疑之言故云考猶稽也宅居釋言文以稽疑之法必契灼其龜而卜之正謂得吉兆龜正定其吉云此地可居卜兆言吉居之而得天下是成龜兆之占伐去虐紂身卽王位功無大於此者伐紂為成龜兆之吉定本集注皆云功莫大是也義亦得通禮記引此詩彼註云武王築而成之與此異者引詩斷章多異於本此顧上下之文言武王烝哉是武王之盛事不宜直言其築作而已故以伐紂為成之

豐水有芑武王豈不仕詒厥孫謀以燕翼子 芑草也仕事燕安翼敬也箋云詒猶傳也孫順也豐水猶以其潤澤生草武王豈不以其功業為事乎以之為事故傳其所以順天下之謀以安其敬事之子孫謂使行之也書曰厥考翼其肯曰我有後弗棄基○芑音起詒以之反孫王申毛如字鄭音遜傳直專反下同

武王烝哉。上言皇王而變言武王者皇大也始大其業至武王伐紂成之故言武王也

【疏】豐水至烝哉○正義曰言豐水之傍有芑菜豐水是無情之物猶以潤澤而生菜為己事況武王豈不以功業為事乎言實以功業為事思得澤及後人而

故遺傳其所以順天下之謀以安敬事之子孫言武王能。得順天下功被來世後人敬其事者則得行之乃安是武王之道令得長世武王誠得爲人君之道哉○傳燕安翼敬○正義曰燕禮所以安賓故燕爲安也翼敬釋詁文○箋詒猶至弃基○正義曰詒訓遺即流傳之義故詒猶傳也傳其順天下之謀者謂聖人所謀之事行之則必順天下之心安其敬事之子孫言子孫敬事能遵用其道則得安也必言敬事者若子孫不敬則不能行之不能行則不得安故安敬並言之引書曰者大誥文彼上文以堂屋耕播爲喻言父爲之於前子不循於後其父則嫌責之此假言其父之辭彼注云其父敬職之人其肯曰我有後子孫不廢弃我基業乎引此明後人須因前基故云傳謀以安。彼後證翼爲敬彼言父敬此言子孫明敬事者乃能不弃基故引而反以相明

文王有聲八章章五句

文王之什十篇六十六章四百一十四句

附釋音毛詩注疏卷第十六（十六之五）

毛詩注疏校勘記（十六之五）　阮元撰盧宣旬摘錄

○靈臺

而民樂有其神靈之德　閩本明監本毛本同案有其當倒

故其說多異義公羊說是也　閩本明監本毛本同案義上浦鏜云當脫一異字

取辟有德　閩本明監本毛本同案辟當作璧

不言辟水言辟水言辟廱者　閩本明監本毛本不重言辟三字案所刪是也此十行本複衍

說各有以無以正之　閩本明監本毛本脫有以二字案說各有以句絕

圓之以水似辟　閩本明監本毛本辟作璧案所改是也

袁準正論云　毛本準誤淮閩本明監本不誤○按舊書準多作准

所以法大道順時政　閩本明監本毛本大作天案所改是也

度始靈臺之基趾　相臺本同閩本明監本毛本同小字本趾作止下同案止字是也止趾古今字正義中字作趾乃易而說之之例不當依以改箋也基止又見抑箋

始度靈臺之基趾也　閩本明監本毛本同案始度當倒

論思也小字本相臺本同案正義云定本及集注鏞大鐘之下云論思也則其義不得同鄭也釋文云論音盧門反思也一云鄭音倫下同是釋文本亦有段玉裁云論者侖之假借字也說文亼部曰侖思也侖部曰侖理也

義俱在箋閩本明監本毛本同案浦鏜云具誤俱是也

目有眸補釋文校勘記通志本同盧本眸作眹云今從浦校案考周禮釋文則浦校是也

月令季夏閩本明監本毛本同案十行本有釋文八字錯入季字下誤今改正

漁師取漁之官閩本同明監本毛本漁作魚案所改是也

今合樂鼉魚甲是也閩本明監本毛本同案樂當作藥頻弁正義引今合藥兔絲子是也可作陸疏有合藥語之證

無目眹謂之瞽明監本眹誤眄閩本毛本不誤下同○按正義眹作眹

外傳稱曚誦瞽賦閩本明監本毛本同案浦鏜云瞍誤瞽以周語考之浦校是也

○下武

著其功也大閩本明監本毛本也作之案所改是也

此三后既沒登遐小字本相臺本同考文古本同閩本明監本毛本遐作假案釋文云假音遐本或作遐正義本是遐字故引禮記亦順經文作遐也作假者依釋文改耳

昭茲來許唐石經小字本相臺本同案九經古義依東觀漢記引許作御疑作許是傳寫之誤詩經小學云廣雅許進也本此傳則毛詩本作許作御者蓋三家詩

戒慎其祖考所履踐之迹相臺本同閩本明監本毛本同小字本履踐作踐履案踐履是也正義云戒慎祖考踐履之迹可證

洛誥云閩本明監本毛本同案浦鏜云文誤云是也

同受福矣閩本明監本毛本無受字福下有祿字案此當作同受福祿矣

○文王有聲

而四章言武王之諡閩本明監本毛本同案浦鏜云武王當文武誤是也

文王烝哉小字本相臺本同唐石經初刻文誤武後改正

邗者密須混夷之屬明監本毛本邗誤邦閩本不誤○案此邗亦邘之誤詳皇矣

匪棘其欲唐石經小字本相臺本同案釋文云匪亟或作棘正義云棘急釋言文是其本作棘

申傳減爲溝之義明監本毛本爲下有成字閩本剜入案所補非也爲當作成字耳

欲又本之前世閩本明監本毛本同案欲當作故

而豐水亦汎濫爲害閩本明監本毛本同小字本相臺本汎作氾考文古本同案釋文云氾字亦作汎考說文汎浮貌氾濫也當作

氾者爲是也正義中字作汎與亦作本同

故知豐水亦汎濫爲之閩本明監本毛本同案浦鏜云害誤之是也

可以兼及文王欲連言之閩本明監本毛本兼誤幷案欲當作故

謂養老以教孝悌也閩本明監本毛本悌誤弟案悌是正義所用今字

上言皇王小字本相臺本同閩本首有傳字明監本毛本首有箋字案此當脫箋云二字也上箋變諡而言王后者變王后而言大王者與此箋上言皇王而變言武王者相承而下屬之傳者誤也

言武王能得順天下閩本明監本毛本同案得當作傳

故云傳謀以安彼後閩本明監本毛本同案彼當作敬

附釋音毛詩注疏卷第十七（十七之一）〔五四〕

生民之什詁訓傳第二十四 陸曰自生民至卷阿八篇成王周公之正大雅

毛詩大雅　鄭氏箋　孔穎達疏

生民尊祖也后稷生於姜嫄文武之功起於后稷故推以配天焉○嫄音原姜姓嫄名有邰氏之女帝嚳元妃后稷母也○疏生民八章首章十句二章三章八句四章五章十句六章八句七章十句卒章八句至配天焉○正義曰作生民詩者言尊祖也序又言尊祖之意以后稷生於姜嫄而來其文王受命武王除亂以定天下之功其兆本起由於后稷及周公成王致太平制禮以王功起於后稷故推舉之以配天謂配夏正郊天焉祭大而以祖配祭者天無形象推人道以事之當得人為之主禮記稱萬物本於天人本於祖俱為其本可以相配是故王者皆以祖配天是同祖於天故為尊也祖之定名父之父耳但祖者始也己所從始也自父之父以上皆得稱焉此后稷之於成王乃十七世祖也不言姜嫄生后稷者經稱厥初生民時維姜嫄是據后稷本之姜嫄故序亦順經而為文也言文武之功起於后稷者周語云后稷勤周十五世而興是后稷勤行功業為周室開基也中候稷起註云堯受河圖洛書后稷有名錄苗裔當王是后稷子孫當王名見圖書也文既因之武亦因之故并言文武之功起於后稷也經八章上三章言后稷生之所由顯異之事是后稷生於姜嫄也下五章言后稷長而有功見其得以配天之意其言推以配天結上尊祖之言於經無所當也

厥初生民時維姜嫄生民本后稷也姜姓也后稷之母配高辛氏帝焉箋云厥其初始時是也言周之始祖其生之者是姜嫄也姜姓者炎帝之後有女名嫄當堯之時為高辛氏之世妃本后稷之初生故謂之生民

生民如何克禋克祀以弗無子禋敬弗去也去

無子求有子古者必立郊禖焉玄鳥至之日以大牢祠于郊禖天子親往后妃率九嬪御乃禮天子所御帶以弓韣授以弓矢于郊禖之前箋云克能也弗之言祓也姜嫄之生后稷如何乎乃禋祀上帝於郊禖以祓除其無子之疾而得其福也能者言齊肅當神明意也二王之後得用天子之禮○禋音因嬪婢人反韣音獨弓衣祓音拂又音廢下同齊側皆反本亦作齋篇末齊敬同

履帝武敏歆攸介攸止載震載夙載生載育時維后稷

履踐也帝高辛氏之帝也武迹敏疾也從於帝而見于天將事齊敏也歆饗介大。也止福祿所止也震動夙早育長也后稷播百穀以利民箋云帝上帝也敏拇也介左右也夙之言肅也祀郊禖之時時則有大神之迹姜嫄履之足不能滿履其拇指之處心體歆歆然其左右所止住如有人道感己者也於是遂有身而肅戒不復御後則生子而養長。名。之曰弃舜臣堯而舉之是爲后稷○敏密謹反歆許金反介音戒震真慎反見賢遍反齊側皆反又如字【疏】厥初至后稷○毛以爲本其初生此民者誰生之乎是維姜嫄言有女姓姜名嫄生此民也既言姜嫄生民又問民生之狀言姜嫄之生此民如之何以得生之乎乃由姜嫄能禋敬能恭祀於郊禖之神以除去無子之疾故生之也禋祀郊禖之時其夫高辛氏帝率與俱行姜嫄隨帝之後踐履帝迹行事敬而敏疾故爲神歆饗神既饗其祭則愛而祐之於是爲天神所美大爲福祿所依止即得懷任則震動而有身祭則蒙祐獲福之夙早終人道則生之既生之則長養之及成人有德爲舜所舉用播種百穀以利益下民維爲后稷矣本其初生故謂之生民民則人所不識后稷是顯見之號故言是維后稷以結之○鄭唯履帝以下三句爲異其首尾則同言當祀郊禖之時有上帝大神之迹姜嫄因祭見之遂履此帝迹拇指之處而足不能滿時即心體歆歆如有物所在身之左右所止住於身中如有人道精氣之感己者也於是則震動而有身則肅戒不復御餘同○傳生民至帝焉○正義曰此章首言生民即后稷也后稷而謂之民者本其初生而未有貴位生與民同以民言之故云生民本后稷也晉語云黃帝以姬水成炎帝以姜水成成而異德故黃帝爲姬炎帝爲姜是姜者炎帝之姓故云姜姓也言后稷之母配高辛氏帝謂爲帝嚳之妃與嚳相配而生此后稷以后稷爲嚳之子也張晏曰高辛所與地名嚳以字爲號上古質故也大戴禮帝繫篇帝嚳卜其四妃之子皆有天下上妃有部氏之女曰姜嫄而生后稷次妃有娀氏之女曰簡狄而生契次妃陳鋒氏之女曰慶都生帝堯下妃娵訾之女曰常儀生摯以堯與契俱爲嚳子家語世本其文亦然故毛爲此傳及玄鳥之傳司馬遷爲五帝本紀皆依用焉其後劉歆班固賈逵馬融服虔王肅皇甫謐等皆以爲然然則堯爲聖君契爲賢弟在位七十載而不能用必待舜乃舉之者聖人顯仁藏用匿迹隱端雖則自知故不委任待衆舉而後用見取人之大法耳若稷契堯之親弟當生在堯立之前比至堯崩百餘歲矣堯崩之後仍爲舜所勑用者以其並是上智壽或過人不可以凡人促齡而怪彼永命也若稷契卽是嚳子則未嘗隔世左傳之說八元云世濟其美者正以能承父業卽稱爲世不要歷數世也其緯候之書及春秋命歷序言五帝傳世之事爲毛說者皆所不信○箋厥其至生民○正義曰厥其釋言文初始釋詁文周始祖后稷也周以后稷爲始祖文王爲太祖雝禘太祖謂文王也后稷以初始感生謂之始祖又以祖之尊大亦謂之太祖周語曰我太祖后稷之所經緯是也若文王以受命之大唯得稱太祖不得言始祖也箋必名此經之民爲始祖者以人之爲人皆有始生之時如此詩言初生欲明自此已前未有周家種類周之上元始生於此故言周之始祖解其言厥初之意也以炎帝姓姜故知姜嫄是炎帝之後姓姜而以嫄配之故知有女名嫄婦人不以名行此嫄或當是字但五帝時質未必有名字之別故以名言之鄭信緯以命歷序云少昊傳八世顓頊傳九世帝嚳傳十世則堯非嚳子稷年又小於堯則姜嫄不得爲帝嚳之妃故云當堯之時爲高辛氏之世妃謂爲其後世子孫之妃也人世短長無定於是時書又散亡未知其爲幾世故直以世言之其大戴禮史記諸書皆鄭所不信張融云稷契年稚於堯堯不與嚳並處帝位則稷契焉得爲嚳子乎若使稷契必嚳子如史記是堯之兄弟也堯有賢弟七十不用須舜舉之此不然明矣詩之雅頌姜嫄履迹而生爲周始祖有娀以玄鳥生

商而契為玄王卽如毛傳史記之說嚳為稷契之父帝嚳聖夫姜嫄正妃配合
生子人之常道則詩何故但歎其母不美其父而云赫赫姜嫄其德不回上帝
是依是生后稷周魯何殊特立姜嫄之廟乎融之此言蓋得鄭旨但以姜嫄爲
世妃則於左傳世濟之文復協故易傳不以爲高辛之妃也○傳禋敬至之前
○正義曰釋詁云禋祭也則禋是祭之名又云禋敬也義得相通且祭必致敬
故以禋爲敬也大宗伯云禋祀臭天上帝註云禋之言煙周人尚臭煙氣之臭
聞者也則鄭以禋者唯祭天之名故書稱禋于六宗鄭皆以爲天神經傳之中
亦非祭天而稱禋祀者諸儒遂以禋爲祭之通名王肅云外傳曰精意以享曰
禋禋非燔燎之謂也袁準曰禋者煙氣煙熅也天之體遠不可得就聖人思盡
其心而不知所由故因煙氣之上以致其誠故外傳曰精意以享禋此之謂也
準又稱難者曰禋於文王何也曰夫名有轉相因者周禮云禋祀上帝辨其本
言煙熅之禮也書曰禋于文武者取其辨精意以享也先儒云凡絜祀曰禋若
絜祀為禋不宜別六宗與山川也凡祭祀無不絜而不可謂皆精然則精意以
享宜施燔燎精誠以假煙氣之升以達其誠故也切以準言為然鄭於尚書以
文武於明堂配五帝故亦以稱禋是禋名唯施於祭天也傳於此下卽說郊禖
之祀郊必祭天則毛亦以此禋為祭天其餘書傳言禋者則未知毛意與誰同
也弗訓為去心所不欲卽當去之故以弗去謂去無子以求有子也經言禋祀
未知所祀之神故云古者必立郊禖焉言此祀祀郊禖也知者以婦人無外事
不因求子之祭無有出國之理又禋祀以求子唯禖為然故知禋祀是祀禖也
既言所祀之神因言其祭之禮自玄鳥至之日以下皆月令文所異者唯彼郊
作高耳玄鳥燕也燕至在春分二月之中燕以此時感陽氣來集人堂宇其來
主為產乳蕃滋故王者重其初至之日用牛羊豕之太牢祀於郊禖之神蓋祭
天而以先禖者配之變。禖言禖者神之也其祭之時天子親自身往敬其事故
親祭之於時后妃率九嬪從之而往侍御於祭焉天子內官有后也夫人也嬪
也世婦也女御也而獨言九嬪者以后是內官之主須后妃率之五等則九嬪
居中舉中而言明百二十人皆往也未有孕而往者求其早有孕也內官百二

十人周之制也高辛之時未有此數因禮之成文而引之耳於祀之時乃以醴酒禮天子所御謂已被幸有娠者也使太祝酌酒飲之於郊禖之庭以神之惠光顯之也既飲之酒又帶以弓韣衣授以弓矢使執之於郊禖之前弓矢者男子之事使之帶弓衣執弓矢冀其所生爲男也鄭於月令之註其意則然唯高禖異耳故鄭註云高辛氏之世玄鳥遺鳦卵簡狄吞之而生契後王以爲禖官嘉祥而立其祀焉以爲由高辛有嘉祥故稱高禖蔡邕月令章句云高禖祀名高猶尊也禖猶媒也吉事先見之象謂之人先毛於此及玄鳥傳皆依作郊禖則讀高爲郊下傳云從於帝而見於天則此祭爲祭天不祭人先也於郊故謂之郊不由高辛亦不以高爲尊也郊天用特牲而此祭天用太牢者以兼祭先禖之神異於常郊故也鄭於此箋亦云禋祀上帝於郊禖則后稷未生之前已有郊禖之祀矣而月令註以爲簡狄吞鳦卵生契後王以爲嘉祥而立其祀又以契之後王始立此祀二義不同者鄭記王權有此問焦喬答云先契之時必自有禖氏祓除之祀位在南郊蓋以玄鳥至之日祀之矣然得禋祀乃於上帝也娀簡吞鳦有子之後後王以爲媒官嘉祥祀之以配帝謂之高媒毛傳亦云郊禖者以古自有於郊克禋之義又據禮之成文耳祀天而以先禖配之義如后土祀以爲社此是鄭沖弟子爲說以申鄭義其意言高辛已前祭天於郊亦以先禖配之謂之郊禖至高辛之世以有吞鳦之事以爲禖之嘉祥又以高辛之世禖配此祭故改之而爲高禖故此箋從傳爲郊祀禮解其高義後王以爲媒官嘉祥而立其祀謂立禖以配郊非謂立郊求子始於後王鄭意或當然也如此爲說可得合詩禮二註耳然禮註爲高辛之世者謂高辛之後世子孫猶號高辛其時簡狄吞鳦卵生契如此得與稷同時爲堯臣耳〇箋克能至之禮〇正義曰克能釋言文釋詁云祓福也孫炎曰祓除之福周語云祓除其心女巫云祓除釁浴左傳祓社釁鼓檀弓云巫先祓柩皆祓除凶惡義取祓去故云弗之言祓也禋祀上帝於郊禖祓除其無子之疾以得其福雖解弗字爲異與傳去無子之意亦同也非天子不得祭天此姜嫄是爲高辛氏後世之妃則其夫不爲天子所以得祈郊禖祭天神故解之云二王之後得用天子之禮故

也王者存先代所以通天三統使得行其正朔用天子之禮故禮運曰杞之郊
也禹宋之郊也契是二王之後得祭天也下言后稷功成乃封之於邰則此時
必有國矣未知其國之名所在之地耳○傳履踐至利民○正義曰諸書傳言
姜嫄履大迹生稷簡狄吞鳦卵生契者皆毛所不信故以帝爲高辛氏帝蓋以
二章卒章皆言上帝此獨言帝不言上故以爲高辛氏帝也釋訓云履帝武敏
武迹也敏拇也傳既依爾雅以武爲迹而不以敏爲拇者毛意蓋謂爾雅不可
盡從故也心識速疾謂之敏故訓敏爲疾又解姜嫄得踐帝迹所由以高辛之
帝親行禋祀姜嫄從於帝而往見於天故行在後而踐帝之迹從帝見天卽上
傳所云后妃率九嬪御是也踐迹者直謂隨後行耳非必以足躡其踐地之處
也將事齊敏者將行也謂行祀天之事齊敬而速疾也鬼神食氣謂之歆故以
歆爲饗謂祭而神饗之也介大釋詁文福祿所止謂止於姜嫄使之早有子也
震動夙早育長皆釋詁文動謂懷任而身動也昭元年左傳曰邑姜方震大叔
哀元年左傳曰后緡方震皆謂有身爲震也早者言其得福之早得福乃有身
早文應在震上今在下者見有身而始知得福故先震後夙且以爲韻故姜嫄
之配高辛亦應久矣未必生稷之歲始來配之若前已禋祀此年始震則是得
福晚矣而言早者作者因事而言以祈卽有子故繼祈爲早耳又解此人其名
曰棄所以謂之后稷者以其身爲稷官能種百穀以利民故以后稷稱之周本
紀云堯舉棄爲農師天下得其利堯典云帝曰。弃黎民阻。飢汝后稷播時百穀
是其利民之事也○箋帝上帝至后稷○正義曰鄭以此及玄鳥是說稷以迹
生契以卵生之經文也河圖曰姜嫄履大人迹生后稷中候稷起云蒼耀稷生
感迹昌契握云玄鳥翔水遺卵流娀簡吞之生契封商苗興云契之卵生稷之
迹乳史記周本紀云姜嫄出野見巨人迹心忻然悅欲踐之踐之而身動如孕
者及朞而生棄殷本紀云簡狄行浴見玄鳥墮其卵簡狄取吞之因孕生契是
稷以迹生契以卵生之說也又閟宮云赫赫姜嫄其德不回上帝是依言上帝
依姜嫄以生后稷故以帝爲上帝且鄭以姜嫄非高辛之妃自然不得以帝爲
高辛帝矣此上帝卽蒼帝靈威仰也長發箋云帝黑帝此不言蒼帝者彼以下

有玄王故言黑帝此下有上帝故言上帝各隨經勢而爲文也爾雅引此釋之
而以敏爲拇指故依用之云敏拇也孫炎曰拇迹大指處釋詁文介右也郭璞
曰相佑助也孫炎曰介者相助之義如人之左右手故以介爲左右也傳以夙
爲早震後言早於事不次故轉之云夙之言肅自肅戒也以緯候及史記諸文
故知祀郊禖之時則有大神之迹姜嫄履之也履神之迹直言武足矣而復言
拇是先履其跟之迹又移足以就拇既言大迹明不能滿故云足不能滿履其
拇指之處履拇之下而即言歆故知心體歆歆然意動之狀也左右所止住如
有人道感己者謂如人夫妻交接之道檀弓曰寡婦不夜哭注云嫌思人道亦
謂此也於是遂有身肅戒不復御解載震載夙也大明曰大任有身是爲震爲
有身靜女傳曰生子月辰以金環退之婦人有娠則禮當不御故所以自肅戒
也後則生子而長養之解載生載育也周本紀云棄之隘巷寒冰後收養之初
欲棄之因名曰棄堯典云帝曰弃是名之曰棄文十八年左傳曰高辛氏有才
子八人堯不能舉舜臣堯而舉之使布五教於四方堯典注云舉八元使布五
教契在八元中稷亦高辛氏之後自然在八元中矣故知舜臣堯而舉之堯典
注又云堯初天官爲稷舜登用之年舉棄爲之故云是爲后稷鄭志趙商問此
箋云帝上帝又云當堯之時姜嫄爲高辛氏世妃意以爲非帝嚳之妃史記嚳
以姜嫄爲妃是生后稷明文皎然又毛亦云高辛氏帝苟信先籍未覺其偏隱
是以敢問易毛之義答曰即姜嫄誠帝嚳之妃履大人之迹而歆歆然是非真
意矣乃有神氣故意歆歆然天下之事以前驗後其不合者何可悉信是故悉
信亦非不信亦非稷稚於堯堯見爲天子高辛與堯並在天子位乎是箋易傳
之意也 誕彌厥月先生如達 誕大彌終達生也姜嫄之子先生者也箋云達羊子也大矣后稷之在其母終人道十月而生生如達之
生言易也○彌面支反達他末反註同說文云小羊也沈云毛如字易以豉反下同 不拆不副無菑無害 言易也凡人在母母則病生則
拆副菑害其母橫逆人道○拆勑宅反副孚逼反說文云分也字林云判也四亦反菑音災註同 以赫厥靈上帝不寧不康禋

祀居然生子赫顯也不寧寧也不康康也箋云康寧皆安也姜嫄以赫然顯著之徵其有神靈審矣此乃天帝之氣也心猶不安之又不安徒以禋祀而無人道居默然自生子懼時人不信也

疏誕彌至生子○毛以爲上言得福有子此言其生之易言可美大矣姜嫄之孕后稷終其孕之月而生之婦人之生首子其產多難此后稷雖是最先生者其生之易如達之生然羊子以生之易故比之也其生之時不拆割不副裂其母故其母無災殃無患害以此故可美大也天既祐令有身又使之生易是天意以此顯明其有神靈也上天之意豈不降福而安之乎言上天誠降福而安之使母之無病苦子得易生是天安之也姜嫄之身豈不見安於禋祀乎言姜嫄實見安於禋祀祈則有子生之又易是爲禋祀所安也由爲禋祀所安故得居處怡然無病而生子也○鄭唯下四句爲異言姜嫄履迹有身其生又易以此赫然顯著之徵其有神靈審也此乃上帝精氣姜嫄心不自安以天人道隔而人生天胤故心不自安也非徒生天之胤心不自安又不安其徒禋祀神明無人道交接居處默然而生此子以無夫而生又懼時人不信當棄而異之使人知其異故下所以棄之也○傳誕大至生者○正義曰誕大釋詁文彌終釋言文達生者言其生易如達羊之生但傳文略耳非訓達爲生也又解言先生之意以人之產子先生者多難此后稷是姜嫄之子最先生者應難而今易故言先生以美之此主言后稷是姜嫄首子而已后稷有同母弟妹以否書亦無文焉○箋達羊至言易○正義曰說文云。達小羊也從羊大聲薛琮荅韋昭曰羊子初生達小名羔未成羊曰羍大曰羊長幼之異名以羊子初生之易故以比后稷生之易也大戴禮及春秋元命包皆云人十月而生周本紀云姜嫄踐巨人迹身動如孕者及朞而生子則終一年矣此言終月必終人之常月馬遷之言未可信也○傳言易至人道○正義曰經之所言皆說其生之易故云言易也以總解一經又解易生所以爲美者以凡常之人在母腹則病其生則又。拆。堛災害其母以橫逆人道今后稷之生能無坼堛災害故美之也晉語云文王在母不憂是謂未生爲在母坼堛皆裂也禮記曰爲天子削瓜者堛之是堛爲裂也坼堛災害其母皆謂

當產之時閟宮云無災無害彌月不遲亦謂生時無災害故彼箋引此解之明
其同也然則此經止言生易不言在母病傳言凡人在母母則病者因其生之
易從在母而本之見凡人之生不如后稷所以爲美耳橫逆人道謂不由人所
生之道也史記楚世家云陸終娶於鬼方氏曰女潰孕三年不乳乃剖其左脇
獲三人焉剖其右脇獲三人焉帝王世紀云簡狄剖背生契如此之類是橫逆
人道也若然契亦大賢剖背而出則坼副災害不爲惡矣此美其無災害者人
之賢愚不由母生之難易要人情皆欲其易不欲其難因見稷之生。由言之以
爲美耳晉語曰大任震文王不變少溲於。豕牢而得文王不加病焉亦美文王
生易與此同矣此言橫逆人道謂人所生之道上箋云終人道者謂人在母腹
之道如有人道感己者謂人交接之人道人道之言雖同三者皆小別耳○傳赫
顯至康也○正義曰以赫是明貌故爲顯也天實降福以安后稷美姜嫄實爲
因禋祀所安而經乃言不寧不康故皆反其言也王肅云天以是顯著后稷之
神靈降福而安之言姜嫄可謂禋祀所安無疾而生子○箋康寧至不信○正
義曰康寧皆安釋詁文箋以此章上四。章言后稷之生下章言其弃之此經四
句文在既生之後弃之上則是說其弃子之意爲下章張本故易傳也履大迹
而有身不由夫而生子是有顯著之徵也既見如此徵驗知其實有神靈故云
姜嫄以赫然顯著之徵其有神靈審矣言姜嫄自知此子審是神靈所生也又
解上帝不寧之意祀天而見大人迹履之如有感己此感之者乃是天帝之氣
人不當共天交接今乃與天生子子雖生訖其心猶不安之也上帝不寧者爲
生天之胤故不安不康禋祀者懼時人不信故不安也以此故再言不安徒禋
祀而無人道空祀神明而無人道交接故居位默然而得生子懼時人不信其
然或得疑其犯禮奸淫而有此胤以此又復不安姜嫄既有此事不安欲望衆
言。故棄之以顯其異使衆人知之也異義詩齊魯韓春秋公羊說聖人皆無父
感天而生左氏說聖人皆有父謹案堯典以親九族卽堯母慶都感赤龍而生
堯堯安得九族而親之禮讖云唐五廟知不感天而生玄之聞也諸言感生得
無父有父則不感生此皆偏見之說也商頌曰天命玄鳥降而生商謂娀簡吞

鳦子生契是聖人感。見於經之明文劉媪是漢太上皇之妻感赤龍而生高祖是非有父感神而生者也且夫蒲盧之氣嫗煦桑蟲成為己子況乎天氣因人之精就而神之反不使子賢聖乎是則然矣又何多怪如鄭此言天氣因人之精使之賢聖則天氣不獨生人此姜嫄得無人道而生子者言非一端也彼以蒲盧為喻以證有父得感生耳。必由父也所引吞鳦生契即是不由父矣又何古今異說言感生則不得有父有父則不得感生偏執一見理未弘通故鄭引怪於后稷也稷契等雖感天氣母實有夫則亦為有父繼父為親故稱嚳之胄唐堯之親九族立五廟亦猶此也稷契俱是感生。契稷不棄契者人之意異耳或者簡狄雖則吞鳦仍御於夫其心自安故不棄之耳馬融之說此詩則異於是矣故云仍御於夫王肅引馬融曰帝嚳有四妃上妃姜嫄生后稷次妃簡狄生契次妃陳鋒生帝堯次妃娵訾生帝摯摯最長次堯次契下妃三人皆已生子上妃姜嫄未有子故禋祀求子上帝大安其祭祀而與之子任身之月帝嚳崩摯即位而崩帝堯即位帝嚳崩後十月而后稷生蓋遺腹子也雖為天所安然寡居而生子為衆所疑不可申說姜嫄知后稷之神奇必不可害故欲棄之以著其神因以自明堯亦知其然故聽姜嫄棄之肅以融言為然又其奏云稷契之興自以積德累功於民事不以大迹與燕卵也且不夫而育乃載籍之所以為妖宗周之所喪滅其意不信履大迹之事而又不能申棄之意故以為遺腹子姜嫄避嫌而棄之王基駮之曰凡人有遺體猶不以為嫌況於帝嚳聖主姜嫄賢妃反當嫌於遭喪之月便犯禮哉人情不然一也就如融言審是帝嚳之子凡聖主賢妃生子未必皆賢聖能為神明所祐堯有丹朱舜有商均文王有管蔡姜嫄御於帝嚳而有身何以知其特有神奇而置之於寒冰乎假令鳥不覆翼終疑逾甚則后稷為無父之子嚳有淫昏之妃姜嫄有汚辱之毀當何以自明哉本欲避嫌嫌又甚焉不然二也又世本云帝嚳卜其四妃之子皆有天下若如融言任身之月而帝嚳崩姜嫄尚未知有身帝嚳焉得知而卜之苟非其理前却繁礙義不得通不然三也不夫而育載籍之所以為妖宗周之所以喪滅誠如肅言神靈尚能令二龍生妖女以滅幽王天帝反當不能以精氣育聖子以與帝王也此適所以明有感生之事非所以為難蕭信一龍實生褒姒不信天帝能生后稷是謂上帝但能作妖不能為嘉祥長於為惡短於為善蕭之乖戾此尤甚焉馬昭曰稷奇見於既棄之後未棄之前用何知焉孫毓云天道徵祥古今有之皆依人道而有靈助劉媼之任高祖著育雲龍之怪褒姒之生由於玄黿之妖巨迹之感何獨不然而謂自履其夫帝嚳之迹何足異而神之乃敢棄隘巷寒冰有覆翼之應乎而王傳云知其神奇不可得害以何為徵也且四夫凡民遺腹生子古今有之嚳崩之月而當疑為奸非夫有識者之所能言也鄭說為長羣賢以鄭為長長則信矣所言王短短猶未悉何則馬王立說自云述毛其言遺腹寡居必謂得毛深旨案下傳曰天生后稷異之於人欲以顯其靈帝不順天是不明也故承天意而異之於天下是言天異后稷於人帝又承天之意所以棄而異之明示天下安有遺腹寡居之事乎即由天異而棄之何須要在寡居若以寡居為嫌何以必知其異若使無異可棄竟當何以自明又上傳云帝高辛氏下傳云帝不順天則帝亦高辛之帝安得謂之堯也五章傳云堯見天因郃而生后稷因之曰堯不名高辛益知此帝不為堯也何以堯知其然聽姜嫄棄之且馬王之說姜嫄為辛之正妃其於帝堯則君母也比之後世則太后也以太后之尊欲棄己子足以自專不假堯命何云聽棄之也又堯為人兄聽母棄弟縱其安忍之心殘其聖父之胤不慈不孝亦不是過豈有欽明之后用心若此哉若以堯知其神故為顯異則堯之知稷之甚矣初生以知其神纔長應授之以位何當七十餘載莫之收采自有聖弟不欲明揚虞舜登庸方始舉任雖帝難之豈其若此故知王氏之說進退多尤所言遺腹非毛旨矣其解文義傳意或然故采其釋經之辭遺其寡居之說

誕寘之隘巷牛羊腓字之誕大寘置腓辟字愛也天生后稷異之於人欲以顯其靈也帝不順天是不明也故承天意而異之於天下箋云天異之故姜嫄置后稷於牛羊之徑亦所以異之○寘之豉反下同隘於懈反巷戶降反腓符非反避也

誕寘之平林會伐平林牛羊而辟人者理也置之平林又為人所收取之

誕寘之寒冰鳥

覆翼之大鳥來一翼覆之一翼藉之人而收取之又其理也故置之於寒冰○藉在夜反鳥乃去矣后稷呱矣於是知有天異往取之矣后稷呱呱然而泣○呱音孤泣聲也尚書云啓呱呱而泣是也

疏 誕寘至呱矣○正義曰上言后稷之生此言棄稷之事言可美大矣棄此后稷置之於狹隘巷中牛羊共避而憐愛之嬰兒未有所知當爲牛羊所踐今乃避而愛之故可美大矣以牛羊避人理之常也又置之平林可美大矣又棄此后稷置之平地林木之中會值有人往伐平林伐木之人見而收取之嬰兒之在林野當爲鳥獸所害乃值人收取是可美大矣又以人之取人乃是常理復置之寒冰可美大矣復棄后稷朝旦於寒冰之上有鳥以翼覆以翼藉之鳥非人類而覆藉人是可美大矣既知有神人往收取鳥乃飛去矣后稷遂呱呱然而泣矣此其有神靈之驗也○傳字愛至天下○正義曰易屯卦云女子貞不字十年乃字是字爲愛之義也知天生后稷異之於人者若其不異不應棄之異之於人謂有奇表異相若孔子之河目海口文王之四乳龍顏之類但書傳之不言后稷異狀無得而知之耳言帝嚳若不順天意以顯之則是爲不明則棄之者帝意也以此傳觀之則后稷之生嚳尚存矣不得爲遺腹矣○箋天異至異之○正義曰箋以履迹而得后稷雖與傳禋祀得之不同其於異而顯之意亦一也故乘傳而釋之也天降精氣以生后稷本欲異之故姜嫄置后稷於牛羊之徑亦以異之亦者亦天也○鄭以姜嫄非帝嚳之妃其棄后稷出姜嫄之意故言姜嫄也步道曰徑以經稱隘巷故以徑言之此詩之意欲顯其異而棄之周本紀以爲不祥故棄之謬矣○傳大鳥至藉之○正義曰以翼能覆藉嬰兒故知大鳥也以經翼在覆下則上覆下翼明非一翼耳人體忌寒近冰尤甚所奇而覆之明亦愛而藉之故知一翼覆之一翼藉之經因鳥有二翼互其文以見此意耳姜嫄以玄鳥至月而禋祀在母十月而生稷其生正當冰月故得棄之冰也

實覃實訏厥聲載路誕實匍匐克岐克嶷以就口食覃長訏大路大也岐知意也嶷識也箋云實之言適也覃謂始能坐也訏謂張口嗚呼也是時聲音則已大矣能匍匐則

岐岐然意有所知也其貌嶷嶷然有所識别也以此至于能就衆人口自食謂六七歲時○匍徒南反本或作譚許況于反匍音蒲又音符本亦作扶匐蒲北反又音服本亦作服岐其宜反嶷魚極反說文作㘈云小兒有知長張丈反或如字别彼列反

蓺之荏菽荏菽旆旆禾役穟穟麻麥幪幪瓜瓞唪唪荏菽戎也旆旆然長也役列也穟穟苗好美也幪幪然茂盛也唪唪然多實也箋云蓺樹也戎菽大豆也就口食之時則有種殖之志言天性也○蓺魚世反荏菽而甚反叔或作菽音同郭璞云今胡豆是旆蒲具反穟音遂幪莫孔反瓞田節反唪布孔反徐又薄孔反長如字又張丈反

【疏正】實覃至唪唪○毛以爲上既言收取后稷此說其長養之事言后稷實以漸大言差大於呱呱之時也於是之時其口出音聲則已大矣不復如呱呱時而已又歎之言后稷可美大矣實始匍匐之時已能意有所知岐岐然又能貌有所識嶷嶷然以漸有智慧能就人之口取食而啖之纔始能食即有種殖之志所種藝之者是荏菽也此荏菽乃旆旆然長大種禾則使有行列其苗則穟穟然美好所種之麻麥則幪幪然茂盛所種之瓜瓞其實則唪唪然衆多是其本有天性種則美好於後果爲稷官而天下蒙賴於匍匐之上言誕者爲岐嶷發文美大於匍匐之時能岐嶷也○鄭唯實覃實訏爲異言適始能坐而覃然適始張口而訏然餘同○傳覃長至嶷識○正義曰釋言云覃延也延引是漸長之義故爲長也訏大路大釋詁文以岐嶷言克克是其性智之能故以岐爲有智之意嶷爲有識之貌內有所知乃外能識物故先岐後嶷○箋實之至歲時○正義曰實覃實訏爲厥聲載路而言誕實匍匐爲克岐克嶷而設。敗實之爲義不指覃訏匍匐之體故云實之言適也適覃訏而聲已大適匍匐而已能岐嶷爲早慧之勢也定本爲實之言是案集註並爲適又以上言呱矣謂其泣之聲下言匍匐指其小之體覃訏之文在其間則亦指小時之實狀故云覃謂始能坐訏謂張口嗚呼儀禮註云禫之言澹澹然安意也則覃亦安意故爲坐也訏。音。呼字又從言故爲張口嗚呼是時聲音則已大矣謂大於呱呱之時因言張口嗚呼即說音聲之大且嬰兒既坐而後弄口破坐而後匍匐則智識漸生故於匍匐之下言岐嶷皆為事之次也所知在於心神故云岐岐然意有所智識別發於耳目故云其貌嶷嶷然有所識別見內外之異也岐嶷皆是其貌故重言之此岐嶷在匍匐之時則其生亦未一年矣就口食之時則已稍大故云以至於能就眾人口自食謂六七歲時也言至於者後此至彼見其閒懸遠之意也后稷以上智之資必當早慧六七歲時不應猶就人食鄭言六七歲者以凡人之事準之耳或以為就口食者謂為稷官以成就眾人口食案下箋云就口食之時已有種殖之志言天性也若為稷官之時始有種殖之志不足言其天性且種殖之志非始官居之日指斥居官不得云口食以此知以就口食正謂就眾人之口自取食矣○傳荏菽至多實○正義曰釋草云戎菽謂之荏菽孫炎曰大豆也此箋亦以為大豆樊光舍人李巡郭璞皆云今以為胡豆璞又云春秋齊侯來獻戎捷穀梁傳曰戎菽也管子亦云北伐山戎出冬蔥及戎菽布之天下今之胡豆是也案爾雅戎菽皆為大豆註穀梁者亦以為大豆也郭璞等以戎胡俱是夷名故以戎菽為胡豆也后稷種穀不應捨中國之種而種戎國之豆即如郭言齊桓之伐山戎始布其豆種則后稷之所種者何時絕其種乎而齊桓復布之禮有戎車不可謂之胡車明戎菽正大豆是也此荏菽重言者以蓺之之文為下總目於荏菽配之為句又分別說其茂之狀故重言之人供役者在於行列禾無在役之義故知役為列也言其行相當因禾文單故以役配之其旆旆穟穟幪幪皆言生長茂盛之貌因其文異故以長好茂散而承之其實互相通瓜瓞與五穀異苗以其蔓長故不為葉茂而以唪唪為多實也定本唪唪多實之上云瓜瓞瓝也案集註等並無此四字○箋蓺樹至天性○正義曰樹者種木之名可為種殖通稱故云蓺樹也上言以就口食此經接於其下故此所陳即是就食時事就口食之時已有此種殖之志言其天性也言其天性善於種殖於後果為稷官周本紀曰棄為兒時其遊戲好種殖麻麥美即此是也又曰及為成人遂好耕農相地之宜。宜五穀者稼穡之民皆法之堯聞之舉棄為農師天下宜其利下章是也

誕后稷之穡有相之道相助也箋云大矣后稷之掌稼穡有見助之道

一珍倣宋版印

謂若神助之力也○相息亮反註同茀厥豐草種之黄茂實方實苞實種實褎實發實秀實堅實好實穎實栗即有邰家室茀治也黄嘉穀也茂美也方極畝也苞本也種雜種也褎長也發盡發也不榮而實曰秀穎垂穎也栗其實栗栗然邰姜嫄之國也堯見天因邰而生后稷故國后稷於邰命使事天以顯神順天命耳箋云豐苞亦茂也方齊等也種生不雜也褎枝葉長也發發管時也栗成。就也后稷教民除治茂草使種黍稷黍稷生則茂好孰則大成以此成功堯改封於邰就其成國之家室無變更也○茀音拂韓詩作拂拂弗也種支勇反注種雜種種種生不雜下嘉種弁注並同褎余秀反穎營弁反穟也尚書云唐叔得禾異畝同穎是也邰他來反后稷所封國也今在京兆武功縣○

疏誕后稷至家室○毛以爲既言后稷爲兒時好種田此後言其爲稷官時事也可美大矣后稷之教民稼穡者有神明相助之道言種之必好似有神助故可大也又說其若有神助之狀言后稷之教民種殖乃除治而去其茂盛之草既去其草於此地種之以黄色而茂盛者謂黍稷之穀也於是此穀既生實方正而極於壟畝無空缺之地實根本而盡皆均調無稀穊之處謂春生之時也其苗實雍種而肥大實褎褎然而生長謂夏末時也稍至秋初禾又出穟實盡發於管實生粒皆秀更復少時其粒實皆堅成實又齊好實穟重而垂穎實成就而栗栗然以此故收入弘多堯善其功而賜之土宇封之於邰就有邰國之家室焉○鄭以方謂苗生齊等苞謂苗之茂盛種謂田種○不雜成功而改封於邰非始有國土唯此爲異其文勢則同○箋大矣至之力○正義曰下言有邰家室言功成之時則此章說爲官時事故云后稷之掌稼穡也助人者唯神耳故知有見助之道謂若神助之力○傳茀治至天命○正義曰茀治釋詁文此說后稷教彼而言種黄則黄色是穀也穀之黄色者唯黍稷耳黍稷穀之善者故云黄嘉穀也以黍稷是民食之主故舉以爲言其實諸種之穀皆種之閟宮言稙穉菽麥尚書稱播。殖百穀是所種非獨黄也茂盛則人所美愛故以茂爲美此種之黄茂爲下總目自此以下皆說嘉穀茂盛故先言黄盛以總之方者正方之義謂極盡蘢畝種無不生地皆方正有苗故以方爲極畝易稱繫于苞桑謂繫之桑本故以苞爲本莊子說木之肥大云擁腫無用故以種爲擁腫謂苗之肥盛也襃者禾長之貌故言長也發者穗生於苗初發苗生也以上言苗之極畝平均則發者非獨一莖發耳故言盡發則襃亦盡長秀穎好粟皆亦盡然舉一以明上下也釋草云華荂榮也木謂之華草謂之榮不榮而實謂之秀榮而不實謂之英是不榮而實曰秀也李巡曰分別異名以曉人然則彼是英秀對文以英爲不實故以秀爲不榮其實黍稷皆先榮後實出車云黍稷方華是嘉穀之秀必有榮也此傳因彼成文而引之耳說文云穎禾末也禹貢定賦遠近之差二百里納銍三百里納秸註云銍斷去稾也秸又。云穎則穎是禾穗之挺書序云唐叔得禾異畝同穎謂挺上合也美其禾之成就不當言其有穎而已故云穎垂穎言其穗重而穎垂也要是穀穗成就之穎故云其實粟粟然桓六年左傳云奉酒醴以告曰嘉粟旨酒服虔云穀之初熟爲粟是粟爲穀熟貌世本云有邰氏女曰姜嫄故知邰是姜嫄之國也傳以此言封之於邰下言祭天之事故解其意云堯見天因邰而生后稷謂使邰國之女生后稷也故國后稷於邰謂封爲邰國之君又特命之使得事天所以顯后稷之神順上天之命故也言國后稷於邰猶文王箋云而國於周后稷以前未有國於此始封之也此邰爲后稷之母家其國當自有君所以得封后稷者或時君絕滅或遷之他所也○箋豐至變更○正義曰釋詁云苞茂豐也故知豐苞皆爲茂也以經已有茂故言亦也經每實之下皆當字成義直言實本則不知何本且爾雅以苞爲茂故易傳也方是方正故言齊等與傳極畝亦同但齊等據苗均極畝據地滿耳以傳言擁種是肥充之貌禾生雖肥不能至擁種種者繫本初種之稱卽大田既種是也故以種爲生不雜謂不根不莠也傳以襃爲長故申之爲枝葉長也傳以發爲盡發不解發意故云發管時苗之將秀心如竹管穗發中而出故言發管也傳言其實栗栗止言栗栗是實貌不言所以得然故言成就以足之案集註云栗成意也定本以意爲急恐非也就其成國之。室。家無所變更者謂邰國先有宮室后稷就而有之所以美后稷也○鄭以姜嫄之夫先爲二王之後是先有國故言改封其封早晚亦無明文中候握河紀云堯即政七十年受河圖其末云斯封稷契皋陶賜姓號注云或云七十二年斯此封三臣止言封號不道其時即封此言成功蓋治水畢後地平天成之時也稷之功成實在堯世其封於邰必是堯之封矣故此箋及傳皆以為堯周本紀云。禹封棄於邰號曰后稷以后稷之號亦起舜時其言不可信也杜預云邰始平武功縣所治釐城是也

誕降嘉種維秬維秠維穈維芑

天降嘉種秬黑黍也秠一稃二米也穈赤苗也芑白苗也。箋。云天應堯之顯后稷故為之下嘉種○秬音巨秠孚鄙反亦黑黍也又孚卑反郭芳婢反穈音門爾雅作䵟同郭亡偉反赤粱粟也芑音起徐又巨已反郭云白粱粟也稃芳于反字書云䴬穅也應應對之應為于偽反下天為已同

恒之秬秠是穫是畝恒之穈芑是任是負以歸肇祀

恒徧肇始也始歸郊祀也。箋云任猶抱也肇郊之神位也后稷以天為己下此四穀之故則徧種之成熟則穫而畝計之抱負以歸於郊祀天得祀天者二王之後也○恒古鄧反本又作亘穫戶郭反任音壬注同肇音兆徧音遍下同○【疏】誕降至肇祀○毛以為上既言后稷功成受國堯又命使事天此言其祭天之事可美大矣此后稷善能於稼穡上天乃下善穀之種與之使得種以此祭祀天與之穀是可大也其言善種者維是黑黍之秬維是黑黍二米之秠維是赤苗之穈維是白苗之芑后稷既得此善種乃徧種之以秬以秠至熟則於是穫刈之於是畝計之徧種之以穈以芑至熟則於是任抱之於是負檐之以此秬秠穈芑之穀而歸始郊祀於上天也○鄭以后稷先事天以歸郊兆之處而祀天為異餘同○傳天降至白苗○正義曰降者從上之辭故知降嘉種者是天降嘉種也秬黑黍以下皆釋草文唯彼穈作虋音同耳李巡曰黑黍一名秬郭璞曰秠亦黑黍但中米異耳漢和帝時任城生黑黍或三四實實二米得黍三斛八斗則秬是黑黍之大名秠是黑黍之中有二米者別名之為秠故此經異其文而爾雅釋之若然秬秠皆黑黍矣而春官鬯人注云釀秬為酒秬如黑黍一秠二米言如者以黑黍一米者多秬為正稱二米則秬中之異故

言如以明秬有二等也秬有二等則一米亦可爲酒鬯人之注必言二米者以宗廟之祭唯裸爲重二米嘉異之物鬯酒宜當用之故以二米解鬯其實秬是大名故云釀秬爲酒爾雅云秠一稃二米鬯人注云一秠二米文不同者鄭志答張逸云秠即皮其稃亦皮也爾雅重言以曉人然則秠稃古今語之異故鄭引爾雅得以稃爲秠也赤苗白苗者郭璞曰蘴今之赤粱粟芑今之白粱粟皆好穀也○箋天應至嘉種○正義曰如此言則功成受封之後始天與之種唯四穀而已而閟宮云是生后稷降之百穀黍稷重穋稙穉菽麥所降多矣非徒四穀又彼下文乃言奄有下國俾民稼穡則是爲稷官之日已得此種與此二文不同者天降種者美大后稷以稷之必獲歸功於天非天實下之也作者意異故先後不同此言祭之所用故指陳黍稷閟宮廣言民食故穀多於此孔叢云魏王問子慎曰往者中山之地無故有穀乃云天雨反以亡國何也曰自古及今未聞天下穀與人詩美后稷能大教民種穀以利天下若中山之穀妖怪之事非所謂天降祥也以此而言明非實降之也案集注及定本於此並無箋云○傳恒徧至郊祀○正義曰以言種之廣多故以恒爲徧定本作恒集注皆作亘字肇始釋詁文上言封之於邰是初爲諸侯故云始歸郊祀下云上帝居歆知此祀爲郊也○箋任猶至之後○正義曰以任負異文負在背故任爲抱○鄭以后稷二王之後先得祭天非爲始祭故云肇郊之神位言神位之兆肇宜作兆春官小宗伯云兆五帝於四郊是也商頌箋讀肇爲兆此從略之又云得祀天者二王之後申明肇不爲始之意也

誕我祀如何或舂或揄或簸或蹂釋之叟叟烝之浮浮

揄抒臼也或簸糠者或蹂黍者釋淅米也叟叟聲也浮浮氣也箋云蹂之言潤也大矣我后稷之祀天如何乎美而將說其事也舂而抒出之簸之又潤溼之將復舂之趣於鑿也釋之烝之以爲酒及簋簠之實○舂傷容反揄音由又以朱反說文作舀弋紹反簸波我反蹂音柔叟所留反字又作溲濤米聲也爾雅作溞音同郭音騷烝之丞反浮如字爾雅說文並作烰云烝也抒食汝反蒼頡篇云取出也糠音康字亦作康俗米旁作康非淅星歷反說文云汏也汏音太

復扶又反鑿子洛反精米也字林作糳云糲米一斛舂爲八斗也子沃反簠音甫簋音軌**載謀載惟取蕭祭脂取羝以軷載**

燔載烈嘗之日涖卜來歲之芟獮之日涖卜來歲之戒社之日涖卜來歲之稼所以與來而繼往也穀熟而謀陳祭而卜矣取蕭合黍稷臭達牆屋。先奠而後爇蕭合馨香也羝。羊牡羊也軷道祭也傳火曰燔貫之加。于火曰烈箋云惟思也烈之言爛也后稷。既爲郊祀之酒及其米則諏謀其日思念其禮至其時取蕭草與祭牲之脂爇之於行神之位馨香既聞取羝羊之體以祭神又燔烈其肉爲尸羞焉自此而往郊○羝都禮反字亦作羝軷蒲末反說文云出必告道神爲壇而祭爲軷字林同父末反燔音煩後皆同涖音利又音類芟所銜反獮息淺反奠徒練反爇如悅反馨呼丁反傅音附貫古亂反諏足須反

以興嗣歲與來歲繼往歲也箋云嗣歲今新歲也以先歲之物齊敬。犯軷而祀天者將求新歲之豐年也孟春之。月令曰乃擇元日祈穀于上帝○

疏誕我至嗣歲○毛以爲上言得穀祭天此言將祭之事可美大矣我后稷之祀天其禮如何先以所得秬秠穈芑之粟或使人在碓而舂之或使人就臼而抒之或使人簸揚其穅或使人蹂踐其黍言其各有司存並皆敏疾也既蹂舂得米乃浸之於盆淅而釋之其聲溲溲然言趍疾又炊之於甑爨而烝之其氣浮浮然言升盛也既烝熟乃以爲酒食又於先穀熟之時則已謀度所謂穀熟而謀則已思惟其所祭之禮謂陳祭而卜以秋物之成賴郊祀之福故穀熟則謀更郊所以豫備酒食也至祭之日乃取蕭之香蒿與祭牲之脂膏而爇燒之於行神之位使其馨香遠聞又取羝羊之。禮以爲犯軷之祭其祭軷也取所祭之肉則傅火而燔之則加火而烈之以爲尸之羞既祭神道乃自此而往於郊以祭天也所以用先歲之物齊敬犯軷而祀天者欲以與起來歲使之繼嗣往歲而恒得豐年故也○鄭以舂揄簸蹂爲事之次蹂之言潤既簸去穅或復以水潤塈之將更舂以趨於鑿載謀載惟謂將祭諏謀其日思念其禮非穀熟已謀以此爲。思又以興嗣歲爲與起新歲餘同○傳揄抒至浮氣○正義曰以揄文在舂下簸上既舂而未簸故知揄爲抒臼謂抒米以出臼也出臼則簸之

故或有簸穅者或蹂黍者謂蹂踐其黍然後舂之然則文當在舂揄之上今在下者以蹂亦爲舂而爲之揄簸俱是舂進令與舂相近且退蹂以爲韻也上有糜芑是穋而獨云蹂黍者以祭用黍以爲主故舉黍以言傳每言或者明各有其人俱趨於事不相兼也釋之既在簸之下烝之上故知爲淅米也說文云淅汏米也孟子曰孔子去齊接淅而行謂洮米未炊𤆫之而去言其疾也釋訓云溞溞淅也烰烰。氣也樊光引此詩孫炎曰溞溞淅米聲烰烰炊之氣溞。浮與此不同古今字耳傳以洮米則有聲故言溲溲聲烝飯則有氣故言。烰浮氣取爾雅之意爲說也〇箋蹂之至之實〇正義曰以蹂文在或簸之下不應方言蹂黍以水潤米必當蹂之使溼故云蹂之言潤如何乎者問人之辭故云美而將說其事意欲說之故設辭自問上生民如何亦如此也於此乃注彼從可知舂揄之下始云或蹂故知是既舂而揉出之又潤溼之將復舂以趨於鑿也召旻箋云米之率糲十粺九鑿八侍御七九章筭術粟一石爲糲米六斗舂糲一斗爲粺九升又。去爲鑿則八升又舂爲侍御則七升言趨於鑿者此承四穀之後一舂一簸始爲糲米又一溼一舂猶未至於鑿故言趨於爲漸到之意也米之細者乃窮於御止言趨於鑿者以經傳說祭祀之饌無言用御米者桓二年左傳云粢食不鑿昭其儉也則不儉者有用鑿之處郊天尊於宗廟其祭或當用之故。上言於鑿也桓十四年穀梁傳說宗廟之事夫人親舂楚語云天子禘郊之事王后必自舂其粢諸侯宗廟之事夫人必自舂其盛韋昭云粢盛互文也言舂不過如天子躬耕三推而已故傳言或不斥后夫人也楚語又云天子親舂禘之盛韋昭云率后舂之亦天子親舂也酒與食用此米爲之故云釋之烝之以爲酒及簠簋之實孫毓云詩之敘事率以其次既簸穅矣而甫以蹂爲蹂黍當先蹂乃得舂不得先舂而後蹂也既蹂即釋之烝之是其次箋義爲長集注等皆爲蹂黍定本爲蹂米者誤也〇傳嘗之至曰烈〇正義曰傳自嘗之日至來歲之稼皆春官肆師職文也言於秋嘗祭宗廟之日則肆師臨卜問其來歲之芟除草木以種田宜之以否於秋獮當獮之日肆師臨卜問其來歲之所戒備得無兵寇以否於祭社之日則肆師臨卜問其來歲之所稼種宜之以否以嘗者嘗新穀古之始耕田者芟草以種穀今得新穀芟草之功故於嘗日問芟獮主習兵以戒不虞故獮日問戒社者祭土主稼穡故於社日問稼鄭於彼注其意爲然芟稼俱是田事而異日異問者以嘗新穀而本穀初初莫先於芟草故問芟稼種善否土地之事故祭土之日而問稼也社文在嘗獮之下謂秋獮祭社也嘗在孟秋獮社俱在仲秋取禽而後祭社故先獮後社也嘗社是祭神獮之事耳因而問卜獮乃秋獵不接神明亦言卜來歲者卜者自問吉凶於龜不由嘗社所祭之神但因用其日而問之耳獮爲習兵故因兵事所以引此三文者欲見今秋穀熟之時即謀來年郊祭之事似今秋祭社之日豫卜來歲之稼若然必以今秋豫卜來歲者欲令來歲還似今秋是與來繼往之義不云卜郊而言陳祭而卜者以來年郊祭本爲祈穀今社日卜來歲之稼即是卜郊之義也陳祭而卜謂陳列嘗社祭之日豫卜來年善否若然此載謀載惟於穀熟已謀則其事在於酒食之前當與上四穀相連不可以他事間之謀惟是思念祭事故下之令與祭事相比也又云蕭合黍稷臭達牆屋既奠而後爇蕭合馨香皆郊特牲文彼唯馨作羶注云羶當作馨字之誤也蓋毛時未誤故讀彼從此彼言臭陽達於牆屋此無陽於二字引之略耳彼言宗廟之祭此是將郊爲軷道之祭事不同而引之者證此用蕭之意蕭香蒿也爇燒也言宗廟之祭以香蒿合黍稷欲使臭氣通達於牆屋故記酌於尸已奠之而後燒此香蒿以合其馨香之氣使神歆饗之故此亦用蕭取其馨香也此言祭脂彼不言脂彼言黍稷此不言黍稷皆文不具耳羝羊牡羊者以祭不用牝故知是牝也釋畜云羊牡羒牝牂郭璞曰羒謂吳羊白羝者也是亦以牡爲羝也軷道祭謂祭道神之祭傳火曰燔謂加火燒之商頌曰如火烈烈則烈是火猛之意不可近燒故云貫之加於火上曰烈即今之炙肉也○箋惟思至往郊○正義曰惟思釋詁文又申明遠火爲烈之意說文云烈火猛也爛火熟也俱是火熟之意故云烈之言爛也以酒則豫釀而成食則臨祭乃作故云后稷既爲郊祀之酒及其米於此仍言其米則上爲烝之釋之正爲酒耳而箋兼言簠簋之實者以彼文有舂簸之事其爲米者非獨爲酒而已故兼言簠簋之實簠簋之實必就郊兆作

之故此言其米也禮大夫以上將祭必諏謀其日日定乃卜之特牲禮云不諏日明大夫以上諏之矣故云諏謀其日彼注云諏謀也載謀是謀其日則載惟是思其禮故云思念其禮正以特牲有諏之文故易傳不以謀爲穀熟而謀取蕭草與祭。祀之脂還是羝之脂也以牲爲軷祭而設羝宜與軷同文脂則配蕭而用故先言之爇之於行神之位正謂祭軷之位以軷之所祭即是七祀行神故言行神之位馨香既聞取羝羊之體以祭神者謂取牲體以祭伏於軷上秋官犬人云凡祭祀供犬牲伏瘞亦如之鄭司農云伏謂伏犬以王車轢之明此用羝亦伏體軷上故言體也犬人伏用犬牲此用羝者蓋天子諸侯異禮彼天子用犬此諸侯用羊禮相變也又燔烈其肉爲尸羞言又者亦用此羝之肉爲之也以七祀之祭皆有尸明軷祭亦有尸其燔炙者事尸之羞故云爲尸羞也此后稷爲諸侯得有尸則天子軷祭亦有尸依聘禮卿大夫軷祭用酒脯則無尸矣郊稷之兆位在國外故云自此而往郊也〇傳與來歲繼往歲〇正義曰此一句非祭所用故分而注之以與者是有所起發之意嗣者繼續之言故知爲此祭者欲以追起來歲以繼續往歲使之歲穀恒熟常穫豐年也來歲者據今祭時以未至爲來已過爲往耳非要別年也何則堯命后稷郊天未。至定用何月要在歲首爲之所言來歲正謂此年之秋耳〇箋嗣歲至上帝〇正義曰箋意定以正月爲郊何則正朔三而改自夏而上推之高辛氏當以建寅之月爲正故堯典云三帛注云高辛氏之後用黑繒是也王者之後自行其祖正朔后稷高辛氏之冑郊必正月既以正月爲郊則嗣歲郊之歲也故云嗣歲今新歲新。歲而謂之嗣者使之繼嗣往年猶嗣子之繼父其意微與毛異大理亦同也孟春以下皆月令文也定本云孟春之令曰無月字元日謂善日上辛也祈穀即郊天也引此以證郊祭而云嗣歲之意。內郊天主爲祈穀故也禮器曰祭祀不祈言祈穀者不可私爲己祈而穀者所以養民故言祈也

卬盛于豆于豆于登。其香。始升上帝居歆胡臭亶時

卬我也木曰豆瓦曰登豆薦菹醢也登大羹也箋云胡之言何也亶誠也我后稷盛菹醢之屬當。于豆者。于登者其馨香始上行上帝則安而歆。享

珍倣宋版印

之何芳臭之誠得其時乎美之也祀大用瓦豆陶器質也○卬五郎反盛音成注同其香一本作馨亶都但反菹莊居反醢音海上時掌反后稷肇祀庶無罪悔以迄于今迄至也箋云庶衆也后稷肇祀上帝於郊而天下衆民咸得其所無有罪過也子孫蒙其福以至於今故推以配天焉○迄許乞反【疏】卬盛至于今○毛以爲上言將往祭天此言正祭之事我后稷盛菹醢大羹之屬盛之於豆又盛之於登以此而往薦祭此豆登所盛之物其馨香之氣始上行上帝則安居而歆饗之既爲上帝所歆故反言以美之何有芳臭之誠得其時若此者乎言無有若此之最善也帝既饗其祭祀降其福祿又述而美之言后稷受堯之命始爲郊祀其福乃流於天下之衆民今皆得其所無有罪過而今人悔恨者子孫蒙其餘福以至於今而賴之今文王得由之而起今既致太平故推之以配天焉○鄭唯以肇祀爲郊兆之祀爲異餘同○傳卬我至人羹○正義曰卬我釋詁文釋器云木豆謂之豆瓦豆謂之登是木曰豆瓦曰登對文則瓦木異名散則皆名豆故云瓦豆謂之登冬官旊人掌爲瓦器而云豆中縣鄭云縣繩正豆之柄瓦亦名豆也再言於豆者疊之以足句耳經唯言盛於豆傳辨其所盛之物天官醢人掌四豆之實皆有菹醢是豆爲薦羞菹醢也公食大夫禮云大羹湆不和實於登是登爲大羹湆者肉汁大古之羹也不調以鹽菜以質故以瓦器盛之箋亶誠至器質○正義曰亶誠釋詁文言羹盛菹醢之屬者以略不言羹故言之屬以包之祀天而用瓦豆者以陶器質故也郊特牲曰掃地而祭於其質也器用陶匏是也定本集注皆云其馨香始上行俗本作上聞者誤也○傳迄至○正義曰釋詁文上傳肇爲始此亦當然○箋庶衆至天焉○正義曰庶衆釋詁文抑云庶無罪悔箋以庶爲幸以彼是警戒之辭故爲冀幸之義此既爲上帝所歆不是始冀無罪故以庶爲衆后稷爲二王之後一國言耳縱使祭天得所不過福及一國而言天下衆民咸得其所無罪者以祭天而得豐年可以廣及天下且以后稷之教田農天下皆得其利故天下言之

生民八章四章章十句四章章八句

附釋音毛詩注疏卷第十七(十七之二)

 阮元撰盧宣旬摘錄

○生民

介大也止福祿所止也 小字本相臺本同閩本明監本毛本也作攸案段玉裁云也攸二字皆當有是也

後則生子而養長名之曰棄 閩本明監本毛本同小字本相臺本名之作之名案之名是也讀之字斷句名字下屬正義可證

變禖言禖者 閩本同明監本毛本上禖字作祀案山井鼎云諸本皆非作媒似是是也

吉爭先見之象 閩本明監本毛本同案爭盧文弨改爲事是也

鄭記王權有此問 閩本明監本毛本同案此不誤浦鏜云記疑志字誤非也考鄭記與鄭志非一書鄭記六卷康成弟子撰鄭志十一卷鄭小同撰並見於隋書經籍志浦失考

弃黎民阻飢 閩本明監本毛本弃誤棄下帝曰棄同飢誤饑按引尚書作弃依彼文也○按唐人多以棄中有世字乃悉改爲弃此不畫一者轉寫所致也

釋詁文介右也 閩本明監本毛本同案文當作云

是爲震爲有身 閩本明監本毛本同案山井鼎云上爲恐謂字誤是也

達生也姜嫄之子先生者也 小字本相臺本同案釋文云達毛云生也沈云毛如字正義云達生者言其生易如達羊之生但傳云略耳非訓達爲生也又解言先生之意以人之產子先生者多難此后稷是姜嫄之子最先生者應難而今易故言先生以美之段玉裁云蓋是達達生也先生姜嫄之子先生者也達之言沓言重沓而生此與車攻傳烏達履皆假達爲沓姜嫄之子首生者乃如重沓而生之易然先釋達而後釋先生如白華傳先釋卬烘而後釋桑薪又見詩經小學

不拆不副 小字本同閩本明監本毛本同唐石經相臺本拆作坼案坼字是也釋文可證又說文土部坼下引此詩作坼者形近之譌正義中十行本尙閒作坼明監本毛本盡改爲拆誤甚

說文云達小羊也從羊大聲 閩本明監本毛本同案達當作羍此引羍而不云字異音義同者省耳不知者乃改之

則又坼堛災害其母 閩本明監本毛本同案經注作副正義作堛副堛古今字易而說之也例見前〇按舊挍非堛不與副爲古今字此乃蒙上文坼从土而轉寫誤耳

因見稷之生由 明監本毛本由誤易閩本不誤上文云謂不由人所生之道也生由謂此

少溲於家牢 閩本明監本毛本同案浦鏜云豕誤家是也

此章上四章 閩本明監本毛本同案下章字當作句

欲望衆言 閩本明監本毛本同案浦鏜云信誤言是也

是聖人感見於經之明文閩本明監本毛本同案浦鏜云感下當脫生字是也

以證有父得感生耳必由父也閩本明監本毛本同案浦鏜云耳疑非字誤是也

契稷不棄契者閩本明監本同毛本上契字作棄案所改是也

因之曰堯不名高辛閩本明監本毛本同案此當云目之曰堯不名爲帝皆形近之譌也

姜嫄爲辛之正妃耳閩本明監本毛本辛上有高字案所改非也爲當作高

雖帝難之閩本明監本毛本同案此不誤浦鏜云雖疑惟字誤非也雖字正義自爲耳據尚書者但帝難之三字耳

實之言適也小字本相臺本同案此正義本也正義云故云實之言適也又云定本爲實之言是按集注並爲適考此箋當依定本頍弁正義云釋詁云實是也實寔義同故實亦爲是也又韓奕箋云實當爲寔此楚茨正義所謂注意趨在義通不爲例者也凡餘經實訓是者視諸此

訏謂張口嗚呼也小字本相臺本同案沿革例云諸善本皆作嗚余仁仲本作嗚最爲非是今從疏及諸善本作嗚釋文訏下云鄭張口嗚呼也亦淺人改之耳嗚呼古書多作烏呼說文云烏孝烏也引孔子烏盱呼也取其助气故以爲烏呼

荏菽戎也閩本明監本同小字本相臺本戎下有菽字考文古本同毛本誤剜入事字案有菽字者是也

穟穟苗好美也小字本相臺本同閩本明監本毛本同按正義云其苗則穟穟然美好釋文穟穟下云苗美好也是好美當誤倒

幪幪然茂盛也小字本相臺本同考文古本同閩本明監本毛本茂盛誤倒

敗實之爲義閩本明監本毛本敗作取案皆誤也當作則形近之譌山井鼎云恐以字誤亦非

訏音呼字又從言閩本明監本毛本同案音呼二字當旁行細書正義自爲音例如此○按非也

相地之宜宜五穀者閩本明監本毛本不重宜字案山井鼎云本紀與宋板同

種雜種也小字本相臺本同案釋文實種下云種雜種正義云莊子說木之肥大云雍腫無用故以種爲雍腫又云傳言雍種是肥充之貌禾生雖肥不能至雍種山井鼎云據疏雜作雍爲是是也釋文涉箋而字譌耳各本依之非也○按釋文本作穠種正義本作雍腫此二本之不同也而陸本爲長穠集也集種者集其善種也猶集義集大成之集舊挍非也

粟成就也小字本相臺本同案此正義本也正義云故言成就以足之按集注云粟成意也定本以意爲急恐非也考文古本作急采正義

尙書稱播殖百穀閩本明監本毛本同案浦鏜云時誤殖是也

秸又云頛閩本明監本毛本同案云當作去形近之譌甫田正義同

就其成國之室家閩本明監本毛本同案浦鏜云家室字譌倒是也

禹封棄於邰閩本明監本毛本同案浦鏜云舜誤禹是也

箋云天應堯之顯后稷小字本相臺本同案此正義本也正義云按集注及定本於此並無箋云考此鄭申毛天降嘉種傳也當以正義本爲長

恒之秬秠 唐石經同小字本相臺本同案釋文云恒本又作亘正義云定本作恒集注皆作亘字考恒亘是一字

以歸肇祀 小字本相臺本同閩本明監本毛本同唐石經肇作肈下同案釋文以肈字作音詩經小學云玉篇攴部云肇俗肈字五經文字戈部云肇作肈訛廣韻有肈無肇說文攴部有肇字唐後人妄增入無疑凡古書肇字皆當改作肈今考六經正誤云作肇誤是舊本從戈毛居正始誤改之耳

於是負檐之 閩本明監本毛本同案此不誤浦鏜云擔誤檐非也檐字見商頌注

降之百穀 閩本明監本毛本同案浦鏜云福誤穀考閟宮浦校是也

故任爲抱〇 閩本明監本毛本同案〇當作也

釋之叟叟 唐石經小字本相臺本同案六經正誤云作釋誤說文釋从米从睪漬米也云云今考其說非也毛鄭詩作釋乃古字假借故釋文不以釋字作音正義亦不解釋字說文釋下亦不引此詩毛居正依旁字部改變經文不可承用也

或蹂黍者 小字本相臺本同案正義云集注等皆爲蹂黍定本爲蹂米者誤也考此傳以米與上糠爲對文當以定本爲長

先奠而後爇蕭 閩本明監本毛本同小字本相臺本先作既考文古本同案既字是也

羝羊牡羊也 小字本相臺本同閩本明監本毛本亦同案上羊字衍文也正義云羝羊牡羊者乃自爲文取以添注者誤

貫之加于火曰烈 閩本明監本毛本同小字本相臺本于作於下注當于豆者于登者相臺本作於案於字是也

后稷既爲郊祀之酒 小字本相臺本同閩本同明監本毛本既誤卽

齊敬犯軷而祀天者小字本同考文古本同相臺本犯作祀閩本明監本毛本同案犯字是也正義中十行本皆作犯不誤

孟春之月令曰小字本相臺本同案正義云定本云孟春之令曰無月字當以無者爲長

又取羝羊之禮閩本明監本毛本同案禮當作體下文不誤

以此爲思閩本明監本毛本同案思當作異

焞焞氣也閩本明監本毛本同案浦鏜云烝誤氣是也

溞浮與此不同閩本明監本毛本同案浮當作焞此與下互易

故言焞浮氣閩本明監本毛本焞作浮案所改是也此與上互易

又去爲鑿閩本明監本毛本同案浦鏜云舂誤去是也

故上言於鑿也閩本明監本毛本同案上當作止

故因兵事閩本明監本毛本同案因當作閒形近之譌

取蕭草與祭祀之脂閩本明監本毛本同案山井鼎云箋祀作牲浦鏜云牲誤祀是也

未至定用何月閩本明監本毛本同案浦鏜云至當知字誤是也

故云嗣歲今新歲新歲而謂之嗣者閩本明監本毛本誤不重新歲二字

內郊天主爲祈穀故也　閩本明監本毛本同案浦鏜云內當由字誤是也

于豆于登　唐石經小字本同閩本明監本毛本同相臺本登作豋案六經正誤云作登誤登升之字从癶豆登之字从肉从又云云今考登字此經及爾雅作登儀禮作鐙說文有𤼷字登即鐙𤼷之古字也釋文不以登字作音正義中字亦皆作登其明證矣𤼷字或作豋䇷見集韻皆不載於說文毛鄭詩固未嘗用此字毛居正特臆說耳○按舊校本所引劉台拱說

其香始升　唐石經小字本相臺本同案釋文云香一本作馨正義本未有明文今無可考

上帝則安而歆享之　小字本相臺本同考文古本同閩本明監本毛本享作饗案饗字是也正義云上帝則安居而歆饗之可證凡歆饗字皆當作饗享祀字皆當作享二字截然有別宋時寫書乃以享爲饗別體字而亂之

不調以鹽采　閩本明監本同毛本采作菜案所改是也

抑云庶無罪悔　閩本明監本毛本同案浦鏜云大誤罪是也

西元二〇二四年三月一日重製一版

毛詩正義 冊三（唐孔穎達疏）

平裝四冊基本定價貳仟柒佰元正
（郵運匯費另加）

發行人 張敏君
發行處 中華書局
臺北市內湖區舊宗路二段一八一巷八號五樓（5FL., No. 8, Lane 181, JIOU-TZUNG Rd., Sec 2, NEI HU, TAIPEI, 11494, TAIWAN）
客服電話：886-8797-8396
公司傳真：886-8797-8909
匯款帳戶：華南商業銀行西湖分行
179100026931
印刷：維中科技有限公司
海瑞印刷品有限公司

No. N0022-3

國家圖書館出版品預行編目(CIP)資料

毛詩正義/(唐)孔穎達疏. -- 重製一版. -- 臺北市 : 中華書局, 2024.03

冊 ; 公分

ISBN 978-626-7349-07-6(全套 : 平裝)

1.CST: 詩經 2.CST: 注釋 3.CST: 研究考訂

831.12 113001477